고속도로 · 지향

과묵한 성격탓인지, 주말이면 거의 산행이었다. 제자들이 동행해 주면 좋아했고, 혼자라도 산행은 포기치 않았다. 1972년 11월 천마산에서.

1. 필자가 제일 좋아했던 산은 설악산이다. 겨울에도 대청봉을 올랐다. 사계절 아무때고 다녔다. 1969년 겨울 설악산에서.
2. 1971년 11월 천마산에 동행했던 제자들, 왼쪽 두번째가 필자.
3. 1973년 당뇨가 악화되기 시작했다. 그래도 산행은 멈추지 않았다.

①	1. 1972년 11월 한계령 정상에서, 서있는 이가 필자.
②	2. 1972년 11월 백양사에서, 모자쓴 이가 필자.
③ ④	3. 1972년 11월 울진 성류굴에서, 가운데가 필자.
	4. 1973년 가을 제주도 천제연 폭포 앞에서 제자들과, 왼쪽 두번째가 필자.

만우 **박영준 전집** ⓭ /중·장편

고속도로 · 지향

동연

『박영준 전집』을 내며

　만우(晚牛) 박영준(朴榮濬) 선생이 가신 지 30년이, 그리고 단편집 전6권이 발간된 지도 5년이 지났다. 선생이 돌아간 동안(1976~2006), 그처럼 지식인들이 두려워 떨던 군사독재 정권도 무너졌고, 민간인 정권도 세 번째나 돌아와 있다. 우리는 선생의 생애가 일제의 가열한 민족 침탈기로부터 시작되었음을 기억하고 있다. 일제의 폭력이 혹독했던 1930년대에 문필활동을 시작하여, 가장 민감했던 청년 시절에 글쓰기의 어려운 현실적 상황이 어떤 것인지를 몸소 체험하였다.

　1934년 연희대학교 문과를 졸업하던 해에 《조선일보》 신춘문예에 「모범경작생」(模範耕作生)이, 같은 해 《신동아》에 장편소설 『일년』(一年)과 꽁트 「새우젓」이 동시에 당선되어 일약 문단의 화제를 일으켰던 만우 박영준은 평생을 작품 쓰기와 모교 연세대학교에서 문학 가르치는 가운데 생애를 마감하였다. 1911년 3월 2일에 태어나 1976년 7월 14일 돌아가기까지, 66년 생애를 산 그는 일제 식민체험은 물론이고 해방정국에서의 좌우익 대립의 스산한 처신, 6·25 전쟁, 군사독재의 심란한 정국 등 소용돌이치는 역사의 현장에 놓여 있었다.

　66년 그 생애의 시간 도막 위에는 지울 수 없는 국내외적 회오리바람들이 있었다. 유아기로부터 소년기에 이르는 기간은 일제 폭력의 억압 속에 있었고, 광복이 된 청년기에는 6·25 동족 전쟁이 그를 괴롭혔다. 전쟁이 끝나고 난 해로부터 모교인 연세대학교에서 후진들을 기르며 작품활동을 하던 시기가 그에게는 황금기였다. 글쓰고 가르치는 동안 틈틈이 등산과 낚시, 운동경기 관람 등으로 비교적 여유 있는 생활을 누리던 시기에 그는 갔다. 그는 일생 동안 자신의 작품 속에서 인간의 윤리적 관계 거리 조절에 관한 긴장의 눈길을 멈추지 않았다. 제자들에게도 그는 엄격한 윤리적 규범을 글쓰기의 핵심이라고 가르쳐 왔다. 그러한 그의 원칙은 여러 편으로 남긴 작품 속에 고스란히 살아 있다.

문학 교육에 관한 한 엄격하고도 자상한 스승으로서, 때로는 어버이 같은 자애로움으로 그는 제자들을 가르쳐 왔다. 이제 그가 남긴 필생의 문학작품을 모아 뒤늦게나마 전집으로 묶어 후생들에게 보이고자 하는 뜻은 그의 문학적 발자취와 함께, 우리에게 보인 그의 사람에 대한 치열한 애정을 드러내 보여주고자 함에 있다. 살아 있는 것에 대한 치열한 애정 없이는 문학 할 생각을 말라고 가르쳤던 분이신 박영준 선생께 우리 제자들은 그 동안 전집 발간에 관한 마음을 짐을 지고 살아왔다.

마침 선생과 너무도 닮은 모습으로 살아가시는 선배이며 만우 선생의 큰자제인 승렬 형이 우리에게 마음의 빚을 탕감할 방도를 알려주며 격려함으로써 이 전집 간행의 빛을 보게 되어 기쁘기 한량없다. 그의 재정적인 뒷받침이 없었다면 아직도 우리는 그 많은 분량의 전집(단편집 전6권, 중·장편집 전7권) 간행을 꿈도 못 꾸었을 것이다. 이것은 또한 우리의 부끄러움이기도 하다.

출판 사정이 여러 면에서 어려운 시기에 단편집 출간 후 수년의 과정을 거치면서, 각 선집이나 잡지에 실린 글들은 물론이고 신문에 실려 있어 읽기가 여간 어렵지 않았던 글들을 꼼꼼히 읽고 잘못 인쇄된 철자법을 바로잡고 인멸될 처지에 있던 작품들을 찾아내어 깨끗한 인쇄에 붙이도록 만들어 준 동연출판사 백규서 사장에게도 우리는 여러 면에서 여간 고마운 게 아니다. 이 자리를 빌어 깊은 고마움의 뜻을 표하는 바이다.

2006년 3월 1일
만우 전집 편집위원

차례

『박영준 전집』을 내며_9

일러두기_12

고속도로_13

제1장_15   제2장_38   제3장_69   제4장_100 제5장_126   제6장_155

제7장_185   제8장_220   제9장_234   제10장_290   제11장_306   제12장_352

제13장_379   제14장_407   제15장_429

지향_447

제1장 동과 서_449   제2장 가난의 물결_475   제3장 창의의 싹_495

제4장 가난 추방의 길_527   제5장 영애의 결심_549   제6장 시련 속에서_575

제7장 지도자의 결심_599   제8장 유치장에서_633   제9장 3대 비결_662

제10장 전진 또 전진_699

그의 문학전집 발간을 마치며
박영준 문학의 상상력과 향기_715

일러두기

1. 『만우 박영준 전집』은 박영준이 발표한 모든 작품을 대상으로 하여 단편소설 전6권(1차분), 중·장편소설 전7권(2차분) 총 13권으로 엮는다.

2. 『만우 박영준 전집』은 박영준이 발표한 모든 문학작품을 총망라하여 일반 독자에게 소개하는 것은 물론 문학사적인 연구·정리에 목표를 둔 것이지만, 단편소설 가운데 찾을 수 없는 일부 작품과 중·장편소설 가운데 일부 작품은 제외하였다.

3. 『만우 박영준 전집』에 수록된 작품의 배열순서는 발표 연대순에 따랐다.

4. 각각의 작품 말미에 발표년도와 발표지를 밝혀 놓았으나 정확하지 않은 작품은 따로 표시하였다.

5. 『만우 박영준 전집』에 수록한 모든 작품은 발표 당시 신문·잡지의 원문을 그대로 옮긴다는 원칙에 따랐으나, 단 작가가 직접 퇴고하여 단행본으로 간행하였을 경우에는 개작본을 정본으로 삼았다.

6. 맞춤법과 띄어쓰기는 현행 규정에 맞게 고쳤으나 대화에 나오는 구어체와 사투리는 그대로 살렸다.

7. 현대 독자가 이해하기 힘든 낱말은 편집자 주( )로 설명하였다.

8. 외래어는 현재의 외래어 표기법에 맞도록 고쳤으며, 과도하게 쓰인 생략부호(……)나 장음 표시(——)는 읽기 편하도록 조절하였다.

9. 부호는 아래와 같이 사용했다.

대화	" "
인용과 강조	' '
단편 작품	「 」
책명(단행본)과 장편	『 』
신문, 잡지	《 》
영화, 노래제목	< >

고속도로

1

오후 다섯 시. 광주행 군용열차가 출발할 예정 시간이 삼십 분밖에 남아 있지 않았다. 집합 시간이 네 시 반이기 때문에 대부분의 신임 장교들은 벌써 자리를 잡고 있었다. 전송 나온 사람이 없는 그들은 전송 나온 가족이나 여자 친구들과 석별의 정을 나누고 있는 젊은 장교들을 차창으로 내다보며 자기들의 고독을 음미하고 있었다. 바깥 풍경에 흥미를 갖지 않는 장교들은 석 달 동안 서울과 작별하지 않을 수 없는 고독감에 짓눌려 자기 마음의 감정을 소화시키기에 여념이 없는 것 같았다.

'왜 아직 안 올까.'

가족이나 친구들에게 둘러싸여 담소하고 있는 장교들 틈에 스무 살 안팎의 젊은 사람이 시계와 승강구를 번갈아 보고 있다. 군복을 입지 않았는데도 그의 옆에는 기다란 더플백이 놓여 있었다.

'술을 마시고 있는 걸까.'

'시간에 못 대오면 어떻게 하지.'

그는 혼자서 걱정하고 있는 것이었다. 능히 그럴 수 있는 형이라고 생각하면서도 오늘 같은 날에야 설마 하고 안심하는 것이지만 그래도 불안한 것은 어쩔 수 없었다. 개인으로 여행가는 것이 아니다. 군인 생활을 시작하기 위해 훈련을 받으러 떠나가는 것이다. 자기 입으로 네 시 반이 집합 시간이라고 했는데 삼십 분이 지나도록 나타나지를 않다니……. 장교니까 망정이지 신병으로 입영하는 장정이라면 분명 기합감일 것이다.

청년은 다시 시계를 보았다. 십 분이 또 지났다. 승강구를 바라보며 만약 기차가 떠난 뒤 들어온다면 그것을 어떻게 볼까 하고 생각했다. 그는 약간 화가 났는지 시계만 연거푸 보았다.

그래도 군인인데 군인 생활을 이런 식으로 시작해서 어떻게 할 것인가. 아무리 형이라 해도 싫었다. 그래서 더플백을 내버리고 그냥 돌아가 버릴까 생각할 때 군복 입은 형이 헐레벌떡 뛰어오면서 자기를 찾고 있었다. 그는 못 본 체 내버려 두고 싶기도 했지만 형의 뒤를 따라오는 형의 친구와 또 형의 여자친구를 볼 때 차마 그럴 수가 없어,

"형!"

하고 명배(吉明培)를 불렀다.

"응, 너 여기 있었구나."

명배는 오랫동안 초조하게 기다렸을 동생의 마음 같은 것은 알려고도 하지 않고,

"올라가야지."

하고 더플백을 들었다.

새 군복에 새 군모를 쓴 그의 모습이 무척 단정하게 보였으나 불그레한 얼굴이 어쩐지 군복과 어울리지 않았다.

명배는 기차간에 올라가 더플백을 놓고 곧 다시 나왔다. 그리고는 친구인 상오(權相午)와 여대생 혜수(惠秀)와 마주 서서 그냥 빙글빙글 웃기만 했다. 할 이야기도 없는 모양이었다. 긴장된 태도가 조금도 보이지 않았다. 생활이 달라진다. 그것도 규율이 엄격하고 개인의 자유가 제한된 군대생활로 들어간다. 그런데도 긴장된 빛을 보이지 않는 것은 사병과 달리 장교이기 때문일까.

명배의 동생인 명수(明洙)는 그러한 형을 못마땅하게만 바라보고 있었다. 기차가 떠날 때가 임박했을 때야 명배가 상오에게,

“부탁한다.”

하며 악수를 했다. 악수를 하며 혜수를 힐끔 쳐다보았다.

상오와 악수를 끝내고는 혜수에게,

“무슨 일이든 상오하구 의논해 알았지?”

하고 그미의 어깨를 툭 쳤다.

“이적 그 소리 좀 그만해.”

혜수는 여러 번째 들은 이야기인지 귀담아 들으려 하지 않았으나 그렇다고 불쾌한 표정을 짓는 것은 아니었다.

“자아식, 걱정 말래두.”

상오가 명배의 가슴팍을 툭 치며 혜수의 얼굴을 바라다보았다.

명수는 세 사람의 이야기를 알아들을 수 없었다. 셋이 다 같이 친하다는 것을 미리부터 알고 있기 때문에 자기가 모를 이야기라고 해서 거기에 큰 관심을 기울이지는 않았다.

명배가 기차에 올랐고 떠나기 시작한 차창으로 손을 내젓고 있을 때 명수는 오직 형이 무사히 군대생활을 해 주기만 마음속으로 빌었다.

기차가 점점 멀어짐에 따라 보내는 사람들의 표정이 굳어졌다. 그 중에서도 혜수의 얼굴이 가장 굳어져 있었다. 명수는 혜수가 혹시 눈물을 흘리지는 않을까 생각했다. 그만큼 침울해 보였기 때문이다.

“자아식, 떠났군.”

기차가 보이지 않는 지점에까지 갔을 때 상오가 입을 열었다. 떠나는 것이 즐거울 것까지는 없을 것이지만 슬퍼하는 태도는 아니었다.

“고생하겠지요?

슬픈 표정을 보이지 않으려고 노력하는 혜수였지만 명배를 걱정하는 진심만은 감추지 못했다.

“젊은 놈이 고생 좀 하면 어때요.”

상오가 아무렇지도 않은 일이라는 듯이 말했다.

그 말에 명수는 속으로 픽 웃었다. 자기는 군대에 나가지 않으니까 그런 소리를 하는 것이라고. 그러나 혜수는 그런 생각을 안 하는 모양이었다. 역

시 여자는 군대에 나가는 일이 없으니까 군대를 기피하고 있는 상오에 대해
별다른 감정을 가지지 않을 것이다.

"그래두 훈련을 받는 동안 서울 생각 많이 할 거예요."

"석 달인걸요, 뭐."

그 뒤 그들은 역 구내를 나왔다. 구내를 나오자, 그때야 명수를 생각할 여
유가 생겼다는 듯이,

"참 명수하고는 오래간만인데 차나 한 잔 하구 가지."

하고 상오가 명수를 보며 말했다.

명수는 사양했다. 형의 친구들과 함께 차를 마신다는 것이 그리 즐거울
것 같지는 않았던 것이다. 더구나 혜수가,

"차 한 잔쯤 어때?"

하고 반말을 할 때 그들과 어울리기가 싫었다. 몇 번 만나 본 일은 있다. 그
러나 형의 연인이라고 해서 그 동생에게 반말질을 하라는 법이 없다. 아직
약혼도 안 한 사이다. 친밀하달 수도 없는 사이다.

명수는 그냥 헤어지고 싶었으나 두 사람의 권을 뿌리치기가 힘들었다.

필요 없는 오해를 받기도 싫었고. 그래서 그들을 따라 역 근처에 있는 다
방까지 갔다. 다방에 들어가 앉자,

"너의 아버지는 왜 정거장에 안 나오셨니?"

상오가 먼저 입을 열었다.

"형이 못 나오시게 했어요."

"못 나오시게 한다구 안 나오시니?"

그때 혜수가 말참견을 했다.

"명배가 얼마나 싫어했는데……."

그 말을 듣자 명수는 혜수를 못마땅한 눈으로 바라봤다.

형 명배와 혜수가 만나 이야기할 때 그들이 서로 반말하는 것을 들은 적
이 있다. 그때도 약간 귀에 거슬렸지만 형이 없는 자리에서 형을 이름만으
로 부르는 혜수가 어쩐지 경솔한 여자로 생각되었다. 요즘 젊은 사람들은
연인들끼리 존경어를 조금도 안 쓴다. 자기도 연애를 하게 되면 그렇게 될

지 모른다. 그런데도 명배는 여자들의 반말질에 귀가 익숙지 못하다. 대학생답지 않게 보수적이라서인지,

'여자가……'

그는 여자가 남자에게 반말하는 것이 못마땅하게 생각되었다. 서로 사랑하는 사이라고 해도 존경하는 마음이 있어야 한다. 존경하는 마음 없이 사랑한다면 그 사랑은 오래 갈 수가 없다.

그래서 명수는 혜수를 탐탁지 않게 생각할 수밖에 없었다.

"조금두 울지 않았지?"

상오가 혜수를 쳐다보며 이야기를 비약시켰다.

"마음으루 울었어."

혜수는 상오에게도 반말질이었다.

'원체 가정교육을 못 받았나.'

명수는 속으로 그미를 경멸하며 마음으로 울었다는 말도 거짓말이리라 생각했다.

"울어야 소용없다는 것을 아니까 울지 않은 거겠지. 그게 현대인 아냐."

상오는 이런 말을 하고 난 뒤 이번에는 명수를 보며,

"너 가끔 혜수 씨한테 전화 걸구 같이 놀러두 다녀라. 네 형은 그런 말 안 하든?"

하고 말했다.

"아아니요."

명수는 솔직하게 대답했다. 형 명배는 가끔 혜수 이야기를 했다. 그러나 형의 체면을 유지하기 위함인지 감정의 깊이에 대해서는 말한 일이 없었다.

"좀 그래라. 명배가 제대할 때까지 우리가 혜수를 감시해야 하니까 말야."

상오가 빙그레 웃었다. 혜수도 살짝 웃었다. 감시란 말 자체가 흥미가 있다는 듯이.

"정말야. 명배가 내게 부탁하던 말 분명히 들었지?"

"들었어."

혜수가 분명히 긍정하는데도 상오는 명수를 보며 말했다.

"요즘 여자들은 믿을 수가 없거든. 그래서 명배가 제대할 때까지 혜수가 딴 마음을 못 가지게 감시해 달라구 부탁했단 말야. 그러니까 혜수의 마음이 변하면 그 책임이 우리에게 있다는 것을 알아야 해. 알았지?"

그때야 명수는 감시라는 말의 뜻을 완전히 이해할 수 있었다. 그러나 자기가 그미를 어떻게 감시하며 또 설사 감시한다고 해서 그녀의 마음이 변하지 않을 수 있을까 하고 혼자 생각했다.

"이제 그만둬요."

혜수가 그리 달갑지 않은지 상오의 말을 제지했다. 그러는데도 상오는,

"알지? 딴 남자와 사귀었다가는……."

하며 주먹을 쥐어 혜수 앞에 내밀었다. 두들겨라도 준다는 뜻이었다.

"누굴 뭘루 알지요? 두구 보면 알건데, 뭐."

혜수는 자신 있게 말했다. 그리고는 명수를 바라보며 친밀하게 말했다.

"정말 우리 집에 좀 놀러 와. 아니 오늘 나하구 같이 가. 집이라도 알아 두게……."

명수는 혜수의 집을 알아 둘 필요가 없다고 생각했다. 그렇게 탐탁해 보이지 않는 여자와 연애를 하고 있는 형에게 협력할 마음이 내키지 않았기 때문이었다.

"그래, 나두 알아 둘 필요가 있으니까 같이 가 보자."

하며 앞장을 서는데 자기만이 거절할 이유를 내세울 수 없었다.

"좋아. 다 같이 가."

혜수가 찬성하고 상오가 끄는 바람에 명수는 그냥 끌려갔다. 상오가 택시를 잡았을 때 명수는 운전수 옆에 앉으려 했지만 혜수가 손을 잡아끌어 그의 옆에 앉혔다. 셋이 앉으니까 꼭 끼어 살이 닿았다. 혜수는 아무렇지 않게 생각하는 것 같았으나 명수는 거북살스러웠다. 더구나 맞닿은 팔의 감촉을 느낄 때 미안한 생각이 들어 몸을 앞으로 내밀었다. 그러나 혜수가 그의 팔을 잡아당기며 편히 앉으라고 했다.

동생처럼 생각하는 것일까. 사실 그는 어머니도 누이도 없는 남자들만의

가정에서 자랐다. 여자에게 익숙지가 못한 것이다.

택시가 퇴계로로 해서 대한극장 앞으로 지날 때였다. 상오가,

"그 자식 지금 어디쯤 갔을까."

하고 말했다.

"아직 수원도 못 갔을걸요."

혜수의 대답이었다.

"지금 뭘 생각하구 있을까."

"몰라."

혜수가 상오의 어깨를 툭 쳤다.

"기차가 서울루 되돌아 달렸으면 하구 빌구 있을 거야."

"물론이지."

명수는 그들이 어쩌면 저렇게 가까울까 하고 생각했다. 친구의 애인, 애인의 친구면 애인들만큼 친하다는 것일까.

장충단으로 가는 길 왼쪽 골목으로 들어가 아담한 양옥집 앞에 자동차가 멎었다. 차에서 내렸다. 혜수가 대문 앞에서 버저를 누르는 동안 명수는 담장 너머로 집 안을 살펴보았다. 그렇게 크지는 않지만 아담한 이층 벽돌집이었다. 이층 발코니가 보였고 발코니 창문을 가린 짙은 색의 커튼을 보며 여유 있게 사는 집이란 생각을 했다.

젊어 보이는 중년부인이 대문을 열어 주었다. 깨끗한 옷을 입은 깨끗한 인상의 여자였다.

"친구들이야, 엄마."

엄마라고 하는 혜수 말에 명수는 우선 놀랐다. 혜수의 어머니가 될 만큼 나이가 들어 보이지 않았기 때문이었다. 의붓어머닌가 하는 생각을 했다. 현관까지 가는 동안에 혜수는 상오와 명수를 그미 어머니에게 소개시켰다.

"이쪽은 명배 친구구, 이쪽은 명배 동생이야."

혜수 어머니는 그저 반갑기만 하다는 표정을 했다.

"정거장에서 오는 길이로군."

하고 말했다. 명배가 방금 기차로 떠난 것을 알고 있는 모양이었다.

그들이 아래층 응접실에 들어가자, 혜수 어머니 오경주(吳慶珠) 여사는 차를 가져온다 과자를 가져온다 그들을 대접하기에 바빴다. 오 여사가 부엌에 나가고 없는 사이에 명수는 실례를 무릅쓰고 물었다.

"친어머니이십니까?"

"친어머니야, 왜?"

혜수는 명수의 질문이 의아스럽다는 듯 물었다.

"너무 젊어 보여서요."

"그래?"

그때는 안심이라는 듯 혜수는 웃음을 섞어 가며 말을 이었다.

"마흔두 살 같지 않아?"

"절대루 그렇게 보이지 않는데……."

상오가 명수 대신 대답했다.

정말 사십 이상으로는 보이지 않았던 것이다.

"사실은 너무 젊어 걱정이야."

"딸이 그런 걱정할 것 뭐야. 아버지가 계신데……."

"아버지가 안 계시니까 내가 걱정을 하지."

"아버지는?"

"캐나다에 가 계셔. 초청의사루……."

"그럼 심심하시겠군?"

"걱정 안 해두 좋아, 그런 엄만 아니니까."

"내가 좀 협조해 드릴까."

"그런 소리 하려면 아예 우리 집에 오지두 말어."

그때 오 여사가 과일을 깎아 가지고 들어왔다. 상오는 무안한 김에 자기 코를 잡고 콧소리를 내며 고개를 뒤로 돌렸다.

명수는 그들의 대화가 머리에 하나도 남아 있지 않는 듯 너무도 젊은 오 여사가 얼굴을 바라보기에 여념이 없었다. 기껏해야 서른대여섯밖에 보이지 않는 얼굴이었다. 솔직히 말해서 나이를 계산할 수 없을 만큼 앳돼 보였다. 대학생의 어머니란 생각을 도저히 할 수 없을 만큼 피부가 싱싱해 보였다.

과일 쟁반을 탁자에 놓은 오 여사가 무슨 생각이 났던지,

"참, 술이 있어야 할 거 아냐."

웃으면서 상오를 바라보았다. 상오는 사양할 생각도 않고,

"제 맘을 어쩌면 그렇게 잘 아십니까."

싱글벙글했다.

"센스가 빠르질 못해서요."

오 여사가 나가서 양주병과 글라스 셋을 가지고 들어와 손수 술을 부었다.

"아주머니 잔은 없네요."

상오가 능청스럽게 말하자 오 여사는,

"내가 끼면 재미있을라구요."

자기도 끼워 주기를 바라는 듯한 태도였다.

"술에 상하가 있습니까?"

상오의 말이 떨어지기도 전에 혜수가 부엌으로 나가려 했다. 그러자 오 여사가,

"넌 가만 있어. 내가 가져올게."

하고 나가 글라스 한 개를 더 가져왔다. 얼굴뿐 아니라 말과 동작도 젊어 보였다. 다들 몇 잔씩 마시는 동안 명수만이 술잔을 든 채 그들을 바라보고 있었다.

"학생도 한잔 들지 않구."

오 여사가 권했다.

"전 못합니다."

"못한다는 말두 있나."

"아직 술이라군 입에 대본 일이 없습니다."

"대학생이 뭐 그럴라구."

명수는 약간 부끄러웠다. 여자들까지 마시는 술을 자기만 마시지 못하다니…… 그러나 못 먹어 본 술을 여자의 권이라고 해서 마신다는 것이 싫었다. 역시 그는 보수적이었다.

몇 잔을 마시자 오 여사가 전축을 틀고 혜수에게,

　　"춤 좀 춰라."

하는 것이었다. 명수는 또 놀랐다. 술을 마실 뿐 아니라 딸에게 춤을 권하는 어머니가 있다니.

　　명수는 오 여사가 젊었을 뿐 아니라 몹시 개방적이란 생각을 했다. 자기가 가진 지식으로는 도저히 이해할 수 없는 여자였다.

　　상오가 혜수를 안고 실내를 빙빙 돌았다. 왈츠였다. 나는 것처럼 가볍게 몇 바퀴를 돌았다. 아름다운 풍경이었다. 그러나 명수에게는 아름답게 보이지가 않았다. 친구의 애인을 품에 안고 춤추는 상오도 보기 싫었지만 애인을 군대에 내보내고 돌아온 즉시 딴 남자와 춤을 추며 즐기는 혜수가 더욱 보기 싫었다. 그럴 수는 없을 것 같았다. 그런데 혜수와 춤을 추고 난 상오는 서슴지 않고 오 여사에게 가서 허리를 굽히고 춤을 청했다. 그러자 오 여사는 잠시 망설이는 듯하다가 상오의 품에 안겨 버렸다. 딸과 춤추던 남자라는 생각만 없다면 아무렇지도 않았을지 몰랐다. 서로 안고 심각한 표정으로 스텝을 밟는 그들이 어떤 정사(情事)를 하고 있는 것 같아 명수는 스스로 낯을 붉혔다. 들고 있던 술잔을 자기도 모르게 입으로 가져갔다. 얼떨결에 양주 반 잔을 마셔 버렸던 것이다. 그리고는 창 밖으로 얼굴을 돌려 버렸다. 모두가 보기 싫었던 것이다.

　　춤을 끝내고 난 오 여사가 명수 옆으로 와서,

　　"한 번 춰 보지, 왜."

하고 춤을 권했다. 그리고는 붉어진 얼굴을 보고는,

　　"좀 마셨나."

하며 만족스런 듯이 웃었다. 나이에 비해 너무나 싱싱한 것이 신기롭던 오 여사에게 환멸을 느꼈다. 자기와 같은 인간이 되어 보라고 유혹하는 것처럼 생각되었기 때문이었다.

　　"한 번 춰."

　　재차 권유할 때 명수는,

　　"출 줄 모릅니다."

　　듣기 좋게 거절했지만 속으로는 그 집을 뛰쳐 나가고 싶을 뿐이었다.

“무슨 학교에 다니지?”

오 여사가 말을 시켰다. 명수는 대답을 안 할 수가 없었다.

“D대학입니다.”

“몇 학년이지?”

“이학년입니다.”

“너무 얌전하군 그래. 형하구는 좀 다른 것 같은데…….”

칭찬하는 것인지 흥보는 것인지 알 수 없었다.

“먹을 것 좀 갖다 줄까.”

먹을 것밖에 모르는 어린애로 취급하는 것 같아,

“아닙니다.”

단호하게 거절했다. 그것은 음식에 대한 거절이 아니라 그들의 세계에 대한 항거이기도 했다. 명수로서 처음 보는 세계에 대한 강렬한 혐오증을 느꼈던 것이다.

“커피를 한 잔 더 가져올까.”

“아닙니다.”

명수는 또 거절했다.

“과일이라두 먹어.”

“좋습니다.”

“초콜렛이야.”

오 여사가 초콜릿을 집어 줄 때 그는 그것을 받아 도로 접시에 놓으며 또,

“좋습니다.”

하고 거절했다.

상오가 이번에는 혜수와 함께 춤을 추기를 시작했다. 그것을 보자 명수는 오 여사에게 급히 할 일이 있기 때문에 먼저 가겠다고 말했다. 그런 말을 하고 나올 때 오 여사만은 붙잡으려 했으나 춤에 열중한 상오는 혜수의 허리에 꼈던 손을 흔들 뿐 계속 춤을 추었다.

명수는 완전히 무시당한 느낌이었다. 떠나야 한다는 결심이 더욱 굳어졌을 때 혜수가 춤을 중단하고 와서 만류했다.

“정말 일이 있어서요.”

명수가 정색하고 말하자 오 여사도 혜수도 더 붙잡지 못했다. 현관을 나와 대문 있는 데까지 오 여사가 따라나와,

“공부밖에 모르는가 보군. 종종 놀러 와.”

하며 그의 등을 쓸어 주었다. 꼭 어린애로 취급하는 것 같았다. 그리고 세상을 좀더 알아 두는 것이 좋다고 말하는 것 같았다.

고급주택만이 들어서 있는 정결한 신당동 골목을 빠져 나와 시내버스를 타고 자기 집에 있는 회현동 골목으로 들어섰다. 한 집 건너 여관 간판이 붙어 있고 길가의 집마다가 구멍가게 같은 상점으로 되어 있는 구질구질한 골목이었다.

절대로 빈민촌은 아니다. 그런데 이 날의 명수에게는 구질구질한 골목으로 느껴졌다. 신당동 골목과 비교가 되어 그랬는지 모른다. 구질구질하고 어두컴컴한 골목으로 걸어가다가 오른쪽으로 트여 있는 좁은 골목으로 들어섰다. 여기만 오면 자기 집이 보인다. 판자로 만든 대문. 대문에서 삼 미터도 못 되는 곳에 이름만의 현관이 있다. 그 출입문을 들어서면 방이 세 개가 다닥다닥 붙어 있다. 응접실 같은 것은 상상도 못할 집이다. 뜰도 없고. 옛날 일본 사람이 살던 집이지만 한국에 나와 산 일본인 가운데도 이런 집을 쓰고 살아야 했던 사람이 있었을까 의심이 갈 만한 집이다.

집이 보이는 골목에 들어서자, 명수는 갑자기 울적해지는 마음을 걷잡을 수가 없었다. 전에는 한 번도 느껴 보지 못한 감정이었다.

버저를 눌렀을 때 식모 대신 손수 나와 대문을 열어 주던 혜수의 어머니가 생각났던 것이다. 동시에 자기는 어머니의 얼굴도 모르고 살았다는 것이 생각났다. 어디 나갔다가 돌아올 때마다 대문을 열어 주는 어머니가 있었으면 하는 바람도 가져 보지 못하고 살았다.

어머니에 대한 그리움이나 환상을 가질 만한 기억이 너무나 없기는 했지만 그런 것을 일부러 가지려 하지 않았던 명수였다. 그것은 아버지에 대한 하나의 의리였다. 명수가 두 살 때 어머니가 돌아가셨지만 아버지는 재혼할 생각을 않고 오늘까지 살아왔다. 형 명배가 재혼을 권할 때 아버지는 내가

혼자 사는 것이 편하지 너희들을 불행하게 만들 수 있느냐고 대답하던 것을 명수는 이때까지 잊지 못하고 있다. 말하자면 아버지는 자기네 형제를 위해 고독한 일생을 보내고 있다. 그러한 아버지가 있는데 어머니를 그리워하는 감정을 가진다는 것은 아버지에 대한 의리에 어긋나는 일일 것이다. 그래서 그는 친구의 집에 놀러 가지도 않았다. 남의 어머니를 보면 자기는 어머니 가 그리워지게 될 것 같았기 때문이다.

그런데 오늘 그런 것을 깜빡 잊고 혜수의 집에 가서 혜수의 어머니를 보았던 것이다. 그리고 금기로 되어 있던 어머니에 대한 그리움을 느꼈던 것이다.

명수는 어머니에 대한 그리움 그 자체보다도 그런 감정을 품게 된 자신에 게 울분 같은 것을 느꼈다.

혜수에게 어머니가 있을 것을 왜 생각지 못하고 끄는 대로 끌려갔던가. 그는 자기가 어머니를 그리워하는 감정을 품고 있을 때 자기의 그런 표정을 보고 슬퍼할 아버지를 생각했다. 아버지에게 미안했다. 그는 울적한 생각도 가져서는 안 된다고 다짐하며 그의 집 버저를 눌렀다.

선미(玉善美)가 버저 소리를 듣고 뛰쳐 나왔다. 식모로 있는 열아홉 살의 처녀였다.

"왜 이제 오세요?"

선미는 대문 고리를 요란스럽게 열며 명수를 맞았다. 무척 기다린 모양이 었다.

"어디 좀 들렀다 온다."

"큰오빠는 떠났지요?"

"그럼."

"지금쯤 꽤 멀리 갔겠네요."

명수는 대답을 않고 방 안으로 들어갔다. 뒤따라오던 선미가 또 말을 건 넨다.

"작은오빠, 저녁 채려야지요?"

"응, 빨리 줘 배고프다."

선미는 찌개를 데워 밥상을 들고 들어왔다.

"아버진 아직 안 오셨니?"

"좀 늦을지두 모른다고 전화가 왔어요."

선미는 밥주발 뚜껑과 찌개냄비 뚜껑을 열면서 대답했다. 그리고는 또 말을 건넸다.

"큰오빠가 없어서 집이 빈 것 같아요."

명수는 일일이 대답하기가 싫었다. 그래서 밥만 먹고 있는데 선미가,

"참, 나두 밥 먹어야지."

하고 부엌에 나가 자기 밥그릇과 수저를 들고 들어와 명수 앞에 마주 앉았다. 명수는 혼자만 밥을 먹던 것이 미안해서,

"왜 먼저 먹지 않았니?"

하고 말했다.

"작은오빠두, 혼자서 어떻게 밥을 먹어요. 그러니까 작은오빠가 일찍 일찍 들어오셔요. 종일 혼자 있는 사람두 좀 생각해 주셔야지."

정말 친동생처럼 말했다.

선미는 열여섯 살 때부터 이 집에 와서 일하고 있었기 때문에 한집안 식구처럼 흉허물없이 지내는 터였지만 이 날은 특히 다정한 오빠를 대하듯 했다. 명수는 울적한 마음에,

"알았어."

간단히 대답을 한 뒤 밥만을 열심히 먹었다. 밥을 먹으면서도 상오, 혜수, 그리고 혜수 어머니의 얼굴들을 눈앞에 떠올리며 잡쳐 버린 하루라고 생각했다. 어떤 얼굴 하나 호감을 주는 것이 없었다. 특히 오 여사가 더했다. 젊고 싱싱해 보이기는 했지만 자기 딸에게 처음 보는 남자와 춤을 추라고 권유하는 법이 어디 있을까. 아무 상관없는 사람이지만 생각할수록 불쾌한 일이었다. 불쾌한 생각을 하며 밥을 먹고 있을 때 선미가 찌개그릇에서 고깃덩어리 하나를 골라 명수 앞에 내밀었다. 젓가락으로 집어 명수의 숟가락에 놓아 주려고 할 때 명수는 이 애가 왜 이리 친절한가 하고 생각했다.

"너나 먹어."

퉁명스럽게 말했으나 선미는 명수에게 먹이고야 말 작정이었다. 귀찮아서 받아먹었지만 눈치가 달라진 것 같아 약간 불쾌했다. 얼른 밥을 먹고 난 뒤,

"숭늉 다오."

하고 물러앉았다. 숭늉을 먹고 곧 자기 방으로 갔다. 혼자 있고 싶었다. 자기 방에 앉아 옷을 갈아입고 있을 때였다.

버저 소리가 요란스럽게 울렸다. 아버지는 아버질 텐데 버저 소리가 유달리 요란스러웠다. 대문을 열러 나갔던 선미가 전에 없던 일에 웬일이냐는 듯이,

"술 잡수셨어요?"

하고 말했다.

"그래 마셨다, 마셨어."

그는 아버지의 술 취한 굵은 목소리를 들었다.

아버지는 정말 취한 모양이었다. 대문 안에 들어서며 그렇게 큰 소리를 내 본 적이 일찍이 없었다. 명수는 그런 아버지를 대하기가 두려웠지만 그렇다고 피할 수가 없어 현관으로 나가 그를 부축하고 들어왔다. 넥타이가 반쯤 풀어져 있고 머리는 흩어져 있었다. 술 냄새가 역하게 코를 찔렀다. 술을 퍽 많이 마신 모양이었다. 그런데도 방에 들어서자,

"너희들 밥 먹었니."

하고 명수와 선미 걱정을 했다. 물론 혀 꼬부라진 소리로,

"네, 아버지는 어떻게 하셨어요."

"나? 나는 밥 안 먹는다."

그는 방바닥에 앉아 넥타이를 풀고 양복저고리를 벗었다. 술 취하지 않은 체하려는 것이 분명했다. 명수는 넥타이와 양복을 받아 못에 걸면서 무엇 때문에 저렇게 술을 마셨을까 생각했다. 하기야 매일처럼 술 마시고 싶을 아버지다. 오십이 갓 넘은 사람으로 지금도 얼마든지 결혼할 수 있다. 그런데도 그는 근 이십 년 동안 자식들을 위해 결혼을 안 하고 있다. 자식들을 위해서라지만 얼마나 고독할 것인가. 그런데도 그는 이때까지 이렇게 취해

본 일이 없었다. 알 수 없는 일이었다. 명수는 학교에서 무슨 일이 있었나 하고 그것을 물어 보고 싶었지만 취중에 묻는다는 것이 부질없는 일 같아 자리를 깔고,

"주무세요."

잠을 권했다. 아버지 상대(尙大)는 의젓하게 명수의 말을 들었다. 옷을 벗고 잠옷을 입은 뒤 자리 속에 들어갔다. 어디까지나 취한 것처럼 보이지 않으려는 태도였다. 선미가 냉수를 떠 가지고 왔다. 상대는 냉수도 말없이 마셨다. 그리고는 잠을 청하려는 듯 눈을 감았다. 명수는 자기 방으로 나가려 했다. 그때 아버지가 눈을 감은 채,

"명배 잘 떠났니?"

하고 물었다.

"네, 잘 갔어요."

"넌 정거장에 나갔지?"

"네."

"먹을 거라두 좀 사 줬니?"

"미처 그 생각을 못했는데요."

"기차간에서는 무엇이나 먹구 싶은 거다."

"단체루 가는데 혼자만 먹을 수 있나요."

"그 자식이 나를 정거장에 못 나가게 했지. 정거장에두 못 가게 했단 말야."

"정거장엔 나가 뭘 합니까. 제가 나갔는데……."

"내가 나가면 안 될 게 뭐냐."

"그런덴 안 나가시는 게 좋아요."

"나쁜 자식이야 고얀 놈이란 말야. 왜 정거장에두 못 나가게 해."

명수는 아버지가 주정 아닌 주정을 하고 있다고 생각했다. 그래서 안녕히 주무시라고 한 뒤 방을 나왔다. 명수가 나온 뒤에도 그는 몇 번이나 고얀 놈 소리를 했다. 명수는 알았다. 아버지가 술을 마신 것은 형의 입대 때문이라고. 대학까지 졸업을 시켰지만 아들을 군대에 보내는 아버지의 마음이 좋을

리 없을 것이다. 그런데다가 형이 한사코 아버지를 정거장에 나가지 못하게
해서 전송을 못해 준 것이 한스러웠을 것이다.

명수는 세상 모든 사람에게 불평을 말한다 해도 아버지에게만은 불평을
말할 수 없다고 생각했다. 그런 아버지가 세상에 또 어디 있겠는가. 죽으라
면 죽는 시늉이라도 해야 할 것 같았다. 이런 생각을 하고 있을 때,

"작은오빠."

하며 선미가 그의 방으로 들어왔다.

형 명배와 함께 같은 방을 쓸 때는 선미가 들어와도 아무렇지가 않았다.
들어오면 들어오나 보다 나가면 나가나 보다 생각했을 따름이었다. 그런데
이 날 처음으로 혼자 자게 된 방에 선미가 서슴지 않고 들어올 때 명수는
자기도 모르는 새 사방을 둘러보게 되었다. 왠지 신경이 자극되었던 것이다.
오늘 따라 선미가 이상스럽게 친근하게 굴었다는 것이 작용되겠지만 아버지
가 취해서 잠들어 있다는 것도 그 이유의 하나가 되었을 것이다.

그런데 선미는 조금도 신경을 쓰지 않으며 이야기를 시작했다.

"큰오빠가 군대에 나가 아저씨 마음이 슬픈가 부지요."

"그런 것 같다."

"큰오빠가 없으니까 어디가 빈 것 같아요."

"글쎄."

"아저씨가 토하기라두 하면 어떡허지요?"

"그런 걱정 말구 가서 자기나 해라."

"벌써 무슨 잠을 자요."

"난 공부를 해야 하니까 어서 나가."

"내가 읽을 책 뭐 없어요?"

"그런 게 내한테 있을 턱 있니."

그래도 선미는 나가려 하지 않았다.

명수는 그저 귀찮은 생각이 들어 책을 펴고 책상에 마주 앉았다. 공부하
는 체하자 그때야 선미가 할 수 없다는 듯 아이 심심해하며 나갔다.

버릇이 없는 애라고 생각했다. 아무리 어렸을 때부터 가족처럼 지내왔다

고 해도 동기간이 아니면 지킬 것은 지켜야 한다. 더구나 나이가 찬 처녀가 남자의 방에 함부로 들어와 나갈 생각을 안 하다니.

선미는 혹시 무슨 일이 있기를 바라는 것이 아닐까. 그럴지도 모르는 일이다. 호기심 같은 것은 가졌겠지만 분별심은 갖지 못하고 있을 나이다. 누가 유혹만 하면 물오르기 시작한 고사리처럼 쉽게 부러질 것이다.

'내가 조심해야지.'

잘못하다가는 자기의 친절을 이성적인 애정으로 받아들일지도 모른다. 농담도 함부로 해서는 안 된다고 생각했다.

명수는 문득 창노를 생각했다. 한 반 학생이었다. 같은 반에 여학생이라고 단 두 명밖에 없는데 그 중 한 명과 연애를 했다. 그런데 한 학기도 못 지나 그 여학생과 만나지 않는다고 했다. 만나지 않는 이유를 물었을 때 창노는 연애를 한 것도 아닌데 안 만나는 게 이상할 것도 없는 일이라고 대답했다. 그러나 그 여학생은 고민했다. 학교에도 잘 나오지 않았다. 그러다가 새 학기에 등록도 안 했다. 말하자면 여학생에게는 그 이상 더한 괴로움이 없었던 것이다. 그런데도 창노는 사랑도 안 했는데 하며 만나지 않는 것을 아무렇지도 않게 이야기했다.

이 일에 대해 반 친구들은 여학생이 너무나 순진하다고들 말했다. 설사 사랑에 실패했기로서니 학교까지 그만둘 필요가 무엇인가고. 그러나 명수는 창노를 나쁜 놈이라고 생각했다. 사랑을 하지 않았다면 여자에게 타격을 주지 않도록 대했어야 할 것이 아니냐고. 역시 남녀관계에 있어서 타격을 받는 편이 여자다.

명수는 선미를 생각하다가 왜 창노 생각을 했을까 하고 스스로를 의심해 보았다. 자기가 싱거운 것 같았다. 잠이나 자려고 할 때였다. 아버지 방에서 전화벨이 울렸다. 올 데가 없는데 누굴까 하면서 그 방으로 가려고 할 때 선미가 뛰어가서 전화를 받았다.

귀를 기울이고 있을 때 선미가 뭐라뭐라 하다가,

"작은오빠, 전화예요."

하고 소리를 질렀다. 누구에게서 왔던지 받아야 했다. 코를 그렁그렁 골면서

자고 있는 아버지를 깨우지 않으려고 조심조심 걸어가 전화를 받았다. 혜수였다.

"명수야?"

혜수가 뉘 집 애 이름 부르듯 불렀다.

명수는 '그렇다.'고 대답할 뻔했다. 나이로 쳐도 한 살밖에 위가 아니다. 자기가 그러면 나도 그래야 할 것이 아닌가. 그러나 형을 생각했다. 앞으로 형수가 될지도 모르는 여자에게 그럴 수도 없었다.

"네."

"뭐 하구 있어?"

"잘려구 그럽니다."

"자기는 벌써…… 그런데 내일 세 시 아까 그 다방 있지. 정거장 근처 그 다방으로 좀 나와 줄 수 없어?"

"왜요?"

"내일은 우리 엄마가 어딜 여행 간다나. 혼자서 정거장에 나가기가 싫어서 그래."

"내일은 네 시까지 강의가 있습니다."

"몇 시간쯤 빠지면 어때. 꼭 나와요. 내 맛있는 거 사 줄게."

"못 나갈 것 같은데요."

"기다리구 있을게, 꼭."

혜수는 이쪽 대답도 듣지 않고 전화를 끊었다. 명수는 잘 했다고 생각했다. 확답을 안 했으니까 가지 않아도 책임감을 느낄 필요가 없었다. 다음날 아침까지도 그는 혜수를 만나러 갈 생각이 없었다. 열두 시까지도 그랬다. 가고 싶은 마음이 도무지 내키지 않았기 때문이었다. 만나야 불쾌하기만 할 것이 뻔한 노릇인데 일부러 시간을 없애면서 갈 필요가 무엇인지. 더구나 혜수 어머니 오 여사를 생각할 때 더욱 그랬다.

그런데 열두 시가 되자 반 대표가 오후 시간은 휴강을 하고 일학년 신입생들과 친선 경기를 한다고 했다. 명수는 운동을 해 본 일이 없었다. 통 취미가 없었다. 선수 아닌 사람들은 운동장에 나와 응원이라도 하라고 했지만 명수는 응원에도 흥미를 느끼지 못했다.

일찍 집에나 돌아가야겠다고 버스정류장까지 나갔다. 그런데 거기 창노가 있었다.

"너 집에 가니? 같이 가자."

창노의 집이 퇴계로니까 거의 같은 방향이었다. 버스가 오자 먼저 타며 명수더러 빨리 올라오라고 했다. 왠지 그와 같이 가고 싶지가 않았다.

"난 들를 데가 있다."

하고 다음 차에 탔다. 그것도 서울역까지 가는 버스였다. 서울역행 버스라는 것을 알자 혜수 생각을 했다. 그리고 형이 상오에게 자기 없는 동안 혜수를 감시해 달라고 했다는 말을 생각했다. 직접 형에게서 부탁을 받지 않았지만 부탁받지 않은 일을 자진해서 한다면 형이 더 좋아할 것이 아닌가. 형이 손해될 것이 없을 것 같았다. 형에게 편지를 할 때 편지의 재료도 될 수 있을 것이다. 시계를 보았다. 한 시 조금 전이었다. 한 시간쯤 기다리면 될 일이었다. 그는 정거장 근처에서 버스를 내려 어제의 다방으로 들어갔다. 그리고는 책을 읽기 시작했다. 시간이 되면 으레 오려니 생각하고 책만을 읽고 있는데,

"착실한 학생인데……."

하고 말이 맞은편에서 들려 왔다.

명수는 혜수라는 것을 알고 시계부터 보았다. 한 시 반이었다.

"웬일이세요."

"일찍 끝내고 왔어. 기다릴 것 같아서."

보니 혜수의 손에는 몇 권의 책이 들려 있었다. 그미도 학교에서 바로 오는 모양이었다.

"차 마셨어?"

"아아뇨."

혜수는 레지를 불러 차를 시켰다. 그리고는,

"점심은 먹었어?"

하고 명수에게 물었다.

"아아뇨."

"그럼 얼른 차 마시구 점심 먹어."

그럴 줄 알았으면 차는 주문하지 말걸 하고 생각했다. 차를 마실 때마다 명수는 오십 원짜리 차보다는 삼십 원짜리 우동이 더 실속 있다고 생각했다. 그러나 오늘은 혜수가 돈을 낼 것이니까 궁한 소리는 안 하기로 했다.

그런데 차를 마시고 다방을 나서자 혜수는 우동집이 아니라 서울역 이층에 있는 구내식당으로 갔다. 기대와 달리 너무 비싼 집으로 가는 것이었다.

명수는 이런 기회에 양식을 한 번 얻어먹자 생각하며 아무 말 없이 뒤따라갔다. 식당에 들어가자 혜수는 명수에게 물어 보는 일도 없이 비프스테이크 이인분을 주문했다. 제일 비싼 것이었다. 명수는 약간 미안한 생각이 들어,

"기차 시간에 늦지 않습니까."

이런 식으로 어리둥절해하는 자기 마음을 표현했다.

"세 시 찬데 아직 멀었어."

여유 있게 대답하는 혜수를 보자 미안할 것도 없다는 생각을 하며 점심을 맛있게 먹었다. 점심을 먹으면서도 돈푼이나 가지고 있는 것처럼 거드름 피우는 사람의 것은 무조건 먹어 줘야 한다는 생각도 했다.

혜수의 어머니는 그미의 친구들과 함께 온양온천엘 간다고 했다. 그래서 이왕이면 플랫폼에까지 같이 나가 전송해 달라고 했다. 명수는 점심을 잘 얻어먹었으니 그냥 따라가는 수밖에 없었다. 입장권을 사 가지고 폼에 들어갔을 때는 세 시 십 분 전이었다. 승객들은 이미 차에 올라 자리를 잡고 있었다.

혜수와 명수는 이등 찻간으로 갔다. 오 여사는 친구들과 같이 자리에 앉아 있었다. 양복을 입은 오 여사는 어젯밤보다도 더 젊어 보였다. 그녀는 명수를 보자,

"어떻게 나왔어?"

놀라는 표정을 지으며 반가워했다. 그리고는 자랑삼아 자기의 친구들에게 소개까지 시켰다.

"참 고마운데……."

오 여사는 잠시도 명수를 놓지 않고 혼자 좋아했다.

"그럼 내려가야지. 어서 내려가."

그미는 명수의 등을 밀었다. 사실은 기차가 떠날 시간이 이삼 분밖에 남지 않았다. 명수가 밀려 기차에서 나올 때 오 여사가,

"이것 받아 둬."

하며 종이로 싼 것을 남들이 보는 가운데서 손에 쥐어 주었다. 무엇인지는 모르나 받고 싶지가 않았다. 그 자리에서 돌려 주자,

"맛있는 거야. 심심할 때 먹어."

오 여사는 종이에 싼 것을 기어코 명수에게 주고야 말았다. 어린애 취급을 받는 것 같아 약간 창피했으나 사람들 보는 데서 실랑이를 할 수 없어 그냥 받았다. 받은 뒤 초콜릿 같은 것이려니 생각되었지만 여사의 친절을 분석해 보고 싶은 명수였다.

오 여사에게는 혜수 외에 자식이 없는 것 같았다. 그러니 자기를 아들과 같은 생각이 들어 친절하게 해 주는 것일까. 그렇지 않으면 자기 딸의 애인인 형 명배를 생각해서 형을 대하는 마음으로 친절하게 해 주는 것일까.

명수는 오 여사의 친절이 어디서 오는 것이든 그리 유쾌하지가 않았다. 확실히 자기를 어린애로 취급하고 있다. 불쾌했다. 더구나 오 여사는 어머니를 연상할 만큼 나이든 여자로 보이지가 않았다. 명수의 어머니가 되려면 적어도 오십은 되었어야 한다. 이제 삼십이 좀 넘어 보이는 여성에게서 모성이라는 것을 느끼고 싶지가 않았다.

"삼사 일 뒤에 돌아올 테니까 그새 우리 집에 들러 혜수하구 놀아."

오 여사가 말했다. 할 말이 없으니까 그런 말을 했을지 모르지만 그 말이 자기를 위한 것인지 혜수를 위한 것인지 명수는 알 수 없었다.

"갔다 올게."

오 여사가 시계를 보며 기차에 올랐다. 그러자 얼마 안 되어 기차는 움직이기 시작했다. 혜수가 움직이는 기차를 따라가며 작별을 아꼈다. 나중에는 고정된 자리에서 손을 흔들었다. 오 여사도 차장으로 얼굴을 내밀고 손을

흔들고 있었다. 그러나 명수는 부동자세로 그들을 바라볼 뿐 아무런 감동도 없는 표정으로 서 있다. 그는 남의 대리로 알지도 못하는 사람의 결혼식에 참석한 기분이었다.

영화장면 같은 것이 머리에 떠올랐다. 사랑하는 사람을 떠나보내는 슬퍼하는 이별의 장면이. 나도 그런 작별을 한 번 해 보았으면. 슬픔 속에서 가슴을 앓는 인간이 아름다워 보였다. 이틀 동안 계속해서 정거장에 나와 사람들을 떠나보냈지만 한 번도 슬픈 감정에 젖어 보지를 못했다. 사실은 슬퍼할 아무 이유가 없었다. 그런데도 명수는 자기가 마치 슬퍼할 줄 모르는 인간인 것 같아 마음이 허전했다.

"갈까."

기차가 멀리 달아나고 있을 때 혜수가 재촉했다.

"어디루 갈까."

혜수가 물었다.

"집으루 가지."

명수는 심드렁하게 대답했다. 혜수도 개인행동을 취하고 싶은지 한 번 놀러 오란 말만을 하고 자기 갈 곳으로 갔다.

명수는 버스도 타지 않고 걸어서 집까지 갔다. 그는 우선 오 여사가 준 물건의 포장지를 풀었다. 역시 초콜릿과 드롭스가 들어 있었다. 명수는 식욕을 느껴서가 아니라 심심풀이로 초콜릿을 싼 은종이를 벗겼다. 진한 밤색의 초콜릿 표면이 무척 윤기 있었다. 매끄러운 감촉. 그러나 명수는 초콜릿 맛이 커피처럼 쌉쌀했으면 하는 생각을 했다. 나이 든 오 여사를 생각했다. 사십의 여자는 커피맛과 같다지.

명수는 손쉽게 잡히는 성냥개비를 집어 그것을 꺾었다. 끝이 뾰족했다. 그는 성냥 끝으로 초콜릿을 찍어 보았다. 감칠맛 있게 쏙쏙 들어갔다.

그리고는 또 오 여사를 생각했다. 나를 어린애로만 취급했지. 돈푼이 있다고 여행이나 다니며 거드름 피는 여자.

명수는 오 여사에게서 조금도 호감을 느끼지 못했다. 그미에게서 어머니란 이미지를 떠올리지 못하는 것도 그런 데서 기인했을 것이다. 그러나 어머니란 이미지가 떠오르지 않는 것은 다행한 일이라고 생각했다.

2

다음날 오후 상오에게서 전화가 왔다. 혜수네 집이니 놀러 오라고 했다. 명수는 별 흥미가 없었으나 그리로 갔다.

명수는 오 여사가 어머니란 이미지를 풍겨 주지 않는 것을 정말 다행스럽게 생각했다. 혜수의 어머니라고 해서 어머니란 이미지를 떠올린다면 명수는 새로운 고민에 젖어들 것이다.

죽은 어머니를 생각해야 할 것이고 내게도 어머니가 살아 있다면 하는 생각을 해야 할 것이다.

그렇다고 해서 명수의 마음이 그렇게 명랑한 것은 아니었다. 형에 대한 의리로 혜수를 찾아갔을 상오가 혜수와 지나치게 허물없이 노는 것이 눈을 찡그리게 했던 것이다.

"혜수 씨, 나 위스키 한 잔만 줘."

"또 가 볼 데가 있다면서……."

"갈 데가 있으니까 한 잔 해야지. 기름이 들어가야 말두 잘 나오는 거야."

"그러다가 실수를 하면 어떻게 해."

"내가 실수할 놈 같아? 절대루 그런 놈 아냐. 걱정 말구 한 잔 줘."

상오와 혜수의 말투는 연인들 사이 이상이었다. 아무리 절친한 친구의 애인이라 해도, 그리고 애인의 가장 친한 친구라 해도 지킬 예의는 지켜야 한다. 만약 명수의 애인이 명수의 친구와 그런 말투로 이야기를 한다면 그냥 두지 않을 것이다. 만나지도 못하게 할 것 같았다.

술잔에 술을 따라 들고 온 혜수가 그것을 상오에게 주었다.

"더 달라군 하지 말어."

"알았어."

술잔을 받으며 눈웃음을 웃던 상오가 술을 한 모금 마신 뒤 술잔을 탁자

위에 놓고 혜수의 손을 잡았다.

"명배 대신 잡아 줄게."

그런데도 혜수는 손을 잡아빼지 않고 웃기만 했다. 그러다가 명배 대신이라고 하며 키스까지 해 주지 않을까. 명수는 몸을 돌려 시선을 딴 데로 보냈다. 그냥 볼 수가 없었다.

"그래 언제부터 사업을 시작할 거야?"

그들이 손을 놓고 이야기를 시작하는 모양이었으나 명수는 그래도 그들에게로 몸을 돌리려 하지 않았다.

"정지공작(整地工作)을 끝내야지. 곧 착수하구 싶은 일이 또 있지만 시작한 일의 결과를 보구 할거야."

"그래 철학과를 졸업하구 영화제작이 될 것 같아?"

"학교에서 배운 지식하구 사회활동에 필요한 지식은 다른 거야. 사회에서는 오직 의지와 수완이 필요할 뿐이지. 난 학교에서 배운 지식을 얼마 동안 창고 속에 넣어 둘래."

"그래두 상오가 돈벌이하겠다는 게 어울리지 않는 것 같아."

"모르는 소리 하지 마. 니체는 피에 대한 쾌락 외에 욕망이란 말을 썼어. 나는 피에 대한 쾌락을 욕망하지는 않아. 남에게 짓밟히지 않구 남을 짓밟으며 살고 싶을 뿐이야. 모든 욕구불만의 원인이 무언지 알아? 짓밟히구 산다는 거야. 짓밟히지 않고 살려면 돈이 있어야 해. 돈만이 영웅을 만드는 거야."

"그러니까 영웅이 돼 보겠다는 거군."

"그래. 영웅 없는 시대의 영웅이 될 거야."

"가능할까."

"의지 문제지, 내 의지루 쓰러질 때까지 싸워 볼래."

명수는 상오의 이야기를 들으며 그의 얼굴을 쳐다봤다. 경악의 눈으로.

혜수의 집에서 위스키 한 잔을 마시고 나온 상오는 아버지의 토건회사 사무실로 갔다. 그는 자기의 사업을 시작할 때까지 아버지의 사무실을 빌려 쓰기로 하고 있었다. 비용을 절약하기 위해서였다. 사업을 시작하기도 전에 사무실을 내고 사람을 채용한다면 준비금이 사업비보다 많이 드는 불합리성이 생긴다. 그래서 사업이 진행될 때까지는 아버지 사무실에 있는 책상 하나를 빌려 쓰기로 했다. 아버지에게 사업 내용을 알리게 되는 것이 싫기는 했지만 할 수 없었다. 전화도 그냥 이용할 수 있고 경우에 따라서는 사환에게 심부름도 시킬 수가 있다. 또 아버지와 같은 사무실을 쓴다는 것이 대외적으로 공신력(公信力)을 갖게도 한다. 그렇게 크지는 않으나 아는 사람에게는 알려진 아버지 회사인 만큼 거기 같이 있으면 외부 사람들이 아버지의 협력을 받고 있는 것이라 생각할 것이다. 사무실에 들어갔을 때 언제부터 와서 기다리고 있는지 윤범태가 벌떡 일어나,

"인제 오시는군요."

하고 인사를 했다.

"네, 좀 볼일이 있어서요."

그들은 주종 관계 같았다. 사장과 사원의 사이라고나 할까. 범태는 삼십이 훨씬 넘은 사람이다. 어려서부터 영화계에 종사한 사람으로 상오의 오른팔 노릇을 하고 있다. 사회뿐 아니라 영화계의 햇병아리 같은 상오지만 자기가 사장이 될 사람이라는 긍지를 가지고 범태를 고용인처럼 취급하고 있는 것이다. 범태도 그럴 수밖에 없었다. 월급을 받고 일 해 주는 것도 아니다. 그러나 이때까지 조감독밖에 못해 본 그로서 감독의 꿈을 이루려면 상오에게 충실해야 했다. 영화계에 경험이 있는 사람보다 경험이 없는 사람과 손을 잡아야 앞으로 희망이 크다는 것도 생각하고 있다. 젊고 또 아는 것이 적다 해도 패기가 있는 상오가 성공할 사람이라는 것을 알고 있는 만큼 범태는 상오를 사장처럼 모시고 있는 것이다.

"부산서 올라온 H극장 주인을 만났습니다. 점심을 먹이면서 이야길 했죠. 그랬더니 내가 만드는 영화라면 돈을 내겠답니다."

범태가 자기 생색을 내며 오늘 있은 일을 보고했다.

"얼마를 내겠답니까."

"다섯 장은 낼 겁니다."

큰 수확이라 아니할 수 없었다. 영화를 만드는데 이천만 원이 든다면 사

분의 일의 자금은 생긴 셈이다. 서울, 대구, 대전 등지의 큰 극장 주인의 협력만 얻으면 곧 착수를 하게 된다.

"수고했습니다. 다른 지방극장 주인들두 빨리 만나도록 하십시오."

상오는 일을 하려고 대들기만 하면 되는 것이라고 생각했다. 범태를 완전히 믿지 못할 뿐 아니라 헛경비를 절약하기 위해 범태를 지방으로 내려보내지 않고 서울서 교섭하게 하고 있다. 그런데도 사분의 일이 성공된 것이다.

"각색은 누구에게 맡겼습니까."

범태가 물었다. 범태는 자금에 대한 자신이 생겼는지 영화제작 과정으로 들어갈 계획을 생각하고 있는 모양이었다.

"곧 정해야지요."

상오는 속으로 그리 급한 일이 아니라 생각하면서 범태의 말을 존중하는 듯이 대답했다.

"R씨가 좋을 것 같은데요. 얼마 전 히트를 친 <주어라 그리고 뺏어라> 두 R씨가 각색한 겁니다."

"우리 것은 문학작품이니까 좀 다르겠지요."

상오는 시나리오 작가에 대한 것도 알아는 보고 있다. 그러나 지출에 대한 것은 아직 일체 결정짓지 않고 있다. 우선 자금 관계를 해결해야 하는 단계라고 생각했던 것이다.

상오는 자기 돈을 쓰지 않고 돈 벌 사업으로 영화제작에 착안했다. 확실한 사업이라면 아버지가 자금을 대줄 것이지만 그러기가 싫었다.

우선 맨 손으로 자기 실력을 테스트해 보기로 했다. 첫 사업이 성공되면 그 이익으로 사업을 확장한다. 그렇게 해서 돈을 벌면 그것은 자기 사업의 기초가 된다. 처음부터 아버지 돈으로 사업을 시작하면 어떻게 해서 벌어도 그것은 아버지 그늘 밑에서 번 것이 된다. 그것이 싫었다. 물론 아버지의 사업을 도와 돈을 벌 수도 있다. 아버지도 그것을 원한다. 그러나 그렇게 하면 그것은 아버지의 재산이지 자기의 재산일 수 없다. 명실 공히 자기의 힘으로 또 자기 이름으로 돈을 벌고 싶은 것이다.

상오는 범태와 헤어져 S극장으로 갔다.

영화인협회에서 일보고 있던 ×에게 소개받은 그 극장 주인을 만나기 위함이었다. S극장 주인은 어떤 극장 주인보다도 젊어서 이야기가 통한다는 말을 듣고 자기가 직접 만나기로 한 것인데 어제도 자리에 없었고 오늘도 자리에 없다고 했다. 오늘은 전화를 걸고 만날 시간을 약속 받고 갔는데도 자리에 없다는 말을 듣자 좀 괘씸한 생각이 들었다. 소개한 사람도 무시하는 태도요 또 자기를 무시하는 태도였다.

"언제 돌아오실까요."

직원에게 물었다.

"모르겠는데요."

"나와 만나기루 약속이 돼 있는데 그런 말 없었습니까?"

"없었는데요."

상오는 욕을 해 주고 나오고 싶었다. 그러나 그렇게 하면 손해 볼 사람은 자기뿐이란 생각이 들었다. 자존심으로 사업이 이루어지는 것은 아니다.

"그럼 좀 기다리겠습니다.

"좋두록 하십시오."

상오는 몇 시간이라도 기다릴 작정이었다. 뭐니뭐니 해도 S극장만한 데가 없다. 만나서 많은 돈을 내도록 공작을 해야만 했다. 그런데 낯선 사무실에서 십 분 이상 앉아 있으려니 좀이 쑤셔 견딜 수가 없었다. 신문을 들춰 봤으나 읽고 싶은 기사가 하나도 눈에 띄지 않았다. 그는 여사무원에게,

"차 한 잔 마실 수 없을까요."

하고 말을 걸었다. 여사무원이 엽차 한 잔을 가져다 주었다.

상냥해 보이는 여자였다.

"요즘 하루에 얼마나 입장합니까?"

심심해서 그냥 말을 거는 것이었다.

"많지 않아요."

여사무원은 상오를 보지 않고 대답만 했다.

조것이 나를 몰라 보구, 상오는 무엇인가 속에서 치밀어오르는 것을 누르며 여사무원을 노려봤다.

이름도 성도 모르는 여자지만 얄미운 생각이 들어 한 번 골려 주고 싶은 마음이 생겼다. 워낙 여자에 대해서 진지한 생각을 해 본 적이 없는 상오였다. 그러니까 여자를 엔조이 대상 이상으로 생각해 본 일이 없다. 그런데다가 무료한 시간을 메우기 위해 말을 거는 자기의 순수한 마음을 몰라 주고 무시하는 태도로 대하는 그 여자가 얄미울 수밖에 없었다. 얄미운 여자에 대해서는 골려 주는 길밖에 없다.

"미스 김이지요?"

유들유들한 태도로 물었다. 여자는 대답도 않고 자기 일만 했다. 아주 무시하는 태도에 틀림없지만 얼굴도 들지 않는 것으로 보아 김가에 틀림없었다. 성이 틀렸다면 반드시 얼굴을 들고, 못마땅한 눈으로 쳐다봤을 것이다. 그래서 상오는 자신을 가지고,

"미스 김."

다시 한 번 그미를 부르고는,

"대학교 시절에 공부를 굉장히 잘 하셨지요?"

라고 말했다. 그래도 그미는 대답할 생각을 안 했다.

"난 금년 M대학을 나온 권상옵니다. 앞으루 사장님을 만나러 자주 오겠습니다. 잘 봐 주십시오."

싱글싱글 웃으며 자기소개까지 했다. 다른 직원들도 있고 해서 그 이상 더 말을 건네지 않았지만 줄곧 시선을 그미에게로 보내고 있었다. 그미가 일을 하다가 얼굴을 쳐들 때 그는 싱긋 웃는 것을 잊지 않았다.

그러면서 얼마를 앉아 있는데 극장 주인이 들어와서는 직원들을 본 체도 않고 사장실이라고 씌어 있는 자기 방으로 갔다.

상오는 그를 처음 보는 만큼 그냥 지나쳐 보냈지만 사장이라는 것을 알자 미스 김 옆으로 가서 명함을 꺼내 주고,

"좀 안내해 주십시오."

라고 말했다. 미스 김은 사무적인 일이라 할 수 없다는 듯 명함을 받아 가지고 사장실로 들어갔다. 상오는 밖에서 기다릴 것 없이 미스 김 뒤를 따라 사장실로 들어가서는,

　　"영화인협회 ×씨에게서 말씀 들으셨을 줄 압니다."
하고 사장 옆에 바싹 붙어 섰다. 사장이 명함을 보고 난 뒤 그를 응접세트로
안내하고 자기도 거기 앉았다.

　　상오는 먼저 자기소개를 했다. 금년 대학을 갓 나왔지만 학생 때부터 영
화에 취미를 가져 그 방면의 연구가 많았다는 것, 앞으로는 영화를 제작하
면서 한국 영화계를 쇄신하겠다는 이야기를 했다.

　　"한국 영화계가 발전하지 못하는 것은 영화제작자가 영화 하나하나에 목
을 매달고 있기 때문이라구 생각합니다. 자금이 달리니까 할 수 없는 일이
겠지만 백년지대계가 없습니다. 저는 무엇보다도 영화사는 체인 씨어터(연
쇄극장)를 가져야 한다구 생각합니다. 말하자면 자기 회사의 개봉 영화관 말
씀입니다. 전국 각지에 개봉 영화관만 가지고 있다면 영화 하나루 망하는
일이 없지 않겠습니까. 저는 앞으루 그것을 만들 작정입니다. 그러면 자연
영화계의 왕자가 되구 영화계를 발전시킬 수 있다구 생각합니다."

　　"다들 알지만 불가능한 일이니까 못하구들 있지 않을까요."

　　사장은 다 알고 있는 사실인데 신기할 것 뭐냐는 투로 말했다.

　　"불가능은 의지와 수단으로 극복할 수 있습니다. 전 가능하게 만들 자신
이 있습니다."

　　상오가 열을 올리며 이야기를 하자 사장은 남의 일에 관여할 바 아니라
는 듯,

　　"잘 해 보십시오."

　　별 흥미 없다는 듯 말했다.

　　"돈으루 해결 안 되는 것이 없습니다. 물론 단시일에는 안 되겠지만 저는
필생의 사업으루 삼겠습니다. 선배님들의 고견두 많이 들어야 할 테니까 앞
으로 많이 지도해 주십시오."

　　상오는 자기가 한국의 재벌이 되기만 한다면 그만한 일쯤 능히 해낼 수
있다고 생각했다. 그러나 아직 재벌은커녕 영화 한 편 제작할 돈도 없으면
서 큰소리만 칠 수는 없었다. 허황된 이야기라고 단정하면 곤란했던 것이다.
다만 자기에게 패기가 있다는 것만 알려 두는 것으로 그쳤다. 또 첫인사를

한 날 영화제작비에 대한 이야기를 꺼내는 것도 경솔한 일 같아 머지않아 영화제작을 시작하겠다는 계획과 자기에 대한 인상만 남기고 나왔다.

극장에서 나와 시계를 보니 다섯 시 반이었다. 초희와 약속한 시간에서 삼십 분이나 지나고 있었다. 삼십 분이나 지났으니 기다리다가 갔겠지 하고 영화인협회에나 들릴까 생각했다. 그런데 퇴근 시간이 지났다. ×가 자리에 붙어 있을 것 같지가 않았다.

상오는 수첩을 꺼내 전화번호들을 살폈다. 지금 시간에 만날 수 있는 영화인을 찾는 것이었다. 시나리오작가협회 전화번호를 눈여겨봤다. 매일 거기 나가 있다는 K씨를 만나고 싶었다. 시나리오를 부탁하기 전에 부탁할 때의 여러 가지 조건을 미리 알아보고 싶었기 때문이었다. 길가에 있는 공중전화 박스로 들어가 다이얼을 돌렸다.

그런데 K씨는 벌써 돌아갔다는 대답이었다. 할 수 없어 아버지 회사로 전화를 걸었다. 범태가 와 있으면 그와 함께 술이라도 한잔 할 생각이었다. 그러나 범태도 나간 채 돌아오지 않았다는 대답이었다. 상오는 오래간만에 일찍 집에나 가리라 생각하고 택시를 불러 탔다. 택시를 타고 집으로 가는 도중 종로 3가를 지났다. 초희와 약속한 다방 있는 곳이었다. 그는 차에서 내렸다. 그새 또 십 분이 지나 약속 시간보다 사십 분이나 늦었다. 그래도 혹시나 하는 마음에 길가에 있는 다방으로 들어갔다. 기다리다가 갔으면 차나 마시고 가지 하는 생각을 하면서 사방을 둘러보았다. 서치라이트처럼 시선을 옮겨가고 있을 때 한편 구석에 앉아 있는 초희에게서 시선이 멎었다. 고개를 숙인 채 무슨 생각에 잠겨 있었다. 상오는 그의 옆으로 다가가서,

"아직 기다리구 있어?"

하고 물었다. 초희는 그때야 얼굴을 들었다. 얼굴을 들었으나 볼이 부어 있는 것 같지가 않았다. 그런데도 상오는 미안하다는 말 대신,

"사십 분이나 지났단 말야."

기다리고 있는 것을 이해할 수 없다는 듯 말했다. 그때 시계를 본 초희가,

"한 시간은 기다리려구 했어요."

하고 말했다.

"십 분이 지나서 안 오면 가는 거야. 뭣 때문에 기다려."

상오가 초희 옆자리에 앉으며 말했다. 그의 입에서는 미안하다는 말이 통 나오질 않는 모양이었다. 그런데도 초희는,

"많이 바쁘셨는가 부지요."

하고 상오를 이해하려는 태도로 말했다.

초희는 W대학을 금년 졸업했고 일 년 전부터 상오와 사귀어 오는 여자였다.

"응! 오늘은 S극장 주인을 만났어. 이야기하다 보니 삼십 분이나 늦었지 뭐야."

상오는 늦은 것이 당연한 일이기나 한 듯 말했다.

"이야기는 잘 됐어요?"

초희는 상오를 조금도 탓하지 않았다.

그저 일이 잘 되었기만 바라는 태도였다. 상오는 그러는 초희가 좋았다. 현대 여성의 활달성이 없는 것은 불만이었지만 언제나 너그럽고 이해하려는 그 태도가 보통 여자에게서 볼 수 없는 매력이었다. 어떤 여자도 조금만 친해지면 남자처럼 반말을 쓰는데 초희는 사귄 지 일 년이 지났지만 아직까지 존칭어를 그대로 쓰고 있다. 친밀감이 들지 않는 것 같았으나 그런 대로 또 맛이 특이한 여자였다. 그래서 어떤 여자보다도 오래 사귀고 있는 것이지만 그렇다고 해서 상오가 초희만을 사귀는 것은 아니다.

"잘 됐지. 내 생각이 옳구 또 정확성이 있거든. 그러니 찬성 안 해 줄 사람이 있어?"

상오는 언제나 자기의 소신을 말한다. 일이 뜻대로 안 되는 경우라 해도 언제든 이루어지고야 말리라는 소신 때문에 실제의 사실보다 이야기를 과장 또는 비약시킨다.

"언제쯤 촬영을 시작하게 되나요?"

"곧 시작하지. 그렇지만 만사를 든든하게 준비한 뒤 착수해야 하니까 조금 시일이 걸릴 거야."

"촬영을 시작하면 얼마나 걸려요."

“두어 달 걸리지.”

상오는 사무적으로 대답하고 난 뒤,

“오늘 어디루 놀러 가자.”

하고 말했다. 오늘은 달리 스케줄도 없었지만 어쩐지 초희와 놀러 가고 싶은 충동을 느꼈던 것이다. 오랫동안 기다려 준 초희에게 조금쯤 선심을 쓰고 싶은지도 몰랐다.

“어디루요?”

놀러 가자는 말이 고맙기는 했으나 그 행방을 알고 난 뒤 승낙하려는 것은 여자의 자기 보호 본능이랄까. 정 좋아하는 남자가 같이 놀러 가자고 할 때 무조건 좋다고 따라나서는 여자는 어떤 요구에도 응할 여자다. 초희는 그런 여자가 아니었다. 상오의 성격을 대개 짐작하고 있기 때문에 우선 행방을 따지지 않을 수 없었다.

“아무데나 가는 거지.”

역시 상오는 행방을 명시하려 하지 않았다. 행방을 명시하면 그 코스로 가야 하는 제약을 받기 때문이었다. 상오는 언제나 그런 제약을 싫어하고 있다.

“아무데나가 어디예요?”

초희가 따질 때 상오는 시시한 여자란 생각을 하면서도,

“볼 만한 영화두 없지 않아? 어디 드라이브나 하지.”

하고 말했다. 다른 여자 같으면 대폿집에 가잘 수도 있고 춤추러 가잘 수도 있다. 가서 기분만 나면 더 발전할 수도 있다. 그러나 초희는 그런 것을 질색한다. 겨우 영화 구경 아니면 다방 정도다.

“신난다. 드라이브 어디루 가죠.”

초희가 상오에게 동의하며 좋아했다. 그러나 상오는 그 정도로 만족해하는 초희가 얄미웠다.

“스카이웨이나 가지…….”

그는 가장 짧은 거리로 정했다. 그래도 초희는,

“아이 좋아. 말만 듣구 못 가 봤는데…….”

하며 좋아했다.

상오는 그런 초희가 싫었다. 오늘은 어떻게 해서든지 그미를 곯려 주고 말아야지.

상오는 이때까지 초희를 방치해 두었다. 방치란 그미의 의사를 존중하고 자기의 욕망을 억제했다는 뜻이다. 그런데 오늘만은 방치해 두고 싶지가 않았다. 그것은 자기를 경계하다가 스카이웨이 드라이브란 말에 안심을 하고 좋아하는 초희가 얄미웠기 때문이었을 것이다. 그러나 실은 또 다른 이유가 있었다. 최근 얼마 동안 사업으로 해서 여자들을 만나지 않고 있다는, 말하자면 육체적으로 약간 좀이 쑤시는 시기이기 때문이다.

택시를 불러 타고 중앙청 뒤로 해서 자하문 고개를 넘을 때 초희가,

"세검정으로 해서 가는가요?"

하고 물었다. 초행이 분명했다.

"세검정까진 안 가."

상오는 아무렇지도 않게 대답했지만 속으로는 초희를 멍청이라고 생각했다. 서울의 명물에 대해 그렇게도 무식할 수가 있을 것인가. 서울서 살면서도 서울을 모르는 친구.

자동차가 스카이웨이로 들어서서 꼬불꼬불 북악산으로 올라가고 있을 때 초희는 차창 밖을 내다보기만 하며 경탄의 소리를 연발했다.

"아이 멋있어. 저기는 세검정인가요?"

초희는 까마득히 내려다보이는 곳을 가리키며 물었다.

"그렇지."

"저 큰 집은 뭐지요?"

전에는 집 한 채 없던 세검정 골짜기에 그득 서 있는 집들, 그 중에서도 산중턱에 새로 지은 큰 건물이 눈에 띄었다.

"저건 학굔가 부지요?"

"상명여자사범대학이야."

"저기다 어떻게 집을 지었을까."

"이 높은 곳에 아스팔트길을 만들었을라구……."

"글쎄나 말예요. 이 길은 순전한 관광도로죠?"

"방공(防共)도로두 된다지, 아마."

"순전히 드라이브를 위해 길을 만들 만큼 여유가 생겼다는 거겠군요."

"여유가 아냐, 의욕이지. 의욕이 사회를 앞질러 가는 거야."

"여유가 없이 의욕이 있을 수 있어요? 먹기에 쪼들리는 사람이 이런 데 드라이브 할 생각이나 해요?"

"서울 시민 전부가 먹을 걱정 없을 때 관광도로를 만들어 봐, 그때는 시대가 늦는 거야. 마라손이 아니라 백 미터 경기를 하는 때거든. 의욕 이퀄 스피드. 스피드 이퀄 의욕이야, 알아?"

그때 팔각정이 보이기 시작했다.

"저게 팔각정이군요."

"구경하구 갈까."

"아이, 신나."

상오는 초희를 될 수 있는 한 기쁘게 해 주려 했다. 가슴이 부풀어오르면 흥분 상태에 빠지기가 쉬운 법이다. 팔각정 앞에서 차를 세우고 그 안으로 들어가 우선 사방을 내려다보게 했다. 아직 이른 봄이라 녹음이 우거지지는 않았으나 전망은 좋았다. 더구나 높은 위치에서 자기가 살고 있는 서울을 내려다보는 기분은 조그마한 욕심에 사로잡혀 살던 자기에게서 해방이 된 쾌감을 가져다 주었다.

"저게 서울이네요."

초희가 감탄한 것도 그 속에서 살고 있는 자기가 얼마나 작은 존재라는 것을 느낀 데서였을 것이다.

"사백 오십만이 저 속에서 아귀다툼을 하는 거지."

상오는 초희의 감상을 부채질을 했다.

"이런 데 집을 짓구 살았으면……."

초희는 서울의 원경에 눈을 떼지 못하며 감상에 젖어 들었다.

"돈만 있으면 그까짓 거쯤 문제 아냐."

"언제 그런 돈을 벌어요?"

“문제없지. 십 년 안으로 재벌이 될 거야. 재벌 소리만 듣게 되면 별장쯤 몇 개든 지을 수 있지. 바닷가에도 호숫가에도 그리구 설악산 같은 산 속에 두 말야. 그때 그때 기분에 따라 별장을 찾아다니며 살 수 있지 않아.”

“그럼 늙지두 않을걸. 정말 늙지 않구 살았으면 좋겠어.”

“늙지 않구 살 수 있지. 죽을 때까지 인생을 즐기며 말야.”

이 말을 하자 상오는 초희의 손을 잡고 바로 갔다.

“약한 것으루 한잔 해.”

그가 술을 권했다.

“혼자 마시세요.”

초희는 사양했다.

“기분이야, 기분 좀 내 봐.”

하는 바람에 그미는 미소로 동의를 했다. 기분을 죽이고 싶지 않은 모양이었다.

상오는 위스키 한 잔과 포도주 한 잔을 청했다. 포도주에도 알코올 성분이 있지만 술처럼 생각지 않는 여자들이 많다. 포도주로 초희의 반응을 시험해 보는 것이었다.

포도주라는 바람에 초희는 아무렇지도 않게 받아 그 감미로움에 심취된 듯 술맛을 음미하기 시작했다. 그러나 혹시나 취하지나 않을까 하는 생각에 맛만을 음미하는 식으로 입술을 축이고 있었다.

“취하지 않는 거니까 걱정 말구 마셔.”

해도 초희는,

“그래두……..”

하며 마시기를 삼갔다. 술잔을 들어 입에 갖다 대기만 하면서도 기분이 나는지,

“상오 씬 뭘루 재벌이 되지요?”

하고 미소 지으며 물었다.

“계획이 많지.”

상오는 그런 걸 함부로 이야기할 수 있느냐는 식으로 빙그레 웃었다.

“영화루 재벌이 될 순 없잖아요.”

“물론이지. 그건 첫 사업으루 테스트 케이스일 뿐야. 역시 무역을 해야지. 그리구 유리한 생산을 해야 하구. 그런 게 다 내 머릿속에 있어.”

“정말 십 년 안에 재벌이 될 수 있어요?”

“자신을 가지구 있어. 시대를 앞지르려는 의욕과 의지는 아무두 꺾지 못할 테니까 두구 봐.”

“상오 씨의 의욕과 정열은 알구 있어요. 그렇지만 현실이 그걸 받아들일지가 문제 아녜요.”

“현실은 어느 정도 고정된 거야. 그걸 정확히 파악만 하면 나갈 구멍이 트이는 거지. 빗줄기를 피해 그 사이를 파구 달아나면 비에 젖지 않을 수 있다는 심정으루 말야.”

“우리 나라에 재벌이 몇 사람이나 돼요?”

“한 삼십 명으루 보구 있지. 자기 손으루 재벌이 된 진짜 재벌은.”

“재벌!”

초희는 재벌이라는 말에 현혹이 된 모양이었다. 재벌이란 말에 가슴이 막히는 것같이 보였다. 마치 자기가 장차 재벌의 아내가 되기나 할 것처럼.

상오는 초희가 장치 자기와의 결혼생활을 환상하고 있는 것이라 생각했다. 무엇을 근거로 그런 생각을 하고 있는지 모르지만 상오에게 있어서는 불쾌한 일이었다.

그는 아직 결혼이라는 것을 생각해 본 일이 없다. 사람이 문제 아니었다. 사업에 장해가 되는 것이기 때문이었다. 그는 초희의 환상을 자연스럽게 깨뜨려 버리고 싶었다.

“어서 마셔!”

상오가 자기 것을 다 마시고 권하는 바람에 초희도 포도주 잔을 입에 댔다. 조금 얼굴이 달아올랐다. 기분이 좋아 보였다.

“가 볼까.”

상오는 다음 계획을 생각하며 초희를 데리고 택시 있는 데로 가서 차에 올랐다.

“괜찮지?”

“괜찮아요.”

초희는 얼굴이 좀 화끈거렸지만 아무렇지도 않은 듯 대답했다.

“기분 좋은데…….”

“최상.”

초희가 명쾌하게 웃으며 말할 때 상오는 초희의 손을 잡았다. 초희는 손에 힘을 주어 상오의 손을 잡았다. 상오는 속으로 빙그레 웃으며 다리를 초희의 다리에 대고 조금 밀었다. 초희도 상오의 다리를 밀었다.

상오는 몇 번이나 초희와 포옹한 장면들을 회상했다. 등산 때 숲 속에서의 포옹, 밤늦게 배웅해 주고 그미 집 앞에서의 포옹, 모두가 감미로운 것이었다. 그는 지금 차 안에서도 능히 포옹할 수가 있다고 생각했다. 그러나 참았다. 지금부터 감정을 난발해서는 안 된다. 축적해 두었다가 가장 효과적으로 사용해야 한다고 생각했던 것이다.

초희가 그것을 요구하는 눈치가 보였지만 상오는 모르는 체하고 스카이웨이를 내려와 돈암동으로 나왔다.

“시청 앞으로 갑시다.”

상오가 자동차 운전수에게 말하자 초희가,

“시청 앞 어디요?”

하고 물었다. 장소 여하에 따라 발을 빼려는 모양이었다.

“어디든 가서 저녁을 먹어야 할 거 아냐.”

상오는 초희가 안심하도록 저녁식사 이야기만 했다. 초희는 안심이라는 듯 더 물어 오지 않았다.

택시가 시청 앞에 이르자 상오는 뉴코리아 호텔 앞에서 차를 세웠다. 그리고는 호텔 안으로 들어가 엘리베이터 앞에 섰다.

“어디루 가게요?”

초희가 물었다.

“스카이라운지에 가서 밤 서울을 내려다보며 저녁을 먹어.”

그들은 십삼층 스카이라운지로 올라가 창가에 있는 자리를 잡았다. 그리

고는,

"자 내려다봐. 스카이웨이서 보던 그 서울을."

하며 창 밖을 내다봤다.

"오늘은 스카이에서만 노네요."

초희는 기분이 여전히 좋은 모양이었다.

"땅에서 기어다니며 살지 말구 하늘에서 내려다보는 기분두 가끔 맛보며 살아야지."

상오는 될 수 있는 대로 초희의 기분을 들뜨게 하려 했다. 그래서 식사를 주문하는 동시 맥주를 주문하는 것도 잊지 않았다.

맥주가 오자 초희는 손수 상오의 잔에 술을 따랐다. 상오는 기분 좋게 초희를 바라보다가 자기도 초희 잔에 맥주를 부으려 했다.

"난 안 마실 테예요."

"그래두 잔은 채워 놔야지."

"포도주도 취하는 것 같은데 맥주는 더할 것 아네요."

"취하는 기분이 나빠?"

"나쁘지는 않지만……."

그러는 가운데 초희의 잔에도 맥주가 부어졌다.

빨갛고 파란 전등불이 홀 안을 희미하게 비추고 있었다. 희미한데다가 빨간색과 푸른빛들만이라 밤이라는 인상을 더욱 짙게 해 주었다. 낮이란 인상을 막고 밤이라는 인상을 짙게 해 준다는 것은 밤이라는 습성을 불러일으키기 위함이리라. 거기에다 색정적인 음색으로 연주하는 음악이 흘러 퍼질 때 누구나 밤의 속성에 빠지게 마련이다.

초희는 밤의 속성이 무엇인지 모른다. 그리고 그런 데 빠져 본 기억이 없다고 생각할 것이다. 그러나 그미는 무의식적으로 밤의 흥취에 빠져들고 싶었다. 맥주가 포도주보다 강하다고 생각하면서 조금쯤 마셔 보고 싶었다. 춤을 출 줄 모르면서 음악에 맞춰 몸을 움직여 보고 싶기도 했다.

"마셔 봐. 보리차라구 그러지 않아."

상오가 맥주를 권할 때 그미는 사양하는 체하면서 몇 모금 마셨다. 씁쓸

하고 가슴이 찡했지만 취한 기분을 체험해 보는 것도 해롭지 않을 것 같아 억지로 참았다.

"이걸 무슨 맛으루 마시지요."

하면서도 한 잔을 거의 다 비웠다. 조금 알알했지만 술기운이 없어질 때쯤 에는 다시 잔을 입에 가져다 댔다. 상오가 맥주를 부어 줄 때 그미는 자기도 술을 마실 소질이 있다고 생각했다.

상오는 몇 병을 마셨는지 약간 얼굴이 붉어졌다. 그러면서도 계속해서 마 시고 있을 때 남자들은 하고 싶은 일을 무엇이나 마음대로 할 수 있어 좋겠 다는 생각을 했다. 자기도 남자라면 기분이 나도록 진탕 마실 것 같았다.

"좀 해. 맥주는 여학생들두 다 하는 거야."

상오가 자꾸만 권했다. 그러나 권한다고 해서 무턱대고 마실 수는 없었 다. 얼굴이 빨개지고 걸음도 제대로 걷지 못하게 되면 어떻게 하나, 겁이 앞 섰던 것이다.

"상오 씨나 드세요."

자기가 마시지 못하는 대신 상오에게 권했다. 권하는 대로 맥주를 마시던 상오가 갑자기 초희의 손을 잡고 춤추러 나가자고 했다.

"출 줄 몰라요."

매정한 태도는 아니었지만 웃으면서 거절하는 초희였다.

"출 줄 몰라두 좋아. 기분만 내는 거니까."

상오는 초희의 의사를 존중하려 하지 않았다. 그야말로 춤이 목적이 아니 다. 끌어안고 기분을 내는 것이 목적이었다. 초희의 손을 잡고 일으켜 세우 고야 말았다. 초희는 마지못해 일어섰다. 상오의 손에 끌려 스테이지로 나가 면서도,

"정말 출 줄 몰라요."

했지만 도망치려 하지는 않았다.

상오는 여자란 끌면 끌리는 것이라 생각했다. 음악에 맞추어 발을 움직여 보았지만 초희가 따라오지를 못했다. 그래서 선 자리에서 발만 뗐다 놨다 했다. 그런데 초희는 말뚝처럼 서 있는 것이 아니라 박자에 맞추느라 발을

움지럭거렸다. 그거면 충분했다. 상오는 초희를 바싹 끌어안고 그미 등에 있
는 자기 손에 힘을 주었다. 그래도 초희는 반발하지 않았다. 기분이 나는 모
양이었다. 그래서 그미의 뺨에 자기 뺨을 댔다.

"초희."

"네."

"좋지?"

"………"

초희는 대답하지 않았다. 그러나 대답은 하나마나다. 기분이 통하는 것만
으로 만족이었다.

대개 여자는 기분을 느끼게 하는 데까지 힘들다. 상오는 테이블로 돌아와
맥주를 마시다가 한 번 더 춤을 권유했다. 초희는 한 번 춘 춤이라 거절할
이유가 없었을 것이다. 두 번째 스테이지로 나갔을 때는 초희를 힘껏 끌어
안거나 뺨에 뺨을 대지는 않았다. 그것은 그미로 하여금 약간 불안감을 느
끼게 하기 위함이었다. 그리고 다음 행동을 하기 위한 준비운동이기도 했다.

두 번째 춤을 추고 나오자 상오는 화장실에 간다고 테이블을 떠나 웨이터
를 으슥한 곳으로 불러 호텔방 하나를 예약하도록 부탁했다. 그리고는 화장
실에 가서 시간을 보내다가 웨이터가 돌아왔을 때쯤 나와 웨이터에게 예약
된 방의 번호를 듣고 테이블로 돌아왔다.

테이블로 와서 그는 맥주잔에 있는 맥주를 마저 마셨다.

"가 볼까."

상오는 웨이터에게 계산을 부탁했다. 회계를 끝내자 초희가 앉아 있는 자
리로 가서 그미의 팔을 잡아 일으켰다. 그리고는 예의바르게 그미를 앞세우
고 홀을 나왔다. 엘리베이터 속에 들어가자 '8'이라는 숫자가 있는 버튼을
눌렀다. 그것을 보자 초희가,

"왜요?"

하고 물었다.

상오는 조금 당황했다. 보고도 못 본 체해야 일이 된다. 급소를 찌르는 초
희를 어떻게 설득시킬 것인가.

“사실은 좀 조용히 할 이야기가 있어. 내 사업에 관해서 말야. 그래서 팔 층에 조용한 방을 하나 구했어.”

“할 이야기가 있으면 지하실 다방이 있잖아요.”

“그런데서 이야기할 성질의 일이 아냐. 초희의 협력을 구해야 할 일이거든.”

“무슨 이야긴데 다방에서 못해요? 지하실루 내려가요.”

초희는 말만이 아니었다. 지하실 버튼을 누른 것이었다.

상오는 초희를 밀고 다시 8을 누른 뒤 초희를 가까이 오지 못하게 했다.

“방을 예약해 놨단 말야. 잠깐만 가서 이야기하구 가. 나를 못 믿어?”

다급했지만 침착하게 말했다.

“믿구 못 믿구가 아녜요. 다방에서두 할 수 있는 걸 하필 그런 데까지 갈 필요가 없잖아요.”

그때 엘리베이터가 멎고 문이 열렸다. 상오는 초희를 끌어냈다. 끌려나오기는 했지만 초희는 말뚝처럼 서 있었다. 상오는 암말 않고 복도 한 구석에 테이블을 놓고 앉아 있는 웨이터를 바라보았다. 그것은 초희도 보라는 뜻이었다. 초희는 웨이터를 보자 얼굴을 떨어뜨렸다. 자기가 취할 태도를 생각하는 모양이었다. 그때 상오가 손짓으로 웨이터를 불러 805호실을 안내하라고 했다. 웨이터가 라운지에서 예약하신 분이냐고 묻고는 앞장을 섰다. 이제 초희가 어떻게 할 것인가. 상오는,

“저쪽인가 부지.”

하고 초희의 허리에 손을 대고 춤을 출 때처럼 리드했다.

초희는 할 수 없는 모양이었다. 상오와 같이 나란히 웨이터 뒤를 따랐다. 웨이터가 어떤 방문을 열어 놓고,

“일이 있으면 전화루 말씀해 주십시오.”

하며 두 사람이 방 안으로 들어가기를 기다렸다.

초희가 방 안으로 들어서자 상오는 안으로 잠그는 장치를 눌렀다. 이제 완전히 두 사람만의 세계를 갖게 된 것이다.

방에 들어서자 상오는 우선 초희에게 소파에 앉기를 권했다. 앉을 턱이

없었다. 얼굴이 빨개져 가지고 독이 올라 있었다. 상오는 자기가 먼저 앉고 맞은편 소파를 가리키며,

"앉으라니까. 여기서 잠깐만 이야기하다가 나가. 불쾌하게 그러지 말구. 어서……."

그래도 초희는 앉을 생각을 안 했다.

"정 그러기야. 날 못 믿겠거든 나가. 어서 나가. 내가 제 협력을 구한다니까 저 없으면 사업 못할 줄 알구? 어서 나가란 말야."

그렇게 말해도 초희는 대답이 없었다. 그렇다고 해서 나가려는 기미를 보이는 것도 아니었다. 상오는 또 한 번 신경질을 냈다.

"친하다는 게 뭐야. 나의 이야기두 듣지 않으려는 것이 친한 거야. 어서 나가라니까, 다 필요 없어. 필요 없는 사람하구는 일 분두 같이 있구 싶지 않아……."

그래도 초희가 까딱하지 않고 서 있을 때 상오는 초희에게로 가서,

"그러지 말구 앉아. 한 번만 믿어 봐. 어떻게 하나 두구 보면 알게 아나?"

어깨에 손을 놓고 달래기 시작했다.

이런 때 여자를 부둥켜안고 키스를 한다. 그리고 강제로나마 옷을 벗긴다. 그러면 대부분이 함락되는 법이다. 그것을 체험으로 잘 알고 있는 상오다. 그러나 그런 수법은 쓰지 않았다. 일 년 남짓 사귀어 오는 동안 그녀의 성격을 알고 있기 때문이었다. 등산 가서 키스를 했으면 다시는 그곳에 가려 하지 않는 초희였다. 집 앞에서 키스를 한 뒤에는 어떤 때도 집까지 바래다 주지 못하게 한 그녀였다. 어떻게도 할 수 없었다. 일 년 동안 그렇게 지내는 수밖에 없었다. 그래서 지금도 강제로 일을 처리하고 싶지는 않았다. 구슬려 스스로 옷을 벗게 하고 싶었다.

그런데도 초희는 까딱 안 했다. 조금도 움직일 기미가 보이지 않았다.

"결국 날 믿지 못하겠다는 것인데, 그렇다면 좋아 나가라구. 절대루 붙잡지 않을 테니까?"

이렇게 태도를 달리하면 미안해서라도 수그러질 줄 알았다.

"같이 가요."

하고 말했다.

　　"내 걱정 말구 어서 가. 난 좀 있다 갈 테야."

　　"혼자선 싫어요."

　　"싫으면 앉을 거 아냐."

　　"그러면 안 돼요. 어서 같이 나가요."

　　"난 죽어도 못 간다."

　　"내가 혼자 나가면 사람들이 수상하게 보지 않아요?"

　　"수상하게 볼 것이 겁나?"

　　"겁나는 건 아니지만 싫어요."

　　그리고는 잠긴 문을 열고 웨이터를 불러다가 방값을 계산해 오게 했다. 왜 좀더 쉬다가 가시지 않느냐고 웨이터가 말할 때,

　　"갑자기 일이 생겨서요."

　　초희는 웨이터를 돌려 보낸 뒤 상오에게로 와 무턱 안겨 버렸다. 그리고는 '미안해요.' 하고 상오의 얼굴을 빤히 쳐다봤다. 상오는 어쩔 수가 없었다. 한 대 따귀를 갈겨 주고 싶었지만 껴안고 키스를 했다. 키스를 하고 난 뒤에도 상오가,

　　"이거 마지막이야. 다시는 안 만날 테니까."

하고 초희는,

　　"암만 생각해두 그러는 게 좋을 것 같아요."

하고 자기 말만 했다. 그뿐이 아니었다. 상오의 귀에 입을 대고 속삭이기까지 했다.

"사랑해요."

　　그때 웨이터가 노크를 했다.

　　상오는 패배의 쓴맛을 음미하며 호텔비를 지불하려 했다. 일야 숙박비의 전액을 지불하고 있을 때 초희가 청구서를 뺏어 보았다.

　　"삼십 분두 안됐는데 이렇게 받아요?"

　　초희는 호텔의 청구액이 부당하다고 생각했을 것이다.

　　상오는 초희의 말이 도리어 부당하다는 듯,

“이리 내.”

청구서를 도로 받아 돈과 함께 웨이터에게 주었다.

“인 주세요. 내가 지배인을 만나고 올게요.”

초희가 돈과 청구서를 웨이터 손에서 뺏었다. 웨이터가 어리둥절한 눈으로 바라보고 있을 때 상오가,

“모르면 잠자코 있어. 지불해야 하는 거야.”

하고 돈과 청구서를 다시 뺏어 웨이터에게 주고 웨이터더러 빨리 나가라고 했다.

“억울하잖아요.”

“방을 예약하고 쓰지 않은 우리가 잘못인 거야. 어서 가기나 해.”

상오는 초희의 어깨를 밀고 복도로 나왔다. 그래도 초희는 억울해 못 견디겠다고 종알거렸다.

‘돈이 문제야.’

상오는 돈을 아까워하는 초희를 속으로 웃었다. 비소(鼻笑)였다. 그러나 그는 자기 감정을 말로 표시하지 않았다. 착잡한 마음을 직성이 풀리도록 표현한다면 이제는 보기도 싫다는 한 마디뿐이었을 것이다. 그 말을 하고 싶어도 할 수가 없었다. 자존심 때문이었다. 패배 당했다는 것을 의식하고 싶지 않았다. 내일부터 만나지 않는다고 해도 패배 의식을 느끼면서 안 만날 수는 없었다.

그는 호텔 밖에 나와 택시를 잡고 초희를 앉혔다. 자기는 그 옆자리에 앉았고. 남보기에 다정한 한 쌍 같았다. 그는 운전수에게,

“삼청동으로 갑시다.”

방향을 지시했다. 초희의 집이 있는 곳이었다. 차가 달리기 시작할 때 초희가 또 호텔비 이야기를 꺼냈다.

“걸 왜 다 줬어요? 암만 생각해도 분해.”

그녀에게 있어서 중요한 문제는 돈뿐인 것 같았다. 상오는 초희가 어디가 좀 결함이 있는 여자가 아닌가 생각했다. 남에게 패배 의식이 덮어씌우고 나서 한다는 말이 겨우 돈 이야기란 말인가. 상오가 대꾸를 안 하자 이

번에는,

　"오늘 참 기분 좋았어요."

하고 상오를 보며 웃기까지 했다. 남은 속이 쓰릴 정돈데 이 여자는 좋았던 일만 회상하고 있담.

　"고맙군."

상오는 패배 의식을 보이지 않으려고 일부러 냉정을 가장하며 대답했다.

　"언제 다시 드라이브해요."

초희의 머리에는 스카이웨이가 꽉 차 있는 모양이었다.

　"그러지. 다음엔 수원까지 고속도로를 드라이브 할까."

　차가 중앙청 앞을 향해 달리고 있었다. 어떤 외국정부의 수반이 내방하고 있는 때라 세종로 네거리의 아치가 눈부시게 찬란했다. 라이트에 반사되고 있는 중앙청은 옛날 서구의 궁성 같은 우아하고 신비로운 모습을 보여주었다. 광화문 안 중앙청 앞뜰에 줄지어 있는 청등 홍등은 청초하고도 고즈넉한 옛날 정서를 자아냈다. 그런 곳을 상오는 패배 의식 속에서 달리고 있었다.

　그러나 22층의 새 중앙청사 높은 건물이 하늘로 치솟은 그 근처까지 이르렀을 때 상오는 가벼운 한숨을 내쉬었다. 한국에서 가장 높은 건물의 의지를 생각했던 것이다. 서울 장안에 있는 모든 건물을 눈 아래 내려다본다. 군소 건물을 호령한다. 그 건물 안에 담겨질 기관들은 한국의 모든 사회구조를 개조 운영한다.

　이런 건물의 의지를 생각하며 자기 속에 들어 있는 패배 의식을 내뿜어 버리는 상오였다. 차가 경복궁 돌담을 끼고 삼청동으로 올라가고 있었다. 상오는 옛날 국민학교 다닐 때를 생각했다. 가운데 개천이 있고 그 가에 있는 좁은 길로 경복궁에 소풍을 왔었다. 중고등학생 때 삼청동 공원으로 놀러 다닐 때도 길은 마찬가지였다. 궁궐이 중요했을 뿐 그 둘레의 길이 넓어야 할 필요가 없었을 것이다. 옛날 그대로의 길이었다. 그런데 지금은 개천이 메워져 길이 종로 한복판보다도 넓어졌다. 궁궐보다도 궁궐 밖에 사는 사람이 더 중요해진 것이다.

상오는 라이트에 비치는 넓은 길을 보며 가슴이 넓어지는 것을 느꼈다. 넓은 길은 우선 가슴을 시원하게 해 준다. 앞이 막힌 골목길과는 달리 가슴이 툭 트이게 한다. 길을 보고 있기만 해도 움직이고 싶어진다.

삼청공원 못 미쳐 오른쪽으로 올라가는 길로 얼마를 달리다가 차가 멎었다. 상오는 먼저 차에서 내려 초희가 내리기를 기다렸다. 그리고,

"오늘은 실례했어."

하고 남자다운 너그러움을 보였다.

"언제 만날까요."

초희는 다음에 만날 약속을 바랐다. 작별할 때마다 습관처럼 두는 말이다.

"그새 전활 걸지."

상오는 이때까지 아량을 베풀었던 만큼 최후의 말을 야박하게 하고 싶지 않았다. 속으로는 다시 안 만나도 좋다는 생각을 하면서도 전화를 걸 것처럼 말하고 그녀를 보냈다.

다시 자동차를 타고 자기 집으로 돌아오는 도중 초희를 다시 안 만나도 좋다는 생각을 했지만 초희가 그렇게 밉지 않다는 것을 생각했다. 초희는 어떤 경우에도 자기를 경멸하지 않는다. 보통 여자 같으면 오늘 자기를 경멸했을 것이다. 그러나 그녀는 당황을 하면서도 경멸하는 태도를 순간적으로도 나타내지 않았다. 그리고 그런 일을 금시 잊어 버렸다. 말하자면 불쾌한 일을 잠시도 머리에 간직하려 하지 않는다.

'묘한 여자야.'

상오는 초희를 이해하기 힘든 여자라고 생각했다. 그래서 밉지 않았지만 맛이 없는 여자라고 생각했다. 다시 만나지 않을 여자라고 거듭 생각했다.

다음날 아침 상오는 일찍 일어났다. 해야 할 일들을 계획 세워야 했기 때문이다. 이 날 그는 전라남도에 있는 보따리장수를 만나기로 되어 있었다. 그리고 영화로 성공을 하여 돈을 벌었다는 제작자 E씨를 찾아갈 약속도 있었다. 감독을 만나 시나리오 작가를 선정하는데 구체적인 의견을 교환하기도 해야 했다.

그들을 만나 할 이야기를 생각하며 아침 시간을 보내다가 조반을 먹고 있

는데 전화가 왔다. M무역회사에 있는 학교 선배였다.

"오늘 점심때 시간 있겠나. 미국 사람이 왔어. 그래서 내가 점심을 산다구 했는데……."

언제부터 미국 오퍼를 얻게 미국 사람을 한 명 소개해 달라고 한 부탁에 대한 응답이었다.

"만나야지요. 어디루 갈까요."

상오는 승낙하는 말부터 했다. 사실은 승낙이 아니었다. 틀림없이 만나게 해 달라는 부탁이었다.

학교 선배인 광서는 열두 시 정각에 ××호텔 다방으로 나오라는 말을 하고 전화를 끊었다. 고마운 일이었다. 자기가 근무하고 있는 회사 일로 만나는 미국 사람을 무조건 소개해 준다는 것은 그리 쉬운 일이 아니다. 그런 것을 그 회사 사장이 알면 얼마나 불쾌하게 생각할 것인가. 상오는 학교 동창이라는 것이 좋다고 생각했다. 상오는 얼마 전 ××무역회사에 있는 광서가 자기 선배라는 말만 듣고 무턱 찾아갔었다. 한 번 만나 본 일도 없으면서 명함을 내고 자기가 그의 후배란 말을 하고 자기도 무역회사를 만들어 보겠다는 말을 한 뒤 그 방면에 필요한 미국 사람을 하나 소개해 달라고 했다. 그때 광서는 경험 없이 회사를 창설할 수 있느냐면서 무역회사의 힘든 일들을 설명해 주었다. 상오는 지금 영화회사 만드는 이야기를 하고 무역회사도 가능하다고 자기 의사를 밝혔다. 그리고 광서에게 학교 선배로 또는 사회의 선배로 지도해 달라고 부탁했다. 어떻게 보았는지 광서는 쾌히 승낙하고 협력해 줄 것을 약속했던 것이다.

그 뒤에도 상오는 무역회사, 그 중에서도 보세가공에 대한 지식을 여러 방면으로 수집했다. 현금을 안 가지고도 돌을 벌 수 있는 가장 유리한 사업이었다.

상오는 그 사업에 절대로 필요한 미국 사람에게 오늘 호감을 주고 자기를 신용하도록 만들어야 한다고 생각했다. 그러기 위해서는 돈도 있어야 한다고 생각했다.

그는 아버지에게 오늘의 일에 대한 설명을 하고 돈을 좀 달라고 말했다.

아버지는 용돈을 주기 전에,

"무역회사를 하려면 자금이 있어야 하지 않니."

하고 자금에 대한 걱정을 했다.

"자금은 필요 없습니다. 은행에 담보물만 잡히면 은행에서 자금을 대 줍니다. 담보물에는 절대로 손해가 가지 않게 할 테니까 아버지께서는 담보물만 잠시 빌려 주시면 됩니다."

"경험두 없이 넌 일을 벌여 놀 생각만 하구 있구나."

"절대루 아버지의 재산을 축내지 않을 테니까 걱정 마십시오. 제가 의도하는 것을 짐작하실 텐데요."

아버지는 상오의 계획을 믿는 것인지 상오의 의지를 가상히 생각하는 것인지 어쨌든 반대 의사를 표하지 않았다. 그 역시 사업가가 되어서 간이 보통 사람보다 큰 때문인지 몰랐다.

용돈 삼만 원을 받고도 졸업식 날 한 번 입고 그냥 걸어 두었던 새 양복을 꺼내 입었다. 그리고는 이발소에 가서 이발을 했다. 기분이 참신했다. 어떤 일이라도 능히 해낼 것 같았다.

그는 우선 ××호텔로 갔다. 거기에 전라남도에서 온 소위 보따리장수가 머물고 있었다. 보따리장수란 그 지방 영화관에 공급할 영화를 도맡는 말하자면 영화제작자와 지방 영화관 사이에서 중간 역할을 하는 사람이다. 그는 영화를 영화판에 공급하는 한편 공급할 영화의 계약 조건으로 제작자에게 영화 제작비를 제공해 주기도 한다.

그 사람은 상오를 기다리고 있다가 반갑게 맞이해 주었다. 그러나 명함을 내놓고 사장이라고 자기소개를 했을 때 그 사람은 상오의 너무나 젊은 데 실망을 느꼈는지,

"사장이 바로 노형이십니까."

라고 물었다.

상오는 약간 당황했다. 처음 느끼는 일이 아니지만 다만 연령 하나 때문에 자기가 대인관계에서 실패하지나 않을까 하는 겁이 들었던 것이다. 그러나,

"너무 젊어서 신뢰감이 가지 않습니까."

까놓고 이야기하며 호기 있는 웃음을 소리 내어 웃었다.

"그런 것은 아니지만……."

그 사람이 어물어물할 때,

"결국은 패기가 문젭니다. 불란서 새로운 영화는 젊은 사람들 손에 의해 제작되구 감독되구 있잖습니까."

상오는 미리 가지고 왔던 스틸을 꺼내 그 사람 앞에 펼쳐 보이며 설명했다.

"이 영화는 옛날에도 제작해서 성공했던 일이 있습니다. 한 번 성공했던 작품을 다시 제작해도 성공합니다. 특히 이번에는 단종을 완전한 주인공으로 해서 그의 심리를 묘사하는 데 중점을 두었습니다. 어린 왕의 여러 가지 슬픔을 여러 각도로 부각시키는 거죠. 나는 이 영화를 처음부터 끝까지 울지 않고는 볼 수 없게 만들 작정입니다. 우리 나라에서는 역시 민족적인 감정을 자아내고 눈물을 흘리게 하는 영화만 만들면 성공합니다. 보십시오. 감독은 문예 영화계의 일인자인 N씨구, 배우는 가장 인기가 높은 C와 B가 아닙니까. 나는 이 역사물을 예술작품으로 만들구 또 그렇게 선전할 작정입니다."

그 사람은 스틸을 자세히 보면서 상오의 말을 귀담아 들었다.

"<단종애사>가 나왔던 것이 벌써 십오 년두 더 됐으니까 한 번 만들어 볼 만한 작품이기는 합니다."

어느 정도 흥미를 느끼는 모양이었다.

"절대 자신이 있습니다. 나는 이걸 국제시장에까지 내놓을 작정입니다. 며칠 뒤 내 친구 하나가 미국 유학을 떠납니다. 그 친구는 영어를 잘 할 뿐 아니라 교제술이 상당합니다. 그 친구에게 스틸을 주어서 할리우드와 교섭하도록 할 작정입니다. 이익의 반을 주기로 했으니까 결사적으로 일을 성취시킬 것입니다."

"미국에 수출하게만 된다면 그게 하나의 선전두 되겠지요."

"필름을 수출하는 동시 출연배우들을 미국에 진출케 할 작정입니다. 한국 예술의 세계 진출이지요. 교섭 여하에 따라 성공할 수 있는 문젭니다.”

상오는 상업적인 성공을 거둘 뿐 아니라 한국 예술의 세계적 진출에까지 야망을 갖고 있다는 자기의 소신을 밝혔다.

“그렇지요. 우리 나라 예술인들두 세계무대에서 활동을 하두룩 돼야 할 겁니다.”

그 사람은 상오의 계획에 적극적인 찬의를 표했다.

상오는 일이 반 이상 성공된 것이라 생각하고 다음 만날 약속을 한 뒤 호텔을 나왔다. 호텔을 나오면서 그는 자기의 인중을 쓸어 보았다. 금시 이발한 피부가 매끄러웠다. 수염이 까맣게 자라려면 한 달 이상 걸려야 하지 않을까 생각했다. 속으로 픽 웃었다. 수염을 기른 자기 얼굴을 생각하면서 그러나 할 수 없는 일이라 생각했다. 위장이라도 해서 남에게 신뢰감을 얻도록 해야 한다.

상오는 시계를 보았다. 광서를 만날 시간이 아직 한 시간이나 남아 있었다. 그는 거리에 있는 공중전화를 빌어 혜수에게 전화를 걸었다. 얼핏 생각난 것이 혜수였던 것이다.

혜수가 직접 전화 받을 때 그는 그제서야 생각난 듯,

“오늘 학교 안 갔어?”

하고 물었다.

“집 보구 있는 거야. 엄마가 아직 안 돌아왔어.”

혜수의 말을 듣자 상오는 할 말이 없는 것을 느꼈다 그렇다고 그냥 전화 끊기가 안되어,

“명배한테선 아직 편지 없니?”

하고 물었다.

“지금 막 편지 받았어. 무사히 도착해서 훈련을 받고 있대. 내무반 생활에 머리가 어찔어질하다나.”

“처음엔 좀 고생하겠지.”

“좀 고생이 되는 모양이야. 편지 읽을까.”

상오는 공중전화로 편지까지 읽어달랄 수는 없었다. 편지를 받고 기뻐 어

쩔 줄 모르는 혜수의 마음을 짐작하겠지만,

　"다음에 만나서 읽어 보지."

하고 전화를 끊으려 하는데 혜수가,

　"지금 어디 있어?"

하고 물었다.

　"종로 4가야."

　"그럼 집으루 좀 올래?"

　"지금 좀 바쁜데."

　상오는 시계를 보았다. 그새 벌써 십 분이 지났다.

　"편지만 보구 가면 되잖아?"

　생각하니 그럴 시간이 있었다. 상오는 전화를 끊고 택시를 잡아타고 신당동으로 갔다. 명배의 편지를 읽고 싶은 마음에서는 아니었다. 사오십 분 동안의 시간적 공백을 메우기 위한 단순한 마음이었다.

　혜수의 집에 갔을 때 혜수가 편지 이야기는 안 하고 차부터 들여왔으나 그는 편지를 보이라고 독촉하지 않았다. 편지야 자기에게도 올 것이니 그것을 보아도 마찬가지일 것이라고 생각했던 것이다.

　"그새두 바빴어?"

　혜수가 상오의 얼굴을 바로 쳐다보며 커피잔을 들어 상오 앞 탁자에 놓으려 했다. 상오는 그새두 바빴느냐는 말이 꼭 어제 초희와 만났던 것을 알고 물어 본 것 같아 대답이 궁한 채 혜수가 들고 있는 커피잔을 받으려 했다. 그때 탁자에 놓으려던 혜수의 손과 커피잔을 받으려던 상오의 손이 엇갈리면서 커피잔이 기울어졌다. 그 바람에 커피잔의 뜨거운 물이 상오의 발잔등에 그대로 쏟아졌다.

　"아이 뜨거워."

　소리를 지르며 다리를 뒤로 뺐으나 물은 이미 양말을 적신 뒤였다. 상오는 얼떨김에 양말을 벗었다. 뻘겋게 데어 있었다.

　"많이 뎄어?"

　혜수가 가름해하며 꾸부리고 앉아 상오의 발등을 만졌다.

“조금 덴 것 같은데……”

상오가 통증을 참으며 말하자 혜수는 상오의 한 팔을 잡아 가슴에 안고,

“어떻게?”

하고 울상을 했다. 상오는 울상을 하고 어쩔 줄 몰라 하는 혜수가 보기 딱해 한 손으로 혜수의 어깨를 안아 힘을 주며,

“괜찮아.”

하고 말했다.

아무의 잘못도 아니었다. 그런데도 혜수는 진심으로 미안해 어쩔 줄을 몰라 했고 상오는 그러는 혜수 보기가 딱해 상처를 감추려 했다.

“병원엘 가야지 않아.”

“병원엔? 집에 무슨 약 없어?”

혜수 아버지가 의사인 만큼 그런 약이 있을 것 같았다. 그러나 약은 있으되 어떤 약이 효과 있는 것인지를 모를 뿐 아니라 그냥 약만으로 만족할 수 없는 것이 혜수의 마음이었다.

“병원엘 빨리 가요. 빨리.”

혜수는 병원에 안 가면 큰일이나 날듯이 서둘렀다. 그러나 상오는 그럴 필요가 없다고 생각했다. 병원에 가야 결국 약을 바르는 것뿐이다.

“약을 찾아봐.”

“어디 있는지두 알 수 있어요? 빨리 빨리.”

혜수는 일어서서 상오의 겨드랑이에 손을 넣고 그를 일으켰다. 상오는 어쩔 수 없어 일어서기는 했지만 병원에 갈 생각은 아예 없었다.

“글쎄 괜찮대두……”

혜수를 덥석 안았다. 안기 위해서 안은 것은 아니었다. 병원으로 끌고 가려는 혜수를 막기 위한 단순한 행동이었다.

그런데 혜수는 안긴 채 울먹울먹하며,

“안 가문 어떻게 해.”

하며 상오를 쳐다봤다.

“걱정 말라니까.”

상오는 혜수를 안심시키기 위해 껴안은 팔에 힘을 주며 웃음을 지어 보였다.

"그래두 싫어."

혜수의 걱정이 조금도 풀리지 않기 때문에 상오는 혜수를 풀어 놓고,

"잉크병이나 좀 가져 와."

"그건 뭣하게."

"글쎄, 가져오기나 하라니까."

혜수는 시키는 대로 하는 수밖에 없었을 것이다. 자기 방으로 가서 잉크병을 가지고 왔다. 상오는 손가락으로 잉크를 적셔 상처 입은 발잔등에 문질렀다. 손바닥만큼 넓이의 뻘건 상처에 잉크칠을 하며,

"이게 약이야. 잉크가 없을 땐 간장이나 된장두 좋지."

혜수의 얼굴을 쳐다봤다.

"정말?"

혜수는 믿어지지가 않는 모양이었다.

"병원에서나 약방에서 파는 것만이 약인 줄 알아? 약의 성분이 있으면 뭐나 약인 거야."

"설마……."

"두고 봐. 내일쯤이면 거뜬할 테니까."

"좀 있다라두 병원엘 가, 그러지 말구……."

혜수가 그래도 걱정하고 있기 때문에 상오는 혜수의 마음을 딴 데로 돌려 줘야겠다고 생각했다.

"커피를 마셔야 할 거 아냐. 빨리 물이나 다시 가져와."

그래서 커피물을 새로 가져다가 커피를 타서 마실 때 그래도 혜수의 표정이 굳어 있음을 보고,

"명배 자식 재미 좋았겠는데."

엉뚱한 소리를 꺼냈다.

"왜."

"안아 보니까 근사한데……."

그때야 혜수가 활짝 핀 얼굴로 웃었다.

"정말?"

"응, 한 번 더 안아 보구 싶은데……."

"그럼 안아 봐."

"명배한테 혼나게……."

"내가 책임질게. 어때? 안아 보는 것쯤. 그냥 안아 보는 건데……."

"그래두."

상오는 혜수를 안을 수가 있었다. 그러나 그냥 안아만 본다는 데 별 흥미를 느끼지 못했다.

"시간이 됐어."

그는 시계를 보며 일어섰다.

"또 누굴 만나?"

"오늘은 미국 사람을 만나 뿌리를 뻗쳐야지. 땅에 공백이 없게 뿌리를 뻗어야 해."

"그럼 언제 전화 걸어 줄래?"

혜수는 작별이 허전한 모양이었다.

3

상오는 열두 시에 일 분도 늦지 않게 약속한 호텔로 갔다. 광서와 같이 온 미국사람은 삼십대의 장신 청년이었다. 상오는 능하지 못한 영어로나마 손짓 몸짓을 해 가며 직접 대화를 꾸려 나갔다. 이야기의 몇 퍼센트나 알아 듣는지 몰랐지만 미국인은 흥미 있게 경청하는 것 같았다.

"나두 히피족을 좋아합니다. 그렇지만 히피족이 국가를 발전시키진 못합니다. 개인의 부를 만들 생각도 못합니다."

이런 말을 할 때는 통쾌하다는 듯 소리를 내어 웃기도 했다.

"한국의 임금이 싸다고 해서 그것을 전제로 한 사업계획은 민족의 수칩니다. 죄악에 가까운 일일지도 모릅니다. 그렇지만 현실이 그러니 나도 그런 사업을 시작하려는 것입니다. 그것은 싼 임금으로라도 노동력을 자꾸 활용해서 국가경제를 발전시켜야 노동가치가 높아지고 임금도 등귀해지기 때문입니다.”

이런 말을 할 때 미국인은 고개를 끄덕이며 신기한 눈으로 상오를 바라보기도 했다.

상오는 이 날 미국인을 개인적으로 교제하는 데 그쳤지만 주고받은 대화 속에서 미국인이 놀랄 만한 발언을 한 마디씩 했다.

“미국 사람들은 한국 사람들을 동정하는 척하지만 속으로는 실속을 다 채리구 있습니다. 보세가공품을 사 들일 때의 그 가격이 무엇입니까. 국내에서도 천오백 원 이상 가는 쉐터를 삼백 원두 안 주구 사 간다지요.”

하고 미국인을 공박했다. 미국인이 어리둥절해 있을 때,

“공박하는 건 아닙니다. 장사니까 사는 사람이 싸게 사려는 것은 당연하지요. 우리도 이익이 있으니까 그런 값으로 파는 거구요. 우리 나라에서는 사람값이 싸니까 그걸루 한몫 보는 거지만 얼마 안 가서 사람값두 오를 겁니다. 나라의 값이 나가면 그 나라 사람의 값도 오르는 거니까요.”

하며 상오는 소리를 내어 웃었다.

미국인도 그를 미워할 수는 없었을 것이다.

“당신의 나라가 빨리 값이 나가기를 바랍니다.”

“고맙습니다. 우리 나라가 남의 차관을 얻어 산업을 부흥시키는 시기만 지나면 남의 나라에 차관을 빌려 주며 살 때가 올 겁니다. 우리는 그때를 위해 일하고 있습니다.”

“미스터 권, 당신 매우 유망한 청년입니다.”

상오는 미국인에게 인상만 깊게 주면 그뿐이었다. 그의 힘을 빌어 사업을 시작할 단계가 아니었기 때문이었다.

그래서 그는 미국인의 주소를 알아 두는 동시 자기의 주소도 써 주었다. 그리고는,

“우리 같이 사업을 하는 사람들이니까 서루 가까이 지냈으면 좋겠습니

다.”

하고 목전의 이익을 위해 만난 것이 아니란 자기 마음을 밝혔다.

“좋습니다. 좋은 친구 됩시다.”

점심을 다 끝내자 그들은 저녁때 다시 만나기로 약속하고 친한 친구들처럼 다정한 악수를 나누며 헤어졌다.

미국인과 헤어진 뒤 상오는 혼자 생각했다.

‘씨를 뿌려 두는 거다. 사업에 필요한 씨를 많이 뿌려 둬야 수확이 있을 것 아닌가.’

상오는 이 날의 스케줄대로 ××영화회사 사장을 찾아갔다. 사십대의 혈기왕성한 사람이었다. 상오는 그에게서 영화제작에 대한 경험담을 들으려 한 것이 목적이었지만 그보다도 그 방면의 후배로서 선배에게 인사를 해 둬야 한다는 타산이 더 앞섰던 것이다. 한 번 인사라도 가지 않는다면 장차 자기 일에 훼방을 놓지도 모른다. 말하자면 배수의 진을 쳐야 했던 것이다. 그래서 사장을 만나자 상오는 후배로서 깍듯한 인사를 했다. 그리고 자기의 계획을 가장 겸손한 태도로 설명한 뒤 고견을 바란다고 했다. 그때 그 사장은,

“영화제작은 자기 돈으로 하지 말 것. 그것만 지키면 되는 거야, 알았소?”

하는 것이었다. 그것은 상오도 알고 있는 일이었다. 그래서 지방 영화관 주인이나 보따리장수들을 상대로 활동하고 있는 것이지만 경험자의 말을 직접 듣자 더욱 실감이 났다. 요는 배짱이었다. 영화가 실패에 돌아간다고 해도 자기가 망하는 것이 아니라 돈 낸 사람들이 망한다는 배짱. 자기 사업에 남을 걸고 들어간다는 것이 안된 생각이기는 했지만 돈을 벌기 위해서는 그런 배짱이 있어야 한다고 생각했다.

“고맙습니다.”

상오는 그 말 한 마디로 충분했기 때문에 땅에 코가 닿도록 절을 하고 그 영화회사를 나왔다. 그리고는 N감독을 찾아갔다. 그런데 N씨는 그의 연락 사무실에 나와 있지 않았다. 어떤 회사의 영화가 크랭크인 해서 그 회사에 나가 있다는 것이었다. 상오는 그리로 전화를 걸었다. 거기서는 세트 촬영을

하기 위해 안양촬영소로 갔다는 대답이었다.

그는 할 수 없이 자기 사무실로 갔다. 사무실에는 별일이 없었다. 범태가 왔다가 나가며 네 시쯤 다시 들어온다는 말을 했다는 전갈뿐이었다. 그는 문득 S극장 주인을 생각했다. 다시 찾아가서 구체적인 이야기를 하고 계약금을 받아야겠다는 생각이었다. 그러나 어제 갔었는데 오늘 또 찾아간다는 것은 시기가 너무 이른 것 같았다. 그러면서도 그는 S극장으로 전화를 걸었다. 사장의 동태라도 알고 싶었던 것이다.

저쪽에서 수화기 드는 소리가 나자 상오는,

"미스 김 좀 대 주십시오."

하고 말했다. 성이라도 아는 사람이 그미뿐이었지만 문득 그미와 이야기를 하고 싶었던 것이다. 미스 김이 수화기를 받자 상오는,

"나, 어제 사장님을 찾아갔던 권상오입니다. 지금 사장님 계신가요."

하고 물었다.

"네, 계신가 봐요."

그미의 대답은 몹시 쌀쌀했다. 어제도 그랬지만 약간 불쾌했다. 그러나 감정을 일으키는 것은 곧 그의 감정을 자극시키는 일이다. 그는 자기 사업에 대해서보다도 미스 김에 대해 신경을 기울였다.

'꼿꼿한 대나무가 도리어 잘 꺾어진다지……'

이런 생각을 하며 속으로 웃었다. 그러나 자기 속을 감추고,

"지금 가면 사장님 뵐 수 있을까요."

하고 물었다.

"곧 나가실 거예요."

말에서 찬바람이 이는 것 같았다. 그러나 상오는 그런데 관여하지 않고,

"꼭 봬야겠는데……."

하다가,

"그럼 실례했습니다."

정중한 말로 전화를 끊었다.

전화를 끊자 상오는 S극장으로 직행했다. 극장 안에 있는 다방으로 가서

또 전화를 걸어 미스 김을 불렀다.

"나, 권입니다."

이번에는 이름을 빼고 성만을 댔다.

"무슨 일입니까."

역시 쌀쌀했다.

"사장님 나가셨습니까?"

나갔으리라는 것을 알면서 묻는 말이었다.

"조금 전에 나가셨습니다."

쌀쌀했지만 대답은 해 주었다.

"나, 이 극장 안에 있는 다방에 와 있는데 잠깐 나오실 수 없습니까. 부탁 드릴 말이 좀 있는데요."

"바빠요."

기대했던 대답이었다.

"그러실 줄 알지만 내가 사업에 대해 협조를 구하려는 겁니다. 염치없이 부탁만 하지 않을 놈이니까 잠깐만 시간을 내 주십시오."

상오는 협조에 대한 보수를 넌지시 암시했다. 그런 말에 금시 넘어갈 사람이 없을 것이지만 자기로서는 해 두지 않을 수 없는 말이었다.

"글쎄 바쁘다니까요."

"십 분이면 충분합니다."

"십 분두……."

"그럼 내가 그리루 갈까요."

"그러세요."

그러면서도 전화를 끊지 않았다. 상오는 그미가 자기의 다음 말을 기다리고 있는 것이라 생각하고,

"사업에 대한 이야길 거기서 하기가 좀 거북한데요. 또 남보기두 좀 이상하구……."

다시 한 번 나와 달라는 뜻의 말을 했다. 그러나 그미가,

"그럼 갈게요."

하고는 전화를 끊었다. 상오는 그미가 아무리 꼿꼿하다 해도 여자라고 생각
했다. 모르기는 하지만 그새 화장을 고치고 나올 것이라는 생각까지 했다.
일 분이 안 걸릴 데서 오 분이나 지난 뒤에야 다방으로 왔다. 그는 우선 그
미의 얼굴을 쳐다봤다. 새로 화장한 흔적을 찾아보려고. 과연 귓불 밑에 분
가루가 약간 붙어 있는 것을 보았다. 속으로 웃었다. 그러나 그는 정중하게
자기가 영화제작을 하려 하는데 S극장 주인에게서 상영 계약금을 받으려 한
다는 이야기를 했다. 그리고는 그럴 경우 사장에게 어떤 식으로 이야기를
해야 가장 효과적이겠는가를 물었다.
　“내가 그걸 어떻게 알아요.”
　미스 김은 한 마디로 거절했다. 그렇다고 상오는 실망하지를 않았다.
　“사장님이 술을 좋아하시나요.”
　“그런 거 좋아하시지 않아요.”
　“그럼 끈질기게 교섭해야 하겠군요.”
　“한 번 안 된다면 어떤 일이 있어두 안 될 거예요.”
　이런 이야기를 하고 있을 때 레지가 왔다. 상오는 늦게야 차를 주문 받으
러 오는 레지가 고마웠다.
　“파인주스 두 잔!”
　상오는 미스 김의 의견도 물어 보지 않고 가장 비싼 것을 주문했다. 그미
가 거절할 수가 없었을 것이다. 주스를 가져오는 동안 그리고 주스를 마시
는 동안 상오는 자기선전을 했다. 영화만을 목표로 하고 있지 않다는 것, 그
러나 영화도 실패할 수는 없다는 말을 한 뒤 명함을 꺼내 주면서,
　“혹시 좋은 아이디어라두 있으면 알려 주십시오.”
하고 말했다.
　미스 김은 명함을 받았다. 다방을 나올 때는 명함이 꾸겨지지 않게 손바
닥을 넓게 펴서 그 안에 넣었다. 그런데도 상오가,
　“전화를 걸어두 괜찮지요.”
하고 물었을 때,
　“사무적인 전화 말구는 잘 받지 않아요.”

또 쌀쌀맞게 대답했다.

상오는 좋다고 생각했다. 누가 꺾이나 두고 보자.

미스 김과 헤어지자 상오는 명동까지 걸었다. 찾아가려면 갈 곳은 얼마든지 있었지만 잠시 머리를 쉬고 싶었다. 가끔 들르는 살롱으로 발을 옮겼다. 다방이면서도 살롱이란 말을 쓰면서 보통 다방보다 커피값을 배나 받는 곳이었다. 소위 문화인들이 모이는 곳이지만 여대생들도 찾아오는 곳이었다. 비교적 조용하다는 것이 특색이라고나 할까. 상오는 푹신한 의자에 앉아 음악에 귀를 기울였다. 그는 벌써 미스 김도 잊고 있었다. 사업에 대해서도 생각하고 있지 않았다. 그저 음악만 들으며 쉬는 것이었다. 차를 마시고 난 뒤에까지 멍한 자세로 앉아 있을 때였다. 어떤 여대생 한 명이 상오 옆자리에 와 앉았다. 상오는 자기를 아는 여대생인가를 하고 그 얼굴을 유심히 바라보았다. 처음 보는 얼굴이었다. 그런데 그 여학생이 불쑥,

"오늘 저녁 내 파트너가 돼 줄 수 없어요."

하고 말했다. 상오는 그 여대생이 자기를 대학생으로 오인하고 있다는 데 놀랐다. 그리고는 그 여학생의 대담성에 놀랐다. 놀라기는 했지만 상대방에게 실망을 줄 수는 없었다.

"어떤 파틴데요."

"학교 창립기념일 축하행산데 포크댄스가 있어요."

"난 포크댄스를 출 줄 모르는데요."

상오는 거절하기 시작했다.

"처음부터 배워 준대요. 꼭 같이 가요."

상오는 그 여대생이 자기의 무엇을 보고 파트너가 돼 달라는 것인지를 알 수 없었다. 그것이 궁금했다.

"난 학생이 아닌데요……."

"학교 졸업했어요?"

"네."

"그럼 어때요. 나이가 비슷비슷할 텐데……."

"몇 학년인데?"

“삼학년이거든요. 삼학년이 돼서 파트너 하나 없다면 창피하잖아요.”

“정말 그렇게 파트너가 없수?”

“지금은 없어요.”

상오는 생각했다. 걸려든 여자가 아니다. 걸어온 여자인 것이다. 그렇기 때문에 흥미가 없었다. 고무줄은 탄력성이 있기 때문에 잡아당길 맛이 있다. 튕겨지지 않는 고무줄은 죽은 물체다.

“바쁜 일이 있어서 미안한데……..”

상오는 점잖게 거절했다.

“일은 다음으로 미룰 수 있잖아요.”

여자의 올가미에 걸려드는 것도 유쾌한 일일지 모른다.

그러나 더 말을 못하게 거절했다.

“그런 일이 아니라 데이트할 약속이 있어서.”

그때야 여대생은 할 수 없다는 듯이 일어섰다. 일어서면서 한 마디를 했다.

“궁합이 안 맞는가 보군.”

상오는 그 여대생이 다른 남자에게 교섭할 기회를 줘야 한다는 생각을 하며 살롱을 나왔다. 살롱을 나와 충무로로 가는 길을 걷고 있을 때였다.

“상오 형님.”

누가 뒤에서 불렀다. 명수였다. 학교에서 돌아오는 길인지 책가방을 든 채였다.

“응! 명수냐.”

상오가 반겨 주자 명수는 무턱대고,

“차 한 잔 사십쇼.”

했다.

“그러지.”

상오는 우선 승낙을 하고 난 뒤 학교에 잘 나가고 있는가를 물었다.

“나가기나 하면 뭣 해요.”

명수가 심드렁하게 대답했다.

"학교 재미가 없나 보구나."

그들은 다방 안에 들어가서도 그 화제를 계속했다.

"오늘 학교에서 싸웠어요."

"누구하구."

"교수하구요."

"교수하고 싸워?"

상오는 명수가 다른 애들과는 조금 다르다고 생각하고 있다. 평소에는 별로 말이 없다. 이야기하기를 싫어하는 것이다. 그것은 성격의 탓도 있겠지만 만사를 탐탁지 않게 생각하는 버릇 때문이었다. 그러나 교수와 싸웠다는 것은 이해할 수 없는 일이었다.

"형님 요즘 가짜박사란 말 들었지요. 우리 학교에 그 가짜박사가 있거든요."

그러니 명수는 가짜 교수와 싸운 모양이었다.

"신문에 났더라."

"글쎄, 그 가짜박사가 조금두 부끄러워할 줄을 모르잖아요……."

상오는 그의 이야기를 듣기 위해,

"부끄러워할 줄 알면 가짜박사가 됐겠니. 그래서?"

"내가 박사학위 얼마 주고 샀느냐 물었더니 자기는 돈 주고 산 것이 아니라 진짜 논문으로 학위를 얻었다구 하잖아요. 신문에 분명히 났는데두."

"그게 싸운 거냐."

"그 박사가 자기에게 직접 그런 것을 묻는 실례가 어디 있느냐면서 화를 냈어요. 그래서 나는 학교의 명예를 위해 그것을 밝혀야 한다구 했지요. 그랬더니 그 박사가 내 이름을 물었어요. 나는 퇴학시킬 작정이냐구 대들었죠. 그랬더니 나를 퇴학감이라는 거예요. 그래서 선생님이야 말루 학교에서 물러날 사람입니다 하구 말했죠."

"싸움은 싸움이로구나. 그래서 어떻게 했니."

"우리 반 학생들이 그 가짜박사한테서는 강의를 듣지 않기루 했죠."

상오는 잘 했다고 칭찬해 주었다. 가짜 아닌 물건이 없다. 병 고치는 약에

까지 가짜가 있다. 사람도 가짜사람이 많다. 기술자가 아니면서 기술자로 월
남으로 간다. 가짜가 범람하는 시대라 해도 학문 분야에까지 가짜가 있을
수는 없다. 개업을 하고 있는 의사가 학위를 돈 주고 샀다면 그것은 이해가
간다. 그러나 교수로서 박사학위를 돈 주고 산다는 것은 천당 가는 입장권
을 돈 주고 산다는 것보다 더 이해가 안 가는 일이었다.
　명수는 흥분한 어조로,
　"난 학교 그만둘 작정입니다."
하고 말했다. 그 말을 듣고 상오는 반대했다.
　"그럴 필요까진 없지 않니. 교수 가운데 그런 사람이 하나 있다구 해서
학교 그만둔다는 것은 옹졸하기 짝이 없는 치기야."
　"그 교수가 사표를 내고 나간다 해두 난 싫습니다."
　"그런 교수가 나간다면 학교 그만둘 이유가 뭐냐."
　"학교라는 것이 싫으니까요."
　"그럼 공부를 안 해두 좋다는 거냐."
　"좋아요."
　명수는 자기 고집에 사로잡혀 있었다.
　그것은 편견이기도 했다.
　"결국은 네 개인이 손해 보는 일이다. 세상이 탁하면 탁한 대루 사는 것
이 아니냐. 계산해서 자기가 이로울 길을 택해야 하는 거야."
　상오는 타일렀지만 명수는 들으려 하지 않았다.
　"손해구 뭐구 있어요? 살기 싫으면 죽기두 하는데……."
　상오는 명수가 자기의 형 명배와 아주 다르다고 생각했다. 명배는 어느
정도 현실주의자다. 현실에 불만을 품는다 해도 그것을 곧 잊고 제멋대로
살아가려는 사람이다. 그러나 명수는 불만투성인데다가 그 불만에 얽매어
도리어 자기를 포기하려 한다. 같은 부모를 가진 형제가 서로 대조적인 성
격을 가지고 있는 것이다.
　"명수야, 너 술을 좀 배워라."
　상오는 명수에게 호기(豪氣)를 넣어 주고 싶었다.

“그런 거 꼭 배워야 마시나요. 마시면 마시는 거죠.”

명수가 마치 자기에게도 호기가 있다는 듯 말할 때,

“그럼 됐다. 가자.”

상오는 그를 끌고 혜수의 집으로 갔다. 혜수의 집에 가면 양주가 있기 때문이었다. 그뿐만도 아니었다. 상오가 커피물로 발을 덴 일로 걱정하고 있을 혜수다. 그런데도 전화마저 걸어 주지 못했으니 직접 가서 안심시켜야 한다는 의무감 같은 것이 있었다.

“어딜 가지요?”

명수가 공포심 같은 것을 보이며 물었다.

“따라오기만 해. 술을 줄 테니까.”

상오는 혜수의 집에 간다는 말을 하기가 싫었다. 그래서 무조건 그를 끌고 길가로 나가 택시를 잡아탔다. 택시 안에서야 혜수네 집에 간다는 말을 했다.

“거긴 뭣 하러 가요?”

명수가 상을 찡그렸다.

“양주가 있단 말야.”

상오의 강압적인 태도에 눌려 아무 말도 못했지만 명수는 아무래도 마음이 내키지 않는 모양이었다. 혜수의 집에 가서도 시무룩해 있었다.

“병원에 갔었어?”

그들을 보자 상오에게 이런 말을 묻는 혜수에게 명수는 인사도 안 했다. 혜수도 자기를 도외시하는 것처럼 보였지만 자기가 모르는 일이 그 두 사람 사이에 일어나고 있다는 사실이 불쾌했던 것이다.

“병원엔 뭣 하러 가. 자, 봐.”

상오가 한쪽 양말을 벗어 보였다. 퍼렇게 잉크물이 들어 있었다.

“정말 아프지 않아?”

“아무렇지도 않지 않아.”

상오가 발잔등을 손가락으로 꾹꾹 찔렀다.

명수는 그들 사이에 어떤 일이 있었거나 관여할 바 없다는 마음으로 잉크칠은 왜 했느냐고 묻지도 않았다. 여자 앞에서 양말을 벗는 무례함을 못마땅하게 생각했을 뿐이었다.

그런데 상오가 양말을 도로 신으며 혜수에게 말했다.

"양주 좀 가져 와. 명수에게 술을 좀 먹여야겠어."

"술은 왜."

"그럴 일이 좀 있어. 가져오기나 해."

혜수는 안방으로 가서 양주 한 병을 들고 나왔다.

명수는 권하는 대로 술을 마셨다. 술이 독하기는 했으나 자기가 술에 질 것 같지는 않았다. 더구나 값이 비싼 양주란 생각을 하니 양껏 마시고 싶었다. 그런데 갑자기 그 술도 가짜가 아닐까 하는 생각이 들었다. 특히 양주에는 가짜가 더 많다고들 한다.

"이건 가짜 아니겠죠."

상오에게 물었다.

"넌 아직 술맛을 모르지? 절대 가짜가 아냐."

상오가 웃으며 말을 이었다.

"가짜 노이로제에 걸리진 말아. 비록 가짜박사까지 있대두 말이야."

명수는 싫었다. 그런 이야기를 되풀이한다는 것이 싫었다.

"술맛 없어집니다. 술이나 마십시다."

"술맛을 아는 것 같은데, 어쨌든 됐어."

상오는 기대했던 일이라는 듯 술잔을 비우고 그것을 명수에게 내밀었다. 그러나 명수는 갑자기 골이 핑 도는 것을 느꼈다. 쓰러질 것 같았다. 그래서 손으로 머리를 감싸고 좀 쉬었다가 마시겠다고 말했다. 그것을 보자 혜수가 재미있다는 듯,

"고결루 녹초야."

하며 키들거리며 웃었다. 어쩐지 비웃는 것 같아 불쾌했다. 명수는 변소에도 가고 싶지만 머리를 식히고 싶었다. 그래서 변소에 가서 소변을 보고는 한참 동안 복도에서 바람을 쏘였다. 한결 머리가 가벼워졌다고 생각하고 응접실 안으로 들어갔을 때였다. 문을 열자 상오가 혜수를 포옹하고 있는 것이

보였다. 명수는 못 본 체 되돌아설까도 생각했지만 그럴 필요가 없다고 생각했다. 긴 소파에 앉은 채 포옹하고 있던 두 사람은 슬그머니 물러나 앉았다. 그렇게 당황하는 태도도 아니었다. 명수는 뭐라고 한 마디 해 주고 싶었다. 형 명배를 위해서 한 마디쯤 해 줘야 했다. 그러나 무슨 말을 할 것인가. 해 줄 말이 얼핏 생각나지 않았다. 못 본 체 그들 옆에 가 앉아서야,

"형한테서 편지 왔어요? 우리 집엔 왔던데……."
하고 혜수에게 말했다.

"왔어. 난 회답까지 해 줬는데. 첫날부터 고생인가 봐."
혜수는 아무렇지도 않고 대답했다. 명수는 정말 환멸을 느꼈다. 형의 이야기를 꺼내면 조금쯤 부끄러워할 줄 알았는데 무슨 여잔지 부끄러워할 줄도 몰랐다.

"난 오늘에나 회답을 쓸까 하는데……."
명수는 편지 속에 지금 막 있는 일도 쓸 것이라는 협박을 암시했다.

그런데도 혜수는,

"회답 자주 해 줘. 군대에서는 편지가 제일 기다려진다지 않아……."
자책마저 느끼지 않았다. 심장을 여남은 개 가지고 다니는 여자 같았다. 명수는 더 참을 수 없었다. 그는 발작처럼 탁자를 주먹으로 탁 쳤다. 정말 발작이었다. 탁자를 부수자는 것인지 자기 주먹을 깨뜨리자는 것인지 알 수 없었다.

탁자 위에 놓여 있던 글라스들이 방바닥에 떨어져 깨졌다. 양주병이 넘어져 술이 쏟아졌다.

"왜 그러니."
상오와 혜수가 놀란 눈으로 명수를 쳐다봤다. 명수는 아무 대답도 안 했다. 그러나 그의 눈은 도대체 너희들이 뭐냐는 듯 그들을 쏘아보고 있었다.

"왜 그래?"
상오는 명수의 대답을 다시 독촉했다. 명수의 행동을 이해하지 못하는 모양이었다. 명수는 대답은 않고 그 대신에 뚜벅뚜벅 방을 걸어 나갔다.

명수는 아무 말도 않고 그냥 나올 작정이었다. 그런데 상오가 달려와서

팔을 잡았다.

"너 왜 그러지?"

차마 때리지는 못했다. 그렇다고 해서 변명하는 것도 아니었다.

"놓으세요. 가겠습니다."

명수는 그와 타협할 생각이 아니었다.

"그러지 말구 놀다 가."

그때 혜수가 옆으로 왔다.

"뭘 가지구 그러지? 그저 한 번 그래 본 건데……."

혜수의 말에 이어 상오도 변명의 말을 시작했다.

"친한 친구끼리 얼싸안을 수 있잖니. 그와 꼭 같은 거야. 넌 그것두 이해 못하니."

명수는 그들의 변명을 귀담아 들으려 하지 않았다. 너무나 뻔뻔하고 치사 스럽단 생각뿐이었다.

"그러지 말구 재미있게 놀다가 가!"

혜수가 명수의 손을 잡아끌었다. 그러나 명수는 더러움을 타는 듯 자기 손을 혜수의 손에서 뺐다. 그리고는 치사하고 뻔뻔스러운 사람들이라고 한 마디 해 주려고 했다. 노골적인 욕은 아니라도 본 대로 형한테 편지를 하겠 다는 말이나 해 주려고 했다. 그러나 그는 입을 열지 않았다. 그저 빨리 그 집을 빠져나가고 싶을 뿐이었다.

"너는 너의 형을 생각하여 기분 나쁘게 생각하구 있는 모양이지만 너의 형 앞에서도 우리는 그랬다. 어때. 아무것도 아닌 장난인데……."

상오가 또 변명을 했다. 거짓말까지 섞어 가면서. 그러나 그는 명배 앞에 서도 능히 그럴 수 있다는 신념을 가지고 있었다.

"그만두세요. 술이나 주구요."

명수는 그 이야기를 되풀이해서 듣고 싶지가 않았다. 듣는 것 자체가 불 쾌했다.

"그래. 술이나 하자."

상오가 빈 술잔을 명수에게 쥐어 주고 거기 술을 따랐다. 상오의 술잔에는 혜수가 따랐다. 둘이서 술잔을 부딪쳐 올렸다가 단숨에 잔을 비웠다. 그런 뒤 상오는 시계를 보고 나서 자기는 바쁜 일 때문에 가 봐야겠다면서 일어섰다.

"나두 가 보겠어요."

명수가 따라 일어설 때 혜수가,

"명순 나하구 같이 정거장에 좀 가 줘. 엄마가 오늘 오신대."

하고 그를 붙잡았다. 명수는 혜수 어머니가 오는 것과 자기가 무슨 상관이 있느냐고 생각했다.

"가 볼래요."

"나 혼자 심심하지 않아."

이러는 동안 상오가 벌써 밖으로 나갔다. 혜수는 잠깐만 하면서 명수를 앉히고 밖으로 뛰어나갔다. 상오를 보내고 돌아온 혜수가 명수 옆에 바싹 다가앉으며,

"정말 같이 가 줘."

그의 손을 잡아 흔들었다. 정신이 혼몽한 사람을 흔들어 깨우는 그런 태도였다. 명수는 정말 자기가 혼몽한 정신 상태 속에 있는 것이라 생각했다.

상오와 혜수는 열심히 자기에게 어떤 이해를 요구하고 있다. 그러나 자기는 절대로 그들 요구에 응하지 못하고 있다. 확실히 누군가가 잘못이다. 그 잘못이 자기에게 있는 것 같았다. 더구나 혜수가,

"명순 너무나 감정에 선을 긋구 살아가는 것 같아. 틴에이저가 그럴 수 있어?"

할 때 정말 자기에게 결함이 있지 않나 생각을 했다.

자기 회의를 느끼고 있을 때 혜수가,

"같이 가지?"

하고 또 물었다.

"몇 시 찬데요."

명수는 정말 혼몽한 상태에서 물었다.

"다섯 시 이십 분이야."

명수는 시계를 보았다. 천천히 나가야 할 시간이었다.

"떠나야 하게요?"

그때 혜수는 시계를 보고,

"벌써 시간이 이렇게 됐나. 잠깐만……."

하며 뛰어나갔다. 잠시 뒤 돌아온 혜수의 팔에는 갈아입을 옷과 양말이 들려 있었다. 명수는 어쩔 작정인가 두고 보았다. 그런데 혜수는 부끄럼도 없이 명수 앞에서 옷을 갈아입기 시작했다. 슈미즈를 입었으니 전라가 되는 것은 아니었지만 그미는 부끄럼을 느끼지 않았다. 옷을 갈아입자 다리를 길게 뻗치고 양말을 신는데 명수로서는 처음 보는 광경이었다. 황홀해지는 것 같았다. 눈을 돌렸다. 거리에서 수많은 미니스커트를 보았다. 그 스커트 속으로 들여다보이는 넓적다리에 이제는 눈에 익고 있다. 그런데 양말을 신고 있는 여자의 넓적다리에서는 왜 황홀감을 느끼는 것일까. 명수는 혜수가 말한 대로 자기가 틴에이저답지 못한 때문이 아닐까 생각했다. 정말 감정에 선을 긋고 사는 시대를 역행하는 사람이란 말인가.

혜수는 몇 분도 안 걸려 옷을 다 갈아입었다.

"가 볼까."

혜수는 헌 옷들을 거두어 집어들 때 명수는 자기의식으로 되돌아온 듯 그미를 정면으로 바라보며 자리에서 일어났다. 혜수는 화장도 고치지 않고 뒤따라나왔다.

초탈한 여자 같은 인상이었다. 아무것에도 구애됨이 없이 사는 여자란 생각이 들었다. 그래서 애인의 친구와 포옹도 할 수 있는 것이 아니었을까. 아무렇지도 않은 감정으로 그런 행동을 할 수 있는 여자 같기도 했다.

그러나 아무리 자기를 세대의 첨단에다 놓고 생각한다 해도 상오와 혜수의 행동은 이해할 수 없는 일이었다. 윤리와 도덕은 둘째로 하고라도 그럴 수는 없을 것 같았다. 우선 보기가 싫었다. 아름답지가 않았다. 눈으로 보기 싫은 것을 어떻게 옳은 일이라고 할 것인가.

명수는 두고 보기로 했다. 다시 그런 광경이 눈에 띄기만 하면 그때는 가만두지 않겠다고 생각했다. 여자면 어떠랴. 혜수를 반쯤 병신으로 만들고 싶었다.

좌석버스를 타고 역전에까지 가서 걸어갈 때 혜수가 명수의 팔을 꼈다.

"명순 연애 안 한다지. 외롭잖아?"

그러니 외로운 자기를 위로해 주느라고 팔을 끼는 것일까. 명수는 쾌감을 느끼면서도 불쾌했다. 누구에게나 이런다면…… 하는 생각이 들었기 때문이었다. 그런데다가 혜수가,

"난 고등학교 때부터 연앨 했어."

하는 데는 그만 질려 버렸다. 설사 그랬다기로서니 자기가 좋아하는 남자의 동생에게 어찌 그런 말을 할 수 있담.

'좋은 여자가 아니로구나.'

명수는 속으로 혜수에 대한 판정을 내렸다. 그 판정이 틀림없다고 생각되자 마음이 가벼워짐을 느꼈다. 형에게도 혜수와의 관계를 잊도록 권유하리라 마음먹었다. 마음이 가벼워져서 그런지 아무 말이라도 지껄이고 싶어졌다.

"고등학교 몇 학년 때요?"

"일학년 때였어. 상대는 삼학년이구."

혜수가 천연스럽게 대답했다.

"열렬했었나요."

"그저 빵집에나 같이 다니는 정도였지."

"얼마 동안이나?"

"한 일 년 그랬을 거야."

"그 뒤에는 몇 번이나?"

차마 물어 보기 힘든 말이었지만 좋지 않은 여자란 판정을 내린 뒤라 거리껴지지 않았다.

"서너 번 했지."

혜수는 서슴지 않고 대답했다. 좋지 않은 여자니까 비밀 같은 것도 숨기려 하지 않은 것일까. 그러나 그 이상 더 물으면 자기 스스로가 치사해지는 것 같아 그만두었다. 그런데 혜수는 묻지 않는 명수에게,

"무장아찌를 물속에 오래 담가 둬 봐. 짠맛은 하나두 없구 살이 문질문질 해지거든. 무슨 소린지 알아?"
하고 말했다.
"연애는 오래 할 것이 아니란 뜻이겠군요."
명수는 다른 친구들에게서도 가끔 듣는 말이라 그리 신기한 일도 못 된다는 생각을 하며 말했다. 특히 혜수의 경우는 그런 것 같았다.
"껌을 오래 씹어 봐. 무슨 맛이 나?"
명수는 대꾸를 안 했다. 혜수에 대한 인식을 새로이 하며 차라리 상오가 혜수와 연애를 해 주었으면 하고 속으로 빌었다. 형을 위하는 마음이었다.
입장권을 사 가지고 플랫폼으로 들어갈 때였다. 층계를 내려가면서 혜수가 또 명수의 팔을 꼈다. 순간 명수는,
'내가 혜수와 연애를 했으면……'
하는 생각을 했다. 명수가 생각한 연애는 진정한 의미의 연애가 아니었다. 농락 같은 것이었다. 좋아하는 체하고 혜수의 열을 올린다. 열을 올리게 하고 농락을 한 뒤 떼어 버린다. 결국 그미에게 타격을 주자는 것이다. 그미가 자기를 진심으로 사랑하지 않는다고 해도 타격은 받게 할 수가 있다. 형에게는 미안한 일이지만 자기의 본심을 알 경우 형도 미소 지을지도 모른다.
플랫폼에서 기차의 도착을 기다리는 동안 명수가 말을 꺼냈다.
"〈페드라〉란 영화를 봤어요?"
"봤지. 〈이수〉두 봤는걸."
"나이 많은 여자와 젊은 남자는 사랑이 이루어지지 않는가 부지요?"
"결국 애정이 부족하기 때문이겠지."
"현실을 부정할 수 없는 고민이 있잖겠어요?"
"사랑만 한다면 다른 게 보일 수 있어? 볼 필요두 없구. 사랑하다가 죽으면 어때."
"그럴까요."
"명수는 전혀 이해할 수 없는 세계겠지. 그렇지만 인간이란 짧게나마 자기가 만족할 수 있도록 살다 죽으면 되는 거 아냐."

"이해할 수 있어요. 기가 막히게 아름다운 생활. 그것을 누구나 그리워하
구 있는 거 아녜요?"

"그래? 명수두 통하는 데가 있는데……"

혜수가 동지를 얻은 듯한 즐거움으로 명수를 쳐다봤다.

명수는 자기의 수단 여하에 따라 혜수를 손 안에 넣을 수 있다는 자신이
생겼다. 문제는 어떤 수단을 쓰는 것이냐 하는 것이다. 우선 형에게 혜수를
잊도록 해야 할 것이다. 형이 혜수를 잊도록 하려면 여러 가지 음모를 꾸며
야 한다. 혜수가 좋지 않은 여자라든가 또는 그새 딴 남자와 교제를 하고 있
다는 등 혜수에 대한 모략을 꾸며야 한다.

그런데 그런 모략을 감히 할 수가 있을까. 멀리 떨어져 있으니 형이 자기
말을 곧이들을 수밖에 없는 일이지만 그때 형은 얼마나 고민을 하게 될까.
자기 손으로 형을 고민에 빠뜨린다는 것은 차마 할 수 없는 일이다. 형은 둘
째로 하고 그런 일을 감행할 만한 담력이 자기에게 있는가 하는 것이 문제
였다 사실이 아닌 일을 조작 모략해서 형을 괴롭게 할 만큼 자신이 비양심
적이 못 된다고 생각했다. 더구나 형의 애인과 포옹하는 것을 보고 분개했
던 자기가 그 의도야 어디 있던 형의 애인에게 차마 손을 댈 수가 있을까.

명수는 여러 가지로 생각한 끝에 혜수를 농락한다는 것은 불가능한 일이
라고 생각했다. 결국 그는 자기 자신을 나쁜 놈이라 단정했다. 가능하지도
않은 악한 일을 계획하다니…… 후회를 하고 있을 때 기차가 들어왔다. 혜
수 뒤를 슬슬 따라가며 혜수 어머니 오경주 여사를 멀리서 바라보았다. 자
기에게 반가울 아무것도 없는 여자인 만큼 멀리서 지켜 볼 뿐이었다. 그런
데 혜수가 오 여사의 백을 받고 사방을 둘러보다가 오 여사와 무슨 이야기
를 하고 있는 것이 보였다. 자기를 찾는 것이 분명했다. 명수는 모르는 체
가만 있을 수가 없어서 그미들이 있는 곳으로 가 오 여사에게 인사를 했다.
명수를 본 오 여사는 놀라듯이 반가워하며,

"명수가 다 나왔네."

손이라도 잡아 줄 듯 가까이 접근했다.

명수는 예의상 혜수가 든 백을 자기가 들고 개찰구까지 나왔다. 그 동안

오 여사는 같이 갔던 친구들과 작별을 하고 명수와 혜수가 있는 데로 와서,

"어디 가서 저녁이나 먹구 들어가자."

하고 말했다.

"맛있는 거 사 줄래?"

혜수는 신이 나는 듯 말했지만 명수는 조금도 흥미를 느끼지 않았다. 본시 명수는 오 여사에 대해 좋은 인상을 느끼지 못했기 때문이다.

"전 집으로 가 봐야겠습니다."

"뭐 바쁜 일이라두 있나?"

오 여사는 명수의 의사를 존중해 줄 것처럼 말했으나 곧,

"한 시간두 안 걸릴 건데 뭘 그래."

하며 명수의 팔을 잡아끌었다.

"그래두 가 봐야겠습니다."

명수는 거절할 뚜렷한 이유를 댈 수가 없어 무조건 가 봐야 한다고만 말했다.

"일부러 정거장까지 나왔는데 그냥 보낼 수 있어."

오 여사는 명수의 팔을 잡은 채 택시 정류장으로 갔다.

"전 집이 가까우니까 걸어가겠습니다."

명수가 백을 혜수에게 돌려 주려 할 때 오 여사가 이번에는 손으로 명수의 등을 밀었다. 그리고는 손을 허리에 두르고 뒷걸음칠 수가 없도록 했다. 말하자면 오 여사에게 허리를 안긴 것이었다. 여자의 부드러운 손이 허리의 살을 누르는 순간 명수는 간지럼 같은 쾌감을 느꼈다. 동시에 오 여사를 농락할까 하는 생각을 했다. 혜수를 농락하려 했던 것은 혜수를 괴롭혀 주기 위함이었다. 그런데 오 여사를 농락하는 것이 곧 혜수를 괴롭히는 일이란 생각이 들었기 때문이었다. 형을 괴롭히지 않고 혜수를 괴롭히는 방법이다. 혜수를 직접 괴롭히는 것이 아니지만 혜수 모녀를 다 같이 괴롭히는 일이 된다.

차례가 되어 택시에 오를 때 명수는 오 여사가 끄는 대로 아무 불평 없이 택시에 올랐다.

택시 안에서 그들은 혜수, 오 여사, 명수의 차례로 앉았다. 즉 오 여사가

가운데 자리에 앉아 중간 역할을 했다. 그러나 오 여사는 혜수에게보다 명수에게만 이야기를 했다.

"명수가 나올 줄은 정말 꿈에두 생각 못했어."

"명수가 나와 줘서 난 정말 기뻤어. 딴 친구들에겐 마중 나온 사람이 하나두 없었거든……."

명수는 이상하다고 생각했다. 자기를 깔보는 오 여사다. 그런데 혜수에게 그새 집안에 별일 없었느냐고 집안 이야기를 물어 볼 생각은 않고 자기 이야기만 하는 것은 무엇 때문일까. 명수는 자기가 오 여사를 농락할 수 있을지도 모른다는 생각을 했다. 그는 <페드라>와 <이수>란 영화를 생각했다. 그런데 자기 아버지의 후처와 사랑한 '페드라'의 이야기나 자기보다 십오 년이나 위인 여자와 사랑한 '이수' 이야기가 정말 가능할까. 우선 감정이 움직일 것 같지 않았다. 동물을 사랑하는 사람이 있다. 꽃을 사랑하는 사람이 있다. 산을 사랑하는 사람도 있다. 그래서 자기가 사랑하는 그것들에 몰두한다. 그러나 그때의 사랑이 진정한 의미의 사랑은 아니다. 그것은 이성간의 사랑과는 아주 다른 사랑이다. 이성과의 사랑은 서로 주고받아야 하며 정신과 육체가 동반해야 하며 또 사회적인 배경을 가져야 하며 정신과 육체가 동반해야 하며 또 사회적인 배경을 가져야만 한다.

그러니 오 여사를 농락한다 해도 그것은 사랑이 동반하지 않는 그야말로 농락일 것이다.

자동차가 반도호텔 앞에서 멎었다. 오 여사가 운전수에게 요금을 내주고는 명수의 팔을 가볍게 밀며,

"내릴까."

했다. 명수가 내리자 이번에는,

"이리루 와."

하며 또 팔을 잡아끌었다. 길을 가다가 커브에 이르렀을 때 남자가 여자의 몸을 보호하며 팔을 잡아 주는 것 같은 식이었다. 지하도를 건너 삼성빌딩 안으로 들어갈 때도 마찬가지였다. 어서 들어와 하고 말로 해도 충분한데 오 여사는 또 명수의 몸에 손을 대고 안으로 들어가기를 권했다. 그러는 것

이 명수에게는 유쾌하지가 않았다. 유쾌하지 않다고 생각하자 오 여사가 싫어지기 시작했다.

빌딩 출입구 앞에 이르자 누가 손을 댄 사람이 없는 데도 유리로 된 문이 저절로 열렸다. 『아라비안나이트』에서 돌문이 저절로 열리는 것과 꼭 같았다. 들어가다가 채 들어가지도 않아 문이 닫혀 몸이 그새에 끼어 납작하게 되지 않을까 하는 생각도 났다. 명수는 자동으로 열리는 문에 신기함을 느끼는 것보다 이런 불안한 데로 끌고 온 오 여사의 취미를 의심했다. 같은 값이면 신기한 것이 있는 데로 찾아다니는 그 취미가 고상하게 생각되지 않았다. 음식을 먹으러 가도 재벌의 빌딩 안에 있는 그릴로 가야만 하는 취미도 마찬가지였다.

어두컴컴한 지하실로 들어가자 명수는 우선 이런 데서는 음식값이 얼마나 비쌀까 하는 생각을 했다. 음식이 별다를 리 없었다. 서양 음식이란 한국 음식과 달라 그저 그게 그거니까. 웨이터들의 몸 움직임이 절도 있어 보였다. 한국 음식점에서는 볼 수 없는 것이었다. 그러나 그 절도란 너무나 기계적이라는 인상을 주었다. 인정이 깃들여 있는 친절과는 달랐다. 그런데 웨이터가 가지고 온 메뉴를 훑어보던 오 여사가 남의 의사를 물어 보지도 않고,

"이걸루 하지……."

메뉴 맨 처음에 있는 것을 가리키며 명수의 동의를 구했다.

"아무거나요."

돈을 쓰는 데 쾌감을 느끼는 여자에게는 돈 뿌리는 쾌감을 맛보게 해 줘야 한다. 명수는 사양할 생각을 안 했다.

"런치 A루 셋."

오 여사는 호기 있게 웨이터에게 말했다.

명수는 귀족들이나 향유하는 특권을 처음으로 행하는 기분이었다. 한 번도 다녀 보지 못한 집에서 한 번도 먹어 보지 못한 음식을 먹게 된 것이다. 얼떨떨했다. 한 번에 나이프가 둘, 그 옆에 커다란 스푼이 하나 놓였다. 한 편에는 똑같은 포크가 두 개, 그리고 왼편에는 작은 스푼과 작은 나이프 같은 것이 놓였다. 무엇을 무엇으로 먹는 것일까. 그런데 웨이터가 와서 수프

를 무얼로 하겠느냐고 물었다. 크림이니 비지타블이니 했지만 뭐가 뭔지를 알 수 없었다. 오 여사와 혜수가 무얼로 가져오라고 했지만 그 말을 분명히 듣지 못했다. 할 수 없어서 혜수에게,

"뭘루 했어요?"

하고 물었다. 다행히 혜수가 크림수프라고 말해 주었기 때문에 명수는,

"크림수프 주십시오."

하고 말했다. 수프를 먹은 뒤 생선이 나왔다. 칼로 자를 만큼 큰 것이 아니었다. 명수는 포크를 들고 통째로 찍어 둬 입에 다 넣어 버렸다. 그때였다. 서투른 손 움직임을 주시해 오던 오 여사가 킥 웃었다. 명수는 입 안에 넣은 생선을 씹다 말고 얼굴을 붉혔다. 입 안에 들어 있는 것을 뱉어 버리고 싶을 정도였다. 그런데 오 여사가 오른손에 들고 있는 나이프를 조금 치켜 들었다가 그것으로 생선을 썰어 왼손에 든 포크로 찍어 입에 넣으며,

"나이프로 짤라 먹어."

친절하게 가르쳐 주었다. 명수는 들은 체하지 않았다. 가르쳐 주는 것은 고마운 일이지만 가르쳐 주기 전에 웃는 것이 기분 나빴던 것이다. 그래서 입 안에 있는 것은 채 삼키기도 전에 또 하나의 생선 토막을 포크로 찔러 첫 번처럼 그냥 입 안에 넣었다.

"남들이 보지 않아?"

오 여사가 명수의 옆구리를 찔렀다.

"보면 어때요."

명수는 심술쟁이 어린애처럼 입 속에 있는 것을 맛있는 듯 씹어 삼켰다. 비프스테이크가 왔다. 이번에는 오 여사가,

"나 하는 대루만 해."

하며 양손에 나이프와 포크를 들었다. 쇠고기만은 한 입에 넣을 수가 없었다. 아무래도 잘라야 했기 때문에 오 여사가 하는 대로 따라했지만 포크를 누르고 나이프로 자르는 것쯤 아무것도 아니었다. 아무것도 아닌데 자기가 하는 대로 따라하라는 오 여사가 기분 나빴다. 아무것도 모르는 천치나 어린애로 아는 모양이었다. 명수가 고기를 다 썰어 놓고 한 점을 찍어 입 안에

넣을 때 오 여사가 또 말했다.

"고기는 썰어서 먹구 또 먹구 하는 거야. 빵두 먹어 가면서……."

명수는 그 말도 들은 체하지 않았다. 빵만은 오 여사가 시키는 대로 빵한 번 씹고 고기 한 점 먹는 식으로 했다. 그런데 빵을 쨈에 다 쿡쿡 찍어 먹을 때 오 여사가,

"쨈은 작은 나이프로 찍어 발라."

하고 또 타일렀다. 뭐가 재미있는지 혜수가 헤헤 웃었다.

명수는 정말 기분이 나빴다. 먹을 것을 먹으면 되는 것이지 격식을 따져서 무엇 한담. 격식을 따져서 먹을 줄 알아야만 같이 다니기가 창피하지 않다는 것인가.

"아버지가 데리구 다니시며 음식을 사 주시지두 않았나 보군."

오 여사가 이렇게 말할 때 명수는 특히 기분이 나빴다. 그것은 가난하니까 고급 음식을 먹어 보지 못했을 것이라고 경멸하는 소리처럼 들렸다.

명수는 참을 수가 없었다.

"우리 아버진 서양요리를 좋아하지 않습니다."

오 여사는 악의로 그런 말을 한 것이 아니었기 때문에 퉁명스런 명수의 어투를 미처 알아채지 못했다.

"명수는 앞으루 내가 많이 데리구 다녀야겠어. 학교서 배우는 것만이 공부가 아니거든, 알았지? 명수."

웃어 가며 말하는 것이었다. 오 여사의 말에 일리가 있었다. 그렇지만,

'당신한테 공부할 생각은 없습니다.'

하고 오 여사의 제의를 속으로 거절했다. 그릴에서 나오자 오 여사는 자기 집으로 가서 놀다가 가라고 했지만 명수는 절대로 그럴 생각이 없었다. 빨리 헤어지고 싶기만 했다. 그래서 끝내 집으로 직행하고 말았지만 아무리 생각해도 기분이 개운치 않았다.

첫날부터 그랬지만 오 여사는 기분 좋은 여자가 아니었다. 사귀면 사귈수록 불쾌한 인상만 줄 것 같았다.

집으로 돌아가니까 피곤이 몰려왔다. 종일 유쾌한 일이라곤 하나도 없었

던 우울한 날이었다. 그 우울이란 전부가 남에게서 온 것들이다. 자기 내부에서 생긴 자기의 우울이 아니라 주위에서 받아들인 우울이다. 남들 때문에 인생을 우울하게 살아야 하다니…… 자기의 생활을 해 보기도 전에 남의 생활로 우울한 인생을 살아야 한다는 것처럼 무가치한 일이 또 있을까. 그러나 무가치한 생활이라고 해서 그것을 포기할 수도 없다. 무가치한 것들에 억눌려 노예처럼 부자유스럽게 사는 것이 인간이니까.

명수는 그런 부자유 속에서 어떻게 살 것인가 생각했다. 무가치를 포기할 자유만은 있어야 할 것 같았다.

그는 고립을 생각했다. 외부와의 관계를 단절한 고립이 곧 무가치에 대한 포기요 곧 자유행사일 것이라고.

내일부터 학교를 그만둔다. 학교로부터의 고립이다. 썩어가건 곪아가건 상관할 것 없다. 오염된 공기 속에서 산다는 불쾌감도 느낄 필요가 없다. 공부는 해서 무엇 하는가. 추한 공기 속에서 추한 인간으로 성장하는 것이 공부는 아닐 것이다. 차라리 순수한 마음을 더럽히지 않고 사는 것이 가치 있는 인생이 아니겠는가.

"저녁 정말 안 먹어요?"

저녁을 먹었다고 했는데도 선미는 심심한지 또 저녁걱정이었다.

"먹었다지 않어."

귀찮으니 더 말을 시키지 말라는 뜻으로 소리를 질렀다.

"어디서 뭘 먹었어요?"

하며 말을 시켰다. 어디서 무엇을 먹었다고 하면 누구와 먹었느냐 또는 맛이 어떠했느냐 철없이 물어 올 것이 분명했다.

"그건 알아서 뭘 해."

명수는 신경질적으로 윽박질렀다. 그러자 선미는 팩 돌아서서 바람이 일도록 토라져 나가 버렸다. 명수는 그미를 내버려 두었다. 그랬더니 한참 만에,

"잘 있어요."

하는 선미의 목소리가 들렸다.

잘 있으라는 말이 마음에 걸려 명수는 벌떡 일어나 문을 열었다. 선미가

보따리를 싸 들고 오도카니 서 있었다.

"어딜 가니."

"집에 가죠, 뭐."

선미는 볼이 부었으나 침착하려고 애쓰고 있었다.

"집에 가다니."

"싫어하는 집에 있을 수 있어요?"

"싫어하기는 누가 싫어해."

"싫어하니까 말두 못 하게 하는 거 아녜요."

명수는 어이없었다. 갈 테면 가라고 내버려 두고 싶었다. 그러나 아버지가 돌아와서 그 이야기를 들으면 자기만 나무랄 것이다. 그건 그렇고 내일 아침부터 밥은 누가 지을 것인가.

"지금 가면 버스가 있니."

선미의 집은 광주(廣州) 근처다. 지금 떠나야 버스를 탈 수도 없는 시간이다. 그래서 가도 좋으나 버스 걱정을 하는 체했다.

"정류장 근처에서 자구는 못 가나요."

"아버지가 오신 뒤 돈을 받아 가지구 가야지 않겠니."

그 말에는 선미가 대꾸를 안 했다. 여비는 그만두고라도 받을 돈이나 다 받고 가야 했기 때문이었으리라.

"그러지 말구 내일 가."

명수는 하룻밤 자는 동안 선미의 마음이 변하리라는 것을 예상하며 말했다. 대단한 이유도 아닌 것을 가지고 혈압이 올라서 그런 것이니 곧 내릴 것이다.

더구나 시골에 가야 먹을 것도 넉넉지 못하다. 나가면 결국 딴 집으로 갈 것인데 딴 집으로 간다 해도 이 집보다 편할 리도 없다. 식구가 적은데다가 잔소리하는 사람도 없다.

선미는 이불에 오줌을 싼 국민학생처럼 멋쩍은 표정으로 자기 방으로 돌아갔다. 저항을 못하고 멋쩍게 들어가는 선미를 보자 명수는 조금 연민의 정을 느꼈다. 할 수 없이 남의집 살림을 해 주는 애에게 자기가 너무 쌀쌀하게 대해 주었다. 집 생각이 나게 만들어 준 것이다. 요즘 식모들은 텔레비전과 전화 그리고 냉장고가 있는 집을 찾아다닌다고 한다. 선미도 그런 집으로 가고 싶어 할 것이다.

명수는 조금쯤 따뜻하게 해 주고 싶었다. 그러나 잘못했다는 말은 하기가 싫었다. 그래서 밖으로 나가 이십 원짜리 캐러멜 한 갑을 사다가 선미 방에 디밀었다. 그것으로 사과에 대신한 것이었다. 캐러멜을 디밀어 주고 자기 방으로 왔을 때 선미가 뒤따라 왔다.

"작은오빠, 이거 하나만 사 왔지요?"

"응!"

"그럼 같이 먹어요."

선미는 화가 나서 나간다 하던 때와는 딴판이었다. 화냈던 사람 같지도 않았다.

"너나 먹어."

"나 혼잔 싫어."

선미는 갑을 뜯고 캐러멜을 꺼내 종이껍질을 벗겨 명수에게 내밀었다.

"작은오빠 화났지?"

도리어 이편을 어루만져 주려 했다.

"화는 네가 냈지."

그때 선미가 캐러멜을 명수 입에 넣어 주었다. 웃음이 나왔으나 명수는 그것을 받아먹었다. 그런데 선미는 두 번째 알을 까서 입으루 두 쪽을 내어 하나는 명수의 입에 넣으려 했다.

"너나 먹어."

명수는 다시 발작을 일으키지 않도록 점잖게 말했지만 선미는,

"어서요."

하며 그것을 명수의 입에 넣고 말았다.

만약 혜수나 오 여사가 그런 짓을 했다면 명수는 입 안에 들어간 것을 탁 뱉어 버렸을 것이다. 무엇보다도 불결했다. 자기 침이 묻어 있는 그런 것을 어떻게 남의 입 안에 넣어 준단 말인가. 그러나 상대가 선미였기 때문에 뱉

지를 못했다. 화를 낼 것이 겁났던 것이다. 선미에게 있어서 발작은 반항이다. 자기가 남에게 반항하는 것은 정의일지 모르지만 자기가 반항의 대상이 된다는 것은 악일 것 같았다. 불쌍한 처녀의 반항 대상이 될 수는 없었다.

그러나 그냥 둬 두면 어떤 일을 할지 몰랐다. 자리를 피하는 수밖에 없었다.

"사이다 한 병 사 올게, 목이 말라서."

명수가 일어나자 선미도 따라 일어섰다.

"나두 같이 가요."

선미는 혼자 있고 싶지 않은 모양이었다. 명수는 그것을 마다할 수가 없었다. 집을 나와 가게 있는 데로 걷고 있을 때 선미가 명수에게로 가까이 밀착했다. 그리고는,

"벚꽃이 피면 창경원 밤벚꽃 구경 시켜 줘요."

하는 것이었다. 사이다를 사러 가게에 가면서 밤벚꽃 이야기를 꺼내다니.

명수는 어처구니가 없었다. 동시에 언약을 할 수가 없었다. 언약을 하면 실행할 의무감을 느껴야 하니까.

"사람이 너무 많아서 들어가지두 못한단 말야."

이런 구실로 약속을 회피했다. 그럴 때 집으로 돌아오던 아버지가,

"너희들 어디 가니."

하고 바로 눈앞에서 물었다. 명수는 아버지가 참으로 고마웠다. 그래서 사이다 사러 가던 것을 잊고 아버지의 책가방을 받아들었다. 선미는 곧장 집으로 뛰어들어가고.

"어디를 가던 길 아니냐."

아버지가 물을 때 명수는 머리를 긁으며 그냥 나왔던 것이라고 어물어물했다.

집에 들어가자 명수는 오늘 일들을 아버지에게 보고하려 했다. 보고한 뒤 아버지의 의견을 듣고 싶었다. 그래서 아버지 방에까지 들어갔지만 우선 학교 문제에 대해서 아버지가 이해해 줄 것 같지 않았다. 규칙적인 생활과 정상적인 생활을 좋아하는 분이다. 이유 여하를 막론하고 학교를 그만둔다는

데 반대할 것이 사실이다. 상오와 혜수가 포옹했다는 이야기를 하면 분개하고 자기와 동조해 줄 것이지만 그것은 형을 위해 불명예스러운 일일 것 같았다. 오 여사 이야기는 자기가 창피한 일이고. 선미의 일은 선미를 위해 삼가는 것이 좋을 것이고. 결국 명수는 아무 이야기도 할 수 없었다. 아들에게 있어서 중요한 일들인데도 아버지에게 이야기를 할 수는 없다. 그것은 아들이 그만큼 성장하여 아버지와 다른 세계를 가졌다는 뜻일까. 비록 다른 세계를 가졌다 해도 비밀이 없어야 할 부자지간에 지난 이야기를 한 마디도 할 수 없다니…….

명수는 이야기 못하는 자기에게 불만감을 느끼면서도 그냥 아버지 방을 나왔다.

다음날 아침 아버지가 출근을 하며,

"학교에 안 가니?"

하고 물을 때 명수는,

"좀 늦게 가요."

대답은 했으나 아버지를 속이는 마음이 편안치 않았다. 그런데 아버지가 나간 지 얼마 안 되어 전화벨이 울었다.

"나야, 혜수 엄마."

오 여사가 목소리를 들을 때 명수는 우선 귀찮다는 생각을 했다.

"무슨 말씀인가요."

명수는 용건을 물었다.

"오늘 학교에서 몇 시쯤 돌아오지."

오 여사가 상냥한 목소리로 물었다. 필시 귀찮게 굴려는 것에 틀림없었다.

"왜 그러시지요."

명수는 용건을 들어야 대답을 할 작정이었다.

"영화구경이라두 시켜 주려구."

"볼 만한 영화가 없을 텐데요."

"아무거나 보면 되지 않아."

명수는 잠시 망설였다. 자기를 나쁘게 해 주지는 않지만 그리 기분 좋은 여자가 아니다. 같이 다니면서 불쾌감만 느낀다면 결국 손해 보는 측은 자기뿐이다. 그러나 학교에도 안 가고 종일 집에만 있을 생각을 하니 따분했다. 집에 있으면 선미가 또 귀찮게 굴 것이다. 차라리 나돌아 다니는 편이 나을 것 같았다. 특히 오 여사하고 다니면 돈이 한 푼 없어도 좋다.

"일찍 나올 수 있어요."

우선 오 여사와 만날 의사가 있음을 밝혔다.

"몇 시쯤?"

오 여사가 다그쳐 물을 때,

"한 시쯤 어떨까요."

명수는 오 여사가 시키는 대로 따를 뜻을 표했다.

"그럼 한 시 시민회관 다방으루 나와. 점심 먹지 말구."

찾기 쉬운 대로 시민회관을 지정하는 모양이었다. 명수는 그러겠다고 대답했다. 전화를 끊고 명수는 생각했다. 오 여사가 어째서 자기에게 열심일까 하고. 연정을 느껴서는 아닐 것 같았다. 세상에 남자가 없어서 아들 같은 햇병아리를 택할 것인가. 심심해서? 요즘 유한부인들은 여러 가지로 심심풀이를 가지고 있다고들 한다. 계, 도박, 춤, 그런데 하필 자기 같은 남자를 상대로 시간 보낼 생각을 하다니. 아무리 생각해도 이해가 가지 않는 여자에게 피동적으로 끌려다닌다면 자기는 더욱 이해할 수 없는 남자가 될 것 같았다. 나쁘게 말해서 자기는 병신이 되고 말 것이다.

이런 생각을 하고 있을 때 선미가 와서 학교에 안 가느냐고 물었다. 접근하려는 눈치 같았다.

"지금 가는 거야."

명수는 집을 뛰쳐 나왔다. 그러나 갈 데가 없었다. 당구도 바둑도 배우지를 못했으니 시간 보낼 방법이 없었다. 바둑이나 배웠다면, 하는 생각이 났다. 대부분의 학생이 무엇이나 한 가지의 취미를 가지고 있는데 자기는 유독 그런 것을 무시해 왔다.

그는 고집을 부리지 말고 학교엘 갈까도 생각했다. 가짜박사가 강의를 하면 어떤가. 귀를 막고 있으면 그만이다. 어떤 곳에 가면 가짜가 없고 속임수가 없는가. 사람 사는 고장의 공기는 이미 허위로 물든 지 오래다.

그런데도 명수의 발길은 학교로 옮겨지지 않았다. 자기가 이익을 추구하는 곳이거나 목이 매달려 있는 곳이라면 할 수 없이 나갈 것이지만 그 반대로 자기 돈을 내고 다니는 곳이다. 말하자면 행동의 자유가 있는 곳이다. 그래서 그런지 그는 거리를 헤맬망정 학교로는 가지 않았다. 다방에도 가기 싫었다. 오십 원만 내면 한 시까지 얼마든지 앉아 있을 수 있다. 그는 정거장으로 나갔다. 수많은 사람이 오고가는 그 군중 속에 끼어 사람들의 관상이나 보며 시간을 보낼 작정이었다.

광장 벤치에 앉아 지나가는 사람들의 관상을 보는 것이 재미있었다. 저 사람은 장사하러 올라왔다가 내려가는 것이겠지. 저 여자는 친정에 왔다가 가는 걸 거야. 저 늙은이는 학교에 다니는 아들이 입원해 있어서 왔던 것일까. 저 젊은 남녀는 멋진 계획으로 여행을 떠나는 거겠지. 저 남자는 도망친 아내를 찾아다니는 것이나 아닐까.

전혀 알지 못하는 사람들에 대해 자기 나름대로 상상을 해 보는 것이 재미있었다. 자기의 상상이 맞는 것인지 알 수 없는 일이었다. 하나도 맞지 않을지 모른다. 맞지 않는 것이 당연한 일이다. 생활이란 각자의 비밀이다. 물결처럼 밀려가고 밀려오는 수많은 사람 가운데 내 생활을 알 사람은 하나도 없다. 알려고도 할 사람도 없을 것이다.

명수는 자기에게 대단한 생활이 없지만 자기 생활을 아는 사람이 하나도 없다는 것이 어쩐지 인간의 대열에 한몫 낀 것 같은 느낌을 주었다. 비밀을 많이 가질수록 어른이 되는 것이 아닌가 하는 생각도 들었다.

어디로 가고 또 어디서인지 오고 있는 그 많은 사람들이 각기 자기의 비밀을 만들기 위해 움직이는 것이란 생각을 하며 명수는 서울역을 떠났다. 걸어서 시민회관 다방까지 갔다.

아직 약속시간보다는 삼십 분이나 일렀다. 그러나 레지가 와서 차를 주문하라고 할 때마다 동행이 있으니 조금만 기다려 달라고 했다. 차를 마신 뒤 오 여사가 안 올 경우 자기 돈으로 찻값을 내기가 싫었기 때문이었다. 대학생을 상대로 하고 있는 다방이라면 그렇지도 않을 것이지만 손님이 자주 바꿔는 곳이라 앉아 있기가 불안했다. 혹시 오 여사가 안 온다면 그때는 어떻게 될까. 참으로 멋쩍어질 것이다. 꼭 만나야 할 여자도 아니지만 위약을 당했을 때의 기분이 처량할 것만은 사실이다. 명수는 오 여사가 위약할 가능성이 많다고 생각했다. 무슨 생각으로 만나자고 했는지는 모르지만 꼭 만나야 할 일이 하나도 없다. 급한 일이 생겼다면 얼마든지 안 나올 수가 있다.

별 사업은 안 한다고 해도 같은 또래의 친구들이 많다. 오 여사 같은 여자에게는 여자 친구가 더 중요할 것 같았다.

그런데 오 여사가 약속 시간보다 오 분이나 일찍 왔다. 명수는 도리어 이상하게 생각했다. 무엇 때문에 약속시간보다도 일찍 나왔을까. 그런데도 오 여사는,

"많이 기다렸어?"

자기보다 먼저 나온 명수에게 미안을 느끼며 물었다.

"지금 막 왔어요."

명수는 솔직하게 대답하기가 싫었다. 남자의 자존심이랄까. 아무리 연령의 차가 있다 해도 명수는 자기가 남자라는 생각을 했다.

오 여사는 손을 들어 레지를 불러 차를 주문했다. 차를 가져오자마자 그녀는 곧 설탕을 넣어 마시기 시작했다. 서두르는 태도였다. 먼저 다 마시고는 명수가 마시기를 기다려,

"그럼 가 볼까."

하고 자리에서 일어섰다. 어디로 간다는 말도 없이 그냥 떠나는 것이었다. 명수는 어디로 가느냐고 물을 수가 없어 그냥 따라갔다. 찻값을 내고 밖으로 나가자 오 여사는 시민회관 입구 쪽으로 손님이 내리고 있는 택시로 달려갔다. 명수도 달려가 차 안에 올랐다.

"우이동으로 갑시다."

차 안에서 오 여사가 운전수에게 명령하듯 말했다.

4

명수는 점심도 안 먹고 우이동에는 무엇 하러 가는 것일까 하고 생각했다. 점심을 먹고 영화구경이나 시켜 주리라는 기대를 가지고 있었기 때문이었다. 그러나 집행권은 오 여사에게 있다. 자기는 일일이 따져 볼 권한이 없었다.

"오늘은 강의 시간이 적었나?"

오 여사는 명수의 학교생활에 대한 것을 묻기 시작했다.

"요즘 학생들 공부를 별루 안 하지?"

명수가 적당히 대답해야 할 질문들이었다.

"남녀공학이니까 예쁜 여학생두 많겠군."

여기에도 명수는 적당한 대답을 했다.

"명수네 반에두 여학생이 있겠군."

오 여사의 질문에 어떤 의미가 숨어 있음을 간파한 명수는,

"있습니다. 그렇지만 관심이 없습니다."

오 여사가 더 묻지 못하도록 대답했다.

"대학생인데 이성 교제를 시작해야잖나."

시험해 보는 건지 권고하는 건지 알 수 없는 일이었다.

"차차 하지요."

자기가 자유의 몸이라는 것을 암시하고 싶어하는 것은 남자나 여자의 공통적인 심리일 것이다. 명수도 그런 심리상태로 자기를 돋보이려 했을 것이다.

"너무 순진하구만."

오 여사는 만족한 태도였다. 순진하다는 말을 하며 명수의 어깨를 쓸어 주는 것으로 보아 비꼬는 것이 아님을 알 수 있었다.

차가 우이동 입구에 이르렀을 때 운전수가 어디로 가느냐고 물었다. 오 여사가 위쪽 방갈로로 가자고 했다. 어떤 방갈로냐고 물었을 때,

"아무데나 음식 잘 하는 데루 데려다 주세요."

했다. 그것으로 보아 오 여사도 초행이라는 것이 짐작되었다.

명수는 며칠 전 신문에서 우이동에 방갈로가 근 이백 채나 된다는 기사

를 읽은 일이 있다. 방갈로에 가는 손님들은 대개 어떤 종류의 사람이라는 것도 알고 있다. 그래서 결국 자기도 그런 종류의 손님 속에 끼었다고 생각했다.

약간 불쾌했다. 방갈로에 도착할 때까지 방갈로에 대한 이야기를 한 마디도 안 한 오 여사에게 사기를 당한 것 같은 느낌이었다.

명수는 생각했다. 오 여사는 어째서 만날 때마다 불쾌한 감정을 일으키는 것일까 하고. 오 여사는 악의를 가지고 자기를 대하지 않는다. 그런데도 번번이 불쾌감을 준다는 것은 그녀에게 어딘가 결함이 있기 때문일 것이다. 명수는 맨 처음 만났을 때 그 젊어 보이는 얼굴에서 도리어 불쾌감을 느꼈던 일을 상기했다. 그 뒤 계속해서 불쾌감을 준 것은 자기를 어린애로 취급한 까닭이었다. 그리고는 지나치게 친절했다는 것들. 이렇게 불쾌의 원인을 생각해 볼 때 불쾌의 원인이 오 여사에게보다도 자기 자신에게 있다는 것을 깨달았다. 친절도 과잉 친절일 때는 불쾌감을 줄 경우가 있다. 그러나 과잉 친절을 받아들이는 자기의 결함 때문이 아닐까. 이래서야 연애를 할 수 있을까. 모든 여자에게 그런 식으로 대한다면 자기는 결국 연애라는 것을 할 자격이 없는 사람 같았다.

어떤 방갈로로 들어갔다. 바로 집 옆으로 시냇물이 소리를 내며 흐르고 있었다. 다른 방갈로와는 적어도 오십 미터나 떨어진 한가한 독채였다. 현관에 들어서자부터 세상과 격리된 곳에 온 듯한 느낌이었다.

안내원이 그들을 방 안으로 안내한 후 곧 사라졌다. 명수는 우선 방 안 구조를 살폈다. 세 칸쯤 되어 보이는 정사각형의 방이었다. 출입구인 문과 왼편 벽에 높다란 창문이 있을 뿐 두 쪽 벽에는 창문이 하나도 없다. 출입문과 창문에도 커튼이 있어 그것만 드리우면 방 안은 낮에도 암실처럼 어두울 것 같았다. 명수는 신문에서 안 지식이 있어서 그런지 남녀들의 정사를 위해 알맞게 만들어진 방 안 구조라고 생각했다.

"여기 앉아!"

창 밑 벽에 기대앉은 오 여사가 자기 옆자리를 손바닥으로 가리키면서 앉기를 권했다. 명수는 권하는 대로 앉았다. 오 여사와 아주 가까운 거리였다.

앉아서는 또 사방을 둘러보며 오 여사가 방갈로의 생리를 알고 온 것일까 생각했다. 그런 것 같기도 하고 그렇지 않은 것 같기도 했다. 자기에게 의논도 없이 온 것으로 보아서는 알고 온 것 같았다. 그러나 놀아난 여자가 아닌 이상 자세한 것은 모르고 온 것이리라 생각되기도 했다.

그런데 오 여사가,

"나하구 같이 다니는 것이 유쾌하지 않나?"

하고 물었다. 명수는 무어라고 대답해야 좋을지 몰라,

"왜요?"

"그렇게 보이는 것 같아서."

"그럴 리가 있나요. 처음 오는 데라 어리둥절해서 그렇지요."

명수는 오 여사의 감정을 거슬리지 않도록 대답했다. 이왕 온 김이니 상대방을 불쾌하게 만들 필요가 없다고 생각했다. 상대방의 진의를 모르는 이상 상대방을 불쾌하게 할 수도 없는 일이었다.

"여드름이 났군!"

오 여사가 여드름 몇 개가 난 명수의 얼굴을 만지며 웃었다. 얼굴에 오 여사의 따뜻한 촉감이 느껴졌다.

"보기 싫지요?"

명수는 이제 여드름이 나기 시작하느냐고 묻는 것 같아 얼굴을 붉혔다.

"아냐, 남자는 여드름두 나구 그래야 돼. 기생오빠처럼 예쁘장한 게 뭐 좋은가."

그러면서 오 여사가 명수의 손을 잡았다. 그리고는,

"손이 부드럽구 예쁘군. 꼭 여자 손 같은데……."

하고 말했다. 좋다는 것인지 나쁘다는 것인지 몰라,

"손이 예뻐서 뭘 합니까."

하고 말했다.

"아냐, 남자도 손은 부드러워야 해. 그래야 복이 있대. 여자들두 좋아하구. 여자들이 손에 반하겠는데."

오 여사는 손을 감상이라도 하듯 손잔등과 손바닥을 번갈아가며 만지작

거렸다. 명수는 손에서 전해 오는 오 여사의 체온과 촉감에 온몸의 세포가
팽창되는 것을 느끼면서도 어쩌지를 못했다. 간지러울 때처럼 손이 가끔 경
련을 일으켰으나 자기 의지로 오 여사의 손을 잡아 볼 생각은 하지 못했다.
  그럴 때 방갈로의 사환이 물수건과 재떨이를 가지고 왔다. 오 여사는 얼
핏 손을 놓고 사환에게,
  "맥주 두 병 하구 식사 가져 오세요."
하고 사환을 돌려 보냈다. 그리고는 얼핏 자기의 손을 명수에게 내밀고,
  "내 손은 맛이 없지?"
하는 것이었다. 명수는 오 여사가 대범하게 하는 이상 자기도 대범해야 한
다고 생각했다.
  명수는 오 여사의 손을 두 손으로 잡고 대답할 재료를 얻기 위해 감상을
했다. 오 여사가 하듯 그미의 손잔등과 손바닥을 만져 본 뒤,
  "꼭 처녀 손 같은데요."
  최고의 찬사라 생각하며 말했다. 그랬더니 오 여사가 한 손을 움직이지
못하도록 꼭 잡고는,
  "처녀의 손 많이 만져 봤군."
하는 것이 아닌가. 명수는 당황했다. 그렇지 않다는 증거를 대기가 곤란했기
때문이었다.
  "상상입니다. 순전한 상상입니다."
  상상이란 말에 강조를 하며 말했지만,
  "상상만으로 그런 말을 쉽게 할 수 있어?"
  오 여사는 그의 말을 믿으려 하지 않았다.
  "정말입니다. 제가 언제 그런 경험을 했겠습니까."
  쑥스럽지만 극력 변명을 할 때 그미가,
  "변명 안 해두 좋아. 처녀의 손쯤 만져 봤음 어때. 못 만져 본 게 병신이
지."
  웃음을 지으며 그의 손을 자기 가슴에 가져다 대는 것이었다.
  명수는 장차 일이 어떻게 되는가 생각했다. 그러나 곧 가는 데까지 가 보

자 하고 생각했다. 그런데 오 여사가 명수의 손을 놓고는,

"담배 안 피우나."

하고 물었다.

"아직 안 배웠습니다."

"일부러 배울 건 없어."

그때 사환이 맥주 두 병을 가져 왔다. 오 여사가 먼저 명수의 잔에 맥주를 부었다. 명수도 남자 구실을 해야 한다는 마음에서 오 여사의 잔에 맥주를 부어 주었다.

"들어!"

오 여사가 맥주잔을 명수 앞에 쳐들었다. 명수도 그미와 같이 했다. 몇 번 술잔이 오간 뒤 명수가,

"이런 데 여러 번 와 보셨나요."

하고 물었다.

"처음이야. 친구들이 조용하구 음식맛두 좋대서 와 본 거야."

그미의 대답을 듣자 명수는 안심을 했다. 딴 남자와 와 본 일이 있다면 얼마나 실망할 것인가. 얼마 안 있어 커다란 식상을 두 사람이 들고 들어왔다. 반찬 가짓수가 상당히 많았다. 명수는 우선 꽤 비싸겠구나 하는 생각부터 했다. 그리고 남편이 돈을 얼마나 부쳐 주면 이렇게 돈을 함부로 쓸까 하고 생각했다.

명수는 들어온 음식이니 먹어야 한다는 생각으로 오 여사 맞은편 자리로 가려 했다. 그런데 오 여사가 맞은편에 놓여 있는 수저를 가져다가 자기 옆에 놓으며 그냥 앉아서 먹으라고 했다. 그리고는 맛있어 보이는 반찬들을 명수 앞에 가져다 놓았다. 혹시 누가 본다면 우스울 것 같았다. 음식이란 얼굴을 마주 대하고 앉아 먹는 법인데 삼면을 비워 놓고 한편에 붙어 앉아 먹으니.

"어서 먹어."

오 여사는 수저도 들지 않고 명수에게만 권했다.

"나두 먹을게, 어서."

입으로는 이렇게 말하면서도 그미는 명수의 얼굴을 쳐다보기만 했다. 쳐다보는 눈동자에 빛이 번쩍이는 것 같았다. 정열적인 눈이었다. 빨려들어갈 것 같았다. 명수는 그 시선을 감당해 낼 수가 없어서 얼굴을 떨구고 밥을 입에 넣었다. 그런데 오 여사가 명수를 불러 고개를 들게 하고는 그의 목을 쓸어안고 키스를 했다.

급습(急襲)을 당한 명수는 어리둥절했다. 어렴풋이 짐작은 했지만 설마 했던 것이 분명하게 드러난 이상 자기대로의 태도를 결정할 단계에 이르렀다고 생각했다.

도둑질하는 식으로 키스를 하고는 몸을 제자리로 돌린 오 여사였지만 명수는 그미의 심중을 더듬어 보듯 뚫어지게 그 얼굴을 쏘아보았다. 오 여사는 명수의 눈길을 피했다. 명수의 눈길을 어떻게 해석해야 좋을지를 모르는 모양이었다. 그러나 약간의 미소를 지으며,

"괜찮지?"

하고 명수를 쳐다봤다.

명수는 오 여사의 명확한 태도를 알아보려고,

"아주머니!"

하고 오 여사를 불렀다. 그러자 그미는 명수의 팔을 잡으며,

"우리끼리만 있을 때는 그런 말 쓰지 말어!"

하고 말했다. 명수는 조금 짓궂다고 생각하면서도,

"그럼 뭐라고 부를까요."

하고 물었다.

"아무렇게나 부름 어때."

오 여사에게도 묘안이 없는 모양이었다. 명수는 당신이라고 부를까요 하고 묻고 싶었지만 차마 그럴 수는 없었다. 그 대신,

"곤란한데요……."

자기 태도를 정할 수 없다는 듯 말했다. 그때 오 여사가,

"그까짓 게 문제야."

하며 이번에는 여유 있게 명수를 끌어안고 키스를 했다. 명수는 멍청하니

목석처럼 있을 수는 없었다. 이왕 일이 이렇게 되었다면 수동적이 아니라 능동적으로 나아가야 한다고 생각했다. 어린애처럼 취급받던 자기가 어린애가 아니라는 것을 보여 주고 싶었다. 그는 오 여사 몸에 두 팔을 돌려 그미가 꼼짝 못하게 하고는 그미의 입술을 더듬었다. 그때 오 여사가 입술을 벌렸다. 목마른 사람이 물을 찾는 형상이었다. 명수는 그미가 요구하는 것을 입 속으로 넣었다. 허기진 애가 엄마의 젖꼭지를 놓치지 않으려고 물고 빨아들이는 그런 오 여사였다. 명수가 오 여사의 몸을 놓아 주고 자기 얼굴을 돌리려 했으나 그미가 놓아 주지를 않았다. 이번에는 명수의 입 안이 그득 차는 것을 느꼈다. 그는 자기의 입 안에 있는 것을 깨물었으면 하는 충동을 느꼈다. 그렇게 하면 오 여사는 말 못하는 벙어리가 될 것이요, 앞으로 그런 일을 다시 못하게 될 것이다. 그러나 그것은 생각뿐이었고 오 여사를 안은 팔에 힘을 주었다. 그뿐이 아니었다. 그의 손이 오 여사의 온몸을 더듬기 시작했다. 그러자 그미가,

"명수!"

비명 같은 소리를 지르고는 방바닥에 누워 버렸다.

명수는 오 여사의 리드를 받으며 자기의 동정을 그미에게 바쳤다.

명수는 이마의 땀을 닦으며 오 여사 맞은편 자리에 가서 음식을 먹기 시작했다. 배가 고파서가 아니었다. 아무런 일이 없었다는 것을 스스로 가장하기 위한 행동이었다. 오 여사도 아무런 일이 없었던 것처럼,

"이게 맛있을 것 같군."

하며 생선찌개 속에서 조개 하나를 골라 명수 숟가락에 놓아 주었다. 그때였다. 노크 소리와 함께 출입문이 열렸다.

명수는 깜짝 놀라 출입문 쪽으로 눈을 돌렸다. 사환이었다.

"부르셨습니까."

부르는 일도 없는데 불러서 온 것처럼 말을 하는 것이었다.

"부르지 않았는데……."

오 여사는 천연스럽게 말했다.

"미안합니다."

사환이 실수했다는 듯 곧 돌아갔지만 명수는 큰일날 뻔했다는 생각에 가슴이 마냥 두근거렸다. 만약 조금만 일찍 사환이 왔었다면 어떻게 되었을 것인가.

오 여사도 마찬가지인 것 같았다. 사환에게는 천연스럽게 말했지만 사환이 나가자 명수를 보며 의미 있는 웃음을 짓는 것으로 보아 큰일날 뻔했다는 눈치였다.

그런데 얼마 안 있어 사환이 또 왔다.

이번에도 숭늉 그릇을 가지고 온 것이었다. 시간제로 예약을 하지 않고 음식만 시켜 먹는 사람에게는 감시의 눈을 게을리 하지 않는 모양 같았다. 사환의 잦은 출입으로 긴장되어서 그런지 두 사람은 얼마 동안 말을 안 했다.

명수는 말없는 동안 자기의 역사에 너무나 큰 변동이 일어난 것을 충격적으로 생각했다. 여자와의 첫 교섭을 어머니와 같은 여자와 맺다니…….

얼마 전 오 여사를 농락할 가능성에 대해 생각해 본 일이 있기는 하지만 피동적으로 동정을 잃고 나니 어쩐지 허전하기도 하고 아쉽기도 했다. 남자에게는 정조가 없다고들 하지만 그것은 자기가 즐겨서 버렸을 때 하는 말이리라. 자기도 불쾌했다고는 말할 수 없지만 순전한 자기 의사로 동정을 버린 것이 아니다.

그러나 처녀가 정조를 잃었을 때와는 달랐다. 처녀라면 무조건 가슴이 두근거렸을 것이다. 귀중한 보물 같은 순결성을 잃었다는 슬픔이리라. 임신에 대한 공포도 있을 것이고. 그러나 명수는 사랑을 알기 전에 동정을 잃었다는 가벼운 아쉬움뿐이었다. 만약 마주 앉아 있는 오 여사가 증오를 느낄 만큼 불쾌하게 대해 주었다면 명수는 자기의 잃어버린 동정을 보물처럼 생각했을지 몰랐다. 그런데 오 여사가 명수를 보며 애정 어린 웃음을 지었다. 그리고는,

"죄를 진 것도 아닌데 천천히 먹구 나가."

하는 것이었다.

죄를 짓고도 죄를 짓지 않았다는 말이 명수에게는 기분 좋았다. 자기를

합리화시키려는 치사스런 말처럼 들리지가 않고 명수의 죄를 은폐해 주는 말처럼 들렸기 때문이었다. 죄악이라 해도 아름다운 죄악이 아니냐는 말로도 들렸다.

그러나 식사를 끝내고 나갈 때 얼굴을 어떻게 들 것인가 하는 것이 걱정스러웠다. 남들은 모른다고 해도 자기의 양심이 고개를 들지 못하게 할 것 같았다. 그런데 식사를 끝내자 오 여사가 벽에 붙어 있던 버저를 눌렀다. 사환이 달려왔다. 그때 오 여사가 명수에게,

"얘, 넌 먼저 나가 있어."

하고 말했다. 명수는 눈치를 챘다. 사환 앞에서 일부러 자기를 아들로 취급하는 것이라고.

"네."

명수는 문 밖으로 나가 오 여사를 기다렸다. 오 여사가 회계를 하는 시간은 불과 이 분도 걸리지 않았다. 곧 뒤따라 나와서는,

"택시를 붙잡지 않구 왜 여기 서 있니."

하고 명수를 나무랐다.

명수는 오 여사가 연극을 잘 한다는 생각을 하며 어색하지 않게 큰길로 나갔다.

우이동에서 돌아온 명수는 피곤을 느꼈다. 몸도 피로했지만 마음도 피로했다. 그는 피로라는 것 이외에 다른 것을 느끼지 못했다. 그것은 환멸일지도 모른다. 자기 부정일지도 모른다. 어쨌든 즐거움이라든가 희망이라든가 그런 것이 결여된 무거운 감정이었다. 무엇이 어떻게 되었는지 그것을 따져 보고 싶은 의욕도 없었다. 감정을 정리해 보겠다는 마음도 없었다. 사고능력을 잃은 사람처럼 멍하니 누워 있었다. 눈도 뜨고 싶지 않았다. 눈을 감은 채 저능아처럼 누워 있을 때 선미가 들어왔다.

"뭣 하러 와."

그는 선미를 보자 소리부터 질렀다. 어제 조금 냉대했다고 짐을 싸 가지고 나가려던 선미였지만 그런 것을 생각할 여유가 없었다. 그저 싫었던 것이다. 싫다는 감정을 억제할 수가 없었다. 그런데 선미는,

"아버지한테 편지가 왔어요."

조금도 다른 기미를 보이지 않고 편지 한 통을 내밀었다. 참으로 알 수 없는 애였다. 발작적으로 소리를 질렀는데 선미는 어째서 감정의 반응을 보이지 않고 대해 주는 것일까.

"아버지한테 온 편지를 왜 나한테 주니."

명수는 계속해서 짜증이었다. 선미를 보자 명수는 너도 여자지 하는 생각이 들었던 것이다. 여자라는 데 환멸을 느끼고 있기 때문일까.

"여자한테 온 편지 같아요."

선미가 또랑또랑한 음성으로 말했다. 여자라는 말에 명수는 가슴이 써늘해지는 것을 느꼈다.

"여자한테서 왔음 어떻단 말야."

선미를 상대하려 하지 않았다.

그러자 선미가,

"오빠 요새 정말 이상해. 내가 그렇게두 보기 싫우."

정색하고 말했다. 공격 태세였다. 명수는 어쩔 수 없게 공격을 당하게 되었다고 생각했다. 오늘의 선미에게는 조금도 잘못이 없다고 생각되었기 때문이었다. 그런데도,

"보기 좋구 싫구가 어디 있니."

자기의 태도를 고치지 못했다. 여자라는 것이 싫었다. 여자니 애정이니 정사니 그런 것들을 생각하고 싶지 않았다. 그런 것들이 세상에서 싹 없어졌으면 하는 마음뿐이었다.

"너무 하지 않아요."

"너무 하긴 뭐가 너무 해. 너는 너구 나는 난데……."

"알았어요."

선미가 자기 방으로 돌아갔다. 자기 방에서 홀쩍거리는 소리가 들렸지만 그는 들은 척하지 않았다.

왜 이럴까. 싫지가 않았기 때문에 약속 시간에 나갔었다. 수상한 곳인 줄 알며 우이동까지 따라갔고. 정 싫었다면 동정을 잃을 까닭이 없다. 그런데

지금 와서 모든 여자가 싫어질 만큼 피해 의식이 느끼다니……. 즐겨 도박을 하고도 돈을 잃었다 해서 도박이 증오스럽고 자기 돈 딴 사람을 돈만 아는 인간이라 경멸하고 싶어지는 그런 심정일까. 잃어버린 돈처럼 아까운 것이 없다. 값없이 없애 버렸기 때문이리라. 명수도 값없게 잃었다는 생각 때문에 자기의 동정에 애착을 느끼는 것인지도 몰랐다.

그러나 자기에게 책임이 조금도 없다고 말할 수가 없기 때문에 오 여사를 원망도 증오도 못하고 있다. 그저 피곤을 느낄 따름이었다. 그런데 선미가 놓고 간 아버지 앞으로 온 편지가 새삼스럽게 눈앞에 들어왔다.

확실히 여자의 글씨였다. 발신인의 이름도 틀림없는 여자였다.

'徐京姬'

여자의 이름은 여자의 이름인데 요염한 여자의 인상을 주는 이름은 아니었다. 어쩐지 아버지와 교제하기에 적합한 여자 같은 인상이 들었다. 그런데 아버지가 자기들 모르게 여자 교제를 하고 있었다는 생각을 할 때 그 상대가 비록 요염한 여자가 아니라 해도 우선 실망을 느꼈다. 아버지가 자기들 모르는 비밀을 가지고 있다는 사실에 대한 불쾌감이 아니었다. 아버지도 결국 여자를 좋아하는 남자라는 생각에서였다. 어머니가 돌아가신 뒤 십여 년을 혼자 살아오신 아버지다. 자식들을 위해 재취를 절대로 생각지 않는다고 했다. 하지만 자기들 때문에 아름다운 희생을 하고 있을 줄만 믿고 있었다. 그런데 아버지도 별다름 없는 남자라는 것을 지금 눈앞에 보고 있다.

명수는 그런 비밀스런 관계가 아니란 생각도 해 보았다. 희망적인 생각이었다. 세상 모든 사람에게 실망을 느낀다고 해도 아버지에게만은 실망할 수 없다는 자식으로서의 진실일지도 몰랐다. 그것은 아버지를 위하는 마음이요 또 자기를 위하는 마음이었다. 그러면서도 그는 편지를 들어 손바닥 위에 올려놓았다. 저울처럼 손바닥에 달아보는 것이었다. 부피도 두꺼웠지만 무게가 상당했다. 어쩐지 무거운 사연이 들어 있는 것 같았다.

아무래도 이상했다. 안부편지나 학교 관계의 용건이라면 사연이 그렇게 길 수가 없다. 명수는 편지 내용이 궁금했다. 어떤 내용이 들었든 그것을 뜯어본다는 것이 비인격적인 일임을 알고 있다. 그런데도 보고야 견딜 것 같았다. 그는 성냥개비를 풀칠한 틈으로 들이밀었다. 손이 약간 떨렸다. 그러나 성냥개비를 디밀고 살살 비볐다. 의외로 흔적 없이 잘 뜯어졌다. 그는 다 읽은 뒤 다시 풀칠을 해 놓으면 뜯기 전과 꼭 같으리라는 생각을 하며 편지를 읽었다.

역시 비밀의 여인이었다. 명수는 놀라지 않을 수 없었다. 아버지도 틀림없는 남자라는 생각이 들었다.

'덕수궁에서의 해후. 정말 꿈같았습니다. 어디서 무엇 하고 계시다는 사실을 알았다 해도 찾아갈 용기가 없었을 것입니다. 그러나 거기서 너무나 우연하게 만났을 때 저는 그저 놀랐을 뿐이었습니다. 놀람에 전후를 가릴 여유도 없이 달려갔습니다. 그 날 선생님께 달려갔던 것이 잘 한 일인지 잘못 한 일인지 지금까지 분간하지도 못하고 있습니다. 그러면서도 편지를 쓰고 있다는 것은 제 정신이 아닌 것만 같습니다.'

명수는 읽어 가며 조금 안심을 했다. 먼 옛날에는 어떤 관계였는지 알 수 없지만 최근에 와서 처음으로 만난 것이 분명했기 때문이었다. 다시 만난 뒤에도 별다른 일이 벌어지지 않았던 것을 짐작할 수 있었다. 그러나 명수는 편지를 계속 읽었다. 커다란 호기심을 갖고서.

'그 날 선생님의 태도를 보아 이 편지를 끝까지 읽지 않으실지도 모릅니다. 읽지 않으셔도 할 수 없습니다. 폐병을 오래 앓던 사람은 죽기 전에 객혈을 하기 마련입니다. 피를 토해 내면 잠시 기분이 상쾌할지 모릅니다. 죽음이 눈앞에 보인다 해도 말입니다. 저는 피를 토하는 기분으로 이 편지를 쓰고 있습니다.'

읽어 가면서 명수는 편지에 흥미를 느끼기 시작했다.
편지의 다음 부분에는 경희의 결혼 이야기가 적혀 있었다. 경희는 상대 (명수 아버지)를 사랑했다. 결혼을 맹세하고 사랑했다. 그러나 그미는 부모의 정략결혼에 끝까지 싸워 이길 수가 없었다. 총독부의 고관으로 있던 일본인이 내선일체(內鮮一體－韓日一體)의 정신을 실천해야 한다는 구실로 경희를 며느리로 요구하는데 그미의 아버지가 거절을 못했다.

경희의 아버지는 총독부의 하급관리였지만 그 관직보다도 고향의 토지가 더 걱정이었다. 고향에 있는 조상 전래의 토지가 동양척식회사(농민을 착취하는 일본의 기관)에 무상과 다름없는 헐값으로 강제매수 당하게 되었던 것이다. 결국 경희가 약했기 때문이겠지만 몰락 직전에 있는 아버지의 눈물겨운 하소를 물리치지 못해 일본인과 결혼했다. 결혼식이 가까울 때 그미는 자살을 하려고도 했지만 뜻을 이루지 못하고 끝내 일본인과 결혼을 했다. 그때 신랑 되는 일본인은 경성제국대학에 재학하고 있었는데 그는 결혼 뒤 학교를 졸업하자 동경에 취직해서 그리로 부임하게 되었다. 경희도 따라가야만 했다. 경희는 차라리 잘 되었다고 생각하고 일본으로 갔다. 마지막까지 경희를 이해해 주지 않는 상대를 다시 만날 수 없는 먼 곳으로 가는 것이 다행한 일이라 생각되었던 것이다. 그러나 일본 가 있는 동안 아이를 낳기까지 했지만 그미는 조국과 해방된 지 얼마 안 되어 일본 남편이 병으로 죽자 그미는 조국과 상대에 대해 뼈저린 죄의식을 느꼈다. 조국으로 돌아왔지만 소원은 상대를 만나 용서를 구하는 일이었다. 용서받으리리 기대는 못하면서도 죽기 전 용서를 구해 봐야 한다고 생각했다. 그러면서도 그미는 상대를 찾지 못했다. 찾아 나설 용기도 없었던 것이다. 마음속 염원을 행동화시킬 수 없을 만큼 죄의식이 강했던 것이다.

이러한 사연이 있은 뒤 편지는 결론을 들어갔다.

‘이십 년 동안 저는 혼자 살아왔습니다. 가시밭과 같은 긴 세월이었습니다. 선생님의 용서를 구하려고 드리는 말씀은 아닙니다. 제가 죽기 전에 선생님에게 그 말 한 마디를 하기 위해 그렇게 살았을지도 모릅니다. 이십여 년 동안 저는 혼자서 가시밭길을 걸어왔다는 사실을 알아 주십사는 것이 저의 할 말의 전부입니다.

마지막으로 한 가지만 묻고 싶습니다. 회답을 기대하지 못하면서 이런

말씀드리는 것이 모순된 감정 같습니다만 궁금해서 견딜 수 없기 때문입
니다. 선생님은 그 날 덕수궁에서 혼자 술을 마시고 계셨습니다. 저는 이
때까지 고궁에서 혼자 술 마시는 분을 본 적이 없습니다. 무엇 때문이었
을까요. 이야기를 피하시기만 한 선생님이었기 때문에 그때는 물어 볼
생각도 못했습니다. 혹시 선생님에게 불행이 있는 것은 아닌지요.
　　선생님의 행복을 빌고 있습니다. 선생님이 행복하시다는 것을 알면 이
제 저의 소원은 아무것도 없을 것입니다.'

편지를 다 읽을 때 회답을 기대하지 않는다면서 주소와 이름은 왜 적었을
까 생각하며 그것을 봉투에 도로 넣은 뒤 풀칠을 했다. 방망이로 뒤통수를
한 대 얻어맞은 듯 머리가 띵했다. 그러나 아버지가 돌아오기 전에 편지를
아버지 책상 위에 갖다 놓아야 했다. 아버지 방으로 가자 명수는 아버지 방
을 둘러보았다. 아버지의 또 다른 비밀이 있지나 않는가 하는 마음이었다.
　그러나 아버지 방에서는 고독 이외에 달리 전해 주는 것이 없었다. 몇 권
의 낡은 책은 아버지의 고독한 과거를 말해 주었다.
　명수는 아버지에게 비밀의 여자가 있다는 사실이 그리 놀라운 일이 아니
라고 생각했다. 그 여인은 오직 과거의 속해 있을 뿐이기 때문이었다. 그보
다도 명수를 놀라게 한 사실은 아버지가 혼자서 덕수궁에 가 술을 마신다는
일이었다. 돈이 없으니 번번이 술집에 갈 수 없기 때문인지는 모른다. 그러
나 술병을 사 들고 고궁으로 가 혼자서 술을 마신다는 사실이 얼마나 처량
한 일인가. 집에서 마신다면 그냥 술을 즐기는 것이라고 말할 수 있다. 그러
나 고궁을 찾아가 고목 밑에서 혼자 술을 따라 마신다는 것은 술을 즐기는
일이 아니다. 고독의 결정 상태다.
　명수는 오 여사와 아버지를 비교해 보았다. 오 여사에게는 어엿한 남편이
있다. 외국에 가고 옆에 없을 뿐이었다. 모르기는 하지만 머지않아 돌아올
것이다. 혼자 지내는 그 공백기를 참지 못해 여행을 다니고, 또……. 아버
지와 경희라는 여자는 이십여 년 전에 헤어졌다. 그리고 십 년 또는 이십 년
을 혼자서 살아왔다. 피를 토하는 것 같은 고독을 느끼면서도 그 고독을 자

기 개인의 감정대로 행동하지 않았다. 그들을 위해 희생함으로써 자기들의 고독을 성장시키고 있다.

명수는 오직 형과 자기를 위해 고독을 성장시키고 있는 아버지에게 다시 머리가 수그러졌다. 알지는 못하지만 아버지를 위해 고독을 성장시키고 있는 경희에게도. 반면 어엿한 남편을 두고도 잠시 동안의 공백기를 감내하지 못해 자기 육신의 만족을 채우려는 오 여사가 무가치한 인간으로 생각되었다. 배고플 때 어린애가 우는 것도 당연한 일일 것이다. 그러나 환부를 수술해야만 산다고 할 때는 수술이 가져다 주는 고통이 어떤 것이든 그것을 참으며 수술을 해야 하는 것이 인간이다. 순간적인 고통을 참을 수 없어 수술을 포기한다면 그는 죽음을 자초하는 결과를 가져온다. 참는 것이 인간의 유일한 미덕일지 모른다. 그 미덕을 헌신짝처럼 버릴 때 인간에게 무슨 가치가 있겠는가.

명수는 오 여사를 무가치한 인간이라 생각할 때 그런 여자에게 잃어버린 자기의 동정이 또다시 아쉬워졌다. 동정의 귀해서가 아니었다. 아끼는 마음으로 남겨 두었던 떡을 어떤 사람이 집어다가 하필이면 자기가 미워하는 사람에게 줄 때의 불쾌감 같은 것이라고나 할까. 하필 아끼던 것을 무가치한 사람에게 주다니.

특히 오 여사와 더불어 혜수가 생각날 때 그런 생각은 더욱 강하게 머리를 눌렀다. 애인이 군대에 들어간 지 얼마도 안 되어 혜수는 상오와 포옹을 했다. 도저히 있을 수 없는 일이다. 도저히 있을 수 없는 일들을 하고 있는 어머니와 딸이다. 그 어머니에 그 딸.

명수는 아버지를 위해 무엇인가를 해야겠다는 생각을 했다. 이때까지는 아버지를 믿고 아버지를 바라보기만 하던 아들이었다. 자기 힘이 미치기에는 너무나 먼 거리에 있다고 아버지를 방관만 해 왔었지만 아버지의 내면세계를 조금이나마 안 지금 방관만 할 수는 없다고 생각했다. 그런 생각을 하고 있을 때 아버지가 돌아왔다. 술기가 약간 도는 얼굴이었다. 또 덕수궁에 가서 혼자 술을 마시고 오는 것일까.

명수는 아버지가 편지를 읽을 시간을 갖도록 내버려 두었다. 다 읽었으리

라 생각되는 시각에야 아버지에게로 가서,

"술 잡수셨어요."

하고 물었다.

"한잔 했다."

아버지의 대답은 담담했다. 그새 읽은 편지를 어디다 간직해 두었을 것이지만 편지 읽은 흔적이 얼굴 어디에도 보이지 않았다.

'덕수궁에서요?'

하고 묻고 싶었지만 차마 그럴 수는 없었다. 그 말만 꺼내면 이야기는 술술 풀리겠는데 꼭 하고 싶은 그 말을 못하니 할 말이 막혀 버리는 것 같았다. 비밀을 아는 체할 수 없다면 아버지의 내면 문제에 대해 무엇이라 말을 꺼낼 것인가.

할 말이 없다고 해서 돌아갈 수는 없었다.

"아버지, 요새 술을 많이 하시는 편 아니신가요."

결국 술 이야기로 대화의 실마리를 잡아 보는 수밖에 없었다.

"많이 하기는……."

아버지는 아무렇지도 않게 대답했다. 명수는 아버지의 얼굴을 유심히 살폈다. 그런데도 다른 기색을 어떤 구석에서도 찾아볼 수가 없었다. 어른들이란 참 이상하다고 생각했다. 그만큼 감정이 둔해졌다는 것일까. 결혼 전 애인의 편지를 몇십 년 만에 처음 받았다면 우선 가슴이 설렐 것이다. 젊은 사람이라면 얼굴 전체가 흥분해 있을 것이 아니겠는가. 자기를 감쪽같이 숨기고 있는 아버지의 내면세계를 두드려 본다는 것이 명수에게는 불가능한 일처럼 생각되었다. 일단 후퇴하는 수밖에 없었다.

자기 방으로 돌아와 명수는 자기에 대해 생각했다. 동정을 잃은 날이다. 그것도 불쾌한 상태에서. 그런데도 아무 일이 없었던 것처럼 자기를 감추고 아버지의 문제에만 손을 뻗치려 했다. 자기도 결국 어른이나 마찬가지로 감정을 숨기고 살지 않는가.

결국 나도 어른이 되었다는 것일까.

명수는 그런 것보다도 중요한 문제를 생각해야 했다. 아버지를 어떻게 도

울까. 여태까지 자기들을 위해 희생해 온 아버지를 그 희생에서 해방시켜
드려야 하지 않을까. 형도 그리고 자기도 이제는 다 어른이 되었다. 지각이
생긴 것이다. 새 어머니가 생겼다고 해서 감정적인 편견으로 슬픔을 느껴야
할 나이가 아닌 것이다. 옛날부터 혼자된 아버지에게 짝을 지어 주는 것이
자식의 도리라고 했다. 명수는 경희라는 여자를 만나 봐야겠다고 생각했다.
아버지에게 직접 말할 수가 없다면 그 여자를 아버지와 접촉하도록 길을 터
줘야 한다. 그것밖에 자기로서 할 일이 없다고 생각했다.

배가 고팠다. 자신에 불만을 느낄 때 공복을 느끼는 모양이었다.

"얘! 밥 먹자."

명수는 무심코 부엌을 향해 소리 질렀다. 그런데 대답 없는 것을 보자 조
금 전 자기가 지나치게 냉정했던 것을 생각했다. 냉정했던 자기가 밥 달라
고 큰소리 칠 체면이 있는가. 조금 미안한 생각이 들었지만 자기는 밥 달라
는 권리가 있고 선미는 밥 줄 의무가 있다. 권리는 언제나 행사할 수 있는
것이다.

"밥 안 주니."

명수는 다시 소리를 질렀지만 대답은 여전히 없었다. 제가 뭔데 하며 그
는 부엌으로 니가 봤다. 선미는 저녁을 짓고 있었다. 냄비에서 김이 오르고
있었다. 그런데 선미는 부뚜막에 앉아 울고 있었다.

선미가 울고 있는 것을 보자 명수는 귀찮다는 생각이 들었다. 산다는 것
이 귀찮게 생각되었다. 인간관계가 이렇게 힘들어서야 어떻게 산담.

명수는 못 본 체하고 자기 방으로 돌아왔다. 울고 있는 선미에게 할 수
있는 적당한 말이 생각나지 않았기 때문이었다. 울거나 붇거나 오불관언이
란 생각도 들었던 것이다 그러나 부뚜막에 오도카니 앉아 있는 선미를 생각
할 때 인간적인 연민을 느끼지 않을 수 없었다. 가난해서 남의 집 일을 해
주고 사는 열등의식의 주인공이다. 그러면서도 인간적인 욕구를 거세하지는
못하고 있다. 그래서 자기가 아는 유일한 남자인 명수에게 감정적인 손짓을
해 본다. 그런데 명수는 냉정하기만 하다. 좌절감을 느끼지 않을 수 없을 것
이다. 명수는 한 사람에게 좌절감을 준다는 것이 얼마나 죄스러운 일일까

생각해 본다. 그러나 좌절감을 주지 않으려면 어떻게 해야 하는가. 욕구를 가진 사람에게 좌절감을 주지 않으려면 그 욕구를 충족시켜 줘야 한다. 그때 나는 어떻게 되나. 또 오 여사에게처럼 피동적인 위치에 놓이는 것이 아닐까. 말하자면 자기희생이다. 자기희생으로 남의 좌절감을 없애 준다는 것은 자기 포기 이외에 아무것도 아니다. 결국 선미를 방임해 두는 수밖에 없는데 그러기에는 선미의 인생이 가엾다.

모르겠다. 될 대로 돼라.

아버지가 밖으로 나가는 인기척이 들렸다. 어디를 갈까. 아무 말도 않고 나가는 아버지가 궁금했다. 그러나 따라나갈 수도 없었다. 그런데 얼마 안 있어 들어오는 소리가 들렸다. 명수는 문을 열고 나가 보았다. 아버지 손에 소주 한 병이 들려 있었다. 술을 마시고 들어와서도 또 술을 사 오는 아버지의 마음을 이해할 수 있었다. 그리고 아버지는 아직 경희라는 여자를 사랑하고 있을 것이라 생각했다. 사랑하면서도 겉으로는 냉정을 가장할 것이다. 그러한 자기모순 속에서 자기를 처리하기 힘들어 술을 마시려는 것이다.

저녁을 먹은 뒤였다. 명수는 아버지의 비밀에 대해서는 건드리지 못한다 해도 자기 문제를 가지고라도 대화의 문을 열고 싶었기 때문이었다. 그는 아버지가 반대할 줄 알면서도 학교를 그만둘 의사를 밝혔다.

"나두 그 기사를 읽고 기가 막혔다. 세상이 허무해두 그렇게까지 허무할 수 있니. 나두 공동책임 같은 것을 느꼈다."

아버지는 가짜박사에 대해 자기 나름대로의 느낌을 말했다. 그러나 명수의 자퇴에 대해서는 반대였다. 명수의 마음은 이해하나 명수는 혼자 자퇴를 한다는 해서 교육계가 바로 잡힐 것 같으냐는 것이었다.

"교육계를 바로 잡자는 게 아닙니다. 싫어진 겁니다."

"싫어졌다는 것은 감정 문제인데 감정만 가지고 네 장래 문제를 포기할 수 있니."

이런 말을 하고 있을 때 전화가 왔다. 아버지가 얼핏 수화기를 들었다. 기다리는 전화가 있었던 것같이 보였다.

경희라는 여자의 전화를 기다리고나 있지 않았을까. 그런데,

"너한테 왔다."

하며 수화기를 내밀어 주는 아버지 얼굴에는 어딘가 어두운 데가 있었다.

명수는 혹시 오 여사에게서 온 전화가 아닌가 해서 아버지의 눈치를 살피며 수화기를 들었다. 만약 오 여사라면 아버지 앞에서 자기가 무슨 말을 할 수 있을 것인가. 부자연스런 말과 태도에 아버지는 곧 의심할 것이다. 그 오해에 무엇이라 변명할 것인가. 명수는 가슴이 떨렸다.

"저 길명숩니다."

약간 목소리까지 떨려 나왔다.

"나 소정혼데, 너 왜 오늘 학교에 안 나왔니."

우선 남자 목소리에 명수는 안심했다. 더구나 동급생이라는 것을 알자 갑자기 기운을 내고,

"학교 그만두기로 했어."

커다란 소리로 대답했다.

소정호는 가짜박사 교수 파면건의서를 제출하고 내일까지 총장의 명확한 조처가 없을 때는 동맹휴학을 하기로 결정했다면서 내일은 꼭 학교에 나오란 말을 했다.

"나는 흥미가 없어졌어. 모두가 싫기만 할 뿐이야."

"자아식, 그러지 말고 나와서 같이 싸우자."

명수는 꼭 같은 말로 투쟁에 가담하기를 거부했다. 그러나 정호는 정의라는 말을 쓰면서 같이 싸우자는 말을 자꾸 반복했다. 아버지 앞에서 전화를 너무 오래할 수가 없어서 두고 생각해 보겠다고 한 뒤 전화를 끊어 버렸다.

전화 내용을 이야기하자 아버지는,

"사내답게 싸워 봐라. 네가 학교를 그만둔다면 그것은 싸워 보지 않구 지는 거다. 비겁한 일이야."

하고 말했다.

"아버지는 정의감을 가지구 싸워서 이긴 사람을 보셨어요."

"그러니까 싸워 볼 필요두 없다는 거냐."

"그렇지요. 정력만 소비하는 거죠. 그리구 순수하게 정의감만 가지구 싸

우는 사람들이 있어요?”

“너는 사회의 나쁜 점만을 보구 있구나. 물론 사회는 혼란하다. 어느 것이 정의구 어느 것이 불읜지 구별할 수가 없을 정도지. 그렇지만 너희들 젊은 세대는 정의를 찾아낼 지혜와 용기가 있어야 한다.”

명수는 아버지의 말이 옳은 줄 알고 있다. 그러나 선뜻 동의하지 못했다. 그것은 오직 성격화된 무기력 때문이었다. 자기 개인의 일이 아니면 관여할 생각조차 가지고 있지 않은 무기력 때문이었다. 명수는 그런 문제를 가지고 오래 이야기하고 싶지도 않았다.

“생각해서 하겠어요.”

명수는 이야기를 중단하고 드디어 오 여사 이야기를 꺼냈다. 그것은 오 여사와의 관계가 이미 끝났다는 생각이 들었기 때문이었다. 이미 끝난 이야기라고 하면 아버지는 그저 쓴웃음을 지을 뿐 자기를 공박하지 않을 것이다. 그리고 그 이야기를 미끼로 해서 아버지 이야기도 끄집어 낼 수가 있을 것 같았다.

“뭐라구.”

아버지는 우선 놀랐다. 그리고는 어떻게 안 여자냐고 물었다.

“정거장에 나갔다가 우연히 만났어요.”

명수는 형과 혜수의 장래가 어떻게 될지 모르기 때문에 혜수의 이름을 밝힐 수가 없어 어름어름했다.

“몇 살 위라구 그랬지?”

“스물댓 살쯤 위일 겁니다.”

“남편두 있는 여자라면서?”

“네!”

아버지는 아연실색하는 얼굴로 명수를 멍하니 쳐다보았다.

“기가 막힌 일이다. 그러다가는 남편이 며칠 동안 출장을 간 새도 참지 못해 딴 짓을 하지 않겠니.”

아버지가 탄식조로 하는 말이었다.

“세상이 다 그렇게 돼 가구 있잖습니까. 시대의 추세 같아요.”

명수도 아버지와 같은 마음이었지만 아버지보다는 체념적인 태도였다.

"그런 것 같기는 하더라. 특히 월남에 가 있는 기술자들의 부인들 가운데 그런 문제가 일어나구 있단 말을 들었는데 그게 사회풍조라면 우리 나라 가정들은 장차 어떻게 되겠니."

"돈은 있구 할 일이 없는데다가 시간적 자유가 있으니까 그런 문제가 일어나겠지요. 당연하지 않습니까."

명수는 그런 여자들을 옹호하려는 마음이 아니었다. 단순히 아버지의 말에 반대하고 싶을 따름이었다.

"그럼 남편이 돌아온 뒤의 가정은 어떻게 되니."

"남편이 모른다면 아무 일도 없이 무사통과겠지요."

"남편이 알면 죄가 되구 남편이 모르면 죄가 안 된단 말이냐."

"모르면 없었던 거나 마찬가진데 죄구 뭐구 있습니까."

명수는 확실히 빈정대는 태도였다. 그러나 아버지가 정색을 하고,

"이놈, 너는 네 행동을 죄루 생각지 않냐."

호령을 했다. 더 빈정댈 수가 없었다.

"잘못했다구 생각했기 때문에 아버지께 말씀드린 게 아닙니까."

"잘못 정도가 아냐. 죄란 말이다. 죄를 알아?"

이때 명수는 죄는 누구에게 죄가 되느냐고 묻고 싶었다. 오 여사에게. 그렇지 않으면 오 여사가 남편에게. 그는 그들에게 죄의식을 느낄 필요가 없다고 생각했다. 그런데 아버지가,

"세상에 너 같은 놈이 늘어가면 세상은 망한다. 너는 반드시 죄책감을 느껴야 해."

라고 계속 명수는 공박했다. 명수는 화가 났다. 잘못했다는 뜻으로 안 하려던 이야기를 했는데 그렇게까지 야단칠 것이 무엇인가.

"전적으로 여자에게 책임 있는 일을 왜 제가 책임을 집니까."

명수는 처음으로 아버지에게 항의했다.

"물론 그렇다. 지각없는 여자들이 철없는 애들을 꼬이니까 그런 문제가 생기기는 하지만 너는 그래 그만한 지각두 없냐. 요즘 젊은 애들은 유한마

담에게 육체를 제공하구 돈을 뜯어내다가 제가 좋아하는 여자하구 데이트 한다더라만 너두 그럴 생각이냐.”

명수는 기가 막혔다. 정말 생각도 못했던 일이었다.

“너무 무시하지 마십시오. 전 그렇게 비굴한 자식은 아닙니다.”

그제야 아버지가 흥분한 태도를 가라앉히고,

“그런 줄은 안다. 좌우간 다시는 그 여자와 절대루 가까이 하지 말아라.”

부드럽게 타일렀다.

명수는 그러겠다고 대답했지만 공연히 아버지에게 야단맞은 것을 생각하니 오 여사에게 더욱 증오심이 일었다. 순전히 오 여사 때문에 아버지에게 야단을 맞았을 뿐 아니라 아버지의 불신임까지 얻게 되었다. 아버지는 앞으로 자기를 늘 의심하는 눈으로 볼 것이다.

불쾌감에 사로잡혀 있을 때 방문을 열고 선미가 빠끔히 들여다봤다. 명수는 소름이 오싹 끼치는 것을 느꼈다. 불길한 생각이 머리를 스쳤기 때문이었다.

피해의식 때문인지 여자에 대한 공포심 같은 것이 일어서 선미가 마귀처럼 생각되었다. 사실도 없는 이야기를 꾸며서 아버지에게 자기가 겁탈 당했다고 일러바칠 것 같은 착각이 들었다. 자기는 절대로 그런 일이 없다고 부정한다 해도 아버지는 자기 말을 믿지 않고 선미의 말을 믿을 것이다.

‘요물.’

혼자서 몸서리를 치고 있는 순간 선미가 밥상을 들고 들어왔다. 상을 놓고는 아무 말도 않고 그냥 나갔다. 명수는 순간이나마 정신착란증에 걸렸던 것을 후회하고 가벼운 한숨을 내쉬었다. 그런데 숭늉을 가지고 들어온 선미가 아버지에게,

“편지 받으셨지요.”

한 마디를 했다. 틀림이 없게 하려는 마음씨였을 것이다.

“응, 봤다.”

아버지의 얼굴이 약간 붉어졌다. 명수는 이런 기회를 놓칠세라,

“참, 어디서 온 편지지요.”

하고 자기도 편지 보았다는 것을 암시했다.

"아는 사람한테서 온 거다."

아버지가 어물어물 대답했다. 명수는 어떻게 해서든 화제를 이어야 한다고 생각하며 말했다.

"여자 같던데요."

"응, 옛날에 알던 여자다."

"요즘은 자주 안 만나시나요."

"만나서 뭣하니."

"만날 수 없는 여잔가요."

"그렇진 않지만……."

"그럼 아버지두 심심하실 텐데 만나 보시지 그래요."

"안 만난다."

"효자 열 명보다 악처 한 명이 낫다던데요."

"에끼 이놈, 말이면 아무 말이나 하는 줄 아느냐."

"아버지, 너무 그러시지 말구 생각을 달리 하세요. 우리두 이젠 다 컸는데 걱정하실 필요 있어요? 아버지 실속두 차리셔야지."

"너는 네가 다 컸다구 생각하니. 아무리 컸다 해두 부모의 행동에 대해 정신적인 영향을 받게 마련이야."

"그래두 아버지를 잘 이해할 겁니다. 일부러 고독하게 지내실 필요가 조금두 없습니다."

"너에게 지금 애비를 생각할 여유가 생길 것 같지만 절박한 현실로 환경이 바뀌면 그 여유가 온데간데없어지고 만다. 조금두 큰 소리 할 필요가 없어."

"아버지가 새어머니를 얻었다구 해서 환경이 악화되지 않습니다. 저희들이 그만큼 컸으니까요."

"자식은 죽을 때까지 자식인 거야. 그늘 밑에서 살구 싶어하는……."

명수는 아버지를 말로 설득시키기가 힘든 일임을 알았다. 그래서,

"그 여자분을 제가 만나 볼까요. 보구 마음에 들면 모셔오지요."

하고 구체적인 방법을 제시했다.

"네가 장가가는 거냐, 참……."

아버지가 어이없다는 듯 말했다.

"아버지가 망설이기만 하시니까 그러는 겁니다."

"망설이는 게 아냐. 의지대로 행동하는 거지."

어느새 저녁밥을 다 먹고 밥상을 물렸다. 밥상을 내간 선미가 설거지하고
는 잠깐 나갔다 오겠다고 말했다. 저녁 뒤 외출을 처음 하는 선미였다.

어디를 가느냐고 물었지만 선미는 잠깐 다녀오겠다는 말만 할 뿐 어디 간
다는 말을 않고 나가 버렸다. 명수는 심상치 않은 일이라고 생각하면서도
내버려 두는 수밖에 없었다.

아버지는 명수에게 단념시키기 위해선지 경희와 자기와의 관계를 설명
했다.

경희의 편지에 있는 그대로였다. 그런 이야기를 하고 나자,

"지금 와서 용서구 뭐구 할 것두 없지만 배신한 여자를 만날 흥미가 없
다. 흥미 없는 여자를 가지구 이러쿵저러쿵할 것두 없잖으냐 말이다."

아버지가 경희에 대한 이야기를 끝맺었다.

그러나 명수는 그것으로 이야기가 끝난 것이라고는 생각지 않았다. 비록
한 번 배신했다 해도 그 여자와의 그 후 생활로 충분히 용서할 여지가 있
다. 그 여자만 승낙한다면 아버지와의 결혼은 성립될 수 있다고 생각했던
것이다.

좌우간 그 여자를 만나보고 할 이야기였다. 그래서 이 날은 그 정도로 이
야기를 끝내고 자기 방으로 돌아갔다. 그 뒤부터 명수의 걱정은 선미에게로
기울어졌다. 아버지는 모르고 있지만 그는 알고 있다. 선미는 지금 이 집을
나가려 하고 있음을.

나가고 안 나가는 것은 선미의 자유지만 나간 뒤 타격을 받는 사람은 아
버지와 자기다. 식모를 구하기 힘든 때 선미가 나가면 우선 자기들이 밥을
지어먹어야 한다.

집을 지켜 줄 사람도 없게 된다. 설사 식모를 구한다 해도 몇 해나 같이

있어 가족처럼 되어 버린 선미만 할 수 있겠는가. 그리고 선미가 나간 이유를 알게 되면 아버지가 자기를 오해할 것이다. 오 여사와의 일도 있고 하니까 도리어 내가 선미를 못 살게 굴어서 나간 줄 알지도 모른다.

선미는 그 날 밤 열한 시가 지나서야 돌아왔다. 아버지가 가게에서 사 온 술을 혼자 다 마시고 곯아 떨어져 있었지만 명수는 그래도 아버지가 있을 때 떠들기가 안되어 모른 체 내버려 두고 잤다.

다음날 아침 아버지가,

"너 오늘부터 학교에 가야 한다."

명수의 등교에 대한 걱정만을 하며 출근을 했다. 명수가 간다고 대답했지만 그 말이 믿어지지가 않는지,

"너 학교에 안 다니려거든 집에두 있지 마라."

한 마디 협박의 말까지 했다. 명수는 단순한 협박만이 아니라고 생각했다. 고집을 부리기 시작하면 한이 없는 아버지다. 끝장을 보고야 말 것이다. 그러나 명수는 학교 갈 생각을 안 했다. 마치 그것은 기정사실처럼 생각했고 선미와 이야기할 일을 궁리하고 있었다.

간다, 못 간다의 긴말을 할 것 없이 선미를 억압해 버릴까. 선미가 바라는 것은 육체가 아니라 애정일 것이다. 그러나 애정 대신 육체를 주면 그미는 그것을 애정으로 해석하겠지. 그리고는 꼼짝을 못하고 하라는 대로 할 것이다. 멋도 모르고 이성을 그리는 처녀에게 경종이 될 수도 있다. 인생은 알 생각도 않고 애정만 갈망하는 경박한 풋내기들에게는 어떤 경종을 주어야 인생에 눈이 뜨게 된다. 선미를 가지 못하게 하는 데는 그 방법이 가장 주효할 것 같았다. 그는 선미 방으로 갔다. 그런데 선미는 그를 본 체도 안 했다. 일부러 외면하는 것이었다.

"너 어젯밤 어디 갔었니."

그래도 선미는 대답할 생각조차 안 했다.

"왜 말을 안 하니."

그는 달려가서 선미의 손을 잡아 주었다.

그는 강제로라도 그미를 억압하리라 생각했다. 그런데 선미가,

"놓으세요."

하며 손을 뿌리쳤다. 그것은 확실한 항거였다. 항거 의식을 눈으로 보자 명수는 뒤로 한 걸음 물러섰다.

내가 동정을 잃었다고 해서 남의 정조를 뺏으려던 것이 아닐까 하는 자기 혐오의 생각이 번갯불처럼 머리를 스쳤기 때문이었다.

갑자기 얼굴이 달아올랐다. 선미를 볼 수가 없을 만큼 부끄러웠다. 그러나 선미 앞에서 자기가 부끄럼당하고 있다는 것을 긍정해 보일 수는 없었다.

"왜 대답을 안 하니. 딴 데루 갈 생각이지. 말해 봐."

명수는 선미가 딴 데로 간다는 것에 대해서만 관심이 있는 것처럼 다그쳐 물었다. 그래도 선미가 대답을 안 할 때,

"갈려면 가. 누가 붙잡을 줄 아니."

하고 말했다. 나중에야 어찌되든 가는 사람을 막을 필요가 없다는 생각이었다.

그때야 선미가 입을 열었다.

"내일 떠나겠어요."

"좋아. 오늘 아버지한테 다 이야기하구 내일 가거라."

이렇게 말하고 나니 속이 시원했다. 모든 것이 끝났다는 거뜬한 생각뿐이었다. 어디로 가느냐, 그런 것들을 묻지 않아도 좋았다. 물을 필요도 없었다. 관계없는 사람에 대해서는 아는 것이 짐스러울 뿐이다. 오래 있을수록 시달리기만 해야 한다. 시달린다는 것은 싫은 일이다.

5

거뜬한 마음으로 자기 방으로 돌아왔을 때 전화벨이 울렸다. 틀림없이 오 여사에게서 온 것이리라 생각하고 망설이고 있었다. 우선 무엇이라고 말해야 할지 자기 태도를 정해야 했기 때문이었다. 벨이 대여섯 번 울리는 동안 생각에 잠겨 있다가 아버지 방으로 가서 수화기를 들었다. 어떤 말을 하던

다시 만나지 않겠다고 결정했기에 마음이 안정되어 있었다.

그런데 오 여사가 아니라 뜻밖에도 같은 반에 있는 여학생 주광아(朱光雅)였다. 학교에서도 개인적 접촉이 별반 없던 여학생이었기 때문에 광아란 이름에 우선 놀랐다.

"웬일이지요."

전화해 준 것이 놀랍다는 단순한 뜻으로 물었는데 그녀는,

"학콜 그만두신다면서요."

하고 그것이 걱정되어 전화 걸었다는 뜻을 밝혔다. 어쨌든 고마운 일이었다. 자기에게 관심을 가지고 있다는 사실이.

"그럴까 합니다."

자기를 걱정해 주는 여자를 강경한 말로 대답할 수 없었다.

"나두 그 뜻에 찬성은 해요. 그렇지만 그렇다고 학콜 그만두는 건 패배가 아녜요."

명수는 패배고 뭐고 네가 상관할 게 뭐냐구 말해 주고 싶었지만 남의 성의를 그렇게 무시할 수는 없었다.

"어차피 패배하며 사는 인생인데요, 뭐."

"결국에 가서는 그럴지도 몰라요. 그렇지만 처음부터 질 거라구 낮게 엎드려 살 필요는 없잖아요. 우린 지금 싸우구 있으니까 나와서 같이 싸우십시다."

말하는 것으로 보아 광아는 싸움에 앞장선 것 같았다. 용감한 여성이다. 인생을 용감하게 살려는 여자다.

"생각해 보겠습니다."

명수는 역시 뒷걸음 쳤다. 그런데 광아가 오후에 학교 앞 다방에서 좀 만나자고 했다.

명수는 광아를 만날 필요가 없다고 생각했다. 그래서 어물어물 대답을 하니까,

"훌륭한 정신두 행동을 할 때 가치가 나타나는 거 아녜요. 기다리구 있을 테니까 꼭 나오세요."

광아가 간곡히 청했다.

“네, 나가지요.”

명수는 어쩔 수 없이 승낙을 했다. 그리고는 그 자리에 앉아 생각했다. 세상은 자기를 가만 내버려 두지 않는다고. 죽든 살든 가만 내버려 두면 자기는 자유스러울 것이다. 자유를 느낄 때는 죽어도 마음이 평화로울 것인데 인간은 평화로운 마음을 가질 수 없게 마련이란 말인가. 명수는 광아를 만날 것인가 만나지 말 것인가에 대해 생각을 하고 있는데 또 전화가 왔다. 그는 두 번째 벨이 울리기 전에 수화기를 들었다.

오 여사였다.

“학교에 안 갔어?”

“이제 가지요.”

“오늘은 몇 시에 끝나지?”

“잘 모르겠습니다.”

“잘 모르다니?”

“강의가 늦게까지 있는데 그 뒤에도 일이 있을 것 같아서요.”

오 여사가 잠시 말을 중단했다가,

“어제 일 후회하나?”

하고 물었다.

“후회는 안 합니다.”

명수는 힘있게 대답했다. 후회한다고 하면 자기가 비굴해질 것이고 즐거웠다고 하면 거짓말이 된다.

“후회는 안 하는데 딴 일이 있나?”

“그저 바쁠 뿐입니다.”

“그럼 몇 시에 만날 테야?”

“오늘은 시간이 없을 것 같습니다.”

“내일은?”

“내일두 바쁠 것 같습니다.”

“그럼 안 만나겠다는 건가.”

“그럴지두 모릅니다.”

“그래?”

오 여사는 실의에 찬 목소리를 남긴 채 전화를 끊었다. 모욕을 당했다고 생각할 것이다. 수치심도 곁들여 있을 것이다.

명수는 오 여사가 모욕감을 느꼈으리라는 생각에 스스로 만족했다. 그것으로 복수가 되었다는 마음이 되었기 때문이었다. 오 여사와의 관계는 일단 그것으로 끝났다는 가벼운 마음이 되자 명수는 경희라는 여자를 생각하기 시작했다.

우선 조금 예뻤으면 하는 생각을 했다. 오 여사처럼 너무 젊어 보이는 것은 싫다. 늙어서도 깨끗해 보이면 그만이다.

나를 낳아 준 어머니가 아닌 바에는 우선 인상이 좋고 상냥해야 한다. 아버지에게 쓴 편지 내용으로 보아 마음은 예쁜 여자 같다.

찾아가서는 뭐라고 할까. 한 번 집으로 놀러 오도록 말해 볼까. 아버지의 마음을 돌리려면 우선 두 사람이 만나 대화할 기회를 가져야 한다. 그것이 가장 빠른 첩경이다. 그런데 그 여자가 과연 집에까지 와 줄까.

명수는 집을 떠났다. 만나서 설득을 해 보는 수밖에 없다고 생각하면서.

경희의 집은 서교동 바로 큰 길가에 있었다. 길가의 이층집에 그미의 문패가 붙어 있었는데 아래층은 전기기구를 파는 상점이었다. 명수는 그미가 경제적으로도 곤궁한 생활을 하고 있을 것이란 짐작이 어긋날 때 약간 실망감 같은 것을 느꼈다. 정신적으로 불행하면 경제적으로도 불행하리라는 예감은 어디서 온 것일까. 어쨌든 그는 가게로 들어가 그미를 찾았다. 삼십대 청년이 명수를 훑어보며 어디서 왔느냐고 물었다.

명수는 또 실망했다. 그 청년의 태도가 수상했기 때문이었다. 경희와 남남 사이라면 어디서 왔느냐는 말을 물어 볼 까닭이 없을 것이다. 그는 문득 자기와 오 여사와의 관계를 생각했다. 그런 일은 오 여사에게만 있을 일이 아니다. 유한마담에게는 누구에게나 있을 수 있는 일이다. 이런 집을 가지고 있는 서 여사라면 젊은 사내 하나쯤 먹여 살릴지도 모른다. 불쾌했다.

“여기 서경희란 아주머니가 살구 계시죠?”

어디서 왔느냐고 물은 말에는 대답하지 않고 저돌적인 태도로 물었다.

"그렇다니까."

젊은 사람은 반말질이었다. 불쾌하지만 싸울 수가 없어서,

"어디 계신가요?"

하고 다시 물었을 때 사나이가,

"젊은 사람이 왜 그 모양이지? 이층으루 가 봐."

신경질적으로 대답했다. 명수는 생각해 보았다. 그의 신경을 건드릴 어떤 일을 했던가 하고. 가게 안에 들어설 때 실례한다는 말을 않고 물어 볼 말만을 물어 본 것이 그의 비위를 건드렸을까? 빌어먹을 자식. 중대한 일로 다니는 사람이 그런 격식을 찾을 여유가 어디 있담.

그는 이층으로 통한 계단으로 올라갔다. 이층 복도에서,

"여보세요."

하고는 아무라도 나와 주기를 기다렸다.

첫째 방문이 조금 열리더니 어떤 여자가 얼굴만 빠끔히 내밀고 누구를 찾느냐고 물었다.

서경희라고 생각되었다. 명수는 가슴이 두근거렸다.

"저 서경희 선생님이신가요?"

"그런데요. 어디서 왔지요?"

명수는 무어라고 자기를 설명해야 할지 몰랐다. 그러나 어물어물할 수도 없어서,

"저 길상대 씨 아들입니다."

서 여사가 알아듣기 쉽게 자기소개를 했다.

"뭐라구?"

그때서야 방문을 열고 서 여사가 복도까지 나왔다.

그리고는 명수를 끌어안을 듯 당황히 접근해 왔으나 갑자기 동작을 중지하고,

"어서 들어와."

냉정을 가장하며 말했다.

명수도 냉정한 태도를 유지하며 방 안으로 들어갔다.

"어서 앉아."

서 여사가 방석을 갖다 놓고 권했다. 그리고는 조급하게,

"어떻게 이렇게 찾아왔지?"

하고 물었다. 서 여사에게는 모든 것이 궁금했을 것이다. 명수는 수수께끼 같이 뵐 자기 행동을 우선 해명해 줘야 한다고 생각했다.

"아버지에게 편지를 하셨지요? 실롄 줄 알면서두 그걸 뜯어 봤습니다. 그래서 아버지와 선생님의 관계를 대강 짐작하구 아버지께 제 의견을 말씀드렸습니다만 원체 완고하신 분이라 제 말씀을 들어야지요. 그래서 제가 찾아온 겁니다."

서 여사는 잠시 자기 마음을 정리하기라도 하는 듯 말이 없었다. 한참 뒤 처음으로 꺼낸 말이 명수를 비롯한 가족에 대한 질문이었다.

"이름이 뭐지?"

나이에서 다니는 학교 이름까지 물었다. 명수는 군대에 나간 형에 대해서까지 설명한 뒤,

"세 식구뿐입니다."

집안 사정을 명확하게 알 수 있도록 말했다.

"어머니는?"

명수는 서 여사가 반드시 물어 볼 말이라고 생각하며 그미 마음에 맞도록 대답했다.

"십여 년 전에 돌아가셨습니다. 그 뒤 아버지는 죽 혼자시지요."

그것으로 서 여사의 궁금증은 일단 풀렸을 것이다. 그래서 그미는 과자를 꺼내 놓고 차를 권했다. 차를 마시며 명수는 서 여사의 얼굴을 찬찬히 쳐다 봤다. 역시 정신적 고통을 겪어서 그런지 주름살이 적지 않았다. 그러나 지저분하게 늙은 얼굴은 아니었다. 기름기가 끼지 않아서 건조하고 밝아 보이는 얼굴이었다.

어머니라고 불러도 남부끄러운 여자가 아닐 것 같았다. 그러나 무엇보다도 그미가 어떻게 살고 있는지 현재의 생활이 궁금했다. 또 아래층 가게 남

자와의 관계도.

"선생님은 혼자서 어떻게 살아가십니까?"

그런데 선생님이라고 한 말이 자기 귀에도 어색하게 들렸다. 장차 어머니가 될지도 모르는 여자보고 선생님이라 부르다니. 당분간이나마 불러야 할 말이 있어야겠는데 적당한 말은 무엇일까. 아주머니란 말밖에 다른 말이 머리에 떠오르지 않았다. 아주머니란 너무 촌스럽다.

"나? 아직 친정 덕택으루 살구 있어. 이 집두 친정에서 사 준거지."

"아래층 가게에 있는 젊은 사람은 무슨 인척 관계라두 되나요?"

"인척은? 그냥 세 든 사람이지."

우선 서 여사의 말을 믿어 두는 수밖에 없었다. 명수는 본론을 꺼내지 않을 수 없었다.

"아버진 고독하십니다. 종종 집에 놀러 와서 아버질 위로해 주셨으면 좋겠는데요……."

서 여사는 많이 생각한 끝에,

"내가 갈 수 있나? 아버지가 화를 낼 텐데……."

"웃는 낯에 침을 뱉습니까. 몇 번 오시면 아버지의 마음두 변하리라 생각합니다. 사실은 지금두 선생님을 생각하고 계실지 모르구요."

"내가 결혼할 때 그 분은 내가 죽은 여자라구 생각했어. 그 분에게 있어서 나는 죽어 있는 여자야."

"그럴 리가 있습니까. 살아 있는 선생님 얼굴을 대하면 옛날 생각이 다시 떠오를 겁니다."

명수는 여러 가지 말로 그미가 자기 집을 찾아오도록 권했다. 그러나 그미는 끝까지 응답하지 않았다.

"내가 왜 가고 싶지 않겠어. 그렇지만 아버지가 용서 안 하실 테니 갈 수 있어?"

그미는 눈물까지 흘렸다. 그런 것으로 보아 고집이 아님을 충분히 알 수 있었다. 약하면서도 강한 여자. 그런 여자가 가장 여성적이다. 명수는 더욱 호감이 갔다. 그런 만큼 그미가 자진해서 찾아올 만한 여건을 만들어 놓는 것이 그미를 위하는 일이라 생각했다. 억지로 오라는 것은 그미를 괴롭히기만 하는 일이다. 그래서 이 날은 이야기를 그 정도로 끝내기로 하고 화제를 돌리려 하는데 그미가,

"명수는 어쩜 아버지와 그렇게두 닮았을까?"

하며 그의 얼굴을 뜯어보았다. 자기 얼굴을 통해 아버지의 얼굴을 연상하는 것 같았다.

"형두 아버질 닮았어요."

이런 말을 하며 명수는 자기들이 서 여사의 몸에서 태어났다고 해도 아버지의 얼굴을 닮았을까 생각했다.

죽은 어머니가 악덕한 어머니가 아니었기에 망정이지 만약 어머니가 아버지와 자기들을 배신하고 딴 데 가서 살고 있었다면 명수는 서 여사의 몸에서 자기가 나왔다면 하고 바랐을지도 모른다. 어쨌든 명수는 서 여사를 어머니로 모시면 우선 아버지가 행복해질 것 같았고 자기들도 행복해지리라고 생각했다.

그는 다음 기회를 만들기로 하고 그 집을 나오려 했다. 그런데 서 여사가 한사코 그를 붙잡아 앉히고 점심을 먹였다. 바쁜 시간 안에 만든 음식인데도 맛이 있었다. 식모가 만드는 음식과는 다르다는 생각을 했다. 밥을 다 먹고 나올 때는 또 놀러 오라고 간곡히 부탁했다. 그리고 밖에까지 따라나와 담배 두 갑을 사 주었다.

명수는 그미에게서 따뜻한 정을 느꼈다. 어머니를 대하는 듯한 감정이었다. 아버지가 좋아하던 여자이기 때문인지 그렇지 않으면 장차 어머니가 될 여자라는 생각 때문인지 어쨌든 그미 옆을 떠나기가 아쉬웠다. 명수는 하나의 확신을 얻었다. 그미가 어머니가 되어도 손색이 없는 여자라는 것, 그리고 그미를 어머니로 모시는데 자기는 전력을 다해야 한다는 생각이었다.

명수는 명쾌한 마음으로 서 여사와 작별했다. 그 경쾌한 감정이란 오 여사에게서 받은 짓눌렸던 감정에서 해방된 듯한 경쾌감이기도 했다. 모든 잘못을 무조건 용서해 줄 너그러운 구세주를 만난 듯한 경쾌감이라 해도 좋을 것이다.

그러한 감정은 명수를 학교에 가게 했다. 자기를 필요로 하는 친구들에게 외면할 수가 없다는 마음이 생겼던 것이다. 너그러운 마음이랄까. 명수는 정말 오래간만에 인간에 대해 너그러워지고 싶었다. 용서받을 수 있다는 마음처럼 폭이 넓은 마음이 어디 있겠는가. 웬일인지 명수는 서 여사에게서 용서를 받은 듯한 느낌이었다. 또 앞으로도 모든 용서를 줄 수 있는 유일한 인간이란 생각이 들었다.

광아가 나오라고 한 그 다방으로 나갔을 때 거기에는 광아 말고도 동급생인 소경호와 상급반 학생 대여섯 명이 앉아 있었다. 그들은 모두가 명수를 마치 영웅처럼 맞이해 주었다. 자기처럼 비행동적인 사람도 없으련만 가짜 박사가 있는 학교가 싫어 퇴학을 결심했다는 그 의지를 높이 평가하는 모양이었다.

몰려들어 제각기 악수를 청했다. 그 중에서도 광아가 더 반기는 것 같았다. 옆에 다가앉으며 그간의 경과를 이야기해 주었다.

학생회에서 건의서를 냈지만 학교 당국에서는 학교의 대외적 체면이 있으니까 적절히 처리할 때까지 기다려 달라고 한다는 것이었다.

"그런 교수가 있다는 것이 학교 체면에 관계되는 일이지, 그런 교수 처단했다는 기사가 신문에 나는 것이 학교 체면에 관계되는 일이겠니."

소정호가 학생 전체의 의사라는 듯 옆에서 한 마디 했다. 그러나 학생회 간부 되는 상급반 학생이,

"내일까지 기한부로 파면시켜 달랬으니까 그대루 실행해 주지 않을 때는 동맹휴학을 하는 수밖에 없어."

그러니 날더러 어떻게 하라느냐고 묻고 싶었지만 다른 상급생 한 명이,

"여기두 가담 안 하구 내빼려는 학생들이 많단 말야. 그러니 명수는 내일부터 학교엘 나와 우리와 함께 행동을 해 줘."

하고 명수가 할 일을 지적했다.

"스튜던트 파워를 보여 줘야지요."

광아가 한 마디 건드렸다.

좋은 생각을 가진 학생들이라 생각되었다. 그들의 생각에 전적으로 찬

성을 하면서도 명수는 확답을 못했다. 세상이 망해 없어진다 한들 나하고 무슨 상관이람 하는 마음이 가슴 속에 그대로 남아 있기 때문이었다. 아무리 의협심을 가지고 불의를 추방한다고 해도 이 세상의 불의가 송두리째 뿌리 뽑힐 리 만무하다. 그렇다면 안 보고 모른 체 지나는 것이 가장 마음 편하다.

그러나 거기서 자기는 그런 일에 가담하기 싫다는 말을 할 수가 없었다. 자기 체면은 문제가 아니라 공박이 집중할 것이 두려웠기 때문이었다.

"그러지."

내일을 걱정할 것 없이 오늘을 회피하려는 마음에서 시답지 않게 대답했다.

그래도 학생들은 명수가 승낙한 것으로 알고 또 반가워들 했다.

"내일부터 그냥 동맹휴학이 아니라 농성을 합시다."

소정호가 말했다. 그러자 모두들 호응을 했다. 그리고 한 사람이라도 많이 포섭하도록 각기 친구들을 만나자는 말들을 했다.

명수는 생각했다. 동맹휴학에도 적극 참여하지 않는 친구들이 농성에 가담할 생각이 있겠는가. 요즘 사람들은 대부분이 자기와 같은 사고방식을 가졌다고 생각했다.

그들은 투쟁을 약속하고 굳은 악수를 나눴다. 악수를 하고 뿔뿔이 헤어질 때 광아가,

"저녁을 살까."

명수만이 들을 수 있도록 낮은 목소리로 말했다.

"왜."

명수는 광아에게서 저녁 얻어먹을 이유가 하나도 없었다. 친하게 지낸 사이도 아니다.

"그냥."

광아는 저녁을 살 만한 뚜렷한 이유는 없는 것 같았다. 그러나 그냥 거절을 하면 자기가 너무 심한 사람이 될 것 같은 생각에,

"모밀국수나 먹으러 갈까."

그 정도면 자기도 살 수 있다는 생각으로 말했다.

"좌우간 가."

그들은 어떤 설렁탕집으로 갔다. 커다란 뚝배기에 뿌연 국물이 푸짐하게 들어 있고 그것과 곁들여서 나온 뻘건 깍두기, 보기만 해도 먹음직스러웠다.

명수는 설렁탕을 먹으면서 오 여사가 사 주던 양식을 생각했다. 비싼 그 양식보다 얼마나 더 맛이 있느냐 말이다. 먹는 것 전부가 살이 될 것 같았다. 귀족들처럼 버티고 앉아 시식을 하듯 조금씩 뜯어 소리 안 나게 씹어야 하는 양식보다 몇 배나 서민적이었다. 어린애처럼 냅킨이란 것을 가슴에 걸치고 밥을 먹는 것은 명수에게는 영 못마땅한 것이었다.

명수는 뚝배기를 기울여 국물까지 다 먹고 그 뻘건 깍두기를 우둑우둑 씹었다.

"왜 설렁탕이라구 이름 붙였을까."

명수가 설렁탕의 맛을 되씹는 듯이 물었다.

"나두 몰라. 그렇지만 음식 이름에 눈[雪]이 들어 있다는 것만두 시적 아냐."

광아가 웃으면서 대답했다. 명수는 한국 사람들이 퍽 시적(詩的)인 데가 있다는 것을 생각하며,

"신선로 같은 것두 시적인 이름이지?"

하고 말했다. 그런데 광아는 그 말을 들은 체도 않고 명수를 불렀다.

"명수 씨."

명수는 돌연히 부르는 바람에 소리라도 지를 뻔했다. 광아란 존재에 너무나 방심하고 있었던 자기를 생각하며 약간 미안한 표정으로,

"네."

하고 대답했다.

"명수 씨는 늘, 무엇을 생각하고 있는 것 같은데 뭘 생각하시죠."

광아의 질문은 의외의 것이었다.

"생각하기는요."

"그래두 늘 생각에 잠겨 있는 것 같아요."

“생각할 거야 많겠지요. 가짜박사만 해두 그렇지.”

명수는 자기가 유별나게 엉뚱한 것을 생각지 않는다는 말이 하고 싶었다. 그래서,

“보세요. 요즘 교수 가운데 몇 가지 종류가 있는가를. 진짜 진짜, 가짜 진짜, 진짜 가짜, 가짜 가짜, 이렇게 많거든…….”

하고 말했다.

“그게 무슨 뜻이죠.”

“진짜 진짜는 연구두 많이 하구 정식 박사학위 받은 사람, 가짜 진짜는 박사는 아닌데 실력이 있는 사람, 진짜 가짜는 박사학위는 정식으루 받았는데 실력이 없는 엉터리, 그리고 가짜 가짜는 박사학위두 돈 주고 산 가짜박사인데 실력두 없는 사람, 그런 거죠.”

그 말을 듣자 광아가 마구 웃었다.

“그러니까 우리가 문제 삼고 있는 교수는 가짜 가짜에 속하겠군요.”

“그렇죠. 모든 인간을 그런 전형으루 분류할 수도 있을 겁니다.”

“난 어떤 유에 속할까요.”

“글쎄, 진짜 진짜 아닐까요.”

명수가 빙그레 웃으며 농담조로 말했다.

“천만에요. 그건 칭찬두 아무것도 아녜요. 그럼 명수 씨는?”

“나야 물론 가짜 가짜지요. 세상에는 이런 부류가 가장 많은 것이니까…….”

“명수 씨는 자기를 비하하는군요.”

“정당한 평가지요. 무슨 가치가 있는 인간이어야지.”

이때 광아가 또 명수를 부르고 정색한 얼굴로,

“가정환경을 좀 말해 줄 수 없어요?”

했다.

명수는 광아가 자기의 가정환경이 나쁘리라 추측하고 있는 것 같아 약간 기분이 나빴다. 그러나 꿀릴 것은 없었다.

“그건 알아서 뭣하게요.”

“그냥 알구 싶어요.”

“아버지와 형뿐입니다. 어머니는 일찍 돌아가셨구요. 그렇지만 좋은 아버
지라 아직 재취도 안 하셨습니다.”

명수는 자신 있게 대답했다. 그런데도 광아는 흐릿한 얼굴로,

“아버지는 뭣 하시는데요?”

하고 물었다.

“고등학교 선생입니다. 그러니까 돈 없지요.”

“그래요?”

광아는 알 것을 다 알았다는 듯이 입을 다물었다. 속으로는 너도 행복한
가정 속에서 살고 있지는 않구나 하고 생각하는 것 같았다.

명수는 광아가 필시 불우한 환경 속에서 살고 있다고 생각했다. 그러나
그미의 환경을 알고 싶은 홍미가 별로 없어 묻지를 않았다.

설렁탕집을 나와 헤어질 때 광아는 묻지도 않았는데,

“난 명수 씨보다 좀더 불우한 환경이어요.”

마치 동류의식이나 느끼는 듯 친밀한 어투로 말했다. 그리고,

“나오기 싫거든 내일 학교에 안 나와두 좋아요.”

마치 자기가 지휘자이기나 한 것처럼 말했다.

명수는 자기를 불우한 사람으로 취급하고 특별대우를 해 주는 듯한 광아
가 약간 불쾌했다. 명수는 자기가 가정적으로 불행하다고 느껴 본 적은 한
번도 없다. 돈이 없어 불만을 느낀 때는 있어도.

특히 어제는 나와 꼭 합세해 달라고 하던 광아가 오늘 자기 가정환경을
듣자 안 나와도 좋다는 돌변한 태도가 이상스러웠다. 그미는 마치 자기를
나의 보호인처럼 착각을 느끼고 있는 것은 아닌지. 그렇다면 다시는 인사도
안 해야 한다. 여자가 처음부터 남자를 조종하려 든다면 그 여자는 남자를
노예처럼 만들어야 셈평이 펴질 것이다.

그러나 그미에 대해 깊이 생각할 필요는 없다. 명수는 광아를 단순한 불
우의식에 사로잡힌 여자라고 생각했다.

집에 가서 세수를 하고 있을 때 전화가 왔다. 선미가 수화기를 건네 주

었다.

"나야 나."

그것은 혜수의 목소리였다. 무척 반가워하는 목소리였다.

"몇 번째 전화 거는지 알아?"

혜수가 혼자 지껄였지만 명수는 몇 번을 걸었으면 나와 무슨 상관이냐는 태도로,

"그래서요?"

용건을 독촉했다.

"집으루 빨리 와, 맛있는 거 만들었어. 상오도 와 있구. 얼른, 알았지 택시 타구 빨리 와, 응."

명수는 그것이 오 여사의 조작이라고 생각했다. 직접 전화를 걸었다가 거절을 당하고는 딸을 시켜 부르는 것이리라. 그는 바쁘게 말했다. 그래도 혜수가 뭐라고 했지만,

"오늘은 어떤 일이 있어두 못 가겠습니다."

하고 전화를 끊었다. 그리고는 형 명배에게 편지를 썼다. 서경희 여사에 대한 이야기였다. 아버지에게 편지가 왔다는 이야기에서 시작하여 그미를 만나 본 이야기를 쓰면서 자기가 앞으로 하려는 일의 계획까지 썼다.

명수는 형도 자기와 동조해 줄 것을 믿으며 편지봉투까지 썼다. 그런데 봉투에 풀칠을 하고 있을 때 대문 두들기는 소리가 났다. 선미가 달려가 대문을 열어 주었다. 뜻밖이었다.

상오가,

"야, 빨리 나와."

하며 방 안에 들어섰다.

"뭐가 바쁘니 바쁘기는."

그는 무턱대고 명수의 손을 잡아끌었다. 이런 때 자기가 놓여나려면 상오에게 오 여사의 관계를 이야기하는 것밖에 없었다. 그러나 그 이야기는 차마 할 수가 없었다. 그러니 결국 끌려가는 수밖에 없었다.

"임마, 오늘이 혜수 생일이야."

이 말에 명수는 오 여사에 대한 오해가 조금 풀리는 것 같았지만 그렇다고 해서 가야 한다는 마음이 생기지는 않았다.

"그런 말은 안 하던데요."

"제가 제 생일이란 말을 어떻게 하니."

어쨌든 그는 끌려갔다.

집을 나설 때 선미는 어디를 가느냐고 묻지도 않았고 대문을 잠그러 뒤따라 나오지도 않았다. 기분이 좋지 않았지만 그냥 나왔다.

혜수의 집에는 명수가 모르는 혜수의 여자 친구가 몇 명 있었다. 명수에게는 사람 많은 것이 한결 편했다. 오 여사를 피해 혼자 있을 수 있는 기회를 가질 수 있기 때문이었다. 그러나 앉아서 식사를 하는 것이 아니라 큰 테이블에 음식을 놓고 걸어다니며 음식을 집어먹게 되어 있기 때문에 끝까지 피하기는 불가능했다. 기회를 보고 있던 오 여사가 명수 옆으로 와서 많이 먹으라고 할 때 그는 피할 길이 없음을 느꼈다.

명수가 굳어진 얼굴로 쳐다보고만 있을 때 오 여사가,

"명순 나를 나쁜 여자루 생각하지?"

하고 물었다. 남들이 보아도 수상하게 생각지 못할 만큼 자연스런 표정이었다.

명수는 아무 대답도 하지 않고 얼굴을 돌려 혜수와 상오를 바라보았다.

"좋은 여자는 아닐지 몰라. 그러나 그렇게 나쁜 여자라구는 생각지 말아!"

어떤 말에도 명수는 대꾸를 할 수가 없었다. 그저 묵묵히 있을 때 오 여사가,

"다시는 명술 괴롭히지 않을게. 그렇지만 명수의 오해만은 풀어야겠어. 나두 체면이 있거든. 혜수 볼 낯이 없어서 죽고 싶을 지경이야. 내일 낮에 한 번만 만나 줘."

하고 말했다. 그래도 명수는 대답을 안 했다.

"이대루 명수를 안 만나면 나는 죽을지두 몰라. 그러니까 내일 한 번만 나를 위해 만나 줘, 응."

"………"

"내일 두 시 시민회관 다방에 나와 줘."

명수는 오 여사가 고민하고 있다는 생각을 했다. 이제 와서 고민이라니 우스꽝스런 일이다.

어른이면 자기 행동에 책임을 져야 한다. 계획적으로 자기를 유혹했다. 그리고 계속적으로 욕망을 채우려 했던 것이 분명했다. 그런데 내 태도가 달라졌다고 해서 고민을 하고 있다니. 그 고민도 체면과 관련된 고민이다. 딸 혜수를 대할 체면이 없다고 했다. 그것은 내가 혜수에게 발설할지도 모른다는 억측에서 온 공포심이고. 그런 공포심에서 오는 고민을 진정한 의미에서 양심적 고민이라 말할 수는 없다.

"나두 어린애가 아니니까 걱정 마십시오. 입이 가벼운 편두 아니니까요."

명수는 자기가 발설할까 해서 겁먹고 있는 듯한 오 여사에게 한 마디 했다. 자기의 인격을 위해 그리고 오 여사의 공포심 제거를 위해서, 그런데도 오 여사는 자기 마음이 개운치가 않아 그러는 것이라면서 한 번만 만나 달라고 졸랐다. 알 수 없는 여자였다. 미련이 있어서 그러는 것 같지는 않은데 무엇 때문에 만나자는 것일까. 명수는 귀찮아서 그저 그러라고 대답해 버렸다. 말에 대한 책임감을 부정하면서. 그러나 오 여사는 명수가 승낙한 것이라 생각하고 만족하게 웃으며 명수 곁을 떠났다. 혜수 친구들이 있는 데로 가서 그들과 어울려 이야기하면서도 가끔 시선을 이쪽으로 보낼 때 명수는 그런 오 여사에게서 여성을 느꼈다. 여성에게서 여성을 느끼는 것이 당연한 일인지 모른다. 그런데도 명수는 여성을 느끼게 하는 오 여사에게 일종 역증 같은 것을 느꼈다. 특히 서경희 여사와 비교가 되어 더욱 그랬다. 서 여사에게서는 여성이란 것을 느낄 수가 없었다. 친절하면서도 상대방의 감정이 흔들리게 하지 않았다. 그야말로 순수한 여자였다.

그런데 오 여사는 눈 움직임부터가 상대방을 끌어들이려는데 습관화 되어 있는 것 같았다. 말하자면 자기가 육체를 가진 여자라는 것을 잠시도 잊지 않고 남자를 대하는 것 같았다.

오 여사가 그런가 하면 그미의 딸 혜수도 마찬가지였다. 여자 친구들과 이야기를 하면서도 상오를 내버려 두지 않았다. 멀리서라도 말을 시키거나 그렇지 않으면 가까이 가서 무어라 소곤거리기도 했다. 남자 없이는 조금도 살 수 없는 여자들 같았다.

명수는 혜수와 상오를 유심히 바라보았다. 그들의 사이가 어디까지 이르렀는가를 살피기 위해서. 그런데 상오가 방 안에 있는 모든 사람에게 축배를 올리자고 했다. 그리고 명수 보고도 옆으로 와서 끼라고 했다. 그렇게 내키지가 않았지만 안 갈 수가 없었다. 둥글게 원을 그리고 서 있는 사이에 한몫 끼었다. 상오가 술잔을 들고 먼저 '해피 버스데이'라고 했다. 그러자 모두가 술잔을 들고,

"해피 버스데이!"

하고 혜수에게 그 술잔을 내밀었다. 그리고는 생일 축하의 노래를 영어로 불렀다. 명수도 따라했다. 그러면서도 속으로 역증을 느꼈다. 어쩐지 외국에 와 있는 것 같은 느낌을 주었기 때문이었다. 생일을 축하하면 축하했지 영어로 축하를 해야 맛이 나는가. 명수는 여름철마다 바캉스라는 말에 질리던 일을 회상했다. 특히 신문에서 바캉스라는 말을 많이 쓴다. 그리고 바다나 산으로 가지 않으면 여름휴가를 잃어버리는 듯한 착각을 갖게 한다. 언제부터 휴가를 휴양여행으로 대치하며 살게 된 우리 나라 사람들인가.

그와 비슷한 것은 거리에서도 너무 많이 본다. 상점엘 가면 바겐세일이란 말이 붙어 있다. 서머 카니발이란 간판도 있다. 시골 사람들이 와서 볼 때 과연 그 말의 뜻을 알아낼 것인가.

외국어로 많이 써야 선진 국민과 대열을 같이 할 수 있다는 것인지 모른다. 그러나 속이 비어 있으면서도 기분만 외국식 멋을 따르려는 젊은 사람들의 태도에 명수는 역증을 느꼈다.

나는 젊은 층이 아니란 말인가. 명수는 자기 속에 낡은 세대가 도사리고 있는가 하고 반성해 보았다. 그럴지도 모른다고 생각되었다. 그러나 반드시 그렇다고만 할 수도 없다고 생각했다. 그것은 잠시 후에 일어난 일로 알 수 있었다. 식사를 끝낸 뒤 레크리에이션을 하자면서 국수 그릇을 돌렸다. 국수 그릇을 받자 명수는 쿡 하고 웃음을 터뜨렸던 것이다. 정말 우스웠다. 생일

케이크를 잘랐고, 양주로 축배를 올렸으며, 영어로 생일 축하 노래까지 부른 그들이 주 식사만은 한국 고래의 국수로 하다니……. 주 식사만이라도 한국식으로 했다는 것을 다행하게 생각지 않았다. 하려거든 모든 것을 어울리게 해야 한다고 생각했다.

"왜 웃지."

웃음의 이유를 몰라 혜수가 물었다.

"외국식 잔치에 국수가 웬 말이죠."

"풍속이란 게 있잖아?"

"이때까지 한 것들은 어떤 나라 풍속인가요?"

"먹는 거는 다르잖아?"

"그럼 스파케티루 할 것이지……."

"아무거면 어때."

그렇다. 아무거면 어떤가. 그저 기분만 내면 된다. 그럴 때 상오가 옆으로 왔다. 혜수가 가운데 자리에 서서 국수를 들어야 다른 사람들도 먹을 수가 있다면서 그미를 저리로 가자고 했다. 그리고는 그미 허리에 팔을 돌려 대고 마치 애인인 사이처럼 걸어갔다. 어쩌면 그렇게도 다정한 한 쌍일까. 맨 가운데 자리로 가다 상오가 젓가락 든 손을 쳐들고,

"백 년은 사십시오."

장수를 빌었다. 메스꺼웠다. 젊은 사람이 어쩌면 저렇게 진부할까. 그 진부함이 아첨과 통하는 것 같기도 했다. 혜수의 마음을 사기 위해 상오는 아첨을 하는 것이다. 더욱 메스꺼웠다. 상오는 정말 혜수를 어떻게 하려 하는 것인가.

국수를 먹자 명수는 혜수의 집을 빠져 나왔다. 상오가 누구보다도 그를 붙잡았다. 남자라고 자기 혼자만 남게 되는 것이 싫다는 것이었다. 그러나 인정사정없이 뛰쳐 나오고 말았다.

집에는 아버지가 와 있었다. 혼자 저녁상을 받고 있었다. 명수가 자기는 저녁을 먹었다니까.

"선미가 간단다."

아버지가 약간 침울한 음성으로 말했다. 명수는 이미 알고 있던 일이라,

"그래요?"

그리 놀라지도 않고 받아 넘겼다.

"그 동안 밥을 어떻게 하지?"

아버지는 무엇보다도 식사가 걱정인 모양이었다.

"제가 짓지요. 까짓 거."

명수는 아무렇지도 않게 대답했다. 자기도 밥쯤 넉넉히 지을 수 있다는 생각이 들었기 때문이었다. 그뿐만도 아니었다. 가장 급한 일로 서경희 여사 문제만 해결되는 날에는 식사 같은 것은 문제도 안 된다는 마음이 들었다. 그래서 그는 오늘 서 여사 만났던 이야기를 조급하게 꺼냈다.

"뭐라구."

아버지가 깜짝 놀랐다. 용서할 수 없는 일을 저질렀다는 그런 놀라움이었다.

명수는 용서받을 수 없는 일을 저질렀다고는 생각지 않았다. 어디까지나 잘 한 일이라는 자신을 갖고,

"참 좋은 분이시던데요."

서 여사를 칭찬했다. 그런데 아버지가 버럭 소리를 질렀다.

"너 같은 놈이 참견할 문제가 아냐."

"무슨 말씀이죠."

"유부녀와 간통한 놈이 애비 걱정을 해? 그 여자가 누구냐 말해라. 내가 만나 보겠다."

아버지는 그 문제를 가지고 이때까지 속으로 앓아 온 모양이었다.

"오해하지 마십시오. 제가 의식적으루 한 행동이 아닙니다. 다시는 만나지 않기루 했으니까 다 끝난 일이기두 하구요."

"일이 끝났다구 문제가 해결된 줄 아니. 그 여잘 만나야겠다, 어떤 일이 있어두……"

"책망을 하시려면 저를 책망하시지 그 여자는 만나 무엇 하십니까."

"모르는 소리 하지 마. 그 여자의 이름과 주소를 말해라. 어서."

아버지는 확실히 감정적이었다. 만나서 어떻게 하겠다는 것인가. 욕을 보인다는 것 이외에는 아무런 효과도 없을 것이다.

"저를 때리거나 죽이거나 마음대루 하십시오. 일이 어떻게 됐든 여자에게 책임을 덮어씌울 수는 없습니다."

만약 아버지가 오 여사를 만나겠다고 끝까지 고집한다면 그때는 아버지에게 반항할 작정이었다. 그런데 아버지가,

"세상에 그런 여자가 어디 있니. 얼굴이라두 좀 볼까 한다."

딴 의도가 달리 없는 것처럼 말했다.

"다 지난 일이니까 잊어 주십시오."

"너 다시 그런 짓을 했다가는 정말 용서하지 않을 줄 알아라."

명수는 그러마고 대답했지만 속으로는 아버지의 완고성을 냉소했다. 설사 옳은 일이 아니라 해도 이미 지나간 일을 가지고 오래오래 생각할 필요는 무엇인가. 잊어버리면 아무것도 아닌 일이다.

명수는 그런 일보다도 서 여사 문제가 더 중요한 일이라 생각하고,

"불쾌해 하시지 말고 이야길 좀 했으면 좋겠어요."

다시 서 여사에 대한 이야기를 꺼냈다.

명수의 태도가 진지해서 그런지 아버지도 명수의 이야기에 귀를 기울이는 것 같았다.

"아버지의 승낙두 없이 그 분을 만난 것은 잘못일지 모릅니다. 그렇지만 저는 돌아가신 어머니에 대한 향수 같은 것을 가지고 찾아갔던 것입니다. 과연 그 분은 모성애가 풍기는 여자였습니다. 우리 세 식구를 전부 행복하게 해 줄 분이라고 생각했습니다. 아버지는 그 분에 대해 어떤 감정을 가지고 계신지 모르지만 그 분은 아버지를 만나구 싶어하는 것 같았습니다. 아버지는 저희들을 위해 재혼을 안 하셨습니다. 저희들을 불행하게 하지 않으시려는 그 마음 잘 알고 있습니다. 그러나 지금 저희들은 아버지가 행복해지셔야 정신적인 안정을 얻을 수 있는 나이에 도달했습니다. 그런 만큼 지금은 아버지가 우리들을 위해 재혼하셔야 할 시기라고 생각합니다. 그런 의미에서 그 분이 우리 집에 가장 필요한 존재라구 저는 확신합니다. 오늘 형

에게 편지를 했으니까 형두 동의하리라 생각합니다.”

명수가 하고 싶은 말을 다하자 듣기만 하고 있던 아버지가,

“그게 그리 간단한 문제라구 생각하니. 그 문제는 애비에게 맡기구 너희들은 보구만 있어라.”

침중한 어조로 말했다.

“옛날 분들은 고집이 강하다구 생각하는데 고집이란 결국 관념에서 오는 것이 아닐까요. 아버지는 그 분이 용서받을 수 없는 여자란 관념에 사로잡혀 있는 것 같습니다. 그 분이 과오를 저질렀다 해도 그럴 만한 이유가 있었다면 용서할 수가 있지 않을까요.”

“너는 모르는 일야. 그러니까 이러쿵저러쿵 할 필요가 없다.”

“그건 그렇다치구 아버지께서는 우리가 고독하신 아버지를 바라보며 부담감을 느껴도 상관없다는 말씀인가요.”

“너희가 내게서 부담감을 느낄 것이 무어냐.”

“아버지는 저희들의 불행에 책임감을 느끼며 사셨습니다. 그것을 보고 살아온 저희들이 아버지의 고독에 부담감도 안 느낄 수가 있습니까.”

“내가 뭐 그리 고독해 보이냐. 너희들을 바라보며 나는 만족감을 느끼구 있다.”

“저희들의 책임감에 따라 아버지의 개인적 고독감은 반비례해서 커질 것입니다. 그것이 인간이라구 생각합니다.”

“네가 뭘 안다구 그런 소릴 하냐. 내게는 아직 할 일이 많다. 너희들을 사회에 내 보내구 결혼을 시켜야 한다. 최소한도 그때까지 나는 혼자 있어야 한다.”

“그럼 그 분이 싫어서가 아니라 우리를 생각해서 재혼 안 하신다는 건가요.”

“두 가지가 다 이유랄 수 있다.”

“저는 그 분을 만났을 때 제가 만약 그 분의 몸에서 나왔다면 어떨까 하구 생각했습니다. 그만큼 첫눈에 좋아졌습니다. 아버지가 뭐라 하시든 저는 그 분을 어머니루 모시고 싶습니다.”

“안 된다. 절대루 안 된다. 나를 배신하구 일본남자와 결혼했던 여자다.”

“차라리 외국사람과 결혼했기 때문에 그 분의 과거를 묵살할 수 있잖습니까.”

“외국인과 결혼했다는 것은 둘째루 하구 여태까지 원망하고 있었던 여자를 어떻게 다시 만나니. 절대루 안 된다. 절대루.”

아버지의 태도는 역시 완강했다.

명수는 섭섭했다. 아버지 말처럼 자기는 인생을 모르는지 모른다. 그러나 자기 나름대로 성의껏 진실을 추구하려 했다.

그런데도 그것이 용납되지 않았다. 앞으로도 용납될 것 같지가 않았다. 비록 그 진실이 자기의 비위에 맞지 않는 것이라 해도 그 진실을 주려는 사람의 태도에 따라 받아 주는 체 흉내라도 내야 할 것이 아닌가. 그런데 아버지는 받아 주는 체도 안 했다. 아니 그 진실을 인정해 주는 눈치도 보이지 않았다.

그것뿐만이 아니었다. 오 여사 문제에 대해서는 극도의 증오만으로 대하고 있는 아버지였다. 어떻게 하겠다는 대책도 없이 그저 증오만을 표시하고 있다. 윤리면에서 증오하는 것이겠지. 그러나 인간을 이해하려 하는 인간에 대한 애정 없이 윤리는 무엇 하자는 것일까. 아버지는 지금 확실히 자기를 경멸하고 있을 것이다. 고집이 강한 아버지니까 그 경멸감은 죽을 때까지 지속될지 모른다.

명수는 자기 방으로 돌아갔다. 될 대로 되라는 심정으로 누웠다. 실의라고나 할까. 의욕이 자살해 버린 것 같은 느낌이었다. 그런데 아버지가 선미에게 김치를 가져 오라 하는 말소리가 들렸다. 술을 마시는 모양이었다. 반주를 안 하고 지금 술을 마시려는 것은 아버지가 자기 때문에 마음이 갑자기 언짢아졌다는 것을 뜻한다. 어떻게 언짢은 것일까. 경희라는 여자에 대한 환상 때문에 괴로워하는 것인지. 그렇지 않으면 나에게 보여 준 태도에 대해 후회 같은 감정으로 우울해하는 것인지. 명수는 아버지의 마음을 확실하게 알 수가 없었다. 그러나 마음 언짢아하는 원인이 오직 아버지 자신에게 있다고 생각했다. 고집에서 오는 자업자득.

아버지의 마음이 어떤 것이든 명수는 자기의 실의 상태에서 벗어날 수가 없었다. 아버지의 고독이 자기와 아무 상관없다는 마음이 들었기 때문이었다.

다음날 아침 조반을 먹을 때 아버지가 갑자기 얼굴을 찡그리며 숟가락을 놓았다. 배가 아프다는 것이었다. 명수는 활명수라도 잡숴야 하지 않겠느냐고 물었다.

"소용없다."

그런 것으로는 나을 것 같지가 않은 복통인 모양이었다.

"그럼 어떡허지요."

"곧 낫겠지……."

과연 아버지는 좀 낫다면서 학교로 출근을 했다. 아버지가 출근한 지 얼마 안 되어 선미가 보따리를 들고 나섰다.

"가겠어요."

명수는 어처구니가 없다는 듯 바라보다가,

"잘 가라."

하고 말했다. 텅 빈집처럼 그의 마음도 공허를 느꼈다. 무엇을 할 것인가. 할 일은 고사하고 생각할 일조차 없는 것 같았다. 무인고도를 혼자 헤매는 것 같은 기분이었다.

어제만 했어도 서경희 여사를 찾아갈 마음에 가슴이 부풀었을지 모른다. 그러나 그미도 자기와 관계없는 여자처럼 생각되었다. 학교에 가는 일에 대해서도 약간의 번민을 했어야 할 것이다. 그러나 학교 일도 자기와 아무 상관이 없는 일처럼 생각되었다. 생각할 것도 없는 무중력 상태라고나 할까. 얼마 동안을 멍하니 누워 있었다. 몇 신지도 몰랐다. 누워 있기가 지루해서 대문을 잠그고 집을 나섰다. 미도파 앞을 지나고 있을 때였다.

"명수!"

낭랑한 목소리로 부르는 사람이 있었다. 오 여사였다.

명수는 오 여사와의 약속을 완전히 잊고 있는 자기를 깨달았다. 당황한 마음으로 얼핏 시계를 보았다. 오후 한 시였다. 그는 아직 약속 시간이 지나지 않은 데 안심을 했다.

"어딜 가지?"

"그냥 나왔어요."

몹시 반가워하는 오 여사를 보며 그도 약간 반색을 했다. 혼자 있는 동안 그미를 그리워해 본 일은 없다. 있다면 경멸뿐이었을 것이다. 그런데도 명수는 지금 이 세상에서 자기를 가장 관심 깊게 대해 주는 사람은 오직 그미뿐이란 생각을 했다.

"점심 먹었나."

이 말을 듣고 명수는 또 한 번 시계를 보았다. 한 시가 지났다는 생각을 하니 배가 고픈 것 같았다. 이 여자는 남의 필요한 것을 잘 알아맞히는 사람이로구나. 명수는 조금 치사한 듯한 생각을 하면서도 까딱하다가는 점심도 굶을 것이란 생각을 하며,

"벌써 점심때가 됐네요."

하고 말했다.

"그럼 가."

오 여사가 시청 앞으로 방향을 돌렸다. 커다란 중국요릿집 앞에 이르자,

"중국음식은 어때."

하고 물었다.

명수는 우동이나 자장면을 생각하며 대답했다.

"아무거면 어때요."

그러나 방에 들어가 주문하는 음식은 우동 같은 것이 아니었다.

"해삼탕, 나조기……."

오 여사가 요리 이름을 주워 대고 있을 때 명수는 간단히 주문하라고 말했다.

그러나 결국 값비싼 요리가 세 접시나 들어왔다.

"술은 무슨 술로 할깝쇼."

사환이 물었다.

"그만둬."

오 여사가 명수의 의견을 물어 보지 않고 술을 거절했다. 명수는 오 여사가 정신을 흩트리지 않고 감정적 행동을 안 할 결심인가 보다고 생각했다. 그런데 오 여사가 미도파 앞에서 만날 때부터 들고 있던 포장지에 쌓인 상자를 내놓았다.

"명수 주려고 산 거야."

오늘 만나기로 약속이 되어 있으니까 그때 주려고 샀을 것이란 생각을 하면서도 명수는 기분이 나빴다. 물건으로 자기 마음을 매수하려는 것이라 해석되었기 때문이었다.

"안 받습니다."

그가 물건을 오 여사 쪽으로 되밀었다.

"요즘 입는 티셔츠야. 비싼 것두 아니구……."

명수는 그 물건을 입을 때의 자기를 생각했다. 입을 때마다 고마운 마음을 가질 것인가, 그렇지 않으면 기분 나쁜 표정을 지을 것인가. 그는 그런 생각을 하는 것부터 귀찮았다.

"제가 무엇 때문에 그런 걸 받습니까."

그러나 오 여사는 조금도 달리 생각하지 않고,

"돌아다니다가 보니까 명수한테 맞을 것 같아서 산 거야."

하며 포장지를 풀어 물건을 보여 주었다. 얇은 털로 짠 흰색 티셔츠였다. 목에 빨간 선이 가늘게 둘러져 있어 깨끗하고 멋있어 보였다. 물건이 마음에 드는데다가 이미 포장지에서 풀어 놨다는 생각에 명수는,

"제가 가난한 사람이니까 사 주시는 건 아니겠지요."

그렇다면 절대 받지 않겠다는 듯이 말했다.

"나를 그렇게 무식한 여자루 봐?"

오 여사가 살짝 웃었다.

오 여사의 웃음에서 명수는 또 섹시한 것을 느꼈다. 웃음이 일종의 추파 같기도 했다. 잠시 동안 망각되었던 경멸의 감정이 머리를 들었다. 그렇다고 해서 이미 받기로 한 선물을 다시 돌려 줄 수가 없어서 빨리 먹고 빨리 도망칠 궁리만 하고 있을 때 오 여사가 이야기를 시작했다.

"내가 그렇게 교양 없는 여자 같아? 양심이 썩은 여자두 아니구. 내가 명수를 좋아하는 것이 윤리적으루 그릇된 일이란 것두 알구 있어. 그렇지만 인간이 절박한 상태에 놓이면 윤리 같은 데까지 정신이 미치지 않는 것 같아. 비행두 비행으루 생각되지가 않구. 먹을 것이 없어서 도둑질하는 사람은 도둑질이 큰 죄가 아니라구 생각하게 되는 법이야. 그게 인간 아닐까."

명수는 오 여사의 변명을 들어야 할 필요가 없다고 생각했다.

"저두 그런 것쯤 알구 있습니다. 더 말씀 안 하셔두 좋습니다."

그러나 오 여사는,

"꼭 들어 달라는 건 아냐. 이야기를 해 버려야 내 속이 시원할 것 같아 이야기하는 것뿐이지."

하며 혼잣말처럼 말했다.

"권태를 느낄 때 인간은 그 권태에서 탈출하려구 발버둥을 치지. 시간을 보내기가 권태롭고 내적 정열을 발산시킬 수 없을 때 그 이상 더 괴로움이 있을 것 같아? 나는 친구들과 어울려 놀러 다녀두 보구 여행두 해 봤어. 돈 쓰는 맛으루 물건두 사 들여 보구. 그렇지만 권태는 가중되었어. 무엇인가를 붙잡지 않구는 살 수가 없을 것 같았어. 남편이 멀리 있지만 엄연히 살아 있다는 것을 생각하며 권태를 이겨 보려구 무척 애썼지. 그럴 때 명수를 알게 된 거야. 애정에 연령이 장벽 아님을 알았어. 아직 여자를 모른다는 점에서 명수가 어떤 남자보다두 맘을 당긴 거야. 솔직한 이야기지만 아들 같았기에 더 편리하다구 생각했어. 내 자제력으룬 어떻게두 할 수 없을 만큼 명수가 내게는 큰 존재루 육박해 왔다는 거야. 명수의 감정이 무르익기 전에 내 일방적인 감정을 터뜨린 것이 잘못이었다면 잘못이었지. 어느 정도 시간을 두고 애정 교류를 했다면 명수두 나를 좋아했을지 몰라. 어쨌든 명수의 감정을 강요할 수는 없어. 그렇지만 나는 명수를 안 뒤 과거의 몇 배 되는 권태도 이길 내적 힘이 생긴 것 같아. 그뿐야."

오 여사의 숨김없는 고백을 듣자 명수는 자기에게 그미를 경멸할 아무 자격도 없음을 느꼈다. 왜 자격이란 말이 머리에 떠올랐는지 몰랐다. 경멸할 때는 경멸하는 사람이 경멸하는 사람보다 결함이 없어야 한다. 말하자면 은

연줄에나마 경멸할 자격이 있다고 생각될 때야 남을 경멸할 수 있기 때문일까. 명수는 자기가 오 여사보다 결함이 적은 사람이란 생각을 가지고 그미를 경멸했던 것이 아니다. 그미의 옳지 못함이 눈에 들어왔기 때문이었다. 그런데 지금 그미의 고백을 듣고 그미의 옳지 못하다는 생각이 희미해졌다. 무엇이 옳지 못한 것인지 그 선을 분명히 긋기가 힘들어졌다. 말하자면 가치 판단의 능력을 상실한 듯한 정신 상태였다. 가치 판단의 능력이 상실되었기 때문인지 오 여사의 자기에 대한 행동이 가능한 것으로 이해가 되는 것 같았다. 그뿐만도 아니었다. 오 여사의 자기에 대한 감정이 거짓이 아니기를 속으로 바라기까지 했다.

오 여사의 감정이 그렇게 추해 보이지 않았기 때문이었는지 모른다. 자기 때문에 새로운 인생을 사는 것 같다는 오 여사의 말이 명수의 마음을 들뜨게 했다. 끝까지 경멸해야 할 사람이라면 그가 자기를 어떻게 보든 관여할 바 아니다. 그러나 경멸할 만한 사람이 아니라고 생각되는 사람이 자기에게서 어떤 영향을 받았다면 그 영향이 곧 자기의 보람처럼 느끼게 되는 법이다.

명수는 자기의 어깨가 으쓱해짐을 느꼈다. 그러나 자기가 오 여사의 인생에 계속 개입되고 싶지는 않았다. 자기 아닌 다른 사람과의 관계라면 있어도 무방한 일이라고 생각했다.

"저 같은 것이 무슨 가치가 있다구요. 매력두 없는 남잡니다."

그러니까 딴 남자와 관계하라는 뜻으로 말했다.

"그건 명수의 겸손이야. 그렇게 겸손한 명수가 더 좋아."

오 여사가 이렇게 나올 때 명수는 무엇이라 말할 것인가.

"좌우간 저는 생각지 말아 주십시오. 저를 위해서라두……."

"명수는 아직 내가 나쁜 여자루만 생각되나."

"아닙니다. 절대 그렇진 않습니다. 열심히 사시려는 그 심정을 이해합니다. 열심히 사십시오. 세상에는 남자가 얼마든지 있잖습니까."

"남자가 많다구 아무 남자나 다 좋아지는 것이 여잔 줄 아나."

"생각해 보십시오. 오 여사는 제 형의 애인인 혜수 씨 어머님입니다. 만약 제 형이 군대에서 돌아와 혜수 씨와 결혼을 한다면 어떻게 하겠습니까."

"명수는 참 순진하군. 내가 명수를 좋아하면 앞으루 어떻게 하겠다는 계획 아래 좋아할 것 같은가. 명수가 혜수를 좋아하구 있다면 몰라. 그렇지 않은 다음에야 문제될 것이 뭐 있어."

"왜 문제가 안 됩니까. 저는 오 여사의 사위될 사람의 동생인데……."

"그러니까 명수에게 강요하지 않는다구 그러지 않았어. 명수는 그런 것을 따질 만큼 여유가 있는 사람이구 난 그런 여유가 없는 여자야. 그것만 알아 줘."

"어젯밤 혜수 씨에 대한 체면이 있다고 하신 말씀은 뭡니까?"

"그건 낫살이나 든 것이 사랑 때문에 고민하고 있다는 것을 보이기가 안 돼서 한 말이지. 딸은 연애를 하고 있고 에미는 사랑에 울고 있다면 체면이 서나."

"혜수 씨는 자기 어머니의 연애를 이해할까요."

"할 수두 있지. 그렇지만 그게 문젠가. 누구에게나 이해를 받으며 살려구 하지는 않아. 오직 내가 살기 위해 사는 것이지."

"그렇지만 세상을 아주 무시하구야 어떻게 사나요."

"사는 데까지 살다가 죽지. 죽는 게 그리 무서운가."

"이삼 년 있으면 돌아오시지 않습니까."

"남편 말이군. 그렇게들 생각할 거야. 그렇지만 나를 이런 상태에 놔 두고 혼자 떠나가 있는 사람은 옆에 있으나 없으나 마찬가지야. 그가 돌아오는 날 나는 죽는 날이라고 생각된다면 그걸 누가 알아 줄까."

명수는 오 여사가 복잡한 여자라고 생각되었다. 절대로 단순하지가 않다. 이해할 수 있을 것 같기도 했고 이해할 수 없을 것 같기도 했다.

"전 모르겠습니다."

"몰라두 좋아. 알아달라구 강요하지는 않으니까."

오 여사는 재판장 앞에서 자기가 할 최후의 이야기를 다한 피고인처럼 얼굴을 떨어뜨렸다.

얼굴을 숙인 오 여사가 측은해 보였다. 그런데 오 여사가 또 한 마디 했다.

"한 가지만 더 말하겠어. 절대루 명수를 괴롭히지 않을 테니까 가끔 만나 주기만 해 줘. 그 청두 들어 줄 수 없나."

명수는 난처했다. 나이든 여자가 순수한 마음으로 머리를 숙여 간청하는 말이다. 차마 거절할 수가 없었다.

"제가 뭐 그럴 가치 있는 놈인가요."

"가치란 상대방의 필요성에 따라 결정되는 거야."

"제가 뭐 그렇게 필요한 존재는 됩니까."

"내게는 정신적인 지주가 필요해. 그건 내 맘속에 들어와 봐야 알 거야."

이때 명수는 정신적인 지주로 남편이 있지 않느냐고 말하고 싶었다. 그러나 어쩐지 그것이 가혹한 것 같아 말하지 못했다. 그 대신,

"전 그런 존재가 될 수 없는 놈입니다. 정말 아무 쓸모두 없습니다."

하고 자기의 진심을 털어놓았다.

"명수는 모를 거야. 요즘 여자들이 권태 때문에 얼마나 정신적인 방황을 하는지를. 계를 한다구 모여 다니며 별별 일들을 다 하지. 남편들이 눈으루 보면 기절할 일들을 천연스럽게들 하구 있단 말야. 윤리부재(倫理不在)지. 윤리를 다 알구 있지만 그것이 물하구 기름처럼 생활과 분리되어 있을 뿐이지. 사실 힘든 일이야 윤리를 지키자면 인생이 고독하니까. 그렇지만 윤리보다도 생활을 더 중요하게 생각하는 현대에 산다는 게 문제지. 명수는 그런 걸 모르구 살지?"

오 여사는 명수의 말을 무시하듯 자기 이야기만 했다.

"알 까닭이 없죠."

세대의 차이니까 할 수 없지 않느냐는 투로 명수가 말했다. 그런데도 오 여사는 역시 자기 말만을 했다.

"윤리라든가 모든 것을 무시하며 살고 싶어하는 사람들은 그만큼 현실에 만족하지 못하는 사람들이야. 사면이 꽉 막혀 숨을 쉴 수가 없는 그런 사람들이지."

결국 자기도 그렇다는 말이겠는데 명수는 그것을 이해할 수가 없었다. 남편이 얼마 동안 옆에 있지 않다는 것만을 가지고 사방이 막혀 숨을 쉴 수

없다는 말을 할 수가 있을 것인가.

엄살을 하고 있다. 그런 엄살에 넘어갈 수는 없다. 그러면서도 냉정한 태도를 보일 수가 없었다. 집에 아무도 없다는 것을 핑계 삼아 요릿집을 나올 때 오 여사가,

"가끔 전활 걸게."

계속해서 만나 달라는 뜻의 말을 했다. 명수는 그러라고 대답했다. 만나주는 것쯤이야 하는 생각이었다. 오 여사에게서 받은 티셔츠를 가지고 집으로 돌아왔다. 아무도 없는 텅 빈 집이 쓸쓸했다. 더구나 저녁때부터 자기 손으로 밥을 지어야 할 것을 생각할 때 타향에 나가 셋방 하나를 얻어 들고 있는 것 같은 허전한 느낌이 들었다.

6

그래도 저녁은 지어야 한다는 생각으로 쌀독이 어디 있고 그릇들은 어떻게 놓여 있는가를 알기 위해 부엌에 나가 찬장을 열려고 할 때 전화벨이 울렸다. 그는 달려가서 수화기를 들었다. 반가운 목소리이기를 기대하면서…… 그런데 여자 목소리기는 한데 알지 못하는 여자였다. 어떤 병원의 간호원이라고 했다. 그리고는 아버지가 입원하고 있으니 빨리 오라는 말을 했다. 명수는 아버지가 교통사고라도 일으켰나 하고 놀라, 입원한 이유를 물었다.

"급성맹장염이에요."

명수는 놀랐다. 아침 조반을 먹을 때 아버지가 복통이 난다는 말을 했었다. 그래도 출근을 했던 아버지가 갑자기 입원을 하다니. 어쨌든 지체할 수 없는 일이었다. S대학 부속병원으로 달려갔다. 침대에 누워 있던 아버지가 몇 시간 새 사람이 변한 것처럼 명수를 멍하니 바라보고 있었다.

"수술을 하셨어요?"

"아직 안 했다."

창백한 얼굴에 목소리도 기운이 하나도 없었다. 일주일이면 거뜬히 퇴원할 수 있는 병이라 안심은 되나 너무나 갑자기 지친 듯한 아버지가 측은하게 보였다. 불현듯이 명수는 서경회 여사를 생각했다. 이런 때 그미를 병원으로 오게 하면 자연스럽게 올 수 있고 아버지도 그미를 거절하지 못할 것이다.

그들을 위해 이보다 더 좋은 기회가 다시 있을 것 같지 않았다.

명수는 간호원에게서 한 시간 안에 수술이 있을 것이란 말을 듣고는 슬그머니 병원을 나와 서 여사 집으로 갔다. 서 여사에게 아버지가 급환으로 입원을 해서 한 시간 이내에 수술을 하게 되었으니 빨리 같이 가자고 한 뒤 그미를 데리고 병원으로 오는 도중 명수는 속으로 혼자 웃었다. 자기와 의논 없이 서 여사를 데려왔다고 아버지가 화를 낼 것이다. 그러나 화를 낸다 해도 할 수 없는 일이다. 서 여사는 성심껏 간호를 할 것이고 아버지는 마지못해 간호를 받을 것이다. 몸이 아플 때는 마음도 약해진다. 도리어 서 여사의 간호를 고맙게 생각할 것이다.

고집쟁이 아버지가 드디어 손을 들 것이다. 명수는 무엇보다도 그것이 통쾌했다.

서 여사와 함께 병실에 들어섰을 때 아버지는 그미를 보고도 아무 말도 못했다. 속으로야 명수를 고얀 놈이라 생각하고 있을지 모르나 화낼 기력이 없었을 것이다. 서 여사를 외면할 기력도 없는지 얼굴의 표정도 볼 수 없었다.

"무슨 병이신가요?"

서 여사가 아버지에게 물었다.

아버지는 그 말에도 대답할 기력이 없는지 입을 다문 채였다. 명수는 몇 번이나 묻는데도 서 여사에게 아버지의 병명을 말하지 않은 것을 잘 한 일이라고 생각했다. 만약 맹장염이란 말을 미리 했다고 하면 그미가 아버지에게 물어 볼 말이 없었을 것이라 생각했기 때문이었다.

"급성맹장염인가 봐요."

명수가 아버지 대신 대답을 했지만 서 여사가 자연스럽게 아버지에게 말을 꺼낸 사실을 다행하게 생각했다. 이제 두 사람의 사이는 좋건 싫건 다시 연결되는 것이다.

간호원들이 와서 아버지를 이동침대에 옮겨 눕히고 수술실로 끌고 갔다. 서 여사는 당연한 일처럼 침대 뒤를 따랐다. 수술실까지. 그리고 거절을 당했지만 수술실 안에까지 들어가려고 했다.

수술을 하는 동안 그미의 표정은 심각했다. 타인의 고통을 방관하는 태도가 아니었다. 가장 절박한 상태에서 숨이 막히는 순간을 보내고 있는 것 같았다.

명수는 일이 제대로 되어 간다고 생각했다. 아버지는 드디어 손을 들게 되었다. 그것이 가장 통쾌했다.

수술이 끝난 뒤부터 서 여사는 꼭 아버지의 부인처럼 아버지 곁에 있었다. 그리고 아버지를 다루는 솜씨가 조금도 부자연스럽지가 않았다. 정말 아내 같은 인상을 주었다.

서 여사는 아버지 옆에서 밤을 새우기도 했다. 그런데 이상한 것은 아버지가 서 여사의 시중을 조금도 거절하지 않는 것이었다. 물을 먹여 주어도 그대로 받아 마셨고 침대의 시트나 담요를 바로 고쳐 주어도 그대로 내맡겼다. 서 여사의 친절을 거부하지 않았던 것이다. 물론 반기는 표정도 보이지 않았고 자진해서 무엇을 요구하는 일은 없었지만. 그래서 명수는 아버지가 어색해서 그러는 것이라 생각했다. 며칠만 지나면 그 어색함은 자연 소멸될 것이다. 그래서 그는 될 수 있는 한 두 사람만이 있을 기회를 주기 위해 병실을 나오곤 했다. 가서 밥을 지어야겠다든가 학교엘 좀 갔다 와야겠다든가 핑계를 대고서. 사실 그는 집에 가서 밥을 지어다가 서 여사에게 가져다 주었다. 명수가 밥 지어온 것을 알자 서 여사는 미안해서 어쩔 줄을 몰라 했다. 그래서 그미는 명수 대신 명수의 집에 가서 밥을 짓기 시작했다. 명수는 처음 사양을 했지만 그것도 속으로 바라던 일이라 내버려 두었다.

말하자면 서 여사는 아버지의 간호뿐 아니라 집안 살림까지 맡아 했다. 자기 돈까지 써 가면서.

아버지가 퇴원하기 이틀 전 아버지가 명수에게,

"힘들어두 네가 밥을 지어야 하지 않니."

하고 걱정할 때 명수는,

"억지루 못하게 하시는 걸 어떡합니까."

그미가 자진해서 일하고 있다는 것을 밝혔다.

"그래선 안 될 텐데……."

"아버진 모른 척하구 가만 계세요. 고집 부리실 땐 다 지났으니까……."

"고집이 아냐."

아버지는 고집을 내세울 만큼 건강이 회복되지 않았다. 그런데도 자기 의사를 표시하려고 했다. 그런 아버지에 대해 명수는 다시 생각하기 시작했다. 만약 퇴원을 하고 건강이 회복될 때 아버지는 다시 고집을 부릴 것이나 아닐까. 그때 자기는 어떤 태도를 취해야 할까. 서 여사의 진심을 눈으로 보고도 그냥 고집을 부린다면 내버려 두는 수밖에 없지 않을까. 아버지가 행복을 놓친다 해도 나와 무슨 관계가 있담.

이런 걱정을 하고 있을 때 오 여사가 혜수를 데리고 왔다. 어젯밤 전화를 걸고 만나자고 하기에 아버지가 입원해 있어서 나갈 수가 없다고 했더니 찾아온 모양이었다. 명수의 가슴이 설레기 시작했다. 한 번 그 얼굴을 보기만 하겠던 여자가 바로 아버지 눈앞에 나타난 것이다. 조금만이라도 수상쩍게 보인다면 모든 비밀이 탄로나고 만다.

그런데 오 여사는 과일 바구니를 들고 혜수는 꽃다발을 들고 모두 천연스럽게 들어와 아버지에게 인사를 했다. 그리고는 혜수가 먼저 자기소개를 했다.

명배와 친한 사이라는 것을. 그리고 오 여사는 자기가 혜수의 어머니라고.

아버지는 놀라는 모양이었다. 명배와 가깝다 해도 아직 정식으로 인사 받은 일이 없는 혜수인 만큼 어떻게 대해야 할지도 몰랐을 것이다. 장차 며느리가 될지 전혀 생각도 못해 본 혜수의 어머니에 대해서는 더욱 그랬으리라. 어리둥절해 있는데 오 여사가,

"미리 알았다면 일찍 찾아올 것을 늦어서 죄송합니다."

혜수 어머니로서의 인사를 천연스럽게 했다. 어른들이란 그렇게도 감정을 잘 속일 수 있는 것인가 의심했지만 그렇게 천연스럽게 대해 주는 오 여사에게 명수는 한결 안도감을 느꼈다.

혜수도 마찬가지였다. 명배와 결혼하기로 약속되어 있는지 모르지만 아직 약혼도 안 한 남자의 아버지가 입원했다고 해서 어떻게 병문안을 올 것인가. 그냥 온 것만이 아니었다. 가지고 온 꽃을 병에 꽂아 놓고, 또 과일을 깎아 아버지에게 권하기도 했다. 그리고는 오 여사가 한 말과 꼭같은 말을 했다.

"일찍 알았다면 와서 간호를 해 드렸을 텐데요."

그리고는 명수에게,

"좀 빨리 알려 주지 않구."

명수를 나무라듯 말했다.

어쨌든 그들이 절차라든가 양심이라든가를 제쳐 놓고 인간을 초연하게 대하는 태도에 명수는 어리둥절했으나 한편 안도감을 느꼈다. 그리고 마침 서 여사가 내일의 퇴원을 앞서 집안 소제와 세탁을 위해 회현동 집으로 가 있는 때라 복잡해진 집안 형편을 알리지 않아도 좋았기 때문에 더욱 마음이 가벼웠다.

아무런 눈치도 보이지 않고 오 여사가 자기는 볼일이 있다면서 혜수를 두고 혼자 돌아갔다. 그때 명수는 예의상 복도까지라도 배웅하지 않을 수 없었다.

"명수가 고생 많이 했겠군."

병원 복도에서 한 오 여사의 말이었다.

"제가 고생 할 거 있습니까."

명수는 이렇게 말하면서도 오 여사의 마음을 고맙게 생각했다.

"환자보다두 옆에서 보는 사람이 신경을 더 쓰는 거지. 내일 퇴원하신다지만 며칠은 잘 간호해 드려야 할걸."

오 여사는 이런 말을 한 다음 핸드백에서 사각봉투를 꺼내 명수에게 주었다.

"비용을 많이 썼을 거야. 조금이지만 보태 써."

"그걸 어떻게 받습니까. 가지구 가십시오."

하고 도로 돌려 줬다.

사실은 돈은 필요했다. 입원할 때 학교에서 입원보증금을 빌어다 냈지만 청산하기 위해 아버지가 오늘 또 학교에 갔다 오라고 했다. 오륙만 원의 돈을 학교에서 빌리는 것인데 아버지 말로는 학교에서 그 돈 전부를 빌려 줄지도 의문인 것 같았다. 만약 학교에서 거절할 때 그때는 어떻게 할 것인가. 명수는 서 여사에게 말해 보는 수밖에 없다고 혼자 생각 중이었다. 아버지는 학교에서 빌려 주지 않을 때는 학교 동료인 누구를 만나 보라고 했지만 다 같은 봉급생활자로 그 사람인들 쉽게 돌려 줄 수 있을 것인가. 그래서 명수는 속으로 서 여사를 생각하고 있었던 것이지만 지금 뜻밖에도 오 여사가 돈을 내밀고 있다. 그런데 서 여사에게는 빌려 달랄 말도 할 수 있는 것 같은데 오 여사에게서는 자진해 주는 돈도 받기가 힘들었다. 아버지에게 전할 명분이 서지 않았기 때문이었다.

"내가 드렸다 할 거 없잖아. 혜수가 드린 거라구 말해."

오 여사가 지혜까지 빌려 주었다. 고집이 센 아버지가 그것을 고맙게 받을 리 없지만 절박한 때인 만큼 혜수의 도움이라면 받을지도 모른다.

"어떻게 되리라 생각하는데요."

명수가 거절할 자신을 잃고 말했다.

"딴 생각 조금두 말어. 잘 알구 있으니까. 진심을 보이는 것뿐야!"

오 여사가 돈 봉투를 명수의 손에 꼭 쥐어 주었다. 고맙달 수밖에 없었다.

"그럼 아버지께 전하겠습니다."

돈을 받고 명수는 오 여사에게 고맙다는 인사를 했다. 그리고는 오 여사가 복도를 걸어가는 동안 그미의 뒷모습을 멍하니 서서 바라보고 있었다.

얼마를 걸어가던 오 여사가 발걸음을 멈추고 뒤돌아봤다. 두 사람의 시선이 멀리서 맞부딪치는 순간 명수는 곧 몸을 돌려 병실을 향해 걷기 시작했다. 그러나 오 여사는 명수가 병실 안으로 들어갈 때까지 움직이지 않고 명수를 지켜보았다.

병실로 돌아온 명수는 자기 등 뒤에 오 여사 시선이 그대로 박혀 있는 것 같음을 느꼈다. 그리고 오 여사의 뒷모습을 바라보고 있던 자기의 묘한 감정이 어떤 것이었을까를 생각했다. 무엇이라 이름 붙일 수 없는 감정이었다. 그러나 부끄러운 것이라고는 생각되지 않는 감정이었다.

"요즘 그 학교에서는 동맹휴학을 하구 있다지?"

혜수가 말을 붙였다.

"그런가 보더군요."

명수는 남의 일처럼 대답했다. 사실 그 동안 한 번도 학교에 나가지 않았기 때문에 현재의 동태를 알지 못하고 있었다. 또 알고 싶지 않았다. 그래도 혜수는 자꾸만 말을 시켰다. 학교 이야기 말고도 명배에 대한 이야기 등.

명수는 혜수가 어쩐지 어리다는 느낌이 들었다. 말이 많아서라기보다 오 여사 생각이 자꾸만 머리에 떠올랐기 때문이었다. 나는 너의 어머니와 교제를 하고 있다. 즉 너는 내가 교제하고 있는 여자의 딸이다. 이런 생각 때문에 혜수가 자기와 상대가 안 되는 것 같아 이야기할 흥미를 별로 느끼지 못하고 있을 때 잠잠히 누워 있던 아버지가,

"너 가 봐야지 않니."

하고 돈 문제로 학교에 가기를 독촉했다. 명수는 잘 됐다 생각하며,

"가야지요."

하고 자리에서 일어섰다. 그리고 혜수에게 볼일 때문에 나가 봐야겠다는 말을 했다.

"내가 만나 보란 분의 이름 잊지 않았니."

아버지는 명수가 미덥지 않은지 자기 동료의 이름을 다짐했다.

"그걸 잊을라구요."

명수는 병원을 나오자 우선 혜수와 헤어졌다. 그리고는 과연 돈 문제로 학교에 가야 하는가를 생각했다. 오 여사가 준 돈이 모자랄 경우 서 여사에게 부족금을 돌려 달라는 것이 더 효과적이 아닐까. 학교와 아버지의 동료가 미덥지 않은 것도 사실이지만 서 여사의 돈을 빌 경우 아버지와 서 여사의 사이가 더 밀접해질 것을 계산했던 것이다.

학교에 갔지만 모두 실패했다고 거짓말을 하지. 명수는 그런 생각을 하며 오 여사가 준 돈을 세어 보았다. 이만 원이었다. 이만 원이나 주다니. 명수는 한 번 더 놀라고 감사하는 마음이었다.

명수는 발길을 돌려 병원으로 다시 들어갔다. 그리고는 퇴원계로 가서 지불할 금액을 알아보았다. 삼만 이천 원이었다. 서 여사에게 만 이천 원만 돌리면 되었다.

그는 병원 밖으로 나와 서 여사가 돌아올 때를 기다렸다. 한 시간쯤 기다려서 여사를 만났을 때 그는 퇴원 수속비가 모자라서 그러는데 돈을 좀 돌려줄 수 없겠느냐고 단도직입적으로 말했다. 서 여사는 그러지 않아도 걱정을 하고 있는 참이라면서 집에 다니러 갔다. 그새 명수가 병실로 들어가 아버지에게 학교와 아버지 친구에게서는 돈을 구할 수가 없어서 혜수에게 이만 원을 빌렸고 그것도 모자라 서 여사에게 부탁했다는 말을 했다.

"서 여사에게서?"

아버지는 서 여사의 돈에 대해서만 놀라는 태도로 반문했다.

"아무의 돈이면 어떻습니까. 우선 퇴원을 하구 봐야 할 테니까요."

명수가 아버지의 표정을 살피며 말했다.

"넌 왜 애비와 의논도 없이 마음대루 일을 하니."

아버지는 서 여사의 돈을 빌리는 것이 마음에 걸리는 모양이었다.

"아무의 돈이라두 갚아 주면 그만 아닙니까."

"갚으면 그뿐이긴 하지만……."

"갚을 자신이 없으신가요."

"그런 건 아니지만 모두들 빨리 갚아야 할 돈들이 돼서……."

"아무때 갚아두 무방할 겁니다. 제가 중간에 서서 말을 잘 하지요."

아버지는 그 이상 더 말을 안 했다. 써서 안 될 사람의 돈이라도 우선 퇴원이 급한 일이니까 돈의 출처를 따지고 있을 때가 아니기 때문이었으리라. 그리고 명수 자신이 힘껏 활동해서 마련한 것인데 명수의 성의를 보아서도 말을 할 수 없었을 것이다.

어쨌든 오 여사와 서 여사의 돈으로 퇴원을 했다. 퇴원하고는 아버지와

서 여사가 택시 뒷자리에 앉고 명수가 운전수 옆에 앉아 집으로 돌아갔다. 명수는 백미러를 통해 아버지와 서 여사의 모습을 유심히 보았다. 서 여사가 아버지의 몸을 불편하지 않게 해 주느라고 신경 쓰고 있었다. 두 사람 사이에 놓인 짐을 자기 옆으로 옮겨 놓기도 했고 아버지 옆의 빈 자리를 손으로 쓸기도 했다.

"힘드시면 좀 누우시지요."

서 여사가 몸을 아버지에게 향하고 말했다. 그런데 아버지는 서 여사를 보지도 않고,

"괜찮아요."

할 뿐이었다. 계속해서 신경을 써 주는 서 여사에 대해 털끝만한 감정도 보이지 않는 아버지였다. 그러나 서 여사를 아주 귀찮게 여기는 것 같지 않았다. 자동차에서 내려 걸어갈 때 서 여사가 팔을 끼고 부축했다. 그런데도 아버지는 거절하지 않았다. 명수는 자기도 거들어 드려야 한다고 생각하면서도 서 여사에게 그런 기회를 주기 위해 짐을 들고 앞을 서서 걸었다. 아버지를 서 여사에게 완전히 맡기는 태도였다.

집에 들어가자 서 여사가 자리를 깔고 아버지를 눕혔다. 아버지는 완전히 피동적이었다. 자리에 누워서야,

"돌아가 보시지요."

처음으로 서 여사에게 말을 했다. 그것도 역증이 아니라 미안한 마음에서 하는 말 같았다.

"가서 할 일이 있나요."

서 여사가 돌아갈 생각을 안 할 때,

"그래두 가셔야지."

아버지는 무조건 그미가 돌아가야 한다는 것을 시사했다 서 여사는 아버지의 말을 들은 체도 않고 부엌으로 나갔다. 아버지는 그런 서 여사를 불러들여 강제로라도 돌려 보내지는 못했다. 아직은 고집을 부릴 만한 육체적 기력이 없는 것처럼 보였지만 단순히 육체적 기력만이 문제가 아닌 것 같았다.

고집이 아주 없어진 것은 아니지만 고집이 감정과 어느 정도 타협해 가고 있는 상태 같았다. 이때까지의 서 여사에 대한 고집이 조금씩 와해되어 가는 것 같았다.

명수는 그것이 인간이라고 생각했다. 과거에 한 번 배신을 했다고 해도 계속해서 자기를 생각해 온 서 여사다. 정신적으로 고독하고 육체적으로 쇠약해 있는 지금 서 여사가 필요하게 느껴질 것이 당연한 일이다.

배신을 했다는 기억이 서 여사에 대한 추억을 더 강하게 하는 것 같았다. 또 배신을 했다는 감정을 지금껏 가지고 있다는 것은 그만큼 그미를 사랑했다는 증거이기도 하다. 그런 만큼 명수는 멀지 않은 시간 안에 아버지가 서 여사를 다시 사랑하게 될 것이라고 생각했다. 그것은 눈으로 보듯 뻔한 일인 것 같았다.

그래서 명수는 자기가 할 일은 두 분 사이가 다시 가까워질 수 있는 기회와 분위기를 만들어 주는 것뿐이라고 생각했다. 그러기 위해서는 자기가 집을 비워 줘야 한다. 빨리 나갈 생각을 하고 있을 전화가 왔다.

"명수 씨 계세요?"

"난데요."

"나 광아예요. 왜 그샌 통 전화도 받지 않았지요."

명수는 광아가 지금의 자기를 구출해 주기 위해 전화를 걸어 준 것이라고 생각했다. 만날 사람도 없이 집을 나가 거리를 헤맬 때 얼마나 답답할 것인가.

"만나서 이야기하지요."

명수가 먼저 만나기를 청했을 때 광아가 어떤 다방 이름을 말하면서 그리고 나오라고 했다.

"따분하게 다방에 갈 것 있습니까. 찻값이면 덕수궁엘 들어갈 수 있을 텐데……."

광아도 명수의 의견을 동의를 했다.

명수는 아버지와 서 여사에게 친구와 약속이 있어서 나가 봐야겠다는 말을 하고 집을 나왔다. 그리고는 걸어서 덕수궁 앞으로 갔다. 광아는 어디서 무얼 타고 왔는지 벌써 와서 기다리고 있었다. 입장권까지 사 들고. 그들은 박물관 앞으로 해서 아이들 놀이터까지 가 물이 흐르고 있는 언덕에 앉았다. 거기서 광아가 전화로 묻던 말을 다시 꺼냈다.

"그새 어디 갔댔어요?"

명수는,

"아버지가 맹장염 수술로 입원했었어요. 그래서 좀 바빴죠."

하고 대답했지만 그 대답으로 학교에 안 나간 이유도 설명한 것이라 생각했다.

"그랬군요."

광아는 잘 알았다는 듯이 말했다. 그러나 아버지가 퇴원했느냐고 물은 다음,

"그래두 나올 줄 알구 기다렸어요."

섭섭했다는 듯이 명수를 쳐다봤다. 명수는 변명할 필요도 없고 해서,

"그새 어떻게 됐어요?"

하고 학교 형편을 물었다.

"형편 무인지경이지요. 학교에서는 학교와 그 교수의 체면을 보아서 이번 학기나 채우고 내보내겠다는 회답이었지요. 그런데 장본인인 교수가 학생을 매수공작했나 봐요. 그래서 학생들이 사분오열이 되어 그만 흐지부지돼 버렸어요."

광아가 비분강개 하는 태도로 말했다.

"매수공작은 어떤 식으루 했나요."

"현금을 주기도 하고 졸업반 학생에게는 졸업 뒤 취직 알선을 약속했다나요……."

"그러면 매수되는 애들이 가짜 가짜보다 더한 놈이군요."

"참 그래요. 학생 때부터 매수가 되면 장차 뭐가 될지 걱정이에요."

명수는 그래서 현대인에게 자주성이 필요하다는 말을 하고 싶었지만,

"정말 살맛이 없어요."

하며 고개를 흔들어 보였다.

"나두 그래요. 학교에 대한 애착이 조금두 안 생겨요."

광아는 더 할 말이 없는지 하늘을 우러러보았다. 한참 동안 하늘만 바라보다가,

"명수 씨가 없으니까 더 그런 것 같아요."

하고 말했다.

명수는 광아의 얼굴을 바라보았다. 농담인지 진담인지를 진단하기 위해서. 얼굴을 보고도 알 수가 없어서,

"내가 무슨 큰 존재라구요."

광아의 마음을 떠 보았다.

"큰 존재라야만 그런가요. 명수 씨가 없으니까 쓸쓸한 것 같아요."

말투로 보아 그것이 농담이 아닌 것 같았다. 그렇다고 해서 그 이상 그미의 마음을 더듬어 볼 말이 없었다. 오 여사를 제외하고 여자에게서 자기에게 관심 있다는 말을 듣기가 처음인 명수였다. 그만큼 그에게 충격적인 순간이기도 했다.

자기보다도 가정환경이 더 불우하다고 한 광아다. 그 점이 어떤 여자에게서도 느낄 수 없는 매력일지 모른다. 명수가 매력을 느끼는 여자라면 아무래도 정신적으로 불행한 여자일 것이다. 그런데다가 생각하는 방향도 비슷한 여자 같았다. 한 번 사귀어 볼 만하다고 생각되었다. 그러나,

"나는 학교가 점점 더 싫어졌는데요."

쓸쓸해하는 광아를 위해서 학교에 나갈 생각이 없다는 뜻을 밝혔다.

"나를 위해서 나올 수는 없어요?"

광아가 좀더 적극적인 말을 했다.

"학교를 남 위해서 다닐 수 있나요."

명수는 광아의 말을 받아들일 수가 없었다. 설사 광아를 위해 학교에 나간다 해도 광아를 위해 나간다는 말은 할 수가 없을 것 같았다.

"공부를 하기 위해 입학한 것 아녜요? 그러니까 남을 위해 학교에 나가는 건 아니겠지요."

"공부의 필요성을 느끼지 않습니다. 공부한 사람과 공부 안 한 사람과 뭐

가 다르죠.”

“거야 그렇지만 배우지 않은 사람과 달라지려구 공부하는 거 아녜요?”

“가짜를 만들어 내는 세상인데 달라지려구 노력한다구 해서 달라질 수가 있나요.”

“정말 가짜가 너무 많아요. 한국에서 허가 있는 공장 넷 가운데 세 곳에서 진짜 토마토는 일 퍼센트도 안 든 가짜 토마토케첩을 만들어 팔았대요. 가짜 된장두 나오고…… 토마토가 얼마든지 나는 우리 나라에서 그럴 수가 있어요?”

“그런 가짜 만드는 사람들이 전부 공부 안 한 사람들인 줄 압니까.”

이런 말을 하는 동안 명수는 덕수궁에 와서 혼자 술을 사서 마셨다는 아버지 생각을 했다. 공원에 소주병을 사 들고 와서 혼자 술 마시는 마음을. 명수는 그런 아버지에게 서 여사를 가깝게 만들려고 한 자기를 후회했다. 고독하게 살다가 고독하게 죽는 아버지가 얼마나 깨끗하고 얼마나 아름다운 인생인가.

“광아 씨는 인생을 화려하게 살구 싶습니까.”

명수가 갑자기 화제를 돌렸다.

“조금두 화려하게 살구 싶지는 않아요. 정신적인 타락이 싫어서가 아니라 분수에 맞지 않는 일 같아서예요.”

“나하구는 조금 다르군요. 나는 정신적인 비만증이 싫습니다. 정신적인 고독에 인간적인 가치가 있다구 생각하지요.”

“결론은 마찬가지 아녜요?”

땅거미가 질 때까지 그들은 덕수궁에서 시간을 보냈다. 오랜 시간을 보내면서도 명수는 지루한 줄을 몰랐다. 역시 통하는 데가 있기 때문이라고 생각했다. 그런데 덕수궁을 나와 헤어질 때 광아가,

“정말 나를 위해서 학교에 나와 줘요.”

하고 다시 한 번 간절하게 부탁했다.

명수는 대답 대신 빙긋이 웃어 보였다. 간다고 대답하면 경망스러워 보일 것이고, 안 간다고 대답하기에는 광아의 소원이 너무나 절감하게 느껴졌기

때문이었다.

광아는 명수의 미소를 승낙의 뜻으로 해석했는지 만족스런 웃음을 지어 보였다. 얼굴 전체가 아니라 눈 있는 데만이 웃고 있는 은은한 웃음이었다. 얼굴의 일부분만으로 웃는 웃음이 만족스러워하는 웃음으로 보이는 것은 무슨 까닭일까. 아니 만족 이상의 의미가 들어 있는 것처럼 느껴졌다. 그러기에 명수는 광아의 그 웃음을 잊지 못했다. 집에 돌아가 아버지와 이야기할 때도 또 서 여사와 이야기할 때도 광아의 그 웃음이 자꾸만 눈앞에 떠올랐다. 그리고 그 웃음이 손짓을 하며 자기를 부르는 것처럼 생각되었다.

명수는 이때까지 어떤 여자도 오래 생각해 본 일이 없었다. 그런 만큼 광아가 계속해서 머리에 떠오르는 것은 이성에 대한 눈이 뜨기 시작한 증거가 아닌가 생각되었다. 만약 자기가 이성에 눈을 뜨기 시작했다면 그것은 오 여사의 덕택이다. 좋은 의미에서건 나쁜 의미에서건 오 여사가 자기를 그렇게 만들어 주었다. 그런데 이상한 것은 그런 오 여사가 조금도 원망스럽지가 않았다. 광아를 생각한다는 것이 즐거웠기 때문일까.

서 여사가 선미가 자던 방에서 자면서 아버지 시중을 들었다. 구태여 식모 방에서 혼자 잘 필요가 뭔가 하고 생각했다. 부부처럼 자연스럽게 지내도 걸릴 것이 하나도 없을 것이다. 부도덕하다고 말할 사람도 없을 것이고 의리가 없는 행동이라 말할 사람도 없을 것이다. 장래를 위해서도 당연하고 또 자연스런 행동이다. 그런데도 그들은 왜 부자연스럽게 마치 남의 눈을 무서워하듯 지내고 있을까.

명수는 그들이 혹시 자기 때문에 행동을 삼가는 것이나 아닐까 하고 생각했다. 그럴지도 모른다. 다 큰 아들 앞에서 경박한 행동을 하기가 얼마나 쑥스러울 것인가. 명수는 핑계를 대고 나가서 잘까 생각했다. 그러나 눈에 보이는 일 같아 그럴 수가 없었다. 내일에나 그래 보지.

어쨌든 서 여사가 집에 있어 주어 고마웠다. 만약 그미가 없다면 아버지 시중은 물론 밥까지 자기가 지어야 할 것이다. 덕택에 자유롭게 누워서 한가로운 생각을 할 수 있다.

다음날 아침 명수는 학교에 간다고 일찌감치 집을 나왔다. 그것은 오직 아버지와 서 여사와의 시간을 만들어 주기 위함이었다. 학교 간다는 것이 거짓말이었기 때문이었다. 광아를 생각하면 주저할 것 없이 학교로 가야 했다. 그러나 광아가 자기 때문에 학교 나왔을 것이라고 생각할 것이 싫어 학교엘 갈 수가 없었다. 지금 학교에 간다면 광아가 보고 싶어서임이 틀림없다. 그것이 거짓 없는 감정이었다. 그런데도 그 마음을 광아에게 알리고 싶지 않았다.

일 없이 하루를 보낸다는 것은 따분한 일이다. 지루해서 몸이 비틀릴 것을 예상하면서도 그는 학교엘 가지 않았다. 학교엘 가지 않기로 마음먹자 가슴이 콱 막히는 것을 느꼈다. 갈 데가 없다는 절망감 같은 것이었다. 만날 수 있다면 오 여사를 만날 수 있다. 그러나 자기가 먼저 만나자는 전화를 걸 수는 없었다. 죄악감에서가 아니라 자기 자신을 설득할 수 없기 때문이었다.

어디로 갈까. 그것은 하루를 어떻게 살까 하는 문제이기도 했다.

그는 산다는 것이 곧 시간을 보내는 일이라 생각했다. 시간을 보내는 데 신경을 쓰지 않는 사람은 삶에 열중해서 그것을 잊고 있을 따름이다. 명수는 지금 자기가 완전히 삶에서 소외당한 존재란 것을 느꼈다. 그러기에 시간을 어떻게 보내느냐에만 신경을 쓰고 있다.

아무리 생각해도 아침부터 시간을 적절히 보낼 곳이 없었다. 다방은 물론 싫었다. 생활에서 소외당했다는 것을 남에게 보여 주는 곳이 다방이다. 무엇 때문에 자기의 소외감을 남에게까지 보여 주며 살 필요가 있을까. 운동경기가 있으면 좋으련만 아침부터 운동하는 데는 없다.

그는 등산을 결심했다. 복장이 등산하기에 적합하지 않지만 도봉산이나 백운대쯤 어떠랴 생각했다. 하이힐을 신고 백운대까지 가는 여자를 본 기억이 났다. 산에 가면 하루쯤 지루한 줄 모르게 시간을 보낼 수 있다. 시간만 보내면 하루는 무사히 지나는 것이다.

그는 가장 경제적인 코스를 택했다. 십 원 주고 버스로 정릉까지 가 거기서부터 백운대로 걸어갔다. 돌아올 때도 마찬가지 코스였다. 산을 걷는 동안 그는 아는 사람들을 전부 생각했다. 아버지, 서 여사, 광아, 오 여사, 형 명배 등등. 모두들 살고들 있다. 그러나 무엇을 위해 살고 있는지 뚜렷한 이미지가 떠오르는 사람은 하나도 없었다. 그 중에서도 자기가 더한 것 같았다. 도대체 무엇을 위해 살고 있담.

그때 산이 대답해 주었다. 그저 묵묵히 살면 되는 것이라고. 정말 산은 움직이지 않았다. 바다처럼 까불지도 않는다. 바다처럼 단조롭지가 않다. 산마다 그 모습이 전부 다르다. 바위 하나하나까지 같은 것이 없다. 그런데도 비굴하지가 않고 포악하지도 않다. 그렇다고 산에 의지가 없는 것처럼 보이지 않았다. 굳은 의지를 가졌기 때문에 굳게 버티고 사는 것 같았다.

정릉에 돌아왔을 때 명수는 무엇보다도 공복을 느꼈다. 배가 고프기 때문에 피곤도 더했을 것이다. 거의 지친 몸으로 정릉 계곡을 내려오고 있을 때였다.

계곡에 줄지어 쳐 있는 수많은 천막 가운데 어떤 한 천막에서 음악이 들려 왔다. 포터블 전축에서 흘러나오는 레코드음악이었다. 일요일도 또 토요일도 아니기 때문에 대부분의 천막이 비어 있었다. 그래서 음악을 틀고 노는 사람들이 첫눈에도 보였다. 모두가 여자들이었다. 여자들이 음악에 맞추어 춤을 추고 있었다. 조금 이상스런 풍경이었다. 부인네들끼리 들놀이를 하는 것은 해방 뒤 새로 생긴 하나의 풍속처럼 되어 있다. 그럴 때 여자들은 술을 마시고 노래를 부르며 춤을 춘다. 그러나 한국 춤이 보통이다. 그러나 남자와 여자끼리만 추는 서양 춤을 여자들끼리 끌어안고 추고 있는 것을 보는 순간 명수는 남자로 분장하고 무대에 나온 여자 같은 인상을 받았다.

천막 가까이로 내려오는 동안 명수의 시선은 그 천막에서 떠나지 않았다. 여자가 여자를 안고 추면서도 그미들은 춤의 기분을 내고 있었다. 상대방을 빙글빙글 돌리는 여자가 있는가 하면 둘이 꼭 끼고 심각하게 어정거리는 여자도 있었다.

그것도 시간을 보내기 위한 몸부림이겠지만 단순히 시간을 보내기 위한 행동같이 보이지가 않았다. 무엇인가 가슴 속에 있는 것을 발산시키지 않고 못 배기는 몸부림 같았다. 그런데 그 여자들 가운데 오 여사가 끼어 있는 것을 본 순간 명수는 놀라지 않을 수 없었다.

천막 가까이까지 이르렀을 때 명수는 어떤 여자의 손을 머리 위에서 잡고 빙빙 돌리고 있는 오 여사를 보았다. 틀림없는 오 여사였다.

명수는 멍하니 서서 춤추고 있는 오 여사를 바라보았다. 몸을 열심히 움직이며 춤에 열중하고 있었다. 술김에 생긴 흥이 아니었다. 술에 취했다면 신이 나서 소리를 지를 텐데 모두들 조용한 분위기 속에서 춤만 즐기고 있었다.

남자로 분장을 하고 남자의 옷을 입은 뒤 남자 목소리를 내며 여자의 애인역을 맡은 여자배우가 과연 남자가 된 실감을 느낄까.

명수는 오 여사를 합친 열 명의 여자들이 남자로 분장한 여배우처럼 서글프게 보였다. 기분만 내는 그들. 그 이상도 그 이하도 아닌 감정분출이었다.

명수는 자기가 춤을 출 줄 아는 것도 아니고 그미들을 즐겁게 해 줄 사람도 아니면서 그들 가운데 뛰어들고 싶은 충동을 느꼈다. 남자가 한 명만 있어도 그렇게 서글프게 보이지는 않을 것 같았기 때문이었다.

더구나 그미들에게는 먹을 것이 있다. 가서 우선 배를 채우고 싶기도 했다. 그러나 그는 그미들 속에 뛰어들지 못한 채 그곳을 지나쳐 버렸다.

버스 정류장까지 걸어오는 동안 명수는 더 피곤해졌다. 내열(內熱)을 발산시키지 못해 몸부림치는 여자들이지만 결국 그미들은 시간을 보내기 힘들어하는 족속들이었다. 살기를 힘들어하는 것이 아니라 시간을 보내기 힘들어하는 여자들. 살기 힘든 것과 시간 보내기 힘든 것과 어느 것이 가치 있을까. 명수는 힘들게 사는 것은 마찬가지라고 생각했다.

그런데도 그 여자들이 어쩐지 서글픈 인생처럼 보이는 것은 무엇 때문일까. 살기 힘들어하는 사람들은 삶에 진실성은 무엇 때문일까. 살기 힘들어하는 사람들은 삶에 진실성이 있는데 시간 보내기를 힘들어하는 사람은 진실하지 못한 때문일까.

그런 것 같기도 했지만 분명하게 결론지을 수 없었다.

그러나 오 여사를 포함한 그 여자들이 서글픈 인생처럼 보이는 것만은 어쩔 수 없었다.

남들이 나를 볼 때 나도 서글픈 인생으로 보이지나 않을까. 명수는 광아를 생각했다. 광아 같은 여자를 사랑하게 되면 생에 대한 의욕을 조금쯤 느낄 것이라고. 마음속에 생기가 생기고 인생을 조금쯤 즐겁게 바라볼 수 있을 것 같기도 했다. 내일부터 학교에 나가자. 나가서 광아와 이야기를 나누자.

버스를 타고 집으로 갔다. 늦게 돌아갈수록 그만큼 아버지와 서 여사를 위해 좋은 일이라고 생각했지만 우선 배가 고파서였다.

명수가 들어가니까 서 여사는 돌아갈 준비 중이었다. 자기가 없는 동안 둘 사이가 밀접해졌으리라 생각했던 예상이 뒤집힌 것 같아 명수는 약간 실망했다. 결국 두 사람은 결합할 수 없는 것일까.

"왜 돌아가시죠?"

명수는 자기가 붙들어야 될 일이라면 붙들어 보려고 물었다.

"이젠 가두 괜찮을 것 같아……."

서 여사의 힘없는 대답이었다.

"무슨 말씀이지요."

"내일부터 출근을 하실 수 있대. 그리고 밥 할 사람두 왔구……."

이런 말을 하고 있을 때 장바구니를 든 선미가 들어왔다. 참으로 괴상한 일이었다. 싫다고 나갔던 애가 무엇 때문에 다시 왔을까.

"웬일이지?"

명수는 질문에는 확실히 불만스런 감정이 섞여 있었다. 서 여사가 돌아가게 된 이유를 만들어 준 것이 선미라고 직감된 불만감이었다.

"일이 너무 힘들어서 있을 수가 없었어요."

선미는 새로 갔던 집에 있을 수가 없어서 도로 왔다는 사실을 당연한 일처럼 말했다. 마음대로 나갔다가 마음대로 들어올 수 있는 집인 줄 아느냐고 한 마디 해 주고 싶었지만 이미 아버지가 잘 왔다고 그미를 환영했을 것 같아 명수는 그미에게 나무라는 말 한 마디 못했다.

"안녕히 계세요."

서 여사가 아버지에게 인사를 하고는 명수에게도 잘 있으란 말을 한 뒤 방을 나섰다. 아버지가 현관까지 따라나가,

"너무 고생을 많이 하셨습니다."

하고 서 여사에게 말했다. 그런데 그 말에 서 여사는 아무 대꾸도 안 했다.
아버지도 그 이상 잘 가라는 인사도 안 했다. 두 사람만의 어떤 묵계가 있
는 것 같기도 했지만 두 사람의 정신이 긴장된 상태에 있다는 것을 알 수
있었다.

명수는 배웅하러 큰길까지 따라가며 그미에게 물었다.

"아버지의 마음이 아직 얼음 같은가요."

"얼음 같지는 않아. 나를 증오하시지는 않으니까."

서 여사의 말로 아버지의 마음이 아주 풀리지 않은 것을 알 수 있었다.
겨울 얼음을 녹이는 바람은 쌀쌀하다. 그 쌀쌀한 바람 속에서 두 사람은 아
직 불안정한 분위기를 지속하고 있는 것일까.

"봄이 다가오구는 있군요."

"봄이 상당히 길 것 같아."

굳을 대로 굳었던 얼음이 일시에 녹을 수는 없다. 그러나 녹기 시작했으
니 언젠가는 녹고 말겠지.

"오랜 겨울이었으니까요. 그렇지만 봄바람이 불기 시작했으니까 이제 꽃
이 필 날도 멀지 않았겠지요."

"글쎄……."

서 여사는 일부러 대답을 회피하는 것 같았다. 희망적이 아님이 분명했
다. 아버지의 태도가 전보다는 달라졌지만 아주 꺾이지 않기 때문일까. 과거
는 용서하나 사랑할 수는 없다는 것일까. 슬픈 인생들이었다. 용서를 했으면
사랑을 할 것이지 어째서 사랑을 못하는 것일까. 서 여사도 슬픈 인생이었
다. 용서는 하나 사랑은 할 수 없다고 했다면 그 용서가 무슨 보람 있는 것
이 되겠는가. 절망과 희망의 중간지대란 슬픔 가운데도 불안한 슬픔에 틀림
없다.

명수는 오 여사를 생각했다. 현실과 꿈의 중간지대에서 사는 그미. 그미
도 서 여사만큼이나 슬픈 인간 같았다. 그렇게 생각하면 인간이란 누구나
어떤 중간지대에서 헤매고 있는 것이 아닐까 생각했다.

하나의 중간지대를 헤어나면 또 새로운 중간지대를 헤매게 되고.

명수는 아버지의 심경을 확실히 모르는 만큼 서 여사에게 더 할 말이 없었다.

"언제 또 오시겠어요?"

그 말에도 서 여사는 글쎄였다. 확신을 잃은 서글픈 태도였다.

"겉으로는 무어라 하실지 모르지만 아버지는 지독히 고독하신 분입니다. 종종 오셔서 위로해 주십시오."

명수는 서 여사가 회의의 중간지대에서 빠져 나오기를 바라는 마음에서 막연한 말을 해 주고 집으로 돌아왔다. 최소한도 한 마디나마 서 여사를 위해 아버지에게 적극적이 되어 주기를 바라는 말을 해야 한다고 생각하면서.

"서 여사가 무척 고민을 하시는 것 같던데 뭐라고 하셨습니까."

명수는 지나치게 당돌한 말이라고 생각했지만 그러지 않고서는 대화의 길을 틀 수가 없을 것 같아 눈을 감고 입을 열었다.

"네가 참견할 일 아니다."

아버지는 말하기가 거북스러워 그것을 감추기 위해서인지 위압적인 태도였다. 명수는 아버지의 그런 태도가 싫었다. 아버지와 서 여사의 인생문제를 자기가 진실되게 참여하려는데 참견도 못하게 할 것이 무엇인가.

"진실된 말이면 자식의 말두 들어서 나쁠 것 없잖아요."

"글쎄, 참견 말라니까."

결국 아버지는 자기를 무시하는 것이다. 아버지라고 해서 아들의 말을 들어서 안 될 것이 어디 있는가. 아버지를 위하는 아들의 말이라면 딴 사람의 말보다 몇 배나 더 진실할지 모른다.

"아버지는 자식들과 대화를 끊구 사실 작정입니까."

명수는 봉건적인 권위 의식이 개인적인 감정 소통에 미치는 영향을 알기나 하느냐고 아버지에게 대들고 싶었지만 차마 그럴 수가 없었다.

"엉뚱한 생각은 안 해두 좋다. 의논할 만한 일이면 의논하구 말구."

"다 알구 있는 일인데 의논 못할 게 뭡니까."

"그건 내 프라이버시야. 자식 아니라 아무라두 개입할 수 없는 개인 문제야, 알았니."

프라이버시라는 말에는 명수도 할 말이 없었다. 조언을 하려는 자기를 간섭자라고 생각하는데 무슨 말을 할 것인가. 그러나 속으로는 자기에게 이성 문제가 있을 때 그때도 프라이버시라고 아버지의 간섭을 받지 않아야 한다는 생각을 했다. 아버지한테 프라이버시가 있다면 자식에게도 그것이 있다. 아들만이 프라이버시를 침해당할 필요가 무엇일까.

다음날 아침이었다. 명수는 오래간만에 학교엘 가면서 학교에 가지 않을 수 없는 새로운 이유를 하나 더 생각했다. 그것은 집이 싫어졌다는 것이었다. 아버지의 대화 거부에서 오는 불쾌감이 집에 대한 애착을 잃게 했다. 더구나 부탁도 안 한 도시락을 싸 주며 선미가 빤히 쳐다보는 데는 질색이었다. 웃어 주기를 기대하며 쳐다보는 것이 분명했다. 싫었다. 그런데,

"오빠 내가 없을 때 내가 보구 싶지 않았수."

이런 말까지 하는 것이 아닌가. 명수는 대답도 하기 싫어 그냥 나와 버렸지만 학교에 가서도 선미가 마음에 걸리곤 했다.

오래간만이라고 동급생들은 모두 반가워했다. 그러나 자격지심 때문인지 모든 눈초리가 자기를 경멸하는 것 같았다. 그러나 광아를 생각하며 억지로라도 강의를 들었다. 광아만은 진심으로 반가워하는 것 같았다. 강의가 끝나기만 바라고 있을 때 가짜박사 시간이 왔다. 모두들 그냥 앉아 강의를 들을 모양이었지만 명수는 그럴 수가 없다고 생각했다. 자기는 속으로만 불평을 품었지만 다른 학생들은 노골적으로 배척운동을 벌였었다. 그러고도 학점이 무서워 그 강의를 들어야 하다니. 한 과목쯤 낙제를 하면 어떤가. 명수는 교수가 들어오기 전 교실을 나오며 광아에게 눈짓을 했다. 광아도 따라나왔다. 복도에서 원서 대여섯 권을 한 가슴 안고 들어가는 가짜교수와 마주쳤으나 인사도 않고 교정으로 나왔다. 그리고 사람도 없는 테니스 코트 스탠드에 가 앉았다.

잔디로 되어 있는 스탠드에 앉자마자,

"학교가 또 싫어졌는데……."

명수의 첫마디 말이었다.

"할 수 없잖아. 학점을 따야 하니까 말야."

광아가 명수를 이해시키려 했다.

"그거 하나 못 따면 어떻게 되나."

"F학점을 맞으면 전체 학점수하구두 관계가 있구 또 졸업 뒤 성적표가 영향을 주지 않어."

"어쨌든 싫어."

"명수 씬 싫은 게 왜 그리 많지요. 싫은 거 안 보구 살 수 있는 세상인 줄 아세요."

"그러니까 죽어 버리는 게 좋을 것 같습니다."

명수는 조금 과장해서 말했다.

"아서요. 죽는 데 무슨 의의가 있다구요."

"사는 데는 무슨 의의가 있나요. 의의가 없기는 다 마찬가진데 뭐……."

"그런 거 따지며 살 거 뭐예요. 나는 내가 불행할 것을 알면서두 그냥 살려구 해요."

명수는 생사에 대한 것을 생각해 본 일이 없었다. 심각하게 생각해 본 일도 없는 것을 가지고 심각한 체 이야기하기는 싫어,

"참, 가정이 나보다 더 복잡하다구 했는데 그 이야기나 좀 하지요."
하고 화제를 돌렸다.

"그 이야기는 안 할 거예요. 내가 불쾌해지니까."

"서루 이해하려면 서루를 알아야 하지 않을까요."

"모르면서두 이해할 수 있어요. 그 이해가 가치 있는 이헬 거예요."

"난 그렇게 생각지 않아요. 안다는 것이 이해의 필수조건이니까."

"그럼 이해하지 않아두 좋아요."

명수는 약간 실망했다. 자기가 없어서 학교가 쓸쓸하다고 말하던 때의 광아와 지금의 광아가 조금 달라진 것 같았기 때문이었다. 그새 자기에 대한 정열이 식어졌다는 것인가. 그는 광아의 자기에 대한 관심이 과연 어느 정도인가를 시험해 보고 싶었다.

"재미있는 이야기 하나 할까요."

"뭔데요."

명수는 선미에 대한 이야기를 했다.

질투의 농도를 가지고 그미의 마음을 헤아리려는 심산이었다. 그래서,

"걱정입니다. 나가랄 수도 없구⋯⋯."

하고 그미의 반응을 기다렸다. 그런데 뜻밖에 광아가,

"좋아하면 좋아해 주지 뭘 그래요."

하고 정말 남의 일처럼 말했다.

"거 정말요?"

"그런 여자가 요구하는 건 육체적인 것 아녜요? 어때요, 그까짓 거. 정신적인 거라면 몰라두."

명수는 놀라자빠질 뻔했다. 처녀가 그렇게까지 대담할 수 있을까. 순간적으로 불결한 여자 같은 인상이 들었다. 또 자기에게서 질투라는 것을 느끼지 않는 것 같아 실망하기도 했다. 그러나 '정신적인 것이라면 몰라도' 한 말에 어떤 기대를 가지고 흥분을 억제했다.

"육체는 아무것두 아니란 말인가요."

"까짓 거 죽으면 썩는 건데요, 뭐."

썩는 것이니까 가치가 없고 따라서 아무렇게나 다루어도 좋다는 말인가.

"육체와 정신의 관련성은 인정치 않는군요."

"남자들은 누구나 종삼 같은 데 다닐 거예요. 그걸 문제 삼는 사람 있어요?"

"그렇담 눈에 보이지두 않는 정신적인 것은 어째서 문제될까요?"

명수는 점점 미궁 속에 빠져들어 가는 기분이었다.

"정신적이 아닌 이상 아무 여자하구 육체관계를 해두 이해한단 말인가요?"

"이해하죠. 이해보다두 도외시해 버리겠죠."

"종삼의 경우를 빼구 정신이 개입하지 않은 육체관계가 있을까요."

"있을 수 있잖아요."

"설사 순전한 육체관계라 해두 그것 때문에 정신적으루 변할 가능성이 있잖아요."

“그건 싫어요.”

“그럼 선미를 어떻게 할까요.”

“내 보내세요.”

“내 보낼 수가 없다면.”

“냉정하게 대하는 거죠.”

마지막에서 단호한 태도를 보이는 광아가 좋았다. 그것으로 그미의 마음을 알 수 있을 것 같았다.

“광아 씨 말대루 해 보죠.”

“자신 있어요?”

“있구말구요. 정말 귀찮으니까.”

광아가 얼굴에서 진심을 찾아내려는 듯 명수의 얼굴을 빤히 쳐다봤다. 그런 광아가 좋아 끌어안기라도 했으면 하는 생각이었지만 그럴 수가 없어서,

“아버진 뭘 하시죠.”

하고 물었다. 자기 집보다 복잡하다는 그 가정 상황이 알고 싶었던 것이다.

“은행에 다니세요.”

“어머니는 집안일만 보시구요?”

“그럼요.”

명수는 광아에게 부모 중 한 사람이 없거나 둘 다 없는 것이 아닌가 생각했었다. 그런데 그렇지가 않다. 그렇다면 무얼 가지고 복잡하다고 하는 것일까.

“복잡할 것 하나 없는 것 같네요.”

이런 유도를 해 보았지만 광아가,

“그 이야긴 안 한다구 했는데요.”

하고 딱 잘라 버렸다. 궁금했다. 어머니가 불구잔가. 아버지가 은행에 다니다니 가난할 것도 아닌데. 알 수 없는 일이었지만 그 이상 추궁해 물을 수도 없는 일이었다.

명수는 광아의 집안 이야기를 추궁해 묻지 못하는 대신 자기 아버지와 서여사에 대한 이야기를 했다. 부끄러운 이야기도 아니었지만 이야기를 다 끝

낸 뒤 나는 이렇게 비밀이 없는데 너는 왜 숨기는 것이 많으냐고 반박해 주려는 심산이었다. 이야기를 다 들은 광아가,

"아주 로맨틱한대요. 그래 두 분이 다시 사랑하게 됐나요."

하고 물었다.

"그렇게 되는 거 아닙니까. 아직은 확실치 않지만 그럴 거라구 생각합니다."

"명수 씨 공이 크군요. 좋은 아들이신데……."

"아버지가 그렇게 생각해 주면 고맙겠는데……."

"아버지가 생각하시는 게 문제예요. 자기 자신이 만족하면 그 뿐이지."

명수는 광아의 말이 옳다고 생각했다. 그러나 그런 문제를 토론하자는 것이 아니었기에,

"우리 집안 비밀을 다 털어놨는데……."

하고 광아의 눈치를 살폈다. 광아도 명수가 바라는 것이 무엇인지 알고,

"괴롭히지 마세요. 우리 집안 이야기는 절대루 하지 않을 테니까."

더 물을 수가 없을 만큼 명확한 어조로 말했다.

"안 알아두 좋습니다. 모르구 이해를 하죠."

명수는 단념한 듯 말했을 때,

"내가 중요하지 내 집안이 중요한 건 아니잖아요."

광아가 의미 있는 웃음을 지으며 극장 구경이나 가자고 했다.

명수는 광아의 말이 또 옳다고 생각했다. 본인이 좋으면 그뿐이다. 옛날과 달라 백정의 딸이면 어떤가. 큰 부자가 되어 그런 것을 믿고 남을 깔보는 기질이라면 모르지만 그런 것 같지는 않다. 충분히 사랑할 수 있는 여자다. 그는 아무 불평 없이 그미와 같이 극장엘 갔다. 여자와 처음 같이 가는 극장이었다. 재상연하는 말론 브란도 주연의 <워터프론트>였다. 그가 가장 좋아하는 말론 브란도의 멋진 연기를 구경하면서 그는 광아의 손을 잡아 보았으면 하는 욕망을 막을 수가 없었다. 거리에서 얼마든지 볼 수 있는 남녀들의 아베크를 상상하면서. 팔짱을 끼거나 손을 잡고 다니는 거리의 남녀들이 부러웠다. 그리고 광아의 손에서 오는 촉감을 느끼고 싶었다. 그 촉감이 어

떨까. 얼마만큼 행복감을 주는 것일까. 손을 잡고 잡힐 때 그때는 두 사람의
감정은 무르익을 것이다. 그는 자기의 손을 광아가 느낄 만큼 광아 무릎 근
처에까지 갖다 놓았다. 그런데 광아는 그것을 잡아 주려 하지 않았다. 말론
브란도가 얻어맞고 피투성이가 된 장면이 나왔을 때 한숨을 쉬며 주먹으로
광아의 손을 가볍게 쳤다. 그런데도 광아는 조금도 반응을 보이지 않았다.
　그는 신경이 그미의 손으로만 쏠려 몸을 가만둘 수가 없는데 그미는 영화
가 끝날 때까지 몸을 미동도 안 했다. 조금도 감정의 움직임이 없는 모양이
었다.
　나를 좋아하지 않는 걸까. 그는 회의했다. 그런데 영화관을 나와 어두워
가고 있는 길을 걷고 있을 때였다. 걷는 도중 두 사람의 손이 가볍게 스쳤
다. 부딪칠 것을 생각하고 일부러 손을 흔들지 않으면서 걸었는데 체온을
느낄 만큼 부드럽게 스쳤던 것이다. 순간 두 사람의 손이 맞닿았다. 누가 먼
저고 누가 나중인지는 알 수 없었다. 어쨌든 두 손이 서로를 잡고 있었다.
명수는 그것이 의식적인 것이기를 바라는 마음에서 손에 힘을 주었다. 광아
의 손에도 힘이 주어졌다. 그렇다면 놓지 않고 잡은 채 걸어도 좋을 것이다.
손을 잡고 걷는 동안 그는 광아의 따뜻한 체온으로 온몸이 녹아 가는 것을
느꼈다. 그대로는 있을 수가 없을 만큼 육체의 모든 부분들이 꿈틀거리는
것 같았다. 명수는 마침내,
　"아."
하는 탄성을 억제하지 못했다. 그때 광아가,
　"극장에서부터 그러구 싶었지요?"
　다 알고 있다는 듯이 물었다. 그미가 조금 미웠지만,
　"그랬어. 그게 나빠?"
하고 물었다.
　"아아뇨."
아를 길게 빼면서 아니라고 대답하는 광아의 얼굴이 인상적이었다. 그미
가 자기를 싫어하지 않는다는 확신이 생겼다. 저녁이라도 먹으면서 이야기
를 하고 싶었다. 그러나 그럴 만한 돈이 없었다. 집에까지 바래다 주는 일밖

에 달리 할 일이 없었다.

"집이 어딥니까?"

"청량리 밖예요. 명수 씨는?"

"회현동."

"극에서 극이네요."

"그래두 바래다 드리죠."

"그만두세요."

그만두라고는 했지만 강력한 거절이 아니었다. 버스를 타고 청량리까지 갔다. 골목길을 걸어 광아의 집 앞에서 작별을 할 때 명수는 용기를 내서 손을 내밀었다.

정식으로 하는 손잡음이었다. 남모르게 또는 돌발적으로 잡는 것이 아니라 서로 약속을 하고 공공연히 하는 손잡음이었다. 명수는 그런 생각을 하며 광아와 악수를 했다. 그래서 그런지 약혼이나 한 것과 비슷한 감정이었다. 서로 사랑한다는 것을 최소한도 상대방에게 선언한 듯한 기분.

사람 왕래가 많은 데서 그 이상의 다른 것을 바랄 수도 없었지만 그는 그것으로 만족하고 집으로 돌아왔다.

아버지가 기다리고 있었다. 명수를 보자마자,

"어서 저녁 먹어라."

하고는 저녁을 먹기가 바쁘게,

"너 이 돈을 돌려 주구 오너라."

하며 돈을 내 놓았다. 명수는 우선 돈을 세어 보았다. 만이천 원이었다.

"서 여사의 돈이군요."

"그렇다. 어서 갖다 주구 오너라."

"뭐가 바빠서 이 밤중에 갑니까. 내일 전하지요."

명수는 또 아버지의 고집이라고 생각했다. 부담감을 없애기 위해 무리해서 구해 온 돈이리라.

"내 말을 들어. 너 심부름 시키구 싶어 그러는 게 아냐."

"사실은 서 여사 돈보다두 혜수 씨 돈이 더 급한데요."

명수는 아버지가 서 여사의 돈도 겨우 빌어 왔을 것을 생각하며 말했다.

"그 돈은 차차 갚지."

"제 입장으론 그 돈이 더 급합니다. 늦을수록 입장이 딱해지니까요."

명수는 어떻게 해서든 서 여사의 돈을 갚지 않으려는 생각이었다. 그러는 것이 서 여사를 위하는 일 같았다.

"그 돈두 이삼일 내에 돌려 줄 테니 걱정 마라. 어서 그 돈부터 갚구 와."

한 마디만 더 거역하면 화를 낼 기세였다. 명수는 더 거역할 수가 없어서 서 여사 집을 찾아갔다. 반가이 맞이해 주는 서 여사에게 돈을 주자 그만 울상이 되어,

"그럴 줄 알았어."

하고 한숨을 내쉬었다.

"그게 아버지 성격이 아닙니까. 아버지의 좋은 점이겠지요."

명수는 아버지를 두둔하는 수밖에 없었다.

"거야 그렇지."

서 여사도 아버지의 고집을 나쁘게만 해석하지 않는 모양이었다.

자기 뜻에 맞지 않는 심부름을 왔기 때문인지 명수는 이 날만은 오래 있기가 거북스러웠다. 그는 곧 돌아왔다. 아버지에게 돈을 틀림없이 전했다는 말을 하자, 아버지는 서 여사가 뭐라고 하더냐고 물어 보는 말도 없이 수고했다는 말만을 했다.

다음날 저녁에는 어디서 빌렸는지 오 여사에게 줄 돈 이만 원을 가지고 와서 또 즉시 돌려 주고 오라 했다. 오 여사가 그냥 준 돈이다. 그러나 아버지가 돌려 주라고 하니 안 돌려 줄 수도 없었다. 명수는 오 여사에게 전화를 걸고 잠깐 만나고 싶다는 말을 했다.

"언제 올래. 아무때나 좋아."

오 여사는 반가워 어쩔 줄을 몰라 했다.

"지금 찾아가려는데요."

"기다리구 있을 테니 빨리 와."

명수가 급행버스를 타고 가서 그미의 집 앞에 이르렀을 때 그미는 대문

밖까지 나와 있었다.

"밖에까지 나와 계셨군요."

명수가 조금 미안해서 한 말이었다.

"금시 올 것 같아 나와 있었어. 어서 들어가."

오 여사는 대문을 열고 들어가자 의례적으로 먼저 혜수의 안부를 물었다.

"조금 전에 나갔어. 상오와 함께."

오 여사의 대답을 듣는 순간 명수는 상오가 혜수의 애인서리 임무를 담당하고 있지 않나 하는 생각을 했다.

혜수를 볼 때마다 그미 옆에는 상오가 있었기 때문이었다. 무엇 때문에 혜수에게 그렇게까지 열심일까. 상오에게는 남달리 일이 많다. 시간 보내기를 힘들어하는 사람이 아니다.

그러나 상오를 생각하고 있을 때가 아니었다.

"아버지가 돈을 갚으라구 해서 왔습니다."

하고 돈뭉치를 내 놓았다. 오 여사에게는 의외의 일이었다.

"돌려 달라구 드린 게 아닌데……."

"아버지는 그렇게 생각지 않습니다. 받아 두십시오."

"남의 호의를 무시하는 법두 있나."

"호의는 고맙게 생각하지만 아버지의 성격이 안 돌려 드리지 못할 겁니다."

이렇게 말했지만 명수는 아버지에게 혜수에게서 빌린 돈이라고 말했던 일을 생각하며 아차 했다. 오 여사가 보태 쓰라고 준 돈입니다 하고 아버지에게 솔직하게 이야기했더라면 일은 단순하게 되었을지 모른다.

"도루 받으면 나는 어떻게 되지. 명수가 생각해 봐."

오 여사는 매우 난처한 모양이었다.

"어떻습니까. 잠시 돌려줬다가 받은 거루 하면 되잖아요."

"그럴 순 없어. 그럴 순 없단 말야."

오 여사는 갑자기 신경질을 부리며 입술에 경련을 일으켰다. 명수는 대단치 않은 일로 생각했던 자기가 잘못이었다고 뉘우쳤다.

“그럼 어떻게 했으면 좋을까요.”

우선 경련이 멎도록 해야 했다. 그러기 위해서는 그미의 의견을 존중하고 또 추종할 의사를 보여야 했다.

“나를 경멸하는 게 아니면 도루 가지구 가.”

오 여사는 돈뭉치를 멀거니 바라보며 말했다. 조금만 더 흥분시키면 실신이라도 할 것 같은 얼굴이었다. 명수는 정릉 골짜기에서 여자들끼리 춤추던 때의 오 여사를 생각했다. 춤의 동기가 비록 시간을 보내기 힘든 데서 출발했다 해도 춤출 때의 모습은 심각했었다. 절박한 감정에 오뇌하고 있는 것 같았다. 그런데 지금도 심각한 얼굴을 하고 있다. 그럴 필요까지 없는 일에 왜 심각해질까. 명수는 그미의 생활이 오뇌에 차 있는 것이라 생각했다. 그렇지 않고서야 작은 일 가지고도 심각해질 수가 없을 것 같았다. 그는 돈 뭉치가 그미에게 자극을 줄 것 같아 슬그머니 주머니 속에 넣었다.

그리고는,

“가지구 가겠습니다.”

하고 말했다. 그러자 오 여사는 그 일은 잊은 듯 끓는 물을 가져다가 커피를 타 주었다. 같이 커피를 마시며 오 여사가,

“어젯밤 꿈에 보이더니 정말 왔군. 들길을 둘이서 걸어가는 꿈이었어.”

할 때는 꼭 소녀와 같았다.

“어른두 꿈을 꾸나요.”

“젊은 사람보다 더 많이 꿀걸.”

오 여사가 명수를 똑바로 보았다. 눈동자에서 광채가 쏟아져 나오는 것 같았다.

명수는 시선을 피하고야 말았다. 빨려들어 가는 것 같았기 때문이었다.

“명수는 내가 조금두 보구 싶지 않았지?”

오 여사의 간지러운 질문에 명수는 그렇다고 대답할 수가 없었다. 그냥 외면한 채 있을 때 오 여사가 왜 대답을 안 하지 하며 명수의 어깨 위에 손을 얹었다.

상오는 명배와 편지 왕래를 계속하고 있었다. 그래서 그와의 우정이 그냥 유지되고 있는 것으로만 생각해 왔는데 오늘 받은 편지로 우정이 단절될 것 같은 예감이 들었다. 명배가 보낸 편지는 혜수를 의심하는 말들로 채워져 있었다. 편지를 몇 번이나 했는데 회답이 전혀 없다는 것, 그리고 장거리 전화를 걸었는데 집에 있지도 않더라는 이야기들이 적혀 있었다. 만약 그것이 사실이라면 명배로서 혜수를 의심하는 것이 당연하다. 문제는 혜수가 왜 편지도 안 하는 것일까 하는 것이었다. 자기에게는 편지를 하는 것처럼 말하던 혜수였다. 말하자면 혜수가 명배를 그대로 사랑하고 있는 줄 알기 때문에 혜수를 계속 만나고 있었다. 그런데 언젠가 혜수가,

"앞으루 우린 어떻게 하지……."

하고 물은 일이 있었다. 그때 상오는,

"어떻게 하기는……."

혜수의 질문이 질문으로 성립도 안 된다는 듯이 말했다. 그러자 혜수가 흥! 하고 코웃음을 쳤다.

요 며칠 전 상오가,

"광주엘 한 번 가지 않아. 보구 싶을 텐데……."

하고 말했을 때 혜수가,

"그래도 질투 안 할 테야?"

약 올리듯 말했다.

"질투는 왜."

"유는 질투를 모르는 남잔가."

혜수가 자기보고 '유'라는 말을 썼다는 것, 그리고 질투를 모르는 남자라고 한 말이 상오 머리에 새삼스럽게 떠올랐다. 만약 혜수가 자기를 좋아하고 그래서 명배를 만나려 하지 않는다면 장차 나는 어떻게 될 것인가. 정말 그런 것인지도 모를 일이다. 그러기에 명배에게 편지도 안 하는 것이 아닌가.

상오는 명배의 편지 마지막 대목을 다시 읽었다. 가장 가슴이 찔리는 대목이었다.

'혜수의 근황을 자세히 알려다오. 그새두 많이 수고했다고 생각한다만 끝까지 우정을 보여다오.'

상오는 자기와 혜수와의 관계를 명배가 알고 있지나 않은가 생각했다. 다 알고 있으면서도 내 마음을 떠 보기 위해 일부러 우정을 들고 나온 것이다.

상오는 이렇게 초조해 본 때가 별반 없었다. 어쩐지 가시방석에 앉은 것 같은 기분이었다.

그는 명수에게 전화를 걸었다. 명수에게 물어 보면 명배가 어떤 정도로 알고 있는지 짐작이 갈 것 같았기 때문이었다.

"명수냐, 참 오랫동안 못 봤다……."

이런 말로 이야기를 이어갔으나 명배 이야기를 꺼내기는 여간 힘들지 않았다.

"오늘 명배한테서 편지가 왔는데 너한텐 안 왔니."

서두는 꺼냈는데 다음 말이 나오지 않았다. 마음이 켕기면 나올 말도 제대로 나오지 않는 모양이었다. 겨우 생각한 것이,

"혜수한테서 편지가 없어 궁금해하는 것 같더라. 너 요새 혜수 못 만났니."

"혜수 씨 일은 상오 형이 더 잘 아실 텐데요."

비꼬는 듯한 말을 했다. 상오는 가슴이 뜨끔했다. 명수는 나와 혜수의 관계를 속속들이 알고 있단 말인가.

"대강 알지만 속마음이야 알 수 있니."

겉으로만 친한 것처럼 말은 했지만 속은 여전히 찌릿했다.

"난 오랫동안 만나지두 못했으니까 더 모르지요."

아무래도 명수는 상오에 대해 불쾌한 감정을 가지고 있는 모양 같았다. 심상치가 않았다. 상오는 전화로 그의 마음속을 파헤칠 수가 없다는 생각이 들어 오래간만이니 한 번 만나자고 했다. 저녁을 사겠다는 말까지 했다.

"저녁은요. 차나 한 잔 사십시오."

명수는 마지막 말만은 그렇게 쌀쌀하지가 않았다. 만약 혜수와의 관계를 깊이 알고 있다면 차 사란 말도 안 할 것 같았기 때문이었다. 조금은 안심이 되었다. 그래서 다음날 오후 명동에 있는 다방에서 만나기로 약속하고 전화를 끊었다. 상오는 약간 안심이 되었으나 아무래도 혜수를 만나야 한다는 마음이 또 그를 조급하게 했다. 그는 그 자리에서 혜수에게 전화를 걸었다.

"웬일이지. 오늘은 늦게까지 바쁠 거라구 그러더니."

의외의 전화로 혜수는 무척 반가운 모양이었다. 다른 때 같으면 상오도 농담인지 진담인지를 구별할 수 없게,

"혜수가 보구 싶어서 바쁜 일두 제쳐 놓구 전화 거는 거야."

하며 능청을 떨었을 것이다. 그러나 빨리 만나 빨리 이야기해야 한다는 초조로운 마음에 혜수의 반가움 같은 것은 도외시하고,

"집으루 갈까, 다방에서 만날까."

만날 시간을 재촉하듯 물었다.

"집으루 와. 엄마가 없으니까……."

상오는 혜수의 말이 떨어지기가 무섭게 전화를 끊고 그미의 집으로 갔다.

"상온 행운아야."

집에 들어서자 혜수가 의미 있는 웃음을 웃었다. 상오는 혜수의 행운아라는 말의 뜻을 알고 있다. 그러나 그는 지금 그런 말에 끌려 기분을 낼 수가 없었다. 오 여사가 집에 있건 없건 오늘의 일은 그것과 관계없기 때문이었다. 그는 혜수가 자기 방으로 안내하려는 것도 모른 체하고 자기 집이기나 한 것처럼 응접실로 들어갔다. 그리고는 소파에 앉았다. 혜수도 우선 그 옆에 앉지 않을 수 없었다.

상오는 담배를 피워 물기가 바쁘게,

"요새 명배한테 편지 안 했니."

하고 물었다.

"편지해서 뭘 해."

혜수는 당연한 일이 아니냐는 듯 반문했다. 상오는 담배연기를 내뿜으며 침착성을 잃지 않으려고 했다.

"오늘 명배에게서 그런 편지가 왔기에 말야."

"그럼 내가 명배한테 편질 해야 한다는 거야?"

혜수가 약간 신경질적으로 말했다. 그것은 편지를 해야 하느냐고 상오에게 항변하는 태도이기도 했다. 상오는 정말 의외였다. 자기도 태도를 분명히 해야 할 때라고 생각했다.

"똑바루 말해 봐. 명배를 어떻게 할 테야."

"그걸 몰라서 물어."

"솔직히 말해서 난 잘 모르겠어."

"그럼 나더러 두 사람을 사랑하라는 거야?"

"두 사람이라니."

"이거 왜 이러지."

혜수의 목소리가 앙칼졌다. 싸우려는 태세였다. 상오는 자기가 누그러지는 수밖에 없었다.

"나를 진심으루 좋아한 거야?"

"그걸 내게 묻는 거야?"

상오는 정말 한 대 얻어맞은 것 같았다.

"언제부터 그랬지?"

상오는 냉정을 잃지 않으려고 노력하며 물었다.

"그건 나두 몰라. 날짜를 정하구 좋아한 건 아니니까."

"그런 생각으루 교제한 건 아니잖아."

"좋아하겠다구 점쳐 놓구 교제를 시작하는 사람두 있나."

"명배한테 미안하지 않아."

"미안한 걸 따지게 됐어? 이미 다 지나간 이야긴데……."

"나는 정말 그럴 생각이 아니었는데……."

"날 심심치 않게 해 줄려구 했다는 건가. 그럼 왜 먼저 요구를 했지. 요구란 자기 욕망에서 우러나오는 거 아냐."

"혜수가 요구하는 것 같아서 내가 응해 준 거라구 생각해."

"상오두 무던히 비겁한 남자로군. 싫으면 싫다구 해두 좋아. 그렇지만 나를 웃기지는 말아 줘.”

“내가 뭘 웃겼는데…….”

그러자 혜수는 암말 않고 상오를 노려봤다. 불꽃이 튀는 눈초리였다. 잠시 노려보던 그미가 무표정한 상오의 얼굴을 보자 더 참을 수가 없는지 그의 뺨을 한 대 후려쳤다.

상오는 어이가 없었지만 다시 더 손질을 못하게 주먹을 불끈 쥐고,

“이게.”

하고 때릴 시늉을 했다.

“개새끼, 빨리 가.”

혜수는 독이 오른 독사 같았다. 그러나 상오는,

“갈게. 그렇지만 한 마디만 해야겠어. 제발 명배한테 편지를 자주 해 줘.”

하고 말했다. 혜수에게는 매를 맞아도 무방했다. 다만 명배에게서는 매를 맞을 수 없다는 마음이었다. 그런데 혜수가 갑자기 태도를 달리하고,

“삼 년 동안 어떻게 기다리라는 거야. 기다린다는 것보다 더 고통스런 일이 있는 줄 알아.”

울기라도 할 듯한 태도로 말했다.

“그 심정 이해할 수 있어. 그렇지만 힘들다구 중요한 것을 잃어버릴 수 있어. 잘 생각해 봐. 나는 처음부터 지금까지 혜수를 내것으루 사랑하지는 않았으니까.”

이 말에 혜수가 다시 찢어지는 듯한 신경질적인 소리를 냈다.

“임시 채용한 거군, 응?”

“혜수의 공백을 메꿔 준 거지.”

혜수의 손바닥이 다시 상오의 뺨으로 올라가는 것이 아닌가 싶게 그미가 입술에 힘을 주었다. 상오는 그럴 경우 자기도 반격을 가하리라 생각했다. 그렇게 해서라도 자기를 단념시켜야 했다. 그런데 혜수는 의외로 냉철한 태도였다.

“알았으니까, 가.”

상오는 될 수 있는 한 자기를 이해시키고 싶었다. 그래서 지금까지의 관

계는 아니라 해도 가끔씩 만나 차라도 마시는 사이가 되어야만 명배에게도 면목이 설 것 같았다. 서로 만나지 않게 되면 명배가 의심할 것이 사실이다. 자기가 없는 동안 혜수를 잘 감시해 달라던 명배가 아니었던가.

"흥분하지 말어. 과거는 없었던 것처럼 묻어 둔단 말야. 그럼 아무 일두 없을 거 아냐. 나는 명배의 친구로서 혜수를 그냥 만날 테니."

"알았어. 어쨌든 오늘은 그냥 가 줘."

조금 녹은 것 같으나 물 밑의 얼음은 아직 굳은 채로였다. 상오는 그 얼음도 불원 녹고 말 것이라고 속으로 생각했다.

상오는 이럴 수가 없다고 생각했다. 대학을 졸업한 뒤 부푼 꿈을 안고 발버둥치기 한 달 남짓해서 벌써 완전히 좌절되고 말다니. 사업은 완전히 실패했고 인간관계마저 만신창이다. 만약 사업에 실패만 안 했다면 혜수의 문제가 이렇게 그를 지리멸렬하게 만들지는 않았을 것이다. 혜수 문제는 윤리 관계에 의한 양심 때문이 아니었다. 예기치 않았던 결과에 당황해진 것이다. 그는 혜수를 현대적인 여성의 한 전형으로 생각했었다. 정조를 개방하고 그 것에 조금도 구애되지 않는 여자로 알았다. 명배를 사랑하고 있으나 그의 부재중 육체적 갈망을 부담감 없이 해결하려는 자유로운 여자로 추측했던 것이다. 그러나 몇 번의 육체관계로 그미는 상오를 사랑한다고 했다. 명배를 버리고서, 정말 뜻밖의 일이었다.

상오는 열흘 전의 일을 생각했다. 드라이브할 기분으로 택시를 타고 보니 좀 먼 곳으로 가고 싶었다. 그리고 흔히들 드라이브하는 데를 달리고 싶지 않았다. 산책을 한다거나 그런 목표를 세우지 않고 그냥 갔다가 그냥 돌아오는 드라이브가 멋있을 것 같았다. 운전수에게 의정부로 가자고 했다. 혜수도 동의했다. 그런데 의정부에 이르렀을 때는 그 차로 그냥 돌아오기가 조금 싱겁다고 생각되었다. 이왕 온 김에 시골 풍경이라도 구경하고 싶었다. 상오는 학생 때 한 번 가 본 일이 있는 옥류천을 생각했다. 시골길로 한참만 가면 수락산 밑에 경치 좋은 계곡이 있고 거기 폭포가 있다. 혜수에게 이야 기했더니 좋다고 했다. 택시로 계곡 입구까지 가서 걸었다. 얼마 안 되는 줄 알았던 길이 꽤 멀었다. 그러나 계곡 입구까지만 오면 시외버스가 있을 것이고 의정부까지만 가면 급행버스가 얼마든지 있다. 돌아갈 길을 걱정 않고 폭포를 구경했다. 계곡은 도시에서 온 그들을 너그러운 가슴을 벌리고 맞아 주었다. 그들은 물소리를 따라 계곡 깊숙이 유혹되어 갔다. 오래간만에 대하는 자연이라 두 사람은 그냥 즐거웠다. 그러나 그들이 다시 시외버스 정류장에 다다랐을 때는 초조했다. 이미 버스가 끊어졌다는 것이었다. 할 수 없었다. 혜수가 걸어서는 갈 수 없다고 했지만 걸어서라도 가야 했다. 상오는 우겼다. 그런데 혜수가 지나가는 사람에게 의정부까지가 얼마나 되느냐고 물은 뒤에는 삼십 리를 어떻게 걷느냐고 주저앉아 버렸다. 할 수 없이 옥류천까지 다시 올라가 가겟집 방 하나를 빌렸다.

한 자리에 들었을 때 상오가 말했다.

"명배가 알면 어떻게 하지. 감시만 하라구 했는데."

"산을 감시하려면 산 속에서 살아야 하지 않아."

혜수는 아무 거리낌 없이 대답했다. 일이 끝난 뒤에도 상오는,

"명배한테 조금 미안한데……."

했다. 그러나 혜수는,

"내가 그를 버리지 않는데 겁날 것 뭐 있어."

이주 가볍게 말했다.

그러던 혜수가 지금 와서는 왜 나를 좋아한다고 할까.

만약 그미가 이렇게 나올 줄 알았다면 나는 아예 그 감시의 역할을 포기했을 것이 아니겠는가.

다음날 아침, 상오는 지방극장에서 받은 돈 근 삼백만 원을 잘라먹고 행방불명이 된 범태를 찾아 나섰다. 벌써 며칠쩬 지 모른다. 경찰에 수색원을 냈지만 경찰만 믿고 있을 수가 없었기 때문이었다. 영화에 대한 꿈, 아니 앞으로 성장하려는 상오의 첫발을 꺾어 버린 조감독 윤범태다.

상오의 일은 범태와 아는 사람을 찾는 것이었다. 영화계에 오래 있었던 만큼 그를 아는 사람이 많았지만 아는 사람이 많은 만큼 친한 사람이 적을 뿐 아니라 그의 행방불명을 알고 있기 때문인지 아는 체하려는 사람도 많지 않았다. 그런 만큼 상오가 범태의 행방을 찾으려는 노력은 헛수고에 지나지

않았다.

죽일 놈! 상오의 입에서 나온 말이었다. 그 밖에 달리 욕할 말이 없었다. 정말 만나기만 하면 죽이고 싶을 만큼 분했다. 시나리오를 인쇄까지 해 놓고 이제 촬영 개시할 날짜만 기다리고 있는 중이었다. 그것은 중단하게 된 것도 원통한 일이었지만 그보다도 자기의 앞날이 꽉 막혀 버린 게 더 통분했다. 첫 사업이 이렇게 좌절되니 일할 용기가 아주 죽어 버렸다. 용기를 잃고 의욕을 상실하면 남는 것이 무엇이겠는가. 범태가 잘라먹고 도망간 그 돈의 뒤치다꺼리를 한다는 것도 곤란한 일이었다. 아버지에게는 도움을 받지 않기로 했던 것을 이제 와서 떼먹힌 돈이나 갚자고 원조를 청할 수는 없는 일이었다.

범태의 행방을 알려고 돌아다니다가 명수와 약속한 시간이 되어 H다방으로 들어갔을 때 상오는 그저 피곤만을 느꼈다. 범태를 찾아낸다고 해도 돈은 다 써버리고 없을 것이다. 찾아다니면 무엇 하는가. 찾으려고 애를 쓸수록 신경만 소모하는 결과가 된다. 생각할 필요도 없다.

명수가 왔다. 상오는 얼핏 일어나 그에게 손을 내밀었다. 그러나 버티고 서서,

"안녕하셨어요."

예의를 지키려는 태도가 몹시 뻣뻣했다.

"응, 잘 있었지?"

하며 맞은편 자리를 가리키며 앉기를 권하는 상오가 저자세였다. 자기가 생각하기에도 저자세였다. 저자세라 생각하면서도 그는 명수의 아버지가 수술 뒤 건강을 회복했느냐, 학교 재미는 어떠했느냐는 등 스스로 화제를 만들어 냈다.

"상오 형은 재미가 있어서 학교엘 다녔어요?"

명수는 조금도 고분고분하지가 않았다. 건방졌다. 상오는 아니꼽게 느꼈다. 학교로 보나 나이로 보나 절대로 대등한 위치가 아니다. 그런데도 도리어 이쪽이 고분고분해야만 하다니. 상오는 배알이 틀렸지만,

"명배한테 면회 안 가니."

명수의 태도가 변해지기를 바라며 자기의 감정을 눌렀다.

"얼마 안 있으면 훈련이 끝날 건데 뭘 하러 갑니까."

명수는 그래도 무뚝뚝했다.

"혜수는 가구 싶을 텐데……."

"가구 싶으면 혼자라두 가겠지요."

"요새 혜수 못 만났니."

"못 만났는데요."

혜수에 대한 이야기를 꺼냈는데도 명수는 이야기할 흥미가 없는 듯했다. 상오는 그의 마음을 떠 보는 것이 목적이기 때문에 싫어해도 물어 볼 것은 물어 봐야 했다.

"너 혜수를 좋게 생각지 않는 거 아니니."

"좋게 생각할 것 하나도 없어요."

"뭐가 좋지 않니."

"진실하지가 않은 것 같아요."

"어떤 점이?"

"좌우간 실망을 주는 여자예요. 그래서 나는 형에게 편질 했어요."

상오는 명수가 자기와 혜수와의 관계를 알고 있다는 직감이 들어 잠시 말을 꺼내지 못했다.

그러나 상오는 자기의 직감을 부정했다. 어렴풋이 짐작은 하고 있을지 모르나 확실한 증거를 붙잡지 못한 이상 이쪽에서 부정만 하면 어쩌지도 못할 것이 분명하다. 자기는 부정만 하면 된다. 부정을 한 뒤 혜수와의 관계를 진전시키지만 않는다면 일은 무사히 끝난다. 조금 대담성이 생긴 상오는,

"솔직하게 뭐라고 편지했니."

명수가 명배에게 보낸 편지의 내용이 궁금할 뿐이라는 듯 물었다.

"혜수 씨와 손을 끊는 것이 좋겠다구 그랬어요."

명수는 두려울 것이 없으니까 솔직하게 말한다는 식으로 대답했다.

"이유는?"

"아무래도 형이 불행해질 것 같아서요."

"어떤 점을 보구……."

"보면 알 수 있잖아요."

"혜수가 만나는 남자는 나뿐이라구 생각하는데 그럼 너는 혜수와 나 사이를 의심하는 거냐."

"좋게는 생각지 않습니다."

"그건 오해다. 가장 친한 친구의 애인이니까 흉허물없이 가깝게 지내는 것뿐이야. 그걸 가지구 오해한다면 너는 현대인이 아니야. 지나치게 옹졸한 사람이지."

"친구의 애인을 대하는 것으룬 조금 지나치다구 생각합니다."

상오는 명수가 그 이상 반항적인 태도를 보이지 않는데 안심을 했다. 그만큼 솔직한 애가 둘 사이의 깊은 관계를 안다면 그 정도로만 이야기하지 않을 것 같았기 때문이었다.

"그럼 일찍 이야길 하지 왜. 네 눈에 그렇게 보인다면 앞으로 삼가마. 원한다면 아주 안 만날 수가 있다."

상오는 명수가 납득할 만큼 진지한 태도로 말했다. 그것도 부족한 것 같아,

"사실은 나두 오늘 명배의 편지를 받구 놀랐다. 혜수가 요새 통 편지를 안 하는 모양이야. 혜수가 나두 모르게 마음이 변한 것 같지는 않은데. 하기야 여자의 마음이란 바람에 불리는 갈대 같다니까 알 수 없는 일이기는 하지."

하고 말했다. 자기가 조금 비겁하다고 생각되었지만 자기의 결백을 나타내기 위해서 한 말이었다.

"좌우간 그 여잔 변하기 쉬운 타입이라구 생각합니다."

"그렇지만 너는 그미를 비난할 생각만 말구 명배를 생각해서 충고해 주는 것이 옳을 거다. 나두 말은 하겠지만……."

"내 말이 무슨 효과 있겠어요. 형의 단념을 기다릴 뿐이죠."

"그럼 쓰나. 명배가 그미를 얼마나 사랑한다구. 네 형은 혜수와 결혼까지 할 생각이야."

"결혼해두 제대 뒤에 할 거 아녜요. 절대루 그때까지 가리라구 생각지 않아요."

"설사 그렇다구 해두 네가 그런 말을 하면 명배가 얼마나 섭섭하겠니."

"섭섭히 생각해두 진실을 말해야지요."

"그러면 못쓴대두……."

상오는 명수의 마음을 돌리려고 애를 썼다. 그것은 명배와 혜수 사이를 깨뜨리지 않아야만 자기의 입장이 편리해질 것 같았기 때문이었다. 그러나 명수는 끝내 혜수를 이해하는 방향을 취하지 않았다. 할 수 없었다. 명수가 자기를 크게 오해하지 않으면 그것으로 상오는 만족해야 했다. 오늘 명수를 만난 목적은 명수가 자기를 어느 정도 오해하고 있느냐 하는 것을 알아보는 데 있었으니까…….

더 할 이야기가 없었기 때문에 상오는 명수도 돌려 보내려 했지만 그냥 보내기가 조금 미진한 것 같아 빵이라도 사 먹이려 했다. 조금쯤 친절을 베풀어 줘야 할 것 같았기 때문이었다. 죄 지은 사람의 비굴감이었을지 모른다. 그러나 비굴감을 비굴로 나타내기가 싫었다. 죄가 탄로되는 날까지는 떳떳한 것처럼 보여야 하기 때문이었다.

"나 볼일이 있어 가야겠다."

상오가 일어설 때 명수가 따라 일어서며,

"내가 냉면을 살까요."

하고 말했다. 상오는 자기가 먼저 해야 할 말을 명수가 먼저 하는데 조금 미안을 느끼고,

"냉면 좋지."

자기가 냉면 살 생각을 하며 명수의 말에 동의했다. 명수의 냉면을 얻어 먹을 수는 없다. 워낙 여유 없는 명수의 집안이다. 그런데다가 명수 아버지가 병원에 입원을 하고 수술을 했으니 빚을 지고 살 것이 분명했다. 그런데 냉면집에 들어가 식권을 사려고 할 때 명수가 빳빳한 오백 원짜리 지폐를 꺼내들고 자기가 낸다고 우겼다. 상오는 끝내 자기가 돈을 냈지만 명수에게 웬 돈이 있을까 생각했다. 오백 원쯤 누구나 가지고 다닐 수 있는 것이니까

크게 생각할 것은 못 되었지만 이상한 것만은 사실이었다.

　냉면을 먹기 시작했을 때 명수가,

　"상오 형, 혜수 씨하고 안 만날 수 있어요?"

하고 다시 혜수 이야기를 꺼냈다.

　"아까두 말하지 않았어. 안 만나구 싶다구. 오해를 받아가면서까지 만날 필요는 조금두 없다구 생각하니까."

　"상오 형을 믿습니다."

　"믿어두 좋아."

　죄를 졌는데도 믿어 준다는 말이 고마웠다. 상오는 명배가 훈련을 끝내고 돌아오면 명수와 함께 크게 한턱을 내고 싶었다.

　냉면을 다 먹고 나오려고 할 때였다. 오 여사가 여자친구 한 명과 함께 들어왔다. 이쪽을 보지 못하고 저리로 가고 있는 것을 상오가 불렀다. 오 여사는 상오와 함께 명수를 보고 반가워서 소리를 지를 것처럼 하다가는 멈칫하고는 냉면을 먹었느냐고 물었다. 먹었다고 말했을 때의 실망하는 얼굴, 그것을 상오는 똑똑히 보았다. 명수를 파고들듯 바라보는 그미의 눈동자도.

　상오는 오 여사가 이상하다고 생각했다. 그 모든 것들이 꼭 사랑하는 사람에게서 느낄 수 있는 의미 있는 것들로 보였기 때문이었다. 그럴 수는 없다고 생각하면서도 이상스럽다는 의심이 들었다. 도리어 명수는 덤덤한데 오 여사만이 왜 그럴까. 내가 잘못 본 것은 아닐까.

　오 여사와 헤어지고 명수와 함께 냉면집을 나올 때 상오는 자기의 오버센스라고 생각했다. 오버센스를 가질 이유도 없으면서.

　"그럼 다음에 또 보자."

　상오는 의식적으로 악수를 청하며 명수와 작별 인사를 했다. 그리고는 길가에서 팔고 있는 주간잡지 한 권을 사려고 했다. 그런데 어느새 명수가 와서 잡지 값을 냈다. 아무래도 명수는 돈을 쓰고 싶어하는 것 같았다. 상오는 그걸 가지고 옥신각신하기가 싫어 고맙다는 말만을 한 뒤 공중전화가 있는 데로 갔다. 아무래도 그냥은 시간을 보낼 수가 없다고 생각했던 것이다. 연숙이라도 끌어내자. 오늘쯤 연숙이도 전화를 기다리고 있을 것이다.

그런데 S극장 여사무원 연숙은 오늘이 월말이어서 야근을 해야 한다고
했다.

"아프다구 일찍 나옴 되지 않나."

"아무때고 내가 해야 할 일인데요."

연숙은 나갈 수 없어 미안하다든가 오늘 대신 내일 만나자는 말을 안 했
다. 상오는 그것이 기분 나빴다. 이쪽에서 만나자고 전화를 걸었으면 못 만
나게 되어 속상하다는 말은 한 마디라도 해야 할 것이 아닌가.

"좋아."

상오는 불쾌한 음성을 남기고 전화를 끊었다. 내가 좋아서 미쳤는줄 아
느냐.

여자가 없어서 걸신이 들린 줄 아느냐. 그는 초희를 생각했다. 쌀쌀한 데
가 있지만 언제나 부드러운 초희. 그렇게 지리멸렬해 있을 때 그미는 나를
부드럽게 감싸 주겠지.

그러나 그는 초희에게 전화를 걸지 않았다. 이때까지 큰소리를 해 왔고
그래서 자존심을 지켜 온 자기가 지리멸렬한 꼴을 보일 수가 없었다. 실망
을 주고 환멸을 느끼게 하기가 싫었다. 존경을 받지 못하게 되었을 때는 초
희 옆에서 안개처럼 사라져야 한다. 그미에게만은 치사스런 꼴을 보일 수가
없다.

상오는 충무로 어떤 다방으로 들어갔다. 술집에 갈 시간은 조금 이르고
그렇다고 친구를 찾아갈 마음도 생기지 않았다. 조용히 앉아 있고 싶었다.

잠시도 쉬지 않고 왔다갔다 하는 레지들이 보였다. 옆자리에 앉아 떠드는
여자들이 보였다. 그 여자들의 얼굴에서 그는 연숙을 연상했다. 턱이 송곳처
럼 뾰족해서 지성적으로 보였다. 찬바람이 들 만큼 쌀쌀하고 말수가 적었다.
그러나 한 번 마음 문이 열리자 적극성을 보이는 여자였다.

몇 번을 찾아가서 밖으로 끌어내려 했다. 그러나 그미는 끝내 응하지 않
았다. 긴말을 못하게 쌀쌀하게 대했다.

"그대루만 늙어라."

악담 한 마디를 하고는 만나지 않았다. 며칠 뒤 전화가 왔다. 극장 주인이

상오를 좀 만나자고 한다는 것이었다.

그 날로 상오는 S극장으로 갔다. 극장 주인이 상오가 제작하려는 영화를 자기와 합작으로 만들자고 했다. 상오는 즉석에서 거절했다. 자기를 모욕하는 것 같아 불쾌해서 나올 때 연숙이 불렀다. 잠깐 다방엘 가자고 했다. 거기서 그미는 왜 악담을 했느냐고 따졌다. 악담 안 할 수가 없지 않느냐고 말했을 때 그미는 처음으로, 정말 처음이었다. 생긋 웃으며,

"그렇게 나쁜 여잔 아닌데요……."

하고 말했다.

"나쁜 여자라구는 생각지 않습니다. 불행한 여자라구 생각했지."

그 다음날 상오는 그미가 퇴근할 시간에 극장 앞에서 기다리다가 그미를 만나 저녁을 먹었다. 그리고 카바레로 가서 춤을 추었다. 춤을 추면서 그미 얼굴에 자기 뺨을 댔다. 점잖게 추라는 말을 했지만 계속해서 뺨에 뺨을 댈 때,

"상오 씨한테는 못 당하겠군요."

하고 상오의 행동을 묵인해 주었다.

춤을 추고 나와서는 그냥 돌려 보내려고 택시를 잡아타고 그미의 집을 물었을 때,

"점잖으시군요."

마치 점잖은 것이 이상하다는 듯 말했다. 상오는 운전수에게 명령하듯 말했다.

"C호텔루 가시오."

연숙이 그래서는 안 된다고 화를 냈지만 상오는 운전수에게 자기 말만 들으라고 말했다.

호텔 입구에서 연숙은 안간힘을 쓰며 도망치려 했다. 그러나 상오가 강제로 호텔 문안에 끌어들였을 때는 니코틴 먹은 뱀처럼 맥을 못 썼다. 방에 들어갔을 때는 울먹울먹했다. 상오는 말 한 마디 실수로 이렇게까지 된 그미를 딱하게 생각했다. 어떻게 해야 할지를 몰라 혼자 술을 마시고 있을 때 그미가,

"잠을 자야지 않아요."

하고 말했다. 상오는,

"자."

하고 전등을 껐다. 그리고는 한참 뒤에야 침대로 가서 그미의 코를 두 손가락으로 집고,

"잘 자눈?"

비꼬듯 말했다.

"상오 씨는 나빠."

뜻 모를 말을 했다. 그때 상오는,

"응, 나는 나쁜 놈이야."

나쁜 놈이니까 나쁜 일을 해도 할 수 없지 않느냐는 생각으로 침대에 올라갔다.

며칠 뒤 전화를 걸었을 때 그미가,

"왜 그샌 전활 안 걸었어요?"

전화를 기다리고 있었다는 말을 했다. 그러니까 그미는 호텔에서 있었던 일을 뼈저리게 생각지 않고 있는 것이 분명했다. 그런 그미와 오늘의 그미가 너무나 달랐다. 마치 귀찮은 사람에게서 전화를 받은 것 같았다.

다시 안 만나도 좋았다 가슴 아플 일이 조금도 없었다. 그저 그런 전화가 불쾌했을 뿐이었다. 그럴 줄 알았다면 전화를 걸 리가 없었다. 전화를 걸었던 자기가 미울 만큼 후회되었다.

만나 달라고 애걸을 해 봐라. 만나 주나. 상오는 분한 생각에 연숙을 무시해 버렸다.

"술 살 놈, 어디 없나."

"오늘은 그만 돌아가."

"한 잔만 더 마시구 싶어. 꼭 한 잔만."

바로 옆 박스에 앉아 있는 젊은 여자들이 하는 말이었다. 들으려고 해서 들은 것이 아니었다. 어떻게 해서 귓속에 들어온 말소리였다. 상오는 그 젊은 여자들을 쳐다봤다. 못생긴 축은 아니었다. 꼭 여대생들처럼 보였다. 언

젠가 자기의 파트너가 되어 학교행사에 가 달라고 하던 여자 또래였다.

"사내자식들 다 죽었나. 술 살 만한 놈이 나타나지를 않으니……."

상오는 사방을 둘러보았다. 그 목소리가 들릴 만큼 가까운 거리에는 남자라고 자기밖에는 없었다. 그렇기 때문에 자기에게 한 말처럼 들렸다. 그런 말을 듣고도 모른 체한다면 정말 바보 같은 놈으로 취급받을 것 같았다.

"내가 사지."

그는 숫제 그미들 옆자리로 가서 앉았다. 그리고 이러한 나를 한 번 평가해 보라는 듯이 그미들을 바라보았다. 그를 훑어보던 여자 가운데 하나가,

"막걸린 안 마셔요."

하고 말했다. 조금쯤 고급이라고 말하고 싶은 태도였다.

"무슨 술을 원하지."

"최소한도 맥주루……."

"좋아."

이왕 기분을 내는 바에야 경비가 좀 든다고 해도 할 수 없었다. 세 여자를 데리고 맥주홀로 갔다.

이름도 모르는 여자들이다. 그러나 욱실거리는 손님들과 또 술상에 붙어서 술 따르는 서비스 걸도 있는 자리에서 서먹서먹하게 술을 마실 수는 없었다.

"자, 마셔."

상오는 친한 사람들끼리처럼 잔을 들어 부딪치는 소리를 내고 첫잔을 유쾌하게 마셨다.

세 여자 가운데서 술 살 놈 없느냐고 하던 여자만이 술잔을 단숨에 비웠다. 전작이 있는 것 같은데도 용감하게 마셨다. 상오는 요것들 오늘 맛 좀 봐라 하고 생각했다. 세상을 모르는 햇병아리들. 모르면서도 아는 체하고 까부는 것들이 얄미웠다.

"기분 좋은데, 자."

상오는 바로 그 여자에게 술병을 내밀었다. 그 여자는 기다리고 있었다는 듯 잔을 내밀고 얼마든지 부으라는 태도였다. 두 잔째를 비우고 난 뒤

상오는,

　"참, 이름이나 알아야 할 거 아냐. 난 권상오야."

하자 그녀가,

　"미스 김입니다."

하고 말했다. 이름은 대지 않고 성만 말했다. 그것도 성 앞에 미스란 말을 붙이고.

　염병할, 저보고 제가 미스라는 것도 있나. 상오는 배알이 꼴렸으나,

　"미스 김, 들어."

하고 또 술을 부었다. 술로 녹초가 되게 하기 위함이었다. 남들 앞에서 소리를 내며 토한다. 걷지를 못해 비틀거리다가 길에서 쓰러진다. 그때는 아는 체할 필요가 없다. 나는 도망가 버린다. 길에서 잠을 자건 경찰에 끌려가 구치소에서 보호를 받건 또 어떤 놈팡이에게 끌려가 몸을 버리건 내 알 바 아니다.

　그런데 미스 김이라는 여자가,

　"좀 천천히."

하며 술잔을 바라볼 뿐 마시려 하지를 않았다. 이미 녹초가 되었다는 것일까. 그렇지 않으면 실수할 것을 겁내 미리 방비책을 쓰는 것일까.

　상오는 한 번 더 권해 보았다. 그러나 그미는 취한 체하며 절대로 마시려 하지 않았다. 요것이 벌써 남자를 이용해 먹고 있구나 하는 생각이 들었다. 여자라는 것을 미끼로 해서 남자를 이용한다. 이용하고 나서는 내 언제 너를 알았냐는 식으로 몸을 도사리는 여자.

　상오는 범태를 생각했다. 가장 충성스러운 것처럼 일을 하다가 결국은 돈을 잘라먹고 행방불명이 된 범태. 나는 남에게 이용을 당하기 위해 세상에 나온 것은 아니다. 그는,

　"취했으면 가지……."

하고 돌아가기를 권했다. 그미는 취한 체하는 것인지 정말 취한 것인지 어쨌든,

　"그래, 가 가."

하며 일어섰다. 가짜로 취한 체하는 것 같았다. 그러면서 집으로 돌아갈 궁리를 하고 있다.

상오는 술값을 계산한 뒤 그미를 부축하고 한길로 나왔다. 다른 여자들에게는,

"내가 집까지 데려다 주지요."

하고 돌려 보낸 뒤 택시를 잡아탔다. 택시에 오르자, 그미는 취한 체하며,

"신촌 신촌으루 가……."

자기 집 방향을 말했다. 정신이 아주 흐리지 않은 것이 분명했다.

"알았어!"

상오는 그미를 안심시킨 뒤 운전수에게,

"수원 고속도로."

하고 말했다. 남자를 이용해 먹고 사는 여자에게 이용만 당할 수는 없었다.

상오는 운전수에게 한 말을 들었는지 못 들었는지 그미는 신촌, 신촌 하며 신촌을 몇 번이나 되풀이했다.

"신촌으루 가는 거야."

상오는 그미를 속였다. 그리고 그미는 속고 있었다. 정말 속고 있는 것인지 속고 있는 체하는 것인지는 상오도 알 수 없었다.

동작동을 지나 고속도로로 들어섰을 때였다. 먹칠을 한 듯 캄캄한 시계로 들어서자 여자가,

"어디루 가는 거죠."

마치 술 한 방울도 마시지 않은 사람처럼 놀란 표정을 지었다. 상오는 정말 그미가 술에 취한 것은 아니라고 생각했다. 취한 체만 하고 있다. 그것이 더 얄미웠다. 그래도 느글느글한 태도로,

"신촌 가는 길이라니까……."

하고 말했다.

"아닌데요. 신촌 가는데 이런 곳이 어디 있어요."

여자는 차창에 얼굴을 대고 밖을 내다보며 말했다.

"어디든 가면 그뿐 아냐. 편한 데루 안내할 테니까."

하고 말했다. 그러니 하고 싶은 대로 해 보라는 태도였다. 그런데 여자는 갑자기 또 취한 체했다. 쿠션 뒤로 쓰러지며,

"신촌으루 가. 신촌으루."

신음소리처럼 혼자 중얼거렸다. 그리고는 잠이 든 것처럼 잠잠해졌다. 상오는 술에 취하면 정신이 들었다 나갔다 하는 것인가 생각했다. 그렇지 않다면 이 여자는 지금 쇼를 하는 것이라고 생각했다. 술에 취한 것은 사실인데 그렇다고 정신을 잃은 것은 아니다. 그러나 어떻게도 할 수 없다는 것을 알고 정신을 잃은 체하는 것이다. 그는 여자를 내버려 두었다. 정신을 잃은 체하는 것이 그미를 위해서도 편리하고 자기를 위해서도 편리하다.

그는 얼굴을 덮고 있는 그미의 늘어진 머리카락을 올려 주었다. 반응을 보기 위함이었다. 그런데 여자는 아무 반응도 보여 주지 않았다. 얼마 뒤 그미의 상체를 들어 자기 몸에 기대게 했다. 그런데도 그미는 의식을 잃은 사람처럼 반응이 없었다. 그는 그미의 손을 잡았다. 그런데도 반사적 운동마저 없었다. 정말 곯아떨어진 것 같았다.

상오는 흥미가 싹 가시는 것을 느꼈다. 의식 잃은 여자를 데리고 가서는 무엇을 할 것인가. 이런 여자를 데리고 나는 무엇 때문에 고속도로를 달리는 것일까. 고속도로를 달리고 싶은 마음은 그 속도에 도취되고 싶을 때 일어나는 법이다.

죽은 사람이나 마찬가지 여자를 옆에 놓고 속도에 도취될 수는 없다. 반대편에서 달려오는 자동차의 헤드라이트가 옆을 지날 때 자기가 탄 차의 속도가 어느 정돈가를 알 수 있다. 낮보다도 훨씬 빠르게 달리는 것 같았다. 그러나 조금도 신이 나지 않았다.

상오는 차를 돌려 되돌아갈까 하는 생각까지 했다. 정신 잃은 여자에게는 흥미를 느낄 수가 없었던 것이다. 귀찮게만 할 것 같았다. 그러나 도중에서 차를 돌릴 수 없는 것이 고속도로였다. 갈 만큼 가야만 한다.

그런데 여자가 눈을 뜨고 몸을 일으켰다.

"여기가 어디지요."

의식이 단절되지는 않았던 모양이다. 신촌으로 가고 있지 않다는 것을 알

고 있다는 것만으로.

"수원 거의 다 왔어."

여자는 시계를 보았다. 그리고는,

"어떡할 작정이죠."

아주 똑똑한 발음으로 물었다. 놀라는 태도도 아니었다. 상오는 생기가
도는 것을 느꼈다.

"어떡허기는, 가는 데까지 가는 거지."

"당신은 누구죠?"

"그건 알아 뭣 해. 나두 당신의 이름을 모르구 예까지 왔는데……."

여자는 암말 않고 헤드라이트가 비치는 아스팔트길만 내다보고 있었다.
앞만 내다보고 있던 여자가,

"어떻게 하겠다는 거죠."

하고 물었다.

"당신은 어떻게 하겠다는 생각을 하고 술 사 주는 놈이 없느냐고 떠들었
나."

"술 마시는 것이 소원이었어요."

"세상 남자들은 당신의 소원을 풀어 주기 위해 존재하는 거라구 생각했
군."

"여자에게 술 사 주는 것만두 즐거운 일 아녜요."

"그런 남자들만 봤군."

"선생은?"

"선생이라구 안 해두 좋아. 대학을 갓 나왔으니까. 그렇지만 난 순진하지
않아."

"그럼 어떡하겠다는 거예요."

"건 나두 몰라. 남자의 자존심 때문에 술을 샀구, 취한 척하는 걸 보구 화
가 났던 것뿐야."

"그럼 왜 수원엘 가는 거죠?"

"고속도로를 달리구 싶었을 뿐야. 속도에 취해 보구 싶었어. 술에는 취하

지 않으니까 고속도로에 취해 보구 싶었던 거야."

"많이 취했어요?"

"미스 김이 취했다 깼다 하는 바람에 취해지지가 않아."

"오늘은 이상하게두 취하는 것 같다가는 금시 깨는 것 같구 그래요. 내가 그냥 취해 있었으면 좋을 뻔했나요?"

"취한 여잔 싫어. 호랑이는 죽은 고기를 싫어한다지 아마."

"지금은 깼어요. 그러니 어떻게 하겠어요."

"좀 생각해 봐야겠어."

수원에 도착하자 그들은 여관에 들어갔다. 서울로는 도저히 돌아갈 수 없는 시간이었다. 그렇다고 해서 여관을 달리 잡겠다고 말할 만큼 어느 편도 감정이 격화되어 있지는 않았다. 상오가 야욕만을 가지고 있는 남자 같지 않은데 어느 정도 신뢰심을 가져 보려는 것이 그 여자의 마음이었을지 모른다.

사실 여자는 자동차 안에서 오늘 밤 상오에게 당하는 것이라고 어느 정도 체념을 하고 있었다. 아니 상오가 그런 것만 노리고 있는 남자라고 생각했다. 그렇지 않고서야 수원까지 끌고 갈 리가 없다고 생각했다. 당할 때는 당한다고 해도 추접을 떨지는 않으리라 생각했다. 있는 지혜와 수단을 다 해볼 생각이었다. 그런데 취한 여자에게는 흥미가 없다는 말이 서광을 비춰 주었다. 자기 태도 여하에 따라 행동이 달라질 수 있는 남자 같았다.

여관에 들어서자 상오는 여자의 얼굴을 쳐다봤다. 순순히 여관까지 따라 왔다. 아무 반항도 없이. 반항 없는 여자의 얼굴이 보고 싶었던 것이다. 그런데 여자가 갑자기 얼굴을 돌려 버렸다. 얼굴을 보이기가 싫은 모양이었다. 얼굴을 보이기 싫어하는 것은 자기를 증오하는 증거다. 상오는 그렇게 생각되는 순간 그는 여관 주인에게 방 두 개를 청했다. 주인이 의아한 눈으로 보다가,

"그러실 것 없습니다. 하나만 쓰십시오."

생각해 주는 듯이 말했다.

"방은 있죠."

상오가 화난 어조로 물었다.

"싸우셨나……."

결국 방 두 개를 얻어 한 방에 여자를 들여보낸 뒤 자기는 그 옆방을 차지했다. 옷을 벗고 자리 속에 들어갔을 때였다. 노크 소리가 나고 여자가 들어왔다.

"벌써 자세요."

"자는 것 말구 할 일이 있어요?"

그러면서도 상오는 일어나 앉았다.

여자는 상오가 딴 방을 혼자 쓰는 데 적이 안심이 되었다. 신사적인 남자라고 생각되었다. 그러나 무시당한 것 같아 그냥 잘 수가 없었다. 최소한도 상오의 정체만이라도 알고 싶었다. 상오 방에 들어가자 그미는 무엇 때문에 수원까지 왔느냐고 묻고 싶은 충동을 느꼈다. 도시 이해가 되지 않았기 때문이었다. 그러나 그러면 자기가 도리어 무엇을 요구하는 것 같이 오해받을 것 같아.

"내가 어떤 여잔지 알구 싶지 않나요?"

하고 입을 열었다. 자기를 알려야 상대방에 대한 것을 물을 수 있을 것이라는 계산이었다.

"같이 술을 마시구 같이 드라이브를 했으면 그뿐 아냐. 그 이상 더 의미를 붙일 필요가 없다구 생각하는데……."

"모르면 오해를 할 것 같아서 그래요."

"오해를 한다 해두 손해 볼 것 없잖아."

"술 마시는 여자를 남자들은 좋아하지 않는다던데요."

"관심 있는 여자에게 하는 말이겠지."

"저는 선생님을 좀 알구 싶은데요?"

"알구 싶은 게 없는 사람에게 자기를 알리는 사람두 있나."

"철저하시군요."

"무관심한 채 잠이나 자지."

"고맙습니다."

여자는 자기 방으로 돌아갔다. 그것이 상오의 소원이었을 것이지만 그런 것 같지는 않았다. 자기 발로 걸어오기까지 한 여자를 왜 돌려 보냈을까 하는 의심이 스스로를 불만스럽게 했기 때문이었다. 여자가 요구하지 않는 것을 자기 입으로 각 방을 쓰도록 말한 것은 무엇 때문이었을까. 자기가 바보스러웠다. 무엇 때문에 수원까지 왔는데…… 지금이라도 여자 방으로 갈까. 가기만 하면 일은 될 것 같았다. 그러나 그는 일어나지 않았다. 그러기가 싫었다.

내가 돈 후안(Don Juan)인가. 그렇지는 않다. 돈 후안이 아니라면 흥미도 없는 여자를 농락할 수는 없다. 정말 별 흥미가 없는 여자였다. 남자를 이용하는 것을 여자의 특권처럼 생각하는 것이 얄미워 적개심 같은 마음으로 농락하려고 했던 것은 사실이었다. 그러나 차 중에서 어떻게 할 작정이냐고 상오의 계획을 물을 때 상오는 그 여자가 이미 자기에게 굴복한 것이라 생각했다. 더구나 어쩔 수 없는 상황이라 해도, 여관까지 순순히 따라올 때 더욱 그렇게 생각했다. 이름도 모르는 남자에게 그렇게 쉽게 굴복하는 여자를 무슨 맛으로 농락할 것인가. 돈을 주고 사는 것도 아니다. 순간적이나마 마음이 쏠린 것도 아니다.

상오는 차라리 돈을 요구하는 여자라면 하고 생각했다. 그렇다면 돈을 지불하는 것으로 관계는 끊어지고 만다. 사고파는 것뿐이다.

상오는 불을 끄고 잠을 청했다. 그런데 웬일인지 잠이 오지 않았다. 잠이 오지 않는 정도가 아니었다. 몸에서 열이 나는 것이었다. 자기도 모르게 팔다리에 힘이 주어졌다. 통증이 아니지만 어떤 고통이 육체를 육박해 왔다.

옆방에 누워 있을 여자가 눈앞에 선했다.

이를 깨물었다. 그래도 소용이 없었다. 허리를 꼬부렸다. 모로 누웠다. 방바닥에 엎드렸다. 베개를 안았다가 던졌다. 인내할 수 없는 고통. 그 고통은 이때까지 생각해 온 행동의 가치 같은 것을 전부 무너뜨렸다.

그런데 옆방에서 여자의 흐느끼는 소리가 들렸다. 분명 울고 있다고 생각되었다. 상오는 울고 있는 여자를 내버려 둘 수 없다고 생각했다. 사려에서 나온 것이 아니라 즉흥적인 인도주의였다. 그는 옆방으로 뛰어가고야 말았다.

여자는 정말 흐느껴 울고 있었다. 상오가 들어가자 이불로 얼굴을 가리고는 소리를 죽이려 했으나 그 흐느낌이 상오의 동정심을 불러 일으켰다. 참을 수 없는 고통과 야릇한 동정심이 범벅이 된 채 그는 여자를 이불을 씌운 채 끌어안고 말았다. 한 번 끌어안은 뒤에는 이불을 젖혀 버리고 다시 안았다. 다시 안고 나서야,

"왜 그래?"

걱정스런 음성으로 물었다. '외로워요.' 하며 더 크게 흐느낄 것을 예상하면서. 그러나 여자는 주먹으로 눈물을 닦으며,

"가 주세요."

애원했다. 그것은 남자를 거부하는 태도가 아니라 자기 비애의 표현이었다. 무슨 사연이 있는 모양이었다.

상오는,

"왜 그래."

그미에게 연민의 정을 보이며 거듭 물었다. 사연이 꼭 알고 싶은 것이 아니었다. 대화를 연장해 가는 동안 자기의 고통을 해소시키려는 마음이었다.

"다음에 이야기할게요. 지금은 가 주세요."

그러나 상오는 괴로워하는 사람을 두고 그냥 갈 수가 없지 않느냐는 눈초리로 그미를 바라보았다. 그리고는 전보다 더 힘차게 그미를 끌어안았다.

"울지는 말어. 약해 보이지가 않는 여잔데 왜 울어."

상오는 그미가 자기 앞에서 약해지기를 바랐다. 그리고 그미가 완강하게 자기를 떠밀지 않을 것을 바랐다. 그의 손이 그미의 등 밑으로 미끄러져 내려갔다.

"그러지 마세요."

그것은 말뿐이었다. 몸의 저항은 아주 죽어 가고 있었다. 상오에게 다시 없는 기회였다.

"왜 울어. 말해 봐."

이것은 상오의 마음에 여유가 생겼을 때 그미에게 물러나 앉으며 물은 말

이었다. 육체가 흥분해 있는 동안 상오는 그미의 울음 같은 것을 완전히 잊고 있었다.

여자는 드러나 있는 몸을 이불로 가리며,

"다음에 이야기할게요."

여전히 이야기를 거부했다. 상오는 여자가 이야기를 해 준다면 즐거이 들을까 했지만 안 하겠다는 것을 억지로 강요할 수는 없었다. 일을 끝냈다고 해서 곧 돌아가기가 야속스러웠지만 그미의 이마에 키스를 해 주고,

"잘 자."

한 뒤 자기 방으로 돌아갔다.

별반 후회되지가 않았다. 인간은 깊은 사려 끝에 행동하는 것만은 아니다. 가치 판단을 내린 뒤에만 행동을 하는 것도 아니다. 어쩔 수 없어 하는 행동이 대부분이다.

다만 생각나는 것은 항거함이 없이 자기 행동을 받아들인 여자의 마음이었다. 동시에 여자의 정체가 궁금했다. 크게 항거하지 않았지만 육체를 빼앗긴 뒤에는 약간 실의에 빠져 있는 듯한 그미가 학생 같기도 했고 학생 같지 않기도 했다. 혼자 있을 때는 울다가 자기 앞에서는 애써 울음을 그치려 한 그미가 지성을 가진 여자 같기도 하고, 지성을 무시한 타락한 여자 같기도 했다. 상오는 그미가 지성이 날카로운 여자거나 지성을 아주 무시한 타락한 여자이기를 바랐다. 지성도 간직한 체, 순정도 간직한 체 중간치처럼 뒤처리가 곤란한 여자는 없기 때문이었다.

다음날 아침 상오는 그 여자 모르게 여관을 빠져나갈까 생각했다. 다시 만나지만 않으면 두 사람의 관계는 그것으로 완전히 끝나고 말기 때문이었다.

그러나 상오는 도망치는 대신 그 여자의 방문을 노크했다. 도망칠 수가 없었던 것이다. 남자의 긍지 때문이었다. 남의 집 물건을 훔치고 몰래 도망치는 도둑 같은 남자가 되기 싫었다. 알 사람이 없다. 그 여자도 수색원을 내거나 자기를 찾아 서울 거리를 헤매지 않을 것이다. 인상착의 등을 적어 신문에 사람찾기 광고를 낼 것도 아니리라. 그러나 상오는 남이 문제 아니

었다. 자기를 긍지 없는 남자, 도둑 같은 비굴한 남자로 자처하기가 싫었다. 죽을 때까지 자기 자신에게 그런 낙인을 찍고 살기가 싫었다. 도둑질을 하고도 물건 주인과 부딪쳐 싸우고 나면 반발심으로라도 자기의 부끄럼을 은폐할 수 있다. 그런 심정으로 그 여자를 만나나 보고 가려 했다.

"네."

노크 소리에 그 여자의 대답이 금시 출입문을 울렸다. 만약 대답이 없었다면 대답이 있을 때까지 두 번이고 세 번이고 노크했을 상오였다. 첫 노크에 대답해 주는 그미에게 감사하고 싶은 마음으로 방 안에 들어섰다. 여자는 화장을 하고 있었다. 얼굴을 돌려 상오라는 것을 알자 그미는 화장을 계속하며 말했다.

"일찍 일어나셨군요."

상오는 자기가 그미의 공격 대상이 아니라는 것을 알고 안심했다.

"서울 가서 조반 먹을까."

"그러세요. 지금은 시장하지두 않으니까."

술이 깬 그 여자는 퍽 상냥했다.

여관을 나올 때는 상오의 구두까지 바로 놓아 주었다. 그런 여자가 어째서 술을 마시고 싶어했고 술을 마신 뒤에는 어째서 의지가 없는 여자처럼 피동적이었을까. 택시로 고속도로를 달릴 때 그는 물었다.

"어젯밤 일에 대해서 왜 화를 안 내지."

"화는요. 자업자득이었는데……"

"체념이 빠르군."

"화를 내면 어떻게 하실 작정이세요."

"한 대 갈겨 주지."

"그럼 화를 낼 걸 그랬군요."

"매가 맞구 싶어?"

"멍이 들두룩."

"자기학대를 좋아하누만."

"학대 속에서 자랐으니까요."

잘못하다가는 그미의 신상 이야기가 나올지도 몰랐다. 상오는 그런 것을 알 필요가 없다고 생각했다. 화제를 돌려,

"그 다방에 자주 나가?"

하고 물었다.

"달 다방 말이죠. 가끔 나가죠."

"같이 있던 친구들은 뭣 하는 여자들인데?"

"대학생들인데 그 애들은 참 얌전해요."

"미스 김은 얌전하지가 못한가?"

"보신 대루 난 어떤 관념 속에서 살 생각은 없으니까요."

그것으로 그 여자의 전부를 안 듯한 느낌이었다. 술을 마신 것도 자기에게 끌려 수원에 갔던 것도 즐거움을 얻기 위한 행동은 아니었다. 자기 학대를 위함이었다. 그리고 자기 자신에게 반항하기 위한 행동이었다.

그 여자도 그런 이야기에 흥미가 없는지 스스로 화제를 돌렸다.

"고속도로가 기분 좋지요?"

"뭐가 좋지?"

상오는 그런 이야기나 주고받으며 서울까지 가고 싶어 반문했다.

"좋아요. 우리 할아버지 할머니들은 이런 것두 못 보구 죽었으니 불쌍하죠?"

그 여자는 상오를 보며 상냥하게 웃었다.

"그러니까 미스 김은 행복하다는 거군."

"대의법(對意法)을 모르시는군요?"

"그럼 불행하다는 건가."

"난 고속도로에서 죽고 싶어요."

그러면서도 여자는 침울한 표정이 아니었다. 침울한 표정이 아니어서 좋았다. 그러나 명랑을 가장한 얼굴 저변에 흐르고 있는 침울이 눈에 보였다.

"그럼 내가 자가용을 사서 미스 김의 죽음을 방조해 줄까."

상오도 농담으로 말했지만 농담을 하는 상오의 가슴 속에도 그 여자와 협화되는 침울이 흘렀다. 자기도 결국은 그 여자처럼 죽어야 하지 않을까 하

는 예감이 들었던 것이다.

"그럼 선생님두 죽어야 하게요."

여자가 상오의 어깨를 자기 어깨로 가볍게 밀며 웃었다.

"참 그렇군. 그럴 수는 없지."

상오는 자기의 불길한 예감을 지워 버리며 웃었다. 여자도 자기의 상념을 부정해 버리려는 듯 전방을 내다보며,

"직선이 길지요? 곡선투성이인 서울 길보다 얼마나 시원해요?"

또 고속도로 예찬을 시작했다.

"그래두 곡선이 조금은 있지. 난 하나두 없었으면 좋겠어."

"부산까지 일직선이면 얼마나 멋있을까?"

말을 그치고는 다시 전방을 주시하다가,

"저걸 봐요. 꼭 호수 같지요."

하며 상반신을 앞으로 내밀었다. 먼 앞길의 까만 아스팔트가 변색해 보였다. 상오도 한참을 주시하다가,

"난 얼음길 같은데……."

"물이 깔린 것 같잖아요."

"저것이 오로라처럼 보이기두 한다는 거군."

"오로라. 오로라처럼 보이면 얼마나 좋을까."

"미스 김은 상당한 로맨티스트구먼……."

"차라리 로맨티스트라면 즐거움이라두 있게요."

상오는 또 심각한 이야기가 나올 것 같아 돌발적으로,

"참 미스 김, 이름은 뭐지."

갑자기 그것이 알고 싶다는 듯 물었다.

"그건 알아서 뭘 하죠. 난 선생님 이름을 한 번 들었지만 잊어버리고 말 았는데요."

상오는 자기가 완전히 졌다고 생각했다.

"통속적이 돼서."

자기변호도 자기비하도 아닌 말을 하고 쓸쓸하게 웃을 수밖에 없었다.

서울에 도착하자 그들은 어떤 음식점에 들어가 비빔밥 한 그릇씩을 먹었다. 그리고는 다방으로 가서 커피까지 마신 뒤 명동 입구에서 작별했다. 작별할 때까지 그들은 서로의 이름을 말하지 않았다. 그리고 다시 만날 약속도 하지 않았다. 그것으로 어제라는 것을 완전히 떠나보냈다.

홀가분한 마음이었다. 홀가분하면서도 그 여자가 오늘 밤 또 어떤 곳에서 술 살 놈은 없는가 하며 하룻밤의 역사를 만들 생각을 하며 우울해졌다. 그미는 그것을 자기의 역사라고 생각지 않을 것이다. 그저 자기 학대라고만 생각할 것이다. 그리고는 다음날 아침 명동 입구에서 또 어제를 향해 손을 흔들어 보낼 것이다.

어두운 그림자를 밟은 듯한 우울한 마음으로 집에 들어갔을 때 어머니가 못마땅한 얼굴로 외박을 왜 하느냐고 꾸중을 했다. 외박에 대한 단순한 꾸중만은 아닌 것 같았다.

처음 있는 외박도 아니었기에,

"친구네 집에서 놀다가 그냥 잤어요."

시원찮은 대답을 하고 자기 방으로 나가려는데 어머니가 그를 불러 세우고,

"혜수란 여자가 누구냐. 어젯밤에 찾아왔더라."

따지려 했다.

"아는 여학생이에요."

대단치 않은 일이란 듯 대답했지만 그는 혜수가 무슨 말을 하고 갔는지 속으로 궁금했다. 그렇다고 혜수가 무어라 했느냐고 물어 볼 수는 없었다. 어머니도 혜수 이야기는 않고,

"마음 떠서 돌아다니지 말구 장가를 들어 아버지 일이나 도와라."

결혼 독촉을 했다. 사업을 한답시고 돌아다니다가 실패를 한 뒤 실의에 차 있는 아들에게 어머니로서 마땅히 할 말이었다. 그러나 단순히 사업에 실패한 것만 가지고 말하는 것 같이 들리지 않았다. 혜수가 자극적인 말을 하고 간 때문인 것 같았다.

"그 혜수란 학생이 뭐라구 했어요."

“뭐라지는 않아두 이것저것 물어 보는 게 수상하더라. 너 그 애하구 좋아하니. 난 첫눈에 싫더라. 예의범절은 고사하구 주둥아리만 까져서 참새 새끼 같더라.”

상오는 어머니가 결혼 독촉한 이유를 알 수 있었다. 혜수가 싫으니까 그런 여자들과 교제를 못하게 함이리라.

“나두 좋아하지 않아요, 그 애를.”

“그런데 그 애는 네 방을 보여 달라더니 방 안에 들어가서는 이 구석 저 구석 살펴보더라. 그리고 요새는 몇 시쯤 돌아오느냐구 묻기두 하구. 누구냐고 물었더니 조금 아는 사이라나.”

조금 아는 사이라는 말의 뜻을 어머니가 모를 것 같아 상오는,

“조금 아는 정도뿐이니까 걱정 마세요.”

하고 말했다.

“조금 아는 애가 어떻게 그럴 수가 있니. 좌우간 깊이 사귀진 마라.”

어머니는 어느 정도 안심이 되는지 이야기를 그 정도로 그쳤다. 결혼 독촉의 이유를 확실히 알 수 있었다. 상오는 자기 방으로 가서 혜수가 어쩌자고 집엘 와서 어머니의 의심을 사도록 행동했을까 하고 생각했다. 대개의 경우 여자가 남자의 집에 가서 남자의 부모를 만날 때는 결혼의 결심이 서 있을 경우다. 그렇다면 혜수가 자기와 결혼할 생각이란 말인가. 상오로서 한 번도 생각해 본 적이 없는 일이었다. 그는 문득 어머니에게 나도 좋아하는 애가 아녜요 한 말을 생각했다. 그것은 어머니에게 동조하기 위해 생각 없이 한 말이었지만 사실과 상반된 말 같지가 않았다. 정말 좋아할 여자는 못 된다고 생각했다. 설사 자기가 그미의 육체를 애무해 주었다 해도 그것이 곧 사랑은 아니었다. 애인의 친구에게 몸을 쉽게 허락하는 그런 여자를 어떻게 사랑할 것인가. 싫지는 않았다 해도 사랑한 것은 아니다. 싫지 않은 것과 사랑한다는 것은 본질적으로 다르다. 더구나 명배를 생각할 때 자기가 혜수와 결혼한다는 것은 상상도 못할 일이다. 친구의 애인을 빼앗아 결혼한다는 것, 그것은 윤리상 도저히 허락할 수 없는 일이었다.

그런데 다음날 아침 일찍 혜수에게 전화가 왔다. 좀 만나자는 것이었다.

상오는 그렇지 않아도 만나고 싶다고 말했다. 최종적인 구체안을 제시해야 할 단계라고 생각했기 때문이었다. 다방에서 만났을 때 상오는 우리 집에 왔었다면서 하고 공세를 취했다.

"하두 답답해서 찾아갔었어."

혜수의 태도는 도리어 나긋나긋했다.

"집에 왔던 의도를 좀 솔직하게 말해 줘."

상오가 꼬집듯이 묻자.

"보구 싶어서요. 그럼 안 되나요."

혜수가 자기의 정당성을 내세웠다.

"그것뿐인가."

"그 이상 더 뭐가 있겠어요."

"보구 싶다는 말의 의미는?"

"의미가 따루 있는 말인가요."

"애인의 친구루 보구 싶다는 건가."

"그런 말 이제는 듣기두 싫어요. 모욕할 생각이 아니라면 다시 그런 말 하지 마시죠."

혜수는 약간 신경질적이었으나 상대방을 찌르는 태도가 아니었다. 특히 혜수가 이 날부터 존경어를 쓰는 데 대해 상오는 그미의 태도가 달라졌다는 것을 확신했다. 진심으로 사랑을 하면 상대방을 존경하게 되는 것이 여자의 속성이다. 이때까지의 연애 기분을 청산하고 결혼을 내다보며 자기를 사랑하고 있는 것이 분명했다. 상오는 긴 이야기를 할 필요가 없다고 생각했다. 자기의 생각을 정확히 전달하고 그것을 행동화할 것을 똑똑히 보여 주어야 했다.

"나는 혜수와 알기 전부터 명배와 우정을 가지고 있었어. 나중 것을 위해 앞의 것을 희생시킬 수는 도저히 없단 말야. 명배가 죽고 없다 해두 난 그 짓은 못 할 거야. 그러니까 어떤 의미에서건 나를 보구 싶어하지 말아 줘."

얼마 동안 고개를 떨어뜨리고 무엇인가를 생각하고 있던 혜수가 상오를 쳐다보며 입을 열었다.

"일방적으로 결정지을 수 있는 문젤까요."

"타협이 안 될 때는 옳은 생각을 가진 사람이 일방적으로나마 강행해야겠지."

"누구의 생각이 옳은 건지 알 수가 없을 때는요?"

"진리 판단은 우선 상식적으루 해야 해. 상식적으루 옳지 않다구 생각될 때 우리는 우선 행동을 중단시켜야 하는 거야."

"지금이 상식적으루 살 시댄가요. 상식은 부정된 지 벌써 오랬어요."

"그러니 어떻게 하겠다는 거지."

"나는 상오 씨와 결혼할래요."

상오는 자기의 예측이 옳다고 생각했다.

"명배와는 결혼할 생각은 안 했던가."

"해 본 일 없어요."

상오는 어째서 자기하고는 결혼하고 싶은 마음이 생겼냐고 묻고 싶었다. 그러나 그렇게 하면 이야기가 길어질 것 같았다.

"명확하게 말하지만 난 아직 결혼을 생각지 않구 있어. 더욱이 혜수하구는 말야. 더 길게 말 안 하겠어. 이제 내게 남은 것은 행동뿐이니까. 그쯤 알구 있어."

이 말을 하고는 그냥 나가 버리려 했다. 그런데 혜수가 뜻밖에도 눈물을 흘리기 시작했다. 상상도 하기 힘든 일이었다. 혜수가 눈물을 흘리다니……. 차마 울고 있는 혜수를 보며 나갈 수는 없었다.

자기 때문에 약해진 여자를 볼 때 우선 연민을 느끼는 것이 남자의 마음이다.

"혜수두 울 때가 있나."

비꼬듯이 말했지만 절대로 비꼬는 말이 아니었다. 특히 애정문제 같은 것으로 울 여자라고는 생각해 본 일이 한 번도 없었다. 혜수는 아무 대답을 안 했다.

"나보다는 명배가 몇 배가 순수하구 또 순결할 거야. 혜수의 행복을 위해서두 명배와 결혼하는 것이 좋다구 생각해."

상오는 그것이 진심이라 생각하면서 말했다. 명배는 사회생활을 하는 데 있어서도 가장 건실하게, 그리고 가장 진실되게 살아갈 남자다. 자기처럼 객기가 있는 남자가 아니다. 여자로 볼 때 자기보다는 명배가 착실한 남자임에 틀림없다.

"그런 이야기할 필요 없어요. 설사 상오 씨와 결혼을 안 한다 해두 다시 명배 씨를 사랑할 생각은 없어요. 그것만은 장담해요."

상오는 자기와의 결혼을 단념하는 듯한 혜수의 말이 조금도 고맙지 않았다. 명배를 사랑하지 않겠다는 말이 더 크게 작용을 했기 때문이었다. 혜수가 명배를 사랑하지 않게 되면 자연 명배와 자기와의 우정은 깨어지고 만다. 단순한 우정의 파괴가 아니다. 명배와 혜수와 자기 세 사람의 인생에 암영을 던져 주는 일이다.

"시야를 좀 넓게 하구 생각해. 세 사람의 인생이 파멸되는 거야."

"왜 세 사람이 다 파멸해요. 우리가 결혼하면 두 사람은 행복해지는데…… 한 사람의 행복에는 몇 사람의 희생이 동반하는 법 아녜요."

상오는 너와 결혼할 수가 없다고 단정적인 말만을 거듭하기가 힘들었다. 혜수의 단순한 감정을 악화시키기만 할 것 같았기 때문이었다. 결국 그미를 구슬리는 방법밖에 없었다.

"혜수, 이것 봐. 결국 우리 둘이서 입을 열지 않구 비밀을 지키기만 하면 우리들의 관계를 알 사람이 없잖아. 그럼 명배하구의 관계는 무난히 원상복구가 될 거야, 어때."

"그런 것이 겁나서 누가 그런대요. 나는 내 소신대루 사는 거예요."

상오는 너 혼자서 소신대로 살아라, 나는 또 내 소신대로 살 테니까 하고 쏘아 주고 싶었다. 그러나 그는 그 말도 참았다. 그미의 감정을 격화시켜서는 안 된다는 자제심 때문이었다. 그 대신,

"나를 과대평가하구 있는 모양인데 나 같은 게 무슨 가치가 있는 인간인가. 누구보다두 가장 비참해질 요소가 많은 인간이야. 혜수를 행복하게 할 자신두 없어."

"그런 말두 소용 없다니까요. 좋으면 그뿐이지 가치 판단이 무슨 소용 있어요."

어떻게도 할 수 없는 여자라고 생각되었다. 세상을 제멋대로만 살려고 하는 여자에게 설득이 있을 수 없었다. 상오는 할 수 없이,

"할 수 없군. 혜순 혜수대루 소신껏 살어. 나는 나대루 내 소신껏 살 테니까. 내 소신은 혜수와 결혼할 수 없다는 거야."

그러자 혜수가 알겠다는 듯이,

"그럼 나가."

하며 자리를 차고 일어섰다. 결투라도 하자는 그런 태도였다. 나갈 테면 나가자. 어떻게 할 테냐. 혜수는 거리에 나오자 택시를 잡고 상오더러 먼저 타라고 했다.

상오는 차에 오를 때의 에티켓을 무시하고 자기가 먼저 탔다. 나중에 오른 혜수가 문을 탕 닫고는 운전수에게 영등포로 가자고 했다. 상오는 영등포에 깡패들을 사 놓은 것이나 아닌가 생각했지만 깡패도 두렵지 않았다. 깡패라고 해서 자기 의지를 꺾을 수는 없다고 생각했다. 그런데 차가 서울역을 지나자,

"개새끼."

라는 말과 동시에 혜수의 주먹이 날아왔다. 아프라고 때린 것이었겠지만 조금도 아프지가 않았다. 여자의 손이란 사람을 때리기 위해서 만들어진 것이 아니니까. 그러나 상오는 다시 더 맞을 생각이 없었다. 혜수의 오른손을 꼭 잡고,

"까불지 마."

눈으로 위협을 했다.

"너는 여잘 뭘루 아니. 마음대루 아무렇게나 해두 된다구 생각하니."

혜수가 손을 빼서 다시 치려고 했다. 그러나 상오는 그미의 두 손을 한꺼번에 잡고 꼼짝도 못하게 했다.

"나를 주먹으루 굽히려구 하는 거야? 정말 웃기지 마."

"그냥 두지는 않을 테니까 그쯤 알아. 사람을 함부루 짓밟는 새끼……."

"마음대루 하라구. 그렇지만 유치하게 그 가는 팔을 사용하지 마."

"가는 팔이라구? 가늘어두 힘은 있을걸."

"잘못하다가는 두 동강으루 날 거야."

"어디 두 동강으루 내봐 봐."

혜수가 두 팔을 내밀었다. 그때 상오는 웃음이 나와 웃고 말았다. 그 허점을 이용하여 혜수가 이번에는 두 손을 모아 상오의 얼굴을 후려쳤다.

"이거 정말 겁 없이 날뛰네."

상오는 또 두 손을 잡고 혜수를 쏘아봤다.

"난 겁 없는 여자야. 그것만 알아."

혜수는 더 할 말이 없는 것 같았다. 차를 서게 했다. 노량진 근처였다. 차가 서자 암말 않고 휙 내려 버렸다. 상오는 어이가 없었다. 그러나 무작정 갈 수가 없어 운전수에게 차를 돌릴 수 있는 대로 돌리라고 한 뒤 한강 못 미쳐서 자기도 내렸다. 그리고는 딴 차를 타고 시내로 돌아왔다.

다방에 앉아 자기 정리를 해 보았다.

혜수는 어떤 계산에서든 자기와 결혼을 하려다가 여의치 않다는 것을 알 때 폭력을 썼다. 두 번째의 폭력이었다. 폭력으로 자기 감정을 다스리려는 여자다. 언제 또 폭력적인 행동을 할지 모른다. 그러나 상오는 혜수의 폭력적인 성격이 무서운 것은 아니었다. 명배와의 어쩔 수 없는 우정 파멸이 무서웠던 것이다. 모든 친구에게 배신자라는 낙인을 찍히고 어떻게 사회생활을 할 수 있을 것인가.

사랑을 위해서는 우정도 배반할 수 있다고들 한다. 그런데 나는 사랑도 아닌 것 가지고 우정만 배반했다. 그것도 나를 위한 의식적인 배반이라면 탓할 것이 하나도 없다. 우정을 위한다고 한 노릇이 결과적으로 우정을 배반했으니 견딜 수가 없는 일이다.

상오는 씻을 수 없는 죄를 지은 듯한 느낌이었다. 그리고 무조건 자기를 감싸 줄 관용의 신이 그리웠다. 나를 밝은 세계로 이끌어 줄 신은 없을까.

그는 문득 초희를 생각했다. 아무것도 물어 보지 않고 자기를 마음 편하게 해 줄 사람은 오직 초희뿐이라는 생각이었다.

그는 초희에게 전화를 걸고,

"날 좀 만나 줄 수 있어?"

상오는 불쌍한 사람이 애걸하듯 말했다.

"언제 안 만나 드린 때가 있나요."

초희가 웃으면서 말했다. 상오에게서 그런 말을 듣는 것이 우스웠던 것 같았다.

"언제쯤 만나 줄래."

상오가 여자에게 이렇게까지 자신이 없었던 때는 드물 것이다. 자기가 만나고 싶은 시간을 먼저 말하는 것이 그의 습관이었으니까.

"아무때두 좋아요."

어디까지나 상대방을 존중하며 자기의 자존심을 죽이는 초희의 대답이었다.

"지금 곧 나올 수 있어?"

"화장할 시간은 주셔야지요."

"삼십 분쯤 걸리나?"

"십 분이면 충분해요."

"거기서 나오는 시간까지 합쳐서 삼십 분이면 충분하겠군. 광화문 G다방에서 기다릴게."

"좋아요."

수화기를 놓자 상오는 곧 약속된 다방으로 갔다. 그리고는 오 분에 한 번씩 시계를 보았다. 초희는 삼십 분보다 오 분 일찍 왔다.

"나와 줘서 고마워."

상오는 초희에게 무엇이나 감사하고 싶은 심정이었다.

"내가 그렇게 보구 싶었어요?"

초희는 상오가 자기만을 생각하고 있는 사람처럼 보이는 모양이었다.

"응, 보구 싶었어."

상오는 초희야말로 자기가 이십사 시간 생각해야 할 여자라는 마음을 먹으며 대답했다.

"상오 씨가 보구 싶을 때 나는 어떻게 하는지 아세요."

"몰라."

"좋은 일을 자꾸 해요. 부엌일두 하구 빨래두 하구. 또 요새는 타이프를 치고 있어요."

"타이프 치는 것두 좋은 일에 속하나?"

"다음에 상오 씨 사업을 도울 수가 있잖아요. 좌우간 보지는 못해두 상오 씨가 칭찬해 줄 일을 하구 싶어져요."

그것이 초희의 진실이라 생각하니까 고개가 수그러졌다. 자기는 초희가 칭찬해 줄 것을 바라며 그런 일을 한 것이 하나도 없다. 그러나,

"고맙군."

대수롭지 않게 넘겨 버리는 상오였다. 감격한 것처럼 보이는 것이 남자의 자존심으로 허락되지 않았기 때문이었다. 조금 자유스런 환경이라면 감격성을 포옹으로 표현했을지 모르지만 다방이라 그런 것은 생각조차 할 수 없었다.

"그샌 별일 없었어요? 사업두 잘 되구."

초희의 눈에는 상오가 조금 어색해하는 것같이 보였는지 얼른 화제를 돌렸다. 상오는 화제를 잘 바꿔 주는 초희에게 또 고마움을 느꼈다.

"일이 많았지. 참 많았어."

그는 그샌 있었던 일 전부를 다 이야기하려고 생각했다. 그래서 영화에 실패한 이야기부터 꺼냈지만 결국은 그 이야기로 끝내고 말았다. 이야기를 듣고 난 초희가 놀란 표정을 지으며,

"그럼 어떡하지요."

걱정부터 했다.

"큰일이야. 첫 사업이 그렇게 좌절될 줄은 정말 몰랐어."

“우선 돈을 갚아야 할 것 아녜요.”

“물론 갚아야지. 그러자니 새 사업을 할 수가 없게 됐단 말야.”

상오는 자기가 받은 상처가 이만저만이 아니란 듯 말했다. 그것은 말로는 안 했지만, 혜수 연숙 미스 김 등 여자에게서 받은 타격 전부까지 포함시킨 자기의 상처 전부를 뜻하는 것이었다.

“아직 젊으니까 그렇게까지 실망은 마세요. 하나의 체험은 새로운 실패를 막아 주지 않아요. 의지와 양심만 잃지 않음 되는 거예요.”

초희는 정말 좋은 여자였다. 상오의 실패를 자기와 연결시켜 슬퍼하지를 않았다. 오직 상오의 재기를 위하는 마음만을 보여 주었다. 더욱이 상오에게 있어서는 자기의 여자 문제까지도 그미가 문제시하지 않는 것처럼 보였다.

“고마워. 의지와 양심만은 죽이지 않고 살 거야.”

그 말이 곧 초희의 용서에 대응하는 태도라는 심정으로 말했다.

“그러세요. 얼마 동안 마음의 정리를 하고 새 사업을 모색해 내면 되잖아요. 상오 씬 용감한 남자인데요, 뭐……..”

초희가 안 그러냐고 묻는 듯이 살짝 웃었다.

“텍사스에서 온 사나이. 하하…….”

상오는 너털웃음을 웃으며 응수했다. 정말 웃을 수 있을 만큼 가슴이 툭 틔는 것 같았다. 사업도 그리고 혜수의 문제도 겁을 먹을 것이 못 된다는 마음이었다.

“오늘 내가 점심을 살까.”

상오는 즐거운 마음에서 점심을 사려 했다.

“아직 점심을 안 잡쉈군요. 지금이 몇 신데.”

하면서도 초희는 어디든 가자고 했다. 조금쯤은 먹을 수 있다는 것이었다. 상오는 가까운 곳에 있는 경양식집으로 들어갔다. 상오는 비프까스를 시키고 초희는 카레라이스를 시켰다. 점심을 먹는 동안 상오는 꼭 한 마디만 하고 싶었다. 나는 나쁜 놈이야. 나쁜 놈이란 걸 알고도 그냥 만나 줄 수 있어, 하고.

그 말만 하면 자기가 하고 싶은 말을 다 하는 것이 된다. 그리고 초희의 대답을 듣고 싶었다. 그냥 만나 주겠다면 그것은 무조건 자기의 전부를 용서해 주는 것이 된다. 그러나 밥을 다 먹을 때까지 그 말 한 마디를 못했다. 어느 정도 절박감에서 벗어났기 때문이었으리라. 그 말을 안 하고도 그냥 지낼 수가 있을 것 같았다.

어쨌든 상오는 초희를 만나 효과가 컸다. 불안하고 속죄하고 싶던 마음이 한결 가셨던 것이다. 그리고 그미와 헤어질 때는 앞으로 여자관계를 절대로 삼가겠다는 자기반성을 했다. 초희 앞에서 맹세하는 자세로 혼자 결심도 했다. 초희만을 생각하며 지내다가 시기를 보아 그미와 결혼하자. 그것만이 내가 나아갈 길이다.

그런데 그 날 저녁 돈을 횡령하고 행방불명이 되었던 범태가 집으로 찾아온 뒤 그의 마음은 또 달라졌다. 죽이고 싶을 뿐이라고 생각하던 범태가 다 죽어 가는 시늉을 하고 집으로 찾아와 죽을죄를 졌다면서 한 번만 용서해 달라고 했다. 상오는 대답 대신 우선 그를 후려쳤다. 두 주먹을 다 써서 왼쪽 바른쪽 뺨을 마구 두들겼다. 그것도 모자라 나중에는 발로 걷어차기까지 했다. 어느 정도 직성이 풀렸을 때야,

"잔소리 말구 먹은 돈 다 내놔라. 그렇지 않으면 죽여 버린다."
하고 소리를 질렀다.

"네, 갚겠습니다. 죽을 때까지 그 돈은 갚겠습니다."

"당장에 내놔. 죽을 때까지가 뭐야."

그때 범태는 울먹이면서 자기가 그 돈을 쓰게 된 사연을 말했다. 친정인 부산에서 앓고 있던 아내가 위암이라는 것을 알고 수술을 안 할 수 없었다는 것이었다.

그런데 돈이라고는 그 돈밖에 없었고 우선 목숨을 살려야 하기 때문에 썼다고 하면서 쓰고 남은 백만 원을 내놓았다.

"쓴 돈은 얼만데?"

딱딱거리기는 했지만 상오의 마음은 이미 누그러져 있었다. 병 때문에 부득이 썼다고 했고 또 나머지 돈을 백만 원이나마 내놓는 데야 어찌 죽이겠다고 덤벼들 수가 있는가.

“이백만 원입니다.”

“뭐?”

이백만 원을 수술비에 썼다는 것은 이해할 수 없는 일이었다.

“제가 그새 빚이 좀 있었습니다. 그것두 안 갚을 수가 없었습니다.”

“집이라두 팔아서 당장에 갚아.”

“집이 어디 있습니까.”

“그럼 어떻게 갚을 작정인가.”

“갚겠습니다. 어떻게 해서든 갚겠습니다.”

“말은 좋다. 말루 돈을 갚을 수 있어?”

상오는 어떻게 해서든 받아야 한다고 생각했지만 받을 길이 막연했다. 이럴 경우 어떻게 했으면 좋을까. 돈은 못 받는다고 해도 속이나 후련했으면 하나 그 방법도 생각나지 않았다.

“나는 당신 때문에 내 청춘이 엉망이 되었소. 내 의지를 꺾어 놓았단 말이오.”

상오는 말투까지 달리 썼다. 빚진 죄인이라지만 자기보다 나이 많은 사람에게 언제까지 욕설만 퍼부을 수가 없었다.

“제가 속죄하는 뜻으루 성심껏 일을 봐 드리겠습니다. 그냥 영화를 계속하십시오.”

“싫소. 한 번 꺾인 나무를 다시 붙일 수 있소? 그러기두 싫구.”

“꼭 성공할 수 있는 작품인데요.”

“꼭 성공할 줄 알구 그런 짓을 했군요.”

“제 잘못이야 백 번 죽어 마땅하지만 그래두 사업을 버리심 어떡헙니까.”

“심기일전할 일이 아니면 다시 시작 안 하겠소.”

“그럼 제가 더 미안하지 않습니까.”

“당신 미안하지 말라구 영화를 다시 하기를 싫소.”

어쨌든 범태를 만남으로써 사업에 실패했다는 비애감을 한 번 더 느꼈다. 부모의 원조 없이 사업을 하려다가 결국 부채 정리의 책임만 맡게 되었다는 서글픔도 되새겨야 했다. 그렇게 되니 새 사업에 손 댈 것이 암담해지기도 했다.

이렇게 마음이 암담해지니 초희를 만났을 때의 정상적인 생각이 뒤흔들릴 수밖에 없었다. 부모들에게 빚에 대한 이야기를 해야겠는데 어떻게 말을 꺼낼 것인가. 긴 한숨을 내쉬고 있을 때 뜻밖에도 연숙에게서 전화가 왔다.

"오늘은 제 시간에 퇴근할 수 있는데요."

상오는 그러니 어떻게 하라는 거냐고 소리를 지르고 싶었다. 그러나,

"그러니까 오늘은 만날 수 있다는 거군."

하고 약간 기분이 언짢음만을 표시했다.

"어디루 갈까요."

연숙은 묻는 말에 대답은 안 하고 만날 장소를 물었다. 상오는 바빠서 나갈 수가 없다고 거절하고 싶었다. 여느 때 같으면 거절했을 것이다. 그러나,

"무교동 K다방으루 나와, 다섯 시 십 분까지."

만날 장소와 시간을 말했다. 복수하는 기분으로 연숙을 괴롭혀 주면 조금쯤 마음이 풀릴 것 같았기 때문이었다.

범태를 돌려 보낸 뒤 연숙과 약속한 다방으로 갔을 때 상오는 정말 복수와 같은 행동을 안 하고 못 배길 심정이었다. 물론 복수를 하려면 범태에게 해야 한다. 그러나 범태는 복수를 받을 만한 대상이 못 된다. 쥐가 얄밉다고 해서 그것을 때리려 돌을 던진들 시원할 것이 무엇인가. 장독만 깰 것이다. 쥐를 때리고 싶은 충동이 고양이를 때려도 시원해질 수가 있다. 자존심만이 살아 있는 연숙을 복수하는 기분으로 정복하면 쾌감이 클 것 같았다. 다만 초희에게 조금 미안할 뿐이었다. 숙연히 초희 앞에서 자기반성을 했던 자기 마음이 써늘해지는 것 같았다.

그러나 어떤 일을 해도 그것을 캐묻지 않고 관대하게 대해 주는 초희인 만큼 그미 모르게 하는 행동에 불안감을 느낄 필요가 없다고 생각했다. 모르는 것이 약이 된다고 한다. 초희 모르게 하는 행동에 초희가 괴로워할 것이 없다. 초희가 괴로워하지 않는다면 내가 내 행동에 스스로 제한받을 필요도 없다.

상오는 초희가 정말 남자를 행복하게 해줄 수 있을 여잘까 하고 생각했

다. 좋은 여자임에 틀림없지만 좋다고 해서 반드시 남자를 행복하게 해줄
것 같지는 않았다. 여자는 남자의 전부를 관찰할 수 있는 눈을 가져야 한다.
그래야 남자가 행복해질 수 있는 구멍을 찾아 그것을 메워 줄 수가 있다. 남
자를 믿고 또 관대하다고 해서만 남자가 행복해질 수는 없다. 여자는 신경
질적일 때는 신경질적이어야 하고 요염할 때는 요염해야만 남자에게 매력을
줄 수 있다. 매력 없는 여자는 평범할 뿐 금시 권태를 줄 것이다.

상오는 이런 생각을 하며 초희를 과대평가할 필요가 없다고 스스로 다짐
했다. 평범한 여자를 위해 행동의 구애를 받을 필요가 무엇인가.

그런 생각을 해서 그런지 연숙을 대하고 앉아 그미의 얼굴을 흥미 있게
바라볼 때도 초희에 대한 미안감 같은 것을 느끼지 않았다.

"요전 전화 걸었을 때 화났지요?"

상오가 화낼 줄 알면서 일부러 화내게 한 것처럼 말하는 연숙이었다.

"내가 계집애처럼 화만 내는 사람인 줄 알아?"

상오는 그미 때문에 화가 났었다는 말이 하기 싫었다.

"그럼 그 뒤 왜 전활 안 걸었어요."

상오가 먼저 전화를 거는 것이 당연한 일처럼 그미가 말했다.

"전화 걸 일이 있어야지."

"뭐라구요. 전화 거는 것 자체가 일일 텐데……."

"그게 무슨 일이야."

"목소리라두 듣구 싶지 않아요."

"그건 들어서 뭣해. 바빠 나오지두 못한다는 사람의 목소릴……."

"일이 바쁜 땐 할 수 없잖아요."

"난 밤낮 한가하기만 하군."

"그렇지는 않겠지만 전화 걸 시간은 있을 거 아녜요."

"자기는 전화 걸 시간두 없나."

"그러니까 오늘은 내가 걸지 않았어요."

이야기에 끝이 없을 것 같았다. 그래서,

"오늘은 어디루 갈까."

상오가 화제를 돌렸다.

"영화구경 가요."

미리 눈치를 채고 안전한 장소를 생각한 모양이었다. 상오는 영화구경 하고도 할 일을 할 수 있을 것 같아,

"뭐 좋은 거 있나?"

하고 그미 의견에 추종하는 것처럼 말했다.

"아무거문 어때요. 영화 내용이 문젠가요. 영화관에 간다는 데 의의가 있지⋯⋯."

상오는,

"그렇기두 하지."

하고 동의를 했지만 속으로는 연숙이 옛날 사고방식에서 벗어나지 못한 여자라는 생각을 했다. 남자와 여자가 영화구경 가는 게 뭐 그리 의의 있는 일이겠는가. 어쨌든 그들은 가장 신나는 영화를 상영하는 D극장으로 가는 데 합의했다. 그리 멀지 않은 곳이라 걷기로 하고 종로 2가를 지나갈 때였다. 연숙의 구두 뒷굽이 떨어져 나갔다. 연숙의 얼굴이 갑자기 새파래지며 못에 박힌 듯 우뚝 서 버렸다. 지나가던 사람들이 쳐다보았지만 그미는 꼼짝도 않고 서서 어떻게도 할 생각을 안 했다. 절름거리면서도 양화점이 있는 네까지 가야 할 것인데 마냥 서 있기만 했다.

"조금 가면 양화점이 있을 거야."

상오가 말했지만 그미는 '속상해' 소리만 연발할 뿐 그대로 서 있었다.

상오는 속이 상해서 그미의 팔을 당겼다. 그때야 그미는 오른팔을 내밀어 껴 달라는 시늉을 했다. 그것은 끼는 정도가 아니었다. 저는 것같이 보이기가 싫어 천천히 한 걸음씩 내디디면서도 상오의 팔에 어떻게나 힘을 주는지 절름발이를 부축하고 걷는 것보다도 더 거북스러웠다. 다행히 근처에 양화점이 있어서 금방 구두를 수리할 수 있었지만 양화점에서 나오자 그미는 상오의 팔을 툭툭 치며 자기 팔을 껴 달라고 했다. 남녀가 팔을 끼고 갈 때 남자가 끼는 것은 아니라고 생각했다. 그런데도 여자가 그러기를 요구하니 안 낄 수가 없었지만 어쩐지 자기가 병신이 된 느낌이었다. 따라서 이 여자는

자기를 병신으로 만들어 놓아야 만족해할 것 같은 생각이 들어 정이 싹 가
시었다. 그런데 영화관에 들어가서는 거리를 걸을 때와 달리 살이 맞닿지
않게 거리를 두고 앉았다. 치사스런 생각이 들었다. 상오는 그미 반대쪽으로
몸을 기울이고 스크린을 바라보면서 자기도 거리를 멀리 했다. 어쩐지 남남
같은 생각이 들었다. 혹시 그미의 손이 자기에게로 가까이 오는 것 같은 때
는 일부러 몸을 빼는데 신경을 쓰기에 영화도 제대로 보지 못했다.

영화구경을 끝내고 나올 때 상오는 어떻게 하면 그미가 꼼짝도 못하도록
만들어 놓을 수 있을까 하는 생각을 했다. 극장 안에서 자기를 너무나 경계
하던 그미가 미울 정도였다. 한 번 당했으니까 다시는 당하지 않으려고 무
척 경계하고 있다. 좀처럼 기회를 주지 않을 것이 분명했다. 그러나 그럴수
록 성공해야만 자기의 주가가 오른다. 따라서 쾌미가 있다. 그는 중국요릿집
으로 끌고 갈 생각을 했다. 그러나 연숙은 벌써 눈치 챘는지 중국음식을 좋
아하지 않는다고 말했다. 그럼 생선요리는 어떠냐고 물었다. 어디라고 장소
를 말하지 않았기 때문인지 생선은 좋아한다고 대답했다. 그럼 좋은 데가
있다면서 지나가는 택시를 불렀다. 연숙은 가까운 데도 일본음식점이 많은
데 하필 자동차를 타고 가느냐고 물었다.

"팔딱팔딱 산 생선으루 요리하는 델 가."

상오는 무조건 그미를 차에 태웠다. 그리고는 뚝섬으로 가자고 했다. 연
숙은 거길 갔다 오면 늦지 않느냐고 차를 돌리려 했다. 잠깐 저녁만 먹고 오
는데 뭐가 걱정이냐고 연숙을 달랬지만 좀처럼 말을 들으려 하지 않았다.
상오는 할 수 없이,

"날 그렇게 믿지 못해."

하고 약간 화를 냈다.

"못 믿는 게 아니라 멀리까지 갈 필요가 없으니까 그러는 거지요."

"못 믿겠거든 내려. 나두 날 못 믿는 여자하구는 같이 다니기 싫어."

강경한 태도를 보였다. 신경전이었다.

"내리라면 내리겠어요. 차를 세우세요."

연숙도 신경질을 냈다. 이럴 때 신경질을 같이 내면 일은 그것으로 끝나

고 만다. 상오는,

"그러지 마. 나를 못 믿는 것 같아서 기분이 나쁘던 것뿐야."

상오는 그미의 팔을 잡고 사정하듯 말했다. 그리고는 다시,

"두고 봐. 내가 그렇게두 못 믿을 남잔가."

했다. 그것은 순전한 연극이었다. 그러나 연숙은,

"그럼 한 번만 더 하자는 대루 해 보겠어요. 그 대신 정말 내가 믿두룩 해 줘야 해요."

하고 말했다. 여자가 이렇게 나올 때는 화를 내는 체해야 한다.

"기분 나쁜데. 내가 내리구 말 테야. 못 믿는 사람하구 어떻게 같이 다니노."

그러자 연숙은,

"보기보다 무척 신경질이셔."

하며 상오의 팔을 잡아 눌렀다.

"그럼 난 신경두 없는 사람인 줄 알았어."

이러면서도 지는 체하고 눌러 앉았다.

뚝섬에서 차를 내려 나룻배를 타고 한강을 건널 때 연숙이 또 겁을 집어 먹고,

"어디까지 가는 거예요?"

하며 몸을 움츠렸다. 달팽이가 몸을 껍질 속으로 감추고 싶어하는 모양 같았다.

"저기 보이지 않아. 조그만 독챗집들이 전부 음식점이야."

이름은 음식점이지만 먹으러 가는 손님이 없는 음식점이다. 연숙도 그런 것을 알고 있는 모양인지,

"하필 그런 음식점으루 가는 이유가 뭐지요."

불안한 어조로 말했다.

"또 믿지 못하는군. 정말 기분 나쁜데……."

상오가 또 화를 내자 연숙은 입을 다물어 버렸다. 그러자,

"이왕이면 경치 좋은 데서 밥을 먹어야 기분이 나지 않아. 오늘은 절대

어떻게두 않을게 걱정 말어."

　상오는 그미를 안심시켰다. 안심을 시킨다고 해도 안심을 안 하면 할 수
없다. 그러나 연숙은 안심하는 태도였다. 상오는 연숙이 안심하는 체하며 경
계를 하는 것인지 경계하는 체하며 안심하는 것인지를 알 수 없었다. 모르
면서도 자기 마음대로 할 수 있는 여자란 생각을 했다.

　독채로 된 음식점에 들어가 음식을 주문하고 우선 맥주를 가져오게 해서
그것을 마시기 시작할 때였다. 연숙이,

　"요전처럼 그렇게는 하구 싶지 않아요. 내가 진심으루 모두를 바치구 싶
어질 때 내가 요구를 하겠어요. 어차피 한 번 있는 일이니까 상오 씨 것이
될 각오는 있어요. 그러니까 오늘만은 술을 권하지 마세요, 네?"

　정색을 하고 말했다. 상오는 그미가 자기의 주가를 올리려고 한 번 해 보
는 말인 줄 알았다.

　"너무 따지고 살 것 없어. 물 흐르는 대루 흘러가는 것이 인간 아냐."

　"정 그러시다면 난 가겠어요. 내가 몸을 애껴서 그러는 건 아녜요. 아무
때라두 내가 요구할 때까지 기다려 달라는 것 뿐예요."

　연숙의 태도는 지극히 엄숙했다.

　엄숙한 연숙의 태도에 상오는 검은 마음을 계속 가질 수가 없었다. 그는
이때까지 자기를 악마라고 생각해 본 일이 한 번도 없었다. 악마라는 생각
을 갖도록 해 준 여자도 없었다. 그런데 모든 것을 바치기는 하겠지만 자기
가 스스로 바치고 싶을 때까지 참아 달라는 연숙을 볼 때 처음으로 자기가
악마라는 생각을 한 것이다. 연숙의 말이 그런 생각을 만들어 준 것은 아니
다. 그런 말을 들어 주지 못할 때 자기는 악마가 되는 것이 아닐까 하는 생
각이 들었던 것이다. 대단한 악마는 세상에 있을 수 없다. 설사 사람 죽이기
를 밥 먹듯 하는 사람이 있다 해도 사람을 죽이는 이유가 있다면 그를 큰
악마라고는 말할 수 없다. 이유 없이 사람을 죽이는 사람은 없을 것이니까.
있다면 소악마라고나 할까. 사기를 하고 도둑질하는 것도 모두 소악마에 속
한다. 여자의 정조를 마구 유린하는 사람을 악마라고 하나 그것도 합의에
의할 때는 악마일 수가 없다. 그런데 연숙과 자기는 합의를 보고 있다. 다만

연숙이 자기의 정열이 끓어오를 때까지 기다려 달라는 것뿐이다. 그 시기가 그리 길지는 않을 것이다. 그새를 못 참아 강탈 비슷하게 정욕을 채운다면 그야말로 악마적인 일이다. 이유가 서지 않는 범죄자는 소악마가 아니라 대악마일 수가 있다.

맥주를 마셨으나 곱게 마셨다. 밥을 다 먹을 때까지 그는 연숙의 손 한 번 도둑질하지 않았다. 그러면서 그는 혹시 연숙이가 참을 수 없어 자기에게 덤벼들지나 않는가 하고 기대했다. 그러나 연숙은 아무런 눈치도 보이지 않았다. 무사한 것을 다행으로 생각하는 안도감만을 보일 뿐이었다.

다시 나룻배를 타고 한강을 건널 때 자기가 상을 받을 만한 사람이라고 생각했다. 오늘만은 참으로 착한 사람이 되었다는 자부심에 스스로 만족을 느꼈다.

나룻배에서 내려 버스 정류소로 걷기 시작할 때 상오는,

"믿어두 좋지? 사람을 의심하면 의심하는 사람이 언제나 나쁜 거야."

가슴을 넓히며 말했다. 그런데 칭찬해 줄 줄 알았던 연숙이,

"신용을 얻을려구 한 번 그래 본 것 아녜요?"

진담인지 농담인지 알 수 없게 말했다.

"칭찬은 못하구 고따위 소리를 해?"

상오가 그미의 팔을 꼭 잡고 돌아설 자세를 취했다. 그런 말을 한다면 도로 그 집으로 끌고 가서 보여 줄 것을 보여 주겠다는 태도였다.

"취소할게요. 취소함 되잖아요."

연숙이 당황하는 태도로 사과하는 표정을 지었다.

"취소했담 용서하지."

상오는 큰마음 쓰는 듯 말했다. 허세였다. 결국은 그미에게 패배를 당한 셈이다. 그런데도 큰소리는 혼자서 했다.

상오는 문득 패배했다는 생각에 스스로 불쾌를 느꼈다. 앞으로도 거듭될 것 같은 패배의식이었다. 사랑하지 않고 육체만 요구했기 때문에 패배를 당해도 어쩔 수 없는 일이라고 생각했다. 그러니 앞으로도 패배만 거듭할 가능성이 많다. 그렇다면…… 상오는 그렇다면 앞으로는 만날 필요도 없지

않을까 생각했다. 만나지 않고 또 생각도 안 하면 그뿐이다.

그런데 연숙은 헤어질 때,

"언제 전화 걸겠어요?"

다시 만날 약속을 요구했다. 만나야 할 권리를 주장하는 것처럼 보였다.

"봐서 걸지."

상오는 약속을 거절하기가 안되어 회피하는 태도를 보였다. 그러자 그
미가,

"토요일 오전에 거세요."

명령하듯 말했다. 상오는 엿장수 마음대로군 하는 생각을 하면서도,

"그러지."

하고 더 긴말을 안 하도록 했다. 그리고는 속으로 '안녕' 하고 최후의 인사
를 한 뒤 작별을 했다.

연숙과 헤어지고 집으로 돌아갔을 때 명배의 편지가 그를 기다리고 있
었다.

이삼 일이면 훈련을 끝내고 일선 지구로 배속될 것 같다면서 일단 서울에
들를 것이라는 사연이었다. 명배는 상오가 보고 싶다는 말을 몇 번이고 거
듭했다. 만나거든 학교 근처에 있는 막걸리집부터 찾아가자는 말을 했다.

우정을 그리워하는 심정 이해할 수 있었다. 육 주 동안 고된 훈련을 받으
면서 정서에 굶주렸던 명배, 그는 혜수에게도 다정다감한 편지를 보냈을 것
이다.

상오는 하루 빨리 명배를 만나고 싶었다. 만나기만 하면 성의를 다해서
그를 기쁘게 해 주고 싶었다. 그런데 문제는 혜수였다. 혜수가 문제를 일으
킨다면 자기는 명배를 기쁘게는커녕 그의 얼굴도 제대로 못 보게 될 것이
다. 그는 명배를 보기 전 혜수를 만나 한 번 더 타진을 해 볼까 했다. 한 번
더 타일러 명배를 섭섭지 않도록 하라고 간청하고 싶기도 했다. 그러나 구
타를 하고 도망친 혜수를 무슨 낯으로 만날 것인가. 구타하고 싶기만 할 만
큼 자기를 증오하구 있는 혜수가. 그는 내일 열한 시에 서울역에 도착한다
는 명배의 전보를 받을 때까지 혜수를 만나지 못했다. 그러면서도 혜수가

지각이 없는 여자가 아닌 이상 철없는 행동을 해서 명배를 실망하게 만들지
야 않겠지 하는 자기대로의 희망을 가졌다.

혜수가 감정적으로 행동할 나이가 아니란 생각이 들 때 그미가 명배를 맞
으러 정거장에 나가리란 짐작이 갔었다. 명배를 싫어하고 또 자기를 증오한
다면 혜수에게 남을 것이 무엇인가. 그런 바보 같은 행동은 절대 안 할 것이
라 생각했었다.

정말 혜수는 바보가 아니었다. 명배가 돌아오는 날 그는 상오보다 일찍
정거장에 나와 있었다. 상오는 혜수를 보는 순간 우선 고맙게 생각했다. 혜
수가 나왔으므로 해서 이제까지 걱정했던 명배와 자기와의 우정 관계는 무
난히 지속될 것이다. 그러나 한편 혜수를 경멸하지 않을 수 없었다. 명배와
다시 교제를 하고 자기와는 손을 끊어 달라고 했다 해서 택시 안에서 폭력
까지 쓴 혜수가 아니었던가. 자기가 혜수를 사랑하지 않는 것을 알자 금시
명배에게로 돌아가는 혜수의 쉽게 변하는 마음을 절대로 높이 평가할 수가
없었다. 그런 만큼 그미를 경멸하고 싶은 것이 상오의 진심일 것이었지만
그는 자기의 속마음을 그대로 보일 수가 없었다. 속으로야,

'죽어도 명배를 다시 사랑하지 않겠다더니 그새 맘이 변했군. 어쨌든 고
마워.'

하고 빈정대고 싶었지만,

"나왔군. 잘 했어."

하고 혜수를 정당화시키는 말을 했다. 혜수는 비쭉하고 돌아섰지만 상오는
짓궂을 정도로 접근하여,

"우리 둘의 입만 막구 있으면 되는 거야. 알아서 잘 해."

하고 순순하게 말했다. 그래도 혜수는 이렇다 할 말을 한 마디도 안 했다.
명수가 그의 아버지와 함께 나왔을 때도 그미는 새침하고 있었다. 혜수의
어머니가 나왔을 때야 혜수는 오 여사 옆에 서서 무엇인가 이야기를 주고받
았다. 상오는 양쪽 가족 전부가 정거장 플랫폼에 모였다는 사실에 마음 흐
뭇했다. 그들 전부가 명배와 혜수와의 계속해 오는 관계를 인정하고 있다.
그리고 자기와 혜수와의 관계를 털끝만큼도 알지 못하고 있다. 상오는 푸른

하늘 밑에서 떳떳하게 살게 되었다는 안도감이 들었던 것이다.

기차가 도착해서 명배가 그들 앞에 나타났을 때 환송 나간 사람 전체가 명배를 둘러싸고 거리를 단축시켰다. 하나하나 인사를 끝내자 명배가 상오의 손을 잡고,

"너 수고했다. 혜수 땜에……."

통쾌하게 웃을 때 상오는 가슴이 찔리는 것 같았으나 서툴게 행동할 수가 없어서,

"자아식, 혜수 씨한테나 감사해."

하고는 혜수를 보며 웃었다. 그때 혜수가 맞받아 웃으며,

"상오 씨가 없었다면 굉장히 심심했을 뻔했어."

상오의 공적을 내세웠다. 상오는 이제 우정에 대한 걱정은 안 해도 좋다고 생각했다. 혜수의 그 여유 있는 태도가 그의 마음을 더욱 안정시켰던 것이다.

과거는 없었던 것처럼 되었다. 말하자면 무(無)로 돌아갔다. 무슨 생각할 대상도 못 된다.

상오는 세상 무슨 일이 다 그런 것이라고 생각했다. 보지 않으면 무엇이나 아름답고 깨끗하다. 만약 명배가 혜수와 자기와의 일들을 눈으로 보았다면 지금 서울역 플랫폼의 정경이 이렇게 평화스러울 수가 없을 것이다. 상오는 지금 무로 화해 버렸다고 하는 그 과거가 자기 마음속에 깊이 새겨져 언제까지나 남으리라는 것을 생각지 못하고 있다.

9

눈을 뜨자 방 안을 둘러보았다. 처음 보는 낯선 방도 아닌데 유달리 넓어 보였다. 두 칸이 넘는 방에 혼자 누워 있기 때문인지 그렇지 않으면 빽빽하게 누워 자던 내무반 생각이 들어서인지 몰랐다. 더구나 같이 자던 아버지가 어디로 갔는지 보이지 않아 방 안은 쓸쓸해 보이기까지 했다. 아버지가

자던 이부자리도 보이지 않았다.

명배는 얼른 자리에서 일어나 부엌을 향해 선미에게 아버지가 어디 갔느냐고 물었다.

"학교에 가셨어요."

선미의 대답을 듣고 시계를 보았다. 아홉 시였다. 아버지가 조반 먹고 출근하는 것도 모른 채 잠을 잤던 것이다.

"명수두 갔니."

"아직 안 갔어요."

명수가 자기 방에서 대답했다.

"첫째 시간은 없어?"

"천천히 가두 돼요."

명수는 일부러 결석을 할 모양 같았다. 그런 줄 알면서도 명배는 명수에게 빨리 학교에 가라고 독촉하지 않았다. 혼자가 싫었다. 그리고 할 이야기가 많다고 생각했던 것이다. 명배는 세수를 하고 조반상을 들여오게 한 뒤 명수와 마주앉아 식사를 하며 우선 아버지와 서 여사에 대한 이야기를 꺼냈다. 어젯밤 집에서 아버지와 하던 이야기의 계속이었다.

"아버지는 서 여사를 미워하지 않구 있는 것이 사실이다. 그런데두 고집 때문에 결합할 생각을 안 하시는데 우리가 어떻게든 해 드려야 할 것 아니냐."

"나두 애써 봤는데 안 되는 걸 어떻게 합니까. 어젯밤 아버지의 태도를 보지 않았어요."

"그러니까 걱정이다만 우리가 좀더 적극적으로 나가면 아버지도 누그러지지 않을까."

"방법이 문제지요."

"그 방법을 우리가 좀 생각해 보자. 두 분을 위해서뿐 아니라 우리를 위해서두 절대루 결합해야 할 분들이니까……."

"아버지가 꼼짝 못하구 우리의 말을 듣두룩 좋은 방법을 연구해 보세요."

"너두 연구해라. 그래서 내 휴가가 끝나기 전에 성사를 시키자."

이렇게 해서 아버지 문제는 좀더 연구하기로 하고 일단락을 지은 뒤,

"너 편지루 혜수를 좋지 않게 말했는데 그렇게 본 이유가 뭐니?"

하고 화제를 혜수에게로 돌렸다. 혜수가 정거장까지 마중을 나왔고 또 집에까지 들러 가는 동안 살뜰하게 대해 주었기 때문에 명배로서 별 불만이 없었다. 불만이 없었지만 얼마 동안 통 편지가 없었을 때 느꼈던 불길한 예감이 아직도 가슴 한 구석에 남아 있기 때문이었다. 그리고 한때나마 가졌던 의심을 명수의 부정으로 씻어 버리려는 욕망이 움직였기 때문이었을 것이다. 사실 혜수를 의심했던 불쾌한 감정을 일소하고 전과 같이 그미를 사랑하고 싶은 것이 명배의 진심이었다. 그런데 명수의 대답은 어정쩡했다.

"혜수 씨의 성격이 나하구는 좀 달라서 그런 말을 했을 거예요."

"어떤 점이?"

명수는 명배가 알고 싶어하는 것이 무엇이라는 것을 짐작할 수 있었을 것이다. 그런 만큼 명배가 타격받을 만한 말을 함부로 할 수가 없었다.

"아무래두 좀 개방적 아녜요."

명수는 혜수의 성격이 개방적이라는 것만 말하고 그 이상은 말하지 않으려 했다. 개방적이란 말은 좋게도 해석될 수 있는 일이기 때문에. 그런데 명배는 그 말에 만족하지 않고 더 캐물었다.

"어떤 데가 개방적이냐 말야. 그걸 구체적으루 말해 줘. 네가 보구 느낀 게 있을 거 아닌가."

명수는 혜수가 상오와 포옹하는 것을 보았다고 솔직한 말을 할 수가 없었다.

"구체적으루 할 말은 없어요. 그미의 성격이 형과 맞지 않을 것 같다구 생각했던 것뿐이죠."

"그걸 내가 모르구 좋아하는 줄 아니. 개방적인 여자가 도리어 마음은 든든한 법이야."

"그래서 그런 편지를 쓴 걸 후회했어요."

"좌우간 너 보기에 그새 다른 일이 있은 건 아니란 말이지."

"있긴 뭐가 있어요."

　형을 위해 이런 식으로 말했지만 명수는 솔직히 말하지 못한 자기가 꺼림
칙했다.
　지금까지도 혜수를 좋게는 생각지 않는 명수였으니까. 그러나 명배는 안
심이 된다는 태도였다.
　"짜아식, 네 편지루 내가 얼마나 고민했는지 아니."
　말하고는 허탈한 웃음을 웃는 형을 보자 명수는 단순하게 보이는 그런 형
에게 반발심이 일어났다.
　"형! 이건 혜수 씨 개인문제가 아니구 일반적인 문젠데 형두 생각해 봐야
할 일이 아닌가 생각해요. 남자가 장기로 부재 시 여자의 취할 태도 말입니
다. 월남에 주둔해 있는 미국 장병의 부인들이 어떻게 하구 있는지 아세요."
　가정을 파괴하지 않는 한도 내에서는 그 부인들이 간음하는 것을 묵인하
고 있다는 이야기를 한 뒤,
　"한국에서는 그게 묵인까지는 되지 않구 있지만 사회문제루 변할 가능성
이 많습니다. 그러니까 형두 군대생활을 끝내구 나서 새루 연애를 하는 것
이 어떨까 생각해요."
하고 말했다.
　"짜아식, 우리 나라 여자하구 서양 여자하구 같으니."
　"다르지요. 그렇지만 우리 나라 사람들이 최근 서양의 영향을 절대적으
루 받구 있다는 걸 부정할 수 없잖습니까."
　명수는 오 여사를 생각하며 말했다. 옛날 같으면 멀리 가 있기는 하지만
남편이 엄연히 있는 여자로서 나이 어린 자기와 같은 남자에게 애정을 기울
일 꿈이나 꾸었겠는가.
　"애정이 크면 육체적 문제쯤 참을 수 있는 거야."
　"미국 부인들은 남편에 대한 애정이 없단 말입니까."
　"정신과 육체에 대한 관념이 근본적으루 다르겠지."
　"자유가 없었던 옛날의 한국 여자와 자유에 대한 의식이 강해진 현재의
한국 여성이 다르다는 것은 모르시나요."
　그러자 명배가 갑자기 신경질을 냈다.

"그러니까 혜수를 믿지 말라 그 말이지."

명수는 말의 책임을 회피하려 했을 때,

"아무래두 수상하다. 똑바루 말해 봐. 그래 혜수에게 무슨 일이 있었어?"

명배가 따지고 물었다. 명수는 공연한 이야기를 했다고 후회했지만 그렇다고 형의 질문에 대답을 피할 수는 없었다.

명수는 이실직고할까도 생각했다. 그것이 형을 위한 일이다. 자기가 보기에 앞으로 이 년, 형이 제대할 때까지 혜수가 무사고로 형을 기다릴 것 같지는 않았다. 그렇다면 형이 혜수를 일찌감치 단념하는 것이 무엇보다도 현명한 일이다. 형을 현명한 사람으로 만들기 위해 자기가 고발자가 되는 것은 동생으로서의 진실이 아닐까.

그러나 우선 괴로워할 형을 어떻게 볼 것인가. 문제는 그것이었다. 그리고 상대가 형의 절친한 친구다. 명수는 차마 입을 열 수가 없었다.

"나를 못 믿겠거든 혜수 씨에게 직접 물어 보십시오. 나는 아는 것이 하나도 없으니까요."

명수가 단호한 태도로 말하자 명배가,

"그럼 왜 기분 나쁜 이야길 했니? 내가 기분 나빠할 것이 뻔하잖아."

하고 말했다. 자기에게 유리하도록 해석하려다가 그것이 안 될 때 슬퍼질 것은 뻔한 일이다.

"그럴 줄 모르구 이야기했어요. 미안해요."

명수가 난처한 태도로 말하자 명배가,

"미안할 것 없어. 사실 요즘 여자들은 믿기가 힘드니까."

하고 명수를 안심시켰다. 명배는 혜수를 의심함으로써 자기를 괴롭히고 싶지가 않았을 것이다. 따라서 명수도,

"혜수 씨만은 안 그러겠지요."

하고 명배가 안심하도록 말했다.

"앞으룬 모르지. 그렇지만 그렇게 변덕스런 여자라구는 나두 생각지 않아."

이렇게 혜수 이야기도 일단락을 지었다. 명배로서는 구태여 혜수를 의심

하고 싶지가 않았기 때문이었다. 그래서 명쾌한 마음으로 혜수에게 전화를 걸었다.

"오늘 학교에서 몇 시에 나오지."

"중요한 과목이 없는 날예요."

혜수는 학교에도 안 가고 명배를 만날 태도였다. 명배는 그것을 마다할 수 없었다.

혜수를 만나자 명배는 복작거리는 다방보다 조용한 교외가 어떠냐고 물었다. 자유를 즐길 수 있는 곳으로 가고 싶었다.

혜수가,

"좋아요."

자기의 의사도 그렇다는 듯이 찬동했다.

그들은 우이동행 버스를 타고 화계사 뒷산으로 올라갔다. 호젓한 숲 속에 이르자 며칠 굶었던 사람이 밥을 먹듯 서로 끌어안았다. 허기진 듯 무서운 키스를 했다. 숨이 막힌 듯했으나 그칠 줄을 몰랐다. 얼마를 계속했는지 모르지만 결코 피곤이나 싫증을 느끼지 않았다. 막혔던 가슴이 어느 정도 뚫렸을 때에야 명배가 혜수의 손잔등에 입술을 대고 문지르는 동작으로 이동했다. 그 동안의 키스의 여운을 음미하는 것 같았다. 그러고 난 뒤에야,

"혜수, 정말 보구 싶었어."

하고 처음으로 입을 열었다.

"나두."

혜수가 머리를 명배 가슴에 기대며 말했다. 더 긴말이 필요 없었다. 사랑을 실감하면 그뿐이었다. 명배는 그미의 손을 만질 뿐 할 말을 찾지 못했다. 그런데 사람이란 행복의 절정에 이르렀을 때 과거의 불행까지 행복스러운 것을 만들고 싶어지는 법이다.

"그새 왜 편지두 않구 남의 속을 태웠지."

그것은 절대로 싸움을 거는 것이 아니었다. 속 시원한 말을 들음으로써 의혹의 과거를 부정하고 싶은 심정이었다.

"화가 나서 그랬어."

혜수도 위트로서 명배의 마음을 만족시켜 주고 싶었을 것이다.

"화가 나기는."

"만나구 싶어두 만날 수가 없으니까."

"그거 아무의 책임두 아니잖아."

"아무의 책임두 아니니까 더 화가 나지."

"화가 난다구 남의 속을 태워."

"그래야 더 보구 싶지."

"깍쟁이."

그들은 다시 키스를 시작했다. 처음처럼 강력하지는 않았지만 역시 뜨거운 것이었다. 키스를 하면서 명배의 손이 혜수의 가슴을 더듬었다. 그러나 무덤과 같은 장벽이 가로놓여 있었다. 딱딱한 브래지어였다. 무엇 때문에 여자들은 이런 불편한 것을 착용하는 것일까. 가장 부드러운 부분을 가장 딱딱하게 만드는 그것을 찢어 버리고 싶었다. 사업을 방해시키는 그 장벽에 대해 초조감을 느끼고 있을 때 혜수가 그의 두 손을 꼭 잡았다. 행동을 저지시키는 신호였다.

명배는 머리가 싸늘해짐을 느꼈다. 혜수의 그런 저지에 어떤 의미가 내포되었다고 생각했기 때문이었다. 전에는 그러지 않던 혜수였다. 오래간만에 만났기 때문에 여자의 수줍음이 다시 소생했다는 것일까. 그렇지 않으면 자기에 대한 애정이 식었기 때문일까. 애정이 식었다고 하면 습관처럼 해 오던 일에도 서먹할 것이다. 그는 단도직입적으로 물었다.

"내가 싫어졌어?"

"왜 그런 말을 하지."

혜수가 뜻밖이란 듯이 물었다.

"그저 그런 것 같아서……."

명배는 대답이 궁했다. 싫어졌느냐고 물어 볼 만큼 뚜렷한 이유도 없으면서 그런 것을 물어 본 자기가 조금쯤 야비하다고 느꼈기 때문이었다. 조금 자기에게 소원했던 것, 그리고 명수에게서 좋지 않은 여자 같다는 편지를 받은 것이 머릿속에 남아 있기 때문인 것은 사실이다. 그러나 그것들이 혜수를 의심할 자료가 될 것인가.

"그런 말하면 정말 싫어질 거야."

혜수가 약간 신경질적으로 말할 때 명배는,

"안 그럴게."

하며 그미를 얼싸안았다. 혜수가 자기를 싫어하다니 그것만은 있을 수 없는 일이었다.

"혜수, 어떤 일이 있어두 날 싫어하지 말아, 응? 대답해 줘."

그는 절규하듯 말했다.

혜수는 '으응' 하고 대답의 뜻을 표했다. 명배로서는 그것으로 만족했을 것이다. 그러나 혜수는 그 '으응'을 하나의 제스처로 응급조치를 삼았던 것이 사실이었다. 같이 있으면 싫지 않은 것이 명배다. 그러나 사오 일 뒤면 다시 떠난다. 일선 지구로 부임하면 언제 돌아올지 모른다. 간혹 오기는 하겠지만 그것은 가뭄에 소나기 오듯 할 것이다. 이 년 동안 그 소나기를 바라고 어떻게 살 것인가. 자신이 없었다. 그렇다고 해서 상오를 못 잊어함도 아니었다. 명배와의 우정 관계를 그렇게까지 두려워하는 상오와의 애정은 계속될 희망이 없는 것으로 보고 있는 그미였다. 그러니까 상오 때문이 아니라 순전한 명배와의 관계였다.

명배가 그러한 혜수의 마음속을 들여다볼 수 없는 것은 명배 자신을 위해 다행한 일일지 몰랐다.

"혜수, 난 혜수가 좋아."

그는 혜수를 으스러져라 끌어안고 뺨에 뺨을 비볐다.

혜수는 명배의 의심을 살 만큼 태도를 달리할 수는 없었다. 그러나 일선 지구로 나간 뒤의 일을 생각했기 때문인지 감정이 내키지 않는 것을 어쩔 수 없었다.

"상오 씨하구 약속하지 않았어요."

그미는 어젯밤 상오와 헤어질 때 명배가 하던 약속을 생각하며 말했다. 명배가 시계를 보고는,

"두 시에 만나기루 했지. 가 봐야겠군."

하고는 떠나는 것이 기정사실처럼 말했다. 그러자 혜수는 냉큼 몸을 일으키려 했다. 그러자 그냥은 갈 수가 없다는 듯 혜수를 잡아끌었다. 뜨거운 키스 공세가 시작되었다. 혜수는 좋다고 생각했다. 키스 정도라면 얼마든지 받아 줄 아량이 있었다. 그것쯤 악수하는 것이나 비슷한 일이니까. 그런 뒤 그들은 손을 잡고 산을 내려왔다. 손을 잡고 걷는 동안 혜수는 명배가 '나 싫어진 거 아냐.' 하는 말만 안 했더라면 조금도 감정의 위축됨이 없이 마음껏 그를 사랑해 줄 수 있었을 것이라고 생각했다. 일선으로 부임하면 좀처럼 만나기 힘들다는 것도 생각지 않았을 것이다. 사실 그녀는 명배를 싫어하고 있지 않다. 계속 옆에 있어만 준다면 구태여 딴 남자와 교제할 필요성을 느끼지 않을 것이다.

시내로 들어와 상오를 만나러 간다고 할 때 혜수는 명배가 자기하고만 있어 주었으면 했다. 어젯밤에도 마중 나간 사람 전체와 같이 지내느라 단 둘만의 시간을 가질 수 없었다. 얼마 안 있어 다시 떠난다는 생각 따위를 없이 하고 오래간만에 뜨거운 분위기 속에 완전 용해되고 싶었다. 그러나 명배는 상오에게 가야 한다고 했다.

"두 번째 연인인데 안 갈 수 있어?"

혜수는 명배의 마음을 이해할 수 있었다. 그래서 가라고 내버려 두었지만 속으로는 여자를 조금도 지루하지 않게 해 주는 남자는 없을까 하고 생각했다. 결혼을 한다고 해도 남자들은 일을 해야 하는 만큼 하루에 몇 시간밖에 여자와 같이 있어 주지 못한다.

혜수는 여자의 운명이라는 것을 생각해 보았다. 남자에게 의존해야 하고 또 남자만을 생각하며 살아야 하는 여자의 운명이란 결국 고독한 것이라고. 남자처럼 일이 없는 한, 여자는 남자가 옆에 있지 않을 때 고독하기 마련이다.

이 년 동안만 참으면 명배는 매일처럼 만날 수가 있다. 이왕 고독한 운명으로 태어난 여자라면 이 년을 못 참아 안달할 것이 없지 않을까.

이런 생각을 하면서도 혼자 쓸쓸히 집으로 돌아가는 마음이 허전했다. 버스에서 내려 골목길을 걷는 그녀의 모습은 어떻게 보아도 처량한 것이었다.

기운 없이 걷고 있는 그녀의 시선에 낯익은 남자의 그림자가 들어왔다. 명수였다. 혜수는 갑자기 긴장되는 마음으로 명수를 보며 걸었다. 가끔 집에 놀러 오는 명수다. 그가 오기만 하면 생기가 생기고 명랑해지던 어머니 얼굴이 떠올랐다. 아무래도 수상한 일이었다. 친구일 수도 없고 연인이랄 수도 없는데 명수는 이유 없이 놀러 오고 어머니는 그를 반긴다. 몇 번이나 그런 것을 보아 왔다.

혜수는 그들의 행장을 살피고 싶었다. 그래서 무의식적으로 몸을 주춤하고 명수의 뒤를 따랐다. 그러나 버저를 누르고 대문 안으로 들어서는 명수의 행동을 그가 모르게 살필 방법이 없었다. 담장을 뛰어넘을 수만 있다면 그들의 행동을 엿볼 수 있을 것 같은데 여자가 어찌 담을 뛰어넘을 것인가.

혜수는 생각했다. 어머니와 명수의 뒤를 밟으려는 자기의 심리가 어디서 출발한 것인가 하고. 즉흥적인 호기심이라고 밖에 말할 수가 없었다. 남의 기밀이나 캐내려는 저열한 취미 같았다. 어머니와 명수가 서로 좋아하는 것이 사실이라고 하자. 그때는 어머니의 행동이 옳지 않다고 직접 이야기할 수도 있는 일이다. 그런데도 그들 모르게 그들의 비밀을 캐내려는 것은 비열한 행동이 아닐 수 없었다.

그미는 버저를 눌렀다. 그리고는 보무당당히 집 안으로 걸어 들어갔다. 들어가는 길로 그녀는 응접실 문을 열었다. 노크를 하면 명수가 오는 것을 보았다는 것이 증명될 것 같았다. 그저 무심히 들어간 것처럼 하기 위해 노크 없이 문을 열었을 때였다. 혜수는 깜짝 놀라고 문을 도로 닫아 버렸다. 어머니와 명수가 포옹을 하고 있었던 것이다.

문을 닫고 자기 방으로 들어가자 혜수는 자기가 왜 그렇게까지 놀랐던가 하고 생각했다. 놀랐으면 놀랐지 왜 도망쳤을까. 자기의 일이면서도 알 수가 없었다. 어머니의 딸로서 어머니의 부정을 목격했다면 그 자리에서 어머니가 부정을 깨닫도록 해야 할 것이다. 만일 어머니를 어머니로서가 아니라 한 여성으로 이해하려고 한다면 놀랄 것도 없다. 그미는 어머니를 한 여성으로 대할 수도 있다고 생각했다. 나이 어린 남자라도 사랑하지 않을 수 없을 만큼 고독하다면 그런 여자를 이해할 수 있다. 그러나 내 어머니란 생각이 머리에서 떠나지 않았다. 내 어머니만은 그래서 안 될 것 같았다. 그래서 그녀는 다시 응접실로 가고야 말았다.

감정 같아서는 두 사람 앞에서 어머니를 공박해 주고 싶었지만 어색한 표정으로 바라보고 있는 두 사람을 대하자 혜수는 그만 용기가 죽었다.

"오늘은 오후 시간이 없었어?"

그미는 아무것도 못 본 사람처럼 예사로운 태도로 명수에게 인사말을 했다.

혜수의 아무렇지도 않은 태도에 안심이 된 듯 명수가,

"오후 수업이 없는 날이 돼서요."

천연스럽게 대답했다.

"왜 일찍 왔니?"

석연치 않은 태도로 물었다. 명배와 만난다고 나가서 왜 일찍 돌아왔느냐고 묻는 말 같기도 했지만 왜 일찍 돌아와서 남의 일을 방해하느냐고 못마땅하게 묻는 말 같기도 했다. 그러나 혜수는,

"명배가 상오와 약속을 했다나요."

그래서 일찍 왔다는 변명을 했다. 그러자 오 여사가 다른 말할 사이도 없이,

"가서 차나 좀 끓여 오너라."

하고 말했다. 딸에게 차를 끓여 오라는 것쯤 예삿일일지 몰랐다. 그러나 그것이 아니었다. 혜수가 눈의 가시처럼 보여 방에서 빨리 내보내고 싶어하는 말 같았다. 혜수는 어떻게 할까 하고 망설였다. 설사 눈의 가시 같다고 해도 면전에서 그럴 수는 없다고 생각되었기 때문이었다. 식모라고 해도, 좀더 부드럽게 말해야 할 것 같았다.

"엄마 손님인데 엄마가 끓이구려."

하고 뛰쳐 나갈까 했으나,

"커피루 하지요?"

얌전한 태도로 응접실을 나갔다. 식모에게 커피를 끓이라고 말한 뒤 자기 방으로 갔으나 가슴 속이 끓어올라 견딜 수가 없었다. 똥 싼 애가 도리어 큰

소리를 한다고 하지만 어디 그럴 수가 있을까. 나도 명배가 없는 동안 상오와 그런 짓을 했지만 나는 미혼 처녀다. 아무에게도 소유되고 있지 않는 미혼 처녀에게는 그래도 자유가 있다. 누구에게도 죄책감을 느끼지 않아도 좋다. 그런데 남편이 있고 자식까지 있는 여자가 애송이 같은 애를 집으로 끌어들여다가 그런 짓을 하고도 나를 구박할 수가 있담. 아무리 생각해도 분해 견딜 수가 없었다.

그미는 다시 응접실로 가서 노크를 한 다음 문을 조금만 열고 명수를 불러냈다. 어머니에 대한 분풀이를 명수에게라도 해야만 견딜 수 있었던 것이다.

복도까지 끌고 나와서는 목소리만은 침착하게 그러나 명령조로 말했다.

"명수, 그만 돌아가."

명수는 자기들의 행동을 혜수가 보지 못한 것이라 생각했는지 모른다. 설사 보았다고 해도 혜수에게 비겁한 태도를 보이기가 싫었기 때문이었는지 모른다.

어쨌든 그는 왜 그러냐는 듯 불만 어린 눈으로 혜수를 쳐다보았다.

"앞으루두 우리 엄마와 만나는 일 좀 삼가 줘."

그때야 명수가,

"왜 그러는 거죠."

하고 혜수의 말이 부당하다는 태도를 역력히 나타냈다.

"몰라서 묻는 거야? 정 내 말을 안 듣겠다면 명배한테 이야기할 테야."

"뭐라구요. 내한테 뭐가 불만이란 거죠?"

"좀 뻔뻔한데. 그렇게는 안 봤더니 심장이 너무 강한 것 같아."

"말 다했지요? 맘대루 해 보세요. 나는 입이 없어서 말 못 할 줄 알구?"

명수는 혜수를 상대하지 않고 그냥 현관으로 나갔다. 물론 오 여사에게 간다는 말도 없이.

명수가 홧김에 돌아가 버리자 혜수는 어머니에 대한 미안감을 느꼈다. 화를 내고 돌아가도록까지는 할 생각이 아니었기 때문이었다. 그러나 일이 그렇게 된 이상 할 수 없는 일이었다. 오 여사가 방에서 나와 명수가 없는 것

을 보고 어딜 갔느냐고 물을 때 혜수는,

"돌아갔어요."

하고 일부러 천천히 말했다.

"가다니?"

오 여사는 이해가 안 가는 모양이었다.

"내가 돌려 보냈어요."

혜수는 미안감이 없잖았으나 정정당당히 나가는 수밖에 없었다.

"뭐라구?"

오 여사는 놀라는 표정을 지었다.

"엄만 어떻게 생각할지 모르지만 내가 보기엔 안됐어요. 엄마두 앞으룬 그런 애 만나지 마세요."

"넌 에미를 무얼로 보구 그러지. 내가 그 애와 어떻게 했단 말이냐."

"엄마가 그런 앨 데려다가 포옹을 하구 그럴 이유가 하나두 없잖아요."

혜수가 이렇게 대담하게 나올 때 오 여사는 잠시 당황했다. 그러나 혜수의 말을 정당한 것으로 받아들일 수는 없었다. 그렇게 하면 결국 자기는 부정한 여자가 된다.

"그럼 내가 그 애와 연애를 한단 말이냐. 그 애 나이가 몇인데. 난 그 앨 아들처럼 대하구 있다. 아들처럼 대하니까 포옹두 해 주는 거구. 그래 내가 네 아버지를 생각해서라두 불순한 맘으루 그런 애와 만날 수 있을 것 같으냐."

양식으로 판단을 하라는 듯이 하는 말에 혜수는 자기가 양식을 잃고 있지나 않은가 생각했다. 포옹하는 것 하나만 가지고 어머니를 불륜의 여자라고 단정한다면 그것은 너무나 가혹한 일 같았기 때문이었다. 어머니도 지성이 있는 여자다. 그 지성을 어느 정도 믿어 주는 것이 또 딸로서의 의리가 아니겠는가. 그러나 그렇다고 곧 자기가 굴복할 수는 없었다.

"엄마를 믿지만 남보기가 거북한 일은 삼가야 할 게 아녜요. 아무리 아들처럼 생각한대두……."

"그렇다구 해서 그 애를 나두 모르게 돌려 보낼 수 있니."

"좋게 이야길 할랬는데 그 애가 화를 내구 가잖아요."

비록 자기를 정당화시켰다고 해도 그 이상 혜수와 언쟁을 할 수가 없었다. 오래도록 자기 속을 속일 만한 자신이 없었던 것이다.

"너무 그러지 마라. 어미두 너만한 지각은 다 있으니까."

한 뒤 그미는 자기 방으로 들어가고 말았다.

내가 실수를 했지. 집으로 오게 하는 것이 아닌데…… 오 여사는 명수를 집에서 만난 것을 후회했지만 그것보다도 화내고 간 명수가 앞으로 어떻게 할지 그것이 걱정이었다. 오 여사는 현재 명수 없이 살 수 없는 심적 상태에 놓여 있었다. 마음의 공백을 메워 주는 사람은 오직 명수뿐이었기 때문이었다. 신수가 훤하게 생기기도 잘 했지만 아직 때가 묻지 않은 그 얼굴이 좋았다. 여드름이 한창일 때인데도 그런 것 하나 없었다. 동정을 자기에게 빼앗겼지만 그 뒤 조금의 변화도 없이 깨끗한 채였다. 동정녀 마리아처럼 성스런 이미지를 불러일으키는 명수. 그러한 명수가 자기와 같은 낡은 여자를 계속 만나 줄까. 만나 주지 않을 것만 같은 예감이 들었다.

명수가 자기를 만나 주지 않을 것 같은 불안과 혜수가 자기를 망쳐 놓았다는 분노가 뒤섞여 정신없는 시간을 보내고 있었다. 사흘째 되는 날까지 몇 번이나 전화를 걸었지만 번번이 명수는 집에 있지 않다고 했다. 명수에게서는 한 번의 전화도 없었고. 오 여사는 속이 타 죽을 지경이었다. 명수를 만나지 못하면 앞으로 마음의 공백을 채울 길이 없을 것 같았다. 생각할수록 혜수가 알미웠다. 혜수만 아니었다면 자기는 남편이 돌아올 때까지 대과 없이 지낼 것이다. 한 번쯤 광증에 자기도 어쩔 수 없이 죄과를 저질렀지만 앞으로는 오직 정신적으로 명수를 만나는 것만으로 만족했을 것이다.

육체적인 것을 명수가 경멸하는 것 같았기 때문에 오 여사는 새로운 결심을 한 바 있었고 새로운 결심을 했기 때문에 명수를 보아도, 그리고 가벼운 포옹을 해도 육체적인 흥분을 그리 느끼지 않고 있었다. 그런 만큼 앞으로도 달리 과오가 없을 것을 확신하는 오 여사였다.

만약 나에게 정신적인 그런 것도 허용이 되지 않는다면 나는 어떻게 하라는 것인가. 마음의 공백을 메우지 못해 미치거나 타락을 한다면 그때는 누

가 책임을 질 것인가. 인간은 누구나 타락할 가능성을 가지고 있다. 그 가능
성을 최소한도로 억제하려는 것도 이해하지 못하는 혜수라면 혜수는 장차
얼마나 깨끗이 살 작정인가.

혜수가 밉고 또 저주스럽기까지 했다. 그러나 자기를 정당화시키고 합리
화시키고 있다 해도 저주스런 혜수를 저주할 수가 없었다. 미워도 정면으로
미워할 수가 없었다. 그것은 자기가 정당하다고 생각하면서도 약점이 있다
는 것까지 부정할 수는 없었기 때문이었다. 또 혜수가 남이 아니고 자기의
딸이라는 데 정면으로 미워할 수가 없었던 것이다.

혜수는 아무렇지도 않은 듯 전처럼 대했다. 돈을 달라기도 했고 볼일이
있으면 나갔다 오겠다는 말도 했다. 오 여사는 돈 달랄 때 돈을 주었고 나갔
다 온다고 할 때는 잘 다녀오란 말을 했다. 물론 다정한 태도는 아니었지만
미움의 감정을 노골적으로 보이지 못했던 것이다. 그런데 이 날 아침에는
혜수가 세수를 하다 말고 어지럼증이 난다며 비틀비틀 자기 방으로 걸어갔
다. 어디가 아픈 모양이었다. 아프다는 애를 모른 체할 수가 없어 뒤따라 가
어디가 아프냐고 물었다. 아픈 데는 없는데 어지럽고 토할 것처럼 구역질이
난다고 했다. 나쁜 음식을 먹었나 해서 어제 저녁에 무엇을 먹었느냐고 물
었더니 체할 만한 것은 먹지 않았다고 대답했다. 오 여사는 직감에 이 애가
임신을 한 것이 아닌가 생각했다.

그래서 먹기 싫은 것을 억지로 먹은 것이 없느냐고 또 물었다. 없다고 대
답할 때 어떻게 나오는가를 보기 위해 병원엘 가자고 했다. 그 말에 혜수는
좀더 봐서 가겠다고 대답했다. 혜수 자신도 느껴지는 것이 있는 모양 같았
다. 오 여사는 먼저 묻기가 안되었지만,

"너 그거 매달 계속하구 있니."

너그러운 포용력을 보이며 물었다. 그런데 혜수가 갑자기 신경질을 내며,

"그건 왜 묻지요."

하고 얼굴을 붉혔다. 오 여사는 틀림없는 일이라고 생각하며,

"혹시 손을 빨리 써야 할 일이나 아닐까 해서 그런다. 그런 일은 혼자서
해결짓기두 힘들 거구……."

혜수는 어머니로서 걱정하는 말에도 여전히 신경질을 내며,

"창피하게 왜 그런 소릴 해요."

마치 자기는 그런 일과 거리가 먼 것처럼 말했다.

오 여사는 혜수가 임신한 것이 틀림없다고 생각했다. 그러나 자기가 실토를 하고 협력을 구하지 않는데 이쪽에서 걱정하는 태도를 보일 수가 없었다. 숨기려는 마음에 반발심만 일으키게 할 것이다. 그래서 모른 체하고 내버려 두었더니 혜수가 학교에 간다면서 조반도 제대로 먹지 않고 나가 버렸다. 오 여사는 속으로 어떻게 하나 두고 보기만 하리라 생각했다. 협력을 구할 때가 있겠지. 그때는 너도 약점이 생기니까 큰소리를 못할 것이 아냐.

그런데 오후 네 시쯤 혜수가 돌아오지 않은 때 명배가 찾아왔다.

웬일이냐고 물었더니 혜수와 만나기로 약속했는데 한 시간이 지나도록 오지를 않았다는 것이었다. 오 여사는 혜수가 돌아올 때까지 기다리고 있으라 한 뒤 차를 권하며 그를 접대했다. 이런 이야기 저런 이야기를 하다가 문득 혜수의 임신 생각이 나서 명배의 협력을 구하는 것이 좋겠다는 마음으로,

"혜수가 몸이 불편하다는 말 안 하던가."

하고 물었다.

"불편하기는 어디가요."

명배는 전혀 모르고 있는 모양이었다.

"심상치 않은 병 같던데 자네가 잘 말해서 빨리 병원엘 가두룩 하게."

"무슨 병인데요."

"무슨 병은 무슨 병이야. 혜수가 부끄러워 처음엔 잘 이야기 안 할지두 모르니 달래서 물어 보게."

그때야 알았는지 명배가,

"그래요?"

하고 크게 놀라운 표정을 지었다.

"돈이 필요할 테니까 그땐 나한테 말하게. 좌우간 그런 건 빨리 손을 쓰는 게 좋을 거야."

오 여사는 그 이상의 더한 관대가 없을 것이지만 명배는 점점 맥이 빠지는 듯 보였다. 묻는 태도에도 기운이 없었다.

"몇 달이나 된 것 같습니까."

"글쎄 나한테두 숨기고 있으니까 잘 모르지만 첫 입덧인 것 같데, 그러니까 가장 초기가 아닐까 하는데……."

"알았습니다."

명배의 얼굴을 점점 핏기를 잃어 가고 있었다. 혜수에게 직접 들은 일이 없는데다가 의심스러운 점이 한두 가지가 아니었기 때문이었다. 만약 그런 일이라면 혜수가 누구에게 보다도 자기와 의논을 했어야 할 것이다. 그런데 그미는 오늘 약속 시간에 나오지도 않았다. 또 자기와 만난 것은 근 두 달이나 이전 일인데 첫 입덧이라니 그 시기가 너무 늦다는 느낌이 들었다. 이런 것들이 종합되어 그의 의심이 굳어진 것이지만 그런 의심이 생기기 전부터 혜수가 명배를 섭섭하게 한 일이 한두 가지가 아니었다. 길을 걸으면서 손을 잡을라치면 사람들이 본다고 그것을 잡지 못하게 한 때가 있다.

음식을 먹을 때 군대식으로 빨리 먹어 버리면 그래가지고 여자와 같이 음식을 어떻게 같이 먹느냐고 핀잔을 준 때가 있다. 군복이 아닌 양복을 입었는데도 군인 냄새가 난다면서 거리를 두고 걸은 때가 있었다. 그런 것들이 반드시 애정이 없기 때문이라고는 생각지 않았으나 전과 달라졌다는 인상을 굳힌 것만은 사실이었다. 어딘가 거리감을 느끼게 하는 혜수였다. 그런데다가 훈련받고 있을 때 편지를 안 한 일, 그리고 명수의 편지 등이 얽히고설켜 석연치 못한 감정으로 지내 오던 명배였다. 그런 만큼 명배는 혜수를 만나 모든 것을 이야기하고 정식으로 따져 볼 때가 바로 이때라 생각하여 그미가 빨리 돌아오기를 기다렸다.

혜수는 다섯 시가 지나서야 돌아왔다. 명배는 그미에게 반가운 얼굴을 보일 수가 없었다. 혜수도 약속 시간에 못 나갔다는 사과의 말도 없이 새침한 채 뭣 때문에 왔느냐는 듯 명배를 바라보았다. 처음부터 싸움으로 시작할 수가 없어서,

"바쁜 일이 있었어?"

명배가 물었을 때,

"기분 나쁜 일이 있어서 못 나갔어."

조금도 잘못한 일이 없는 것처럼 혜수가 대답했다.

"무슨 일인데."

"공연히……."

"공연히라는 것두 있나."

"이유 없이 기분 나쁜 땐 없나. 이유 없이 죽구 싶은 때두 있는데……."

"혹시 생리일은 아냐."

"창피하게 그런 걸 왜 물어 볼까."

명배는 될 수 있는 대로 흥분하지 않고 이야기를 계속하려 했다. 그러나 혜수의 그 팽팽한 태도에 속이 이글거려 참을 수가 없었다.

"임신한 것 같다면서."

명배는 따귀라도 얻어맞을 각오로 물었다.

"누가 그런 말을 해."

혜수에게는 임신한 사실보다도 그런 말 한 사람이 더 중요한 듯 대들었다.

"흥분하지 말구 이야기해. 내가 알구 싶은 건 임신했다는 사실뿐야."

"내가 알구 싶은 건 그런 말 한 사람이 누구냐는 거야."

"그걸 꼭 알아야겠어?"

"근거 없는 말을 퍼뜨리구 다니는 그런 사람을 그냥 둘 수 있어?"

혜수라고 그 발설자를 짐작 못할 리 없었다. 발설한 어머니에 대해 분풀이를 하고 싶은 마음이 그미를 흥분시켰을 뿐이었다.

"근거 없는 말이라구? 그게 정말인가."

"근거 없는 말이지 뭐야. 생각해 보문 알 거 아냐."

명배는 혜수의 태도로 보아 그것이 정말 근거 없는 말 같았다. 그랬으면 얼마나 좋은 일일까. 혜수의 말처럼 자기의 애라면 이제 처음으로 입덧을 시작할 리가 없다. 임신은 아닐 것이다. 그런데 혜수가 갑자기 구역질을 하더니 손으로 입을 막고 화장실로 달려갔다. 명배는 여자의 입덧을 잘 모르지만 저것이 틀림없는 입덧이라 생각했다. 그렇다면 혜수는 임신한 것이 사실이다. 그런데도 혜수는 어째서 임신을 그렇게까지 부정할까. 또 의심이 꼬리를 흔들었다. 기다리기가 지루하도록 오래 있다가야 혜수가 돌아왔다. 어지러운지 이마에 손을 대고 있었다.

"그래두 임신이 아냐?"

명배가 묻자 혜수는 화를 냈다.

"창피하게 왜 자꾸 그런 말을 하는 거야. 아니라는데……."

"그래."

명배는 혼이 나간 사람처럼 말을 잊었다. 어떻게 해서든 실토를 하게 하고 싶었지만 그 방법이 머리에 떠오르지 않았기 때문이었다.

비밀이 있는 여자다. 나를 사랑하고 있지 않은 것이 틀림없다. 이런 생각을 하고 있을 뿐이었다. 나를 사랑하지 않는 여자라면 더불어 이야기할 필요는 무엇인가. 명배는 혜수의 집을 나오고 말았다. 달리 어떻게 하겠다는 생각이 조금도 떠오르지 않았던 것이다.

분하고 억울하고 슬펐다. 술이나 진탕 마시고 싶을 뿐이었다. 술, 술, 술 생각을 하니 상오가 만나고 싶어졌다. 상오에게 울분을 털어놓고 싶기도 했다.

상오가 집에 없다면 어떻게 할까. 그것만이 걱정이었다. 만약 상오가 집에 없다면 술도 마실 수 없고 울분을 풀 수도 없게 된다. 어떻게 한담. 꼭 범죄를 저지를 것 같은 예감이 들었다. 사람을 때려눕히거나 남의 집을 부수거나 좌우간 그냥은 있을 수 없을 것 같았다. 그런데 다행히 상오가 집에 있었다.

"잘 왔다. 어서 와."

상오는 명배를 반겼다. 그리고는,

"조금만 일찍 왔더라면 허탕치구 그냥 돌아갈 뻔했다. 봐라."

상오는 풀다 만 넥타이를 보였다. 명배는 죽을 일이 있으면 살 일도 있다고 생각했다. 상오의 손을 잡고 술 마시러 가자고 끌었다.

"집에서 술 먹자."

상오가 넥타이를 풀며 말할 때 명배가 넥타이를 풀지 못하게 하고,

"임마, 기분이야. 나가자."

했다.

"진짜 위스키가 있는데 집에서 먹어."

"넌 내 기분 모를 거다. 난 지금 죽구 싶은 심정이야."

"자식두, 갑자기 죽구 싶긴."

이렇게 말은 했지만 상오의 가슴이 뜨끔해진 것은 사실이다. 갑자기 죽고 싶다는 말은 결국 혜수 때문일 것이고 혜수 때문이라면 자기와 직결된 문제 같았기 때문이었다. 그렇기 때문에 한사코 나가자는 명배를 고의적으로 붙잡고 집에서 술상을 벌였다. 술잔을 몇 번 나눈 뒤에야 상오는,

"왜 그러니 말을 해 봐."

침착을 가장하며 물었다.

"혜수가 임신을 했어."

명배가 서론도 없이 이런 말을 할 때 상오로서 놀라지 않을 수 없었다. 무의식적으로,

"뭐."

하고 반문했다. 명배는 상오가 그렇게 놀랄 필요가 없다고 생각했다. 이상한 일이었다. 반응을 보기 위해,

"임신했다니까."

하고 같은 말을 반복했다. 그때야 상오가 침착해지며 웃음을 지었다.

"그럼 좋아할 거지 왜 죽고 싶어 하니."

"내 애가 아니니까 그렇지."

"자아식, 그럼 누구 애란 말인가."

이때 명배는 기가 막혀서 실없는 소리나 해 보고 싶은 심정으로,

"네 애라더라."

하고 말했다. 농담이었다. 웃을 수 없는 심정에서 나온 농담이라 실감나게 들렸다. 그런데 상오가 또다시 놀라며,

"혜수가 그러든?"

농담을 농담으로 생각지 않았다. 명배는 무작정 부정을 하지 않고 그렇게

물어 보는 상오가 이상스러워,

"그러더라 네 애라구."

넌지시 말했다.

"이상한데……."

상오가 명배의 말을 믿을 수 없다는 표정으로 바라볼 때 명배는,

"솔직하게 말해. 혜수가 거짓말을 하겠니."

하고 뒤통수를 갈기듯 말했다.

상오는 정말 뒤통수를 얻어맞은 것처럼 얼떨떨했다. 어떤 상태에서 그런 말을 했을지는 모르지만 어떤 상태에서라도 혜수가 자기의 애를 임신했다고 말했을 것 같지가 않았다. 설사 임신을 했다 해도 그럴 바보가 아니다. 그런데도 명배는 더듬는 일도 없이 혜수가 그랬다고 했다.

"그런 소리 말구 술이나 마셔."

궁해서 하는 말이었지만 상오로서는 차마 대답할 수 없는 궁지에 빠져 있었다.

대답을 피하고 술을 권할 때였다. 명배가 술병을 들더니 안주 접시를 내리쳤다. 요란한 소리와 함께 접시가 산산조각이 났다.

"이 새끼야. 그래 네가 혜수를 해 먹어?"

명배는 옷소매를 걷으며 격투를 선언하는 듯 말했다.

상오는 이때까지 취해 온 태도와 달리 한 번쯤 부정할 때가 왔다고 생각했다. 부정을 않고 긍정을 하면 사태가 어떻게 전환될지 몰랐기 때문이었다.

"이 새끼야. 생각을 해 봐라. 아무렴 내가 혜수를 그렇게 했을 것 같으니. 넌 혜수의 말을 믿기 전에 내 마음을 믿어 볼 생각을 해 봐라. 네 부탁을 받구 혜수의 동반자 노릇해 준 것밖에 내 죄는 없다."

"잔 수작 말어. 나는 다 알구 있단 말야."

"그럼 우리 혜수한테 가자. 삼자가 담판을 해 보자."

명배가 혜수에게 가자고 할 때 겁먹을 사람은 상오였다. 그러나 현장을 모면하기 위해서는 그런 투로 나오지 않을 수 없는 상오였다. 그 말의 효과가 있었던지 명배가 술을 들이켜고는 새로 따라 또 한 잔을 마셨다. 그리고

나서는,

"모르겠다. 난 이제 바보가 될 거야. 바보밖에 될 것이 없다."

울기라도 하는지 식탁에 이마를 대고 신음소리를 냈다.

"애정두 우정두 다 떠나갔다. 떠나갔어."

상오는 명배를 위로하려고,

"자아식, 떠나가기는 뭐가 떠나가. 모두 건재한데. 건재한 거야."

했지만 말에 자신이 없었다.

얼마나 취했는지 명배는 비틀거리며 돌아갔다. 상오는 결국 올 것이 왔다는 생각에 가슴이 쓰렸다. 그러나 혜수가 발설했다는 말이 도시 믿어지지 않아 혜수에게 전화를 걸었다.

"혜수가 내 애를 임신했다구 명배에게 말했다지."

상오는 단도직입적으로 물어 보는 수밖에 없었다. 달리 돌려 물을 만한 마음의 여유가 없었던 것이다.

"뭐라구, 난 임신했단 말두 안 했단 말야. 명배 그 새끼 사람 잡네."

혜수의 대답이 표독스러웠다. 상오는 자기가 바라던 일이라 혜수의 말이 믿어졌다.

"그런데 명밴 왜 그런 소릴 할까."

"미친 자식이군. 사람 잡겠는데."

상오는 자기도 사실을 실토하지 않았으니 혜수도 명배에게 넘어가지 말라는 말을 한 뒤 내일 한 번 만나자고 했다.

만나서 이야기를 하면 명배의 오해가 풀리도록 해 줄 수 있을 것 같았다. 그러나 혜수가 하지 않은 말을 명배가 무엇 때문에 조작을 했을까 하는 것이 궁금했다. 궁금할 정도가 아니라 답답하고 안타까운 일이었다. 자기와 혜수의 관계를 알고 있는 것만은 사실이다. 그렇지 않고서는 넘겨짚을 생각을 할 필요가 없었을 것이다. 임신했다는 말은 근거 없는 꾸민 말이라 해도 명배가 자기를 의심을 하고 있는 것만은 틀림없다. 혜수가 어떻게 했으면 그런 의심을 사도록 했을까. 상오는 혜수가 경박한 여자라고 생각했다. 사려 있는 여자라면 전보다도 애정이 두터운 것처럼 보였을 것이 아니겠는가. 결국 문제의 초점은 혜수에게 있는 것이라 생각했다.

다음날 아침 혜수를 만났을 때 그는 나무람부터 했다.

"어떻게 했으면 명배가 그렇게까지 흥분했지. 알다가도 모를 일야."

"어떡허긴 무얼 어떡해. 제가 혼자 지레짐작을 해 가지구 야단이지."

혜수는 정말 자기에게 책임이 없는 것처럼 잡아뗐다.

"그럼 임신이란 말이 왜 나왔지."

상오는 차근차근 문제의 핵심을 파고들기 시작했다.

"갑자기 현기증이 나구 속이 메스꺼웠어. 그걸 가지고 엄마가 오버센스를 했지 뭐야. 그래서 명배에게 이야기를 했거든."

"사실은 임신두 아닌데 말이지?"

"치사한 소리 하지두 말어. 난 그런 말 듣기두 싫단 말야."

"아니면 아니라구 확실히 말해 줘."

"아니야, 아니래두."

혜수는 어제 병원엘 갔다. 진찰 결과 임신이 확실해졌다. 아찔했다. 그런 것을 전혀 생각지 못했던 것은 아니지만 너무나 뜻밖의 일이라 눈앞이 캄캄했다. 그미는 그 자리에서 수술을 해 달라고 의사에게 말했지만 수술보다도 결과를 생각지 않고 행동했던 아둔한 자신을 미워했다. 왜 충분한 준비도 하지 않고 행동을 했을까. 그만한 지각쯤 있어야 할 나이다. 그런데도 설마 라는 요행을 바라는 마음에 순간적 흥분에 말려들었던 자기가 어쩌면 밉기까지 했다. 또 자기보다도 더 무관심했던 상오가 미웠다. 남자는 여자가 말하지 않으면 무사할 줄만 알고 책임감을 느끼려 하지도 않는다. 얄미웠다.

그런데 의사가 삼 개월이 돼야 수술을 할 수 있다면서 얼마 더 있다가 오라는 말을 할 때 혜수는 그때까지 참을 일이 까마득했다. 입덧이 고통스러운 것은 둘째다. 어머니가 보고 그때마다 뭐라고 할 것이 싫었다. 한두 번은 신경질을 내며 임신이 아니라고 부인을 할 수 있지만 계속하는 입덧이 일어날 때마다 어떻게 어머니의 입을 막아낼 것인가.

혜수는 오 여사와 명배에 대해 자기의 태도를 확실히 보였다고 생각하고 있다. 계속해서 그런 태도로 부정한다면 그들이 자기를 의심치 않으리라 생각했던 것이다. 다만 시간이 문제였다. 수술을 할 그때까지 의심을 받지 않고 넘길 수가 있을지.

그미는 명배와 약속한 시간을 잊지 않고 있었지만 차마 만날 수가 없었다. 뱃속에 들어 있는 애는 확실히 상오의 것이었다. 그러나 상오의 애를 가지고 있다는 사실 때문에 명배를 만날 수 없는 것은 아니었다. 그까짓 것쯤 속이자면 얼마든지 속일 수 있는 일이었다. 그리고 임신했다는 사실이 탄로되었을 때는 명배의 애라고 우길 수도 있을 것 같았다.

다만 기분 문제였다. 너무나 놀라운 사실 앞에 어리둥절한데다가 결과를 생각지 않고 즉흥적인 행동을 했던 자신에 대한 불만감, 그러니까 자기의 기분 때문에 명배를 만나기가 싫었다. 명배뿐 아니라 아무도 만나기 싫었다. 그래서 명배를 만나지 않았고 명배가 전화를 걸 것 같아 늦게야 집에 들어갔던 것이지만 결국 명배에게서 그런 일을 당하고야 말았다. 딸의 비밀을 지켜 주지는 못할망정 가장 관계 깊은 명배에게 고자질을 하다니…… 명수와의 관계가 탄로나자 거기 대한 보복으로 취한 행동 같았다. 그렇다면 어머니는 더 나쁜 여자다. 혜수는 지금 오 여사에 대한 분노가 가장 컸다. 그러나 그 분노를 풀려고 하다가 자기 일이 더 악화될 것이 걱정되었다. 우선 자기 문제를 해결해야 한다. 그것은 누구에게나 임신을 부정하고 빠른 시일 안에 수술을 하는 일이었다. 그런 만큼 상오 앞에서도 부정의 태도를 취했던 것이다.

혜수가 극력 부정을 하자 상오는 그 문제에 대해서는 안심이 된다는 듯,

"무근한 사실을 가지구 명배는 왜 딴 문제까지 들구 나섰을까."

하고 물었다. 상오로서는 이해할 수 없는 일이었기 때문이었다.

"아까 이야기했잖아. 엄마가 오버센스를 하구 발설했다구."

혜수는 이런 말을 하면서도 조금쯤은 상오의 애를 임신했다고 실토하고 싶었다. 그러나 그것은 임신했다는 사실보다도 더 치사스러운 일 같았다. 결국 상오에게 책임감을 뒤집어씌우자는 말인데 어떻게 그렇게까지 비겁해질 수가 있는가. 명배의 태도로 보아 상오와의 우정이 머지않아 끊어질지 모른다. 그것이 결정적이라면 상오의 마음이 달라질 수 있을지도 모른다. 그렇다

고 해서 상오에게 책임감을 짊어지워 주고 그래서 다시 자기를 좋아하도록 하게 한다는 것은 그미의 자존심으로 허락할 수 없는 일이었다.

"어머니는 어째서 그런 것을 명배에게 이야기했을까."

상오는 또 새로운 의혹을 풀려고 했다. 이때 혜수는 오 여사와 명수에 대한 일을 이야기할까 생각했다. 그러면 어머니가 그런 것을 말한 이유를 상오가 쉽게 이해할 것 같았다. 또 어머니에 대한 분노가 그 말을 하도록 목구멍을 간지럽혔다. 그러나 그미는,

"느낀 걸 느낀 대루 이야기한 것뿐이겠지. 어제 나 없을 때 명배가 우리 집에 와 있었으니까."
하고 대수로운 말이 아니라는 듯 말했다.

어머니와 명수와의 일이 창피하게 생각되었기 때문이었다. 그 딸에 그 어머니란 말을 들을까 걱정이 되었다. 어머니는 어머니대로 자기는 자기대로 이유가 있다. 제삼자는 어머니와 자기를 피와 연결시켜 생각할 것이다. 그런 사고는 싫었다. 어머니가 그러니 딸도 그럴 것이라는 너무나 통속적인 사고 방식 말이다.

"중대한 문젠데 그런 걸 함부로 이야기할 수가 있어?"

상오는 납득이 가지 않는지 고개를 갸우뚱거렸다.

"그런 거 생각할 거 있어? 아무것도 아닌 일인데……."

만약 상오가 사이가 좋을 때라면 키스를 한 번만 해도 해소될 문제였다. 좋아하는 것을 보이며 믿어 달라고 할 때, 그것을 믿어 주지 않을 남자가 어디 있겠는가. 그미는 믿으려면 믿고 믿지 않으려거든 그만두라는 태도로 상오를 바라볼 뿐이었다.

상오는, 그것을 그렇다 치고 더 중요한 문제가 있다는 듯이,

"명배하구는 어떻게 할 작정이지. 상당히 흥분하구 있던데……."
하고 물었다.

"마음대루 하라지, 누가 알게 뭐야. 난 조금두 무섭지 않으니까."

혜수는 아무렇지도 않게 대답했다. 정말 어떻게 돼도 좋다고 생각하고 있었다.

"최소한도 오해는 풀어 줘야 할 거 아냐."

"제멋대루 하는 오핸데 누가 따라다니며 그걸 풀어 줘?"

"그래서는 안 돼. 그것만은 풀어 주두룩 해야 할 거야. 이건 내 부탁야."

"신경 쓸 필요 없잖아. 내버려 둬. 될대루 되겠지."

"나를 의심하구 있는데 신경을 안 쓸 수 있어. 그러지 말구 명배를 한 번 만나 줘."

"안 만날 테야. 내가 뭘 잘못했다구……."

"혜순 명배와 나의 우정이 끊어져두 상관 안 할 테야?"

"네가 남의 일까지 상관할 게 뭐야. 그까짓 우정쯤."

상오는 여러 말로 사정해 보았지만 끝까지 거부하는 혜수였다. 사실 그미는 두 사람의 우정 문제로 명배를 찾아갈 정신 상태가 아니었다.

상오는 혜수의 마음을 이해할 수 없었다. 그미는 근거 없는 오해를 받고 있다. 더욱이 자기와 관련된 오해다. 그런데도 어째 그 오해를 풀려고 노력하지 않을까. 설사 명배를 사랑하지 않는다고 해도 좋지 않은 인상을 주고 떠나는 것은 자기의 손해다. 명배와 자기와의 우정을 생각해 주지 않아도 좋다. 자기를 위해서 오직 자기를 위해서 해명해야 할 것이 아닌가.

그러나 할 수 없는 일이었다. 자기가 명배를 찾아가 해명하는 수밖에 없었다.

명배는 누워 있었다. 상오가 방 안에 들어서는데도 일어날 생각조차 안 했다. 아직도 마음이 풀리지 않은 모양이었다. 상오는 조심스러웠지만 저자세를 취할수록 이야기가 진행되지 않을 것 같아,

"자아식, 사람이 왔는데 본 척두 안 하니."

나무람부터 했다. 그때야 명배는 일어나 앉으며 상오를 쳐다봤다. 상오는 분위기를 조성한 뒤 이야기를 꺼낸다는 것이 불가능한 일이라는 것을 알았다.

"넌 근거두 없는 일을 가지구 왜 그렇게 흥분했지? 나 지금 혜수를 만나구 오는데 임신 같은 거 절대 무근한 일이라더라. 그런 걸 가지구 생사람을 잡으려한 이유가 뭐냐."

따지고 들었다. 자신 있는 태도로 말하는 상오를 쳐다만 보고 있을 뿐 명배는 그래도 말이 없었다.

"혜수가 했다는 말을 한 번 다시 해 봐라, 응. 혜수는 그런 걸 시인한 일이 절대 없다더라."

"………"

"혜수가 부정하는 일을 네가 어떻게 단정하느냐 말야. 그런 일은 여자만이 아는 문제 아니냐."

"………"

"혜수가 내한테 거짓말을 했다구 생각하니."

그때야 명배가 처음으로 입을 열었다. 그러나 타협을 하자는 태도는 아니었다.

"닥쳐, 이젠 듣기두 싫다."

상오는 답답했다. 어째서 명배는 옹고집일까.

"나는 우리의 우정을 생각해서 그러는 거야. 무근한 일루 우정을 잃을 필요가 있니."

"우정두 경우에 따라서는 잃을 수 있지. 그게 뭐 절대적인 거냐."

"근거 없는 일루 그렇게 되면 억울하지 않아. 난 억울해서 그러는 거야."

"난 모른다. 아무것두 몰라. 알구 싶지두 않다."

"그럼 우정에 대해선 일고의 여지도 없다는 거냐."

"모른다니까. 난 지금 천치 같은 정신 상태야. 가치를 판단할 능력이 없어졌어. 그러니까 아무 말 말고 가 줘. 그게 나를 휴식시키는 길야."

상오는 명배도 이해할 수 없었다. 근거도 없는 일을 가지고 그렇게까지 자기 고집을 세우려는 이유가 무엇일까. 정상적이 아닌 것 같았다. 혜수와 꼭같이…… 정상적이 아닌 사람에게 이해하든가 타협을 바랄 수는 없었다.

그는 내가 우정을 아깝게 생각지 않는다면 내가 하필 우정을 고수하려 할 필요가 무엇이냐는 생각을 했다. 비굴해질 수 없다는 자존심이 머리를 들었다."

"그러지 말구 잘 생각해서 일을 처리해라. 혜수에게는 아무 죄두 없으니까.”

한 마디를 남기고 명배의 집을 나왔다. 명배는 나가는 상오를 쳐다보지도 않았다. 그의 가슴 속은 너무도 복잡했던 것이다.

확증은 없다 해도 심증은 충분하다. 혜수의 태도도 그러했지만 상오 역시 혜수와의 관계가 심상치 않음을 보여 주었다. 그런데 어젯밤 그는 명수에게서 움직일 수 없는 말을 들었다. 명수는 진심으로 괴로워하며 묻는 명배에게 상오와 혜수가 포옹하는 것을 자기 눈으로 보았다는 말을 해 주었다.

누구보다도 믿어지는 명수였다. 확실한 증거가 없기 때문에 혜수와 상오의 관계를 긍정하다가도 부정하고 싶어지는 것이 명배의 마음이었다. 어떤 증거가 드러난다 해도 그것을 믿어서는 안 된다는 마음도 생겼었다.

차마 상오가 그리고 차마 혜수가 그럴 수가 없을 것 같았다. 그들을 믿어야 한다고 생각했다. 그런데 명수의 말은 그런 자기중심의 생각을 버리도록 강요했다. 명수에게 거짓말이 있을 수 없었다. 그런데 방금 상오가 자기변명을 하고 갔다. 그럴 듯한 것 같았다. 또 마음의 동요가 일어났다. 상오의 말을 믿고 싶었던 것이다. 명수의 말대로 그들이 포옹을 했다 해도 그것쯤 용서할 수 있을 것 같았다. 혜수가 임신하지 않은 것이 사실이라면 그 포옹만 가지고 혜수는 버릴 수는 없다.

그러나, 그러나. 그놈의 그러나가 자꾸만 꼬리를 물고 일어났다. 그러나 혜수가 정말 상오를 좋아했다면. 상오 자식이 혜수에게 딴 마음을 먹었다면. 그렇다면 어찌 혜수를 다시 사랑할 수 있을 것인가. 친구의 손때가 묻어 있을 혜수의 그 불결한 손을 다시 잡을 수는 없다. 그러나 하늘이 무서워서라도 상오 자식이 혜수에게 딴 마음을 먹을 수 있었을까. 그러나 눈앞의 것만 보는 세상이지 하늘을 생각하는 세상인가. 그러나 사람이 사람을 믿지 않고 어떻게 살 것인가. 믿어야지. 그러나 눈앞에서 하는 일이나 믿지 눈 밖에서 하는 일을 믿을 수 없는 세상이 아닌가. 아 믿음이 그립다. 진실된 믿음, 안팎이 없는 진실.

상오는 하나의 생각 속에 머무를 수가 없었다. 하나의 생각 뒤에는 반드시 ‘그러나’라는 접속사가 붙어 딴 생각을 일으킨다. 정말 천치가 되려는 것일까.

　그는 그만 자리에서 일어섰다. 모든 생각을 일체 중지하고 해야 할 일이나 할 작정이었다. 그는 옷을 입고 서 여사에게로 갔다. 명수에게서 말만 들었을 뿐 한 번도 보지 못한 서 여사였다. 그렇지만 어젯밤 아버지와 명수 그리고 자기와 셋이서 한 이야기를 추진시키지 않을 수 없는 처지였다. 그것은 반드시 의무감만은 아니었다. 서 여사에 대한 존경심이 명배의 마음을 더 움직였다. 한 번은 자기 아버지를 배신했었다. 그러나 혼잣몸이 된 뒤부터 이십 년 동안 아버지를 기다리며 혼자 지냈다는 그 믿음직스런 마음에 머리가 수그러졌던 것이다.

　아버지는 끝까지 갈 필요가 없다고 계속 고집을 부렸지만 명배는 아버지가 정 말을 안 들을 경우 자기와 명수는 서 여사의 집으로 가 살겠다고 선언을 했다. 그 선언대로 하기 위해 우선 찾아가는 길이었다.

　찾아가는 도중 명배는 아버지가 자기들의 말을 끝까지 안 들어 주는 경우 자기들은 정말 서 여사와 같이 살겠다는 것을 거듭 다짐했다. 첫째는 아버지를 위해서고 둘째는 서 여사를 위하는 마음이었다. 그리고 셋째는 자기들을 위해서였다. 그러니 네 사람 전체를 위해서 좋다고 생각되는 일에 아버지가 반대하면 나머지 세 사람을 위하는 길이라도 취해야 했다. 그런데 서 여사는 명배를 만나자 벙어리처럼 말을 못했다. 무슨 일이 있는 모양이었다.

　자기 이름을 대고 누구의 아들이란 자기소개를 했는데도 서 여사는,

　"알고 있어."

할 뿐 자리를 권하며 앉으란 말도 못했다.

　명배는 이상한 생각이 들어,

　"제가 왜 왔는지 아시겠어요."

　좀더 친절해 주기를 바랐지만 서 여사가,

　"알구 있어."

하고만 말할 때 당황하지 않을 수 없었다.

　"알구 계시다니요."

　그때 서 여사는 할 수 없다는 듯이,

　"조금 전에 아버지가 왔다 가셨어."

하고 말했다.

"와서 뭐라구 그러셨는데요?"

"명배가 찾아올 거라구 그러시더군."

"그래 뭐라구 말씀하셨습니까?"

"뭐라구는. 아버지 맘을 몰라서 그래."

명배는 어쩔 수 없는 아버지라고 생각했다. 뭣 때문에 일부러 와서 서 여사의 마음까지 눌러 놓았을까. 명배는 어떻게든 자기들의 생각을 관철시켜야 한다는 뱃심이 생겼다. 아버지를 아버지로 존경하는 태도만 가질 필요가 없다고 생각했다. 그래서 그는 서 여사에게 자기들의 진심을 말한 뒤 아버지가 자기들의 진심을 알아 주지 않으니까 자기들만이라도 서 여사와 같이 살면서 서 여사를 어머니로 섬기고 싶다는 말을 했다.

"그럴 수는 없어. 아버지의 뜻을 어기면 되나."

서 여사가 단호히 거절했다. 아버지의 뜻을 거역할 수가 없기 때문이리라.

"저두 월급을 받습니다. 월급을 그대루 드릴 테니까 당분간 제 동생만 데리구 살아 주세요."

"안 된다니까 글쎄."

"아버지의 말만 들으려구 하지 마십시오. 저희 두 형제는 아버지와 별거하기루 결심했으니까 저희들을 친자식으루 받아 주셔야 합니다. 사실 우리 형제는 어머니루 섬기기루 했으니까요. 우리를 고아로 만들지 말아 주십시오."

"아버지와 별거한다는 법이 있어? 그런 생각 아예 말구 아버지와 함께 잘 살아."

"싫어졌어요. 자식은 아버지 명령만 듣구 자기 의사는 살릴 수가 없나요. 그런 시대는 지났다구 생각해요. 낡은 생각을 갖구 자식의 의사를 무시하려는 아버지가 좀 고생을 해 봐야지요."

"아무리 시대가 그렇대두 아버지 말씀을 들어야지. 아버지 말씀이 뭐 잘못된 것 있어. 생각하면 다 옳은 말씀이야."

"그렇지만 많은 사람이 행복해질 길을 취해야 하지 않겠습니까. 그것을 반대하시는 아버지 말씀이 뭐가 옳습니까."

"그래두 세상을 많이 사신 분의 말씀이 옳지."

"세상을 조금 살았어두 옳은 것이 무엇인가를 알 수는 있습니다. 우리는 정말 아주머니를 어머니루 모시고 싶습니다. 어머니의 애정을 그리워하고 있습니다."

"마음은 알겠는데 그렇지만 나루서 어떻게 할 수 있겠는가 생각을 해 봐."

"저희들이 여기 와서 살면 아버지두 오시게 됩니다. 틀림없습니다."

"그래두 아버지가 먼저 승낙하시기 전에는 안 돼. 안 된다는 내 맘두 알아 줘."

서 여사의 마음을 이해할 수 있었다. 아버지의 뜻을 거역하면서까지 아버지의 애정을 구할 수는 없을 것이다. 명배는 아버지에게 다시 한 번 이야기해 보겠단 말을 하고 나올 수밖에 없었다.

서 여사를 만나고 나서 명배는 서 여사가 더 좋아졌다. 아버지의 뜻을 거역할 생각은 둘째로 아버지의 뜻을 바로 잡아 볼 생각도 못하는 그미였다. 혜수라면 죽어도 시늉을 못 낼 일이었다. 자기의 판단을 내리고 자기의 판단과 어긋날 때는 주저 않고 대항할 것이다. 대항하고는 죽어도 이기려 할 것이다. 기승스런 것이 좋은 때도 있겠지만 남자건 여자건 양보하는 미덕이 있어야 인간미가 생기는 법이다. 그 양보와 의타의 미덕은 그래도 남자보다 여자에게 조금 더 있어야 하지 않을까.

명배는 그 날 밤 아버지에게 공세를 취했다. 무엇 때문에 자식들의 뜻을 받아 주지 않느냐고. 그러나 아버지의 대답은 언제나처럼 간단했다. 명배와 명수를 위한다는 것이었다. 명배와 명수가 바라는 일인데 왜 반대하느냐고 하자,

"너희들은 아직 몰라. 다 컸어두 아직 결혼 전인데 너희들이 고아라는 의식을 가질 가능성이 있단 말야. 지금은 그래두 고아란 의식이 강하지 않겠지만 계모 밑에서는 완전히 고아란 의식을 갖게 되는 거다."

하고 자기의 태도를 명백히 했다.

“우리가 고아 의식을 없애기 위해 그 분을 어머니루 모시려는데 왜 고아 의식을 갖습니까.”

“모르는 소리야. 너희가 그래 나보다 앞일을 더 잘 내다 볼 수 있단 말이냐.”

“정 아버지께서 반대하신다면 우리가 나가서 하숙생활을 하겠습니다. 제 월급으루 넉넉합니다. 뜻이 맞지 않는 아버지와 같이 살 수는 없으니까요.”

“아무 말이나 함부루 해두 되니.”

“안 될 것이 뭡니까. 아버지께 불효가 될 말이 아닌데.”

“내가 너희들에게 효도를 바라지는 않는다. 그저 내 말을 들어나 달라는 거지.”

“아버지의 말씀이라두 들을 만한 거나 듣는 거 아닙니까.”

“정 못 듣겠다는 거냐.”

“네, 다시 말씀드리지만 거기두 못 가게 하시니 하숙으루 나가겠습니다.”

“멋대루들 해라.”

이렇게 해서 아버지하고도 결별을 했지만 명배는 도리어 홀가분한 것을 느꼈다. 혼자가 좋을 것 같았다. 가족도 친구도 애인도 없다. 혼자뿐인 것이다. 이제는 무엇이나 마음대로 할 수 있을 것 같기도 했다.

명수가 돌아왔을 때 그 동안의 일을 이야기하고 하숙으로 나가자는 말을 하자 명수가 약간 주저했다.

“그렇게 해두 될까요.”

그리고는,

“형의 월급을 가지구 내가……”

하며 마음이 내키지 않는 듯 말했다.

명배는 자신이 진심을 받아들이지 않는 아버지에게 굴종할 필요가 무엇이냐고 말했다. 진실이 통하고 대화가 이루어질 때 부자라는 것도 있지 않느냐고 역설했다.

“그럼 아버지와 관계를 끊는 겁니까.”

“당분간은 아버지가 우리를 이해하구 우리의 뜻을 받아 주면 그 날부터는 다시 부자지간이 되는 거지만."

"차마 그럴 수가 있어요."

"그럼 나 혼자 나간다. 편지두 않구 집을 찾아오지두 않을 거다. 나 혼자만이 불효자가 되마."

명배는 당장에 일선 부대로 부임하고 싶었다. 훌쩍 떠나 버리면 세상일은 모두 자기와 상관없이 되어 버린다. 그러나 가고 싶어도 지정된 날 이전에는 갈 수 없는 곳이 군대였다. 동부전선 최전방에 있는 사단으로 발령이 내렸으니 십중팔구 일선의 소대장으로 일 보게 될 것이다. 각기 생각이 다르고 각자 집안 형편도 다른 사병들이 자기를 형처럼 대해 줄 일선 부대가 갑자기 그리워졌다. 각자의 생각은 총스톱을 하고 오직 명령에 움직이는 그들 사병들이다. 눈만 뜨면 단체생활이다. 개인의 행동은 털끝만큼도 허락되지 않는다. 기계처럼 움직이고 칡덩굴처럼 엉켜서 산다. 개성의 몰각지대. 명배는 개성이 몰각된다는 데 군대생활에 매력이 있지 않을까 생각했다. 부모 친척을 생각 안 해도 좋다. 친구를 잊어도 좋다. 여자 같은 것은 잊어버릴수록 좋다.

자기를 형처럼 생각하며 기다릴 소대원들이 있는 일선으로 빨리 가고 싶었다.

이북서 넘어오는 간첩을 잡으려고 밤을 새워도 좋다. 이북의 남침을 막기 위해 종일 훈련을 받아도 좋다. 한 마음으로 칡덩굴처럼 엉켜 개성을 불사르며 사는 그 생활이 빨리하고 싶었다.

아버지도 생각할 필요 없다. 상오도 생각할 필요가 없다. 더구나 혜수 같은 것은 영원히 잊어버려야 한다. 명수도 그렇다. 아버지에 대한 의리로 어쩌지 못하는 명수를 괴롭힐 것 없이 내버려 둬야 한다. 나만 떠나면 세상은 그대로 돌아갈 것이다. 돌아가는 대로 내버려 두면 된다.

다만 걱정은 남은 하루를 어떻게 보낼 것인가 하는 것이었다. 술에 취해서 시간을 잊어버린 채 지내는 것도 싫었다. 어차피 잊어버려야 할 현실이다. 미련을 떨쳐 버리기가 힘들어 술의 힘을 빌린다면 그것은 현실이 자기를 비웃을 재료가 될 뿐이다. 현실에게 비웃음을 당하고 싶지가 않았다. 죽어도 그러기는 싫었다.

다음날 아침 아버지가 출근을 하면서도 아무 말 안 하는 것을 다행으로 생각했다. 아버지도 나를 잊고 살려는 것이다. 피차 그러는 것이 서로 부담이 안 되고 얼마나 좋은 일일까. 그런데 학교에 가는 동생 명수가,

"오늘부터 하숙으루 가시나요."

하고 물었다. 조금쯤 걱정이 되는 모양이었다.

"내일 임지루 떠나는 놈이 하숙은 어딜 하숙한단 말이냐. 여관에나 가서 자겠지."

명배는 심술궂게 대답했다. 왜 심술궂게 대답했는지 자신도 모를 일이었다.

"좌우간 오늘 밤 안 들어오시겠어요?"

그러기를 바라서 하는 말은 아니었다.

그런데도 명배는,

"그렇다."

그러니 속이 시원하느냐는 듯이 대답했다. 왜 나는 속이 비틀렸을까. 무두들 다 잊기로 했는데 잊는다는 그 말이 역겹다는 말인가. 명배는 반성을 해 보았으나 알 수 없는 일이었다.

"저녁때 만날 수 없을까요."

"만나서는 뭣 하니. 이야기두 없는데……."

"그래두."

"이젠 만날 것두 없어. 당분간은 올스톱이야."

그래도 당분간이란 말을 쓴 것이 기특하다고 생각되었다. 영원히 안 만난다는 말이 나왔어야 할 것인데 어떻게 여유를 느끼게 하는 말을 했을까.

"그러지 말구 전활 걸어 주세요. 만나야 할 것 같아요."

"걱정 말구 학교에나 가라."

명배는 명수를 학교로 보내고 말았지만 하고 싶은 말들을 다 했다고 생각되는데도 명수에게 무슨 잘못을 저지른 듯 석연치 못한 마음으로 얼마 동안 멍하니 앉아 있었다.

멍하니 앉아서 오늘은 정말 여관에서 자야 하나 하고 생각했다. 아버지에게 하숙으로 나간다는 말은 했지만 언제부터 나간다는 말은 안 했다. 하숙을 구하지 못할 때는 여관으로라도 나간다는 말은 더욱 하지 않았다. 그런데도 명수가 오늘부터 하숙으로 나가느냐고 묻는 말에 그만 여관 이야기를 꺼냈던 것이다. 하룻밤만 자면 떠나는데 그 하룻밤을 참지 못해 여관으로 가야 하다니. 만약 명수가 딴말을 않고 오늘 밤 꼭 만나고 싶다는 말만 했던들 그런 말이 나왔을 리 없었을 것이다. 그러나 이제 할 수 없다. 이야기해 놓은 일이니 다시는 집에 들어올 수가 없지 않은가. 군복으로 옷을 갈아입은 명배는 등산이라도 가리라는 마음을 먹고 집을 나섰다. 집을 나설 때 식모 선미가 따라나오며 그러지 말고 저녁때 돌아오라고 간청하듯이 말했다. 명배는 선미의 말이 고맙게 느껴졌지만 선미의 말만으로 다시 집에 돌아올 수는 없다고 생각했다. 아버지나 명수가 붙잡는다면 혹시 모른다. 그러나 그들은 그림자도 보이지 않고 있다.

대문을 나설 때 누가 잡아끄는 것 같았지만 그것은 자기의 마음이었다. 뒤를 돌아보기가 스스로 부끄러울 지경이었다. 대문을 나와서 한길로 나가려는데 골목길을 들여다보다가 몸을 빼는 여자의 모습이 보였다. 명배는 지나가던 여자려니만 생각을 하고 한길로 나섰다. 달음질치듯 빠른 걸음으로 내려가고 있는 여자의 뒷모습이 눈 안에 들어왔다. 얼핏 보아 혜수 같았다. 무심코 발걸음을 빨리 했다. 가까워질수록 혜수라는 확신이 들었다.

다시는 생각지도 않으려던 혜수였다. 그런데도 그의 발걸음이 자꾸만 빨라지는 까닭은 무엇일까.

혜수는 확실히 자기 집까지 왔었다. 그러나 자기 얼굴을 보자 자기를 피해 도망치고 있다. 그런 혜수를 왜 뒤쫓고 있을까. 무엇 때문에 왔었는지 그 이야기만이라도 듣고 싶은 모양이었다.

오 미터쯤으로 간격을 좁혔을 때,

"혜수!"

하고 그미의 이름을 불렀다. 들은 체도 않고 그대로 도망치면 어떻게 할까 하는 불안한 마음이었다. 그런 불안한 마음이면서도 그냥 도망치면 그뿐이라는 생각도 했다. 그러나 혜수는 발길을 멈추었다. 돌아서기까지는 안 했지만 선 채로 명배를 기다리고 있었다.

"왜 왔다가 그냥 가는 거야."

혜수 옆에 멈춰 선 명배는 혜수를 비겁하지 않느냐고 비난하듯 물었다.

혜수는 대답을 안했다.

"내게 할 말이 있는 거야."

할 말이 있으면 용감하게 해 보라는 투였다. 혜수는 긍정도 부정도 안했다.

"노상에서는 이야기하기가 안됐다는 건가."

명배는 앞질러 이런 말을 하고 근처에 있는 다방으로 앞장섰다. 혜수는 아무 말 않고 따라왔다. 명배는 다소곳이 따라오는 혜수가 아직 자기를 사랑하고 있는 것이라 생각했다. 만약 자기를 사랑하기만 한다면 그미를 괴롭혀서 안 된다는 생각도 했다. 그것은 그의 마음속에 아직도 미련의 뿌리가 남아 있기 때문이었다. 사랑하던 여자를 이유야 어디 있든 하루 이틀 새에 어찌 완전히 잊을 수가 있겠는가. 그러나 그는 자기를 그러게 생각지 않았다. 찾아왔으니 할 수 없이 만나는 것이라 생각했다. 그래서 아주 딱딱한 태도로 혜수를 대했다.

"무슨 이야긴데."

그렇게 딱딱해서야 혜수가 어떻게 대답을 할 수가 있을까. 명배도 그런 생각을 안 한 것은 아니었지만 마음이 굳어지는 것을 어쩔 수 없었다.

"말해 봐. 무슨 이야기라두 좋으니까……."

명배의 말이 부드러워지지 않았지만 혜수로서 언제까지나 벙어리 행세를 할 수가 없었을 것이다.

"나를 어떻게 생각해두 좋지만 상오 씨를 오해하진 말어. 그 말을 하구 싶어 찾아갔던 거야."

"그건 상오의 부탁으루 하는 말인가."

"천만에. 어제 상오 씰 만났는데 무척 괴로워하는 것 같았어. 정말 상오 씨만은 오해하지 말어."

“상오가 불쌍해서 나를 찾아온 거로군.”

“두 사람의 우정을 걱정해서지.”

“알았어. 결국 나를 위해서 찾아온 것이 아님만은 확실하군…….”

혜수는 대답하기가 거북했다. 명배가 부임하기 전에 한 번 만나야겠다는 마음으로 찾아갔던 것만은 사실이다. 그러나 상오의 마음을 풀어 주겠다든가 오해받고 있는 상오의 편이 돼야 한다는 뚜렷한 목표는 없었다. 이야기를 하는 가운데 모든 오해가 풀리면 그 이상 더 바랄 것이 없다고 막연히 생각했던 것이다.

그래서 집을 나오고 있는 명배를 골목 밖에서 보았을 때 그 막연했던 마음이 자신을 잃고 그를 피하게 했었다. 그런데 지금 상오를 위해서 자기를 만나러 왔던 것이 아니냐고 따지는 명배의 말을 들을 때 혜수는 혹시 그랬는지도 모른다는 회의가 생겼다. 자기 때문에 명배에게 오해를 받고 우정까지 잃었다는 쓰라린 생각을 상오에게 주고 싶지 않은 것은 사실이었다. 그렇다고 해서 명배가 보고 싶어서 찾아온 것은 아니지 않느냐는 말에 그렇다고 대답할 수도 없었다. 명배가 전처럼 자기를 대해 준다면 그것을 마다할 것도 아니란 생각을 가지고 있기 때문이었다.

“왜 대답을 못하지. 내가 싫어졌으면 싫어졌다고 똑똑히 말해.”

혜수의 대답을 독촉하는 명배의 마음은 막다른 골목에 이르고 있었다.

“꼭 그 말이 듣구 싶어?”

“듣구 싶지. 그 말만 해 주면 딴말은 한 마디두 필요 없으니까…….”

“꼭 그 말이 듣구 싶다는 건 자기가 그렇다는 거 아닐까.”

“무슨 소리야.”

“자기가 싫어졌으니까 나두 그럴 거라는 거 아냐.”

“왜 말을 뒤집어씌우지.”

“아무렇지두 않은 사람을 가지구 들볶는 그 태도가 의심스러워. 정말 싫으면 싫다구 말해.”

“그럼 혜순 아직 날 좋아한다는 거야?”

“그걸 꼭 물어 봐야 아나.”

명배는 가슴이 부글부글 끓는 것을 느꼈다. 얼마나 기다렸던 말인가. 혜수를 미워하면서도 혜수의 진심을 알고 싶어했다. 자기를 변함없이 사랑한다는 그 말이 듣고 싶었다. 그 말이 나올 것 같지가 않아 그미를 미워하고 잊어버리려 하기까지 했었다.

"정말야?"

"거짓말하는 여자만 사귀어 왔군."

이렇게까지 명확한 말을 하는 혜수가 그새는 어째서 의심할 일만 했을까. 그 의심에 대한 해명은 하려 하지도 않고. 명배는 마주 앉았던 자리에서 일어나 혜수 옆자리로 옮겨가 앉으며 그미의 손을 버럭 잡았다.

혜수의 손을 힘주어 잡은 명배의 손이 떨렸다. 그미를 껴안고 미안하다는 말을 수없이 해 주고 싶었다. 그러나 사람이 많은 다방에서 그럴 수가 없으니 손만 떨렸다. 명배의 마음속을 들여다볼 수 있는 혜수였기 때문에,

"이젠 더 말 안 해두 돼. 다 알구 있어."

하며 머리를 명배 어깨에 갖다 댔다. 사람들의 시선도 두려움 없었다. 혜수의 머릿내가 콧속으로 스며들었다. 땟내도 아니고 향수 냄새도 아니었다. 보드랍고 생생한 머리 냄새에 코를 묻어 버리고 싶은 충동을 느꼈다. 머리털을 만져 보고 싶었다. 만져도 그미는 항거하지 않을 것 같았다. 그러나 그는 남의 시선을 꺼렸다. 그저 냄새를 맡는 것으로 만족했다.

얼마를 그렇게 하고 있던 명배가 그미를 바로 앉히고 손만을 만지작거리며,

"어머니가 왜 싱겁게 그런 말을 했을까. 그 말만 안 했어두 아무 일 없었을 텐데."

하고 입을 열었다. 그것은 혜수 어머니를 탓하는 뜻이 아니었다. 공연히 괴로워했다는 데 대한 넋두리 같은 것이었다. 그런데 뜻밖에 혜수가,

"엄마가 날 미워하거든. 아마 죽을 때까지 미워할 거야. 미운 마음에서 그런 말이 나왔으니까 난 이해해."

하고 말했다.

"어머니가 딸을 그렇게 미워할 수 있어. 있을 수 없는 일인데……"

“내가 거짓말 할라구.”

“그렇게까지 미워할 이유가 뭐야.”

“건 묻지 말어. 명배는 모르는 것이 좋을 거야.”

“그러니까 더 알구 싶은데.”

“내가 하라는 대루만 해. 다음에 기회가 오면 전부 이야기할게.”

명배가 그런 것을 추궁할 수는 없었다. 혜수의 사랑을 다시 찾은 것만이 중요했기 때문이었다. 그래서,

“날 정말 좋아하지?”

웃어 가며 그러나 마음을 몇 번이라도 다지고 싶은 심정으로 물었다.

“유치하게 그러지 마. 사람을 어떻게 보구 그러는 거야.”

잘못하다가는 그미의 신경을 건드릴지도 몰랐다. 명배는 이런 때 남자다운 기질을 보여야 한다는 생각을 하고,

“그럼 우리 사방이 벽으로 된 곳으로 가자.”

하고 일어날 자세를 취했다.

혜수는 가슴이 후련했다. 모든 구름이 다 벗겨진 것이다. 그래서 명배가 하자는 대로 따라 하고 싶었다. 그러나 문득 자기의 배를 생각했다. 아직 눈에 뜨일 만큼 배가 달라지지는 않았다. 그래도 상오의 애가 들어 있는 배다. 그 배를 가지고 어찌 명배와 그럴 수가 있을 것인가. 망설이고 있을 때,

“혜수 집으루 가지.”

하고 명배가 제의했다. 좋은 아이디어였다. 가장 안전한 곳이다. 어머니가 외출했을지 모르는 시간이 아닌가. 어머니가 있다 해도 무방하다. 방음장치가 되어 있는 서양식 구조의 건물이 아닌가. 그러나 명배와 그럴 수 있느냐가 문제였다.

“방금 말하지 않았어. 엄마가 날 미워한다구…….”

이런 말로 피하자 얼른 알아듣고,

“돈 있어?”

하고 물었다. 호텔로 가자는 것이었다.

혜수는 주저 없이 그 자리에서 핸드백을 열었다.

그것은 핸드백 속에 돈이 없다는 것을 알고 있기 때문이었다. 백 원짜리 몇 장밖에 안 되는 총재산을 내보이며,

"이거뿐인 걸."

혜수가 말했다.

명배가 무어라 말할 것인가.

"어디 교외루 나갈까."

돈이 없을 때는 교외로 나가 한적한 숲 속을 찾는 것이 가장 편리하다. 혜수로서 거절할 말이 생각나지 않았다. 그러나 내키지 않는 일을 할 수는 없었다.

"사실은 요즘 컨디션이 좀 나빠. 어제 내가 약속시간에 안 나간 거 있잖아. 또 엄마가 입덧이라구 꾸며댄 것두 그런 걸 보구 그런 거야."

그럴 듯하게 꾸며졌다.

"어젠 그런 거 아닌 것처럼 말하더니."

"그럼 남자 앞서 그런 이야길 아무때나 할 수 있어?"

"알았어. 그럼 어디루 갈까."

"화내지 마. 오늘만."

"사람을 뭘루 봐. 아무때니 회내는 줄 알어?"

서로가 오해를 완전히 풀었다고 생각했을 때 혜수가 영화구경이나 가자고 했다. 명배는 곧 동의했다. 아무데도 상관없었다. 같이 있기만 하면 좋았다.

어디랄 것도 없이 가장 가까운 외화 개봉관으로 갔다. 구경이 목적이 아니기 때문에 극장을 나와서도 영화 이야기는 한 마디도 안 했다. 대중음식점에 가서 냉면을 먹을 때 혜수가,

"떠나기 전에 상오를 만나 봐야 할 거 아냐."

하고 말했다.

"참 그렇군. 그런데 그 자식 집에 있을까. 오늘 못 만나면 만날 시간 없는데……."

명배는 조금도 다른 생각 없이 말했다. 상오에게 공연한 오해를 했다고

사과의 말을 해야겠다는 것이 그의 진심이었다. 무엇 때문에 친구를 버릴 것인가. 친구란 애인보다도 더 깊이가 있고 무게가 있는 마음을 주고받는 사람이다. 그런 친구를 섭섭하게 하고 떠날 수는 없었다.

"전활 걸어 봐야겠군."

명배는 서슴지 않고 카운터 앞으로 가 전화를 걸었다. 그러나 금시 돌아와,

"집에 없대는데……."

하고 말했다. 혜수는 낙심이 갔다. 명배가 상오를 만나지 못하고 간다면 상오는 명배의 오해가 풀린 줄 모르고 그냥 괴로워할 것이다. 괴로움과 더불어 자기를 원망할 것이다. 어떻게든 만나게 해야 한다고 생각했다.

"사무실루 걸어 봐."

혜수는 사무실 전화번호까지 가르쳐 주었다.

"아버지 사무실이지?"

명배는 다시 카운터로 가서 전화를 걸었다. 수화기를 들고 이야기하는 것으로 보아 상오와 통화가 된 모양이었다.

혜수는 일이 잘 되어 간다고 생각했다. 그러나 어쩐지 살얼음판을 걸어가는 기분이었다. 오늘 상오와 명배가 만나 화의를 하지만 그것이 오래 지속될 화의 같지가 않았기 때문이었다. 불씨는 그대로 남아 있다. 언제는 다시 타오를 것만 같았다. 전화를 걸고 온 명배가 당장 상오에게로 가자고 했다. 혜수는,

"둘이서만 만나는 게 좋지 않아."

하고 사양 비슷이 말했다. 그미는 연극의 연출이 서툴러 실패할 것 같음이 겁나기도 했지만 그것보다도 마음속으로 이상한 것을 생각하고 있었다. 그것은 셋이 한 자리에 있어도 상오가 명배를 조금도 질투하지 않을 것 같은 일종의 불쾌감이었다. 상오는 자기가 명배를 전처럼 사랑하기만 바라고 있다. 그것이 진심이다. 그러니 상오 앞에서 자기가 명배와 어떤 일을 해도 상오는 눈 하나 찡그리지 않을 것이다. 그것이 혜수에게는 싫었다. 상오를 사랑할 수 없다고 해도 상오가 자기를 아무것도 아니게 대한다는 것만은 그미

의 자존심으로 허락할 수 없는 일이었다. 상오는 자기를 좋아한 것이 아닌 데 자기만이 상오를 좋아했다면 그것은 하나의 치욕이 아닐 수 없었다. 그 런데 명배가,

"혜수가 안 가면 나두 안 갈 테야."

마치 혼자 가는 것은 아무 의미가 없다는 듯 말했다.

"둘의 분위기를 생각해서 안 가는 것이 좋을 것 같아서 그러는 거야."

혜수는 명배가 오해하지 않도록 침착하게 말했지만 명배가 용서치 않았 다. 명배가 혜수를 꼭 데리고 가려는 데는 딴 이유가 없었다. 혜수와 헤어지 기가 싫었던 것이다. 그리고 상오 앞에서 혜수와 다시 좋아하게 된 것을 보 이고 싶은 것이었다. 사랑은 남에게 자랑하고 싶은 것, 특히 가까운 사람에 게는 더욱 보이고 싶은 것이다.

"혜수가 있어서야 분위기가 더 좋아지는 거 아냐."

명배는 신경질을 냈다. 불쾌하게 생각할 수 없는 신경질이었다.

"갈게요. 가면 되는 거 아냐."

혜수는 할 수 없다고 생각했다. 연출만 잘 하면 같이 가는 것이 세 사람 을 위해서 좋을지도 모른다는 생각을 했다.

상오 사무실 근처에 있는 다방으로 갔을 때 먼저 와서 기다리고 있던 상 오가,

"사과해라. 경례를 하구."

하고 경례받을 자세를 취했다. 명배는 상관을 대하듯 깍듯이 거수경례를 하고,

"미안하다."

정식으루 사과를 했다.

"용서한다. 앞으룬 조심해."

너그러운 태도로 명배의 어깨를 툭툭 치며 자리에 앉는 상오를 보자 혜수 는 상오가 연기를 곧잘 한다고 생각했다.

연기에 말려 진지한 얼굴로,

"혜수가 찾아오지 않았더면 오해를 품은 채 그냥 갈 뻔했다."

하는 명배를 볼 때 혜수는 명배가 아직 상오에 비해 인생 초년병이라 했다. 웃을 수도 울 수도 없는 연극이었다. 그러나 혜수는 연출자라기보다 무감각한 관람자가 되어야만 했다. 자기의 감정을 삽입시켜서는 안 되는 냉정한 관람자였다.

"그러니까 의심하는 사람이 언제나 더 나쁘다는 걸 알아야 해."

"의심하구 싶어서 의심하는 놈이 어디 있니. 좌우간 그 이야긴 이걸루 끝이다. 알았지?"

"그래. 유쾌하지 않은 이야기는 잊는 것이 편하지."

이래서 상오와 명배는 정말 격의 없는 우정으로 돌아갔다.

"혜수, 그런 의미에서 셋이 함께 악수하자."

명배가 상오와 혜수의 손을 내밀게 하고 자기가 그들의 두 손을 함께 잡고 흔들었다.

셋이 합동악수가 끝나자 상오가 레지를 불러 차를 주문하고는,

"오늘은 유쾌한 날이니까 내가 한잔 내마."

하고 말했다. 명배로서 마다할 수 없는 일이었다. 유쾌하게 한잔 하고 싶은 것은 상오보다 자기가 더할 것이다. 그런데 자기에게는 돈이 없다. 아무래도 자기보다 돈이 있을 상오가 자진해서 한잔 산다면 달갑게 얻어먹어야 했다.

"숙녀두 있구 하니 좀 좋은 데루 안내해라."

명배는 혜수를 위해 주고 싶은 마음이 생겨 욕심까지 부렸다. 이런 날 혜수를 데리고 막걸리 집으로 가고 싶지가 않았던 것이다. 그런데 혜수가,

"사업에 실패한 사람이 무슨 돈이 있을라구……."

하며 상오에게 돈 없을 것을 걱정했다. 걱정이라기보다 아무 말 않고 따라가기가 안되어 한 마디 사양 삼아 해 본 말이었을지 모른다.

"걱정 말어. 사내자식이 한 번 실패했다구 아주 꺾일 줄 알어. 또 새 사업을 시작하구 있어."

"무슨 사업인데."

혜수가 반가워하는 표정으로 물었다.

"이번엔 출판을 하나 해 볼려구."

"책이 안 팔려 출판사가 다 망한다던데……."

이번에는 명배가 신통치 않아 하는 표정으로 한 마디 했다.

"나두 알구 있어. 그렇지만 팔리는 책두 있다는 걸 알아야 해. 팔리는 책을 고르기가 힘들기는 하지만."

"무슨 책인데."

혜수의 물음이었다.

"요즘 중국영화가 잘 팔리거든. 대륙적인 무협(武俠) 이야기 말야. 그래서 요새 신문에 연재 중인 중국무협소설을 출판하기루 계약했지."

"정말 팔릴까."

"그걸 출판하겠다는 사람이 얼마나 많은지 알어? 다섯 출판사가 번역하구 있는 사람과 교섭한다는 말을 듣구 내가 현금을 갖다 앵겼지. 꼭 팔릴 거야."

"출판두 투기로구나."

"투기지. 투기 아니구 돈 벌 게 있냐. 좋은 책 출판해서 문화사업 하겠다는 건 다 낡은 생각야."

"그 돈은 누가 대는데."

혜수가 궁금하다는 듯 물었다.

"번역료 삼백만 원은 아버지에게 빌렸지. 돈 벌어 지난번 손해 본 것을 보충하겠다는데 안 돌려줄 수 있어. 나머지 인쇄비라든가 종이값은 모두 외상으루 하기루 했어."

"외상이라는 것두 있나."

"그게 수완이지. 수완만 있으면 안 되는 일 있어?"

"그래. 돈 벌어서 가끔 술이나 사라."

"새애끼 술 같은 게 문제야. 오늘 맘놓구 먹어."

이런 이야기 끝에 그들은 조금 색다른 음식점에 가서 저녁도 먹으며 술을 마시기로 합의를 보았다. 한국 사람이 경영하는 중국음식이었다. 명배와 혜수는 말을 듣고도 가 보지 못한 곳이라 즐겨 찬성했다.

택시를 타고 세운상가까지 가 그 중국식 음식점에 들어갈 때 혜수는 오늘만은 자기도 술을 마셔야겠다고 생각했다. 오해는 풀어지고 세 사람은 원점으로 돌아갔다. 마음의 평온을 되찾은 셈이었다. 그러나 혜수는 평온을 찾은 것이 아니라 도리어 평온을 잃은 듯한 불안감에 싸여 있었다.

이제부터 혜수는 명배를 전처럼 사랑해야 한다. 그리고 상오는 만날 수가 없게 된다. 말하자면 자기를 명배 한 사람에게 한정시켜야 하는 것이다. 당연한 일 같고 또 그래야만 할 일 같았지만 그미로서는 그것이 감내할 수 없는 고통이었다. 명배만을 사랑할 때는 모르던 일이었다. 상오를 사랑하고 난 지금 한 사람에게 자기를 안착시킨다는 것은 불가능에 가까운 일 같았다. 더구나 오늘 출판 사업을 시작했다는 말을 듣고 나서부터 더욱 그랬다. 상오는 활동적인 남자다. 현실을 파헤치고 꿋꿋이 서려는 의지와 또 그런 용기를 가진 남자다. 그런가 하면 우정에 대한 의리도 누구에게 지지 않을 만큼 강한 남자다. 거기 비하면 명배가 얼마나 정적인가. 군대생활을 끝내고 돌아온댔자 고작 월급쟁이가 될 것이다.

그미는 생각했다. 상오를 계속해서 만날 수가 있다면 명배에게 돌아가는 것도 어쩔 수 없는 일이라고. 그러나 상오 없이 명배만 쳐다보며 산다는 것은 감내할 수 없는 일일 것 같았다.

나는 누구 한 사람을 죽도록 사랑할 수가 없는 여잔가. 혜수는 어쩐지 그런 것 같았다. 그런 것 같았기 때문에 지금 그미는 공허감을 느끼고 있다. 술을 마시고 싶었다.

식당은 정말 특수했다. 식탁이 몇 줄로 놓여 있다. 그 사이로 한 가지 음식을 실은 손수레가 소녀의 손에 끌려 수시로 내왕한다. 그런 손수레가 몇이나 되는지 몰랐다. 손수레에는 음식을 담은 그릇이 보이도록 놓여 있고 한편에는 정가가 붙어 있다. 분량이 적고 가격도 대단치 않은 것 같아 마음에 드는 것을 골라 여러 가지를 청해 먹을 수가 있었다.

혜수는 귀여운 미니스커트의 소녀들과 그미들이 끌고다니는 손수레를 번갈아 보며 한참 동안 음식점 주인의 아이디어에 감탄하고 있었다.

"먹구 싶은 걸 말해."

상오가 말할 때 혜수는,

　"조금씩인데 한 가지씩 다 시키지."

하고 욕심을 부렸다. 전부를 맛보고 싶었다. 푸짐한 음식에 파묻혀 술을 마냥 마시고 싶었다.

　"그러지, 그래."

　상오가 선선히 응해 주며 혜수를 바라보았다. 어떻게 음식에 욕심을 다 내느냐는 눈초리였다. 악의가 아닌 그 의미 있는 눈초리가 그미의 가슴을 흔들리게 했다. 잔잔하던 풀밭에 바람이 이는 것 같은 움직임이었다.

　상오가 지나가는 손수레를 세우고 몇 가지의 요리와 맥주를 내려놓게 했을 때 명배가 갔다 올 데를 갔다 와서 식사를 시작해야겠다는 듯이 화장실엘 갔다.

　그때 상오가,

　"고마워!"

　한 마디 내뱉듯 하고는 혜수를 또 한 번 쳐다봤다. 쳐다보는 그 얼굴이 아주 만족해하는 표정이었다. 자기를 위해 명배를 만나 오해를 풀어 준 데 대한 고마움이리라. 죽어도 명배를 찾아가지 않겠다던 고집을 꺾은 데 대한 감사였을 것이다.

　만족해하는 상오의 얼굴을 볼 때 혜수는,

　"내가 죽으면 더 고마워하겠군."

　생각지도 않았던 몹쓸 말을 했다. 고운 말이 나오지 않았던 것이다. 그러나 상오는 명배가 옆으로 오고 있기나 한 것처럼 혜수의 말을 들은 체도 않고,

　"이거 맛있을 거야. 먹어 봐."

하며 해삼탕 접시를 가리켰다. 혜수는 그러는 상오가 더 미워졌다.

　미워 죽겠는데 화장실에 갔던 명배가 입구 쪽으로 들어오는 것이 보였다. 혜수는 상오가 미워도 미워할 수조차 없는 것이 통분했다. 그래서 멀지도 않은 음식접시가 손에 미치지 않는 듯 엉거주춤 서서 젓가락질을 하는 체하며 자기의 구두힐로 상오의 발잔등을 누르고 뭉갰다. 상오는 아팠을 것이다. 그러나 아프다는 소리 한 마디를 못하고 도리어 웃는 얼굴을 지었다. 그리

고는 옆자리에 와 앉은 명배에게 얼른 맥주잔을 주며,

"이건 일차다. 이차를 나이트클럽으루 안내하마."

하고 술을 따르기 시작했다. 아무 일도 없었던 것처럼 가장하는 상오가 또 미웠다. 그러나 밉다고 해서 눈 한 번 흘길 수도 없는 혜수였다.

"난 안 줘?"

명배의 잔이 채 차기도 전에 글라스를 내미는 혜수였다. 그런 식으로나마 투정을 하는 수밖에 없었다. 혜수는 그들이 두 잔 마시는 동안 한 잔쯤 마셨지만 워낙 주량이 크지 못한 만큼 취하기는 그들 몇 배나 더한 것 같았다. 그래도 그미는 취한 기색을 않고 용감하게 마셨다. 술을 자주 마셔 주량이 늘도록 미리 훈련 못한 것이 조금 한스러웠다. 그들이 한 잔하면 자기도 한 잔을 하고 싶었다. 끄덕 않고 밤을 새우면서 마시고 싶었다. 그러나 훈련이 부족한 탓으로 그미는 관자놀이가 뛰고 가슴이 답답해 옴을 느꼈다. 더 마시기가 힘들었다. 그렇다고 해서 주정을 할 정도는 아니었다. 술을 진탕 마시고 싶으면서도 말에 실수가 있으면 안 된다는 조심성을 잃지 않고 있기도 했다.

그런데 명배가 갑자기 그미의 손을 잡으며,

"혜수, 내가 제대하는 날 우리 결혼식 해, 응?"

취기가 도는지 그렇지 않으면 술기운을 빌어 일부러 하는 말인지, 용감하게 말했다. 명배가 상오 앞에서 그 말의 대강을 듣고 싶어하는 것을 잘 알기 때문에 혜수는 더욱 대답하기가 싫었다.

"그런 이야기 조용히 하는 거야. 술이나 어서 마셔."

다른 사람 앞이라면 몰랐다. 상오 앞에서 좋다는 말을 꺼낼 수가 없었던 것이다.

"싫다는 거야? 뭐 힘든 대답이라구."

"꼭 싫어야 대답 안 하나. 자리가 문제지."

"간단해. 좋다든가 싫다든가 한 마디면 되지 않아. 나는 그게 듣구 싶어."

대답을 안 할 수가 없었다. 그러나,

"싫다구 할 이유가 있을 것 같나?"

좋다는 구체적인 말을 피하기 위해 명배가 더 추궁하지 않도록 대답해 버렸다. 그 말을 하면서도 혜수는 명배를 보는 것이 아니라 상오를 바라봤다. 그의 표정이 조금 일그러지고 있었다. 우정이니 뭐니 하지만 역시 질투를 느끼는 것이 아닌가 생각했다. 그러나,

"뭐 힘든 말이라구. 시원하게 말을 해."

도리어 혜수의 불투명한 말에 불만을 표할 때 혜수는 그의 얼굴에 침을 뱉어 주고 싶었다. 그러나 그럴 수도 없었다. 속이 이글거려 죽겠는데 입구 쪽에서 어머니 오 여사와 명수가 들어오고 있는 것이 보였다.

"우리 엄마가 왔네."

순간적 감정에서 자기를 구해 주는 일이라 생각하며 말했지만 그미는 그 말한 자기를 금시 후회했다. 자기는 보았다고 해도 명배와 상오에게는 보이고 싶지 않은 광경이기 때문이었다.

오 여사라는 말에 가장 반가워하는 사람이 명배였다. 그는 얼핏 고개를 돌려 입구 쪽을 바라보다가,

"으응."

하고 놀란 기색을 보였다. 오 여사 옆에 있는 명수가 의외라는 뜻이리라. 그러면서도 그는 오 여사에게로 가서 인사를 하고 자기들과 합석하기를 권했다. 오 여사는 그들 식탁까지 가서 천연스럽게 인사를 나누었지만 명수는 어쩔 줄을 몰라 했다. 못 본 체할 수가 없어서 고개 인사만을 하는데 가까이 까지 오지를 못했다. 그러자 오 여사가,

"명수를 우연히 만나 저녁이나 먹일려구 왔어. 우린 딴 자리에서 간단히 먹구 갈 테니 잘들 놀라구."

침착한 태도로 말할 때 그미를 붙잡으려는 사람이 하나도 없었다. 전혀 눈치를 못 채고 있던 명배마저 이상한 육감이 들어 멍해 버리고 말았던 것이다. 그들이 멀리 잘 보이지 않는 구석자리로 갔을 때 명배가 궁금하다는 듯이,

"좀 이상한데."

하고 말했다.

“이상하긴. 정말 우연히 만났으니까 저녁을 사 먹이러 온 거겠지…….”

상오가 관심도 가질 것이 못 된다는 듯 말했다. 혜수도 마찬가지였다. 모르는 사람에게까지 알릴 필요가 없다고 생각하며,

“술이나 들어. 명배는 의심벽이 결점이라구. 왜 아무나 의심하려는 거야.”
하고 더 말을 못하게 했다.

“내가 나쁘군.”

명배는 더 추궁하지 않았으나 그래도 석연치가 않은지 혼자 고개를 비틀었다.

혜수는 자리를 옮겨야 어머니와 명수의 일이 명배와 상오의 머리에서 사라질 것 같아 식탁에 있는 음식과 맥주만 마시게 하고는 그곳을 나오도록 했다. 나올 때 셋이 같이 오 여사와 명수에게 가서 간다는 인사를 하고는 혜수가,

“나 좀 늦을지두 모르겠어.”

오 여사에게 양해를 구하는 듯 말했다.

“좋두룩 하렴.”

오 여사가 낯선 사람을 쳐다보듯 하며 말했다. 빨리 가기나 해 달라는 태도였다. 명배도 내일 일선으로 떠난다면서 안녕히 계시라고 했지만 오 여사는,

“좀더 놀다 가면 안 되나.”

말로는 섭섭한 듯 말했지만 빨리 가 주었으면 하고 바라는 것만 같았다. 명수는 일어서서 굳어 버린 채 말을 한 마디도 안 했다.

혜수는 왜들 자연스럽지가 못할까 하고 생각했다. 떳떳지가 못하다고 생각되면 서로 만나지 말아야 할 것이다. 이왕 만나서 다니고 싶은 데를 다닐 바에는 좀더 용감해져야 할 것이다. 혜수는 명배와 완전히 화의한 지금 어머니를 원망하거나 미워할 생각은 아니었다. 떳떳지 못한 태도가 못마땅할 따름이었다.

G호텔 나이트클럽에 간다고 택시를 잡아탔을 때 명배가 혜수의 귀에 입을 대고,

"오늘 밤 명수 자식한테 이야길 좀 해 줘야겠는데……."

다시 명수와 오 여사에 대해 관심을 기울였다.

"그럴 필요 없어. 뭘 안다구 간섭하려는 거지."

혜수는 한사코 말렸다. 만약 명배가 명수에게 무엇이라 이야기한다면 자기가 고자질한 것이 된다. 언젠가 명수에게 명배한테 이야기하겠다는 말을 직접 한 때도 있었으니까. 그런데 명배는,

"안 돼. 그냥 내버려 둘 수는 없는 일야."

흥분해서 말했다.

혜수는 진심으로 문제화되기를 바라지 않았다. 내버려 두어도 시간이 흐름에 따라 자연 해결될 문제다. 어떻게 하겠는가. 도저히 결혼할 사이는 못 된다. 아버지가 돌아오면 끝나고 말 일이다. 그때까지 내버려 두어도 좋다. 지각이 있는 어머니로서 자기 반성할 시기도 있을 것이다.

"내일 떠난다면서 불쾌하게 헤어질 것 뭐 있어. 내가 알아서 할 테니 내게 맡겨 둬."

혜수가 신신당부하자 그때야 명배도,

"참 내가 내일 떠나지."

하고 혼잣말 비슷이 했다. 오늘 밤 집에 들어가지 않기로 한 것을 생각하면서…….

명배가 혜수의 말을 잘 들어 주어 고마웠다. 혜수는 명배에게 고마움을 느끼며 몸을 명배에게 기대고,

"남을 의심하면 피차 좋을 것 하나 없단 말야."

의미 있는 웃음을 웃었다.

"알았어."

명배가 안심하라는 듯 말하며 몸을 살짝 떠밀었다. 그 바람에 가운데 앉았던 혜수의 몸이 상오에게로 기울어졌다. 그러나 상오는 무감각한 상태로 차창 밖만 내다보고 있었다. 두 사람 사이에서 두 사람의 체온을 꼭같이 느끼고 있는데 상오가 무감각한 상태에 있다는 것을 보자 혜수는 또 화가 났다. 겁쟁이는 절대 아니다. 그런데도 명배 앞에서는 꼼짝 못하는 상오가 미

왔던 것이다. 그래서 팔꿈치로 상오의 허리를 찔렀다. 그런데도 상오는 까딱도 않고 바깥만 내다보고 있었다.

"나하구 무슨 원수졌어?"

그미는 돌리고 있는 상오의 코를 잡아끌었다.

"나 사업에 대한 걸 조금 생각하던 중이야."

상오가 변명을 하자 명배가,

"실연한 건 아니니."

하고 농담을 걸었다.

"자아식, 내가 실연이나 하구 다닐 것 같으니."

두 사람의 농담이 혜수에게는 희극으로 밖에 보이지 않았다. 혜수는 자기가 희극까지 연출하고 있다는 생각을 하니 속으로 웃음이 나왔다. 그런데 갑자기 속이 메스꺼워 왔다. 어지럼증도 일어났다. 잘못하다가는 토할지도 몰랐다. 그미는 명배 어깨에 머리를 대고 집으로 보내 달라고 했다.

"어지러워. 아무래도 빈혈증이 걸렸나 봐."

명배가 그미의 이마를 집어 보며 견딜 수 없는 정도냐고 물었다. 혜수는 빨리 가서 눕고 싶다고 기진맥진한 음성으로 말했다. 할 수 없었다. 명배와 상오는 그 차로 혜수 집까지 갔다. 그리고는 집 안에까지 들어가려는 것을 그미가 겨우 말해 그냥 돌아가게 했다. 혜수는 그새 어머니와 명수가 집에 와 있을지도 모른다고 생각했다. 그렇다면 일이 벌어질 것이 분명했다. 억지로 돌려 보낼 때 명배가,

"가서 곧 편지할게."

하고 작별인사를 했다.

"몇 시에 떠나는데."

"아침 일찍 떠날 거야. 군대 트럭으루 갈지두 몰라."

"그럼 전송두 못하게."

"전송은? 곧 편지한다니까."

이렇게 작별을 하고 혼자 집에 들어갔지만 어머니는 아직 돌아와 있지 않았다. 한참 동안 누워 있을 때야 어머니가 역시 명수를 데리고 돌아오는 소

리가 들렸다. 보통 일이 아니라 생각했다. 그래서 오 여사에 대해 자기가 취할 태도를 심사숙고했다.

혜수는 명배에게 남을 의심하지 말고 관심도 가지지 말라고 했다. 그렇다고 해서 자기가 자기 어머니에게 무관심할 수는 없었다. 멀리 가 있는 아버지를 위해서라도 가만 있을 수가 없었다. 아버지는 고사하고 어린애와 같이 싸다니는 것이 우선 자기 눈에 거슬렸다. 보기가 싫었던 것이다. 결론은 둘이서 만나지 못하게 하는 것인데 방법이 문제였다. 어린애들처럼 타이를 수도 없는 일이고 그렇다고 해서 협박조로 나갈 수도 없었다. 그렇다면 자기 진실을 보여야겠는데 어떤 진실이든 그것을 진실로 받아 줄지가 또 문제였다. 잘못하다가는 자유를 침해한다는 격분할지도 모른다. 어머니에 대한 예절을 모른다고 힐난할지도 모른다.

혜수는 지금쯤 아래층 어머니 방에서 어떤 풍경이 벌어지고 있을까고 생각했다. 자기가 늦게 돌아올 것 같다고 말했으니 그 말을 듣고 집으로 온 그들일 것이다. 마음놓고 즐길 것 같았다. 내려가서 열쇠구멍으로 방 안을 들여다보다가 절정에 이르렀을 때 모른 체하고 문을 왈칵 열어 버릴까. 그러면 백 마디의 말보다도 효과가 클 것이다.

그러나 혜수는 그런 생각을 하는 자기를 혐오했다. 열쇠구멍으로 남의 비밀을 들여다본다는 너절한 행동을 어떻게 한담. 치사하고 비열한 인간이 될 수는 없었다. 동시에 설마 하는 마음이 들었다. 서로 좋아한다고 해서 반드시 그런 행동을 하는 것이라고 단정할 수가 없을 것 같았다. 어머니는 하나의 여성임에 틀림없지만 동시에 남의 아내라는 것 또 남의 어머니라는 것을 잊지 못할 것이다. 몇 개의 인격을 함께 가진 여자가 어찌 여자라는 육체적 조건에만 지배될 것인가. 혜수는 어머니를 믿고 싶었다. 믿는 것이 가장 아름다운 미덕일 것 같았다.

그런데 아래층이 너무나 조용하다는 것을 느꼈다. 너무나 조용하다는 것이 갑자기 그미를 기분 나쁘게 했다. 나쁜 짓을 할 때일수록 소리를 내지 않는 법이다. 어머니를 믿으려는 마음이 확 뒤틀려 버렸다. 조용한 가운데서 어떤 단서를 잡고 싶은 마음에 귀를 기울였다. 숨소리나 이불소리가 나지 않는가 하고 아무리 귀를 기울여도 이렇다 할 소리를 듣지 못해 아래층으로 뛰어내려가고 싶은 충동을 느끼고 있을 때였다. 누군가의 발소리가 이층으로 올라오고 있었다. 노크 소리가 나고 문을 연 것은 식모였다.

"좀 내려오시래요."

이상한 일이었다. 명수와의 밀회로 정신이 없을 어머니가 어떻게 해서 자기를 부르는 것일까. 그미는 지체 없이 아래층으로 내려갔다. 이상하다고 생각하면서도 자기를 불러 주는 어머니가 고마웠던 것이다. 명수와 아무 일도 없다는 것을 보여 주려는 어머니가 고맙게 생각되었다.

그런데 어머니 방에는 어머니 혼자뿐이었다. 명수는 어디를 갔을까. 명수는 애초부터 오지도 않았던 것인가.

"넌 왜 거짓말을 하지."

어머니의 첫마디의 말이 표정과 더불어 쌀쌀하기 짝이 없었다. 혜수는 그것이 무슨 말인지 몰라 어리둥절해 있었다.

"나를 시험해 본 거구나."

이 말에야 거짓말이란 것이 무엇을 의미한다는 것을 분명히 알았다.

"같이 따라가다가 술 먹는데 어울리기가 싫어 그냥 와 버렸어요. 거짓말을 뭣 땜에 합니까."

혜수는 억울하다는 듯 변명했지만 거짓말했다고 야단치는 어머니의 마음속을 헤아려 보고 다시 불쾌감을 느꼈다.

혜수가 늦게 돌아온다는 말을 듣고 명수를 집으로 데리고 왔었는데 뜻밖에도 혜수가 집에 와 있는 것을 알고 명수를 그냥 돌려 보낸 모양이었다. 그 속은 듯한 분함을 참지 못해 혜수를 불러 내린 모양이지만 혜수는 그런 오여사가 못마땅했다.

계획했던 일이 좌절되었을 때 분함을 느끼는 법이다. 계획했던 일이 무엇일까. 어머니는 자기가 믿으려던 그런 어머니가 아니었다.

"설사 내가 거짓말을 꾸몄다고 합시다. 그렇다고 해서 화를 내는 엄마의 마음은 뭐지요."

혜수가 대들자 오 여사도 지지 않았다.

"거짓말을 하구두 넌 죄를 에미에게 뒤집어씌우려구 하니."

"죄라는 말은 뭐지요. 나를 그런 거 생각해 본 일두 없는데…… 엄만 참 이상한 생각만 해."

"넌 에미를 이상한 여자라구만 생각하지. 그래서 내 뒤를 밟아 보려는 거지."

"벼락 맞을 말 마세요. 내가 무엇 때문에 엄마 뒤를 밟아요. 자격지심이겠지요. 절대루 거짓말을 일부러 꾸몄던 게 아니었으니까 오해마세요."

오 여사는 잠시 혜수를 쳐다보기만 하다가,

"명수와의 관계는 요전에 말한 대루다. 그래서 아까 그 애와 같이 왔더니 늦게 온다던 네가 벌써 와 있다는 식모의 말에 나는 네가 나를 뒤밟고 있다는 생각을 했다. 기분이 나빴다. 그래서 그 애를 돌려 보냈지만 어쨌든 너는 에미를 의심하지 않을 순 없니. 내 말을 그대루 믿어 줄 수는 없느냔 말이다."

하며 화냈던 자기를 뉘우치는 듯한 태도로 말했다. 혜수는 오 여사의 마음을 알 수 있었다. 그래서,

"나두 엄마를 믿으려구 해요. 엄마가 자기 위치를 잊구 함부로 행동하는 그런 여자들과 다르다는 걸 알구 있으니까요. 그렇지만……"

우선 오 여사를 이해하는 말을 했다. 그러나 이런 기회에 한 마디를 해 두지 않을 수 없다는 마음에,

"그렇지만 남녀 관계란 자주 만나는 가운데 이성을 잃게 되는 것이 아닐까요."

걱정하는 투로 말했다.

"나두 알구 있다. 그렇지만 우리 경우는 경우가 달라. 절대루 걱정할 것 없어."

오 여사의 변명에 혜수는 긴 이야기가 필요 없다는 것을 느꼈다. 자기를 합리화시키는 데 주저함이 없는 사람은 남의 말을 들을 만한 여유를 갖지 않고 있는 법이다.

"엄마, 우리두 아버지가 계신 데루 갑시다. 나두 서울이 싫어졌어요."

혜수는 갑자기 자기를 포함한 가족문제로 이야기를 비약시켰다.

"나두 그런 생각을 해 봤다. 그렇지만 여권이 쉽게 나오니. 또 아버지가 몇 해 안에 돌아오시는데 갈 필요두 없구……."

오 여사도 이미 생각해 본 일처럼 말했다.

"아버지보구 여권을 연장하라지요. 그리구 이민을 가면 되잖아요. 돌아오셔야 할 일두 없잖아요."

"캐나다에서 영주한다는 말이구나. 난 그건 싫다."

"싫을 건 뭐예요. 좁은 데서 옥작복작 살 것 없이 넓은 데 가서 숨 넓게 쉬며 사는 것이 좋지."

"나는 속을 빼놓구 살구 싶지 않아. 외국만 좋아하는 건 속을 빼논 사람들의 일 같아."

"우리 나라가 자꾸 외국으루 발전해야 할 거 아냐. 엄만 그런 줄 몰랐더니 굉장히 보수파야."

"나라 발전을 위해 외국 가는 거야 얼마든지 좋은 일이겠지. 결혼하기 위해 외국 간다든가 제 나라가 싫어서 외국 가는 사람들 모두가 속을 빼놓구 사는 것 같더라."

예까지 이야기한 오 여사가 갑자기,

"넌 왜 서울이 싫어졌니."

하고 화제를 돌렸다.

"싫지, 좋을 거 뭐 있어요."

혜수는 말할 필요도 없는 일처럼 대답했다.

"마음에 금이 갔니."

"그런 문젠 하나두 없어요."

그러자 오 여사가 혜수를 빤히 쳐다보며,

"몸은 깨끗하니."

하고 물었다. 혜수는 의심 품을 말이나 행동을 해서는 안 된다고 생각했다.

"깨끗하지 누가 병에 걸렸었나. 엄만 아직두 날 이상하게 생각하구 있는가 봐."

웃음까지 지어 보였다.

"이상하게 생각하긴. 널 위해 걱정해서 하는 말이다."

"걱정 마세요. 그렇게 철없는 애는 아니니까요."

"나두 널 믿는다. 그렇지만 젊었을 땐 실수란 게 있으니까."

"엄마, 그런 소리 자꾸 하면 싫어. 나두 생각 있는 애란 말야"

"그래 너 명배하구 결혼할 셈이냐?"

오 여사가 이번에는 좀더 구체적인 이야기를 꺼냈다. 어머니로서 딸의 마음을 알고 싶었을 것이다.

"그건 나두 몰라. 그가 제대하려면 이 년이나 있어야 하니까."

"나두 그걸 걱정하구 있다. 이 년 동안을 어떻게 기다리니."

"그럼 어떻게 했으면 좋겠수."

이번에는 혜수가 어머니의 의견을 물었다.

"다 생각 말구 공부나 하면 어떠니. 결혼할 때쯤 가서 남자 교제를 다시 하구……."

"그러니까 명배를 잊으라는 거군요. 그런 것을 마음대루 잊을 수 있어요?"

"명배를 굉장히 사랑하는가 보구나."

"그렇진 않아두……."

"그렇지 않으면 잊는 것이 그리 힘든 일이 아닐 텐데……."

"나는 잊구 싶어두 저쪽에서 잊어 주지 않으면?"

"그거야 여기서 할 나름이지."

"엄만 명배를 시원치 않게 생각하우."

"상오가 더 나은 것 같더라."

혜수의 마음을 떠 보기 위한 말 같았다. 그래서 혜수는,

"상온 바람둥인데, 뭐."

하고 상오에 대해 좋지 않게 말했다.

"그래두 장래성을 봐야지."

"돈이나 벌면 뭣 해요. 사람이 돼야지."

혜수는 상오를 헐뜯어야 셈평이 편할 것 같았던 것이다. 헐뜯고 싶으면서도 상오만을 생각하는 그미였지만…….

혜수의 전송도 없이 명배가 혼자 쓸쓸히 떠났을 다음날에도 혜수는 명배보다 상오를 더 생각했다. 어쩐 일인지 몰랐다. 명배보다는 덜 진실한 상오다. 그런데도 상오만 생각되는 이유를 알 수가 없었다. 절대로 자기를 사랑하지 않을 상오라는 것도 잘 알고 있는 혜수였다. 그미는 학교에 갔다 돌아오는 길로 식모에게 어디서 전화 온 것이 없느냐고 물었다. 어젯밤부터 오늘 아침 명배가 떠날 때까지의 경과를 보고하기 위해서라도 상오가 전화를 걸었을 것 같았기 때문이었다.

10

오 여사 집에서 자기 집으로 돌아간 명수는 우울했다. 첫째 혜수가 오 여사와 자기를 색안경으로 보고 뒤를 밟는 듯한 것이 불쾌했다. 그것이 오 여사의 심정과 꼭 같았을 것이다. 자기와 오 여사와의 관계는 그렇게 부끄러울 것이 아니라고 생각하는 명수였기 때문이었다. 꼭 한 번 실수를 했다. 그것은 인정하지만 그 뒤로는 결백한 편이었다.

"다시 그러면 만나지 않아두 좋아. 정말 맹세할게."

오 여사의 간절한 부탁이 있은 뒤 그미는 정말 한 번도 그런 욕망을 표정에서나마 보여 준 일이 없었다. 진심으로 반성을 한 모양 같았다. 물론 오 여사를 지금도 만나고 있는 것은 그러한 위험성이 없다는 안도감 때문만은 아니었다. 사실은 흥미를 느끼지 못하고 만나지 말아야 한다는 생각을 몇 번이나 가졌지만 그미의 인간적인 고독이 공감을 일으켜 연민의 정을 자아냈다고나 할까. 그미가 만나 이야기만 하자는 순수한 요구를 거부할 수가 없었다. 그런데다가 그미에게 모성애 같은 것을 느낄 때는 명수는 자진해서 그미를 만나려고까지 했다.

그 모성애에는 정신적인 것도 있었지만 경제적인 것도 있었다. 어머니처럼 모든 것을 걱정해 주고 보살피는 그 고마운 마음씨. 그런데다가 경제적인 원조를 또 아끼지 않았다. 아버지가 퇴원하는데 준 이만 원을 아버지의 거절로 그미에게 돌려 주었다. 그때 그미는 아버지가 받지 않으려 한다면 명수라도 쓰라고 하며 강제로 그 돈을 주었다. 그는 할 수 없어 그 돈을 쓰고 말았다. 친구들에게 호기를 보이며 기분 좋게 써 버렸다. 그 뒤에도 오 여사는 가끔 돈을 주었다. 입원비로 빚을 지고 있는 아버지의 주머니가 늘 말라 있는 때라 명수는 오 여사의 원조를 고맙게 받았다. 물론 그가 염치없이 받은 것은 아니다. 사양할 대로 사양도 했고 기분이 나쁘다고 화를 내기도 했었다. 그럴 때마다 주고 싶어하는 순수한 자기 마음을 왜 몰라 주느냐고 오 여사는 애원을 했다. 부모가 자식에게 돈을 주는 마음과 꼭 같다고 말하기도 했다. 다른 집 애들보다 초라하게 지내는 자식을 보기 좋아할 어버이가 어디 있겠느냐 하며 자기의 마음이 절대로 순수하다는 것을 강조했다. 그래도 치사한 것 같고 꺼림칙했으나 워낙 필요한 것이라 몇 번 받아썼다. 돈뿐이 아니었다. 내복이라든가 양말 같은 것도 사 주었다.

물건을 사 줄 때 오 여사의 태도는 진심으로 즐거워하는 것이었다. 조금도 다른 의미가 있는 것 같지 않았다.

이래저래 만나고 있지만 그렇게 만나는 것이 고독한 한 여인을 위해 자기로서 할 수 있는 자랑스런 일이라고도 생각하고 있다. 그런 만큼 혜수에게 색안경으로 보여지는 것이 불쾌하지 않을 수 없었다. 언젠가 혜수의 집에서 오 여사와 포옹을 하다가 혜수에게 발각된 일이 있기는 하다. 그때 혜수가 주의를 시켜 불쾌하게 돌아왔지만 그때는 반발심만을 일으켰었다. 자기도 상오와 포옹을 하고서 남이 일을 어찌 간섭하려는 것일까. 자기와 오 여사의 포옹을 어머니와 아들과의 포옹이나 거의 비슷한 것이었다. 포옹에 그칠 뿐 입맞춤도 안 한다. 그런 것을 가지고 죄악시할 것이 무엇인가.

그런데 오늘 혜수는 늦게 돌아간다고 하고는 일찍 돌아가 있었다. 확실히 감시를 하기 위한 행동이다. 불쾌하지 않을 수 없었다. 그뿐만도 아니었다. 형 명배가 정말 집에 들어오지를 않은 것이다. 그는 형을 잃은 것 같은 기분이었다.

아버지의 고집을 옳다고 생각지는 않는다. 그렇다고 해서 집을 아주 나간 형도 옳다고 생각되지가 않았다. 들어오지는 않는다고 해도 전화쯤은 걸어 줌직한데 전화도 없었다. 아버지에 대한 감정이야 어떤 것이든 동기인 자기에게까지 감정이 있을 리가 없다. 너무하다고 생각했다. 그런데 아버지는,

"떠날 때 뭐라구 그러든?"

하고 형의 이야기를 물었다. 명수는 아버지 마음이 상하지 않도록 별말 듣지 못했다고 대답했다. 그 뒤부터 아버지는 더 묻지 않았다. 더 묻지는 않았지만 줄곧 형에 대한 생각만을 하고 있는 것이 분명했다. 감정을 보이지 않으려고 애쓰는 것이 더 보기 딱했다.

"할 수 없지. 잠이나 자자."

하면서도 아버지는 자리 속에 들려고 하지 않았다. 명수보고 나가서 자라는 말을 강하게 하지도 않았다.

명수는 아버지를 위로할 말이 없었다. 형이 옳지 못하다고 하며 아버지를 위로할 것인가. 위로해 드리기는 해야겠지만 반드시 위로해 드려야 할 것이 없다는 생각도 들었다. 자식들의 의견을 완전 무시하는 아버지의 책임이 작은 것이 아니니까 말이다.

밤 열한 시가 지나자 아버지는,

"가서 자라. 기다려야 오지두 않을 앤데……."

하며 자기도 잘 것처럼 말했다. 명수는 말 없는 아버지와 마주 앉아 있기가 답답해서 안녕히 주무시란 말을 하고 자기 방으로 갔다.

잠이 잘 오지 않았다. 아버지라고 잠이 잘 올 리 만무하리라 생각했다.

딱한 사람들이었다. 아버지도 그렇고 형도 그렇다. 그 사이에 끼여 있는 자기는 장차 어떻게 해야 할 것인가. 아버지는 또 하나의 괴로움을 맛보며 혼자 술이나 즐길 것이다. 형은 혜수와의 깨져 가는 사랑을 아버지의 고집 보다도 더 크게 생각하며 군대에서 자기 학대를 할 것이다. 그런데 나는 아무 편에서도 설 수 없는 외로움을 느껴야 한다. 가족이라고 셋밖에 없는 집 안이 이렇게 짝짝으로 놀면 집 꼴은 무엇이 될 것인가.

외로운 인생들이라고 생각되었다.

다음날 아침 그래도 형의 전화를 기다렸다. 떠나기 전 전화라도 걸 것 같았기 때문이었다. 그러나 학교에 갔다가 돌아왔을 때까지 전화는 오지 않았다.

그런데 선미가 명수의 마음을 들여다보고 있는 듯,

"큰오빠 너무 하셔. 왜 전화두 안 걸까."

하며 그에게 접근하려 했다. 명수는 그미의 말이 아무런 도움도 되지 못할 것을 알고,

"그런 걱정 말구 가 있어."

접근하지 못하게 했다. 그때였다. 전화벨이 울렸다. 명수는 형의 전화리라 생각하며 안방으로 달려갔다.

"형이우?"

명수가 수화기를 들면서 물었으나 대답은 엉뚱한 사람이었다.

"나 상오다."

명수는 약간 실망했으나,

"우리 형 지금 어디 있어요?"

다급하게 물었다.

"오늘 아침에 떠났는데 떠나면서 부탁한 말이 있다. 좀 나올 수 없니?"

명수는 당장에 나간다고 대답했다. 전화를 끊고 옷을 갈아입었다. 그런데 선미가 어디를 가느냐고 물었다.

나가는 곳을 말하고 가야 하지 않느냐는 태도였다.

명수는 그런 것을 선미에게 말하고 나가야 할 의무가 자기에게 없다고 생각했다.

"그건 알아서 뭣 해."

다시 더 말을 못하게 했지만,

"또 그 여자 만나러 가는 거지."

선미는 자기의 추측이 옳을 것이라는 태도로 물었다.

"참견할 것 없다니까……."

"참견은 누가 참견해요. 그냥 물어 본 거지."

명수는 대답을 않고 집을 나왔다. 길을 걸으며 명수는 선미가 자기 일에 참견하게 된 이유가 혹시 자기에게 있지 않나 하고 생각했다.

며칠 전의 밤이었다. 아버지는 아직 돌아오지 않았는데 어디서 전화가 왔다. 전화를 받은 선미가 명수를 불렀다. 오 여사에게서 온 전화였다. 내일 춘천에 놀러 가자는 것이었다.

"내일요?"

"일요일이지만 한 번쯤 만나두 괜찮지 않아."

일요일에는 광아와 거의 정례적으로 만나고 있다. 그래서 오 여사에게는 밀린 공부를 해야 한다고 일요일만은 만나지 말기로 언약이 되어 온 터였다. 그러나 춘천이라면 가 보고 싶은 곳이었다. 댐이 몇 개나 있고 춘천이 호수로 싸여 있다는 말을 듣고도 아직 가 보지 못했기 때문이었다.

"몇 시쯤 돌아오는데요?"

"일찍 갔다가 일찍 오지 뭐."

"글쎄 몇 시쯤 올 수 있을까요."

"다섯 시까지는 올 수 있겠지."

"그럼 가겠습니다."

선미가 옆에서 듣고 있는 가운데 그런 말을 주고받았던 것이다. 물론 선미는 명수가 한 말을 들었을 것이다. 명수는 광아와 약속한 여섯 시보다 일찍 돌아올 수 있다는 안도감과 처음 가 보는 곳으로 여행을 떠난다는 들뜬 기분이 합쳐 전화를 끊은 뒤까지 명랑한 마음이었다. 그런데 선미가 남의 범죄를 목격한 사람처럼,

"누구지요?"

하고 물었다.

"그런 건 알아서 뭣 해."

명수는 솔직하게 오 여사 이야기를 설명할 수도 없었지만 그럴 필요도 느끼지 않았다.

"알면 안 되나요."

"몰라두 좋은 사람이야."

명랑한 기분이라 그는 활짝 웃으며 그미의 뺨을 손가락으로 튕겨 주었다. 그저 묵살해 버리고 말았어야 하는 것을 싱거운 말을 하여 멋쩍게 웃었던 것이 잘못이었다. 명수의 웃음을 어떻게 해석했는지 갑자기 샐쭉 토라져 입술을 삐죽거리는 것이 보통이 아니었다.

다시는 싱거운 짓을 말고 그미를 엄격히 다뤄야 한다는 생각을 하며 상오를 만났다.

상오는 명배가 오늘 아침 일찍 일선으로 떠났다는 말을 한 뒤 명배와 혜수가 전처럼 다시 가까워졌다는 것을 말해 주었다.

"너두 혜수를 오해한 것 같더라만 혜수가 그런 여자는 아니야."

상오가 혜수를 두둔하며 명수의 오해를 시정하려는 말까지 했다. 그때 명수는,

"글쎄요."

회의적인 태도를 보였다.

"넌 아직두 혜수를 오해하고 있니."

상오는 자기와 관련된 이야기라 적이 불쾌한 태도로 말했다.

"형이 좋아한다면 그뿐 아녜요. 내가 상관할 바두 아닌데 오해는 뭣 때문에 합니까."

명수는 석연치 않은 태도에 상오는 기분이 나쁜 모양이었다. 결투라도 할 태도로 물었다.

"넌 날 뭘루 보지?"

명수는 웃음이 나오려는 것을 억지로 참았다. 가장 결백한 사람처럼 나서는 배짱이 가소로웠던 것이다. 그래서,

"뭘루 생각하기는요. 상오 형으루 생각하지……."

하고 자기대로의 생각이 따로 있음을 암시했다.

"내가 친구의 애인을 가로챌 그런 시시한 남자루 보인다는 거지."

이쪽에서 하기 거북한 말을 상오가 서슴지 않고 말하는데 놀랐다. 자기 죄를 은폐하기 위해서는 그런 가장된 용기가 필요한 것일까. 입이 백 개 있어도 말 못할 사람이 도리어 큰소리를 한다.

"다 지나간 이야기를 그렇게 핏대를 올리며 말할 필요가 없지 않습니까."

명수는 상오와의 싸움을 피했다. 하고 싶은 말 한 마디를 해 주려 했지만 참았던 것이다. 상오도 명수와 싸워야 자기에게 이로울 것이 없음을 알았던지 자세를 낮추어,

"사람을 올바르게 봐야지 비뚤어지게 보면 못쓰는 거야."

훈시를 하듯 말하고는 화제를 돌렸다.

"이건 명배가 부탁하는 말을 그대로 전하는 것뿐이다."

상오는 자기의 의사가 곁들여 있지 않으니까 오해하지 말라고 전제를 한 다음,

"너, 오 여사와 만나지 말라더라."

하고 말했다. 그것은 정말 명배의 전언일지 몰랐다. 그러나 명수에게는 그 말이 형의 말로 들리지가 않았다. 상오의 말로만 들렸다. 그것은 그와 비슷한 이야기를 상오와 주고받아 왔기 때문이었으리라. 혜수의 이야기를 할 때는 남의 일처럼 이야기하던 상오가 오 여사 이야기를 할 때는 남의 일 같지 않게 이야기하는 상오의 태도가 미운 생각이 먼저 들었다.

"왜 만나지 말아요."

명수는 상오에게 직접 대들었다. 그런데 명배의 말을 전할 뿐이라던 상오가,

"넌 그걸 잘 하는 일이라구 생각하니."

하며 굳어진 표정으로 명수를 공박했다.

"뭐가 잘못하는 일입니까."

명수는 일을 터뜨리고야 말 듯한 태도였다.

"그래 젊은 애가 나이 든 부인과 밤낮 붙어 다니는 게 잘 하는 일이냐. 오 여사가 네 형의 애인 혜수의 어머니라는 건 알구 있지?"

"그걸 알구 있기 때문에 만나는 겁니다. 만나는 것 자체가 나쁜가요. 그 비뚤어지게 보는 눈을 좀 고치십시오."

"네가 너를 어떻게 합리화시키든 사회는 그렇게 보지 않은 거야. 변명이 소용없어."

　명수는 분했다. 사회가 어떻게 보든 형이나 상오쯤은 자기를 이해할 줄 알았다. 그런데 상오까지 자기를 통속적으로 보고 있다.

　"누가 뭐라던 나는 오 여사를 만납니다. 그만큼 우리들은 결백하니까요."

　명수는 결백하다는 말만은 쓰고 싶지 않았다. 그러나 통속적인 사람에게는 그 말만이 효과적일 것 같았다.

　"만난다는 그 자체가 불순하게 보이는 거야. 글쎄 만나야 할 이유가 뭐니. 오해를 받으면서까지……."

　"오해하는 사람들이 속물이죠. 『가난한 사람들』(도스토예프스키 작)을 못 봤어요? 우린 그런 사람도 아니지만. 우린 서루의 고독을 알고 이해해 주는 것으루 만족하구 있어요. 그것두 나쁜 일인가요."

　명수는 배를 째고 자기 속을 내보이고 싶을 만큼 자기 결백에 자신만만했다.

　"넌 오 여사가 어떤 점에서 고독을 이해한다고 생각하니."

　상오는 오 여사의 고독을 이해한다는 그것이 곧 나쁜 일인 것처럼 물었다.

　"언젠가 산엘 갔다가 내려오는 길에 정릉 뒷산에서 여자들끼리 춤추고 있는 오 여사를 본 적이 있습니다. 남자와 여자들이 짝지어 추는 서양춤을 여자들끼리 그것도 심각한 표정으로 추고 있는 것을 볼 때 나는 그미에게서 인간적인 고독을 발견했습니다."

　"그걸 욕구불만에서 오는 고독이라는 거야. 그 고독을 이해한다면 위로하는 방법은 뭐냐."

　"통속적인 사고를 버리십시오. 그런 욕구불만도 승화(昇華)시키는 방법으로 해결할 수가 있습니다. 과부 며느리가 시아버지를 사랑하고 사촌오빠가 사촌누이 동생을 사랑하는 것들은 욕구불만을 승화시키는 것들입니다. 그런 것을 통속적으로만 본다면 그것은 확실히 보는 사람이 잘못입니다."

　"그래두 남녀가 자주 만나면 병이 생기기 마련인 거야."

　명수는 오 여사와 단 한 번 그런 일이 있는 것을 꺼림칙하게 생각했다. 그 일만 없었다면 정말 자신 있게 자기를 내세울 수 있을 것 같았다. 그래서,

"나는 좋아하는 여자가 따루 있습니다. 아무리 오 여사와 자주 만난다 해 두 걱정될 게 없습니다."

하고 광아 이야기를 끄집어냈다. 광아 이야기를 안다면 오 여사와의 관계를 오해하지 않을 것 같았기 때문이었다. 상오도 처음 듣는 말이라 그것이 알고 싶었던지,

"어떤 여잔데."

하고 물었다.

"나하구 한 반 애지요. 학교에서 가짜박사 문제가 일어났을 때부터 가까워졌습니다."

"처음 듣는 말인데. 그래 자주 만나니."

"자주 만납니다."

명수는 한 주일에 한 번밖에 만나지 않는다는 이야기만은 할 수 없었다. 좋아하고 있기는 하나 둘 사이에 벽 같은 것이 가로놓여 있다는 사실도 말할 수가 없었다.

"그런데두 무엇 때문에 오 여살 만나니."

"상오 형은 정말 통속적이군요. 어째서 인간관계를 일률적으로 보는 거죠."

명수는 네가 그러니 남도 그렇게 보는 것이 아니냐는 말을 하려다가 말았다.

"확실히 내가 통속적인 것 같다. 그렇지만 세상에는 나 같은 사람이 대부분이니까 그걸 알아야 해."

상오는 자기의 인식 부족을 느끼면서도 명수의 행동이 시정되기를 바라는 투였다.

"잘 알았어요. 그렇지만 자기에게 충실하면 되는 거 아닙니까. 자기에게 충실하지 못한 사람이 걱정이지."

명수는 상오에게 남의 걱정을 말고 자기 자신에게나 충실하라는 뜻의 마지막 말을 했다. 자기로서 어찌 상오에게 할 말이 없겠는가. 그것을 직선적으로 말할 수가 없을 뿐이었다.

그는 우울했다. 누가 정당한지는 모르지만 설사 정당치 못한 사람에게서라도 경멸을 당한다는 것은 유쾌한 일일 수 없었다. 상오에게서 멸시를 받았다. 혜수도 그럴 것이고 형 명배도 멸시하고 있을 것이다. 아버지도 아마 그들과 동류항이겠지.

세상에는 내 편이 한 명도 없단 말인가. 아무리 생각해도 있는 것 같지가 않았다. 광아도? 그는 광아를 생각했다.

광아만은 자기 편이어야 할 것 같았다. 그러나 광아는 자기를 모른다는 생각이 들었다. 성을 쌓아 놓고 그 안에서만 살고 있는 그미다. 성을 무너뜨리려 하지를 않고 있다. 그런 만큼 그미의 마음속을 알 수가 없다. 따라서 자기도 그미에게 자기의 마음 문을 열어 놓지 못하고 있다. 어머니가 없다는 이야기만은 한 일이 있으나 서 여사에 대한 이야기도 들려 주지를 않았다. 오 여사에 대한 것은 물론이다. 그러니 광아가 자기를 어찌 알 것인가.

만날 사람은 광아뿐인데 자기를 모르는 광아를 만나 무엇 할 것인가. 더구나 한 주일에 한 번만 만나기로 되어 있는 사이다. 약속 없는 날 만나자고 하기에는 자존심이 허락지 않았다.

명수는 서 여사에게로 갔다. 최소한도 형 명배에 대한 이야기라도 할 수 있는 사람이 그미였던 것이다. 그는 서 여사에게 형 명배가 집을 나간 채 일선에 떠났기 때문에 떠나는 것을 못 보았다는 말을 했다. 서 여사는 놀라는 표정을 짓고 심상한 일이 아니라는 듯,

"아버지는 뭐라구 그러셔."

하고 물었다.

"할 수 없다는 태도죠."

"그저 그뿐이야."

"혼자서야 속을 쓰시겠죠. 그래두 어떻게 합니까. 어떻게두 못하는 것이 아버지니까."

"그럼 명수는 어떻게 할 생각이지."

"모르겠어요. 저 역시 어떻게두 하지 못할 것 같지만 생각 같아서는 집을 나오구 싶어요."

"그래?"

서 여사는 잠시 간격을 두었다가,

"아버지의 마음을 아프게 해 드리지 말어. 어떤 아버지라구. 철이 다 든 아들인데 아버지 속을 썩여서 돼? 형은 그렇다구 해두 동생은 그러지 말아야지."

하고 말했다.

"저두 알고 있어요. 그렇지만 아버지라고 잘 하시는 것만은 아니니까요."

"나두 아버지 성격을 알구 있어. 좀 심하신 데가 없진 않아."

서 여사는 또 잠시 말을 끊었다가 한숨을 내쉰 뒤 말을 이었다.

"명수한테만 이야기하는 건데 며칠 전에 아버지를 한 번 만났어. 그때 내가 부산에 내려간다구 했지. 그런데두 빈말이나마 가지 말란 말 한 마디 없는 분이야."

"부산엔 왜요?"

"늙은 아버지가 혼자 사시니까 가서 살림을 돌봐 드려야겠어."

"할머니는 언제 돌아가셨는데요."

"한 삼 년 됐지."

"갑자기 안 가셔두 될 일이겠네요."

"거야 그렇지. 이때까지 안 갔으니까."

더 기다리고 있어야 아버지의 마음이 돌아설 것 같지가 않아 부산 친정집으로 가겠다는 서 여사의 마음을 알 수 있었다. 그런 만큼 명수로서 가지 말고 좀더 기다려 보란 말을 할 수가 없었다. 도리어 아주 멀리 가겠다는 서 여사를 붙잡지도 않는 아버지에게 반감이 생겼다.

"언제쯤 떠나시나요."

그것은 가는 것이 차라리 잘 하는 일이라는 듯 찬동하는 뜻으로 묻는 말이었다.

"집이나 팔리면 곧 가겠어. 작자들이 나서구 있으니까 곧 팔리겠지."

명수는 일이 다 잘 되어간다고 생각했다. 모두들 떠나 버리면 아버지는 고독의 막다른 골목에 이를 것이다. 막다른 골목에 이르면 아버지의 고집도 조금쯤 꺾일 것이다.

날이 갈수록 명수는 자기도 아버지 곁을 떠나고 싶었다. 아버지를 완전 고립케 하고 싶었던 것이다. 명수의 마음이 아버지와 멀어지기 시작했던 것이다. 형이 이미 등을 졌고 또 서 여사가 멀리 떠나기로 한 것을 알면서도 아버지는 자기를 반성하려 하지 않았다. 술을 전보다 더 많이 먹는 거 보아 고독을 더 느끼는 것만은 틀림없었지만 전같이 명수에게 호령만 치는 아버지였다. 조금 늦게 집에 돌아오면 뭣 때문에 싸돌아 다니냐고 야단을 쳤고 조금만 늦잠을 자도 마구 깨워서는 그런 태도로 어떻게 세상을 살아가느냐고 소리쳤다. 전에 없던 일을 새로 시작한 것이다.

용돈을 주지도 않으면서도 용돈 달라는 말을 안 한다고 너는 애비에게 돈 달란 말도 하기 싫은 거지, 하며 시비조로 나왔다. 전에는 고독을 혼자만이 씹고 살던 버릇이 이제는 명수에게 화풀이처럼 신경질 내는 버릇으로 변했다. 명수는 서 여사가 아주 떠난다는 사실이 그에게 큰 타격을 준 것이라 생각했지만 이유가 어디 있든 당하는 명수의 편에서는 감내하기 어려운 일이었다.

그런데 하루는 학교에서 돌아오자마자 술을 마시기 시작한 아버지가 술상도 내보내지 않고 명수를 불렀다. 아버지 방으로 들어가는 명수의 가슴이 두근거렸다. 또 트집을 잡아 야단을 칠 것만 같았기 때문이었다. 아버지를 대하기가 두려운 기분이었다. 아니나 다를까 아버지는,

"너 명배하구 짰지. 그래 너 언제 나가니."

뚱딴지같은 말을 꺼냈다.

"나가다니요."

"너희들 짜구 집에서 나가려는 걸 다 알구 있어. 날 속이려구 그러지."

"그런 일 없는데요."

명수가 부정했지만 아버지는 듣지 않았다.

"빨리 나가라, 나가두 좋단 말이다."

명수는 아버지가 왜 저렇게 되었을까 하고 생각했다. 자기들을 위해 무엇이나 참아 오던 아버지다. 그가 저렇게 된 이유가 무엇일까. 정말 막다른 골

목이란 것을 의식했기 때문일까. 막다른 골목의 반항이라면 조금쯤 애교가 있어야 할 것이 아닌가. 자식보고 나가라는 것이 애교일지도 모른다. 그러나 애교라고 느끼기 전 우선 싫었다.

"저더러 나가라는 건가요."

"나가라기를 기다리고 있었지?"

"왜 그런 말씀을 하시죠. 아버지답지두 않게……."

"뭐라구. 너 애비한테 훈계를 하려는 거냐."

명수는 기가 차서 말이 나오지 않았다. 분하기도 하고 어이가 없기도 해서 말을 못하고 있을 때 오 여사에게서 전화가 왔다.

오늘도 바쁘냐는 것이었다.

명수는 그새도 몇 번 오 여사에게서 전화가 온 것을 번번이 바쁘다고 만나기를 거절해 왔었다. 그러나 이 날에는 만나고 싶은 마음이 앞섰다. 아버지가 옆에 있어서 그렇기도 했지만 오 여사가 긴말을 못하게 나갈 수 있다는 말을 얼른 해 버렸다. 아버지는 무슨 전환지 잘 모르게 만날 다방 이름만 듣고는 곧 전화를 끊고 그리로 나갔다.

명수를 만나자 오 여사는 뭐가 그리 바빴느냐고 물었다. 명수는 우물쭈물하기가 싫어 바쁜 것이 아니라 마음이 그랬었다고 솔직한 대답을 했다. 그러자 오 여사가,

"명순 남의 말을 그렇게두 무서워해."

하고 의지가 약한 것을 따지듯 물었다.

명수는 그 동안의 심정을 설명하기가 싫어 그 순간의 감정만을 표현했다.

"나 하구 싶은 대루 하며 살래요."

이 말을 듣자 오 여사가 감탄하는 듯이,

"어떻게 그런 생각을 다 하게 됐지?"

하고 물었다.

"아무렇게 사나 마찬가지 세상 아녜요. 이왕이면 하구 싶은 대루 하며 사는 거죠, 뭐."

"사실 그래. 어차피 한 번 죽는 인간인데 남의 눈치만 살피며 기두 못 펴

구 살 게 뭐야."

오 여사는 동지나 얻은 듯 기뻐했다. 사실 명수는 며칠 동안 상오의 말이 머리에 남아 기분 나빴었다. 기분 나쁜 때 만나서 뭣 하랴 하는 생각이었다. 계속해서 기분이 나쁘면 언제까지라도 만나지 않을 작정이었다. 그러나 지금 상오의 말이 기억에 남지도 않았지만 그런 것에 구애를 받고 싶지도 않았다. 그저 오 여사 품에 안겨 안식하고 싶었다.

"남의 눈치를 살필 일을 하는 것두 아닌데 지레 겁을 집어먹을 필요가 뭐 있습니까."

명수는 자기 합리화까지 시키는 것이었다. 도리어 오 여사의 동의를 구하는 태도였다.

"사실이야. 우리가 남을 두려워할 만큼 뭘 잘못했지? 누구에게도 부끄럽지 않은 마음에는 죄가 없다구 생각해."

"나두 그렇습니다. 절대루 불순한 데가 없습니다. 불순하지 않은 건 진실이 아닐까요."

"왜 아니야. 진실보다 더 귀한 게 어디 있어. 진실을 위해서는 죽을 수두 있잖아."

"진실은 곧 아름다움입니다. 아름다운 것을 추구하는 게 뭐 죄가 됩니까."

"설사 죄가 된다 해두 좋아. 나는 그런 죄 같은 거 무시하구 살래."

두 사람의 마음은 완전히 합치되었다. 그 합치된 마음이 두 사람을 기쁘게 해 주었다. 어쩐지 자기들만이 가장 아름다운 인생 같은 느낌도 들었던 것이다. 그러나 명수의 머리에 짜증스런 인생을 살고 있는 아버지의 영상이 스쳐갔다. 아버지의 짜증스런 인생 그늘 아래서 침울하게 사는 서 여사와 형의 영상이 떠올랐다. 우울했다. 생각하기도 싫은 일들이었다.

"뭘 생각하지."

행복하기만 하리라고 생각했던 명수의 얼굴에 어두운 그림자가 지나가고 있는 것을 오 여사가 놓칠 리 없었다.

"어머니가 그리워요."

명수가 엉뚱한 대답을 했다.

"내가 여기 있는데두."

"아버지 때문예요."

"아버지가 어떻게 했는데……."

명수는 서 여사가 아버지를 단념하고 아주 떠나간다는 이야기를 했다. 형 명배는 이미 아버지와 등졌고, 조금 전에는 아버지가 자기에게도 집을 나가라는 뜻으로 말했다고 설명했다.

"아버지는 왜 그러실까."

오 여사가 이해할 수 없는 일이라는 듯 물었다.

"자기 감정에 지친 거겠지요. 나두 그런 아버지가 싫어졌어요."

"싫어지면 어떡허지."

"어디 나가 혼자 살까 봐요."

"정 그러구 싶으면 나와. 내가 방을 얻어 줄게."

오 여사는 마치 그러기를 바라고 있었던 듯 벌써 방 이야기까지 했다.

"산다는 게 너무 너무 힘든 일 같아요."

명수는 집을 나온다는 일을 당장에 결정하기가 싫었다. 설사 나온다고 해도 오 여사의 의사로 결정짓고 싶지가 않았다. 그래서 화제를 돌렸지만 오 여사는,

"힘들게 생각하면 한이 없지 뭐. 그러니까 자기 하구 싶은 대루 하며 사는 거야. 난 그렇게 생각해. 그렇게 융통성 없는 아버지라면 당분간이라두 혼자 사시게 하는 게 좋을 거라구."

명수가 집을 나오도록 종용하는 것이었다.

"저두 그렇게 생각하기는 해요. 그렇지만 경솔히 결정지을 수가 없는 문제 같아서……."

"아주 나오라는 건 아냐. 아버지의 마음이 조금 변하면 아무때라두 돌아갈 수 있으니까 말이지."

명수는 오 여사의 태도가 약간 의심스러웠다. 혼자 나와 살게 하려는 의도가 불순하게 보였기 때문이었다.

"제 문제는 제가 해결하겠어요."

오 여사가 더 이야기를 못하게 했다. 그런데도 오 여사는,

"아무렇게 해두 좋아. 명수가 우울하지 않게 살 수만 있다면 말야. 난 명수가 그런 분위기 속에서 좌절감을 느끼게 되지나 않을까 하는 것이 걱정이야. 요즘 정신적인 방랑아들이 많지 않아. 그런 애들의 대부분이 가정적인 좌절감 때문에 그러는 거거든……."

"서 여사를 따라가 같이 살까……."

명수는 독백처럼 말했다. 가정적인 좌절감을 느끼지 않으며 사는 방법은 서 여사를 어머니로 모시고 사는 길이란 생각이 퍼뜩 들었기 때문이었다.

"그건 안 돼. 절대루 안 돼. 내가 용서 못하겠어."

오 여사가 강경하게 말했다. 질투의 감정이었을 것이다. 명수는 그런 오 여사가 갑자기 좋아졌다.

"어머니루 모시구 사는 건데요, 뭐."

하고 오 여사의 감정을 거슬렸다.

"어머니랄 명분이 하나두 없잖아. 설사 어머니래두 싫어."

명수는 그 이상 더 오 여사를 건드리고 싶지 않았다.

"가라면 갈 것 같애요? 한 번 해 본 말이지……."

그러자 오 여사는 그 말을 그것으로 중단시키고 아버지 이야기를 꺼냈다.

"아버지의 마음을 돌릴 수 있도록 노력해 봐. 그래두 안 될 때는 맘대루 해. 정말 난 명수가 괴로운 상태 속에서 사는 걸 원치 않아. 그것뿐이야."

명수는 그때야 오 여사의 마음을 알 수 있는 것 같았다. 진심으로 자기를 생각해 주는 오 여사가 고마웠다.

다방을 나와 어두운 거리를 걷고 있을 때 명수는 오 여사의 팔을 꼈다. 누가 보고 무어라 해도 무방했다. 가장 가까운 사람을 가장 가깝게 느끼고 싶었던 것이다.

"남자가 끼는 법두 있나."

하며 오 여사가 팔을 풀고 자기가 명수의 팔을 끼려 했다.

"어울리지 않아요."

명수는 나이든 여자가 젊은 남자의 팔을 낀다는 것이 어울리지 않는다고
생각했다. 그래서 얼른 자기가 그미의 팔을 꼈을 때 오 여사는 아무 말도 않
고 명수를 내버려 두었다. 명수는 순간 자기가 말을 잘못한 것이라 생각했
다. 오 여사가 나이 많다는 것을 느끼고 자격지심을 가지도록 했다는 생각
이었다. 그러나 한 번 한 말을 취소할 수 없어서 그 대신 팔에 힘을 주고 그
미의 팔을 꼭 꼈다.

11

명수를 만나 훈시적인 이야기를 해 준 뒤부터 이십여 일이 지나는 동안
상오는 자기반성이랄까 허탈 상태랄까, 어쨌든 지극히 조용한 나날을 보냈
다. 혜수가 자기를 단념하고 명배에게로 돌아간 것을 고맙게 생각하며 다시
는 그미를 만나지 않겠다는 마음에 변동을 일으키지 않았다. 낭떠러지에 떨
어질 뻔했다는 아슬아슬한 체험을 되풀이할 수는 없다고 생각했기 때문이었
다. 특히 오 여사와 명수의 행동이 장난만 같아 보여 장난에 대한 혐오감을
느끼기도 했다. 자기와 혜수의 관계도 결국 장난에서 출발되었던 것이 아닌
가. 장난이 가져올 무서운 결과. 그것은 자기 파멸을 초래할 뻔하기까지 했
었다. 혜수의 일을 생각하면 정말 아슬아슬하기만 했다. 그래서 연숙도 만나
지 않았다. 그새 몇 번 전화가 왔었지만 바쁘다는 이유로 만나기를 거절해
왔다. 요 얼마 동안은 전화도 없다. 자기가 냉정해진 것을 알아차리고 단념
하고 있는 모양 같았다. 혜수에게서 일체 전화도 없고 연숙은 그런 상태니
상오로서는 도리어 허탈감 속에서 자기 안도를 느끼고 있었다.
애정의 유희는 그만해야겠다. 지금 출판사업을 진행 중이지만 영구적 사
업으로 생각되지 않았다. 한 가지를 가지고 돈벌이를 할 마음이다. 영화도
마찬가지였다. 약간의 꿈을 가졌던 것은 사실이지만 한 번 조절됨으로써 완
전히 포기해 버린 것은 일생의 사업으로 생각지 않았기 때문이었다. 일생의
사업으로 가지고 갈 사업을 택할 필요가 있다고 생각했다.

상오는 사업에 있어서도 그런 방면으로 계획을 바꾸려 하고 있는 참이었
다. 말하자면 하나의 전기(轉機)를 찾고 있는 것이었다. 그런 만큼 여자도
초희만을 만나고 있었다. 초희하고만은 아직 육체적 접촉이 없었다. 그것은
오직 초희의 접촉이 없었다는 것 하나만으로도 초희와의 관계가 장난이 아
니었다는 생각을 갖게 했다. 장난이 아니었다는 생각은 결국 진실이었다는
자부심을 갖게도 했다. 많은 여자를 교제해 왔지만 단 하나의 여자하고만이
라도 진실된 교제를 했다는 것이 자랑스러웠다.

이 날도 상오는 초희를 만났다. 초희를 만나는 일이 기쁜 일이 아닐 수
없었다. 장난 아닌 진실된 교제를 좀더 계속함으로써 과거의 자기와 달라졌
다는 것을 스스로 느끼고 싶은 마음도 컸다. 초희를 만남으로써 자기를 새
롭게 인식하게 되는데 자기의 값어치를 느끼려고도 했다. 젊은 연인들이 모
두가 살이 닿도록 옆자리에 붙어 앉아 있는 다방에서 자기는 초희의 맞은편
자리에 앉아 초희를 바라보고 있다. 마음의 거리는 가까우나 공간적 거리를
멀리하고 있는 여유 있는 자기가 남들에게 보이고 싶을 만큼 마음 든든하기
도 했다.

그런데 얼마 동안 이야기를 하던 끝에 초희가,

"나 취직할까 봐요."

하고 말할 때 상오의 가슴에는 예상치 못했던 파동이 일기 시작했다. 취직
할까 봐요 하고 말하는 그미의 얼굴에 이때까지 볼 수 없었던 심각미가 나
타났기 때문이었다. 취직하기로 결정한 이유가 무엇이며 그 결정을 자기에
게 이야기하는 이유는 또 무엇일까. 얼굴의 심각성에 숨어 있는 그 의미들
을 생각해 보지 않을 수 없었다. 자기와 관계없는 일 같지 않았던 것이다.

"갑자기 취직은?"

상오는 우선 취직하려는 이유를 물었다.

"심심해서요."

초희의 대답은 간단했지만 간단한 이유로 취직을 결심한 것 같지는 않
았다.

"집에서 할 일이 많을 텐데 심심하기는."

“학사식모 노릇 말이죠? 식모는 심심하지 말란 법 있어요?”

초희는 눈웃음을 웃었다. 상오는 대답하기가 곤란해서,

“입때 그런 말 없다가 갑자기 그러니 한 말이지.”

하고 얼버무렸다.

“약간 지루한 때도 있기는 해요. 그렇지만 그보다도 머리에 녹이 스는 것 같아서요.”

초희가 조금 솔직한 말을 하자 그때야 상오는 마음을 놓고 자기 의사를 표시했다.

“그새 공부할 거 많지 않아. 꽃꽂이라든가 요리강습이라든가…….”

“그런 건 결혼을 결정한 뒤 배우기 시작하는 거 아녜요.”

“아무땐 결혼 안 할 건가.”

“서둘 필요두 없잖아요.”

상오는 초희가 자기에게 결혼을 프러포즈하는 것이 아닌가 생각했다. 그러나 그런 눈치를 보이지 않아 섭섭했다. 자기는 그런 것을 생각지 않고 있지만 상대방의 적극적 의사표시를 기대하는 것이 인정이니까.

“아무때건 여자는 결혼하는 것 아냐. 그것이 여자지. 그 여자의 길을 미리부터 준비해 두는 게 뭐 나쁜가.”

상오는 은근히 프러포즈할 기회를 만들어 주기도 했다. 그러나 초희는,

“취직을 반대한다는 건가요.”

화제를 딴 데로 쏠리지 못하게 했다.

“반대하는 건 아니지. 그렇지만 찬성두 하구 싶지 않아.”

“건 왜요?”

“여자들이 사회에 나가 많은 남자를 통해 사회경험을 쌓으면 결국 여자 자신이 손해를 본다구 생각해.”

“그건 또 왜요?”

“모르고 지나면 아름다운 것이 알고 나면 도리어 추해 보이는 때가 많거든. 특히 여자에게 세상을 추하게 보는 버릇이 생기면 자기 불행에 빠지기 쉬우니까.”

“구체적으루 말씀해 보세요.”

“직업여성 가운데 특히 올드미스가 많잖아. 남자를 너무 잘 알아서 결혼을 못하게 되기 때문이야.”

“모두 생각하고 있는 걸 이야기해 줘서 고마워요. 나두 그런 것들을 생각하며 망설여왔어요.”

“망설였지만 결심했다는 거지?”

“아직 결심한 건 아녜요.”

결국 초희는 상오의 조언을 구하고 있는 것이 아닐까. 상오로선 그렇게 생각할 수밖에 없었다. 그러나 책임 있는 조언을 할 수가 없었다. 책임 있는 조언을 하려면 우선 자기가 초희에 대한 책임감을 암시라도 해야 한다. 즉 결혼에 대한 의사를 암시라도 하지 않고 어찌 취직에 대한 가부를 단정적으로 말할 수가 있겠는가.

상오는 초희와 결혼을 할까 하고 생각해 봤다. 그러나 그 자리에서 그런 생각을 부정하는 그였다. 나이도 그렇지만 사업이라는 것을 생각할 때 결혼 같은 것은 아득한 먼 곳에 있는 것 같았기 때문이었다.

“잘 생각해서 해.”

무책임한 말을 하고는 어디 저녁이나 먹으러 가자고 했다. 초희도 가볍게 그 말을 받아들였다.

상오는 초희를 데리고 어떤 살롱으로 갔다. 실내장치가 외국 냄새가 나고 밴드가 음악을 연주하는 곳이었다. 식사도 할 수 있지만 밤이면 주로 술을 마시는 곳이기 때문에 조금 침침한 분위기를 보이고 있었다. 초희가 기대하는 것이 무엇인가를 알면서도 거기에 대한 만족스런 대답을 못해 준 약간 찜찜한 마음이 그런 데를 생각게 했다고나 할까.

초희도 침침하게 조명된 실내에 테이블마다 빨간 촛불이 켜져 있는 살롱 분위기가 마음에 드는 모양이었다.

“촛불은 언제 봐두 좋지요?”

빨간 갓에 비친 촛불을 들여다보며 하는 말이었다.

그때였다. 상오가 초희에게,

“저기 좀 봐.”

하며 가장 침침한 자리에 앉아 있는 두 남녀를 가리켰다. 중년 부인과 어린 남자 대학생이 마주 앉아 음식을 먹고 있었다. 초희가 그쪽으로 눈을 돌렸을 때 상오가 말했다.

“어떻게 보이지?”

“어떻게 보이긴. 어머니와 아들이 저녁을 먹는 거겠지요.”

“절대루 그런 관계가 아냐.”

“아는 사람들이에요?”

“조금 알지. 서루 연애하는 거야.”

“뭐 그럴라구요.”

“내가 거짓말 하는 줄 알아.”

“그렇진 않겠지만 남을 함부로 의심치 말아요. 상상할 수두 없는 일을 가지구…….”

“세상에는 상상할 수 없는 일두 많은 거야.”

“흥미두 없어요.”

흥미도 없다는 것을 더 이야기할 필요가 없었다. 그러나 자기가 그렇게까지 이야기했는데도 그냥 오 여사를 만나는 명수가 미운 생각에 모른 체할 수가 없었다. 오 여사도 그렇다. 주책없이 어린애를 데리고 안 다니는 데가 없다. 미운 생각이 들었다.

“내가 아는 친구의 애인 어머니야. 사내자식은 그 친구의 동생이구. 어디 그럴 법이 있어.”

“남이야 무슨 일을 하건 상관할 거 뭐예요. 내버려 두세요.”

어쩐 일일까. 초희는 너무나 초연한 태도였다. 그런 초희의 태도가 또 싫었다. 마치 똥 묻은 개가 겨 묻은 개 조소하는 듯하다는 태도 같았다.

“남편두 있는 여자가 그래 젊은 애하구 붙어 다니는 걸 보구두 못 본 척 해야 해?”

상오는 자기에게 그런 사람들을 비판할 자격이 있다는 것을 과시하듯 말했다. 자기가 옳지 않은 일을 했다 해도 윤리에 벗어나는 일은 안 했다는 자신이 생긴 것도 사실이었다.

"글쎄, 남이야 어떻든 자기만 올바르게 살면 되잖아요."

자격지심이었을지 모르지만 상오는 어떤 굴욕 같은 것을 느꼈다.

"그래 내가 남의 말 할 자격이 없단 말야?"

"왜 이상하게 생각하실까. 하두 많은 그 꼴사나운 일들을 어떻게 하나하나 참견하며 살 수 있는가 하는 건데요."

"가능한 한 모든 걸 비판해 가며 살아야 하지 않아. 난 저런 꼴 보구 참을 수가 없단 말야."

상오는 마치 정의의 사도이기나 한 것처럼 말했다. 그것은 자기의 잘못을 은폐하거나 합리화시키려는 행동이었다.

그럴 때 오 여사와 명수가 식사를 끝내고 나가고 있었다. 아무도 보는 사람이 없다고 생각하겠지. 그래서 누구에게든 자기에게는 아무 일도 없다는 듯이 위장하며 살겠지. 그런 오 여사와 명수가 상오에게는 증오스러웠다.

다음날 아침 조반을 먹고 있을 때 전화가 왔다. 상오는 반가웠다. 이렇게 자기를 만나고 싶어하는 여자를 왜 마다했던 하는 마음에서,

"일찍 출근했구만……."

반가운 목소리로 말했다.

연숙은 오늘 자기가 퇴근하는 시간에 만나 줄 수 없느냐고 물었다. 왜 없겠느냐고 상오는 전에 없이 상냥하게 대답해 주었다. 굴러 오는 떡이라고 생각했다. 그리고 오늘 밤의 즐거운 일들을 머릿속에 그렸다. 그는 쾌연히 만족한 웃음을 지었다. 여자들이 어째서 나를 좋아할까. 어째서 좋아하든 그 것은 알 필요가 없다. 좋아하면 그만큼 좋아해 주자. 그것뿐이다.

낮에는 원고를 독촉하기 위해 출판할 소설의 작가를 찾아갔다. 원고만 탈고 되면 곧 인쇄 과정으로 들어가겠는데 그것이 빨리 탈고 되지가 않아 독촉차 작가를 찾아가는 것이 그의 일이었다. 그런데 작가 M씨는 언제쯤 탈고 된다는 말 대신 딴 이야기를 꺼냈다. 지금 집을 팔고 딴 집을 사려고 하는데 현금이 모자란다면서 백만 원만 더 선불해 달라는 것이었다. 상오는 조금 기분이 나빴다. 돈 이야기를 꺼내려면 원고가 언제쯤 탈고된다는 말

한 마디쯤 먼저 있어야 할 것이 아니겠는가. 그러나 그것을 내색할 수가 없어서,

"언제까지 필요하신데요."

하고 물었다.

"이 집이 팔리기 전에라두 저쪽 집 계약을 해야 하기 때문에 좀 빨리 해 주었으면 하는데요."

"그렇게 빨리는 조금 힘들 것 같은데요."

그러자 M씨는 그럼 해약해 줄 수 없느냐고 나왔다. 기막힌 일이었다. 어떻게 그럴 수가 있는가.

"거 무슨 말씀이신가요."

"사실은 인세를 일 할 주겠다는 출판사가 있습니다."

자기하고는 팔 분으로 계약되어 있다. 이 분이 더 비싼 곳으로 가서 출판할 예정인 모양이었다. 상오는 정말 기분이 나빴다. 아무리 이해관계가 있는 일이라 해도 의리가 털끝만큼도 없는 사람과 상대하기 싫었다.

"그러시다면 할 수 없겠지요."

불쾌한 대답을 했지만 속으로 M씨가 거짓말을 하는 것이 아닌가 생각했다. 한 권으로 나오는 책의 인세는 대개 정가의 일 할이다. 그러나 다섯 권이나 되는 큰 책에 대해서는 대개가 칠 분을 준다. 그런 것을 자기는 팔 분으로 계약했던 것이다. 일 할 줄 사람이 어디 있겠는가. 칠백 원짜리 다섯 권을 만 부 인쇄한다면 칠 분과 일 할 사이에 백만여 원의 차이가 생긴다. 그런데 M씨는 고맙다는 말을 한 뒤 곧 계약금을 돌려 주겠다고 했다.

"언제까지 돌려 주시겠습니까."

상오는 이제부터 자기가 강하게 나갈 차례라고 생각했다.

"빨리 돌려 드리지요."

"일주일 이내에 돌려 주십시오. 나두 금리를 주고 얻어 온 돈이니까요. 기일을 어기실 때는 책임을 지셔야 합니다."

M씨는 그런다고 대답했다. 잘못하다가는 두 번째의 사업도 실패로 돌아가고 마는 것이 아닌가 하는 불안이 들었다. 언짢은 기분으로 시내에 들어

와 종로거리를 걷고 있을 때였다. 무교동 근처를 걷고 있을 때 저쪽에서 걸어오는 인파 속으로 그의 시선이 달음질쳤다. 낯익은 얼굴이 그 속에 있었기 때문이었다. 수원까지 같이 갔던 여자였다. 우연히 만나 하룻밤을 즐기고 극적으로 작별했던 여자를 어찌 그냥 스쳐 보낼 수가 있을 것인가.

그런데 분명 서로의 시선이 부딪쳤는데도 그 여자는 자기를 못 본 체 그냥 지나가 버렸다. 상오는 혹시 그미가 자기를 못 본 것이나 아닌가 생각했다. 그렇지 않고서야 모른 체할 까닭이 없다. 싸우고 헤어진 것도 아니다. 불쾌한 표정 하나 짓지 않고 헤어진 사이라면 우연히 만나게 된 것을 무조건 기뻐할 것이다. 그는 그미를 따라갔다. 그리고는 가장 친숙한 사이처럼 그미의 어깨를 툭 치고 걸음을 멈추어 섰다. 여자가 뒤돌아보았다.

틀림없는 그 여자였다. 그러나 모르는 체하는 것도 아닌데 아무 말 없이 그냥 걷기를 시작했다. 증오하는 표정도 아니었다. 그는 어떻게 해석해야 할지를 몰랐다. 그렇다고 해서 아는 체해 놓은 뒤 그냥 물러 설 수도 없었다. 그미 옆으로 다가가,

"날 모르지는 않을 텐데……."

짓궂게 달라붙을 듯이 말을 시켰다.

"모른다구 하지는 않았어요."

쌀쌀한 그미의 대답이었다. 그럴수록 달라붙고 싶어지는 상오였다.

"알면 인사라두 하구 지나가는 것이 예의가 아닐까."

"예의적으로 사귄 사이가 아니잖아요."

"어떻게 사귀든."

"모른 척하구 지나가는 게 좋을 것 같아요."

"그럼 다음부터는 그렇게 하기루 어디 가서 약속을 하지."

"지금 여기서 그런 약속이 성립된 거 아녜요?"

"일방적인 약속을 누가 인정해."

"그럼 서류를 만들고 도장을 찍어야 하나요."

"그러지 말구 차나 한 잔 마셔."

"기억에도 남기고 싶지 않은 걸 왜 기억하도록 강요하지요?"

“그런 뜻이 아냐. 만났으니 이야기나 하자는 거지.”

“그러지 마시구 가시던 길을 어서 가세요. 나두 갈 곳이 있어 가던 길이 니까.”

여자는 다시 걷기를 시작했다. 상오는 한 대 얻어맞은 사람처럼 멍하니 서 있다가 그만 발길을 돌려 버렸다. 불쾌했다. 여자에게 거절을 당했다는 것이 그의 자존심을 상하게 했던 것이다.

“빌어먹을…….”

상오는 침을 탁 뱉어 버렸다. 불쾌한 일이 겹쳐 침울한 기분으로 연숙을 만났는데 연숙도 그렇게 다정하게 대해 주지 않았다.

“왜 그새 만나 주지 않았지요.”

이런 식으로 따지고 들려고만 했다. 그는 또 불쾌해질 것을 겁냈다. 불쾌 가 자꾸만 겹치면 살기가 싫어질 수 있다. 그렇게까지 되고 싶지가 않았던 것이다. 그래서 일부러,

“오래 있다 만나야 반갑지 않아. 좀 바쁘기두 했지만…….”

자기에게 어울리지 않는 말이라고 생각하면서도 거기다가 웃음까지 첨부 했다.

“자주 만나면 미워질 것 같아요?”

“그렇진 않지. 좋은 사람이야 볼수록 예뻐 보이는 법이니까.”

“솔직하게 말씀해 보시지.”

“정말야. 그새 굉장히 보구 싶었어.”

그는 말을 꾸며 돌리기에 마음속으로 땀을 뺐다. 그런데 연숙이 갑자기,

“오늘 우리 집으루 가요.”

하고 말했다. 상오는 우선 기분이 좋았다. 자기 집으로 데리고 간다는 것은 연숙이 자기를 좋아하고 있다는 것을 부모에게 숨기지 않겠다는 뜻이 된다. 그래도,

“집엔 다음에 가지.”

하고 한 번쯤 사양을 했을 때 연숙은 식구도 많지 않아 어디보다도 조용하 다면서 굳이 자기 집으로 가자고 했다.

상오는 조용하니까 마음 놓고 즐길 수 있다는 말로 해석을 했다. 그래서 마음이 당기기는 했지만 연숙의 부모를 만난다는 것이 그리 달갑지 않았다. 여자의 집을 찾아간다는 것은 정식으로 선을 보이러 가는 일이라 할 수 있다. 정식으로 선 보인다는 것은 연숙을 사랑하고 있다, 앞으로 사랑할 것이라는 의사표시를 하기 위하는 행동이다. 그러나 자기에게 그럴 의사가 있는가.

"집에는 다음에 가지."

갈 것처럼 보였던 태도를 번복시켰다.

"이상하시네요. 공연히 돈 쓰며 번잡한 데루 다닐 거 뭐예요."

연숙이 사뭇 불평스럽게 말했다.

"어색해서 그러는 거야."

"그럴 것 하나두 없어요. 저녁 준비까지 했을 텐데 어서 가요."

연숙은 저녁 준비까지 시켰다고 했다.

"내 말은 들어 보지두 않구 저녁 준비를 시켜?"

상오가 불만스럽게 말하자 연숙도,

"생각해서 한 일인데 불만이신가요."

의외라는 듯 말했다. 그러나 금시,

"어머니 한 분과 동생이 하나 있을 뿐예요. 조용하구 얼마나 좋아요."

함축성 있게 웃어 가며 말했다. 상오는,

"가족이 그뿐야?"

연숙의 가족상황을 물어 보는 체했지만 속으로는 그렇다면 가지 하는 생각을 했다. 사실 어쩔 수 없어 호텔엘 가는 것이지만 자유스런 곳이 있다면 하필 호텔에 갈 필요가 무엇인가 하는 생각을 했던 것이다.

"아버지는 벌써 돌아가셨으니까요."

그러니까 가족이 셋밖에 없다는 연숙의 말을 듣자 연숙의 집이야말로 자유스런 장소라는 마음이 들어,

"그럼 과자라두 좀 사 가지고 가야지."

상오는 연숙을 데리고 과자상점으로 들어갔다. 연숙이 그럴 필요가 없다 해도 그는 당당한 손님으로서의 예절을 갖추어야 한다는 생각을 하며 커다

란 케이크 상자 하나를 샀다. 정식으로 선을 보이러 간다는 긴장된 마음이
아니었다. 앞으로 자유스럽게 출입할 집 가족들에게 호감을 보여야 한다는
생각뿐이었다. 어머니와 동생밖에 가족이 없다는 말에 그 가정을 얕잡아 보
는 태도였을 것이다.

　연숙의 집에는 과연 그미의 어머니와 십칠팔 세의 여동생 하나가 있을 뿐
이었다. 그러나 방이 단 하나뿐이었다. 방에 들어가자 부엌에 있던 연숙 어
머니가 방 안으로 들어왔다. 상오가 선 채로 허리만 굽혀 인사를 하자 연숙
이 부엌을 향해 자기 동생을 불러들였다. 고등학생인 동생이 들어와 생긋
웃으며 인사를 했다. 인사만 하고는 그 동생이 부엌으로 나가자 어머니가
누추한 집에 와 주어 고맙다느니 집이 너무 누추해서 부끄럽다느니 꾸밈없
는 말로 상오를 귀한 손님으로 취급했다. 연숙 어머니가 방석을 내밀며 깔
고 앉으라고 권할 때 연숙은 갈아입을 옷을 포장 속에서 꺼내 들고 부엌으
로 나갔다. 방 안에는 의장도 없어서 벽에 못을 박고 거기에 옷을 걸어 놓고
있었다. 보기가 흉하니까 옷 위에 포장을 쳐 놓고 있다. 무척 가난한 집안이
었다. 상오는 가난한 살림보다도 방이 하나밖에 없다는 것에 실망을 느꼈다.
기대가 와르르 무너져 내렸던 것이다. 그런데다가 연숙 어머니가,
　"우리 연숙을 고맙게 대해 준다니……."
하는 데는 그만 질려 버리고 말았다.

　자기를 어떻게 소개했기에 연숙 어머니가 그런 말을 하는 것일까. 상오는
머리를 긁으며 대답을 못했지만 연숙이가 무척 치사스럽다고 속으로 생각했
다. 절대로 어린애가 아니다. 어린애가 아닌데도 장래에 대한 이야기를 한
마디도 해 본 일이 없는 자기를 마치 결혼할 상대처럼 어머니에게 소개하다
니. 결국 연숙은 자기를 집으로 데리고 와서 어머니에게 선을 보인 셈이다.
그러게 해서 자기를 옭아매려 하는 것이다.

　연숙이 옷을 갈아입고 외출복을 들고 와서 그것을 포장 속에 걸었다. 치
사스런 여자니까 하룻밤 같이 지낸 이야기까지 어머니에게 고백했겠지. 상
오는 그 날 밤의 육체를 연상했다. 침대에서까지 항거했지만 결국은 항복하
고 말았던 그미. 상오는 그미가 부엌에 나가 옷을 갈아입을 때 자기가 보고

만졌던 그 육체를 노출시켰으리라 생각했다. 그리고 지금 입고 있는 그 옷 속에 감추어져 있는 육체를 투시해 보는 것이었다. 자기만이 보고 또 애무했던 그 육체. 다시 한 번 그것을 애무하고 싶었다. 그러나 한 번 그랬다고 해서 그것을 움직일 수 없는 인연처럼 생각하고 자기 어머니에게까지 고백한 그미가 치사스럽다는 생각이 들어 상오는 그미에게서 눈을 돌렸다. 그 뒤 음식상이 들어왔고 그미 어머니가 그를 사위이기나 한 것처럼 극진히 대해 주었지만 그는 입맛을 잃은 사람처럼 음식도 외면했다.

"이거 좋아하시잖아요."

연숙은 상오의 구미까지도 잘 알고 있다는 듯이 굴 프라이를 가리키며 말했다. 언젠가 그릴에서 굴 프라이를 먹으며 맛있다고 한 말을 그미는 기억하고 있는 모양이었다.

"얘 말을 듣구 만들었지만 원체 솜씨가 변변치 않아서……."

그미의 어머니는 맛있게 만들지 못한 자기 솜씨를 겸손한 태도로 말했다.

그래도 상오는 빨리 상을 물리치고 그 집을 빠져나갈 궁리만 했다.

밥상을 물리자 곧 커피를 끓여 온다고 했지만 그는 종일 여섯 잔이나 마셨다고 거짓말을 한 뒤 바쁜 일이 있다면서 그 집을 나왔다. 좀 놀다가 가고 모두들 붙잡았다.

연숙의 동생은,

"집이 누추해서 기분 나쁘신가 봐."

비꼬면서 그를 잡아끌었다. 진심으로 대접해 주었고 또 진심으로 가기를 만류했지만 그 진심의 저의(底意)가 눈에 보이는 것 같아 상오는 더욱 기분 나빴다. 같은 울타리 안에서 사는 사람들이 방 앞을 지날 때마다 일부러 보지 않는 체하면서도 슬쩍 한 번씩 시선을 돌리는 것도 기분 나빴다.

대문 앞까지 도망치듯 나온 상오가 뒤따라 나온 연숙을 힐끗 쳐다봤다. 화풀이할 대상은 연숙뿐이었다. 끌고 나가 속이 후련해지도록 야단을 쳐 주고 싶었다. 그러나 그미는 외출할 생각을 않고 집에서 입던 대로의 옷을 입은 채 나와 있었다. 나가잘 수가 없었다. 그런데 연숙이 미안한 듯,

"언제 손님을 대접해 봤어야지요. 맘에 들게 대접을 못해 드려서 죄송합

니다."

하고 말했다. 상오는 그런 말에는 대꾸도 하고 싶지 않아,

"왜 옷을 그렇게 입고 나온 거야."

외출옷 안 입고 나온 것을 가지고 야단을 쳤다.

"이제 어딜 나가요."

"왜 못 나가. 나가서 이야길 좀 해."

상오는 야단이라도 치고 가야 속이 풀릴 것 같았다. 야단을 치면 기가 죽어서 무슨 말이든 고분고분 들을 것 같기도 했다.

오래 사귀다가는 귀찮은 일만 생기리라는 환멸에 가까운 생각이 들면서도 그미를 꾀어 같이 나가고 싶은 새 욕망이 생기는 이유를 몰랐다. 상오는 꼭 할 이야기가 있다면서 옷을 갈아입고 오라 했다. 그러나 연숙은 이제 어떻게 나간다는 말을 하겠느냐면서 내일 만나자고 했다. 상오는 오늘 이야기 안 하면 가서 잠을 못 잘 것이라고 말했다. 그러나 연숙은 내일 무슨 이야기든 다 들을 테니까 가서 잘 자라고 했다. 집에서 입은 옷을 입은 여자를 강제로 끌고 나갈 수는 없다. 그는 내일 만나자는 말도 안 하고 그냥 돌아와 버렸다. 그리고는 자기 말을 안 들었다는 불만보다도 그런 여자는 만날 필요가 없다는 생각으로 마음을 굳혔다.

더 만난다든가 육체관계를 계속하면 그것을 이유로 해서 결혼을 강요할 것이 뻔했다. 성가시게 하기 전에 단교를 해야겠다는 생각을 했다. 그러니까 다음날 전화를 안 한 것은 물론이었다. 그쪽에서 전화를 건다 해도 바빠서 만날 수가 없다고 할 채비였다. 그런 마음으로 아침 느지막하게 집을 나갈 때였다. 대문 밖을 나설 때 대문 맞은편 남의 집 출입문 앞에 서 있는 여자와 시선이 마주쳤다. 첫눈에 혜수란 걸 알 수 있었다. 시선이 마주치자 그미는 곧 시선을 떨구고 말았다. 가까이 오는 것도 아니었다. 상오는 웬일이냐며 그미 옆으로 갔다. 그래도 그미는 인사말 한 마디도 안 하고 부동의 자세로 서 있었다.

"날 찾아온 거야?"

"………"

"집으로 들어오지 않구……."

그래도 혜수는 대답을 안 했다. 그러한 혜수를 보기는 정말 처음이었다.

"무슨 일이 있었어?"

그래도 대답이 없을 때 상오는 그미에게 무슨 일이 생긴 것이라고 단정했다. 그렇게까지 기가 죽을 만한 일이라면 보통 일이 아닐 것 같았다. 연민의 정이 안 들 수 없었다. 혹시 명배가 불의의 일로 죽은 것이나 아닐까. 상오는 그런 일이나 아닌가 생각했다. 동시에 만약 명배가 죽었다면 혜수를 어떻게 위로한다는 것은 위로받는 사람을 위하기보다 위로하는 사람의 인격이나 체면을 살리기 위한 행동이다. 그런 위로로 혜수가 슬픔을 잊을 까닭이 없다. 혜수가 정말 슬픔을 잊을 수 있도록 해 주려면 진정으로 그녀가 기뻐해 할 일을 해 줘야 한다. 그렇게 하면 또 문제가 생기겠지. 그러나 명배가 없어진 이상 문제가 생길 일이 없지 않은가. 혜수도 역시 그러한 위로를 받기 위해 찾아왔을 것이다.

"좌우간 거리루 나가지."

상오가 혜수의 팔을 잡아끌었다. 그때야 그미는 겨우 몸을 움직이며 상오를 뒤따랐다. 택시를 잡을 수가 없어 큰길에 나와 다방으로 들어갈 때까지 누구도 입을 열지 않았다. 상오는 상오대로 무슨 이야기부터 물어 봐야 할지 몰랐기 때문이었다. 명배가 어떻게 되었느냐는 그런 말은 차마 노상에서 꺼낼 수가 없었다. 다방에 들어가서야 그는 겨우 입을 열었다.

"무슨 일이야."

그런데 혜수는 대답 대신 상오를 바라보며 생끗 웃었다. 명배가 죽었다는 말이 나오리라 생각했던 상오의 기대를 아주 꺾어 버렸다. 묻는 말에 대답을 않고 웃음만 짓는다는 것은 큰일이 아니라는 것을 의미하기 때문이었다. 상오는 약간 실망한 얼굴로 다음 말을 물었다.

"그럼 웬일이야."

큰일이 생긴 것은 아니래도 찾아온 이유가 있을 것 같았기 때문이었다.

"그저."

혜수는 또 웃음을 지었다. 그 웃음에는 장난기가 섞여 있는 것 같았다. 이상한 일이었다. 대문 밖에 서 있을 때는 그렇게도 심각했던 그미가 갑자기 장난기 섞인 웃음을 웃다니 상오는 어이가 없었지만 그 웃음에 휘말리고 말았다.

"그래 대문 밖에는 얼마나 오래 서 있었어."

"조금."

"조금이라니."

"그건 알아서 뭐 해."

혜수는 운동선수가 한참 뛰고서야 몸이 풀리듯 이제야 겨우 몸이 풀린 모양이었다. 공연히 긴장되어 걱정했던 자기가 멋쩍어진 상오였다.

"난 또 무슨 큰일이 생긴 줄 알았지."

자기도 몸을 풀어 보겠다는 듯이 멋쩍은 웃음을 웃고 있을 때 혜수가,

"큰일은 무슨 큰일이야."

마치 너는 너무나 어린애 같구나 하는 식으로 상오를 바라보았다.

"글쎄 말야. 큰일이 있을 것 같지 않은데 그렇게 찾아왔으니 걱정이 안 돼?"

상오는 명배 일로 걱정했다는 말을 차마 할 수 없었다. 스스로가 켕기는 생각이었기 때문이었다. 그런데 혜수는 이야기의 흐름을 딱 끊고,

"참 오래간만이지."

처음 만났을 때 했어야 할 말을 불쑥 꺼냈다.

"오래간만인데. 그새 별일 없었어?"

상오는 탐탁한 말이 나오지 않을 줄 알면서도 그냥 말려들어가는 것이었다.

"그새 내 생각 한 번두 안했지?"

말려들어가는 상오였지만 그런 상오로서도 대답하기 힘든 말을 혜수는 쉽게 물었다. 될 수 있는 대로 생각 안 하려고 한 것이 사실이다. 생각 안 해도 되게 된 것을 다행으로 여기고 있는 상오였다. 그러한 상오가 그 물음에 무엇이라 대답할 것인가.

"해 줄 사람이 따루 있는데……"

그 자리를 모면할 유일한 말이라고 생각하며 대답했다.

"으흥!"

혜수는 가타부타 비판적인 말을 하는 대신 코웃음을 쳤다. 조소였다. 상오는 자기가 조소받을 아무 이유가 없다고 생각했다. 그런데도 혜수는 확실히 자기를 조소하고 있다.

"그럴 것 없잖아."

알 수 없는 일이란 듯 못마땅하게 묻자 혜수가,

"미안해."

하고 고개를 숙였다. 진심으로 미안해하는 태도였다. 상오는 여우에게 홀린 것 같은 느낌이었다. 그러나 자기는 정상적이라는 것을 보여 주기 위해,

"명배 언제쯤 서울 온대?"

하고 명배 이야기를 꺼냈다. 결국 명배 이야기만이 두 사람의 공통된 화제가 될 수 있다는 생각이었다. 그런데,

"그런 건 명배한테 직접 물어 봐."

하고 혜수가 다시는 명배의 말을 더 꺼내지 못하게 했다.

명배의 이야기를 빼고 무슨 이야기를 하잔 말인가. 자기들 두 사람의 감정문제를 꺼낸다는 것은 그 이상 더 쑥스러운 일이 아니다. 상오는 얼핏 명수의 일이 머리에 떠올랐다. 한참 동안 이야기할 수 있는 화젯거리다.

"요즘두 명수가 집에 놀러 와?"

이 말을 할 때 혜수가 상오를 똑바로 쳐다봤다. 그리고는,

"난 그런데 흥미가 없어."

그 이야기도 더 계속하지 못하게 했다. 그러면 혜수에게 흥미 있는 이야기가 무엇일까. 상오는 그미가 자기를 보고 싶어하는 것이라고는 생각지 않고 있기 때문에 더욱이 그미의 마음을 알 수 없다고 혼자서 머리를 저었다. 찾아와서도 집안에 들어오거나 또는 자기를 불러내지 않고 대문 밖에서 기다리고 있었다. 다방에 들어올 때까지는 심각한 표정으로 말도 안 했다. 그리고 이야기가 시작되었을 때는 어떤 말에도 흥미가 없다는 태도를 보였다. 그 마음을 어찌 헤아릴 수 있을 것인가.

혜수는 미궁에서 헤매는 상오를 끝까지 속 시원하게 해 주지 않았다. 작별하는 마당에서 상오가 마지막으로 한 번 더 이야기할 기회를 줄 생각으로,

"더 할 말 없지?"

지금이라도 늦지 않았다는 듯이 물었지만 혜수는 상오를 한참 동안 바라볼 뿐 아무 말도 안 했다. 말없이 바라보는 그 눈에는 확실히 무엇인가 미진한 것이 있어 보였지만 그미는,

"잘 가."

한 마디만 남기고 돌아섰다. 하고 싶은 말 한 마디를 차마 못하고 돌아가는 수줍은 처녀 같기도 했다. 상오는 그미가 필시 자기를 좋아하고 있음에 틀림없다고 생각했다. 좋아한다는 말은 할 수가 없으니까 모든 이야기가 정상적일 수 없었을 것이라고 추측했다. 무거운 짐에 눌린 듯한 기분이었다. 초회, 연숙, 혜수 모두가 자기에게 부담만을 지워 주는 것 같았다.

그런데 다음날 또 불쾌한 일이 일어났다. 일요일이어서 늦게까지 집에 있는데 전화가 왔다고 해서 안방으로 가 수화기를 들었다. 수화기를 들고 여보세요 소리를 몇 번이나 거듭했지만 전화가 죽었는지 말이 없었다. 마구 소리를 쳤지만 숨소리도 들리지 않았다. 화가 나서 전화꼭지를 탁탁 눌렀을 때는 전화가 아주 끊어지고 말았다. 전화를 받은 어머니에게 확실히 자기를 찾는 전화였느냐고 물었다. 어머니는 틀림없이 상오를 찾았다고 대답했다. 그리고 분명히 여자의 목소리였다는 말까지 했다. 상오는 누구였을까 궁금히 생각했지만 누군지를 짚어낼 수가 없었다. 할 수 없이 수화기를 놓고 다시 또 걸어 올 때만을 기다렸지만 전화는 통 걸려오지 않았다. 화가 났다. 어떤 것이 장난을 했을까. 화가 났지만 어떻게도 할 수 없는 일이었다. 도로 자기 방으로 돌아가 장난 친 여자가 누굴까를 생각해 보았다. 초회와 연숙은 아닐 것 같았다. 그들에게는 장난할 이유가 없었기 때문이었다.

수원에 같이 갔던 여자가 아니면 혜수일 것 같았다. 그 중에서도 상오는 혜수를 범인으로 생각했다. 어제의 수상한 행동이 능히 그런 장난을 할 여자 같았다. 이야기를 하려다가 막상 상오의 목소리를 듣고 할 이야기가 막

혀 버렸는지 모른다.

그런데 얼마 뒤 상오를 찾아온 여자가 있었다. 대문까지 뛰어갔다. 연숙이었다. 생글생글 웃으며,

"어젯밤 잘 오셨어요."

어젯밤 혼자 보낸 것이 걱정이 되어서 찾아온 듯 물었다.

예고 없이 찾아온 것도 수상했지만 생글생글 웃는 것도 수상했다. 상오는 장난의 전화를 건 것이 바로 연숙이었다고 생각하고 우선 그 이야기부터 꺼냈다.

"조금 전에 전화 걸었었지?"

"아아니요."

연숙은 시침을 뗐다.

"똑바루 말해. 궁금해서 묻는 거뿐야."

그래도 연숙은 그런 일 없다고 대답했다. 이렇게 찾아오는 사람이 뭣 때문에 전화를 걸었겠느냐는 말까지 덧붙였다. 그것도 그럴 듯한 말이었다. 상오는 대단치 않은 일을 가지고 신경 쓸 필요가 없다고 생각한 뒤,

"무슨 일이 생겼어?"

찾아온 이유를 물었지만 찾아온 사람을 그럴 수가 없다는 생각에 집 안으로 안내했다. 자기 방으로 안내한 뒤 다시 무슨 일이 생겼느냐고 물었을 때,

"일은 무슨 일요. 어젯밤 대접도 잘못한데다가 너무 섭섭히 돌아가시게 해서 그냥 찾아온 거예요."

연숙은 일이 있어서 찾아온 것처럼 생각하는 상오를 도리어 이상하다는 태도로 대답했다. 상오는 그럴 수도 있을 것이란 생각에 딴 이야기를 꺼냈다.

"집을 어떻게 찾았지."

"좋아하는 사람의 집을 모를라구요."

연숙의 대답은 대담했다. 한 번도 그런 말을 주고받은 일이 없는 사이였다.

그리고 연숙은 어느 편인가 하면 새침한 편이었다. 그런 여자가 어떻게

좋아하는 사람이란 말을 그렇게 쉽게 할 수 있을까. 상오는 내심으로 놀랐다.

"대단한데…… 그런 말을 다 할 줄 알구."

놀랐지만 농담으로 받아들였을 때 연숙이,

"놀랬어요?"

놀랐다면 할 말이 따로 있다는 듯 물었다.

"놀란 건 아니지만…… 좌우간 집을 어떻게 알았는지 그게 궁금해."

"회사로 전활 걸어서 집주소를 물었죠. 그만한 머리두 없을 것 같아요?"

"머리가 좋은데……."

상오는 연숙의 머리가 좋은 것이 아니라 자기 머리가 나쁘다는 것을 자인했다. 결국 연숙에게 판정패 했다는 생각을 하며 커피라도 대접하려고 식모를 불렀다. 그때 연숙이 '잠깐만' 하며 식모를 부르지 못하게 한 뒤,

"먼저 부모님께 인사를 드려야잖아요."

하고 말했다.

"인사는……."

상오는 그런 예절이 필요 없다면서 연숙의 말을 묵살하려 했다. 그러나 연숙은,

"그럴 수 있어요? 온 이상 어른들께 인사를 드려야지."

인사를 하고야 말 태도였다. 이때까지 아는 여자를 부모에게 정식 인사 시켜온 일이 없는 상오로서 당황하지 않을 수 없는 일이었다.

"그럴 필요 없다니까."

"상오 씬 친구네 집에 가서 친구 부모님들께 인사두 안 하세요."

상오는 대답하기가 곤란했다. 무례한 남자라는 말이 듣기 싫었기 때문이었다. 그래서 어물어물하고 있을 때 그미가 상오의 팔을 잡아끌며 어서요 하고 독촉을 했다. 무엇이라고 부모들에게 소개를 할 것인가. 용기가 나지 않아 주춤거리고 있을 때 연숙이 혼자서라도 인사를 하고 온다고 방문을 열려 했다. 정말 혼자라도 갈 것 같았다. 할 수 없는 여자란 생각을 하면서도 부모들에게 소개를 시키지 않을 수 없었다.

안방에 들어가 부모님에게 그저 친구라는 말만으로 소개하자 연숙은 슈츠를 입은 몸으로 두 분에게 꼭같이 큰절을 하는 것이었다.

새색시 같은 큰절이 아니라 남자들이 하는 식의 큰절을 할 때 부모들이 어리둥절해하는 것을 보는 순간 상오는 부모들이 연숙에 대한 것을 자세히 물을까 두려웠다. 그리고 조금 전 자기에게 좋아하는 사람이라고 용감하게 나온 연숙이 또 무엇이라 대답할지 조마조마했다. 그래서 절이 끝나기가 무섭게,

"우리 방으루 갈까……."

하고 연숙을 자기 방으로 도로 데리고 왔다. 불쾌했다. 연숙이 고집을 부리면서 부모님께 인사를 하고야만 그 내심이 짐작되었기 때문이었다. 그러나 그것을 금시 정면으로 공격할 수가 없어서,

"아까 전화는 왜 걸었다가 끊었지?"

전화 건 것이 연숙이가 틀림없다고 단정하는 태도로 물었다. 뒷걸이를 쳐서 거기 넘어가면 그것을 가지고 공박해 줄 심산이었다.

"집에 있는가 없는가 알아보려구 걸었죠."

역시 연숙은 뒷걸이에 넘어갔다.

"걸었으면 한 마디라두 하구 끊을 거 아냐."

"있다는 걸 알면 됐지 무슨 말을 해요."

연숙이 당연한 일인 것처럼 대답할 때,

"그런 버릇 어디서 배웠어."

상오가 소리를 질렀다.

"왜 화를 내시죠."

"기분이 나쁘잖아."

"기분 나쁠 것두 없을 텐데요."

"남을 귀신에게 홀린 사람처럼 만들구두 잘 했다는 거야?"

"잘 했다는 건 아니지만 잘못한 것두 없잖아요."

"닥치지 못해. 그리구 내가 하라지 않는데 안방에 가서 절을 하겠다구 고집 쓴 건 또 무슨 버릇이야."

상오는 도리어 연숙이가 안방으로 갔던 일까지 끄집어내고야 말았다.

"몹시 기분 나쁘신 모양이군요."

"나쁘지 않구……."

"기분 나빠하실 것 하나두 없을 것 같은 데요. 상오 씨가 우리 엄마에게 인사했는데 내가 상오 씨 부모한테 인사를 안 드려서야 되겠어요."

"정식으루 부모들에게 인사를 해야 한다는 거군? 그래서 그 뒤는 어떻게 할 작정이지."

"어떻게 하기는요. 좋아하는 사람들끼리 부모에게 인사두 안 해서 되겠어요. 그거뿐이죠."

상오는 연숙에게 누가 너를 좋아한다고 했느냐고 따지고 싶었지만 그런 문제로 집안에서 싸울 수가 없어 입을 닫아 버렸다. 그렇다고 그냥 내버려 둘 수도 없어서 그는 연숙을 끌고 다방으로 나갔다. 그는 차를 마시기 전부터,

"좋아한다, 좋아한다 하는데 누가 누구를 좋아하는 거지. 정신 좀 차려."

야단을 치기 시작했다. 결국 좋아한다는 것을 전제로 해서 연숙이가 제멋대로 행동하는 것이라 생각되었기 때문에 좋아한다는 말의 남용을 금지시키려 했던 것이다.

"그럼 상오 씨는 날 좋아하지 않는다는 건가요?"

"내가 언제 그런 말 쓴 일이 있어."

"그 말을 써야 꼭 좋아하는 것이 되나요?"

"좌우간 조심하란 말야. 왜 말 한 마디 없이 남의 집을 찾아다니구 그래?"

"누군 의논하구 호텔루 날 끌구 갔었나요?"

이 말에 상오는 한 대 얻어맞은 셈이었다. 뭐라고 대답할 말이 생각나지 않았다.

그렇다고 해서 무능한 사내처럼 고개를 숙일 수는 없었다.

"저두 좋으니까 따라갔던 거 아냐."

책임을 연숙에게 뒤집어씌우자 연숙이,

"내가 강제루 상오 씰 끌구 갔었다구 해두 좋아요. 문제는 앞으루 어떻게

하면 상오 씨가 화를 안 내게 될 건가 하는 것뿐이지요."

너그러운 듯하면서도 함축성이 많은 말을 했다. 상오는 연숙이 자기보다 단수가 높다는 것을 생각했다. 그리고 자기가 그 고단수에 휘말릴 것 같은 의구를 느꼈다.

"내가 골본 줄 알아? 공연히 화를 내는 게 아냐."

한 번 정당방위를 해 놓고 난 뒤,

"앞으룬 어떤 일이 있어두 집으루 찾아오지 마."

하고 못을 박았다. 요는 연숙이가 독단적인 행동을 못하게 하면 그뿐이었다. 그러나 연숙은 그렇게 녹녹지가 않았다.

"우리끼리 할 이야기가 따루 있구 부모님들께 드릴 이야기가 또 따루 있잖아요. 늙었다구 부모들을 무시할 수는 없다구 생각해요."

"그런 뜻이 아냐. 다시 집에 찾아오지 말라는 거지. 다시 왔담 이야기두 안 할 테니까 그쯤 알아 둬."

"좋아하는 사람끼리 왜 밖에서만 만나야 하죠."

"또 좋아한단 소리한다. 좀 집어쳐. 그런 진부한 소리."

상오는 연숙이가 그러면 당신은 나를 좋아하지 않느냐고 대들기를 바랐다. 그러면 절대로 좋아하는 것이 아니라고 분명히 말해 줄 작정이었다. 그러나 연숙은 따지고 대들지를 않았다.

"진실된 말을 왜 진부하다구 그러실까."

그미는 혼자 중얼거리듯 말할 뿐이었다.

상오는 그미를 이해할 수 없었다. 요즘 젊은 사람들은 과잉된 정열을 누르지 못해 궤도에서 벗어난 일을 하고 있다. 궤도에서 벗어났다고 죄악시하지도 않는다. 자연적인 행동일 뿐인 것이다. 그런데 연숙은 어째서 벗어났던 일을 다시 그 궤도 위에 올려놓으려 하는 것일까. 또 다른 궤도를 달리는 것만이 가장 편리할 텐데도 말이다.

"좌우간 나는 부담감이 싫어. 부담감을 느끼게 하지 마."

상오는 연숙이가 자기를 싫어하는데 효과가 있을 말을 골라서 했지만 그미는,

"좋아하는 사람끼리 만나는 것이 왜 부담감이 될까."

연숙은 그저 이해할 수 없는 일이라는 듯 고개를 갸우뚱거릴 뿐 화를 내지 않았다. 상오는 더 참을 수가 없어서,

"내 말 안 들으면 죽여 버릴 테니까 그런 줄 알어. 집에 오지두 말구 전화두 걸지 말어."

하고 마지막 말을 해 버렸다. 그런데 연숙은,

"보구 싶을 땐 어떡허지요. 상오 씨두 내가 보구 싶을 텐데."

마치 안 만난다는 것은 있을 수 없는 일로 치부하고 있는 사람처럼 말했다.

"나는 조금두 보구 싶지 않으니까 내 걱정까지 할 것 없어."

상오는 연숙이 정말 웃긴다고 생각하며 말했다.

"그럴 수가 있어요. 그런 말을 어떻게 함부로 하지요."

"싫으니까 그렇지."

상오는 이것이 최후라고 생각을 하며 쏘아 주었다.

"좋아한다는 말을 못하게 하면서 싫다는 말을 함부로 할 수 있어요."

연숙은 슬퍼진 목소리로 말했지만 절대로 화를 내지 않았다.

"있지. 왜 없어."

상오는 마치 자기에게 그럴 권리가 있는 것처럼 말했다.

"좋구 싫어하는 것을 그렇게 맘대루 할 수 있어요."

연숙은 어떤 일이 있어도 상오의 마음대로 되지 않을 것이라는 신념을 가지고 있는 듯이 말했다.

"웃기지 마. 나는 한 번두 좋아한 일이 없으니까 시시한 말은 안 하는 게 좋아."

"어쩔 수 없어 좋아하게 하는 경우두 있잖아요. 나두 처음부터 누굴 좋아한 건 아녜요."

"그럼 하룻밤 같이 잤다구 그걸루 좋아해야 한다는 말인가."

"너무 상스러운 표현은 삼가시지요. 어쨌든 우리는 서루 사랑하지 않을 수 없게 됐다구 생각해요."

"그렇게두 낡아 빠졌나. 난 그런 점이 더 싫어. 이제 정말 만나지두 않을 테니까 맘대루 해."

"낡아 빠졌다구요. 아무래두 좋아요. 나는 내 행동에 책임을 져야 한다구 생각해요. 나를 포기하구 살구 싶진 않으니까요."

"마음대루 하라니까. 남에게 책임을 씌우려는 비굴한 행동만을 말구 말야. 세상 대하기가 부끄럽지 않아."

"나두 비굴한 여자는 되지 않을래요. 다만 한 가지만 묻겠는데 나를 한 번두 좋아하지 않았나요."

"좋아한 일 없어."

"그런 말을 서슴없이 하는 것을 특권으루 생각하시나요."

"특권이라군 생각지 않아. 사실대루 말하는 것뿐이지."

"현대교육은 고등동물을 만드는 것이라더니 정말 그런 것 같군요."

"뭐래두 좋아. 내게는 산다는 것이 중요할 뿐이니까."

"좌우간 내가 싫어진 모양인데 그 이유나 말해 보세요."

"좋은 것두 없구 싫은 것두 없어. 구태여 감정을 규정지으며 살 필요가 뭐야. 난 그게 싫단 말야."

"내가 좋아한다는 말만 안 하면 그냥 사귈 수 있겠군요."

"그럴 수 있을지 모르지. 우리 부모를 만나려구 하지두 않구……."

"참 힘들군요. 그럼 그렇게 해 보지요."

타협을 본 듯이 하고 헤어졌지만 상오는 연숙을 두 번 다시 만나지 않기로 마음먹었다. 계속해서 만나면 언제든 물고 늘어지고야 말 것 같았기 때문이었다. 그것이 겁나는 것은 아니었다. 어떤 일이 있어도 잘라 버릴 자신이 있었지만 귀찮을 것만은 사실이었기 때문이었다. 귀찮은 일이 올 줄 알면서도 만날 필요는 없었다.

연숙을 돌려 보내고 집으로 오는 길이었다. 인도에서 바로 떨어진 포도 위를 리어카 한 대가 학생 이삿짐을 싣고 조심스럽게 굴러가는 것이 보였다. 사실은 리어카보다도 그 뒤를 따라가고 있는 남자 대학생이 시선 안에 들었다. 뒷모습이었지만 아는 사람의 걸음이었다. 상오는 깊이 생각할 것도

없이 명수라는 것을 알았다. 명수가 혼자서 이사를 하다니. 상오는 앞뒤를
헤아릴 새 없이 명수에게로 달려갔다.
　"명수 아냐."
　상오는 반갑게 그를 불러 세웠다. 그러나 명수는 반갑지 않은 사람을 만
났을 때처럼,
　"집에 가세요."
　무표정한 얼굴로 말했다.
　"이살 가니."
　"그렇게 됐어요."
　리어카에 실려 있는 짐을 보고 이삿짐 같아 물어 본 말인데 명수는 이사
가느냐는 그 말에 그저 긍정만 할 뿐이었다. 알 수 없는 일이었다. 집을 두
고 혼자서 이사를 가다니.
　"웬일이냐. 이사 가?"
　상오는 궁금증에서 명수의 구체적인 설명을 요구했다. 그러나 명수는,
　"그렇게 됐어요."
　꼭같은 말을 되풀이할 뿐 성의 있는 대답을 해 주지 않았다. 상오는 지난
번 오 여사와의 관계에 대해 충고해 준 일 때문에 아직도 자기를 못마땅하
게 생각하고 있는 것이라 생각했다. 그러나 그것과 이것과는 전혀 다른 문
제다. 명수가 그렇다고 해서 자기도 꼭같이 대할 수가 없었다.
　"집을 어떻게 하구 너 혼자 이살 가는 거냐 말이다."
　끈질기게 질문했지만 명수는 차차 이야기하겠다면서 대답을 회피했다.
할 수 없어서 어디로 가느냐고 물었다.
　"계동에 있는 친구 하숙집으루요."
　명수는 이사 가는 방향에 대해서만은 숨기려고 하지 않았다. 계동이라면
상오의 집에서 멀지 않은 데 있는 동네다. 자주 만날 수 있다는 생각을 하며
집이나 알아 둘 셈으로 리어카를 뒤따랐다. 명수는 실의에 차 있는 사람처
럼 따라오는 상오에게 가타부타 말을 안 했다.
　휘문고등학교 못 미처 왼쪽 골목으로 들어가 한식 고옥 앞에서 리어카를

멈췄을 때 상오는 짐을 날라 주고 하숙방에까지 들어가려고 했다. 그러나 명수가 짐이나 정리한 뒤 상오의 집으로 찾아가겠다면서 상오를 대문 안에 들어서지 못하게 했다. 명배를 생각해서라도 명수가 이사하는 이유를 모른 채 그냥 돌아갈 수가 없어서 잠깐만 들어갔다가 가겠다고 했지만 명수가 한 사코 만류했다. 많지는 않지만 리어카로 가득 되는 이삿짐이다. 그것을 벌여 놓으면 좁은 하숙방에 발을 들여 놀 자리도 없을 것 같았다.

"그럼 좀 있다 우리 집에 올래?"

명수에게 자기 집으로 와 주기를 바라며 그냥 돌아가려 했다.

"네, 갈게요."

상오는 빨리 보내기 위해선지 명수는 시원스럽게 대답했다.

"안 오면 내가 온다. 알았지."

"네."

약속을 굳게 한 뒤 집에 가서 기다렸지만 한 시간이 지나도 명수는 찾아 오지 않았다. 기다리는 동안 명수가 오 여사와의 사건으로 아버지에게 쫓겨 난 것이나 아닌가 생각했다. 그의 아버지의 성격으로 보아 그럴 수도 있을 것 같았다. 쫓겨난 김에 하숙을 얻고 그 하숙을 오 여사와 밀회할 장소로 사 용하려는 것이라면 앞으로 두고 볼 만한 일이다. 그러나 그런 것 같지는 않 았다. 비밀 아지트로 사용할 집이라면 자기에게도 비밀로 해야 할 것이다. 그런데 명수는 하숙까지 따라가는 자기를 내버려 두었다.

알 수 없는 일이 너무나 많다는 생각을 하며 상오는 명수의 하숙으로 갔 다. 아무래도 명수를 만나야 할 것 같았기 때문이었다. 그런데 명수는 하숙 에 없었다. 명수 대신 명수와 한 방에 있다는 대학생이 나와 누가 오거든 바 쁜 일이 있어 나갔다고 전해 달라더라는 말을 했다.

"우리 집에 온다구 했는데……."

상오가 알 수 없는 일이라는 듯 성큼 발길을 돌리지 못하고 있을 때 대학 생이,

"더 급한 사람이 있는가 부지요……."

의미 있는 웃음을 웃었다. 상오는 얼핏 명수가 오 여사를 만나러 간 것이

라 생각했다.

상오는 명수가 오는 대로 집에 들르도록 부탁한 뒤 큰길로 나가 공중전화를 걸었다. 왜 그렇게 정의감에 불타는지 몰랐다. 명수가 오 여사와 만나고 있다는 사실을 확인하고 싶었던 것이다. 그것을 확인만 하면 어떻게 해서든 명수와의 관계를 끊게 해 주고 싶었다. 그것은 자기도 모르게 발동한 진심이었다. 명수를 위하는 진심. 명수보다 나이가 위인 자기의 체통을 살리기 위해 한몫 나서야겠다는 의협심에 가까운 진심이었다.

혜수에게 오 여사의 행방을 알아보려고 전화를 걸었는데 뜻밖에도 전화를 받은 사람이 오 여사였다. 상오는 또 모를 일이 생겼다고 생각했지만 그냥 전화를 끊을 수도 없고 해서,

"명수가 저의 동네 근처루 이사를 왔는데 혹시 알구 계신가요."

명수의 이사 이야기를 꺼내고야 말았다.

"그 근처루?"

오 여사는 이사에 대한 것만은 미리 알고 있었던 것 같았다.

"네, 계동이니까 얼마두 멀지 않습니다. 하숙으루 나온 이유가 궁금하지만 통 말하지를 않는데요."

"아버지와 맞지 않아 전부터 하숙으루 나가겠다구 했지. 그런데 상온 지금 어디 있나."

"명수 하숙 근첩니다."

"지금 집에 있나."

"바쁜 일루 나갔답니다."

"그럼 내가 지금 그리로 갈게."

오 여사는 몹시 서둘렀다. 상오가 보고 싶어서 그러는 것이 아님은 뻔한 일이었다. 명수가 하숙을 정했다는 집이 알고 싶었으리라. 만약 계동 근처에서 만난다면 그미에게 명수의 하숙을 알려 주고야 말게 된다. 명수가 가르쳐 주지 않은 집을 자기가 알려 줄 수가 있겠는가. 집을 가르쳐 주는 것은 그미에게 명수를 찾아가라고 지시해 주는 것이나 마찬가지 일이다.

"지금 급한 일루 나가는 길인데 일을 보구 제가 댁으루 가지요."

어겨도 괜찮을 정도로 약속을 했다.

"무슨 일인데. 날 잠깐 만나구 갈 수는 없나."

"급히 만나기루 했는데 벌써 약속시간이 지났는걸요."

"그럼 얼마 뒤에 오겠는가."

"늦어두 한 시간 안엔 가겠지요."

"꼭 오는 거지."

"그럼요."

약속은 해 놓았지만 상오는 오 여사를 만나지 않는 것이 좋다고 생각했다. 명수가 오 여사 모르게 하숙을 정한 정도라면 명수와 오 여사의 관계는 걱정을 안 해도 좋을 정도다. 그런데 오 여사를 만나면 도리어 두 사람에게 서로 만날 길을 터주는 셈이 된다.

그는 오 여사와의 약속을 안 지키기로 하고 집으로 돌아갔다. 일이 없어도 낮에는 집에 들어앉아 있지 않는 상오였다.

그런데도 이 날만은 아무 데도 가기가 싫었다. 그것은 연숙으로 해서 마음이 흩어져 있기 때문이었다. 연숙 때문에 겁을 집어먹고 인생관을 달리한 것은 아니다. 귀찮다는 생각이 활동성을 위축시켰다고나 할까. 솔직히 말해서 여자에 대한 흥미가 가신 것이었다. 그것은 의욕의 상실이라 해도 무방했다.

그런 심경으로 집안에서 뒹굴고 있을 때였다. 몇 시가 되는지 모르는데 전화가 왔다. 필경 오 여사에게서 온 것이라 생각하며 약속 못 지킨 이유를 궁리했다. 그러나 오 여사가 아니라 혜수의 목소리였다.

"엄마하구 약속했다면서 왜 약속을 안 지키지."

혜수는 마치 자기하고 약속했다가 위약하기나 한 것처럼 날카로운 목소리로 힐문했다.

상오는 혜수에게 야단맞을 이유가 하나도 없다고 생각하며,

"왜 남의 전활 대신하는 거야."

혜수에게 지지 않고 대들었다.

"엄마가 부탁하니까 건 거뿐야. 그게 잘못한 일인가?"

혜수의 목소리가 조금 가라앉았다. 상오는 누그러질 수밖에 없었다.

"잘못이란 건 아니지만……."

"좌우간 약속을 지켜. 지금이라도……."

"몸이 피곤해서 좀 눠 있어야겠어."

"몸이 피곤하다구 어른과 한 약속을 안 지켜두 돼. 무슨 말인진 몰라두 굉장히 기다리구 있어."

"좀 잘 말씀드려 줘."

"가만 있어."

혜수가 자기 어머니와 무슨 이야기를 하는 모양이더니,

"그럼 차 타구 그리루 가신대."

하고 말했다. 곤란했다. 와서는 절대 안 된다.

"내가 갈게."

"꼭?"

"두 번씩이야 설마……."

상오는 또다시 옷을 갈아입었다. 옷을 갈아입으면서도 마음은 자꾸만 오 여사를 만나는 것도 그렇지만 혜수를 만나는 것도 달갑지가 않았다. 어제 일로 미루어 보아 혜수가 어떠한 태도로 나올지가 미지수였기 때문이었다. 한 남자에게 감정을 고착시키고 그 고착시킨 감정을 오래오래 지속하려는 여자들의 속성이 싫었다. 연숙도 그렇고 혜수 역시 마찬가지다. 혜수만은 조금쯤 틔어 있다고 생각되었는데 역시 같은 여자다. 거기 비하면 수원까지 갔던 이름도 모르는 그 여자가 얼마나 멋쟁인가. 두 번째 만났을 때 아는 체도 할 필요가 없다던 그 여자, 그 여자가 보고 싶어졌다. 그 여자라면 경멸을 받으면서라도 사랑하고 싶었다.

그러면서도 오 여사에게만은 존경심이 안 가는 이유가 무엇일까. 오 여사는 남편이 있다. 그렇기 때문에 남편 이외의 어떤 남자에게도 감정을 고정시키지는 않을 것이다. 스치고 지나가면 그뿐일 것이다. 수원에 갔던 여자와 대동소이할 것이다. 그런데도 호감이 안 가는 것은 자기의 소유가 될 수 없다는 체념 때문일까.

"어떤 학생과 같이 있어? 방은 좁지 않아?"

하며 명수에게 지나친 관심을 보이는 오 여사에게 상오는 속으로 왜 저렇게 주책일까 생각했다. 딸 보기도 부끄러운 줄을 모르는 그미가 주책으로만 보였던 것이다.

상오가 자기도 모르는 일이라 시원하게 대답을 못하자 오 여사는 같이 명수에게 가 보자고 보채기 시작했다.

"가야 없을 겁니다. 좋은 사람 만나러 간 모양인데 빨리 돌아오겠지요."

상오는 짓궂은 말을 한 마디 해 주었다. 그녀의 표정을 보기 위함이었다. 그런데 그미는 어린애처럼 그 자리에서 얼굴색을 달리하며,

"뭐라구."

상오의 말을 재확인하려 했다.

"그 애라구 좋아하는 여자가 없겠어요. 같이 있는 애가 그러는데 늦게 올 것 같다던데요."

상오가 같이 있다는 학생 말까지 꺼내며 틀림없는 일처럼 말했다. 그때야 오 여사는 자기 이성을 되찾은 듯 냉정한 표정을 지으며,

"연애두 할 나이지……."

남의 일처럼 말했다. 그러나 그런 말하는 그미의 얼굴이 갑자기 늙어 보였다. 일그러진 감정과 일그러진 표정을 억지로 바로잡으려는 노력이 너무나도 서툴러 보였기 때문이었다.

오 여사의 감정이 보통이 아니란 것을 알 수 있었기 때문에 명수가 딴 여자와 연애한다는 사실로 달라질 오 여사의 동정이 흥미로운 일이라고 생각하는 상오였다. 두고 볼 만한 일이었다. 그런데 오 여사와 이야기하고 있는 중 혜수가 외출복을 갈아입고 와서 상오를 지켜보고 있었다. 빨리 이야기를 끝내고 나가자는 눈치였다. 오 여사의 눈치를 더 살피고 싶었지만 꼭 그래야 할 필요는 없었기 때문에 나가도 무방하다고 생각했다. 그러나 혜수와 같이 나가는 데에는 마음이 내키지 않았다. 나간댔자 결국 혜수에게 쥐어 짜이게 될 것이니까. 어제는 아무 말도 않고 헤어졌지만 할 말이 없어서 그냥 헤어졌다고 생각되지가 않았다. 쥐어 짜인다는 예감을 느끼면서 혜수와

같이 나갈 필요가 무엇인가. 그러나 무턱대고 앉아 있을 수도 없는 일이었다. 당할 것은 당해야 한다는 생각을 하고 집을 나서려 할 때 혜수가,

"잠깐 나갔다 오겠어요."

오 여사에게 승낙을 구했다. 마치 상오하고는 미리 약속이 되어 있는 것처럼. 오 여사는 나가려는 상오를 붙잡고 언제 명수의 집을 가르쳐 주겠느냐고 졸랐다. 상오는 긴 이야기가 하기 싫어 내일 전화를 걸겠다고 대답했다.

상오는 연숙과의 대화를 생각하며 혜수와 집을 나섰다. 그리고 만약 혜수가 연숙처럼 나오면 연숙에게 해 준 말을 그대로 해 주리라 생각했다. 그래서 혜수하고도 오늘이 마지막일 것을 상상했다.

그런데 혜수는 다방으로 가는 대신 근처에 있는 장충체육관으로 가자고 했다. 전국 배구경기 대회가 있었다. 상오는 좋은 생각이라고 찬성했다. 구경에 팔려 긴 이야기가 성립 안 되리라는 마음 때문이었다. 혜수도 정말 경기 자체에 흥미를 느끼는지 경기에 신경을 기울이며 이야기를 별로 하지 않았다. 한 세트가 끝나고 잠시 쉬는 시간에야,

"사업두 별루 바쁜 일 아니라면서 시간 보내기가 지루하지 않어."
하는 정도의 말을 했다. 상오는 혜수가 묻는 말의 뜻을 알아차리고,

"그런 거 모르구 사는데……."

무감각한 사람처럼 대답했다.

"부럽구만……."

이야기는 그것뿐이었다.

다음 세트가 끝났을 때도 잠깐 이야기를 하기는 했다. 그러나 대단한 이야기는 아니었다. 상오는 안심이 되면서도 혜수가 이야기할 기회를 노리고 있는 것이라 생각했다. 언제든 이야기를 꺼내고야 말 것인데 그때가 언제일지 불안하기도 하고 궁금하기도 했다.

경기가 다 끝나고 체육관을 나올 때 혜수가 어디 가서 저녁이나 먹었으면 하고 말했다. 그러나 상오는 아무 일 없이 헤어질 수 있게 된 기회를 놓치기가 싫어 가서 볼일이 있다고 거절했다. 혜수는,

"내가 무안하게 됐구만. 그래두 할 수 없지……."

할 뿐 상오를 붙잡으려 하지 않았다. 너그러운 것이 아니었다. 너그러운 것이 아니면서도 듣기 싫은 말 한 마디 안 하고 놓아 주는 혜수가 기분 나빴다. 속은 곪아 있으면서도 겉만이 아무렇지도 않게 보이는 종기 같았다. 순간적으로 아프다 해도 터져 버려야 시원할 것 같았다. 그렇다고 긁어 부스럼을 만들 수도 없었지만 어쨌든 상오는 자기의 현재 생활이 불쾌의 연속이라고 생각했다. 현재뿐이 아닌 것 같았다. 앞으로도 그런 불쾌가 계속될 것만 같은 예감이 들었다. 모두가 여자 문제 때문이었다.

상오는 모든 여자와의 관계를 일단 중지하고 싶었다. 그래서 최소한도 불쾌한 감정에서 해방이 되고 싶었다.

달리던 자동차가 빨간 신호등 앞에서 일단 정거를 하듯.

다음날 아침 조반을 먹고 있을 때 오 여사에게서 전화가 왔다. 무슨 급살맞을 일이 생겼다고 아침부터 전환가 하는 생각이었지만 짜증을 부릴 수는 없었다.

"네 네. 아무때두 좋습니다. 그새 명수를 만나 보라구요. 그러지요. 만나 보구 그 시간에 만날 수 없다면 제가 전화를 걸어 알려 드리지요."

상오는 오 여사가 해 달라는 대로 응해 주었다. 체면도 없이 부탁하는 일을 거절할 수가 없었던 것이다. 사실은 거절할 수가 없었다기보다는 협력해 주고 싶은 마음이 움직이고 있었다. 악에 대해 협력을 하여 악을 장려하고 싶은 마음이었다. 그래서 모든 사람이 자기보다 몇 배나 나쁜 사람이 되는 것을 바라보고 싶었다. 남의 악에 대해 내가 분개할 필요가 무엇인가. 그럴 만큼 내가 선한 사람도 아니지만 내가 분개한다고 어떻게 될 것도 아니다.

상오는 전화를 끊고 곧 명수의 하숙으로 갔다. 일찍 가지 않으면 학교에 가고 없을지도 모르기 때문이었다. 명수는 아직 집에 있었다. 같이 있는 학생은 보이지 않는데…….

"음식이 먹을 만하니."

"그저 그렇지요."

"가끔 집에 와서 밥을 먹어라."

악을 규탄하다가 반대로 악에게로 유혹하려는 마당이라서 상오는 우선 너그러움을 보였다. 그리고 얼마 전 충고하던 일에 대해서는 무관심을 보였다. 오직 오 여사를 동정하는 태도로,

"너, 오 여사께 알리지두 않았더라구나. 얼마나 놀라시는지…… 오늘 꼭 좀 만나겠다더라. 몇 시에 학교서 오니."

하고 물었다.

"세 시 지나야 올 거예요."

"그럼 그때 하숙에 와 있거라. 내가 오 여사를 모시구 올게. 그렇게 가까운 분한테두 모르게 이사를 올 수 있니."

"그런 거 일일이 알려야 할 필요가 있나요."

명수는 오 여사와의 관계를 부정하는 태도였다. 언제부터 그런 태도인지 알 수 없었다. 바로 며칠 전에도 살롱에서 둘이 식사하는 것을 보았는데……. 그러나 그런 것을 물어 볼 필요가 없었다. 오늘 두 사람을 만나게 하고 다시 가깝게 지내게 해 주면 그만이니까. 다만 알고 싶은 것은 어제 이 삿짐을 풀고 나가 만난 여자가 어떤 여잔가 하는 것이었다. 그러나 그것도 물을 수가 없었다. 잘못하다가는 그의 비위를 거스를지도 모르기 때문이었다. 상오는 오백 원짜리 두 장을 꺼내 주었다. 어째서 그에게 돈이 필요하리란 생각까지 들었는지 모른다.

"그럼 좀 있다 세 시에 올게."

상오는 명수에게 오 여사와 만나지 말라고 충고하던 때를 깡그리 잊고 있었다.

그런데 명수는 좋단 말도 싫단 말도 안 했다. 남의 오해를 살 만큼 가깝던 사이에 이사에 대해 오 여사와 의논도 없이 혼자 이사 온 명수의 속을 알 수 없었지만 오 여사를 데리고 온다는 말에 이렇다 할 반응을 보이지 않는 것도 알 수 없었다.

상오는 집으로 돌아가자 오 여사에게 전화를 걸고 세 시에 명수 하숙으로 찾아갈 것을 약속했다.

두 시 반 안국동에 있는 다방에서 오 여사를 만난 상오는 세 시가 되기가 바쁘게 오 여사를 데리고 명수 하숙으로 갔다. 그리고는 오 여사만 명수 하

숙에 들어가게 하고 자기는 바쁜 일이 있다면서 그곳을 빠져나왔다.

상오의 입을 통해서 오 여사가 자기 하숙을 찾아온다고 했을 때 명수는 어떻게 할지를 몰랐다. 안 만난다고 할 이유도 없었지만 만나고 싶은 마음도 당기지 않았기 때문이었다. 그새 얼마 동안 오 여사를 만나지 않았고 또 이사에 대해 한 마디의 의논도 없었던 것은 오 여사가 싫어졌기 때문은 아니었다. 자기 개인문제로 오 여사를 만나지 못했던 것이고 만나지 못하니 자연 의논을 못했던 것이다. 다만 문제는 지금 오 여사를 만나 모든 것을 다 이야기할 만큼 마음이 정리되어 있느냐 하는 것이었다. 하숙을 얻고 집을 나와 버렸으니 조금쯤 마음이 안정되었다고 볼 수도 있었다. 그러나 모든 이야기를 다 하기에는 아직도 채 정리가 안 된 마음 상태였다. 그렇다고 해서 오 여사를 안 만난다고 할 수도 없었다. 아무 의논도 없이 하숙으로 나왔으니 오 여산들 얼마나 궁금해할 것인가. 만나기는 만나야겠는데 만나면 반드시 하숙으로 나온 이유를 물을 것이고 자기는 거기 대답을 해 줘야 한다. 어떻게 그 이야기를 다 할 수가 있는가. 명수는 결국 거짓말을 하는 수밖에 없다고 생각했다. 아버지와 서 여사 문제 때문에 집을 나와야 할 것 같다는 말을 오 여사에게 한 적이 있었다. 그러니 그 일로 해서 나왔다고 하면 곧이 들을 것이다. 어젯밤 형에게 편지를 쓸 때에도 명수는 서 여사가 서울을 떠나겠다고 하는데도 아버지가 마음을 돌리지 않았다는 것을 하숙으로 나가지 않을 수 없는 가장 큰 이유로 적었다. 그리고 아버지가 나가라고 야단친 것을 극히 작은 일처럼 썼었다. 오 여사에게 자기가 쫓겨난 것을 아주 숨겨 버리자. 창피하게 그 이야기를 어떻게 할 수 있담. 그래도 오 여사는 하숙으로 나온 것을 이해할 것이다.

학교에서 돌아온 것은 오후 두 시였다. 그는 우선 방을 쓸고 걸레질을 했다. 그리고 책상 위도 손질을 해서 조금쯤 말끔하게 했다. 방을 치우자 그 다음에는 세수를 했다. 세수를 하고는 책상 앞에 앉아서 책을 펼쳐 놓았다. 책을 읽기 위함이 아니었다. 기다리는데 정신을 잃고 있다는 인상을 주기 싫었기 때문이었다. 시간은 아직 남아 있었다. 지루했다. 책도 읽혀지지 않았다. 또 시계를 보았다. 아직 십 분이 남아 있었다. 십 분쯤 일찍 오면 어떻게 되나 하는 생각을 하고 있을 때 대문 두드리는 소리가 났다. 명수는 대문께로 귀를 모았을 뿐 대문을 열러 나가지는 않았다. 두 번째 두드리는 소리가 들렸지만 문 열러 나가는 사람이 없었다. 다들 귀가 먹었나. 주인 집 식구들에 대한 불만이 터지려 했지만 그래도 그는 꼼짝을 안 했다. 상오와 오 여사가 왔을지도 모른다는 생각을 하면서도 선뜻 나가 문을 열어 주지 못함은 무슨 까닭일까. 그런데 이번에는,

"명수야!"

하고 목소리가 들렸다. 상오의 목소리가 분명했다. 그때야 명수는 방을 나섰다. 그리고 천천히 걸어가 대문을 열었다.

상오보다도 오 여사의 얼굴이 먼저 보였다. 그러나 그는 침착하게 어서들 들어오라고 했다. 그러자 상오가 자기는 바쁜 일이 있으니까 가 봐야 한다면서 오 여사만 들어가라고 했다. 둘이 짜고 왔는지 오 여사는 그래 할 뿐 상오를 붙잡지 않았다.

오 여사하고만 방으로 올 때 명수는 주인 집 식구들이 보는 것 같아 얼굴이 붉어졌다. 집 안에 들어서자 오 여사는,

"혼자 있군."

명수가 혼자 있는 것을 다행한 일처럼 말했다.

명수는 병두(같이 있는 하숙생)에게 오늘은 손님이 오니까 좀 늦게 오라고 해 두었지만 그런 것이 화제가 될 수 없어,

"상오 형이 제가 이리로 온 걸 알려 드렸나요."

하고 물었다.

"응, 어제 전화루 알려 줬어. 그런데 내한텐 왜 말 한 마디두 없이 이사를 했지."

오 여사는 가장 중요한 일을 알고 난 뒤에야 딴 이야기를 할 수 있다는 듯 자기와 의논 없이 이사한 것을 성급하게 물었다.

"그럴 새가 있어야지요. 너무 갑자기 하게 돼서요."

"아버지와 싸운 거로군. 아버지하구 싸우구 집을 나오는 아들두 있나."

"할 수 없었어요. 더 참을 수가 없었는걸요."

"아버지 고집이 보통이 아닌 모양이지. 요즘 세상에서는 아버지두 양보를 할 줄 알아야 하는 건데……."

"양보가 다 뭡니까. 우리 아버진 너무해요."

"아무리 부자지간이래도 마음이 맞지 않으면 같이 살 수 없겠지. 그래 영 안 들어갈 작정이냐."

"나온 것이 언젠데 벌써 돌아갈 생각하게 됐어요."

"그렇기두 하겠군. 그렇지만 여기서야 둘이서 있을 수가 있나, 좁아서."

오 여사는 명수가 하숙으로 나온 데 대해 충분히 이해하는 태도였다. 그만큼 명수를 믿는 것이었다. 그렇게 자기를 믿어 주는 그미가 고마웠다. 고마우면서도 그미를 속이고 있는 자기가 미안하게 생각되었다. 따지고 보면 속여야 할 것도 못 되었다. 양심상 부끄러워할 일이 아니니까 말이다. 입 밖에 꺼내기가 창피해서 속인 것뿐이었다.

명수가 하숙으로 나오게 된 동기는 식모로 있는 선미에게 있었다. 그가 하숙으로 나오기 전날 밤 선미가 그의 방에 들어왔다. 그것은 명수가 틀어 놓은 트랜지스터에서 대중가요가 나왔기 때문이었다. 선미는 그 노래가 듣고 싶어 입을 벌리고 들어와서는 라디오에 맞추어 노래를 부르는 것이었다. 웬만한 노래는 가사까지 따로 외고 있었다. 선미가 노래를 부르는 바람에 명수는 어이가 없는 듯 바라보고만 있었다. 목소리도 꽤 아름다웠지만 곡도 제대로 맞았다. 노래에 소질이 있는 것 같았다.

"가수가 돼 보지, 왜."

명수가 농담을 하자 선미는 그 말을 들은 체도 않고,

"우리도 테레비나 하나 샀으면."

딴청을 부렸다. 아마 이웃집에 가서 가끔 텔레비전을 보는 모양이었다. 명수는 대답할 말이 없어 입을 다물고 있었다. 그때 패티 김의 마리아란 노래가 시작되었다. 선미는 반주가 시작할 때부터 콧노래를 불렀다. 노래가 시작할 때는 제법 큰 소리로 그것을 따라 했다. 명수도 좋아하는 노래였다. 그러나 같이 부를 수가 없어서 자기는 콧노래로 흥얼거리고만 있었다. 노래가 전부 끝날 때까지 그랬다. 그런데 노래가 끝나자 대문 두들기는 소리가 들

렸다. 아버지가 돌아오신 모양이었다. 명수는 선미에게 빨리 대문을 열라고
말했다.

선미가 뛰어나가는데도 대문을 두들기는 소리가 계속했다. 대문을 연 뒤
에는 '뭣들 하구 있는 거냐.' 하는 아버지의 고함소리가 들렸다. 술이 취하
셨는지 아버지의 거동이 심상치 않았다.

방 안에 들어서기가 무섭게 아버지가 명수를 불러들였다.

"몇십 분이나 대문을 두들겼는데도 모르다니…… 도대체 뭣들 하구 있
었니."

보통 화가 아니었다. 그야말로 털끝까지 화가 오른 것 같았다.

"라디오를 듣구 있다가 그만…….."

명수는 라디오를 듣느라고 아버지가 대문 두드리는 소리도 못 들었던 것
이 미안했다. 몇 번씩이나 대문을 두드리며 밖에서 기다려야 했던 아버지의
마음이 좋을 리가 없을 것이다. 그런데 아버지의 이야기는 엉뚱한 데로 비
화되었다.

"그만둬라. 너희들 새를 다 알구 있다."

정말 기가 막힌 억측이었다. 아무리 화가 났다기로서니 아버지로서 어찌
그런 말을 할 수 있을 것인가.

"아버지! 거 무슨 말씀입니까."

명수로서 항거하지 않을 수 없었다.

"이놈아 닥치지 못하구 있어. 넌 내가 아무것두 모르는 줄 알구 있니. 이
후레자식 같으니라구."

"뭐가 후레자식입니까. 똑바루 말씀을 하세요."

"전부터 너희들을 유심히 보구 있었다. 그래 이놈아 계집이 없어서 집에
서 일하는 애하고 그래. 아직 피두 마르지 않은 놈이……."

"아버진 자식을 모독하셔두 좋습니까. 제가 그렇게밖에는 보이지가 않습
니까."

"넌 늙은 여자하구두 가까웠다면서. 누구한테 그런 피를 받았니. 도대
체……."

아버지는 약간 취한 것 같았다. 그렇다고 정신이 혼몽해진 것은 아니었다. 그런데도 말을 조금도 삼가지 않았다.

명수는 무슨 말을 해야 할지 몰랐다. 그저 가슴을 떨고 있을 뿐이었다. 그런데 아버지가,

"나는 너희들만 바라보며 살아왔다. 그러나 이제 바라볼 곳이 하나두 없어졌다. 너 같은 놈을 자식이라구 부르기두 싫다. 내 눈앞에서 없어져라."

울먹였다. 그러는 아버지가 측은하게 보이기도 했다.

"그런 누명을 쓴다는 것은 너무나 뜻밖입니다. 너무나 억울합니다."

명수가 하소연하듯 말했다. 그러자 아버지가 발작을 일으키듯,

"듣기 싫다. 어서 이 집을 나가라. 나가 없어지란 말이다."

소리소리 지르는 것이었다.

"죄 없는 자식에게 너무 하시잖습니까."

"듣기 싫다니까. 어서 못 나가."

아버지는 주먹을 혼들었다. 때리기라도 할 모양이었다. 명수는 주먹을 피해 자기 방으로 갔지만 눈물이 쏟아졌다. 정말 그럴 수는 없다고 생각했다. 그런데 다음날 아침 조금 진정했으리라 생각했던 아버지가 명수 방문을 열고,

"네가 안 나가면 내가 나간다."

어젯밤과 꼭같은 태도였다. 명수는 할 수 없었다. 조반도 안 먹고 계동에 하숙하고 있는 친구 집으로 가서 당분간 같이 있게 해 달라고 하고는 그 날로 이사를 해 버렸다.

이런 경위를 이제라도 오 여사에게 이야기할까 했지만 이미 시기가 늦었다고 생각했다. 또 오해를 받을 만한 일을 한 것이 아니냐는 의심을 품게 하고 싶지도 않았다. 덮어두기만 하면 없었던 일처럼 되고 말 일을 긁어 부스럼 만들 필요가 없다. 그래서,

"천천히 좋은 데를 알아보죠."

하고 하숙방에 대한 이야기를 계속했다. 사실은 좁은 대로 있을 수도 있는 방이라고 생각했지만 오 여사의 걱정을 무시하는 태도를 보이기가 힘들어

한 말이었다.

그런데 오 여사가,

"내 아는 사람 가운데 하숙치는 이가 있으니까 알아볼게."

하고 명수의 하숙 얻을 일을 맡고 나섰다. 고마운 말이었다. 그러나 지금 둘이 있는 이 하숙방의 하숙비 육천 원에 대해서도 막연하기 만한 명수였다. 형에게 편지를 부쳤으니 얼마쯤 보태 주기는 하겠지만 육군 소위의 월급으로 자기 용돈을 제한 나머지로 얼마나 보내 줄지가 의문이었다. 그런데다가 넓은 방을 얻어서 가면 하숙비가 더 비쌀 것이 틀림없다.

"하숙 생활이 다 그런 거 아닙니까. 얼마 전까지 이 방에두 둘이 있었다는데요."

명수가 지금의 생활이 탓할 바 못 된다는 듯 말했다.

"숨이 답답해서 살겠나. 아무 걱정 말구 나 하라는 대루 해."

오 여사는 명수가 주춤하는 마음을 들여다보면서 말했다. 명수의 하숙비쯤 내 줘도 무방했다. 그 대신 명수가 가난한 생활을 면할 수 있도록 해 주고 싶었다. 그뿐만도 아니었다. 명수가 독방을 얻고 있으면 자기가 마음대로 놀러다닐 수 있다. 혜수 때문에 명수를 자기 집으로 오게 하지 못하고 있는 오 여사는 명수를 만나기 위해 밤낮 거리를 헤매야 한다. 거리에도 보는 눈들이 있다. 자유스럽게 마음놓고 만날 수 있는 곳이 있다면 얼마나 좋을 것인가. 그러나 명수는 무엇보다도 돈이 걱정이었다. 오 여사의 신세를 진다는 것은 아무래도 부담이 되는 일이다. 남이 알아도 그렇다. 아무 상관없는 여자의 도움을 받을 때 무엇이라고들 할 것인가. 특히 형에 대해 면목 없는 일이라고 생각했다. 상오를 통해서 오 여사와 만나지 말라고까지 한 형이다. 그 형이 무어라고 할 것인가.

"당분간 여기 있겠어요. 정 불편하면 말씀드리죠."

"망설일 이유가 뭐지. 누가 뭐랄까 그래? 형이 돈을 보내 준다면 되잖아."

"누구보다도 형이 뭐랄 것 같은걸요."

"형이 뭐라고 그래. 조금 보태 주는 걸 가지구……."

"그래두 당분간만은 여기 있는 게 좋을 것 같아요."

"아버지를 닮았군, 고집이."

오 여사는 강제로 될 일이 아닌 줄 알고 있다는 듯이 그 이상 하숙 이야기를 안 했다. 그러나 속으로는 혼자의 생각을 하고 있었다.

그래서 새 화제를 꺼냈다.

"참, 명수 요새 재미 좋다지."

명수는 그것이 무슨 소린지 알 수 없었다. 설사 안다고 해도 아는 체할 수 없는 질문이었다.

"무슨 말씀인지."

"내 말을 정말 몰라 그래."

"모르겠는데요!"

"어제 짐을 옮겨 놓구 어디 갔었지."

이제는 더 모른 체할 수가 없었다.

"친굴 만나러 갔었어요."

"걸 프렌드 말이겠지."

"예."

"그러면서 왜 모른 척하지."

"이야기할 만한 것이 못 되니까요."

그런데도 오 여사는 그 여자 친구가 누구냐고 집요하게 물었다.

"한 반 여학생예요. 만나기루 약속했던 것이니까 만난 것뿐이죠. 별 흥미 없는 앱니다."

명수는 광아의 이야기를 정말 흥미가 없다는 듯 말했다. 지금의 명수로서 흥미 없는 일이라는 것이 거짓말은 아니었다.

미련 없이 광아와 헤어졌던 것인 만큼 오 여사에게 한 말이 거짓말은 아니었다. 그런데도 오 여사의 안심이 안 되는 모양이었다.

"그래두 나보다는 더 중한 친구 아냐. 그러니까 하숙으루 나온 날 내한텐 알리지두 않구 그 애한테루 갔겠지?"

오 여사의 이 솔직한 질문에 명수는 당황하지 않을 수 없었다.

"싫건 좋건 매일 만날 거 아냐."

“만나는 게 문젠가요. 만나두 이야길 안 할 텐데…….”

명수는 자기의 변명이 비굴할 정도가 아닌가 생각했다.

“나 때문에 그러지는 말어. 싱싱한 젊은 애가 좋을 거 아냐.”

명수는 오 여사의 말이 진심에서 나온 것이 아님을 능히 알 수 있었다. 그렇기 때문에 일부러,

“내가 어린앤 줄 아세요. 아무나 함부루 좋아하게…….”

오 여사가 듣기 좋아할 말을 했다.

그리고는 두 사람이 주고받은 대화를 생각하며 우리 정말 서로 사랑하는 사인가 하고 따져 봤다. 오고 가는 감정이나 주고받는 대화로 보아 애인들임이 틀림없었다. 진정으로 사랑해 본 일은 없다. 그런 말을 해 본 적도 없다. 그런데도 자주 만나는 사이에 애인처럼 되어 버리고 말았다. 명수는 오 여사와 알게 된 지 얼마 안 되었을 때 육체적인 관계를 맺었었다. 그러나 그것을 죄악시했었다. 그리고는 그 죄악을 씻기 위해서 그미와의 관계를 담담한 것으로 만드는 데 노력했다. 누구에게도 떳떳한 사이처럼 보이려 했고 스스로도 부끄럼을 느끼지 않도록 담담한 마음 자세를 취하려 했었다. 그러한 노력들이 지금에 와서 볼 때 하나의 위선이 아니었던가 생각되었다. 무엇 때문에 위선을 가장하며 살아야 하는 것일까. 모든 인간의 얼굴은 위선을 감추는 표정으로 굳어졌다. 가짜가 진짜보다 더 득세를 하고 사는 세상이다. 거기서 나까지 위선자가 되어야 하는 것일까.

“명수, 명수가 딴 여자 애들과 교제하는 걸 내가 어떻게 생각할 것 같아.”

비꼬는 투로만 말하던 오 여사의 태도가 아주 달라졌다. 명수는 그 마음속을 들여다보면서 서슴없이 대답했다.

“싫어하시겠지요.”

“싫어할 줄 안다면 명수는 어떻게 해야 하지?”

“싫어하지 않두록 해야지요.”

“정말?”

“두구 보세요. 앞으룬 일요일에두 오 선생님을 만날 테니까…….”

오 여사는 명수를 믿을 수 있다고 생각했는지,

"오 선생님이 뭐야. 아무두 없는 자리에서……."

하고 화제를 감미롭게 돌렸다.

"그럼 뭐라지요."

"꼭 뭐라구 불러야 하나."

두 사람의 감정이 어느 때보다 무르익으려 할 때였다.

"명수야!"

문밖에서 명수를 부르는 소리가 들렸다.

하숙에 같이 있는 친구의 목소리였다.

'자아식, 늦게 온다던 게 고작 이거야.'

속으로 친구를 욕했으나 어쩔 수 없었다. 문을 열고,

"지금 오니."

아무 일도 없었다는 듯 빨리 들어오라고 독촉을 했다. 서먹서먹한 태도로 들어오자 명수는,

"친척 아주머니야."

서먹서먹해 할 필요가 없다는 듯이 오 여사를 소개했다. 그러자 친구는 쪼그리고 앉아 방바닥에 두 손을 대고 허리를 굽혀 인사를 했다.

오 여사는 정말 친척 아주머니인 것처럼 그 학생에게 명수가 폐를 끼치고 있다는 둥 앞으로도 잘 봐 주라는 둥 어른 행세를 하며 인사를 차렸다. 그리고는 온 김에 저녁이나 대접하겠다면서 근처에 음식점이 없느냐고 묻기도 했다.

"그런 걱정 마시구 돌아가세요."

명수는 스스럽지 않을 만큼 가까운 친척에게처럼 어서 돌아가라는 말을 했다.

"그래두 내가 섭섭하잖아."

"섭섭하기는요."

"뭘 좀 시켜다 먹는 걸 보구 갔으면 좋겠다."

"글쎄 그만두시라니까요."

명수는 귀찮다는 태도까지 보였다.

"그래라. 내가 있어서 거북하겠지. 그럼 너희들끼리라두 뭘 사다가 먹어라."

오 여사는 핸드백에서 돈을 꺼내려 했다. 그러나 명수가 핸드백을 닫아 주며,

"아주머니두…… 어서 가시기나 하세요."

돈을 받으려 하지 않았다. 오 여사도 못 견디는 체하고 섭섭한데 하면서 자리에서 일어났다. 좀더 놀다가 가라는 학생의 인사에도 오 여사는 가 봐야 한다면서 방을 나섰다. 명수가 대문 밖까지 따라나왔다. 오 여사는 대문 밖에서 다시 핸드백을 열고,

"내가 빈손으루 왔잖아. 그러니까 뭘 좀 사다 먹으라구……."

하면서 돈을 꺼내 명수 바지 주머니에 넣어 주었다. 명수는 거기서까지 사양할 수가 없어서 그냥 받았지만,

"내일 만나요. 네 시 계림극장 바루 옆에 있는 그 다방으루 나갈게요."

내일의 약속을 잊지 않았다.

"네 시?"

약속 시간을 서로 잊지 않도록 다짐해서 물어 보는 오 여사였다.

"네, 네 시."

명수는 그미를 큰길까지 배웅해 주었지만 그 동안 두 사람 사이에는 말이 없었다. 내일에 대한 기대로 가슴이 다 같이 부풀어 있는 모양이었다.

혼자서 하숙까지 돌아오며 명수는 헤어질 때 살짝 웃던 오 여사의 웃음을 생각했다. 행복을 간직한 여자의 웃음이었다. 멀어져 가는 것이 아니라 가까운 데로 접근해 오는 웃음이었다. 접근해 올 뿐 아니라 잡아끄는 웃음이었다. 많은 사람 가운데서 자기를 골라내고 자기만이 볼 수 있도록 웃는 그 웃음은 십칠팔 세의 소녀의 그것과 같다고 생각되었다. 나이는 들었지만 소녀 같은 감정으로 살고 있는 오 여사. 소녀와 어른의 양면을 가지고 나를 즐겁게 해 주는 사람만이 필요하다. 오 여사 이외에 그런 사람이 또 누가 있는가. 나를 즐겁게 해 주는 사람은 이 세상에 정말 아무도 없다.

"아주머니야?"

하숙으로 들어가자 친구가 의아한 눈으로 물었다.

"이모의 사촌 동생이야."

명수는 어떻게 해서 이런 대답을 할 수 있는지 스스로가 놀랄 정도였다.

"가까운 친척은 아닌데……."

"그래두 엄마가 없다구 날 귀여워해 주지."

"멋쟁이던데……."

명수는 그 멋쟁이란 말에 마음이 흐뭇해졌다. 어깨가 으쓱해지기까지 했다. 그러면서도 멋쟁이는, 하고 대단치 않게 대답했다.

"나두 그런 아주머니 하나 있었으면……."

친구가 노골적으로 부러워할 때 명수는,

"자아식, 넌 엄마가 있잖아."

마치 자기에게는 어머니가 없기 때문에 그런 아주머니가 있다는 듯 말했다.

어머니가 없다는 데 생각이 미치자 명수는 자기가 오 여사를 사랑하지 않을 수 없는 사람이 아니냐고 자문했다. 사랑할 만한 사람이라고 하나도 없다. 고집투성이인데다가 편견에서 살고 있는 아버지, 환상적인 광아, 그리고 형 명배나 상오 모두가 자기와 먼 거리에 놓여 있다. 가까운 곳에 있는 사람이라고는 하나도 없었다. 그는 문득 어떤 책에서 읽은 글이 생각났다.

'바다에는 물이 많으나 마실 물은 한 방울도 없고 서울에는 사람이 많으나 나를 사랑해 주는 사람은 하나도 없구나.'

정말 그런 것 같았다. 거기에는 오 여사마저 없다면 나는 어떻게 숨을 쉬라는 것인가. 명수는 언젠가 오 여사와 함께 춘천에 갔던 일을 생각했다. 숲속이었다. 파란 호수의 맑은 물이 소나무 사이로 내다보였다.

"좋지?"

좋다는 말을 몇 번씩이나 되풀이하는 오 여사였다.

"사람두 없구……."

그러다가,

"저 새소리 봐. 저게 무슨 새지."

그미에게는 모든 것이 아름답게만 보이는 모양이었다. 시간 가는 줄도 몰랐다. 명수가 돌아가자고 했을 때,

"빨리 가서 뭣 해."

마치 거기서 밤을 새워도 무방하지 않느냐는 식이었다.

"명수. 좋지 않아?"

그것은 경치가 좋다는 것이 아니었다. 둘이만 자유로울 수 있다는 것이 좋아 못 견디겠다는 뜻이었다. 그미는 소녀처럼 풀잎을 뜯어 명수의 목덜미를 간지럽히기도 했다. 급행버스로 돌아올 때 그미는 몸을 밀착시켰다. 그리고 남의 시선을 살피며 살짝 손을 잡기도 했었다. 무엇인가를 갈망하는 여자. 갈망 안 하고는 살 수 없는 여자. 만약 내가 조금만 열을 내 준다면 무엇 하나 아끼지 않을 여자다.

그런데 다음날 아침 조반을 먹고 있을 때 상오가 찾아와서 어제 오 여사가 오래 놀다 갔느냐고 물었다. 명수는,

"금시 갔어요."

하고 간단히 대답해 버렸다. 열심히 대답하고 싶지가 않았던 것이다. 그런데 상오는 언제 또 만나기로 약속하지 않았느냐고 물었다. 묻는 것이 감시하는 것처럼 보였다.

"아니요."

명수는 불쾌감 같은 것을 느끼며 거짓말을 했다. 그리고는 긴말이 하기 싫다는 듯 책과 노트를 빼들고 학교에 갈 채비를 했다.

"학교엘 가야겠구나."

하며 상오가 뒤따라 나왔다. 가 줬으면 하는데도 그는 안국동까지 따라나와 커피나 한 잔하고 가란 말을 했다. 시간이 없다고 했지만 한 시간쯤 어떠냐면서 명수를 억지로 끌었다. 할 수 없이 끌려 다방까지 갔다. 차를 마실 때 상오가,

"네가 이사 오던 날 오 여사가 너를 얼마나 만나구 싶어했는지 아니
……."

다시 오 여사 이야기를 꺼냈다. 왜 그러는 것일까. 오 여사와 만나지 말라

고 하던 사람이. 명수는 그의 심중을 알 수가 없어 대꾸를 안 했다.

"자주 만나 드려라. 그렇게 보구 싶어하시는데……."

정말 주책이었다. 게다가,

"내 오늘 저녁 오 여사하구 너를 초대할게."

할 때 명수는 아연했다.

필요 이상의 친절에는 도리어 의혹을 품게 되는 법이다. 오 여사와 자기와의 사이를 접근시키려는 상오의 노력이 눈에 보여 명수는,

"오늘은 좀 일이 있는데요."

듣기 좋게 거절했다. 그 말에 무엇을 생각했는지 상오가,

"너 참 교제하는 여자가 있니."

하고 물었다. 명수는 대답하기 싫었다. 상오까지 자기 생활을 알려야 할 이유가 무엇인가 하는 생각이 들었던 것이다.

"그런 거 없어요."

명수는 대답을 거부하는 뜻으로 말했지만 상오가,

"뭐 있는 것 같던데."

의아한 표정으로 추궁했다.

"없다니까요."

"그럼 일요일 만나러 갔던 사람은 누구지."

"친구예요."

명수의 무뚝뚝한 대답에 상오가,

"너 나한테 무슨 감정 있니. 그런 이야기 좀 하면 어때."

약간 기분 언짢게 말했다.

'아무거나 다 이야기하며 살아야 하나요.'

명수는 이렇게 대답하고 싶었지만,

"감정은 무슨 감정요. 없는 걸 자꾸 물으니까 그런 거지."

하고 대답했다. 그래도 불쾌했다. 남의 일에 간섭하지 말라고 말하지 못하는 자기가 불만이었다. 하고 싶은 말을 마음대로 하며 살 수 없을까.

"응, 알았다. 내가 오해를 했었나 부다. 어쨌든 오늘 저녁에는 내가 사는

저녁 한 번 먹어 봐라.”

상오가 호의적으로 나왔지만 명수는 끝내 거절했다. 상오의 친절이 친절로 보이지 않고 탐정의 탐색적 행동으로만 보였기 때문이었다. 오 여사와 만나지 말라고 한 것이 그의 진실이었다. 아무 이유 없이 변해 버린 진실을 어떻게 믿을 수가 있겠는가.

“그럼 내일은 어떠니.”

상오가 집요하게 물고 늘어졌다.

“내일 일은 내일 봐야 알지요.”

명수는 내일도 싫다고 말해 주고 싶은 마음이었다.

“알았다. 내일 만나두룩 하자.”

상오는 달리 생각이 있다는 듯 더 추궁하지는 않았다.

기분이 나빠진 명수는 학교 가는 도중 오 여사에게 전화를 걸고 오늘 바쁜 일이 생겨 만날 수 없다는 말을 했다. 오 여사가 무슨 일 때문이냐고 캐물었지만 명수는 바쁘다는 일에 대한 설명을 안 했다. 오해를 하려거든 하라는 마음이었다.

먹고 싶은 것도 먹으라고 강권하면 먹기가 싫어진다는 것일까. 그렇지만도 않았다. 탐정 같은 감시 속에서 오 여사를 만나고 싶은 마음이 없었던 것이다. 꽃밭에도 뱀이 있다고 —— 뱀이 득실거리는 세상에 살고 있다는 마음이기도 했다. 뱀이 득실거리는 곳에 사랑이 다 뭔가. 명수는 아무래도 오 여사를 사랑해서는 안 된다고 생각했다. 많은 사람들이 날카로운 시선으로 주시를 하고 있다. 그것을 무시하려 해 왔지만 지금 상오와 같은 탐정이 나타났다. 세상을 무시하려고 해도 무시할 수가 없다. 세상을 무시하지 않고 어찌 오 여사를 사랑할 수 있을 것인가.

그런데 학교에서 만난 광아가 뜻밖에도 오늘 좀 만나자고 했다. 일요일이 아닌데도 만나자는 것이었다.

12

사랑하지 않기로 한 여자인 만큼 만나는 것이나 만나지 않는 것이나 다 마찬가지로 의미가 없는 일이라 생각하며 광아를 만났지만 명수는 그미를 만나서도 만나자고 한 이유가 무엇이냐고 묻지를 않았다.

"사랑하지 않겠다는 말을 하니까 속이 시원하겠군."

다방에 마주 앉았을 때 광아가 비꼬는 말부터 꺼냈지만 명수는 그 말에 아무 자극도 느끼지 못했다.

"할 말이 있거든 할 말이나 해."

"할 말이 있어서 만나잔 건 아냐."

"그럼 딴 소리 말구 차나 마셔."

명수는 금년이 지나면 서로 만나지 말자고 한 자기 말 때문에 그미가 오늘 자기를 끌어 낸 것이라 생각하면서도 그에 대한 이야기를 들으려 하지 않았다. 그러나 광아는 할 이야기를 준비하고 온 모양이었다. 이야기를 다 하고야 말 태도였다.

"명순 집안일을 이야기 안 했지. 난 그 이야길 꼭 들어야겠어. 그리구 내가 이야기하지 않은 내 이야기두 해야겠구⋯⋯."

"듣구 싶지두 않구 또 내 이야길 하구 싶지두 않아."

"명수나 나나 말하기 싫은 비밀들을 가지구 있어. 그래서 꼭같이 열등의식을 가지구 있는 거야. 난 그걸 알았어. 서루 열등의식을 없애 버려야 한다구⋯⋯."

"난 열등의식을 가져 본 일이 없는데⋯⋯."

"그러지 마. 우린 열등의식을 버려야 정상적인 성장을 할 수가 있어. 난 아무에게도 말하지 않았던 우리 집안 이야길 명수에게 이야기할래. 그러면 명수도 숨겨 두었던 이야기들을 하게 될 거야. 그렇게 하면 명수가 내년부터는 어쩌구저쩌구 하는 말을 안 하게 되리라구 생각해."

"정말야. 난 내 이야길 안 할 거야. 광아두 자기 이야기할 필요가 없어⋯⋯."

그러는데도 광아는 자기 이야기를 꺼내기 시작했다.

"나는 우리 아버지의 첩의 몸에서 난 애야⋯⋯."

“듣기 싫대두. 절대루 안 들을 거야.”

“그걸 이해해 줄 사람이 별반 없었어. 명수두 이해 안 할 것이라 생각했어…….”

“듣기 싫다니까.”

“그렇지만 명수만은 이해해 주리라는 심증이 생겼어. 명수는 그런 것을 알구두 나를 경멸하지 않을 거야, 안 그래.”

“광아의 심증이란 것이 어떤 데 근거를 둔 거지. 어쨌든 내게 아무 말두 묻지 말어. 나하구 광아하구는 아무 상관두 없는 사람이니까.”

“그러지 말구 명수두 자기 이야길 해 봐. 그럼 속이 후련해질 거야.”

“처음부터 말하지 않았어. 아무 말도 안 하겠다구.”

“내 말을 들어요. 그럼 우린 서루 믿구 사랑할 수 있을 거야.”

“나를 일구이언하는 약한 남자루 만들지 말아 줘.”

광아는 명수를 빤히 쳐다봤다. 어떤 말에도 변할 것 같은 태도가 아니었다.

“그럼 이야기하구 싶을 때 말해 줘 언제까지나 기다리구 있을게.”

언제라도 명수가 자기 이야기를 해 줄 것이란 신념이 있는 듯 광아가 말했다.

“그래. 기다려 줘.”

이야기할 때가 있을지도 모른다. 그러나 영원히 이야기하지 않을 것이란 생각으로 명수는 대답해 버리고 다방을 나왔지만 광아에게 취한 자기 태도를 잘 한 것이라 생각했다.

광아에게 끝까지 냉정했던 것은 오래 전부터 느껴 오던 거리감 때문이었다. 그 누적된 감정에다가 오 여사로 말미암은 복잡한 감정이 덧쌓여 흥미를 잃었던 것이다. 한 사람이 미워지면 모든 사람이 다 미워지고 한 가지 일에 얽매이게 되면 만사에서 풀려나고 싶게 되는 법이다.

그러나 광아의 비밀을 안 지금 명수의 머릿속에는 광아의 일로 그득 차 있었다. 굳게 쌓아 올렸던 벽을 자기 앞에서만 무너뜨린 광아다. 그렇게 해서 열등의식을 없애고 자기를 사랑할 수 있다고 한 광아였다. 앞으로 다시 만나게 될 때 이때까지와 같은 거리감은 느끼지 않을 것이 분명했다. 그렇다면 서로 사랑하게 될지도 모른다. 사랑하기에 부족함이 없는 여자다.

그러나 첩의 딸이라는 것이 생각할 여지가 있는 문제다. 아무 문제가 안될 일 같으면서도 가슴에 걸렸다. 아버지의 정신적 영향을 받고 있기 때문이나 아닐까 하고 생각해 보았지만 반드시 그럴 것 같지만은 않은 것 같았다. 우선 광아 자신이 그것으로 말미암아 열등의식을 갖고 있다. 열등의식은 건전한 생활을 좀먹는 병균이라 말할 수 있다. 자기 역시 사소한 문제라도 일어나면 첩의 딸이라는 사실과 관련시켜 그미를 경멸하려고 할 것이다. 어쨌든 정상적이 아니다. 정상적이 아닌 일은 정상을 파괴하는 위험성을 가지고 있다. 구태여 그런 위험성을 내포한 여자를 사랑해야 할 이유가 없다. 그것도 그 여자가 없이는 살 수가 없게끔 감정이 뜨거워졌다면 모른다. 내년부터 안 만나도 좋다고 생각할 만큼 소원감을 느끼던 여자다.

그러면서도 첩의 딸이란 이유로 광아를 사랑하지 않는다고 하면 나는 이 시대에 서식할 자격이 없어지는 것이 아닐까. 시대를 역행하며 현대인이라 자처할 수는 없다.

그렇다고 해서 즉 시대에 역행할 수 없다는 이유로 해서 정상적인 아니라고 생각되는 사랑을 의무적으로 해야 할 필요는 무엇일까.

명수는 외로움을 느꼈다. 자기 주변에서 일어나는 모든 일이 자기를 외롭게만 만들어 주는 것 같았다. 외롭기 때문인지 그렇지 않으면 가슴 속 깊이 흐르고 있는 것이 따로 있어서 그런지 오 여사가 보고 싶었다. 자기를 위해 주고 자기를 신뢰해 주는 유일한 사람. 그 오 여사를 만나지 못하게 해 준 상오가 미웠다.

그는 하숙방을 뛰쳐 나가고 싶었다. 오 여사에게 전화를 걸고 오늘 안으로 만나고 싶었다. 바쁜 일이 생겼다고 말했지만 의외로 빨리 그 바쁜 일을 끝냈다면 될 것이 아닌가. 그미를 만나면 모든 것을 잊을 수 있을 것 같았다. 다만 일부러 전화를 걸고 만날 수 없다고 했던 자기 입으로 다시 만나자는 말을 할 용기가 나지 않았을 뿐이었다. 죽어 있는 용기와 그것을 살리려는 용기가 싸우면서 그를 망설이게 하고 있을 때였다.

대문 두들기는 소리도 들리지 않았는데 방문 밖에서,

"명수 있나."

하는 여자 목소리가 났다. 명수는 벌떡 일어나 방문을 열었다.

"웬일이세요."

반가웠다. 오 여사였던 것이다.

"웬일이지. 없을 줄 알았는데……."

오 여사도 놀라는 표정이었다. 없을 줄 알면서도 왔던 모양이었다.

"일이 빨리 끝나 방금 돌아온 길예요."

명수는 자기변명을 하며 오 여사를 방 안으로 맞이했다.

바쁜 일이 없으면서도 만날 수 없다고 한 명수나, 없을 줄 알면서 왔다가 명수를 만난 오 여사나 미안한 점에서 거의 비슷한 심정이었다. 오 여사는 자기가 명수를 믿지 못해 뒤를 밟으러 온 것처럼 되었기 때문이었다. 그래서,

"장조림을 만들었기에 가지구 왔던 거야. 명수가 집에 있으리란 걸 꿈에도 생각 못했군!"

자기변명부터 털어놓았다. 그리고는 변명을 실증하듯 보자기 속에 든 조그마한 항아리를 꺼내 놓았다.

"건 왜 해 왔어요."

명수는 염치없다는 태도를 보였으나 실은 자기의 생활을 구석구석 살피고 걱정해 주는 오 여사가 고마웠다.

"하숙집 반찬이 뭐 먹을 게 있을 거라구……."

명수가 군이 사양하고 받지 않을 것이란 생각이 들어서가 아니었다. 자기 진심을 알아달라는 뜻에서 한 오 여사의 말이었다. 그런데 명수가,

"혼자서 먹을 수도 없는데요."

심드렁하게 말했다. 고맙지 않아서가 아니었다. 너무나 고마워서 고마움을 느끼지 못하는 것처럼 보이고 싶었던 것이다.

"친구하고 노나 먹어. 또 만들어 오면 되잖아……."

명수는 그 이상 더 자기 감정을 속이며 말하기가 싫어 입을 다물어 버렸다.

“세탁할 것들 꺼내 놔. 빨아다 줄게.”

오 여사가 다른 걱정을 들고 나왔다. 명수는 그 마음을 고맙게 느끼면서도 차마 그럴 수는 없다고 생각했다.

“아직 빨 것 없어요.”

“옷은 자주 갈아입어야 해. 우리 집 식모보구 빨라면 되잖아…….”

“네! 다음에 제가 빨 걸 가지구 가지요.”

“사내가 그런 걸 어떻게 가지구 다니나. 내가 가지구 갈게 어서 내 놔.”

“오늘은 없다니까요.”

다음엔 몰라도 오늘만은 세탁물을 줄 수 없다고 생각하는 명수였는데 오 여사가 다가오며 명수의 와이셔츠를 헤치려 했다. 와이셔츠 속의 내의를 조사하려는 모양이었다.

“갈아입은 지 며칠 안 돼요.”

명수가 뒤로 물러앉으며 피했다.

“필시 내복이 새까말 거야. 때 냄새가 날 거구. 어디 좀 보자구.”

오 여사는 명수의 목덜미를 속을 들여다보고야 말겠다는 듯이 달라붙어 와이셔츠의 단추를 벗기려 했다. 그러나 명수는 그럴 수가 없었다. 내복이 새까매서가 아니라 검사받는다는 사실이 싫어서였다. 뒷걸음질하며 물러앉았다.

그때 오 여사가 덮치듯 와서는 그만 명수의 목을 끌어안았다. 명수는 술래잡기를 하다가 붙들렸을 때처럼 맥을 놓고 오 여사의 다음 행동을 기다렸다. 뺨에 뺨이 닿았다. 부드럽고 따뜻한 감촉이었다. 온몸을 흥분시키는 감촉이었다. 오 여사와 한 덩어리가 되었다. 열띤 한 순간 속에서 명수는 행복감을 느꼈다.

서로 손을 풀고 떨어져 앉았을 때 오 여사가,

“내가 나쁜가.”

하고 명수의 마음을 떠 보았다.

“나쁘긴요.”

명수는 그런 말을 하는 오 여사를 도리어 의아하게 생각했다.

“나쁘지 않지.”

“그런 말씀 마세요.”

이 말이 떨어지기가 무섭게 오 여사가 다시 달려들어 명수를 포옹했다. 명수는 오 여사의 정열에 감탄하며 수세에서 능동으로 나섰다.

그러나 불안한 하숙방의 포옹은 오랠 수가 없었다. 그들은 곧 명수의 하숙을 나왔다. 좀더 자유스러운 두 사람만의 장소를 찾아서 그들은 종로까지 나왔으나 서로가 가고 싶은 방향에 대해 말을 못했다.

“어디루 가지요.”

“글쎄, 어디가 좋을까.”

오 여사는 갈 데가 없다고 생각지 않았다. 그러나 음침한 장소로 가자는 말을 꺼낼 수가 없었을 뿐이었다. 우선 명수가 그런 장소를 좋아할지가 의문이었다. 만약 명수가 동의를 안 한다면 자기는 음흉한 여자란 인상만을 받는다. 그렇다고 거리에서 서성대고 있을 수만도 없었다.

“빨리 말해.”

명수의 의사에 맡기는 수밖에 없었다.

“아무데나 가지요. 종점까지 가 봅시다.”

명수의 의사가 그럴 듯했다. 그래서 그들은 다음에 와 멎는 삼양동행 좌석버스를 탔다. 버스를 타고 가는 동안 명수는 아무런 경계도 필요 없이 오 여사 옆에 있는 자기를 행복하게 생각했다. 자기를 따뜻하게 해 주는 오직 한 사람. 윤리도 연령도 생각할 필요가 없는 두 사람이다. 세상에 귀를 막고 감정의 지시대로 움직이면 그뿐이다. 눈치를 살필 필요도 없다. 지레 겁을 먹을 필요도 없다. 아름다운 감정을 따라 돌진하면 그뿐이었다.

버스에서 내려 화계사를 향해 걷기 시작할 때 오 여사가 명수의 손을 잡았다. 거기도 사람들이 있었지만 무시해도 좋은 사람들이라 생각된 모양이었다. 명수도 힘을 주어 그미의 손을 잡았다. 누가 무어라 해도 무관하다는 마음이 들었던 것이다.

“우린 모든 걸 초월했지요.”

명수가 초월이란 것을 생각하며 초월이란 데서 오는 우월감을 느꼈다.

“그래, 초월만이 아름다울 수 있는 거야.”

한참 동안 걷다가 이번에는,

“오 여사가 제 나이 때 저는 어머니 뱃속에두 없었겠지요.”

명수가 웃으며 말했다.

“내가 대학에 가는 때쯤에야 명수는 배꼽이 떨어졌을 거야.”

웃을 수 없는 이야기이면서도 그들은 웃어가며 이야기를 했다.

“그때 만났다면…… 그리구 그때의 기억이 지금두 남았다면 어떨까요.”

“더 귀엽겠지.”

부질없는 이야기들이었다. 그러나 부질없는 이야기만도 아니었다. 명수는 오 여사와 나이가 비슷하기를 바라는 마음이 없지 않았으나 그 나이의 격차를 초월하고 있다는 것을 오 여사와 함께 확인하고 싶었던 것이다. 장래를 생각지 않는다면 나이의 차이가 무슨 상관이겠는가. 감정이 통할 수 있다면 그것으로 충분한 것이다.

화계사 뒷산까지 올랐으나 그곳이라 해서 절대 자유스런 곳은 아니었다. 소풍객이 끊임없었다. 그러나 그들은 사람 그림자가 없는 틈틈이 포옹하는 것을 잊지 않았다.

장래를 생각지 않는 데서만 있을 수 있는 사랑이라고 생각하면서도 명수는 감정이 끄는 대로 행동했다.

이 날 그들은 산에서 무사히 내려왔지만 상승일로에 있는 감정이 날이 갈수록 그들을 밀접하게 했다.

며칠 뒤 그들은 비행기를 타고 제주도로 갔다. 명소(名所)를 즐기고 바다를 즐기기 위함이었다. 그리고 또 자유를 즐기려 함이었다.

명수는 내일 죽어도 좋다고 생각하며 둘만의 여행을 떠났던 것이다.

그러면서도 그들은 어머니와 아들로 행세했다. 숙박부에 그런 식으로 기입했다. 그러나 명수가 오 여사보고 어머니라 불러 본 일은 없었다. 오 여사가 사람들 앞에서 자기보고 ‘얘 명수야.’ 하며 아들처럼 부를 때에도 그는 어머니란 말을 입 밖에 꺼내지 못했다. 차마 그 말이 입 밖에 나오지가 않았던 것이다.

제주도에 도착한 지 이틀째 되는 날이었다. 호텔 그릴에서 조반을 먹고 나올 때 어떤 여자가,

"경주 아냐."

오 여사를 불렀다. 오 여사는 당황한 태도로 뒤를 돌아보았다. 그 순간 명수도 가슴이 섬뜩했지만 오 여사의 놀란 얼굴은 불이 타는 듯 빨개졌다. 그러나 상대방을 보자 오 여사는 금시 당황하는 태도를 없이 하고,

"이거 누구야. 그런데 언제 왔니."

호들갑을 떨며 그 여자에게로 가서 손을 잡아 흔들었다.

"얼마만이니 졸업한 뒤 처음 아닌가."

상대방 여자도 여간 반가워하지를 않았다.

"넌 누구하고 왔니. 난 애하고 왔어."

오 여사는 그보다 더 중요한 이야기가 있을 텐데 명수가 아들이라는 것을 밝히는 말부터 꺼냈다.

"난 그이하구 왔어. 생일기념으루 여길 온 거지. 네 아들이니?"

그 여자가 명수를 가리키며 물었다.

"그래, 큰애야."

오 여사는 명수에게 인사를 드리라고 했다.

"엄마의 대학교 동창생이야."

하면서.

명수는 할 수 없이 허리를 굽혀 인사를 했다. 그때 중년신사 한 사람이 들어오다가 그 여자 옆에 주춤하고 섰다. 그때 그 여자가,

"바깥양반이야. 인사해."

하고 그 남자와 오 여사를 소개시켰다.

오 여사가 그 남자와 인사를 하자 곧 명수에게도 인사를 하라고 했다. 안 할 수가 없었다. 허리를 굽혀 절을 했지만 그 자리에 오래 서 있기가 싫어,

"나 먼저 올라갈게요."

하고 자리를 떴지만 그때 명수는 엄마라는 말을 한 마디쯤 했어야 할 것이었다. '엄마! 먼저 올라갈게요.' 했다면 자기가 오 여사의 아들이라는 게 얼

마나 자연스럽게 나타날 것이었겠는가. 그러나 엄마라는 말은 끝내 못하고 말았다. 그 뒤 그 여자가 자기네 방으로 와서 오 여사와 끝날 것 같지 않은 이야기들을 하고 있을 때 명수는 엄마라는 말을 해야 격에 맞을 경우가 몇 번이나 있었지만 끝까지 엄마라는 말을 못했다. 엄마라는 말을 응당 해야 할 경우에도 그 말을 할 수가 없으니 그 여자 옆에 있기가 거북할 수밖에. 그래서 그 날 밤 명수는,

　"내일 돌아갑시다."

하고 오 여사에게 말했다. 오여사 역시 불안함을 느끼고 있었던지,

"나두 그럴 생각이야. 그래서 그이에게 우린 여기 온 지가 대엿새나 됐다구 그랬지."

하고 말했다.

　다음날 비행기에 올랐을 때 오 여사가,

　"우리 집 사정을 모르는 친구였으니까 다행이었어."

하며 웃었다. 무사한 것을 무척 다행으로 생각하는 모양이었다. 그러나 명수는,

　"그래두 연극을 잘 하시던데요……."

하고 오 여사의 연극을 칭찬할 뿐이었다.

　"그런 연극두 못해서 어떻게 살아가."

　오 여사가 당연한 것처럼 말했지만 명수는 세상을 살아가는데 정말 그런 연기가 필요한가 하고 생각했다.

　흔히들 연기를 잘 해야 살아갈 수 있다고들 한다. 그러나 좋은 의미에서 나 나쁜 의미에서거나 연기라는 것은 조작(造作)임에 틀림없다. 진실의 자연 스런 표현이라고 말할 수가 없다. 그러나 그 조작된 연기는 위선이나 위악 이나 간에 거짓과 통하는 것이 사실이다. 명수는 오 여사의 생활 전부가 거 짓과 통하는 연기의 표현이 아닌가 생각했다. 자기를 사랑한다는 것까지 연 기에 속하는 것이 아닐지. 사실 그럴 것 같기도 했다. 지금은 없지만 남편이 엄연히 있다. 그런 만큼 지금 자기에 대한 감정은 일시적인 것임에 틀림이 없다. 진실된 것이라 말할 수 없다. 진실되지 않으면서도 진실된 것처럼 가

장하는 그 연기에 자기가 말려든 것 같았다.

명수는 '나는?' 하고 자문해 보았다. 자기 생활에는 오 여사와 같은 연기가 없다고 단정 지을 수 있었다. 그것은 자기가 생활에 능숙하지 못하다는 것을 뜻할지 모른다. 그러나 어떤 사람이 오 여사와의 관계를 물을 때 무엇이라 대답할 것인가. 단호한 태도로 사실을 부정할 것이다. 그것은 연기가 아닐까. 자기에게도 연기가 늘지 않을 수 없을 것 같았다.

자기도 어쩔 수 없이 연기인이 되어 가며 살아가야 한다는 것이 싫었다.

명수는 오 여사와의 관계를 끊을 수밖에 없다고 생각했다. 서울에 돌아가면 태도를 분명히 하고 그미를 만나지 말도록 하자.

그런데 상오를 만난 뒤부터 그 마음은 더 굳어졌다. 서울에 도착하는 날 밤 상오가 하숙으로 찾아왔다. 그리고는,

"너 오 여사와 같이 여행 갔었지. 어딜 갔었니."

지난 일을 실토하라고 강요하듯 물었다. 혜수에게서 오 여사가 여행 떠났다는 것을 알고 묻는 것이 뻔했기 때문에 거짓말하기가 힘들었다. 그러나 상오가 형사가 아닌 이상 탄로날 것이 무서워서 거짓말 못할 이유가 없었다. 나중에야 어떻게 되든 거짓말 안 할 수 없는 입장이었다.

"나 혼자 내 친구 집엘 갔었어요. 오 여사가 나와 무슨 상관있다구 같이 갑니까."

"내가 속을 줄 알구 그러니. 너 제주도에 갔었지?"

상오는 정말 형사 이상이었다. 어떻게 제주도에 갔던 것까지 알고 있을까. 그러나 명수는 죽어도 자백을 할 수가 없었다. 자백은 곧 자기 파멸이라 생각되었기 때문이었다.

"서산에 있는 친구 집에 갔었는데 제주도가 무슨 제주돕니까. 절대 안 갔어요."

"너 나를 경계하는 거니. 절대루 네 편인데……."

"뭣 땜에 경곌 합니까. 그런 거 없어요."

"조금 전에 혜수한테 전활 걸었더니 오 여사가 방금 돌아왔다더라. 너두 지금 왔지? 그런데두 속이는 거야."

"우연의 일치라는 것이 있잖습니까."

명수는 끝까지 버텼다. 결사적이었다.

상오가 몹시 기분 나빠했지만 말할 수 없었다. 상오가 자기 말을 믿어 주리라고는 조금도 생각되지 않았다. 돌아다니며 아는 사람에게마다 오 여사와 자기가 제주도에 여행 갔었다는 것을 펼치고 다닐 것이 분명했다. 형사처럼 자기를 감시하는 상오의 취미를 이해할 수 없다는 것보다도 증오스러웠다. 그러나 증오한들 무슨 소용이 있을 것인가. 증오보다 더한 것을 해도 자기는 피해를 받고야 말 것이다. 문제는 오 여사를 만나지 말아야 하는 것뿐이다. 그래야만 자기가 자유스러워질 수가 있다고 생각했다.

명수가 오 여사를 만나지 않기로 결심한 다음날 오 여사가 하숙으로 찾아왔다.

때마침 동숙하는 친구가 있었기 때문에 명수는 오 여사를 데리고 안국동에 있는 조그만 다방으로 갔다. 차를 주문해 놓고 나서 그는 이제부터 만나지 말자는 말을 꺼내려 했지만 좋지 않은 말은 입이 받아 주지를 않았다. 명수는 벼르기만 하면서 그 말을 차마 하지 못하고 있을 때 오 여사가 반가운 소식을 전하듯 입을 열었다.

"하숙을 얻어 놨어. 아주 깨끗한 방인데다가 음식두 잘 해 준다구 했어. 나하구 아주 친한 친구구 직업적으루 하숙치는 여자두 아니니까 특별히 봐 줄 거야."

반가운 소식이기는 했으나 그런 친절을 받을 때가 이미 지나 있었다. 그러나 만나지 말자는 말과 그런 하숙이 필요 없게 되었다는 두 가지의 말을 한꺼번에 하기가 안되어 한 번 딴청을 부려 봤다.

"그렇게 친한 친구의 집이라면 우리가 부자유스럽지 않을까요."

그런데 오 여사의 대답은 너무나 놀라운 것이었다.

"우리 사이를 잘 알구 있는 친구야. 우리에게 협력하는 뜻으루 방을 제공해 주는 건데 부자유는?"

명수는 놀라며,

"난 그런 용기가 없는데요."

하고 대답했다.

"남의 눈을 피할 때 용기가 필요한 거 아냐. 그 친구에게는 피할 필요두 숨길 필요두 없단 말야. 우리를 잘 이해하니까. 그미도 우릴 이해할 만한 생활을 하구 있어, 알았지."

가장 안전한 아지트를 만들어 놓았다고 신이 나서 말하는 오 여사였지만 명수는 자기가 냉정해야 할 때라고 생각했다.

"오 선생님, 저는 우리 사이를 청산해야 한다구 생각하는데요……."

오 여사가 놀란 것은 분명한 일이었다.

"뭐라구. 내가 싫어졌다는 거야?"

"그렇게는 생각지 마십시오. 그럴 수밖에 없다는 것뿐입니다."

"그럼 그 여학생과 헤어질 수 없다는 거로군."

"절대루 아닙니다. 절 믿어 주십시오."

"그렇다면 난 명수를 이해 못해. 언제는 세상이 우리에게 박수쳐 줄 줄 알았댔나. 어쩔 수 없어서 이렇게 된 거야. 숙명이라구 생각해. 숙명을 거역 못해 이렇게 된 거야. 이제 와서 딴 이유가 없이 만나지 않는다는 건 자기를 우롱하는 것밖에 아무것두 아냐."

"그렇지만 어떻게두 할 수 없지 않습니까."

"그럼 언제는 어떻게 할 생각으루 만났던가. 어떻게두 할 수 없을 때는 죽어 버리지. 명순 죽기가 싫단 말인가."

명수는 그미를 사랑하지 못할 경우 죽기라도 하겠다는 생각을 한 번도 해본 일이 없었다.

"죽는다는 것이 그리 쉬운 일입니까."

"나는 명수가 죽는다면 같이 죽을 수 있어. 아무때라두 한 번 죽을 목숨인데……."

"너무 흥분마시구 냉정히 생각하십시오."

"명수가 딴 여자와 결혼을 한다면 얼마든지 놔 줄 수 있어. 그렇지 않은 한 못 놔 주겠어."

명수는 자기 소견을 말했지만 아무 소용이 없었다. 오 여사가 싫어진 것이 아니라 세상 눈이 무섭다는 소극적 이유로는 놔 줄 수 없다는 강력한 오 여사를 당해낼 수 없었던 것이다. 이래서는 안 되겠는데, 하면서도 그는 오 여사를 따라 새로 얻어 놨다는 하숙집까지 끌려가기까지 했던 것이다.

숭인동에 있는 이층 양옥이었다. 명수가 쓰기로 했다는 방은 아래층이었지만 현관으로 들어가지 않고도 출입할 수 있는 출입문이 따로 있었다. 식구도 별로 많은 것 같지 않았다. 비밀 아지트로 사용하기에 안성맞춤인 집이었다.

명수는 자기가 살 방인데도 방을 살펴 볼 생각을 못했다. 오 여사가 맘에 드느냐고 물어도 대답을 못했다.

집 주인이자 오 여사의 친구라는 여자가 명수를 보고 듣기보다는 더 잘 생겼다는 둥 마치 동생의 남편을 대하듯 귀여워해 주는 것이 더욱 그를 수줍게 했다.

"반찬두 특별히 해 줘야 해."

"아무렴. 누구신데 허술히 할라구요."

"빨래 같은 것두……."

"글쎄 걱정 놓으시라니까요. 어련히 알아서 하지 않을라구요."

명수는 오늘 자기가 이 집의 주인공이 되었다는 것보다도 도마 위에 오른 생선 같다는 느낌에 일종 협심증을 느꼈다. 집 주인이,

"언제쯤 이사 오지."

하고 물을 때도 그는 오 여사의 얼굴만 쳐다봤다. 자기 대신 대답해 주기를 바라는 마음이었다.

"언제쯤 이사 오지."

"내일 옮기두룩 할게."

오 여사가 명수의 마음을 알고 대신 대답해 주었다.

"내일 몇 시쯤요."

"그건 형편 봐서 하지."

"그걸 알아야 내가 외출을 않구 기다리잖아요."

"걱정 말구 외출해. 네가 없다구 이사 못 오겠니."

"그렇기두 하군."

주인 집 여자는 바쁜 사업을 하고 있는 모양이었다. 명수에게는 그렇게 생각되었다. 그래서 그 집을 나와 택시를 탔을 때 그 여자가 무엇 하는 여자냐고 물었다.

"노는 여자지 하기는 뭘 해."

"남편은요."

"남편은 월남에 가구 없어. 돈을 잘 버는 사람야."

명수는 더 묻지 않았다. 오 여사와 비슷한 생활을 하는 여자임을 직감할 수 있기 때문이었다.

오 여사가 명수를 하숙까지 바래다 주고는,

"내일 삼륜차를 빌려 가지구 올게. 몇 시에 올까?"

하고 물었다.

"학교엘 갔다 와서라야겠죠."

"그러니까 몇 시?"

"세 시."

"그럼 그때 올게. 짐을 꾸려 둬."

명수는 한 마디의 거역도 못했다. 어쩐지 말려들지 않을 수 없었던 것이다. 그러나 하숙방에 들어갔을 때 그는 친구가 옆에 있건 말건 그냥 누워서 생각에 젖었다. 이사를 가야 하는가 하는 데 대한 생각이었다. 어쩐지 악의 소굴로 들어가는 것 같았고 바다가 보이는 벼랑에서 떨어져 내리는 것 같기도 했다. 그러나 다음 순간 그는 자기에게 안 갈 수 있는 용기가 있느냐고 자문했다. 삼륜차를 가지고 이삿짐을 운반하러 온다는 오 여사가 아닌가. 그미에게 항거할 용기가 없음을 자인하는 명수였다.

숙명! 오 여사의 말처럼 모든 것이 숙명이라면 빠져나갈 수가 없지 않은가. 그는 오 여사의 자기에 대한 애정을 생각했다. 싫지가 않았다. 오 여사의 애정을 싫지 않게 생각하는 자기는 무엇인가. 역시 그미를 사랑하는 것이 아닌가. 사랑하기 때문에 그것을 숙명이라는 이름 밑에 은폐시키려는 것이 아닌가.

마음이 끌리는 데가 있기 때문이었을 것이다. 어쩔 수 없는 일이라면서 그는 이사 가기를 결정지었다. 다음날 그는 한 시간 강의를 결석하고 일찍 돌아와 짐을 싸기 시작했다. 짐을 싸면서 그는 생각했다.

내일 죽어도 좋다. 죽는 날까지 화려하게 살자. 길게 사는 것보다 짧고 굵게 사는데 보람이 있지 않은가.

세상에 눈을 감고 행복을 찾아간다는 생각을 할 때 짐 싸는 손이 떨리기도 했다. 행복하다는 느낌, 그것은 사람을 유아독존의 경지로 몰아넣는 모양이다. 명수는 자기가 세상에서 소외되어 가고 있다는 것도 느끼지 못했다. 행복한 만큼 자기가 세상에서 가장 멋있는 남자라는 생각을 가질 정도였다.

그는 사회적으로 알려져 있는 사람들을 생각했다. 돈이 많거나 세력이 큰 사람들. 그들은 사회를 위하는 체하는데도 사회의 비난을 받고 있다. 사회의 비난을 받으면서도 잘 살고들 있다. 그런 사람들이 사회를 움직이고 있다. 양심이니 정의니 떠들면서 못 사는 것보다 비난을 받으면서도 잘 사는 사람이 얼마나 현명한가. 서울에 자가용차가 영업차보다도 많다. 자가용을 가진 사람들 가운데 양심의 부끄럼 없이 사는 사람이 과연 몇 명이나 될까.

명수가 이런 생각을 하며 짐을 다 쌌을 때 오 여사가 사람 하나를 데리고 왔다. 그 사람에게 짐을 옮기게 하고 오 여사와 명수는 빈손으로 방을 나왔다. 삼륜차에 실린 짐이 삼륜차의 한켠 모퉁이를 겨우 차지했을 뿐 이삿짐이라고 하기에는 너무나 초라했다. 그런데도 오 여사는 삼륜차를 먼저 보내고 택시를 잡았다. 오 여사와 함께 택시를 탄 명수는 얼마 전 리어카 뒤를 따라 걸으면서 이사하던 때를 생각했다. 사람의 운명이라는 것에 대해서 새로운 지식을 얻고 있는 기분이었다.

자동차에서 내려 자기가 살 방으로 들어갔을 때 명수는 또 한 번 놀랐다. 거기에는 은빛 나는 경금속의 테이블과 경쾌하면서도 편안하게 생긴 둥근 의자가 놓여 있었다. 테이블 위에는 칠색 무지개가 퍼져 나올 것 같은 아름다운 전기스탠드가 놓여 있었다. 오 여사의 세심한 배려에 감사하지 않을 수 없었다.

그러나 명수는,

"이런 거 뭣 하러 샀어요."

필요 이상의 것이라는 듯 말했다.

"공부하려면 필요하지 않어. 뭐 비싼 것두 아닌데……."

오 여사 역시 대수롭지 않은 듯이 말했다.

그런데 저녁상을 받았을 때 명수는 다시 놀랐다.

"우리 명수 씨 환영연이 이걸루 되겠는지 모르겠네……."

하는 집 주인 여자의 말로 보아 환영의 뜻을 가진 저녁식사 같았지만 밥상에 오른 반찬이 어마어마했다. 그야말로 진수성찬이었다. 하숙집 음식이라고는 도저히 말할 수 없는 것이었다. 물론 오 여사가 돈을 내서 장만하게 한 것이 틀림없었지만 명수는 자기 생활이 너무나 갑자기 변한 데 놀라지 않을 수 없었다. 더구나 우리 명수 씨라고 부르는 주인 여자의 말에 자기가 큰 잔치의 주인공이나 된 것처럼 어깨가 으쓱해졌다.

"많이 자셔요. 오 여사의 마음을 생각해서라두."

주인 여자의 수다도 싫게 들리지가 않았다. 주인 집 여자가 나간 뒤 오 여사와 단 둘만이 있을 때 오 여사가,

"많이 먹어!"

하며 그를 바라보았다. 음식을 권하는 말이었지만 음식을 권하는 말만으로 들리지 않았다. 자기에게로 향할 진심의 전부를 보여 주는 말 같았다.

다음날 아침 학교에 갔을 때였다. 교문에 들어서려 할 때 어디 있다가 나오는지 선미가,

"작은오빠!"

하며 명수 앞에 나타났다. 명수는 아침 일찍 웬일일까 생각했다. 아무리 보고 싶다 한들 어디라고 학교에까지 찾아올 것인가. 명수는 집을 떠나던 날 어디로 가느냐면서 가는 곳이라도 알려 달라고 울먹이던 그미를 생각했다.

"웬일이냐."

울먹이며 물을 때 못 들은 체 행방을 알려 주지 않던 냉정을 다시 보이며 물었다. 조금도 친절하게 대해 주고 싶지가 않았던 것이다. 그것은 선미가 미워서만은 아니었다. 어떤 여자에게든 여자에게 친절하게 대하는 것이 오

여사에게 미안한 일처럼 생각되었기 때문이었다.

"아버지가 찾아보랬어요."

선미가 떠듬떠듬 말했다. 아버지가 찾아보라고 해서 온 것이 사실일지도 모른다. 그러나 오래간만에 만나는 그미의 감정 또한 단순하지 않을 것이 분명했다. 그러나 명수는 그미가 한 말만을 문제 삼지 않을 수 없었다. 그미를 교문 저쪽 조용한 곳으로 끌고 가서,

"왜 찾아보라던?"

하고 물었다.

"돌아올 생각이 없는가 알아보구 오랬어요."

그것이 정말 아버지의 뜻이었을지 모른다. 그러나 선미의 뜻일지도 몰랐다.

어쨌든 명수는,

"아버지 말씀대루 나왔는데 내 맘대루 돌아갈 수 있니. 난 안 간다."

단호한 태도를 보였다.

"무척 걱정하시구 계신 것 같아요. 매일 밤 혼자서 술만 자시구 계셔요."

"내쫓을 땐 언제구 걱정하실 땐 언제냐."

명수는 아버지가 걱정하고 계실 것이 분명하다고 생각하면서도 마음의 흔들림 없이 말했다.

"지금 있는 데가 어디지요."

"그것두 알 필요 없다."

"그래두……."

"알 것 없다니까."

명수는 자기 주소만은 가르쳐 줄 수가 없다고 생각했다. 누구에게든 알려 주어서는 안 될 일이었다.

"나라두 놀러 가게요."

"너두 놀러 올 것 없어."

그는 끝내 자기 주소를 알려 주지 않고 그미를 돌려 보냈지만 그렇다고 해서 마음에 걸리는 것도 없었다. 선미를 통해서 돌아오라고 한 아버지의

마음이 조금 가슴에 걸렸지만 돌아오란다고 해서 곧 돌아갈 수는 없는 일이라고 단정해 버렸다.

결국 아버지가 내쫓았기 때문에 지금 오 여사와의 사이가 깊어진 것이지만 그것을 생각할 때 차라리 아버지에게 감사하고 싶은 심정이기도 했다.

그런데 학교에서 광아가 오늘 또 만나자고 했다. 다정하게 접근하려는 이유를 알 만하지만 이미 때가 늦었다. 만날 필요가 없는 것이다.

"바쁠 거야."

"바쁠 거라니. 무슨 일인데."

"무슨 일이든 바쁠 것 같단 말야."

"내가 미안하게 됐군."

"미안할 것두 없어."

"만나구 싶지 않다는 사람보구 만나자구 했으니 미안하잖아."

"그런 예의두 필요 없어."

명수는 자기가 어쩌면 그렇게까지 무뚝뚝할 수 있는지 몰랐다. 광아에게 미안도 느끼지 않았다. 오직 오 여사에게 부끄럼이 없는 자기가 자랑스러움을 느낄 뿐이었다. 오 여사에 대한 진실만이 자기의 가치처럼 생각됐던 것이다.

집으로 돌아갔을 때 오 여사가 창문에 커튼을 달고 있었다. 시원하고도 고상하게 보이는 색깔의 커튼이었다. 손수 상점에서 사다가 달고 있는 것이었다. 명수는 자기에게 전 신경을 기울이고 있는 그미에게 고마움을 느꼈다. 그러나 자기도 오 여사를 위해 진심을 다하고 있다고 마음에 그미의 호의를 큰 부담으로 생각지는 않았다.

"색이 참 좋은데요."

"마음에 들어?"

"굉장히."

"아이 좋아라."

오 여사는 소녀처럼 좋아하며 명수에게로 와서 이마에 키스를 해 주었다. 명수는 그미를 포옹했다. 그리고는,

"사랑해요."

하고 소곤거렸다.

"뭐라구."

"사랑해요."

"나두……."

뜨거운 포옹이 끝난 뒤 오 여사가 의자 위에 올라가 커튼을 쇠걸이에 걸려 했다.

"내가 걸죠."

커튼을 뺏어 가지고 명수가 의자 위에 올라갔다. 커튼을 고리에 걸고 있는 동안 문득 오 여사 남편 생각을 했다. 어떻게 생긴 남잘까. 이러는 것을 본다면 뭐라고 할까. 조금 미안한 생각이 들었다.

요즘도 돈을 부쳐 보낼 것이고 편지도 가끔 하겠지. 그런데 오 여사는 어째서 그 남편에 대한 이야기를 한 번도 하지 않을까. 남편이 싫어져서 이혼할 생각이라면 이야기 안 하지를 않을 텐데. 물론 나 때문에 이혼을 하지는 않을 것이다. 귀국만 하면 또 남편으로 섬기겠지. 그때는 나를 어떻게 할까. 모른 체하지는 않겠지. 계속해서 만날 것이다.

그렇다면 나는? 남편과 같이 산다고 질투를 할 수도 없겠지. 차라리 이야기를 안 듣고 모르는 체하는 것이 좋을 것이다. 지금이나 그때나…… 내게 주는 그미의 애정만 알면 그뿐이다.

커튼을 다 달고 의자에서 내려오자 자기를 쳐다보고 있던 오 여사를 다시 한 번 포옹했다. 그때 오 여사가,

"사랑해."

하고 속삭였다.

"나두요."

명수는 으스러져라 하고 그미의 허리를 껴안았다.

그런 뒤 오 여사가 걸레로 방 안을 훔치다가,

"상오한테 여길 알려서는 안 되겠지."

하고 물었다. 명수는 생각할 수도 없는 일이라,

“뭣 땜에 알려 줘요?”

하고 대답했다.

“그래서 나두 가르쳐 주지 않았어. 아침에 전활 걸구 물어 보지 않아…….”

명수는 상오가 귀찮은 사람이라고 생각했다. 무엇 때문에 남의 일에 관심을 가지는 것일까. 사실은 관심 정도가 아니라고 생각되었다. 말로는 명수의 편이라고 하면서도 명수의 비밀을 알아내고 그것을 명배와 혜수, 그리고 아는 사람 전부에게 알리려는 못된 심보의 소유자인 것 같았다. 그렇지 않고서야 그렇게까지 열심일 수가 없을 것이다. 그러나 오 여사는 그렇게 보는 것 같지가 않았다.

“상오는 명수를 칭찬하던데…… 속은 안 줘도 가까이 해 두는 게 어때.”

“정치적인 사람이 돼서 믿을 수가 있어야지요. 난 가까이 하구 싶지 않아요.”

“그런 사람일수록 어물어물해 둬야 하지 않을까.”

오 여사는 대인관계를 잘못해서 손해 볼 것을 걱정하는 모양이었지만 명수는 이해관계로 사람을 교제하고 싶지가 않았다.

별일만 없으면 상오를 평생 안 만나도 좋다는 생각을 하고 있는데 다음날 상오가 출장으로 나왔다는 명배와 같이 학교로 찾아왔다. 형이 명수의 현재 하숙을 모르니까 학교로 찾아온 것이고 상오는 그 형을 따라왔을 것이겠지만 명수로서는 상오가 자기에게 열심이란 것을 다시 생각지 않을 수 없었다.

형이 혼자서도 능히 올 수 있는 길을 상오는 자기 할 일도 제쳐놓고 따라올 이유가 무엇인가. 이 기회에 명수의 하숙을 알아 두려는 속마음이 들여다보이는 것 같아 명수는 적이 불쾌했다.

“너 딴 데루 하숙을 옮겼더구나.”

형 명배는 명수의 전 하숙집으로 갔던 모양이었다. 그러니 맨 첫 말이 그렇게 나올 수밖에 없었을 것이다. 그러나 자기의 비밀이 탄로나고야 말 것이 분명하게 된 명수는 형의 첫 말에 가슴을 떨기 시작했다.

“네, 방이 너무 좁아서요.”

하숙을 옮겼다는 사실만을 긍정해 놓고 다음에 나올 말을 기다리고 있는데 명배가,

“어디루 옮겼니.”

하고 따져 묻기를 시작했다.

“숭인동으루요.”

“거긴 하숙비가 얼마냐.”

다행히 형은 새 하숙집 번지수를 묻지 않고 딴 이야기를 꺼냈다.

“비슷비슷하지요.”

“그래.”

형은 하숙에 대해 그 이상 더 묻지 않았다. 그 대신, 그 뒤 아버지는 한 번도 만나지 않았느냐면서 아버지 이야기를 묻기 시작했다. 명수는 아버지가 선미를 한 번 보냈지만 절대로 다시 돌아가지 않겠다 말했다는 것을 보고했다.

그러자 형이 나가자면서 책을 가지고 나오라 했다. 안 나가겠다고 할 수가 없었다. 셋이서 학교 근처에 있는 다방으로 들어가자 명배가 다시 아버지 이야기를 꺼냈다.

아버지에 대한 이야기가 나오자 명수는 자기도 화제에 참여할 수 있다는 자유스러움을 느꼈다. 말하자면 봉쇄되었던 대화의 길이 터진 듯한 느낌이었다.

“아버지는 정말 치유할 수 없는 성격의 소유자다. 그래서 너까지 나와 버렸겠지만 앞으루는 어떻게 하는 것이 좋겠니.”

형 명배가 오랫동안 괴로워했을 문제에 대해 명수의 의견을 물었다.

“나는 아버지가 굴복할 때까지 기다려야 한다구 생각해요. 그리구 언젠가는 굴복하시구야 말거라구 생각해요.”

명수는 자신 있게 말했다. 그런 말을 할 만한 자격이 충분히 있다는 듯이,

“네 말에두 일리는 있다만 아버지가 불쌍하다구 생각지 않니. 나는 일선에서 자기 부모를 걱정하구 괴로워하는 사병들을 많이 보았다. 그런 순진한

사병들을 볼 때 아버지와 싸우고 나온 내가 나쁜 놈이 아닌가 하는 생각이 들더라. 나쁜 놈이 어떻게 그들의 지휘자가 될 수 있을까 하는 생각두 들구……."

"그건 형이 선량하다는 것을 뜻하지만 패배주의자의 마스터베이션입니다. 아버지를 위해서도 이번만은 우리가 이겨야 합니다. 그렇지 않으면 아버지의 성격을 고칠 기회가 없을 겁니다."

"결국 서 여사와 결합시키려던 것인데 이제 그 문제는 더 생각할 여지가 없게 되지 않았니. 패배구 뭐구 아무것두 없는 거지."

결국 명배는 아버지와 타협하고 집으로 다시 돌아가자는 생각인 것 같았다.

그러나 명수는 그러기가 싫었다. 아버지에게로 돌아가면 자기와 오 여사와의 관계는 다시 원점으로 돌아갈 가능성이 많아진다. 우선 그것이 싫었다.

"결국 우리는 아버지의 행복을 만들어 드리려 했던 거지요. 그런데 아버지는 무슨 권리루 그 행복을 거절합니까. 자기 권리가 무엇인지두 구별하지 못하는 분과 타협할 수 없다구 생각합니다. 안 그렇습니까. 아버지는 결국 우리를 합친 네 사람의 행복을 짓밟았습니다."

명수는 강경하지 않을 수 없었다. 그런데 그때 상오가 뛰어들었다.

"그건 권리 문제가 아니라 신념의 문제야. 아버지는 일평생 살아오신 자기의 신념대루 사시는 거 아니야. 그 신념의 바탕이 나쁘지 않다면 그것을 살려드릴 필요두 있다구 생각해. 요새 사람들에게는 신념이 없어. 옛 어른들에게서 우리는 살아가는 신념을 배워야 하지 않을까."

거기에 대해 명배가 찬동을 했다.

"그래. 아버지의 신념을 꺾을 수는 없다. 그보다 더 강한 신념을 가져야 꺾을 수 있는 건데 우리에겐 신념이 없어. 그저 기분뿐이지."

"아버지와 서 여사가 결합해야 모두가 행복해진다는 우리의 생각이 어째서 기분입니까, 신념이지. 아버지의 신념보다 새롭고 강한 신념입니다."

"그럼 두 신념의 대립이라구 하자. 그때 누가 져야 하겠니."

상오가 묻는 말이었다.

“물론 아버지가 져야지요.”

“옳은 말이다. 그러나 우리 젊은 사람들은 이기는 것만이 이기는 것이 아니고 지는 것이 이기는 것이란 생각두 가질 줄 알아야 한다구 생각한다. 이제 얼마 살지 못할 어른들께 훌륭하게 지자. 알겠니. 훌륭하게 지면 그들에게 반성을 주고 이편이 이기는 결과가 되기두 한단 말이다.”

“젊은 사람들의 병입니다. 그 합리주의가 병이란 말예요.”

결국 이대 일의 싸움이었다. 그러나 당장 끝장을 내야 말 승부는 아니었다. 명배는 다음 기회에 다시 계속할 생각으로,

“하숙이 어디랬지. 오늘 밤 너한테 가서 잔다.”

지금은 가 볼 데가 있으니 하숙이나 알리라는 듯 물었다. 명수는 어쩔 도리가 없었다. 형에게 알려 주면 자연 상오도 알게 된다. 비밀 아지트의 의미가 하나도 없게 된다. 그렇다고 달리 잘 데가 없는 형보고 집에 오지 말랄 수가 없어서 자기 하숙의 번지와 지리를 가르쳐 주었다. 다방에서 나와 음식점으로 가 간단한 점심을 먹는 동안 명수는 명배에게 하숙으로 올 때 상오와 함께 오지 않도록 부탁하고 싶었다. 그러나 자기 생활에 비밀이 있다는 것을 미리 알려 주는 것 같아 그 말을 차마 하지 못했다. 명배는 바쁜 약속이 있는지 밥을 먹으면서도 연상 시계만 보다가 떠났기 때문에 그런 이야기할 기회도 없기는 했지만…….

명수는 불안했다. 하숙에 와 보면 명배가 대뜸 눈치를 챌 것이다. 그리고 오 여사와의 관계를 추궁할 것이다. 그때 나는 어떻게 해야 하나. 솔직하게 전부를 말해 버릴까. 아무래도 거짓말은 통할 것 같지가 않았다. 그는 우선 오 여사에게 전화를 걸고 오늘 밤에는 오지 않도록 말해 두었다. 그러나 시간이 갈수록 불안은 커 가기만 했다. 그는 오 여사에게 다시 전화를 걸었다. 아무래도 그미의 지혜를 빌어야겠다는 생각이 들었기 때문이었다.

형이 오늘 밤 하숙으로 와서 자겠다고 하는데 어떻게 했으면 좋겠느냐고 물었을 때 오 여사가,

“집을 가르쳐 줬나.”

별로 놀라는 기색도 없이 물었다.

“안 가르쳐 줄 수 있어요.”

“그럼 할 수 없잖아. 같이 자라구.”

“같이 자는 수밖에 없는데 냄새를 맡을까가 걱정이지요.”

“맡을 냄새가 뭐 있어. 솔직하게 말하면 될 텐데……..”

“솔직하게 말하라니요.”

“내가 조금 도와주구 있다는 걸 말야. 그 이상 더 말할 것 있어.”

“알았습니다.”

전화를 끊은 뒤 명수는 약간 마음이 안정되는 것을 느꼈다. 담이 커야 마음이 든든해지는 모양이었다. 그는 오 여사의 지혜에 감사를 보냈다.

밤 열 시쯤 명배가 와서 명수에게 어울리지 않게 화려한 방 안 장치들을 둘러보며 의심에 찬 눈으로,

“웬 돈이 있어서 저런 걸 다 샀니.”

테이블을 가리켰다. 명수는 오 여사의 말대로,

“오 여사가 사 주셨어요.”

대담하게 대답했다.

“오 여사가 왜 그렇게 비싼 걸 사 주던?”

명배가 모르는 체 물었다.

“형을 생각해서 도와준 거겠지요.”

명수는 얼굴살 하나도 찌푸리지 않고 천연스럽게 말했다. 그런데 명배가 갑자기 얼굴색을 변해 가지고 더는 속지 않는다는 듯이,

“더 솔직하게 말할 수는 없니.”

하고 대들었다.

“뭘 솔직하게 말하라는 거죠. 이상한데요.”

“이 새끼가. 내가 하나두 모르는 줄 아니.”

명배의 주먹이 명수의 뺨에서 둔탁한 소리를 냈다.

“왜 때리죠. 뭘 잘못했다구.”

“그래두 속일 셈이야.”

또 한 번 명배의 주먹이 날아왔다.

“정 완력을 쓰깁니까.”

명수는 힘에 있어서 명배를 당할 수 없다 해도 그냥 맞기만 할 수는 없다는 듯 벌떡 일어났다. 명수가 일어서는 것을 본 순간 명배가 벌떡 일어나 그야말로 사정없이 일격을 가했다.

명수가 방바닥에 쓰러지자 명배가 그의 배 위에 올라앉아 얼굴을 난타했다. 명수가 기운을 잃고 요동도 치지 못하게 되었을 때야 명배가,

“이 새끼야. 날 정말 속일 작정이냐.”

하고 실토하기를 강요했다. 그러는데도 명수는,

“죽여 줘, 나두 살구 싶지 않아.”

반항적인 태도였다.

“정말 죽구 싶으니.”

“죽이라니까요.”

명배는 명수의 배에서 내려왔다. 그리고는,

“너 오 여사와 그냥 만나면 정말 죽여 버린다. 오 여사가 누구의 어머닌지 알지?”

하고 타이르기 시작했다.

명수는 대답할 생각은 않고 더욱 반항적인 생각만 했다. 때리고 협박한다고 굴복할 줄 아느냐. 사람의 힘으로는 어떻게도 못할 것이다. 학교를 그만두고 하숙을 딴 데로 옮긴다면 누가 나를 찾을 것인가. 목숨이 살아 있는 한 우리는 사랑할 것이다.

“대답을 해라. 이 새끼야.”

명배의 독촉에도 명수는 대답을 안 했다. 매 바가지가 되기 싫어 표면적 반항은 안 했지만…….

할 수가 없는지 명배가 사정을 하기 시작했다.

“생각을 해 봐라. 혜수가 네 형수 될 여자다. 오늘두 만나서 우리 사이가 변함이 없다는 것을 다짐했다. 그 혜수를 봐서라두 네가 어떻게 오 여사를 사랑하니. 혜수의 어머니만 아니라면 암말두 않겠다. 그건 네 자유니까…… 그렇지만 오 여사만은 안 된다.”

명배가 이렇게 대화의 길을 트려 하는데 자기만이 전투적일 수가 없다고 생각되었던지 명수도,

"형은 오해를 하구 있는 거 아녜요. 오 여사와 내가 어떻다는 겁니까?"

순탄한 목소리로 명배의 오해를 풀려고 했다.

"너, 너무하지 않니. 오 여사하구 제주도에 갔던 것까지 알구 있는데 그냥 속이려고만 하느냐."

이 말을 듣자 갑자기 상오에 대한 분노가 폭발했다.

"상오 그 자식이 지껄였군요. 그 자식을 죽여 버리구 말 테야. 무근한 일을 가지구 중상모략 하는 자식."

"말조심해라. 그 애가 무근한 말을 하겠니. 혜수두 수상하다구 그러더라."

"내 가슴을 찢어 보일까요. 형은 어째서 내 말보다두 그 자식 말을 믿지요."

명수의 태도가 하도 강경해서 그런지 명배가 조금 누그러졌다.

"내가 왜 너를 안 믿겠니. 내가 받은 충격이 너무 커서 그랬던 거뿐이지."

그 뒤 명배는 그 문제에 대해 언급을 하지 않았고 그 대신 아버지 이야기를 꺼냈다.

"난 내일 아버질 찾아가겠다. 아무래두 우리가 아버지와 따루 산다는 것은 원칙이 아닌 것 같아. 물론 우리가 결혼을 해서 독립생활을 한다는 것은 아버지를 위해서나 또는 우리를 위해서나 옳은 일이 아냐. 우리가 이렇게 사는 동안 대립과 반항의식은 그래두 살게 아니냐. 그 반항의식은 반드시 파괴의 위험을 가져오는 거다. 가정의 파괴뿐 아니라 우리들 자신의 파멸까지."

이 말을 듣자 명수는 자기가 파멸의 길을 걷고 있는 것이라 해석되고 있는 것 같아 불쾌했다.

"나는 반항만이 발전의 도화선이 된다고 생각합니다. 어째서 그것이 자신의 파멸을 가져오게 합니까. 인간의 역사를 살펴봐요."

"너는 반항을 기계적으루 생각하지 말아라. 비틀즈나 히피족들이 기성세대에 반항하고 있다. 그러나 그것은 자기부정에서 시작한 반항이다. 그것이

어떤 발전성을 가져오겠니. 결국 개인적인 불행만 초래할 것 아니냐.”

“개인적인 불행이 온다 해두 반항 그 자체가 하나의 경종이 된다면 사회 전체가 발전할 가능성이 있잖습니까.”

“어쨌든 집을 뛰쳐 나온 애는 고아(孤兒)가 되는 법이다. 나는 군대생활에서 그런 것을 생각했다. 가정이 있는 고아가 행복해질 수는 없다. 난 아버지를 만나 타협의 길을 모색해 보겠다.”

“들어가려면 형 혼자 들어가세요. 난 당분간 안 들어갑니다.”

“그러는 너를 위해서두 우리는 들어가야 한다구 생각한다.”

이렇게 말한 명배는 말에 그치지 않고 다음날로 아버지를 찾아갔다. 조반도 먹지 않고 찾아갔을 때 아버지는 아직 자리 속에 들어 있었다. 출근하는 분으로 아직 일어나지도 않았다는데 명배는 우선 놀랐다.

13

명배는 아직 잠들어 있는 아버지 옆에 쪼그리고 앉아서,

“아버지!”

하고 그를 깨웠다. 아버지는 눈을 뜨고 명배를 쳐다보고,

“명배 왔니.”

하고 자리에서 일어나 앉았다. 그는 놀라는 기색도 안 보였다. 반가워하는 표정도 짓지 않았다. 복잡한 감정을 누르느라고 옷을 갈아입는 데만 신경을 기울이고 있는 듯 보였다. 자리까지 개켜 한편으로 밀어 논 뒤에야,

“휴가 나왔니.”

하고 입을 열었다.

집을 나간 뒤 처음 만나는 아버지라 명배 쪽이 더 거북했지만 명배도 아버지처럼 지난 때의 감정은 없었던 일처럼 하고,

“출장으로 잠깐 나왔습니다.”

일선에서 서울에 잠시 나오게 된 이유를 설명했다.

“언제 왔니.”

“어제 저녁에 와서 친구 집에서 잤습니다.”

명수와 같이 잤다는 말을 할 수 없어 거짓말을 꾸며댔다.

“일선이 고생스럽지?”

아버지는 일부러 감정문제에 대해서는 회피를 하려는 태도였다. 명배는 그런 태도를 이해할 수 있었다. 제 발로 걸어온 명배다. 그런 명배의 마음을 알아보기 전에 분풀이하듯 공격부터 할 수는 없을 것이다. 그렇다고 잘 왔다, 고맙다, 식으로 반가워할 수도 없을 것이다. 벙벙해 있는 아버지를 당분간은 자기가 리드해야 한다는 생각 밑에,

“아버지 마음을 아프게 해 드려 죄송합니다. 명수도 집을 나갔다더군요.” 하고 우선 사과하는 태도를 보였다.

“그랬다. 어디서 사는지두 나는 모른다.”

절망적이라기보다는 차라리 애상적인 태도로 말하는 아버지를 보자 명배는 눈물이 나올 정도였다.

“어젯밤에 명수를 만났습니다. 어떻게 해서든 제가 데리구 들어오겠습니다.”

명배는 우선 아버지를 안심시켜야 한다고 생각했다.

“요즘 젊은 애들이 그렇잖습니까. 저부터두 그렇습니다만 제 뜻에 맞지 않으면 우선 반발을 하니까요. 그 애두 그렇습니다. 그렇지만 지각이 없는 애는 아니니까 걱정 마십시오.”

그러자 아버지가 한숨을 내쉬며 말했다.

“난 모르겠다. 애비의 권위두 없어졌구 따라서 애비로서의 자신두 없어졌다.”

“그렇지는 않습니다. 저희가 아버지를 존경 안 한다든가 아버지에게 불복종한다든가 하는 것이 아니니까 그 점만은 오해하지 말아 주시기 바랍니다. 다만 저희들의 진실이, 아버지와 저희 전부를 위한 진실이 아버지께 받아들여지지 않기 때문에 일시적으로 그랬던 것뿐이지요.”

“그래서 나두 좀 생각해 봤다만 난들 어떻게 하겠니. 세대의 차에서 오는

건데……."

"세대의 차라구만 말씀하실 게 아닙니다. 세대의 차라는 것두 서루의 성의루 그 거리를 축소시킬 수 있잖겠습니까."

"그래 날더러 어떻게 하라는 거냐."

"아버지께서두 조금 양보를 해 주십시오. 그렇지 않으면 명수가 아주 파멸의 길루 떨어질 것 같습니다."

명배는 명수와 오 여사의 관계를 솔직하게 이야기했다. 명수가 부정했지만 명수의 말은 조금도 믿지 않는 명배였다.

이야기 전부를 듣자 아버지는 깜짝 놀라는 표정을 보였다.

"그 애가?"

아연실색하고 말도 길게 못하는 아버지의 놀람을 포착하여 명배가 말했다.

"명수를 위해 아버지께서 단안을 내리셔야 할 땝니다. 하루라도 빨리 그 애를 데려와야겠는데 그러기 위해서는 그 애에게 명분을 세워 줘야 합니다. 그 명분을 세워 주시지 않으면 그 앤 그 애대루 자기 자존심 때문에 들어올 수가 없습니다."

"세워 줘야 한다는 명분이 도대체 뭐냐."

"그건 아버지께서 서 여사와 결혼하시는 일입니다."

"그건 내 감정의 문젠데 그것이 그 애하구 무슨 상관이 있니. 너희들은 너희들의 애정문제에 내가 간섭하는 것을 원하지 않을 거다. 안 그러니. 그렇다면 너희들두 내 애정문제에 간섭할 필요가 없는 거 아니냐."

"그건 간섭이 아닙니다. 오해하시지 마십시오. 여러 번 말씀드렸지만 아버지를 위하는 동시 우리 전부를 위해서 하는 말씀입니다."

"참 알 수 없는 일이다. 애비는 자식에게 간섭을 못 하구 자식만은 부모에게 간섭을 해야 한다는 법이 어디 있니."

"그렇게 생각하실 문제가 아니라니까요. 좌우간 명수를 위해 단안을 내려 주십시오."

"글쎄……."

"명수가·아주 타락해두 좋습니까. 내버려 두면 반드시 타락합니다."

"집에 들어온다구 해서 반드시 타락에서 건져낼 수 있다구 말할 수 있니. 그깐 놈 죽든 살든 내버려 둬라."

"건 제가 노력하겠습니다. 그 애두 철부지가 아니니까 생각이 있겠지요. 또 이루어질 성질의 사랑두 아니잖습니까."

아버지는 잠시 동안 말을 중지하고 혼자의 생각에 잠겨 있었다. 한참 뒤에야,

"내가 가서 그 여자를 데려오란 말이냐."

하고 말했다.

"저희들이 가서 모셔오겠습니다. 가만히 계시기만 하십시오."

"참 모르겠다. 너희들을 위해서 내가 내 감정을 죽이고 있는데 도리어 너희들이 내 감정에 불을 붙이려 하다니……."

"그게 인간의 원칙이 아니겠습니까."

"너희들은 죽은 어미에 대해서는 미안하다는 생각두 없니."

"그게 관념의 세계입니다. 미안하게 생각하는 마음만 가지구 현실을 살 수가 있습니까."

"모르겠다."

아버지는 또 한숨을 길게 내뿜었다.

"여러 말씀하실 것 없이 제게 맡겨만 주십시오. 오늘루 서 여사를 찾아가구 명수를 데려오겠습니다."

아버지는 아무 말도 안 했다. 묵인이라고 생각되었다. 일단 묵인한 것을 재론할 필요가 없기 때문에 명배는,

"출근에 늦지 않았습니까."

전에 없던 아버지의 태만을 걱정 삼아 꼬집었다.

"이제 가 봐야지."

아버지는 세상사가 시들하다는 태도였다. 명배는 가슴이 아픔을 느꼈다. 아들들 때문에 생활의 의욕까지 잃어 가고 있다면 방관만 할 수 없는 일이었다. 책임을 지고 문제 해결에 나서야 한다고 생각했다.

그는 선미에게 조반을 독촉하고 아버지와 오래간만에 밥상을 대했다.

"빨리 잡숫구 가 보세요."

아버지를 위해 걱정을 하는 자기 자신을 생각할 때 명배는 오래간만에 흐뭇함을 느꼈다.

"빨리 먹구 가마. 그래 넌 언제 돌아가니."

"이삼 일 있다가 가겠습니다."

"배는 고프지 않니."

"장곤데요. 장교가 배고파되겠어요."

그들은 서로 티없는 웃음을 웃었다. 웃음을 되찾은 가정이었다.

아버지가 학교에 갈 때 명배는 대문께까지 나가,

"서 여사를 찾아갑니다."

나중에라도 딴 말을 못하게 못을 박았다.

"마음대로 해라."

그러는 것으로 보아 아버지가 서 여사를 싫어하는 것이 아니라는 것을 알 수 있었다. 정 싫다면 아들이 뭐라 해도 그것을 거절할 것이다.

명배는 곧 서 여사를 찾아갔다. 서 여사를 만나자 그는 단도직입적으로,

"아버지의 승낙을 얻었습니다. 오늘루라두 집으로 가십시다."

하고 말했다. 그런데 서 여사는 어쩐 일인지 그리 달가워하는 눈치가 아니었다. 집이 팔려 친정집으로 떠나려던 참이라면서 어쩌면 좋을지 몰라 망설이는 태도였다.

명배는 이유가 어디 있든 그러한 서 여사를 이해하려고 하지 않았다.

"대답해 주십시오. 언제쯤 가시겠습니까."

"글쎄, 친정집에서 기다리구들 계실 텐데……."

"그게 문젭니까. 저의 집 사활문젠데요."

"사활문제라니."

"차차 말씀드리겠습니다만 안주인이 없는 집안을 생각해 보십시오. 집안이 사막 같습니다."

"설마 그럴라구."

"설마가 뭡니까. 가 보시면 곧 아실 겁니다."

그런데도 서 여사는 딱히 대답을 하려 하지 않았다. 명배는 그미의 사정 같은 것은 들을 생각도 않고 늘어붙었다.

"집두 팔렸으니까 가시기가 더 편케 되지 않았습니까. 제가 있는 동안 이사를 해 주십시오. 내일 트럭을 가지구 올게요."

서 여사는 대답 대신 딴 이야기를 꺼냈다.

"내가 간다구 그 양반이 정말 행복해질 수 있을까."

"건 또 무슨 말씀이신가요."

"어떻게 해서 승낙하셨는지 모르지만 그 분의 마음이 보통이야지."

"절대루 보장합니다. 아버지는 서 여사님을 좋아하구 있습니다. 그걸 저는 분명히 알구 있습니다. 싫으시다면 목이 달아나두 승낙 안 하실 분입니다."

"어떨지."

서 여사가 망설이는 이유를 짐작할 수 있었다. 그래서 명배는 조금도 주저함이 없이 그미를 강하게 잡아끌었다. 그미는 아버지를 한 번 만나 봐야 한다는 둥 친정 부모의 허락을 받아야 한다는 둥 자꾸 끌려고 했지만,

"제가 다시 일선에 가기 전에 가셔야겠습니다."

서 여사는 드디어 아버지를 만난 뒤 결정짓겠다는 한 가지 조건만 내세우게 되었다. 그래서 명배는,

"오늘 저녁 여섯 시 신촌 로터리에 있는 ××다방으루 나와 주십시오. 아버지를 모시구 나가겠습니다."

명배는 즉결처분을 하듯 결정해 버렸다. 강압적이랄 수 있는 그의 태도에 서 여사는 난처한 태도를 보일 뿐 불복하는 태도는 보이지 않았다.

명배는 한참 동안 더 이야기를 하다가 시계를 보고 혜수와의 약속을 생각했다. 그래서 오늘 저녁에 꼭 나오라는 말을 한 마디 하고 서 여사의 집을 나왔다.

혜수를 만났을 때 명배는 그저 기쁘기만 했다. 자기가 걱정하던 일은 전부가 해결되었다. 그런데다가 혜수는 자기보다도 먼저 와서 자기를 기다리

고 있었다.

"내 시계가 뜬가."

혜수가 먼저 와 준 것이 고마우면서도 혹시 자기 시계가 뜨지나 않는가. 하는 위구심이 들어 웃으면서 말하는 명배였다.

"뜨지 않을 거야. 아직 이삼 분 전이니까……."

"시간보다 일찍 오는 때도 있군 그래."

명배가 유쾌하게 웃자 혜수는 말없이 빙그레 웃어 보였다. 보이기 위한 꾸밈웃음이었다. 그러나 대단치 않은 일이라 웃음의 이유를 묻지 않고,

"난 오늘 정말 유쾌해."

하고 서 여사 이야기를 했다. 좋은 일이니까 같이 좋아해 줄 줄 알았던 것이,

"잘 됐군."

혜수의 대꾸가 너무 간단했다. 진심으로 기뻐하는 기색도 아니었다.

"아버지가 행복해지실 거야. 그리구 명수두 집에 돌아가게 됐구……."

"그래?"

겨우 대꾸만 하는 그미였다. 조금도 감동해 주지 않는 것이었다. 명배는 조금 맥이 빠지는 기분이었지만,

"혜수두 어머니와 명수의 사이에 대해 관심을 가지구 협력해 줘."

하고 오 여사와 명수의 이야기를 꺼냈다.

"내가 어떻게 협력을 하지?"

"만나지 않두룩 어머니께 좀 조언을 해 줘."

"엄마가 내 말을 듣나."

"듣게 만들면 되지 않아."

"자신이 없는데……."

"자신이 없다구 방임할 순 없잖아."

"글쎄……."

혜수는 그런 화제에 별 홍미가 없는 것처럼 보였다. 기분 나쁜 일이라도 있는 것일까.

“무슨 일이 있었어?”

“무슨 일이 있는 것처럼 보여?”

“심드렁한 것 같은데.”

“그런 일 없는데 왜 그렇게 보일까.”

그렇게 보이는 자기를 반성해 보는 것 같았다. 그러는 것이 더 이상하게 보였다. 어제도 역시 그랬었다. 별다른 마찰까지는 없었지만 그렇게 기분 좋은 태도가 아니었다. 분명 그런 이유가 없는 모양인데 어째서 심드렁해 있을까.

명배는 여자의 생리가 남자와 다르니까 어떤 생리적 변화가 있는 것이나 아닐까 생각했다. 그렇다면 물어 볼 수도 없는 일이었다. 그저 친절하게 대해 주는 수밖에 없었다. 잠시 화제가 중단되었을 때,

“오늘 상오는 안 만나나.”

그미가 상오 이야기를 먼저 꺼냈다. 명배는 조금 이상한 마음이 들었다. 그러나 그것 가지고 의심하는 체할 수도 없었다. 어제 상오에게서 그들이 한 번도 만나지 않았다는 말을 들었기 때문이었다. 혜수도 상오와 같은 말을 했었다. 거짓말이라고 의심할 수 없는 진지한 태도로.

명배는 설사 의심스러운 일이 있다 해도 우선 신뢰하는 태도를 보이며 눈치를 살피는 것이 현명한 일이라고 생각했다.

“내가 바빠서 만날 수가 없겠는데……”

“무슨 일이 그렇게 바쁘지.”

“명수를 만나야 하구 저녁때는 아버지와 서 여사를 만나게 해야 하구. 다 시간 걸릴 일들이거든.”

“그래?”

불평은 아니었다. 그러나 약간 실망하는 듯한 표정이 혜수 얼굴 한편 구석에 그늘지고 있었다.

그렇게 생각해서 그런지 혜수의 심드렁한 태도가 상오에게 기인된 것처럼 보였다. 그래서 그것을 좀더 확증 잡기 위해서,

“일선에서는 정말 보구 싶었어.”

하고 감정 표현을 조금 구체화시켰다.

　"누구는? 혼자만 보구 싶었던 것처럼 이야기하지 마."

　혜수는 감정 표현을 기피하려고 하지 않았다. 그러나,

　"어디루 갈까."

하고 물었을 때 혜수는,

　"글쎄 갈 데가 있어야지."

하고 조용한 데를 찾아가는 일이 적극적이 아니었다. 전과 아주 다른 태도였다.

　"아무데나 가지. 교외루."

　"교외라구 조용한 데가 있어?"

　물론 조용한 곳을 찾아다니는 젊은 사람들을 어디서나 만나게 되는 것이 사실이다. 그러나 전에는 그런 말 않고 가자는 대로 따라나서던 그미였다.

　"그럼 어떻게 할까."

　"다방 순례나 하는 거 아냐."

　결국 그미는 자기와 포옹을 하고 키스를 하고 싶은 욕망이 없는 것이라 해석되었다.

　"혜수네 집으로 가지."

　이 제안에도 그미는 반대였다.

　"엄마와 식모의 눈치를 살펴야 하는 것이 싫어."

　"그럼 명수의 하숙으루 갈까. 아직 학교에서 안 왔을 텐데."

　"언제 올지 모르잖아. 불안한 거 싫어."

　싫다는 것을 노골적으로 표현한 말이었다.

　"상오를 불러내서 영화구경이나 갈까."

　"마음대루……."

　상오와 만나자는 데는 한 마디의 반대도 안 했다. 틀림없이 또 무슨 일이 있는 모양 같았다. 그렇다고 해서 대짜로 의심하는 태도를 보이며 따질 수는 없었다. 상오와 함께 만나서는 안 된다는 생각부터 하며,

　"영화구경 할 시간이 없어."

먼저 한 이야기를 취소한 뒤 점심을 먹으러 갔다.

식사 도중에는 감정을 상하게 해서 안 될 것 같아 아무 말도 안 했지만 다시 다방으로 들어갔을 때,

"내가 싫어진 것 아냐. 싫어졌으면 솔직하게 싫어졌다구 말해."

하고 그미의 감정을 건드려 봤다.

"그런 통속적인 말 좀 그만둬. 나를 뭘루 보구 하는 말이지. 그런 말을 해서 내가 싫어할 것은 생각지 못해."

혜수가 발칵 화를 내며 말했다.

"화내지 말구 안 그렇다구 한 마디만 해 주면 되지 않아."

명배는 진정으로 화내는 혜수를 보자 자기가 잘못했다는 생각을 했다. 동시에 상오와의 일을 의심하는 듯 물어 보지 않은 것을 잘 한 일이라고 생각했다. 만약 상오 이야기를 꺼냈다면 수습할 수 없는 사태로 이야기가 번졌을 것 같았기 때문이었다.

"오래간만에 만나서 또 그런 소리를 하니 화 안 낼 수 있어."

"내가 잘못했어. 다시는 안 그럴게."

명배는 진심으로 사과했다. 그리고는 일선에서 지내던 이야기를 하며 시간을 보내다가 그미를 돌려 보내고 명수의 하숙으로 갔다. 명수는 하숙에 와 있었다. 그래서 아버지와 서 여사를 만났던 일에 대해 자세한 설명을 한 뒤 명수에게 내일 오전 중으로 짐을 싸 가지고 집으로 돌아가야 한다는 말을 했다. 그러나 명수의 대답이 너무나 당돌했다.

"난 그렇게 빨리 돌아갈 수 없어요."

무조건 복종할 줄 알았던 명수가 너무나 당돌하게 나오는 바람에 명배는 눈앞이 아찔해지는 것을 느꼈다. 아무것도 보이지 않았다.

"너 또 매를 맞구 싶어서 그러니."

"때리면 맞지요."

명수는 태연했다. 그 태연한 태도에 명배는 질려 버렸다. 태도를 달리하지 않을 수 없었다.

"왜 못 가겠니. 그 이유를 말해 봐라."

우선 순순하게 이야기를 들어보려 했다.

"마음의 준비가 없이 어떻게 행동을 합니까. 며칠 여유가 있어야겠습니다."

"시급한 일은 시급하게 결정져야지 않니."

"서 여사 문제가 결정되었는데 내가 들어가는 문제가 뭐 그리 시급합니까."

"서 여사에게 보이지 말아야 할 일들을 보일 수 없으니까 그렇지. 또 아버지가 서 여사와 결혼하는 대신 조건부로 네가 집에 돌아가도록 하겠다는 것을 내가 약속했다. 그러니까 잔소리 말구 내가 하라는 대루 해."

"이유 여하를 막론하구 나는 내일 안으루는 돌아갈 수 없어요."

명수로서는 그럴 수밖에 없었다. 오 여사와 한 마디의 의논도 없이 어떻게 혼자서 마음대로 행동할 수가 있겠는가.

"너 내 손에 죽구 싶으냐."

"죽어두 좋아요."

명수의 강경한 태도에 명배가 눈치를 채고,

"너 오 여사 때문에 그러는 거지. 오 여사에게는 내가 잘 말해 주마."

회유책을 쓰기 시작했다.

"그런 걱정까지 안 해두 좋아요. 내 문제는 내가 해결할 테니까."

"어떻게 해결할 작정이냐."

"사람과 사람의 관계가 그렇게 간단한 줄 아세요. 내 문제는 걱정 말구 아버지 일이나 잘 처리해 주세요."

명수의 말에 명배는 일이 간단하지 않음을 알았다. 오 여사에게 향한 명수의 애정이 보통이 아님을 알 수 있기 때문이었다. 그는 문득 옛날에 본 영화가 생각났다. <페드라>였다. 자기를 낳은 친어머니는 물론 아니었다. 그러나 아버지의 둘째 부인과 아들격인 안소니 퍼킨스와의 사랑 이야기. 안소니 퍼킨스는 그 사랑 때문에 정신적 정상상태를 잃고 자동차 사고로 인해 죽었다. 사랑할 수 없는 사랑이지만 정열이 과잉하면 물불을 가리지 못하는 젊은 세대다. 명배는 명수가 지금 안소니 퍼킨스와 같은 사랑(페드라에 있어서)을 하고 있지나 않는가 생각했다. 그렇다면 자기의 강압적인 제재가 명수의 자살을 유치하지나 않을까. 명배로서 걱정이 아닐 수 없었다. 그러나 자살할 것이 겁나서 비정상적인 상태 속에 동생을 방치해 둘 수는 없었다. 비정상적인 생활을 저지시키고 또 자살을 방지하도록 하는 것이 자기의 의무라고 생각했다. 동생을 생각하는 형의 위치에서 동생을 구해 내는 것은 절대적인 의무다. 뒤에 올 일을 두려워함으로써 구하는 일을 포기한다는 것은 절대로 있을 수 없다고 생각했다.

"가정의 장래를 걸고 네가 부탁한다. 이번만은 내 말을 꼭 들어 줘야겠다."

명배는 사정하는 듯하면서도 강경한 명령조로 말했다. 그러나 명수는 여전했다.

"몇 번 말해야 합니까. 난 절대 못 들어갑니다."

"강제루라두 끌구 갈 테니 그런 줄 알아라."

명배는 강행하고야 말 결의를 보이고 아버지가 근무하는 학교로 갔다.

아버지는 때마침 수업을 끝내고 학생들 성적표를 만들고 있었다. 명배는 서 여사 문제로 급히 상의할 일이 있다면서 잠깐 나가자고 했다. 아버지는 아무 말 않고 명배를 따라나왔다. 학교 근처에 있는 다방으로 들어가 명배는 서 여사의 이야기를 먼저 꺼냈다.

"서 여사의 승낙을 얻었습니다. 내일 제가 이삿짐까지 나르기로 말씀해 놓았으니까 그 승낙이 틀림없다구 생각합니다. 다만 문제는 아버지께서 진심으루 서 여사를 환영하실 일입니다. 환영해 주시겠지요."

아버지는 성큼 대답하기가 난처한 모양이었다. 담배를 꺼내 물고는 레지를 불러 성냥을 가져오게 하여 지연작전을 썼다. 성냥불을 켜 대고 나서야 입을 열었다.

"어떻게 하는 것이 진심으로 환영하는 거냐."

"방법이 따루 있습니까. 진심으루 반가워하시면 되는 거죠."

"자연스러울 것 같지가 않구나."

"있는 그대루의 감정을 보이십시오. 아버지는 서 여사를 좋아하고 계십니다. 그러니까 이래서는 안 된다, 이래서 될 것인가라는 고정관념의 지배에서 한 번쯤 해방이 돼 보십시오.”

“그게 힘든 일 아니냐. 사람의 가치가 어디 있는데.”

“지성보다 감정에 충실할 때 인간이 더 순수해질 수 있잖습니까. 순수한데 더 가치성이 있다구는 할 수 없을까요.”

“그런 말로 나를 감화시키려구 하지는 마라. 인간이 동물과 다른 점을 모르느냐. 지성이다, 이성이야.”

“그렇다구 해두 감정이 순수한 것만은 아닙니까.”

“그런 말 말구 그저 너희들 의사에 따라 달라구 해라. 나는 이제 너희들 하라는 대루 하기루 했다.”

“고맙습니다.”

명배는 고맙다는 말밖에 달리 할 말이 없었다. 무조건 고마웠다. 고맙긴 고마웠으나 꺾이지 않을 것 같던 아버지가 꺾인 것을 볼 때 측은한 생각이 들었다. 꺾일 줄 몰랐던 자신이 꺾이고 말았다고 생각할 때 얼마나 고독할까. 고독하면서도 이를 깨물며 참고 있겠지.

명배는 생각했다. 아버지의 진정한 행복은 무엇일까 하고. 현실과 타협하는 것보다도 고집을 사수하는 편이 도리어 그에게 행복감을 주는 것이나 아닐까 하는 마음이 들었다. 그렇다면 자기는 결국 아버지를 불행하게 만들고 있다. 아버지를 불행하게 하고 가정을 행복하게 만들려고 하고 있다. 있을 수 있는 일일까. 명배는 아버지에게 미안함을 느꼈지만 이제 와서 어쩔 수 없는 일이었다.

“명수두 내일 아침 돌아올 겁니다.”

명배는 명수도 아버지에 대해 호감을 가지고 있다는 뜻의 말을 했다. 이제 가족 전부가 협화음을 이루며 마음의 평화를 이루게 되었으니 후회할 것이 하나도 없다는 뜻도 포함된 말이었다.

“내가 그 애한테 좀 심하게 군 것 같은데 그런 이야긴 안 하든. 선미한테는 미안하단 말을 했다만……”

“네, 그거요. 그까짓 게 문제됩니까. 명수두 크게 생각지 않는 것 같습니다.”

명배는 언젠가 아버지가 선미와 명수 사이를 오해하고 있다는 명수의 편지를 받은 생각이 났다. 그러나 지금 명수에게 있어서 그런 것이 문제될 수 없었다.

“그래 줬으면 좋겠다만……”

명배는 아버지가 아들들에게 얼마나 신경을 쓰고 있는가를 느꼈다. 그런 것을 느끼며 서 여사와 약속한 장소로 가셔야겠다는 말을 했다.

“뭐 지금?”

아버지는 서 여사와 만날 마음의 준비가 안 되어 있는 것처럼 놀랐다.

“오늘 만나셔야 내일 그 분이 오실 수 있잖습니까. 이미 약속을 해 놨습니다.”

“그래?”

아버지는 풀이 죽은 대답을 했다. 이제 반대할 수는 없다. 끌려가는 수밖에 없다는 태도였다.

아버지와 함께 신촌으로 가며 명배는 아버지를 그렇게 만든 자기가 죄를 지은 것 같은 생각이 들었다. 앞으로 아버지를 위해 최선을 다해야겠다는 마음도 들었다.

이 날 아버지와 서 여사, 그리고 명배 세 사람의 회합은 명배의 주선 하에 순조롭게 진행되었다. 그리고 명배가 의도한 대로 원만한 합의를 보았다. 그래서 그들은 다방에서 나와 저녁식사까지 같이 했다. 말하자면 명배와 명수의 숙원이 이루어진 것이다.

그러나 나머지 명수에 대한 문제에 하나만이 난항을 걷고 있는 것 같았다. 명배가 아버지와 서 여사와 헤어져 명수의 하숙으로 갔을 때 명수는 아직 하숙에 와 있지 않았다. 저녁도 먹지 않았다는 말을 들었을 때 명배는 얼핏 오 여사를 생각했다. 오 여사를 만나러 간 것이라 생각했던 것이다. 그는 밖으로 나가 공중전화를 걸었다. 혜수가 받았다. 명수가 거기 가 있지 않느냐고 물었다. 오지 않았다는 대답이었다. 오 여사도 나가고 없다는 말을 했다.

두 사람이 지금 만나고 있다고 해서 문제가 새삼스럽게 악화되는 것도 아니련만 명배는 초조해졌다. 두 사람이 무엇을 계략하고 있을 것만 같았다. 그래서 명수가 집으로 돌아가지 못하게 되지나 않을까 하는 겁이 들었다. 어디 있는지를 알기만 한다면 따라가서 명수를 끌고 오고 싶었다. 그러나 어디 있는지를 어떻게 알 수 있을 것인가.

명배는 이 일에 대해서 힘이 되어 줄 사람은 혜수뿐이라고 생각했다. 혜수의 힘과 지혜를 빌어 어떻게든 명수를 집으로 돌아가게 해야 한다는 마음이 들었다. 그래서 혜수의 집으로 달려갔다.

그런데 혜수의 집을 들어섰을 때 명배는 뜻하지 않은 사실을 목격했다. 상오가 와 있었던 것이다. 명배는 우선 어제 오늘의 혜수를 생각했다. 적극성을 잃은 그미. 그래서 거리감을 느끼게 한 그미. 그러한 그미가 이상한 때 상오의 이름을 꺼낸 일이 있었다.

역시 두 사람의 사이는 여전히 가깝구나 의심하지 않을 수 없었다. 그런데 상오가 명배를 반기며 말했다.

"잘 왔다. 그렇지 않아도 지금 명수에 대해 의논을 하구 있던 참인데……."

그런데 혜수도,

"걱정이 돼서 상오 씨를 오라구 했던 거야."

맞장구를 쳤다. 있음직한 일이다. 그러나 자기가 서울에 없을 때라면 이해가 가는 일이다. 문제는 자기가 있는데 자기와 의논을 않고 상오와 의논하는 까닭이 무엇일까. 또 조금 전 전화를 걸었을 때, 그때는 왜 상오가 와 있다는 말을 안 했을까. 의심스러운 일이 아닐 수 없었다. 명배는 혜수를 걸레 같은 여자라고 생각했다. 때가 묻고 묻어 딱지가 더덕더덕 붙은 여자라고 생각했다. 싸울 필요도 없었다. 다시는 만나지 말아야 한다고 생각했다.

그는 속으로 결심을 했기 때문에 흥분 안 할 수가 있었다. 또 그 문제로 흥분할 때도 아니라고 생각했다.

"그래 의논한 결과 어떤 해결책이 나왔나."

명배는 상오와 혜수의 말을 그대로 믿고 있는 체하며 물었다.

“어머니에게 협박하기루 했어. 정 그런다면 아버지에게 편지를 하겠다구.”

혜수가 대답했다. 그러자 상오가 맞받았다.

“나두 그 방법밖에 없다구 생각했어. 그래두 안 들으면 혜수 씨 보구 자살 소동을 일으키라구 그랬지.”

그러는 것으로 보아 그들이 오 여사의 문제를 의논하고 있었다는 것만은 사실인 것 같았다. 그렇다면 왜 나를 부르지 않고 자기들끼리만 의논을 했을까. 연락할 길이 없었기 때문이라고. 그럼 내가 전화를 걸었을 때라도 빨리 와 달라는 말을 할 수 있었을 것이 아닌가. 알 것 같으면서도 알 수 없는 일이었다. 그렇다고 지금 왜 나를 부르지 않았느냐고 묻기도 쑥스러웠다.

“잘 했어. 결국 혜수가 나서지 않으면 일이 빨리 해결나지 않을 거야.”

명배는 두 사람의 의논이 결정적인 해결책을 만들어 주었다고 감사의 뜻을 표하는 수밖에 없었다.

“내게 맡겨. 끝장을 내구 말 테니까……”

혜수는 명배를 안심시키려는 듯 자신 있게 말했다. 그것도 이상한 일이었다. 명배가 부탁을 했을 때는 자기에게 무슨 힘이 있느냐면서 도리어 회피하던 혜수였다. 그러던 혜수가 상오와 이야기한 뒤에는 어떻게 적극성을 보이는 것일까.

도대체 혜수란 속을 알 수 없는 여자다. 갈수록 알 수 없는 여자를 알려고 해서 무엇 하는가. 포기해 버리자. 포기만이 내가 할 수 있는 일이다.

“먼저 좀 가 봐야겠는데……”

명배는 명수 때문에 불안해 견딜 수 없다는 태도를 보이며 떠나려 했다. 그러자 상오가 일어서서 말했다.

“내가 가야겠어. 바쁜 일을 하다가 왔었거든.”

그때 혜수가 이상한 말로 상오를 붙잡았다.

“놀다 가. 명이 있으니까 맘놓구 놀 수 있잖아.”

명배가 있으니까 마음놓고 놀 수 있다는 그 말 자체가 이상스러웠다. 반드시 뭔가 있는 것이 분명했다. 명배는 갑자기 상오가 미워졌다. 가장 친하다는 친구가 결국은 혜수의 마음을 잡아 놓고 있다. 그러면서도 아무 일도 없는 체 위장을 하고 있다.

명배는 상오와 함께 있는 시간을 만들고 싶었다. 이야기하는 도중 이상한 기미가 보이면 가차 없이 꼬집어 내고 결판을 짓고 싶었다.

"이왕 온 김이니 잠깐만 놀다 가지."

하고 자기도 놀다 갈 뜻을 보였다. 그러는데도 상오는 속이 켕기는지 고집을 부리며 먼저 돌아갔다. 전투의 기회를 잃고만 셈이었다. 상오가 돌아갈 때 혜수의 태도가 또 이상했다. 강하게 붙잡지는 못하면서도 섭섭해하는 표정, 배웅을 해 주면서도 쭈뼛쭈뼛 주저하는 태도, 그것들이 굉장히 어색하게 보였다. 마음과 행동의 조화를 잃은 여자 그대로였다.

명배는 포기한다는 생각을 가졌으면서도 그런 혜수를 보는 순간 참을 수가 없었다.

"이상한데…… 왜 표정이 그렇지."

"뭐가 또 어떻다는 거지. 오래서 왔던 사람을 대접두 못해 보내는데 그래 맘이 편할 수 있어."

혜수가 바락 화를 냈다.

"왜 화를 내는 거지."

명배는 주먹을 쥐고 그미를 쏘아봤다.

"화 안 나게 됐어."

쏘아보는 명배의 시선에 혜수는 그만 기가 죽었다. 화나지 않을 수 없는 마음을 알아 줘야 하지 않느냐는 태도를 보였다. 사실 혜수로서 화날 일이기는 했다. 상오가 보고 싶어서 어머니와 명수 일을 구실로 그를 불러들였던 것이다.

그를 오게 한 이상 어머니 문제를 의논하지 않을 수 없었다. 그리고 성의 없는 의논이라면 부른 데 대해 의심을 품을 것 같아 누구보다도 걱정하는 태도를 보였던 것이다. 그래서 아버지에게 편지한다는 말까지 나왔던 것이지만 뜻하지 않았던 명배의 방문으로 상오를 중도에 돌아가게 했다.

명배가 서울에 나오기 전까지 혜수는 상오를 한 번도 조용히 만났던 일이 없었다. 그미는 병원에서 소파수술을 한 뒤 상오가 더 보고 싶어졌었다. 그래서 어떤 때는 전화를 걸어 그의 목소리만이라도 들으려 했다. 그의 목소리가 들릴 때는 할 이야기가 없어서 전화를 끊었지만. 또 어떤 때는 그가 보고 싶어서 그의 집 앞에까지 갔었다. 그때도 그를 찾아갔던 것처럼 보이지를 못했다. 그러면서도 속으로는 상오가 그리워 견딜 수 없었다. 그러다가 명배가 온 뒤 명배와 함께 상오를 만났을 때 그미는 상오가 보고 싶은 마음을 더 참을 수가 없게 되었다. 그미 자신도 알 수 없는 일이었다. 명배가 옆에 있는데 상오가 더 그리워지는 까닭을.

오늘도 그랬다. 보고 싶어 보고 싶어 견딜 수가 없었다. 그런데다가 명배가 바쁘다고 가 버렸다. 좋은 기회라고 생각했다. 그래서 상오가 오지 않을 수 없는 구실을 만들어 오게 했던 것을 명배 때문에 파이가 되고 말았다. 어찌 화나지 않을 수 있겠는가. 그렇다고 해서 명배가 눈치를 채게 끝까지 화를 낼 수도 없었다. 명배는 명배대로 아직 자기에게 필요한 사람이니까.

명배는 그러한 혜수의 마음속을 모르면서도,

"마음대루 화를 내, 속이 시원하두룩."

더는 이야기할 필요도 없다는 듯 말했다. 그는 그저 그미의 따귀를 보기 좋게 후려치고 뛰쳐 나가고 싶은 심정뿐이었다. 만약 두 사람만의 시간이 좀더 연장되었다면 그런 식으로 두 사람의 관계가 끊어졌을지도 몰랐다. 그러나 악운은 빨리 끊어져서 안 된다는 듯 오 여사가 들어와 두 사람 사이의 분위기를 묵살시켰다.

"명배가 왔군. 뭐 좀 대접했니. 일선에서 고생하는 사람을…… 내가 바쁜 일이 있어서 그만……."

응접실에 들어서자마자 그미는 수다스럽다고 생각될 만큼 명배에게 친절을 보였다.

"대접할 새두 없었어요. 바로 조금 전에 왔는걸."

혜수도 오 여사에게 동조했다. 심드렁해 있는 명배를 풀어 줄 수 있는 기회라고 생각한 모양이었다.

"야, 빨리 가서 뭐 좀 가지구 와. 케이크두 있구 주스도 있잖아."

오 여사는 마땅히 해야 할 일을 못한 사람처럼 허둥대기도 했다.

명배는 그미의 친절이 어디서 오는 것인가를 생각했다. 딸의 애인이라고 해서 그러는 것인지 또는 자기 애인의 형이라고 해서 그러는 것인지를. 전에도 물론 친절했었다. 그러나 오늘처럼 친절을 눈에 보이려고 한 적은 없었다. 확실히 자기 애인의 형이라는 마음에서 친절할 것이다. 이렇게 생각하니 한시도 더 머물러 있고 싶지 않았다. 혜수가 케이크를 가져오려는 것인지 안방으로 가려 할 때 명배는 그미를 만류하고 빨리 가 봐야 한다는 말을 했다.

명수가 하숙으로 돌아갔을 것을 생각하니 사실 마음이 급하기도 했다. 그런데 오 여사가 옆에 와 팔목을 붙잡고는 왔다가 그냥 갈 수가 있느냐고 했다. 늘 오는 집인데 어떠냐고 했더니 그래도 곧 떠날 사람인데 그럴 수가 있느냐고 팔을 놓아 주지 않았다.

할 수 없는 일이었다. 그는 다시 소파에 앉았다. 앉기는 했으나 마음이 편할 리 없었다. 침울한 얼굴로 앉아 있는 동안 그는 명수의 이야기를 꺼낼까 생각했다. 앞으로 오 여사나 혜수나 모두가 적이 될 사람일지 모른다. 말을 선택하고 삼갈 필요가 없을 것 같았다. 그러나 차마 그럴 수가 없었다. 적이 될지도 모르지만 적이 안 될지도 모른다. 어찌 모욕적인 말로써 적이 될 계기를 만들 수가 있겠는가. 명배가 지킬 수 있을 때까지는 예의를 지켜야 한다면서 자제를 하고 있을 때였다. 오 여사가 뜻밖에도,

"명수 땜에 걱정을 하구 있지?"

마치 자기 마음속을 들여다보는 듯한 태도로 말을 꺼냈다. 명배는 이런 기회까지 놓칠 수는 없었다.

"조금은 걱정이 되는 것 같습니다."

"걱정할 것 없어. 지금 만나구 왔는데 다시는 만나지 않기루 했어……."

정말 뜻밖이었다. 오 여사가 자진해서 자기 이야기를 이렇게까지 솔직하게 말한다는 것이. 명배는 어리둥절할 정도였다. 무슨 말을 해야 할지를 몰랐다.

"내가 그 애를 아들처럼 귀여워했었지. 내게 아들이 없어서 그랬을 거야.

그런데 남들은 그렇게 보지를 않아. 또 그 애두 마음이 조금씩 달라지는 것 같구. 그래서 다시는 만나지 않기루 하구 헤졌어. 명배두 걱정 말어."

오 여사의 변명 비슷한 말을 듣자 명배에게는 더욱 할 말이 없었다. 안 만난다는 말만 들었으면 그만이다. 그 이상 다른 것을 알아볼 필요가 없는 일이었다. 또 그것이 사실이냐고 반문할 수도 없는 일이었다.

명배는 빨리 가서 명수에게 오 여사의 말이 정말인가를 확인해 보고 싶었다. 명수의 말 한 마디만 들으면 사건의 전모를 알 수 있을 것 같았기 때문이었다. 오 여사가 자기 딸의 애인으로 명배를 붙잡고 여러 가지 음식을 대접해 보내려 했지만 명배는 굳이 사양하고 명수의 하숙으로 갔다.

명수는 이불을 뒤집어쓰고 있었다.

"언제 왔니?"

형으로서의 친절을 보였지만 명수는 얼굴도 내밀지 않았다. 명배는 명수의 표정을 살피기 위해 이불자락을 들치고,

"저녁은 먹었니?"

걱정하듯 물었다. 그래도 명수는 눈도 뜨지 않았다. 눈을 감은 채 울고 있는 것 같았다.

"왜 기분 나쁜 일이라두 있니?"

명배는 어디까지나 부드럽게 물었다.

그런데도 명수는 대답할 생각을 안 했다. 명배는 오 여사를 만나 이야기를 듣고 왔다면서 명수를 위로해 줘야겠다는 생각을 했지만 아는 체하는 것이 도리어 그의 비위를 상하게 할 것 같아 모르는 체하고,

"내일 집으루 돌아가는 거지?"

그의 의사를 존중하려고 묻는 것처럼 말했다. 그때 명수는 방향을 돌려 벽 쪽으로 누우며 발작하듯,

"좀 내버려 둬요."

하고 소리 질렀다. 명배는 명수가 지금 고민하고 있는 것이라고 생각했다. 동시에 오 여사의 말이 사실이라고 생각했다.

명수는 오 여사를 전화로 불러내어 뚝섬으로 나갔었다. 한강을 끼고 뻗어

나간 둑이 건국대학교 앞까지 이르고 있었다.

높고 긴 그 제방 위에는 큰길이 나 있건만 인적이 드물었다. 서울이면서도 서울 같지 않은 곳이었다. 경사진 둑 풀섶에 앉기 전부터 명수와 오 여사의 대화는 시작되고 있었다. 명수는 오 여사를 만나자 곧 명배 이야기를 꺼냈다. 집안 사정이 그러니 빨리 집으로 돌아가야 한다고 했다는 명배의 이야기를 꺼냈을 때 오 여사는,

"정 그러면 돌아가지 뭐."

하고 대단치 않은 일처럼 말했다. 그러나 명배가 자기들 두 사람의 사이를 알고 있고 또 그 사이를 끊게 하기 위해 그러는 것이라고 말했을 때는 오 여사가 펄쩍 뛰며,

"어떻게 끊게 하겠다는 거지. 마음대루 해 보라구 그래."

마치 명배가 옆에 있기나 한 것처럼 흥분했다.

명수는 흥분하는 오 여사를 보는 것이 마음 든든했다. 어떤 일이 있어도 그미는 나를 사랑해 줄 것이다. 그러나 문제는 내일 아침 자기를 끌고 집으로 돌아가려는 형을 어떻게 저지할 것인가였다. 주먹다짐을 하며 싸울 수는 없는 일이다. 형이 일선으로 돌아갈 때까지 몸을 피한다고 해도 그 뒤에는 아버지가 찾아와서 야단을 하실 것이다. 하숙을 딴 데로 옮기면 학교로 찾아올 것이고.

학교도 집어치우고 평생 숨어서 살까. 그리 쉬운 일은 아닌 것 같았다.

"어떻게 하면 좋지요?"

"어떻게 하다니?"

오 여사가 도리어 의아한 태도로 물었다.

"형과 아버지가 언제까지나 못 살게 굴 것 같아서 하는 말예요."

이 말에 오 여사는 대답을 안 하고 혼자 생각에 잠겨 있었다.

"끝까지 그들의 눈을 피해가며 살기두 힘들 것 같지 않아요?"

명수가 조금 약해진 듯한 태도로 말했을 때에야 오 여사는,

"글쎄."

하고 한숨을 쉬었다. 명수가 약해지니까 자기도 자신이 없어진 듯한 태도

였다.

그러한 오 여사를 보자 명수는 적이 불안해졌다.

결국 오 여사의 책임 있는 말이 듣고 싶어졌다.

"글쎄."

오 여사는 꼭같이 자신 없는 말을 두 번 되풀이했다.

"자신이 없단 말씀인가요?"

"자신이 없다는 건 아냐. 명수를 위해 좀 달리 생각해야 할 때가 아닌가 해서 그러는 거지……."

"나를 위해 달리 생각하다니요?"

"나 때문에 명수가 아버지와 명배하구 원수처럼 지내서야 되겠어."

"난 상관없습니다. 이미 각오하구 있으니까요."

"아냐, 좀더 신중히 생각해야 할 문제 같아. 명수는 그야말로 앞길이 창창한 사람이거든. 그런 명수를 내가 불행하게 만들 수 있어?"

"언제부터 그런 생각을 했지요?"

"전에두 생각을 안 했던 것은 아냐. 하지만 명배가 강경하게 나온다니 그냥 넘길 수가 없는 것 같구만……."

"결국 나를 위해서 나에게 자유를 주어야겠다는 말인가요?"

"말하자면 그런 거지."

명수는 오 여사가 진심에서 우러나오는 말을 하고 있는지 종잡을 수가 없었다.

만약 진심에서 우러나온 말이라면 문제가 간단하지 않으리라 생각되었다.

"정말입니까."

"그런 걸 어떻게 거짓으루 말하나."

오 여사는 조금도 주저함 없이 대답했다. 결국 사랑의 절연장이다.

"나를 위하는 것이 아니라 오 여사 자신을 위해서겠지요."

"명수의 장래를 위해서야. 나 자신을 위할 것이 뭐 있나."

"똑바루 말씀하세요."

"정말이라니까. 나야 언제나 마찬가지 아냐. 혜수 아버지가 돌아와두 애정 없는 사이임에는 변함이 없으니까……."

이것은 거짓말이었다. 남편이 캐나다로 떠나기 전까지 그들은 애정 없는
생활을 하지 않았다. 서양 속담처럼 멀어질수록 마음도 멀어진 것뿐이었다.
마음이 멀어졌기 때문에 고독을 느꼈고 또 명수를 사랑했던 것이다. 상황의
변화가 없다면 오 여사는 최소한도 남편이 돌아올 때까지 명수를 사랑할 수
있을 것이다. 그런데 며칠 전 남편에게서 편지가 왔다. 앞으로 육 개월 뒤에
는 귀국하겠다는 것이었다. 그 편지를 받고도 별로 마음의 영향을 받지 않
았던 것이지만 명수의 집안 사정 이야기를 듣자 그미의 마음이 갑자기 변했
던 것이다. 남편이 돌아오면 남편과 전과 같은 생활을 해야 한다. 이혼할 아
무런 이유가 없기 때문이다. 명수와는 결혼할 수가 없지 않은가. 결혼할 수
없는 명수 때문에 남편과 이혼한다는 것은 생각할 수도 없는 일이다. 그렇
다면 명수가 자기 때문에 난처한 입장에 놓여 있을 때 깨끗이 헤어지는 것
이 좋지 않을까. 명수를 위한다는 구실을 내놓기도 좋다. 자기 남편 때문에
더 만날 수 없다는 말을 해야 할 경우보다 얼마나 편리한가.

"어쨌든 더 만나지 않는 것이 좋다는 거죠?"

"명수를 위해서 그래야 하지 않을까 생각해."

오 여사는 어디까지나 명수를 핑계삼았다.

"알았습니다. 말씀대루 실행하겠습니다."

명수는 슬프면서도 비겁하게 매달릴 수가 없었다.

"그렇다구 아주 안 만날 건 없겠지. 떳떳하게 그리구 양심의 가책을 받지
않게 만날 수 있잖아."

오 여사는 명수의 슬퍼하는 마음을 달래듯 말했다.

"그럴 수 있겠지요. 그렇지만 실제루 그렇게 될까가 문제겠지요."

"죄를 느끼지 않으면서 만나는 것이 더 아름답지 않을까."

"그새 죄를 많이 느끼게 해서 죄송합니다."

명수는 죄를 느낀다는 것 자체가 애정이 식은 증거란 생각을 하며 비꼬는
투로 말했다.

"이때까지 죄를 느꼈다는 게 아냐. 앞으루 언제든 그걸 느낄 것 같아서

그러는 거지."

"앞으루 느끼게 될 것까지 생각할 여유가 있으니까 좋으시겠습니다."

"비꼬는 투로 말하지 말어. 인간이란 이성(理性)을 부정할 수 없잖아. 언제든 이성이 눈을 뜰 때가 있을 거야. 그때는 죄라는 것을 알게 되는 거야."

"알았어요. 알았다니까요."

명수는 참을 수가 없었다. 자리에서 벌떡 일어나 옷을 털지도 않고 건국 대학교 쪽으로 걸었다. 궤변이다, 궤변이야, 속으로 외치면서…….

이미 마음이 식어 버린 여자라고 생각했다. 이미 자기와는 관계가 없는 여자라고 생각했다.

하숙으로 돌아온 명수는 그저 슬프기만 했다. 이십 년 동안 살아오면서 처음으로 바친 순정이 너무나 허술하게 깨지고 만 데 가슴이 아팠다. 슬프고 괴로웠다. 눈물이 자꾸만 흘러내릴 것 같았다.

어디 조그만 섬에 가서 단 둘이 행복하게 살자우, 하며 불타는 사랑에 부채질을 해 줄 줄 알았던 오 여사가 죄라는 허울 좋은 이성적인 말로 후퇴해 버리다니……. 그미는 나를 사랑하면서도 늘 후퇴할 길을 준비하고 있었던 것이 아닌가. 나의 장래를 위한다고? 여자는 거짓말을 너무나 잘 하누나.

형 명배가 뭐라고 하든 그 말이 귀에 들어올 까닭이 없었다. 설사 귀에 들어온다고 해도 대답할 정신이 없었다. 형도 귀찮을 뿐이었다.

명수가 괴로워하는 것을 본 명배가 어물어물할 때가 아니라는 듯,

"너 오 여사 때문에 괴로워하는 거지."

하고 오 여사 만났던 이야기까지 꺼낼 마음으로 물었다.

"몰라요. 몰라요."

명수는 여전히 명배를 상대로 하지 않으려 했다.

'오 여사는 너를 아들처럼 귀여워했다더라. 그런데 네 감정이 차츰 이상하게 변하는 것 같아 이제부터는 안 만나기루 했다더라.'

하고 들은 말을 그대로 전해서 명수의 마음에 변화를 일으키게 하고 싶었다. 그러나 그런 말로 명수를 더욱 흥분시키고 따라 그 흥분이 다른 방향으로 발전할 것 같아,

"이미 끝난 걸 가지구 고민할 거 뭐니. 끝나지 않을 수두 없는 일이지만……."

하고 명수의 마음을 건드리지 않고 진정시키려 했다. 명수는 대답을 안 했다.

"명수야. 너는 혼자가 아냐. 아버지와 나를 생각해서두 마음을 진정시켜라. 또 새어머니가 된 서 여사에게 아름답지 못한 꼴을 안 보여드려야 하지 않겠니."

명배가 어린애 달래듯 달랠 때야 명수는,

"형! 정말 오늘 밤만 내버려 둬 줘요. 할 말이 있거든 내일 하구."

하고 애원을 했다.

명배는 그 애원을 받아들이지 않을 수 없었다. 울고 싶을 때는 실컷 울도록 내버려 두는 것이 현명한 일이다. 아무 말도 않고 밤을 보냈다.

다음날 아침 눈을 떴을 때 명배는 이불 속에 누운 채,

"잘 생각했니."

하고 물었다. 명수는 언제 눈을 떴는지 천장만 바라보면서,

"오늘 집으루 들어가겠어요."

하고 대답했다. 우리에 집어넣을 때 미칠 듯 발버둥을 하다가 우리 속에 들어간 뒤에는 맥을 잃고 늘어진 동물 같다고나 할까. 명수는 기진맥진한 상태였다.

"잘 생각했다. 좋은 것이 좋은 거니까……."

명배는 이불 속에서 나와 몸을 일으켜 앉히고 명수의 손을 잡았다. 명수가 눈을 껌벅이며 천장만 쳐다보고 있었지만 명배는 피 부족한 환자에게 수혈을 하는 듯한 기분으로 이야길 계속했다.

"난 이렇게 생각한다. 우리 나라 사람은 아직까지두 가정을 파괴한다면 정신적 지주를 잃는 것이 아니겠니. 아버지가 우리와 타협하신 것을 생각해 봐라. 우린 개인적인 불만이 있다 해두 가정에다가 자기를 맞춰 가며 살아야 한단 말이야."

그래도 명수는 천장만 쳐다볼 뿐 대답을 하려 하지 않았다.

그래도 명배는 명수가 자기 이야기를 듣고 있는 것이라 생각했다. 이유가

어디 있든 자기에게 굴복한 명수가 아닌가. 아무 말도 못하는 것은 자기 마음을 정리 못한 허탈감 때문일 것이다. 허탈 상태에서 있을 때는 정신적으로도 반항을 못한다. 반항을 못할 때 하고 싶은 말을 해 두는 것이 좋다. 그래서 명배는 또 이야기를 꺼냈다.

"네가 오 여사를 얼마나 사랑했는지 모른다. 그러나 내 보기엔 오 여사가 너를 죽도록 사랑했을 리 없다구 생각한다. 너를 진심으로 사랑할 여건을 가지구 있는 여자가 아니야. 순간적으루 사랑했을지는 모른다. 아마 그랬겠지. 그러나 순진하구 순구한 너는 순간적인 애정에 만족할 수가 없다. 언젠가 파탄이 오구야 말거다. 그러니 그 상처가 크기 전에 끝을 내는 것이 현명한 일이 아닐까 생각했다. 나두 혜수를 그만 만나기루 했다. 확실히 두 마음을 가지고 있는 여자다. 엔조이를 한다든가 유희를 할 때는 그런 여자두 무방하겠지. 그렇지만 생명을 걸구 사랑하려구 할 때는 그런 여자가 부적당한 거야. 지금 내 마음두 터지는 것 같다. 그렇지만 어쩌겠니. 잊어야 할 여자는 잊어야지. 너만이 괴로운 상태에 있다구 생각지 말구 나를 보면서 힘을 얻어라. 누구에게 물어두 너보다 내 심적 타격이 더 크다구 할 거다."

이야기를 끝내고 명수를 잡아끌며 일어나라고 했다. 어서 세수를 하고 조반을 먹은 뒤 이 집을 떠나자는 것이었다. 그런데 명수는 명배의 손을 뿌리치고 이불로 얼굴을 뒤집어쓴 뒤,

"어 허 허."

소리를 내어 울기를 시작했다. 우리 명수의 마음이 얼마나 아플까 생각할 때 명수가 불쌍하게 보였다.

"울지 마라. 울어 줄 가치두 없는 여자라구 생각해. 나는 너보다 오랫동안 순정을 바쳐 왔다. 그러나 순정은 물질적인 재산과 달라, 써서 탕진했다구 뿌리까지 뽑히는 것이 아냐. 뿌리만 살아 있으면 새싹이 얼마든지 솟아나는 것이거든."

이런 말을 하고 있는 명배 눈에서도 눈물이 흐르고 있었다.

"형! 그래두 마음이 아픈 걸 어떻게 해."

명수가 일어나 앉으며 명배의 손을 잡았다.

"나두 아프다. 너만 못지않게……."

서로 손을 잡고 울 때 명배는 이제부터 아픔을 느껴야 할 사람은 자기라는 생각을 했다. 어젯밤에도 제대로 잠을 자지 못했다. 그러나 명수 걱정이 슬픔의 구멍을 막고 있었을 뿐이었다. 구멍을 막아 물이 터져 나오지 못하게 했던 것이다. 그러나 이제 막혔던 구멍이 뚫어졌다. 어떻게 슬픔을 견뎌 나갈 수 있을까.

"형! 일어납시다. 준비를 해야지요."

도리어 명수가 일어나 명배의 손을 잡아끌었다.

"허허, 내가 울었지?"

명배는 억지로 웃으면서 일어섰다. 동생에게 형답지 않은 꼴을 보이고 싶지 않았기 때문이었다.

그들은 자리를 개고 세수를 한 뒤 조반을 먹자 짐을 싸기 시작했다. 짐을 싸는 도중 명배가 물었다.

"책상이랑 의잔 어떻게 할래?"

"내버리구 가요."

"널 준 건데 그래두 가지구 가야지 않니."

"추억이 붙어 있는 걸 왜 가지구 가요."

명수의 태도가 완강했다. 그러나 명배는 어떤 의견이 객관적으로 옳을 것인가를 혼자 생각해 보았다.

좋아할 때 선물로 받은 넥타이가 하나 있다고 하자. 사랑이 깨어졌을 때 그것이 괴로운 추억을 만들어내는 재료가 된다고 해서 그것을 찢어 버리거나 불태워 버려야 할 것인가. 명배는 그런 물건을 몸에 간직할 필요가 없다는 생각을 했다. 기억은 괴로움만을 안겨 줄 테니까.

그러나 한편 사랑이 끝날 때까지는 그 사랑이 아름다운 것이었다. 끝남으로 해서 괴롭고 슬픈 것이 되는 것이지만 끝나기 전까지만은 아름답고 순결한 것이었다. 그렇다면 아름다웠던 것은 아름다운 것으로 남겨야 하지 않을까. 아름다웠던 것까지를 추한 것으로 만들 필요가 무엇일까. 아름다웠던 것을 추한 것으로 만든다는 것은 자기의 과거, 과거의 자기를 추한 것으로 만

드는 것이 된다. 아름다운 것은 어디까지나 아름다운 것으로 남길 필요가
있다.

"이것들을 가지구 가자. 네가 필요한 것이 아니니."

명배는 책상과 의자를 가리키며 말했다. 그러나 명수는,

"싫어요. 그까짓 것 없어두 살아요."

생각할 가치가 추호도 없는 일이란 듯 말했다. 오 여사에게서 받은 충격
이 여간 크지가 않은 모양 같았다. 명배는 구태여 그 물건들을 가지고 가야
한다고는 생각지 않았다. 명수가 싫다면 그만이다.

"좋두룩 해라."

명배는 주인 여자를 불러 그 동안의 하숙비를 지불했다. 그리고 책상과
의자를 오 여사에게 돌려 주라는 부탁을 했다.

왜 갑자기 집으로 가느냐고 주인 여자가 물었지만 명배는 그새 신세를 많
이 졌다는 인사를 했을 뿐 집으로 돌아가는 이유를 설명하지 않았다.

리어카를 앞세우고 두 형제가 걷기를 시작했다. 동대문을 지날 때쯤 해서
야 명수가,

"혜수 씨와 아주 헤어졌어요? 이때까지 상오 형과 그러구 있었나요."
하고 물었다.

"그런 것 같더라."

"그저께는 왜 그런 말을 했지요. 변하지 않을 것처럼."

"어제야 알았으니까."

"여자의 마음이란 그렇게두 알 수 없는 건가요."

"신뢰성이 상실돼 가구 있는 시대니까……."

"죽구 싶어요."

"나두 그렇다."

"상오 형을 그냥 둬 두겠어요."

"죽이지두 못하구 어떻게 하니."

"세상이 싫어졌어요."

"나두 그렇다."

복잡한 거리에서 주고받은 이런 대화가 누구 귀에 들릴 것인가. 누구 귀에도 들리지 않는 이런 대화들이 서울을 불안하게 하고 있지나 않은지.

명배와 명수가 집에 이르렀을 때 집에서는 놀라울 만한 일이 벌어지고 있었다. 아버지가 도배장이와 함께 안방 도배를 하고 있었다. 새 손님을 맞기 위한 준비였다. 아버지는 풀칠을 하고 도배장이는 그것을 갖다 붙이고 있는 광경을 볼 때 명배는 웃음이 킥 나오려는 것을 겨우 참았다. 그렇게까지 고집을 부리던 아버지가 서 여사를 위해 학교도 결근하고 손수 도배를 하다니…….

그들을 보자 잠시 일손을 멈추고,

"어서 너희들도 일을 좀 도와라."

하면서 다시 풀칠을 계속하는 아버지였다. 명수에게는 짐을 풀어 옮기게 하고 명배는 군복을 벗은 뒤 아버지 곁으로 갔다. 이야기가 필요 없었다. 오후에 올 서 여사를 위한 준비만이 다급했다. 새 손님이다. 아니 이 집의 새 주인이 될 분이다. 그 분을 위해 방을 단장하듯 마음도 새롭게 단장해야 한다는 생각이었다.

14

시간이 갈수록 명수의 머리에는 죽음이라는 글자가 깊이 패어 들어갔다. 자기에게 허락되어 있는 것은 오직 죽음뿐인 것 같았다. 앞으로 살아갈 것이 너무나 슬펐던 것이다. 슬퍼야 할 미래를 살기보다는 슬픔을 단축시키는 죽음에 애착을 느끼는 것인지도 모른다. 죽음이 공포로 맞서는 것이 아니라 친밀감을 가지고 접근해 왔다.

형이 가서 서 여사를 모셔 왔다. 집안이 떠들썩했다. 명수는 잠시 안방으로 가서 서 여사에게 인사를 한 뒤 자기 방으로 돌아와 죽음에 접근하는 길만 모색했다.

다음날 명수는 학교에도 안 가고 오 여사에게 전화를 걸고 만나고 싶다는 말을 했다. 마지막으로 한 번만 더 만나고 싶었던 것이다.

"왜 학교엘 안 가지. 그래서 돼?"

오 여사는 학교에 안 가는 것을 걱정했다. 언제부터 모범학생이 되기를 바랐던가. 잠깐만 만나고 싶다고 했을 때 그미는 그렇다면 집으로 오라고 했다. 명수는 아무데라도 무방하다고 생각했다. 최후로 그미의 얼굴을 한 번 더 보고 싶을 뿐이었으니까. 오 여사는 자기 개인 방이 아니라 응접실로 그를 안내했다. 그리고는 첫마디가,

"학생이 학교엘 안 가면 어떻게 하지."

또 학교 걱정이었다.

"어떤 생활 속에서두 자기가 해야 할 일은 해야지 않아."

설교만 하려는 오 여사였다. 그리고는 식모를 불러 커피를 끓여 오게 했다. 커피를 끓여 오자 그때는 과일을 가져오라고 했다. 사과를 가지고 오자 사과는 가지고 가고 깡통에 든 복숭아를 가져오라 했다. 전 같으면 단 둘이 있을 시간을 만드느라 있는 지혜를 다 동원했을 텐데 이 날은 단 둘만이 있을 수 없는 시간을 만드는 데 온 지혜를 동원했다.

식모를 다시 부를 일이 없게 되자 오 여사는 서 여사가 어제 왔느냐고 물었다. 그렇다고 대답하자,

"새어머니를 기쁘게 해 드려. 명수 때문에 집안이 침울해져서야 돼?"

또 설교였다. 어이가 없어 말을 못하고 있는 명수에게 그미는,

"할 수 없잖아. 사람이란 환경을 무시하구는 살 수가 없는 거니까."

자기의 인생관을 피력하는 듯이 말했다. 명수는 언제부터 그런 생각을 가졌냐고 묻고 싶었지만 그랬다가는 싸움이 벌어질 것이 분명했기 때문에 못 들은 체해 버렸다. 싸우고 헤어지기는 싫었다. 헤어지기는 헤어지되 조용한 후퇴를 하고 싶었다.

"잘 알았습니다. 다시는 괴롭혀 드리지 않겠습니다."

마지막 말 한 마디를 할 때 오 여사가 붙잡았다. 마지막 말에 안정되었던 마음이 다시 흔들리기 시작하는 모양이었다.

"왜 그런 말을 해. 누가 명수 때문에 괴롭다구 그랬어."

"현실과 감정의 불균형을 느낄 때는 괴롭지 않을 수 없잖습니까."

"그런 소리 하지 말어. 난 명수를 만날래. 계속해서 만날래. 죄를 느끼지 않는 한도 안에서."

오 여사는 명수를 얼싸 안았다. 그러나 명수는 그미를 밀어냈다. 보기가 싫었던 것이다. 마지막으로 한 번만 보려고 했던 그미의 얼굴이 어쩐지 추하게만 보였다.

"이러는 덴 죄를 느끼지 않으시나요."

명수는 마지막으로나마 그미를 만난 것을 후회했다. 보지 않고 떠났다면 차라리 아름다운 환상을 가지고 죽을 수 있을 것을.

"안녕!"

그는 뒤로 돌아서며 마지막 인사로 손을 흔들어 보였다.

명수는 큰길로 나와 지나가는 택시를 유심히 살폈다. 빈 자동차라 해도 운전수가 나이 들어 보이면 그냥 흘려 보냈다. 몇 대를 그렇게 보내다가 한 택시에 손을 들었다. 유달리 젊어 보이는 운전수였기 때문이었다. 자동차 안에 오르자 그는 천안까지 가 달라고 말했다. 운전수는 좋다는 뜻이겠지만 아무 말도 않고 자동차를 제3한강교로 돌렸다. 그리고는 고속도로에 이르기 전부터 마구 속도를 내어 기회 있는 대로 다른 차를 앞질렀다. 명수는 이 운전수가 자기 계획을 이루어 줄 것이라 생각하며 차창 밖을 내다보았다. 한남동 서양인 촌이 내려다 보였다. 서양인 촌이 아니었다면 서울 어디서나 볼 수 있는 판잣집이 꽉 차 있을 높은 언덕이었다. 보기에만도 기분이 상쾌할 만큼 단아하고 깨끗한 집들이 갖가지 색채와 제각기 다른 모양을 자랑하듯 얼굴을 내밀고 있었다. 남의 나라에 와서도 원주민보다 호화로운 집을 짓고 특권층으로서의 생활을 과시하고 있는 그들을 생각하며 지금 죽음의 길을 향하고 있는 자기 감정이 사치스러운 것이나 아닌가 하고 반성해 보았다. 못 사는 민족이다. 그래서 좀더 잘 사는 민족이 되어 보자고 근대화 작업을 하고 있는 도중에 있는 민족이다. 보리밥을 먹고 있으면서 쌀밥을 먹으려 한다. 오막살이 신세에서 아파트 생활이라도 해 보려 한다. 그런 정도의 생활권에서 살면서 애정 문제로 죽음을 택한다고 하면 저 서양 사람들이 비웃지나 않을지. 남의 나라에 가서도 거드름을 피우며 살 정도가 되어야 그래도 먹고사는 일을 잊고 죽네 사네 하는 말을 할 수 있지 않을까.

그러나 그는 곧 그런 것을 열등의식이라 생각했다. 후진국가임에 틀림없지만 후진국가의 국민이라고 해서 인간적인 기본조건까지 부정할 필요가 무엇인가. 자기를 비하할 필요도 없다. 자기를 학대할 필요도 없다. 외부적 조건이 구비되지 않았다고 해서 인간의 가치 자체가 저하되는 것은 아니니까.

한국에서 폭이 가장 넓다는 제3한강교에 이르자 자동차는 눈에 띄게 속력을 냈다. 경부선 고속도로가 시작되는 지점이었다. 명수는 젊은 운전수가 자기 계획대로 움직이리라 생각하며 그의 얼굴을 엇비슷이 바라보았다. 머리를 스포츠형으로 깎았지만 고수머리가 심했다. 얼굴의 피부가 소름이 솟은 듯 거칠었다. 신경질적인 사내에 틀림없었다. 시야가 넓게 그리고 멀리까지 보이는 길이지만 그는 공연히 좌측과 우측에 눈을 돌리곤 했다.

어느새 통행세 받은 곳에 이르렀다.

차를 세운 운전수가 백미러로 명수를 보며 돈을 자기가 내려느냐고 물었다. 명수는 운전수의 기분을 해치지 않아야 한다는 생각으로,

"내가 내지요."

하고 주머니에서 돈을 꺼내 주었다. 돈을 주고 영수증을 받은 운전수는 곧 차를 움직여 속도를 놓기 시작했다. 미터가 팔십 킬로를 가리킬 때 명수는,

"이 차는 몇 킬로까지 달릴 수 있죠."

하고 물었다.

"새 차니까 백이십 킬로까지는 내지요."

운전수가 새 차라는 것을 자랑하며 으스댔다.

"백이십 킬로는 좀 위험하지 않습니까."

"위험하기는요. 두구 보십시오."

으스대는 운전수가 고마웠다. 그래야만 자기 계획이 안성맞춤으로 들어맞게 된다. 명수는 앞만을 내다봤다. 커브 있는 곳을 찾으면서 계획을 실행할 마음을 발동시켰던 것이다.

그러나 일반 도로와 달라 급커브 진 곳이 별로 없었다. 뽀얗게 내다뵈는

직선이 아니면 완만해서 직선과 별 차이가 없는 그런 커브였다. 그런데다가 운전수는 백 킬로 이상의 속력도 놓지 않았다.

"역시 백이십 킬로는 자신이 없는가 보군요."

명수가 운전수의 비위를 한 번 긁어 보았다.

"혼자서야 싱거워서요. 경쟁하는 차가 있어야지……."

"달리는 거야 신나는 맛에 달리는 게 아닙니까. 혼자서는 신이 안 나나요."

"그럼 달립시다."

미터가 백십까지 돌았다. 이십 가까이 갈 때 명수는 이런 때 앞바퀴 하나가 펑크가 나지 않는가 생각했다. 펑크만 나 준다면 커브를 기다릴 것 없이 일은 제대로 이루어지고 만다. 눈이 내려 길이 미끄럽다든가 안개가 끼어 앞이 잘 보이지 않기만 한다 해도 일은 제대로 되는 것인데 고속도로에는 아무런 악조건이 없었다.

까만 고속도로가 까맣게 뻗어 있다. 태양광선을 가리는 구름 한 점 없었다. 운전수가 핸들을 잡고 있기만 하면 금시 대구에도 부산에도 도착할 것 같았다. 아직 대전과 대구 사이가 완성되어 있지 않지만 얼마 안 있어 서울과 부산은 네 시간으로 직결된다. 사백 몇십 킬로밖에 안 되는 거리지만 서울과 부산은 아주 가까운 이웃이 되고 만다.

흑색—— 원색 가운데서도 가장 짙은 흑색의 고속도로는 서울과 부산을 직결시키는 지면을 고정(固定)시켰다. 고정된 도로는 중간에 있는 여러 도시들을 줄에 꿰여 매달고 있다. 그래서 정치 사회 경제 문화 등 국가의 근대화 사업에 마력(魔力)적 역할을 하고 있다. 가장 칙칙하면서도 가장 화려한 흑색의 마력이라 할까.

까만 옷은 젊은 사람에게도 또 늙은 사람에게도 어울린다. 남자에게도 여자에게도 사치스럽게 보인다. 그러나 자연이나 동물이 새까만 경우에는 징그럽고 불길해 보인다. 해삼 도롱뇽 얼마나 징그러운가. 까마귀는 얼마나 불길해 보이고. 그래서 식물 같은 데는 까만색이 별로 없다. 마력을 가진 빛깔이다. 그래서 명수는 그 까만 고속도로 위에서 죽을 것을 생각했는지도 모른다. 까만 고속도로에서 죽는다면 핏빛도 제 빛깔을 나타내지 못하리라. 어디서도 생각 못할 그 속도 가운데서 죽으면 근대화 속에서 목숨을 산화(散花) 시킬 수도 있다. 죽어도 구질구질하지 않게 죽는다. 고통을 느낄 까닭도 없다.

커브는 없는가. 커브진 곳만 나타나면 운전수를 흘려 차가 전복하도록 하고야 말 텐데 어째서 고속도로에는 급커브가 없는가.

어느새 천안으로 들어가는 인터체인지가 가까웠다. 명수는 운전수에게 대전까지 더 가 달라고 부탁했다. 돈을 많이 청구했다. 명수는 가다가 죽을 텐데 돈 문제로 운전수의 비위를 건드릴 필요가 없다고 생각했다. 달라는 대로 주마고 한 뒤 앞으로도 커브가 없을 경우에는 비상수단이라도 쓸 생각을 했다.

"대전까지는 얼마나 걸리나요."

운전수가 딴 눈치를 채지 못하게 이야기를 시켰다.

"두 시간이면 넉넉합니다."

"오늘루 돌아와야 하니까 좀 부탁합니다."

그렇지 않아도 운전수는 놀랄 만큼 속력을 놓고 달렸다. 백 킬로 선을 유지하면서. 명수는 백이십 킬로가 될 때를 기다렸다.

백이십 킬로 달리기만 하면 운전사의 목덜미를 비틀고 핸들을 아무렇게나 잡아당긴다. 그러면 차가 나뒹굴 것이고 차가 나뒹굴기만 하면 일은 끝난다.

명수는 집에 유서를 써 놓고 나오는 것이 좋지 않았을까 생각했다. 집에는 써 놓지 않는다 해도 오 여사에게 편지를 써서 부쳤더라면…… 그러면 오 여사가 조금쯤 후회를 할 것이 아닌가. 조금쯤 슬퍼도 하겠지. 남 없는 데서라도 눈물을 흘릴 것이다. 내 시체가 있는 데로 달려오지는 못하겠지. 그렇지만 내 무덤을 찾아와 꽃다발이라도 놓고 갈 것이 아닌가.

그러나 명수는 머리를 흔들었다. 모두가 부질없는 일이라 생각했던 것이다.

나는 내가 슬퍼서 죽는다. 슬퍼야 할 미래 때문에 죽는다. 오 여사가 슬퍼

한다고 해서 내가 안 죽을 것도 아니오. 오 여사가 슬퍼한다고 해서 내 혼이 위로를 받을 것도 아니다. 그냥 죽을 뿐이다. 죽음으로 슬픔을 청산하는 것이다. 죽음을 알릴 필요는 무엇인가. 생에 애착이 있는 것처럼 유서를 쓴다는 것 자체가 유치스런 일이다. 스피드의 시대에서 스피드 속에서 죽으면 그뿐이다. 될 수만 있으면 뼈다귀 하나 남기지 않고 죽어야 한다.

속도기가 백이십을 가리키고 있었다. 명수는 갑자기 한 손을 내밀어 운전사의 목을 졸랐다. 그리고 한 손으로 핸들을 잡으려 할 때였다.

"이게 뭐야."

운전사가 뒷머리로 명수의 면상을 받았다. 아찔했다. 눈에서는 불똥이 튀었다. 쿠션에 쓰러지며 두 손으로 눈을 가렸다. 그러는 사이에 운전사가 차를 멈춰 세우고 운전사 석에서 나와 뒷문을 열고 명수를 끌어내렸다.

"이 새끼, 너 택시강도구나."

운전사는 명수를 몇 차례 후려치고는 그래도 시원치 않은지 앞으로 박치기를 했다. 명수가 쓰러지자 마구 발길질을 했다. 명수는 완전히 정신을 잃었다.

명수가 눈을 뜬 곳은 병원이었고 처음으로 입을 연 곳은 경찰서 구치소였다. 그가 눈을 뜨자 어떤 사람이 자꾸만 이름과 주소를 물었다. 그러나 구치소로 끌려올 때까지 그는 입을 한 번도 열지 않았다. 강도미수로 심문 받고 있다는 사실 때문은 아니었다. 그는 강도미수라는 것을 생각해 본 일이 없었다. 정신을 잃고 쓰러지기 전 운전사가 자동차 강도라고 한 말이 얼마 뒤 기억으로 소생할지 모르지만 아직은 그런 기억이 떠오르지도 않는다. 누구 하나 언제부터 강도질을 했느냐고 협박조로 물어 보는 이도 없었다. 그저 달래면서 이름과 주소만 물어 본 것이다.

명수는 오 여사가 달려오고 아버지가 달려올 것만을 생각했다. 그 생각이 그의 입을 막고 있었던 것이다. 그런데 구치소로 끌려오자,

"너 언제부터 강도질했니."

"형무소 생활 몇 번이나 했니."

라는 말이 들렸다. 동시에 자기가 지금 강도미수로 구금되어 있다는 사실을

알게 되었다.

"그런 일 없습니다."

당장에 죽어도 그런 혐의를 받고 싶지 않아 처음으로 입을 열었다.

"자식, 거짓말 말어."

얼굴에서 찰칵 소리가 남과 동시에 눈에서 불꽃이 번쩍였다. 그러나 그는 다시 입을 잠갔다. 입을 열기 시작하면 자살하려던 이야기, 그리고 자살의 이유 등을 이야기해야 할 것 같았기 때문이었다. 그것은 싫었다.

명배와 아버지가 경찰서로 찾아온 것은 다음날 아침이었다. 그들을 보자 명수는 와야 할 일이 오고야 말았다는 절망감 같은 것을 느꼈다. 이름과 주소는 어쩔 수 없었다. 안 불 수가 없었다. 안 불 수가 없어서 불 때 명수는 아버지나 형이 면회 올 것을 생각했다. 경찰이 반드시 연락할 테니까……. 만약 형이나 아버지가 온다면 자기는 마지막이라고 생각했다. 자동차 강도라는 죄명을 써도 그렇고 자살을 하려다가 그렇게 되었대도 마찬가지다. 그들에게 얼굴을 들고 살 수가 없는 인간이 되고 마는 것이다.

그런데 정작 그들이 나타났다. 아버지가 겁에 질린 얼굴로,

"어떻게 된 일이냐, 응."

하고 사건의 진상을 알고 싶어했다. 꾸지람부터 할 줄 알았던 아버지가 그렇게까지 약해진 데 대해 명수는 별반 감동을 느끼지 않았다. 그래서 아무 대답도 안 하는 자신에게 별 가책을 느끼지 않았다.

"설마 운전사에게 금전을 요구한 건 아니지."

경찰에게 그 동안의 경위를 들은 듯한 형 명배가 명수의 속셈을 짐작한다는 듯이 물었을 때도 명수는 긍정도 부정도 하지 않았다. 이미 다 산 목숨이다. 구치소 안에서라도 기회만 있으면 죽어야 할 목숨이다. 그런데 이러쿵저러쿵 시시한 이야기는 해서 무엇 할 것인가. 명수는 말처럼 시시한 것이 없다고 생각했다. 시시할 뿐 아니라 전혀 필요가 없는 것이다.

"알아야 손을 쓰지 않겠니. 시원하게 이야기나 해 봐라."

아버지가 애원하듯 말했다.

"뭣 하러 대전엘 내려오던 거냐. 그리구 운전수의 목을 조르려 한 것 뭣

때문이구."

형은 한 가지씩 심문하는 투로 물었다.

"경찰이 묻는데 묵비권을 쓰는 이유는 뭐지. 묵비권을 쓰면 시일만 지연되구 그만큼 너한테 불리하다는 걸 모르니."

그래도 명수가 대답을 안 할 때 이번에는 아버지가 말했다.

"명수야, 빨리 진상을 밝혀서 네가 풀려 나와야 하지 않겠니. 나는 네 소원을 다 이루어 줬다고 생각하는데 뭐가 그리 불만이냐."

아버지와 명배가 번갈아 가며 명수의 입을 열게 하려고 별별 말을 다했지만 명수는 끝내 입을 열지 않았다. 명배는 괘씸하게 생각했다.

"너 죽을 때까지 여기서 살거라."

악담을 하고는 아버지를 강제로 끌고 구치소를 나왔다. 그리고는 담당 경찰에게,

"어떤 방법으로든 입을 열게 해 주십시오."

하고 부탁했다. 그것은 명수가 그래도 강도를 하려 한 것이 아닐 것이라는 신념을 갖고 있었기 때문이었다. 그리고 그런 혐의를 빨리 풀어 주고 싶기 때문이었다.

"알겠습니다. 그리 힘든 문제두 아닙니다."

부탁하는 명배가 현역 육군소위라는데 억압감을 느끼는 듯 경찰이 대답했다.

경찰에게 그런 부탁을 하고 경찰서를 나올 때였다. 경찰서로 들어오고 있는 오 여사와 혜수와 맞부닥쳤다. 서울을 떠날 때 명배가 전화로 오 여사에게 알렸던 만큼 그들이 내려오는 것이 당연한 일일지 몰랐다. 그런데도 명배는 그들을 보는 순간 약간 놀랐다. 오 여사의 심장이 강하다고 생각되었던 것이다. 그러나 지금 자기가 주인과 같은 입장에 있다. 또 군복을 입었으니 그미들을 도와주는 데 편리하다. 그래서 경찰에 교섭을 하고 명수에게 가서 오 여사가 면회 왔다는 말을 전했다.

명배가 오 여사를 데리고 가기 전에 명수의 의견을 먼저 들은 것은 명수가 오 여사를 만나고 싶어하지 않을지도 모른다는 생각 때문이었다. 지금

명수는 오 여사를 증오하고 있을지도 모른다. 그렇다면 만나지도 않게 해 주는 편이 명수를 위해서도 옳은 일 같았다.

명수는 오 여사가 면회 왔다는 말에만은 반응을 보여 주었다. 벙어리 같던 그가,

"절대루 만나지 않습니다."

하고 단호하게 거절했다. 명배는 그런 명수의 심정을 이해하고 더 권하지도 않았다. 그리고는 오 여사에게 나와 명수의 말을 그대로 전했다. 오 여사는 꼭 좀 만나게 해 달라고 했다. 하고 싶은 말이 있는 모양이었다.

"본인이 싫다는 걸 만나실 수 있습니까."

명배는 명수를 이해하는 입장에서 말했다. 명배도 오 여사가 증오스러웠던 것이다. 명수를 사랑했던 사실이 아니라 명수를 괴롭게 한 여자라는 점에서.

"그 애가 너무나 큰 오해를 하구 있었어. 그걸 일러 줘서 맘을 바로 잡게 해야겠어."

오 여사가 어떤 의무감 같은 것을 느끼며 면회를 요구했다. 명배는 그러는 오 여사가 더욱 증오스러웠다. 무슨 의무감이 자기에게 있단 말인가.

"그 애가 무슨 오해를 하고 있죠?"

어른에게 무례한 질문인 줄 알면서도 짓궂게 물었다.

"건 만나서 직접 말할게."

"직접 말씀하실 기회가 없을 겝니다. 저를 통해 말씀해 주십시오."

오 여사는 잠시 무엇을 생각하다가,

"그 애가 나를 자기와 연령이 같은 여자루 착각하구 있어. 그걸 말해 줘야겠어."

명배는 그것이 말도 안 되는 말이라고 생각했다. 이때까지 서로 좋아하다가 이제 와서 그런 소리를 한다는 것은 염치없는 일이라고도 생각했다. 그러나,

"지금 그런 말을 해야 할 이유가 뭐지요."

마치 명수가 일으킨 사고와 오 여사와의 사이에 아무 관계가 없다는 듯

말했다.

"그런 생각 때문에 위험한 행동을 할 가능성이 있어서 그래."

명배는 더 이야기할 필요가 없다고 생각했다.

"좌우간 지금은 면회를 안 하겠다니까. 다음 기회에 와 주십시오."

하면서 자기도 명수와 한 마디의 말도 못했다는 것을 덧붙였다. 오 여사와 혜수를 데리고 고속도로 버스 시발점으로 가면서 명배는 혜수도 나와 만나지 않게 될 때 모든 사람에게 '나는 좋아하지두 않았는데 명배 혼자서 그랬던 거야!' 하고 말하지나 않을까 생각했다. 여자는 자기가 죄를 짓고도 그것을 공범자의 단독 행위로 전가시키려고 하는 것이니까.

버스 안에서는 어쩔 수 없이 명배와 그의 아버지가 한 자리에 앉고 오 여사와 혜수가 한 자리에 앉았다. 명배는 그것이 차라리 잘 되었다고 생각했다. 혜수와 함께 앉으면 마음이 거북할 것 같았기 때문이었다. 그러나 아직 아주 헤어지자는 것을 선고하지 않고 있는 사이다. 한 번쯤 이야기할 기회가 있어야 하지 않을까 하는 생각도 들었다. 그런데 서울에 와서 버스를 내릴 때 혜수가 가까이 와서,

"우리 따루 가요."

아주 다정하게 말했다. 그것은 둘 사이가 좋다는 것을 그들 부모에게 보이기 위한 행동 같기도 했다.

어쨌든 명배는 아버지에게 먼저 가시란 말을 하고 혜수와 같이 다방으로 갔다. 다방에 들어가자 혜수가 옆자리에 다가앉아,

"지루해 혼났어."

하고 한탄부터 했다.

"뭐가 그리 지루했노."

"내가 누굴 보러 대전까지 갔지? 그렇지만 본 척두 안 한 사람은 누구야. 버스에서는 내내 따루 앉구……."

"할 수 없잖아."

"할 수 없다구 본척만척 해두 마음이 편해?"

명배는 언제부터 나를 그렇게 생각했느냐고 한 마디 쏘아 주고 싶었지만

웃는 여자는 꽃으로도 때리지 못한다고 했다.

"할 수 없었다니까."

명배는 할 수 없었다는 말만으로 발뺌을 하는 수밖에 없었다.

"아무래도 좀 달라졌어. 확실히 내한테 대한 관심이 적어졌단 말야."

그래도 자꾸만 따지고 들었다.

"달라지기는……."

"똑똑히 말해 봐."

명배는 오늘 대전에서부터 서울에 올 때까지 혜수와 단 둘이서 이야기한 일이 없다. 그런 것을 가지고 혜수가 그러는 모양이지만 자기 아버지와 또 오 여사가 옆에 있는데 그럴 수밖에 없지 않았는가 생각했다.

"똑똑히 말해두 그렇지 뭐가 달라진 게 있어."

자기가 한 것이 있으니까 달라진 게 있다고 그러는 것이라 생각하며 명배는 자기가 달라진 것이 없다고 우겼다.

"달라졌기를 바래서 묻는 말이지?"

하고 물었다.

"그럴 것 같아?"

혜수가 신경질적으로 물었다.

"그런 것 같아. 그래서 달라지려구 그러는 중이야."

명배는 비로소 진심을 이야기하기 시작했다. 처음부터 그렇게 이야기하지 못한 것은 역시 마음 한 구석에 미련이 남아 있기 때문이었으리라.

"어떻게 달라지려구 그러지."

"뻔하지. 혜수에게 자유를 주자는 거야."

"이유는?"

"것두 뻔하지. 혜수가 나만을 좋아하지 않으니까. 아니 나보다 더 좋아하는 사람이 따루 있으니까……."

"뭘루 그걸 알지."

"마음으루 알지. 마음이 다 가르쳐 주는 거야."

"그건 명배가 날 싫어하기 때문 아냐."

"순서를 뒤엎으려구 그러는가. 절대루 내가 먼저는 아닐 거야. 그 결과가 생기기 전에 원인이 있었다는 걸 알아야 해."

"어쨌든 결과가 중요한 거 아냐."

"그렇지."

그 뒤 혜수는 더 이야기를 하려 하지 않았다. 그야말로 결과만을 중요시 하는 것 같았다. 얼마 동안 말없이 있는 중 명배는 혜수가 그런 말 나오기를 기다리고 있었던 것이라 생각했다. 말하자면 자기에게서 멀어져 가고 있는 것이다. 멀어진 여자와 더 할 이야기가 무엇인가. 미련도 느낄 수 없었다. 절망감이 갑자기 그의 가슴을 뻐근하게 했다. 그는 혜수 귀에다 입을 대고 가느다란 목소리로,

"요부, 넌 요부야."

하고 자리를 뛰쳐 나갔다. 그래도 그미는 명배를 붙잡으려 하지도 않았고 따라나오지도 않았다. 거리에 나서자, 그는 '요부' 또 한 번 속으로 부르짖 었다. 나는 요부를 사랑했었다. 요부라는 것을 부정도 하지 않는 요부.

요부를 사랑했었다는 것을 생각하니 분한 마음이 들었다. 요부라는 것을 부정도 못한 혜수였다. 스스로 부정도 못했다는 생각을 할 때 그미가 미워 졌다. 미운 감정이 가슴을 터지게 했다. 자기의 마음이 달라졌기를 기다리고 있었던 듯한 혜수였으나 그것이 도리어 불만이라는 체하며 다방으로 끌고 갔던 것은 무엇 때문일까. 결국 요부적인 요소 때문이었을 것이다. 증오스러 울 뿐이었다.

그러나 그 증오심은 혜수에게만 머문 것이 아니었다. 금시 상오에게로 비 화했다. 혜수를 요부로 만든 것은 결국 상오다. 죽일 놈은 바로 상오다. 세 상에 여자가 없어서 혜수를 사랑해. 마음으로만 미워하던 혜수에 대한 증오 감이 격동하여 상오를 향해 몸을 떨게 했다. 마지막이다. 마지막을 이대로 끝낼 수는 없었다.

그는 상오의 집으로 달려갔다.

"너 잘 왔다."

명배를 보자 상오는 할 이야기가 있어서 만나려던 참이라는 듯 반겼지만

명배는 그에게 이야기할 기회도 주지 않고 한 대 치기부터 했다.

"개새끼."

두 번째 주먹을 휘두를 때였다. 상오가 명배의 팔을 붙잡으며,

"때려두 좋아. 허지만 이야기나 듣구 때려."

하고 사정을 했다.

"넌 오늘부터 친구가 아냐. 이야기두 들을 필요 없어."

명배는 가차없이 상오의 면부를 때렸다. 반항 없는 그를 몇 차례 때리고는,

"왜 때리는지 알겠니?"

하고 물었다.

"알구 있어. 그렇지 않아두 내가 먼저 이야기하려던 참이었어."

상오는 분하다는 표정도 아닌데다가 침착하다고 할 수 있는 태도로 말했다.

"알았으면 그뿐야. 다 끝난 일이니까 이야기두 들을 필요가 없어."

"끝이 아니야. 끝이 아니라는 말을 더 들어 달란 말이다."

"이제는 더 속지 않는다, 그만둬."

"속이려는 게 아냐. 잠깐만 들어 줘. 나는 절대루 혜수를 좋아하지 않았어. 앞으루두 그런 일 없을 거야. 믿어 줘."

"자아식, 지난번에두 넌 그런 소릴 했었다. 왜 사내자식답지 않게 혜수를 양보해 달라 말 못하니."

"넌 날 몰라서 그러는 거야. 지난번 네가 왔다간 뒤 난 혜수를 쭉 안 만났어. 얼마 전부터 혜수의 태도가 조금 달라졌지만 절대루 난 응하지 않았다. 정말 맹세한다. 며칠 전 혜수네 집에서 너와 만났을 때 넌 나를 의심했을 거야. 그렇지만 그 날만은 명수 일 때문에 꼭 와야 한다구 해서 할 수 없이 갔던 거야. 그 뒤 널 만날려구 너한테 전활 몇 번이나 걸었는지 아니. 만날 수가 없었던 거야. 그래서 오해를 풀 수가 없었어."

"그런 말은 할 필요 없어. 혜수와 결혼을 해서 행복하게 살아라."

"내가 혜수와 결혼을 하구 어떤 하늘 아래서 살겠니. 정말야. 나는 혜수

를 좋아하지두 않아. 또 나는 요즘 내 사업 관계루 애정문제 같은 것 생각할 여유두 없다. 그러니까 딴 생각 말구 혜수를 전처럼 사랑해 줘라.”

“혼자 사는 한이 있어두 혜수하구는 결혼 안 한다. 그러니까 마음놓구 너하구 싶은 대루 해.”

명배는 상오의 말이 진실이라 해도 혜수를 다시 사랑할 생각이 없었다. 상오가 응하지 않았다 해도 혜수는 상오를 좋아하고 있는 것이 틀림없었기 때문이었다. 역시 혜수는 요부형이었다.

다음날 명배는 부대로 돌아가야 했다. 그러나 명수를 그냥 내버려 두고 갈 수가 없어서 부대에 전화를 걸고 이삼 일 늦겠다는 말을 했다.

그리고는 꼭 면회를 하고 싶다는 새어머니와 함께 대전으로 가기로 했다. 새어머니가 차입할 음식을 만드는 동안 명배는 명수가 왜 자동차 운전수의 목을 조르려 했을까 하고 생각했다. 경찰에서 그런 이야기를 들은 뒤부터 생각했지만 정말 알 수 없는 수수께끼였다. 돈이 필요해서 그랬을 것이라고는 아무래도 생각되지 않았다. 운전수가 돈을 가졌으면 얼마나 가졌을 것인가. 또 명수는 요즘 돈이 필요해서 고민하고 있지는 않다. 무엇 때문에 대전을 갔느냐가 문제였다. 그러나 처음에는 천안까지 가자고 했다가 도중에 대전으로 변경했다니 목적지가 꼭 대전이 아니었던 것을 알 수 있었다. 정말 수수께끼였다. 아버지하고 의논해 보았지만 아버지 역시 알 수 없는 일이라고 말했다.

‘오늘 가면 알겠지.’

명배는 경찰에게 특별부탁까지 해 두었으니 오늘 내려가면 진상을 알 수 있을 것 같았다. 빨리 출발하고 싶었다. 그런데 새어머니는 명수에게 줄 음식뿐 아니라 그들이 먹을 점심까지 만드느라 상당한 시간을 끌었다.

“빨리 가야 할 텐데요……..”

“잠깐만, 십 분이면 끝날 거야.”

이럴 때 대문 두들기는 소리가 났다. 선미가 뛰어나가 데리고 온 사람은 처음 보는 여자 대학생이었다. 집을 잘못 찾아온 여자나 아닌가 해서 누구를 찾아왔느냐고 물으니,

"명수 씨를 만나러 왔는데요."

하고 머뭇머뭇 대답했다.

어떻게 아는 사람이냐고 물었더니 한 반 친구라고 말했다. 그리고는 며칠째 학교에 나오지 않기 때문에 혹시 앓지나 않는가 해서 왔다는 말을 했다.

말을 다 듣고 난 명배는 그 여학생이 명수를 좋아하는 여자가 아닐까 생각했다. 그렇게 생각해서 그런지 호감이 가는 여자 같았다. 무엇보다도 경박해 보이지가 않아 좋았다. 명배는 그 여학생에게 명수 대신 친절하게 해 주고 싶었다. 그리고 명수에 대한 실망을 느끼지 않게 해 줘야 한다고 생각했다. 우선 이름을 물었다. 주광아라고 했다.

명배는 명수가 볼일이 있어서 시골에 내려갔다는 말을 하고 일부러 찾아와 주어 고맙다는 인사를 했다. 광아는 명수가 언제쯤 오느냐는 말을 묻고는 돌아가려는 것을 명배가,

"이렇게 오셨는데 차라두 한 잔 하구 가셔야지."

하고 그미를 붙잡았다. 그리고는 명수에게 관한 이야기를 묻기 시작했다.

"그 애가 공불 잘 안 하지요?"

"왜요. 충실한 편입니다."

광아는 처음부터 명수 편역을 했다.

"친구두 별루 없잖습니까."

"친구는 많아서 뭣 해요."

명배는 광아가 명수에게 상당히 호감을 가진 여자라고 생각했다. 동시에 광아를 대전까지 데리고 가서 명수와 면회를 시켜야 하겠다고 생각했다. 오 여사 때문에 정신 상태가 혼란해진 명수에게 청신하고 깨끗한 처녀 광아가 커다란 영향력을 줄 것이란 마음이 들었기 때문이었다. 그래서 명배는 광아에게 명수가 지금 대전경찰서에 있고 또 묵비권을 쓰고 있어서 사고의 이유를 모르고 있다는 말을 했다. 그리고는 같이 대전까지 내려가 줄 생각은 없느냐고 물었다.

광아는 대전에 같이 가겠다는 대답 대신,

"집안에 복잡한 일이 있는 거 아녜요."

하고 물었다. 미리부터 명수의 수상함을 알고 있다는 투였다.

명배는 무엇을 가지고 그렇게 묻는지를 몰라,

"오랫동안 혼자 계시던 아버지가 요새 결혼했지요. 그 밖에 딴 일이 별로 없는데요."

"그래요?"

광아는 잠시 생각에 잠겨 있더니 갑자기,

"가겠어요. 같이 데리구 가 주세요."

광아는 언젠가 명수가 내년 초부터는 만나지 않겠다고 말했을 때 자기는 내년부터 사랑을 하겠다고 말한 적이 있었다. 그것은 명수에게도 자기와 비슷한 가정 사정이 있다고 생각했기 때문이었다. 자기에게 친한 친구가 없고 또 가까운 친구라 해도 자기의 비밀을 이야기해 본 일이 없다. 명수도 자기와 비슷하다는 것을 알았다. 그래서 명수는 자기의 열등의식을 이해해 주고 그러한 자기를 사랑해 줄 수 있으리라 생각했던 것이다. 그 뒤 그미는 아무에게도 말하지 않은 자기의 비밀 즉 자기가 아버지의 첩의 딸이라는 것을 명수에게 고백하려 했었다. 그러나 명수가 그런 기회를 주지 않았다. 동시에 명수 자기의 비밀도 말해 주지 않았던 것이다.

그러다가 오늘에야 명수의 집안 사정을 알았다. 자기처럼 첩의 자식이 아니라 해도 고민할 만한 재료를 가진 명수다. 아버지가 새어머니를 얻었다는 데 정신적인 충격을 받았다면 능히 이해할 만한 일이라고 생각했다. 가서 만나자. 만나서 위로의 말을 해 주어 그가 용기를 갖도록 하자.

명배는 고맙다면서 그미를 서 여사에게 인사시켰다. 광아는 서 여사의 얼굴을 유심히 바라보았다. 양순하게 생겼다. 교양도 있어 보였다. 그런데 무엇 때문에 다 큰 자식들이 있는 집으로 재가 왔을까. 자기 개인의 행복만 생각했지, 남의 자식들의 불행을 생각지도 않는단 말인가. 더구나 자기 때문에 집을 나가 사고를 저지른 명수를 무슨 낯으로 면회를 가는 것일까. 광아는 명수를 위해 울분을 느끼지 않을 수 없었다.

고속버스를 타고 고속도로를 달렸다. 시내에서 거리를 걸어갈 때마다 새로 올라가는 건축물들의 층수를 곧잘 세어 보는 광아다. 십삼층짜리 집이 세워질 때 입을 벌리다가 이십 층짜리 건물을 보고는 또다시 입을 벌렸다. 요새는 삼십 층짜리를 보고 현기증을 느꼈다. 도둑놈 촌이란 이름이 붙은 호화판 주택 촌이 생겼다지만 근대적 건물들이 전근대적 서울을 깜짝깜짝 놀라게 하고 있다.

광아는 지금 무한히 길게 뻗는 고속도로를 보고 역시 놀람이 앞섰다. 앞으로 이러한 고속도로가 전국 각지로 뻗는다고 한다. 차가 있는 사람들은 얼마나 편리하고 얼마나 신이 날까. 정말 국가는 근대화하고 있다. 십 년 뒤의 일을 예측할 수 없을 만큼 발전하고 있다.

그러나 광아는 앞이 탁 트인 시야에서 눈을 감았다. 물질문명은 선진국 못지않게 발달하고 있으나 그 발달하는 문명 속에서 사는 사람들의 마음이 고속도로의 검은 빛깔처럼 보였기 때문이었다. 문명이 발달할수록 비극의 씨를 더 많이 뿌리려는 인간들의 마음.

광아는 정신적인 근대화가 없는 한 자기나 명수 같은 존재가 천문학적 숫자로 증가하지 않을까 생각했다. 그것은 꼭 들어맞는 논리가 아닐지도 모른다. 그러나 발전하고 있는 하나의 양상(樣相)에 대해 소외되고 있고 짓눌려 있다는 감정에서 나온 어쩔 수 없는 사고였을 것이다.

경찰서에 이르자 명배가 셋이 함께 들어가서 면회를 하자고 했다. 광아는 혼자서 만나고 싶었지만 할 수 없었다. 면회하기 직전 명배는 경찰에게서 명수가 지금 고문을 당하고 있는 중이라는 말을 들었다. 고문이란 잠을 못 자게 하는 것인데 어젯밤부터 지금까지 한숨도 자지 못한 만큼 머지않아 자백을 할 것이라는 것이었다. 명배는 신경이 아주 피로한 때라 셋이 함께 들어가 한 마디씩이라도 하면 마음이 달라지지 않을 것인가 하고 생각했다. 그런데 명수는 그렇지가 않았다. 우선 광아보고,

"뭣 하러 왔어. 나가."

하고 소리를 질렀다. 광아는 눈물이 확 쏟아졌다.

"나가라니까."

또 소리를 지를 때 광아는 눈물을 흘리며 명수 가까이로 가서,

"난 명수가 좋아서 온 거야."

하고 돌아섰다. 그래도 명수는,

 "듣기 싫어."

 소리를 쳤다. 광아는 명수가 정말 불쌍한 사람이라고 생각하며 면회실을 나왔다. 나와서도 눈물을 그치지 못하고,

 "명수를 저렇게 불쌍한 사람으로 만든 것은 누굴까."
하고 서 여사를 생각했다.

 그런데 얼마 안 있어 서 여사도 나왔다.

 광아는 당연한 일이라고 생각했다. 서 여사 때문에 그가 그렇게까지 불쌍한 사람이 되었는데 서 여사와 이야기를 나눌 수 있겠는가.

 얼마를 기다렸는지 모른다. 풀이 죽어 나온 명배가 두 여자에게,

 "갑시다."
하고 말했다.

 "이건 차입을 해야잖아."

 서 여사가 보자기에 싸 온 음식들을 풀었다. 명배는 그 음식들을 들여넣어 주고는 곧 나와서,

 "무사할 겁니다. 갑시다."
하고만 말했다. 버스정류소에 이를 때까지도 어째서 무사하리라는 그 이유를 말하지 않았다. 버스 안에서 서 여사가,

 "언제쯤 나온대."
하고 물을 때도 이삼 일 새 나올 것이라는 말만 했을 뿐 달리 긴말을 하지 않았다. 아무리 어머니라 해도 명수의 이야기를 그대로 말할 수가 없었던 것이다. 그것은 명수를 위해서였다. 그러나 딴 손님과 옆자리에 새촘하게 앉아 있는 광아를 보자 광아하고만은 이야기를 해야 한다고 생각했다. 그래서 광아와 할 이야기가 있다고 한 뒤 서 여사에게 잠깐만 광아와 자리를 바꾸어 앉아 달라고 부탁했다. 광아가 자기 옆자리로 오자 명배가,

 "고속버스 참 빠르지요."
하고 고속도로에 대한 이야기를 꺼냈다.

 대화의 길을 터놓기 위함이었다.

“빨라서 기분이 좋아요.”

광아는 고속버스를 오늘 처음 타 본 모양이었다.

“빠른 것이 어째서 기분 좋을까요.”

“글쎄요. 눈을 감구 있어두 속도에 쾌감을 느끼겠어요.”

“기계문명의 혜택을 받구 있다는 것을 몸으루 느끼는 쾌감이 아닐까요.”

“그럴지두 모르겠어요. 우린 기계와 먼 거리에서 살아왔으니까요.”

“이 버스 한 대가 칠백만 원 한다지요.”

“그래요? 집 한 채보다두 비싸네요.”

“이런 걸 우리 나라에서 만들 수 있다면 얼마나 좋을까요.”

“글쎄나 말예요. 우리 나라에서는 덜컹거리는 십 원짜리 시내버스밖에 만들지 못하니…….”

“뭐든지 우리가 쓰는 것을 우리 손으루 만들 수 있을 때가 와야겠는데요.”

“그래야 우리 나라가 남의 물건을 사 쓰지 않구두 살게 되겠지요.”

이야기가 좀 심각한 데까지 들어간 것 같아 일단 이야기를 중단하고 차창 밖으로 시선을 보냈다. 산이 지나갔다. 집들이 지나갔다. 쉴 새 없이 모든 것이 지나가기만 하고 있었다. 명배는 다시 버스의 속도를 느끼며,

“속도 가운데서 죽으면 통쾌하시겠지요.”

하고 싶은 말의 서두를 꺼내기 시작했다.

“통쾌할 것 같아요.”

광아도 동감인 모양이었다.

“젊은 사람들이 공통적으루 느낄 수 있는 일인가 보군. 명수두 그런 생각을 가졌던 것 같습니다.”

“그래요?”

광아는 명배의 말뜻을 몰라 가볍게 반문했다.

“광아 씨가 명수에게 실망을 느꼈을 것입니다. 일부러 찾아간 광아 씨에게 너무나 냉대를 했으니까요.”

“실망보다도 그를 불쌍하게 생각했어요.”

"사실은 명수가 고속도로에서 죽으려 했습니다. 죽으려구 하던 애니까 남에게 호감을 줄 말을 할 수 있겠습니까."

"왜 죽어요."

"젊었을 때는 이유 없이 죽구 싶은 게 아닙니까."

명배는 오 여사와의 관계까지 털어놓고 싶었지만 차마 그것까지는 말할 수가 없었던 것이다.

"그렇게까지 가정사정이 복잡한가요."

광아가 서 여사를 흘깃 보며 물었다.

"그런 건 절대 아닙니다. 다음에 자세한 이야길 하겠지만 가정적으루 불행한 일은 없습니다. 그 애 성격이 내성적이라 세상에 대한 회의를 많이 느끼고 있었던 거지요."

"나두 그 성격은 알구 있어요. 그렇지만 죽기까지 할 건 없잖아요."

"내성적인 애가 그런 시련을 겪지 않으면 아주 타락할 위험성이 있지요. 강한 척하느라구요. 그래서 나는 그 애가 자살하려던 마음을 이해합니다. 차라리 잘 됐다구 생각하지요. 다만 문제는 죽으려 했던 그 애가 열등의식을 갖지 않게 해 주는 것입니다. 열등의식이란 가장 위험한 생각이니까요."

"그렇겠지요."

"그러니까 광아 씨가 그 애의 열등의식을 없애 주십시오. 내가 부탁하구 싶은 것은 그것입니다. 그 애가 열등의식을 갖구 살게 되면 그 애 일생이 불행해지지 않겠습니까."

"내게 그런 힘이 있을까요."

"사람에게 가장 큰 영향력을 주는 것은 애정입니다. 진실된 애정보다 더 큰 힘이 또 있겠습니까."

"노력해 보겠어요."

광아는 쉽게 대답을 해 주었다. 그만큼 그미는 명수를 사랑하고 있는 모양이었다.

"고맙습니다. 꼭 부탁합니다."

명배는 진심으로 감사를 느꼈다.

죽고 싶도록 괴로워하던 명수, 그리고 여자를 무조건 증오하고 있는 명수가 광아로 말미암아 뻥 뚫린 구멍이 메워지고 다시 애착을 느낄 수 있게 될 것 같았기 때문이었다.

다음날 명배는 명수를 고소한 자동차 운전수를 찾아가 명수가 자살하려던 심경을 자세히 설명한 뒤 고소를 취하해 달라고 부탁했다.

"사랑하는 여자에게 배신을 당했을 때 죽고 싶어 한 것이 당연하지 않습니까. 죽는 방법을 그런 식으로 선택했다는 것두 이해할 수 있을 것 같은데요."

"나두 젊은 놈입니다. 이해할 수 있습니다. 그렇지만 하필 내 차를 타구 나를 죽이려구 한 게 분합니다. 잘못했으면 내가 죽었을 게 아닙니까."

운전수는 자기가 죽을 뻔했던 일을 생각하며 명수를 용서하려 하지 않았다.

"그건 미안한 일입니다. 그렇지만 그 애가 택시강도가 아니란 것만은 사실이 아닙니까. 그러니까 택시강도로 고소했던 것은 취하해 주십시오."

"그럼 나는 억울하게 죽을 뻔했던 일에 대해서두 분풀이를 못한단 말입니까."

결국 운전수는 고소취하서에 도장을 찍었다. 그리고는,

"나두 젊은 사람입니다. 장교님이 동생을 사랑하는 마음에 그냥 눈을 감구 말겠습니다."

하고 명배와 악수를 했다.

"동생을 데리구 나와서 술을 사겠습니다."

웃으면서 운전수와 작별한 명배는 그 날로 대전엘 갔다. 경찰서장을 만나 운전수의 고소취하서를 내놓고 명수를 석방시켜 달라고 말했다.

어제 명배에게, 오 여사 문제로 죽으려 했다는 명수의 말을 다시 확인한 일이 있기 때문에 경찰에서도 구태여 명수를 기소시킬 필요가 없었다. 훈계 석방을 해 주었다.

명배가 명수를 데리고 경찰서를 나오고 있을 때였다. 경찰서로 오던 오 여사와 맞부닥쳤다.

"명수!"

그미는 반가움에서 노상이라는 것도 생각지 않고 명수에게도 달려들었다. 명수가 대답할 리 없었다.

"잠깐만……."

명배가 재빠르게 오 여사를 명수에게서 멀리 떼어 놓고는,

"아무 말씀두 마십시오. 명순 오 여사 때문에 자살을 하려 했던 것입니다."

하고 나직이 그러나 독기가 들어 있는 음성으로 말했다.

"뭐."

오 여사는 외마디 말을 내지르고는 그 자리에 쓰러졌다. 그럴 것이, 그미는 명수에게 실망할 말만 해 왔지만 속으로는 그를 그리워하고 있었다. 그래서 대전까지 다시 찾아갔던 길이었다. 그런데 명수가 자기 때문에 자살을 하려 했다니 놀라지 않을 수 없었다. 명배는 그미를 안고 근처 병원으로 갔다. 다른 이상이 있는 것 같지는 않다고 말했다. 그러니 곧 깨어 날 것이라는 것이었다. 그러나 혈압이 높아 혹시 다른 병이 생기지 않을지 모른다고 의사가 걱정했다. 얼마 뒤 오 여사는 정신이 들었다. 그러나 실신하기 이전과 꼭같지는 않았다. 정신이 희미해 있는 것 같았다. 말도 제대로 하지 못했다. 그러나 몸을 움직이지 못하는 정도는 아니었기 때문에 서울까지 데리고 와서 그미 집까지 바래다 주었다.

혜수가 나와서 어떻게 된 일이냐고 물었다. 그러나 명배는,

"어머니께 물어 봐."

한 마디만 남기고 그냥 나와 버렸다. 혜수의 얼굴도 보기가 싫었다. 그렇게까지 사랑하던 사람이었는데 얼굴도 보기가 싫어졌던 것이다.

15

명배에게 얻어 맞은 뒤부터 상오는 두문불출했다. 만나고 싶은 사람도 없

었다. 큰 계획을 가지고 시작했던 출판사업도 결국 작가의 배신으로 중단되고 말았다. 상오는 차라리 잘 되었다고도 생각했다. 자기 딴에는 양심적으로 한다고 다른 인쇄비용은 외상으로 하고 다만 인세만을 현금으로 주었던 것이다. 그것도 다른 출판사보다 조금 더 많이 주었던 것이다. 그랬는데 작가는 자기보다 좀 더 주는 사람이 있다고 받았던 돈을 돌려 주며 해약을 하자고 했다. 과연 자기보다 돈을 더 준다는 사람이 나섰는지 그렇지 않으면 낯을 보고 친한 사람에게 넘겨주는 것인지 상오로서 그 진의를 알 바 없었다.

낱권짜리 책이라면 모르지만 다섯 권 이상의 큰 책을 칠 분 이상 인세를 주는 출판사는 절대 없다. 특히 책을 가장 많이 출판하고 가장 많이 파는 소위 권위 있는 출판사에서는 인세가 오 분으로 되어 있다. 오 분 이상 인세를 내고는 절대로 채산이 맞지 않는다고 공언하고 있다. 글 팔아먹는 사람들은 많이 팔린다는 데 흥미를 느끼고 일 할이 통례로 되어 있는 인세를 스스로 포기하고 오 분을 감수하고 있는 실정이다.

가장 약한, 글 팔아먹는 사람을 울리기가 싫어서 자기는 팔 분으로 계약했던 것이지만 자기보다 더 주겠다는 사람이 나왔다면 다행한 일이라 아니할 수 없었다. 판매망을 가지고 있는 사람에 비해 많이 팔지 못할 것도 뻔한 일이었다. 외상으로 사업을 시작한다는 것부터가 초라한 일이었다. 결국 영화도 그런 식으로 하다가 실패를 한 것이 아닌가. 사업에 대한 의욕이 줄어서 그랬는지도 모르나 어쨌든 줬던 현금을 돌려 줄 때 상오는 작가에게 기분 나쁜 말 한 마디 안 했다. 그리고는 좀더 확실한 사업을 궁리하려고 할 때 뜻밖에도 명배에게 배신자의 낙인이 찍히고 변명도 할 수 없이 매를 맞았다. 분하다기보다 슬펐다. 그러나 슬프다는 말도 할 수 없는 처지였다. 맞을 일을 했으니까 맞았다. 맞을 일을 하고도 안 한 체하려다가 결국은 잘못도 하지 않은 때 맞았다. 지금은 잘못하지 않았지만 과거에 잘못한 일을 했기 때문에 얻어맞고도 한 마디의 말도 못했다. 죽을 때까지도 말 한 마디 못하며 살 것이다. 억울하다면 그것이 억울했다. 평생 마음 한편 구석이 미어져 나간 것처럼 떳떳하지가 못하게 살아가야 한다. 떳떳하지 못한 데서 오는 열등의식을 느끼면서……

그러나 자기 몸으로 저지른 일이니 누구를 탓할 수도 없는 노릇이었다.

그새 몇 번 연숙이 찾아왔다. 떳떳한 권리를 행사하는 것처럼 만날 때마다 결혼을 강요했다. 상오를 권리가 상실된 사람의 위치에다 놓고 말이다. 그래서 그는 자기에게 부정할 수 있는 권리마저 상실되었는가 하고 자문해 보았다. 그러나 요구할 권리는 없다고 해도 부정할 권리까지 상실되었다고는 생각되지 않았다. 그러면서도 강력한 부정은 못했다. 연숙이 스스로 물러서도록 지금 자기에게는 결혼할 시기가 못 된다는 것만 역설했다. 말하자면 소극적인 부정이었다. 부정에 대한 권리에도 용기가 없었던 것이다.

연숙은 불만스러운 대로 하루에 결정지어질 일이 아님을 알았던지 또 오겠다는 말을 하고 돌아가곤 했다. 사흘이 멀다 하고 찾아왔다. 그래도 상오는 연숙에게 다시는 오지 말라는 말을 강력하게 명령하지 못했다. 오지도 못하게 할 권리까지는 없는 것 같았기 때문이었다.

식모만이 있을 때는 외출하고 없다는 거짓말로 그냥 돌려 보낸 때가 있었다. 그러나 부모 가운데 한 분만 계셔도 자기가 죄를 짓고 피하는 것처럼 보일 것이 싫어 식모에게 그런 거짓말을 부탁하지 못했다. 그러니까 연숙이 세 번 찾아오면 두 번쯤은 만나 주고야 마는 것이 상오였다. 오늘도 안방에 어머니가 계신데 버저소리가 울렸다. 짧게, 그리고 약하게 소리 내는 것이 연숙에 틀림없었다. 그런데도 대문 열러 나가는 식모에게 아무 말도 못하고 연숙의 발자국 소리에 귀 기울이는 상오였다.

연숙은 자기 방 드나들듯 상오의 방으로 들어와서는,

"오늘두 안 나가셨군요."

하며 상오 옆에 와 앉았다.

"운동두 좀 하셔야지 방 안에만 있으면 어떡해요."

주로 혼자 말하는 연숙이었다.

"이거 하나 사 왔어요."

그미는 도시락까지 넣고 다니는 커다란 핸드백 속에서 네이블을 한 개 꺼내 놓았다. 상오가 먹을 생각도 않고 있으니까 그미는 네이블 껍질을 깎아서 속을 반쯤 갈라 상오에게 주었다. 맛있는 과일이다. 그것도 한 개를 사

가지고 와서 먹으라 하니 그것마저 싫다고 할 수가 없어 반만을 받고 반은
연숙에게 주었다. 반쪽을 받고도 얼핏 먹지를 못하고 있는데 연숙이 자기의
몫을 쪼개어 알맹이만을 상오 입에 넣으려 했다. 여자란 정말 알 수 없는 동
물이었다. 집에 들어오게 하고 마주 앉아 있는 것도 어쩔 수 없이 억지로 하
고 있는 일인데 상대방의 감정을 자기의 감정과 동일시하고 교태를 부리다
니. 자기의 감정과 그리고 육체가 강제로 제압당한 일이었다고 해서 상오도
그렇게 되려니 생각한 나머지의 행동일까. 상오는 그럴 수가 없었다. 날쌔게
네이블을 뺏어 그것을 다시 연숙에게 주었다.

"내 걱정 말구 먹기나 해!"

그런데도 연숙은,

"남의 호의를 무시하는 법두 있어요?"

하며 억지로 먹이려 했다. 상오는 그런 것을 호의라 생각하기가 싫었다. 그
미의 손을 잡아 내리고는 자기 것을 입에 넣으며 말했다.

"상대방이 고맙게 생각할 때 호의란 말을 쓰는 거야. 난 조금두 고맙게
생각하지 않아."

"호의를 고맙게 생각지 않는 사람두 있나요."

"난 귀찮기만 해."

"그러시면 내가 부끄럽지 않아요."

하며 또 먹여 주려 했다.

상오는 그미의 집념을 어떻게도 할 수 없다고 생각했다. 집념에는 체면도
수치도 없다는 말인가. 그는 구체적인 이야기를 해야 알아들을 것 같아,

"이봐, 용건두 없이 뭣 때문에 자꾸 오는 거야."

싫어하는 태도를 노골적으로 보였다. 그런데도,

"보고 싶은 것보다 더 큰 용건이 있나요."

어이없는 말을 했다.

상오는 어떻게 하면 다시 오지 못하도록 혼을 내줄 수 있을까 하고 생각
했다. 마구 두들겨 줄까. 두들기면서 다시는 오지 말라고 야단치면 오래도
못 올지 모른다. 그러나 그렇게 하면 법적 문제가 된다. 만약 고소를 하면

사회문제가 될 것이고. 차마 그럴 수는 없었다. 그러면 달래는 수밖에 없다. 돈을 얼마 주면서 달래 볼까.

차라리 그것이 효과적일 것 같았다.

"연숙!"

하고 은근히 그미의 이름을 부른 뒤,

"내가 말하지 않았어. 당분간은 결혼할 수가 없다구. 그러니 그때까지 기다리거나 그렇지 못하겠거든 다른 사람과 결혼해. 결혼 비용은 내가 대 줄게."

"내가 언제 곧 결혼하자구 그랬어요. 언제까지나 기다리구 있을게요. 그 대신 자꾸 만나 얼굴이나 잊지 않두룩 해야 할 거 아녜요."

"이봐 여자는 한 남자하구만 교제하는 것이 손해란 걸 몰라. 조금씩 여러 남자와 교제를 하두룩 해."

"그것두 말이라구 해요?"

"그게 사실이야. 한 남자만 믿구 있다가 그것이 실패될 경우 누가 타격을 받는지 알아?"

"그런 거 몰라두 좋아요."

그러니 돈으로 그미의 마음을 달랜다는 것도 불가능의 일이었다. 어쩔 수 없이 완력을 쓰는 수밖에 없다고 생각되었다. 나중에야 삼수갑산엘 간다 해도 우선 그미의 집념을 깨뜨려 줘야 할 것 같았다. 그래서 상오는 주먹을 불끈 쥐었다. 그러나 순간 명배의 주먹이 머리에 떠올랐다. 연숙의 뒤에도 명배처럼 완력을 쓰는 사람이 없다고 누가 보장할 것인가.

상오는 시계를 보며 약속한 사람이 있어서 나가 봐야 한다면서 옷을 갈아입었다. 결국 도피 이외에 달리 방법이 없었던 것이다. 연숙을 도피해서 혼자 거리로 나왔을 때 상오는 한 번의 유희가 이렇게도 큰 보상을 요구하는 것인가 생각했다. 정말 유희였다. 그런데 연숙도 자기와 비슷한 생각이었기에 그 유희를 받아 주었던 것이 아닌가. 그렇다면 유희의 책임을 져야 한다는 법은 어디 있는가.

상오는 무기력한 상태에서 명동에 있는 다방에 들어가 소파에 파묻혀 앉았다.

사업은 사업대로 실패를 거듭했고 이성 관계는 이성 관계대로 골치를 아프게 하고 있다. 모두 생각하고 싶지 않은 일들뿐이었다. 무욕(無慾) 무모(無謀) 무념(無念)의 세계에서 살고 싶은 심정이었던 것이다. 아무것도 생각지 않는다는 생각만을 하며 죄 없는 담배만 연거푸 피우고 있었다. 몇 가치를 피웠는지 모르는 때 어떤 여자가 옆자리에 와 앉았다. 상오는 그 여자를 보려고도 하지 않았다. 그런데 여자가 가만 있지를 않았다.

"무척 심각한 표정을 하구 계시구만요. 오늘은 내가 맥주를 살까요."

웃음 섞인 여자의 목소리에 그를 모른 체할 수가 없었다. 얼굴을 들고 쳐다봤다. 언젠가 수원에 갔던 여자였다. 이름도 성도 모르며 하룻밤을 즐기고 다음날 아침 아무런 부담감 없이 헤어졌던 개방적인 여자. 오늘은 자청해서 술을 사겠다니 이렇게 우울한 날 우울을 풀기에 안성맞춤인 여자라 아니할 수 없었다.

"맥주는 내가 사야지."

상오는 호기심을 가지고 남자의 체면을 살리려 했다.

"맥주는 댁에서 사고 그 뒤 책임은 나보고 지라는 거군요, 호!"

그래도 좋다는 투의 대답이었다. 그리고는 나갑시다, 하며 자리에서 일어섰다.

그런데 웬일일까. 상오의 궁둥이가 소파에서 떨어지지 않았다. 능동적으로 나오는 여자에게는 도리어 흥미를 못 느끼는 남자들의 본성이 발동했기 때문이었다.

"잠깐만……."

상오는 그 여자를 도로 앉혔다.

"기다리는 사람이라두 있나요."

"그런 건 아니지만……."

"그런 게 아니면 빨리 가야잖아요."

"잠깐만 이야기해."

"무슨 이야길요. 이야기가 필요없다구 생각하는데……."

"그새 많이 달라진 것 같아."

"무엇이 달라졌어요. 또 달라졌다면 어때요."

"조금 무서워진 것 같은데……."

"그래서 싫어졌다는 건가요. 잡아먹지는 않을 테니까 걱정 말구 가요."

잡아먹지 않는다는 말이 상오는 소름이 끼쳤다. 여자가 남자를 잡아먹으면 어떻게 잡아먹을 것인가. 남자들은 흔히들 여자에게 한 번 잡아먹혔으면 하고 바란다. 그런데도 상오는 잡아먹지 않겠다고 선언한 여자에게 잡혀 먹힐 것 같은 공포감을 느꼈다. 이제까지 여자에게서 느껴 보지 못한 감정이었다.

상오는 화장실에 다녀오겠다고 말한 뒤 카운터에서 찻값을 던지듯 내 주고는 슬쩍 도망쳐 다방을 나왔다.

'왜 나는 도망이나 치며 살아야 하는가.'

그는 그러한 자기가 불쌍하게 생각되었다. 여자가 무서워서 도망쳐 다니는 남자보다 더 불쌍한 남자가 있을 것 같지 않기도 했다.

그의 도피처는 집이었다. 집으로 돌아가 웅크리고 앉아 있었다. 가족들에게도 초라하고 불쌍한 모습을 보이기가 싫어 숨소리까지 죽이며 있을 때였다. 식모가 또 한 여자를 데리고 왔다. 혜수였다.

혜수를 보자 얼핏 명배 생각이 났다. 불쾌감이 털끝까지 솟아올랐다.

"무슨 일루 왔지."

명배에게 얻어맞은 것으로 충분한 보상을 했다고 생각되는데 혜수는 무엇 하러 또 찾아왔다는 것인가.

"할 이야기가 있어서……."

혜수는 말 끝을 맺기도 전에 자리에 앉기부터 했다.

"할 이야기가 없을 텐데……."

"미친 여자루 취급하진 말어. 할 이야기두 없이 찾아왔을 것 같아?"

"난 명배한테 터지두룩 맞았단 말야. 이 이상 더 괴롭힐 것이 없잖아."

"이젠 때릴 사람이 없을 테니까 안심해!"

"누군 때리겠다구 예고하구 때리는 줄 알아?"

"매 한 번 맞은 게 그렇게두 분해."

"분하단 말은 안 했어. 변명두 못한 게 억울할 뿐이야."

"한 가지 묻겠는데 우정이 더 중해? 애정이 더 중해?"

"난 우문현답하기 싫어."

"애정을 위해선 우정을 버릴 수두 있잖아. 매 한 대루 애정을 얻었다면 그 수입이 얼마나 크다는 것두 알아야지."

"거 누구의 이야기를 하는 거야."

"그러지 말구 솔직히 말해 봐. 내가 상오를 좋아한 만큼 상오두 나를 좋아하지 않았어. 명배 때문에 그 감정을 솔직히 표현하지 못했던 것뿐이지. 이제 명배가 나하구 아주 관계없는 사람이 된 이상 우리가 가면을 쓰구 대할 필요는 없다구 생각해. 안 그래? 난 정말 상오가 보구 싶었어."

진짜 같기두 하고 가짜 같기두 한 말이었다. 가능한 이야기 같기도 하고 불가능한 이야기 같기도 했다. 솔직히 받아들이고 싶은 말이기도 했고 당장에 면박을 주고 싶은 말이기도 했다.

상오는 냉정한 태도를 버리고,

"혜수!"

그미의 이름을 불렀다. 혜수가 자기의 이야기를 담백한 태도로 말했는데 이쪽에서는 대답도 안 할 수가 없었기 때문이었다. 그러나 이름을 불러 놓고도 다음 말을 잊지 못했다. 무슨 말이 이런 때 가장 적절한 말인지가 생각나지 않았기 때문이었다. 그런데 혜수가 먼저 입을 열었다.

"내 말이 거짓말은 아니지?"

대답하기가 곤란한 물음이었다. 거짓말이라고 하면 자기와 혜수와의 관계는 그야말로 유희에 지나지 않는 행동이 되고 만다. 설사 그렇다고 해도 그랬다는 말은 할 수가 없다. 만약 거짓말이 아니라고 한다면 명배와 혜수와의 관계를 무엇으로 해석해야 할지 모르게 된다. 명배를 통해서 즉 명배의 애인으로 소개를 받아 혜수를 알게 된 상오다. 역시 혜수의 진짜 애인은 명배였다. 그래서,

"거짓말이구 아니구가 문제 돼?"

하고 얼버무리려 했다. 그러나 혜수는 그냥 넘길 수 없는 문제라는 듯 따졌다.

"거짓말이라구는 말할 수 없을 거야. 나는 알구 있으니까. 나를 속이려구 그러지 마."

"뭘 안다구 그러는 거지."

"상오가 날 좋아하구 있다는 걸 말야. 명배 때문에 괴로워한 것두 알지만……."

"그렇게만 생각지는 말어. 나는 명배를 위해서 혜수와 가까웠던 거야. 그게 도를 지나쳤을 뿐이지."

"그런 윤리관을 내세울 필요 없어. 좋아한 것은 좋아한 거 아니야. 내가 임신했을 때 나두 고민했어. 얼마나 고민했는지 상온 모를 거야. 임신했다는 사실까지 말하지 않을 정도였으니까. 그때 나는 표면적인 애인은 명배였어. 그렇지만 뱃속에는 상오의 애가 들어 있었단 말야. 그러면서도 누구에게도 말할 수가 없었거든. 혼자 병원에 가서 소파수술을 한 뒤 나는 상오를 만나지 않구 명배만 만날 생각두 했었어. 꼭 그래야 할 것 같았지. 그렇지만 그렇게 되지가 않더군. 만나지 말아야 한다는 생각을 하니 더 만나구 싶어져. 명배두 상오두 다 잃으면 나는 죽어야 한다는 생각뿐이었어. 그 중에서두 상오가 더 했어. 그렇지만 임신했던 사실을 이야기하면 상오가 싫어질까 봐 이때까지 말을 못하구 있었던 거지."

임신에 대한 명백한 말을 처음으로 들었지만 상오는 놀라지도 않았다. 놀란다고 해서 그 일에 대해 어떤 책임 있는 말을 할 수 있을 것인가. 그저 못 들은 체하는 수밖에 없었다.

"지금 그런 말을 한다구 책임감을 느끼라는 건 아냐. 허지만 그런 누적된 사건 속에서 우리의 애정이 굳어졌다는 것을 이야기할 뿐이지."

"알았어, 잘 알았어."

"그렇게만 말할 게 아냐. 명배가 완전히 우리의 곁을 떠난 이상 우리의 태도를 분명히 해야 할 때라구 생각해."

상오는 역시 대답을 회피하는 수밖에 없었다. 진심으로 사랑한 일이 없는 여자를 그미의 애인이 없어졌다고 금시 사랑한다고 할 수 있겠는가.

"생각을 해야 해? 그러니까 날 불이 타게 사랑하지 않았단 말인가."

"책임 있는 말을 먼저 하구 그 뒤 좋아하는 사람이 어디 있나. 그런 뜻에서 하는 말이지."

"상오, 난 상오 때문에 명배를 버렸단 말야."

혜수가 갑자기 상오의 품에 쓰러질 듯 안겼다.

안겨 오는 혜수를 냉정하게 물리칠 수 없는 것이 상오였다.

그미는 지금 진실 속에서 흐느끼고 있기 때문이었다. 다른 것은 몰라도 현재 자기를 사랑하고 있는 것이 진실인 것만은 사실이었다. 진실을 진실되게 말하는 여자를 어떻게 냉정하게 물리칠 수 있겠는가.

그렇다고 팔에 힘을 주어 포옹해 줄 수도 없는 일이었다. 사람이란 마음의 고통을 받을 때 비로소 양심의 눈이 트이는지 모른다. 포옹을 하고 싶어도 팔이 오그라들지 않아 할 수가 없었다. 사랑하지도 않으면서 포옹할 수 있느냐는 양심의 명령이었다.

상오의 가슴에 머리를 파묻고 있는 혜수가 흐느끼기 시작했다.

"상오, 왜 나를 안아 주지 않지. 나를 자갈밭 위에 내던질 작정이야."

그래도 상오는 그미의 어깨를 어루만져 주지도 못했다.

"상온 모르지. 우리 엄마가 병신이 된 걸…… 병신두 보통 병신이 아냐. 얼굴에 경련이 일어나 언제나 근육이 실룩거리구 있어. 그 엄마를 볼 때 나만은 행복해져야 한다는 생각이 들어. 정말 나마저 불행해질 수는 없어."

오 여사가 병신이 되었다는 말에 상오는 혜수에 대한 관심을 잊어버리고 물었다.

"어머니가 병신? 그게 정말야."

"정말야. 엄마는 명수를 사랑했거든. 그렇지만 내가 강력하게 반대를 하지 않았어. 그래서 정신적 충격이 컸던 것 같아. 명수가 대전경찰서에 감금되어 있는 걸 면회 갔다가 그만 실신하구 말았어. 그 뒤 신경성이 안면에 집중되어 안면경련을 일으킨 거야."

혜수는 사실대로 말했지만 실은 사실보다도 오 여사를 좀더 순수하게 해석하고 있었다. 사랑을 할 수 없어서 실신했던 것이 아니라 사랑을 거절한 결과에서 온 반사작용이 그미를 실신케 했던 것이니까.

"명수는 왜 대전경찰서에 들어갔었지."

상오는 자기가 모르는 사실에 대해 우선 질문을 했다.

"나두 그 이유는 자세히 몰라. 그런 일이 있었던 것만은 사실이야."

"그럼 어머니와 명수는 아주 만나지 않구 있나."

"그렇겠지. 그럴 수밖에 없지 않아."

"어머니가 안됐군. 병원에 다니구 있겠지."

"물리치료를 한다, 약물치료를 한다, 야단이지만 완치되기는 힘든 모양이야."

상오는 얼굴 근육이 쉴 새 없이 실룩거릴 오 여사의 얼굴을 생각했다. 남 못지않게 예쁜 얼굴이다. 그러나 앞으로는 그 얼굴이 남에게 보일까 겁이 나서 사람 앞에 나서지 못할 오 여사. 자기 의지와 아무 관계없이 얼굴 근육이 혼자서 실룩거릴 때 오 여사는 무엇을 생각할까. 근육을 한 꺼풀 벗겨 버리고 싶겠지.

세상에는 이상스런 불행도 있다고 생각되었다. 동시에 찾아가서 위로를 해 주고 싶은 충동을 느꼈다.

"내 한 번 문병을 가지……."

"오지 마. 엄마는 아무도 만나지 않구 있으니까. 사람 만나는 걸 가장 꺼리구 있어."

"그렇담 가지 않을게."

상오는 만나고 싶지 않은 사람, 그리고 만날 수 없는 사람들이 갑자기 늘어나고 있음을 느꼈다. 알기는 하면서도 만날 수 없는 사람들, 그 만날 수 없는 사람들이란 모두 자기 주변에서 가깝게 지내던 사람들이다. 그러면 내가 만나고 싶은 사람은 누군가. 그런 사람은 하나도 생각나지 않았다.

만나고 싶은 사람이 하나도 없다는 것처럼 삭막한 일이 또 있겠는가. 그런데도 상오는 혜수가 떠나면서,

"언제 만나 줄래."

하고 물었을 때,

"전활 걸어 줘."

했을 뿐 만날 약속을 안 했다. 자존심을 떼어 시렁 위에 두고 다니는지 보기 딱할 정도로 자존심을 포기하고 애원하는 혜수였지만 그미와도 만나고 싶은 마음이 움직이지 않았던 것이다. 도리어 그는 혼자서 이런 생각을 했다.

"내게 혜수를 사랑할 의무가 어디 있담."

사랑하는 데 의무를 찾게 되는 것은 확실히 애정 결핍에서 오는 현상이다. 말하자면 그가 혜수를 사랑하지 않고 있다는 것을 뜻한다. 만약 그가 그미를 진심으로 사랑한다거나 또는 대학 이삼 학년의 학생이라면 의무감 같은 것을 생각할 필요도 없이 어떤 때라도 만날 것이다. 만나서 어떤 행동을 한다 해도 책임을 느끼지 않을 테니까. 그러나 지금은 그렇지가 않았다. 여자를 대했을 때 먼저 책임을 생각하게 되는 것이었다. 나중에 올 책임을 잊고 여자를 교제할 수 없었다. 자기가 그런 것을 느끼고 싶어 느끼는 것이 아니라 상대방이 그것을 강요하기 때문이었다.

혜수는 좋아한다고 하면 나중에 혜수가 결혼을 하자고 할 때 그에 응하지 않으면 안 된다. 그것이 가슴에 걸렸던 것이다. 혜수 같은 여자는 연애를 하는데 썩 좋은 대상이 될 수 있는 여자다. 그러나 결혼을 생각할 때 그는 고개를 흔들지 않을 수 없었다. 무엇보다도 자기와 친하던 친구에게 모든 것을 바쳐 온 여자다. 결혼 생활 도중에 명배에게 안겼던 그미의 환상을 생각할 때 마음이 얼마나 허전하고 또 슬플 것인가. 슬픈 결혼을 구태여 할 필요가 무엇인가. 또 이런 생각도 했다. 명배를 열렬히 사랑하면서도 그가 훈련 받으러 가 있는 두 달을 참지 못해 자기를 좋아한 혜수다. 만약 혜수와 결혼을 한 뒤 불가피한 일로 자기가 집을 비우게 될 때 그미는 또 다른 남자를 좋아할 것이 아니겠는가. 그것은 혜수뿐이 아니었다. 그미의 어머니도 그랬다. 같은 피를 갖고 있는 어머니와 그미의 딸! 정신적인 기반이 부족한 여자들에게 있을 수 있는 일이 아니겠는가. 정신보다도 현실에 치중하는 여자는 창파에 떠 있는 일엽편주와 다름이 없다. 바람에 따라 그 방향이 바뀐다.

상오는 혜수를 잊어버리는 수밖에 없었다. 그러나 자기를 그렇게까지도 좋아한다는 혜수다. 자기가 냉정하게 대할 때 혜수는 얼마 동안이라도 슬퍼할 것이다. 자기를 원망하기도 할 것이다. 그것을 생각하니 마음이 유쾌해지지 않았다. 유쾌한 일은 아니지만 어쩔 수 없는 일이라 그저 침울하기만 했다.

어디 나다니지도 않고 집안에 들어박혀 우울한 얼굴만 짓고 있는 상오가 보기에 안되었던지 아버지가 안방으로 부르셨다.

"너 사업이 뜻대루 안 된다구 실망해 있는 거지. 그러기에 내가 뭐라던. 애비의 사업을 도우면서 애비의 후계자가 될 준비를 하라구 그랬지 않니. 꼭 네 힘으루 네 뜻에 맞는 사업을 해야 한다는 법이 어디 있니. 그러지 말구 이제라두 애비 회사에 나가 일을 배워라. 애비가 죽은 뒤 애비 회사를 맡을 사람이 너밖에 없다는 걸 모르지 않지."

상오는 아버지의 말을 못 알아듣는 것이 아니었다. 아버지는 아버지고 자기는 자기이니만큼 자기대로의 사업을 시작하고 자기의 세계를 가지려는 생각이었던 것이다.

그런 만큼 자기의 사업이 실패를 했다고 해서 아버지 후계자로 만족할 마음은 생기지가 않았다.

"조금만 더 생각할 시간적 여유를 주십시오."

"너는 애비의 일을 돕는다구 생각하기 때문에 마음이 내키지 않은 모양이지만 그렇게 생각할 것이 뭐냐. 네 일이라구 생각하면 되지 않니. 고층건물을 짓는 공사장엘 직접 가 봐라. 그리구 고속도로를 만드는 현장엘 가 보면 너는 일에 대한 의욕을 느끼구 네 일처럼 애착을 가질 것이다."

"전 철학과를 졸업했는데 건축이나 토건을 어떻게 압니까."

"그러니까 이론보다두 체험이 더 중요한 때가 많으니라."

"그래두요."

상오는 아버지의 권유를 받아들일 만큼 자신의 의욕이 아직 상실되어 있지 않다고 생각했다.

"너는 애비가 돈벌이만 한다구 생각하겠지. 물론 돈벌이니까 하는 것만은 사실이다. 그렇지만 건축은 몇백 년 남는 거야. 도로두 마찬가지지. 히틀러

는 죽었어두 히틀러 도로는 영원히 남는다는 말이 있잖니. 애비가 혼자서
전부 맡은 건 아니지만 비록 일부분이라 해두 영구히 남아 나라 발전에 이
바지 할 고속도로를 만들구 있다. 말하자면 후세까지 남을 일을 하구 있는
거야. 애비의 사업이라구 무조건 무관하게만 생각할 것이 없다구 생각한다."
  아버지가 이야기하는 동안 상오는 히틀러는 죽어도 히틀러 도로는 영원
히 남는다는 말을 생각하고 있었다. 시의 한 구절을 읽는 듯 낭만적인 감정
이 솟아올랐던 것이다.
  "히틀러는 죽었어도 히틀러 도로는 영원히 남는다."
  상오는 서울과 부산 사이를 가장 가까운 거리를 관통하고 있는 검은 빛깔
의 고속도로를 머릿속에 그렸다. 속도를 상징하는 도로, 그리고 모든 문화가
집중되고 있는 선(線) —— 그것이 물질문명보다도 하나의 시원(時源)으로서
머릿속에 클로즈업되었다. 그 속에는 꿈이 있고 희망이 있고 미래가 있는
것처럼 생각되기도 했다.
  "고속도로가 싫거든 건축 현장엘 가 봐라. 외형이며 내용할 것 없이 건축
물은 시대 문화의 상징이다. 말하자면 건축은 도시에 문화를 심어 놓는 일
이다. 직접 눈으루 보면 흥미를 느끼게 될 거다."
  아버지는 상오의 흥미를 돋우려고 이야기를 건축 공사로 옮겼다. 그러나
상오는 더 이야기를 안 들어도 좋다는 생각이었다.
  "알았어요. 알았으니까 더 말씀 마시구 하루만 기다려 주십시오."
  아버지의 이야기를 중단시키고는 자기 방으로 돌아왔다. 그리고는 고속
도로에 대한 시적(詩的)인 감정을 혼자 정리하고 있을 때 전화가 왔다. 그는
전화가 귀찮게 생각되었다. 전화 건 사람이 뻔하다고 생각했기 때문이었다.
연숙이 아니면 혜수일 것이다. 그리고 그들은 꼭같이 자기들의 집념을 전염
시키려 애쓸 것이다.
  그러나 받아도 무방하다는 생각을 하며 수화기를 들었다. 자기의 대답은
하나밖에 없을 테니까.
  "나야, 뭘 하구 있어."
  나라는 여자는 혜수였다. 마치 너의 나다, 너의 내가 너를 보고 싶어 전화

를 건 거라는 말투였다.

상오는 듣기 싫은 말로라도 상대해 보여 줄 수가 있었다. 그러나 그것도 싫었다.

"상오 없소."

그는 전화를 끊어 버리고 말았다. 그래도 무방하다는 뱃심이 생겼던 것이다. 일 분도 안 되어 다시 전화벨이 울렸지만 그는 수화기를 내려놓아 버렸다. 여보세요, 여보세요 하는 혜수의 목소리가 수화기를 울렸지만 그는 화난 그미의 얼굴을 수화기에서 생각하며 옷을 갈아입기 시작했다. 옷을 갈아입으면서 그는 연숙에게서 전화가 올 때에도 저렇게 해 주리라 생각했다.

옷을 다 갈아입었을 때에는 수화기에서 찰칵찰칵하는 소리도 들리지 않았다. 혜수가 단념하고 전화를 끊은 것이라 생각됐다. 그래서 수화기를 올려 놓고 나오려는데 또 벨이 울렸다. 혜수가 또 전화를 건 것이나 아닌가 하고 그냥 내버려 두었다. 그러나 혹시 연숙일지도 모른다는 생각에 수화기를 들었다. 연숙이라면 혜수에게처럼 상오는 없소 하고 말해 줄 마음이었다. 그런데,

"상오 씨예요? 저 초희예요."

별로 생각지 않았던 초희의 음성이었다. 그는 초희에게도 혜수나 연숙에게처럼 대해 줄까 하고 생각했다. 그러나 자기를 조금도 괴롭힌 일이 없는 초희였다. 어떤 부담감도 느끼게 해 준 일이 없다. 그런 초희에게까지 적대시하는 태도를 취할 필요는 없다고 생각했다.

"오래간만이군. 그새 잘 있었어?"

상오가 평범한 인사말을 하자 초희가,

"요즘은 마음이 좀 안정됐어요?"

하고 물었다. 얼마 전 상오가 사업에 실패를 하고 정신이 없다는 말을 했었다. 그 말을 생각하며 묻는 것이라고 생각했다.

"응, 다른 일이 시작하기루 했어."

"그럼 좀더 일찍 전활 걸어두 좋았을 걸 그랬네요."

"오늘 정했어. 내일쯤 어디루 떠날 거야."

“어디루요.”

“다음에 이야기할게.”

“다음이 언젠데요.”

“참 떠나기 전에 만나려면 오늘밖에 시간이 없겠는데. 좀 있다 두 시에 종로 3가에 있는 그 다방에서 만날까.”

상오는 초희와 만날 약속을 하고 전화를 끊었지만 갑자기 그미가 보고 싶어졌다. 두 시까지는 아직 세 시간이나 남아 있었다. 세 시간을 어떻게 기다린담. 남대문 시장엘 다녀와도 시간은 남는다.

남대문 시장에 가서 작업복 한 벌을 샀다. 현장에 가서 노동자들과 함께 일할 때 입을 옷이었다. 자갈을 깨고 땅을 파고 그리고 땅을 다지고 하는 육체노동자. 상오는 그러한 자기를 생각하며 혼자 빙그레 웃었다. 물론 노동자가 되기 위한 작업이 아니다. 노동 일에서부터 배우는 과정이다. 맨 밑바닥에서 출발한다는 그것이 대견스럽게 생각되었다.

작업복을 사 들고 있기 때문인지 자기가 새 사람이 된 것 같고 또 날개가 돋는 것처럼 날 수 있을 만큼 몸과 마음이 가벼워짐을 느꼈다.

마음이 가벼워져서인지 상오는 갑자기 명배 생각이 났다. 명배에게 지금의 자기를 보여 주고 싶었던 것이다. 명배가 아직 서울에 있으리라고는 생각되지 않았다. 그러면서도 그는 명배 집에 전화를 걸었다. 없다고 해도 그에게 전화를 걸었다는 사실에 자위를 삼으려는 마음이었을지도 몰랐다.

과연 명배는 없었다. 전화를 받은 명수가 명배는 벌써 며칠 전에 일선으로 갔다는 것이었다.

상오는 명수에게라도 자기의 마음을 보여 주고 싶었다. 그러면 명수를 통해 명배도 알아 줄 것이 아니겠는가 하는 계산에서였다. 상오는 전화를 끊는 즉시로 명수의 집엘 갔다. 보지 못하던 중년부인이 맞이해 주었다. 상오는 그미가 명배의 새어머니가 된 서 여사임을 알고 그미에게 큰절을 한 뒤,

“명배와 가장 가까운 친굽니다.”

하고 자기를 소개했다. 서 여사는 인자스런 얼굴로 상오를 보며,

“그새 어디 가 있었나.”

늦게야 찾아온 상오에게 무슨 사연이나 있었느냐는 듯이 물었다.

"죄송합니다. 늦게야 찾아뵈서."

상오는 설명할 수 없는 얘기를 생략하고 명수 방으로 갔다.

명수 방에는 여자대학생이 한 명이 있었다. 상오는 잘못 온 것이 아닌가 생각하며 방에 들어가기를 주저했으나 명수가,

"친굽니다. 들어오세요."

하고 대범하게 말하는 바람에 그냥 들어갔다. 상오는 명수가 명배와 자기와의 사이를 알고 있는지를 알려고도 하지 않고,

"나 내일 시골루 가기루 했다. 서울의 모든 것과 손을 끊구 말이다. 명배가 오거든 내가 깨끗한 마음으로 떠났다구 전해라. 보구 싶다는 말두……."

하고 말했다.

"어딜 가는데요."

"아버지가 맡아 일하는 고속도로 공사장으루 간다. 가서 일할 때 입을 작업복까지 샀다."

상오는 사 가지고 온 작업복을 툭툭 두들겨 보였다.

"그래요."

명수가 감탄하며 말을 이었다.

"잘 했어요. 사람이란 누구나 한 번쯤 방황하기 마련 아닙니까. 나두 그 방황에서 빨리 돌아온 걸 다행으루 생각해요."

그는 동의를 구하는 듯 여대생을 바라보았다. 여대생은 모든 시련이 끝났다는 듯 생그레 웃고 있었다.

날 듯한 기분으로 초희와 약속한 다방엘 갔다.

"어디루 가세요."

마주 앉자 궁금한 듯 묻는 초희였다.

"공사장으루 가는 거야."

상오는 자기가 갈 곳과 가서 할 일을 설명했다.

"잘 했어요. 밑에서부터 시작하는 것이 가장 튼튼할 거예요. 허공에서 구름을 붙잡으려는 것보다 진실되기두 하구요. 그런데 언제까지 계세요."

"대전과 대구 간의 공사니까 앞으루 몇 달 안 걸리겠지."

"그때까지 기다리구 있을까요."

초희의 태도는 마치 기다리지 말라고 하면 기다리지 않겠다는 것 같았다.

"기다려 줄 수 있겠어?"

상오는 기다려 준다면 얼마나 고맙겠느냐는 태도였다.

"언제까지든……."

"취직은 어떻게 됐지?"

언제까지나 기다리고 있겠다는 초희에게 고맙다는 말 대신 물은 상오의 말이었다.

"부모님들이 반대하셔요. 집 안에 가만 있으라구……."

상오는 다방에서나마 초희를 포옹해 주고 싶었다. 그러나 그런 감정을 눌러야 한다는 과거의 교훈이란 생각을 하며,

"고마워!"

하는 말만을 했다.

(원)《동아일보》 1969. 5 ~ 1970. 3,

(출)『박영준 선집』진한국문학전집 13, 어문각, 1974.

지향(地香)

제1장 동과 서

저녁상을 내놓고 비닐하우스로 나가려고 할 때 아내가,

"이제 추위가 다 가지 않았어요?"

그런데도 비닐하우스에 가서 자야 하느냐는 투로 말했다. 갑수는 그 말의 뜻을 알 수 있었다. 비닐하우스에 오이를 이종한 뒤 두 달 이상을 줄곧 거기에 나가 잤다. 나이가 오십이 가까웠지만 독수공방이 외로웠을 것이다. 갑수도 마찬가지였다. 습기가 가득 찬 비닐하우스에서 거적만 깔고 잠도 제대로 못 자며 기온을 조절해 줘야 하는 그 생활에서, 하룻밤이라도 이부자리 속에서 아내의 살갗을 만져 보며 자고 싶었다. 그러나,

"요즘 날씨가 하두 변덕스러워서……."

아내의 말눈치를 못 알아들은 듯 자리에서 일어섰다. 사실 금년 날씨는 유별났다. 유별나게 춥기도 했지만 삼월에 접어들어서도 눈이 몇 번이나 내렸고, 예기치 못했던 강풍이 몇 번이나 불었다. 윤사월(閏四月)이 있기 때문인지 모른다.

오늘은 낮 기온이 영상 십오 도였다. 그런 만큼 밤 기온이 영하로 떨어질 것 같지가 않지만 믿을 수가 없었다. 만약 하루만이라도 이변이 생기면 수확을 하기 시작한 오이들이 죽어 버린다. 십년공부 나무아미타불이 된다. 며

칠만 더 오이와 같이 자지 않을 수 없다.

갑수가 이를 쑤시며 문을 열고 나가려는데,

"형님 계십니까?"

귀에 익은 목소리가 들렸다.

"뉘시오?"

문을 열고 엉거주춤 서 있는데,

"저녁 잡수셨어요?"

하며 현덕호(玄德鎬)가 마루로 올라섰다.

"웬일인가? 어서 들어오게."

갑수는 도로 방바닥에 앉으며 덕호에게 자리를 권했다.

"얼맛동안 못 뵀습니다. 하는 일은 없어두 공연히 분주해서……."

덕호는 그 동안 한 번도 찾아오지 못한 것을 미안해했다.

"농사짓는 사람이 다 그렇지. 그래 요새는 뭘 하구 있나?"

덕호는 갑수가 걱정을 하는 사람 가운데 한 사람이다. 농사를 지으면서도
언제나 넉넉지 못하게 지낸다.

"밭을 갈았지요."

쉬지 않고 일을 하고 있으나 늘 가난하기만 해서, 갑수를 만나면 가난한
것이 죄를 지은 듯 부끄럽게 생각하는 덕호였다. 갑수도 그런 덕호의 마음
을 알기 때문에 수익성이 많은 고급채소를 권장하고 싶었으나, 영농자금이
없는 그에게 그것을 권장할 수도 없는 일이었다. 속으로만 딱하게 생각하고
있을 뿐이었다.

서로 미안해하고 딱하게 생각하고 있는 터라, 그들은 오래간만에 대해도
별로 할 말을 찾지 못했다.

갑수는 한다는 소리가,

"저녁은 먹었나?"

하는 것이었다.

"네, 먹었습니다."

덕호는 공손히 대답을 하면서도 딴 생각을 하고 있는 것처럼 갑수를 쳐다

봤다. 그 눈치를 챈 갑수가,

"할 말이 있어서 온 건 아닌가?"

하고 묻자,

"네."

덕호가 담배를 꺼내 성냥불을 켜댔다. 할 말이 있어서 오기는 왔지만, 이야기 꺼내기가 거북한 모양이었다.

"무슨 일인데?"

갑수가 독촉을 했지만 덕호는 입맛만 쩝쩝 다셨다.

"말을 하지, 왜 그래?"

다시 한 번 독촉했을 때에 덕호는,

"예펜네 때문예요."

하고 이야기를 했다.

갑수는 이야기의 내용을 대강 짐작했다. 그러나 짐작 가지고 속단할 수는 없는 일이었다. 그리고 자기로서는 그런 일을 생각도 못하고 있다는 태도를 보여야 할 것 같다.

"어디 편치 않은가?"

아주 딴 방향의 질문을 했다.

"그런 게 아닙니다."

그렇기나 하다면 오죽 좋겠느냐는 듯이 덕호가 한숨을 내쉬며 이야기를 했다.

"최기화란 놈하구, 요즘두 놀아나구 있는 것 같습니다."

그것은 갑수가 예상했던 대로였다. 덕호가 6·25 때 괴뢰군에게 끌려가 몇 해 동안 행방불명이 되었을 때, 덕호 처가 웃동네에 사는 최기화와 정을 통해 온 일이 있었다. 괴뢰군에게 끌려 이북까지 가서 거기서 교육을 받은 뒤 이번에는 간첩으로 남파되어 온 덕호가 자진 귀순함으로 풀려 나오자, 덕호의 처는 덕호와 아무 탈 없이 살아왔다. 그러다가 요즘 또 최기화와의 추문이 뜬소문으로 떠돌아다니고 있었다.

"그게 정말인가?"

갑수는 금시초문이라는 듯 물었다.

"나두 며칠 전 그런 말을 듣구 설마 그럴 리가 있으랴 생각했었죠. 그런데 오늘 낮 들에 나갔다가 집에 돌아가다 멀리서 보니까, 아니 그 최가란 놈이 집에서 나오구 있는 게 보이지 않아요?"

"그래, 그걸 보구 가만뒀나?"

도리어 갑수가 흥분해서 물었다.

"우선 집에 들어가 예펜네를 달구쳤지요. 그랬더니 예펜네가 딱 잡아떼지 뭡니까? 그놈이 집에 왔다 간 일이 없다면서, 도리어 펄쩍 뛰지 않겠어요? 그러니 어떻게 합니까?"

"그놈의 다리를 꺾어 버리지 그걸 그냥 놔둬?"

"현장을 붙잡지 못했는데, 더구나 나로서……."

"나로서라니? 이젠 그런 말 제발 그만두라구. 조금두 자격지심을 가질 필요가 없단 말야. 이젠 그럴 때가 다 지났어."

"그래두……."

덕호는 자신이 없다는 듯 고개를 숙이고 담배만 빨았다.

갑수는 정말이지, 덕호는 그걸 필요 없다고 생각하고 있다. 교도소에서 풀려 나온 즉시야 고개를 들 수 없었을 것이다. 그때 덕호는 자기 집으로 바로 들어가지를 못하고 갑수를 찾아왔다. 그리고 동네 사람들이 자기를 용서해 줄지에 대해 걱정을 했다. 덕호의 이야기를 다 들은 갑수는 그때 자신 있게 말했다.

"용서를 안 하면 어떻게 하겠나? 걱정 말게. 그때 피난 안 간 사람으루 공산당 놈들에게 협력 안 한 사람이 누구 있나? 염려 말어!"

사실 그랬다. 괴뢰군이 들어왔을 때 물을 달라면 안 줄 수가 있었는가? 쌀을 내라면 내놓았지 별수 없었다. 절대로 하고 싶어서 한 일이 아니다. 어쩔 수 없으니까, 죽으라면 죽는 시늉이라도 했던 것이다.

덕호도 그랬을 것이다. 가자고 끌고 가니까 끌려갔을 것이다. 또 거기서 교육을 시켜 간첩으로 가라니까 왔을 것이다. 그러나 진짜 공산주의자가 싫으니까 남파되자 곧 자수하고 귀순한 것이 아닌가? 공산주의자가 되지 않고 대한민국을 사랑하면 되는 것이다. 특히 덕호 같은 이가 사상이니 뭐니 할 위인이 되는가? 일이나 하고 밥이나 먹을 줄 아는 사람이다. 대한민국 정부에서도 용서를 해 주고 석방을 했는데, 같이 살던 동네 사람들이 그에게 다시 죄를 줄 수 있는가?

그러나 갑수는 신중을 기하기 위해 덕호를 이틀 동안 자기 집에 묵히며 동네 어른들과 말깨나 하는 청년들을 모아 회의를 열었다. 동네 사람들을 설득시킨 뒤에야 집으로 돌려 보냈던 것이다. 그 뒤 오늘까지 덕호가 비록 위축된 마음으로 살아 왔을지는 모르지만, 동네에서 그 문제를 가지고 덕호를 괴롭힌 일이 없다. 같은 동네 사람으로 흉금을 털어놓고 살아왔던 것이다. 그런데, 덕호가 다른 문제도 아닌 아내의 패륜을 보고도 십여 년 전의 위축되었던 감정 때문에 말도 못하고 살아서야 될 말인가?

"정말 어떻게 했으면 좋을지 모르겠습니다."

덕호가 그래도 자신 없는 태도를 보일 때 갑수는,

"지지리두 못난 소리 그만두라구. 가서 최가란 놈의 다리를 꺾어 놔. 그 뒤 책임은 내가 질 테니……."

채찍질이라도 하듯 호되게 말했다.

"그놈이 이장이 아닙니까? 일반 사람이래두 모르겠는데……."

"이장이면 어때? 동네의 풍기를 문란 시킨 놈인데……. 그놈을 그냥 놔두면 동네의 도덕이 파괴되구 질서가 없어지구 만단 말야. 이건 개인의 문제만이 아니야. 우리 나라가 잘 되려면 정신이 살아야 하지 않나? 정신이 썩어 가면 나라가 잘 될 까닭이 없어."

이런 말을 하면서, 갑수는 부락 북쪽에 있는 실습장에 와서 실습을 하는 도중 눈으로 보기 힘든 행동을 하던 농업전문학교 학생들을 생각했다. 그 학생들은 실습을 하기 위해서 오는 것인지 놀기 위해서 오는 것인지 알 수 없을 만큼 종일 노래하며 춤을 춘다. 노래는 무슨 노랜지 잘 모르지만 춤추는 꼴이 해괴망측했다. 농촌에서 농민을 지도하면서 농사를 지을 학생들인데도.

갑수는 순천시에 가서, 이야기 가운데 중고등학교 학생들의 풍기가 말할 수 없이 문란하다는 말을 듣고 흥분한 적이 한두 번이 아니었다. 서양 풍조가 들어와서 그렇게 된 것이라 생각할 때 한국 사람이 언제 다시 자기의 정신으로 돌아올 수 있을까 하고 개탄도 했었다.

중고등 학생뿐 아니라, 국민 전체가 그런 방향으로 흘러가고 있음을 신문에서 늘 볼 수 있다. 그래도 농촌만은 그런 어지러운 물에 물들지 않고 있지만, 농촌이라고 해서 물들지 말라는 법이 있는가? 최기화 같은 녀석이 계속해서 생긴다면 농촌도 정신적으로 부패하게 될 것이다.

"정말 큰일입니다. 이러다가 세상이 어떻게 될지. 글쎄, 사십이 훨씬 넘은 것들이 그게 무슨 짓입니까?"

덕호로서 갑수의 생각에 동의하지 않을 수 없을 것이다.

"가만있게. 작은 문제가 아니니까 좀 신중히 생각해서 처리하두룩 해야겠어. 내게 맡겨 두구 며칠만 참아 주게. 그새 집안 동정이나 살피구 있어."

갑수는 동네 전체의 문제로 취급하려 했다. 이 문제를 해결하기보다 이 문제를 통해 동네에 경종을 울려야 하겠다고 생각했던 것이다.

덕호를 데리고 마을 어귀까지 나오는 동안, 갑수는 여편네 하나 잡지 못하구 사는 병신아, 뭣 하러 살고 있는 거야 하고 덕호를 욱박질러 주고 싶었다. 최기화를 미워하기 전에 우선 네 여편네 다리를 부러뜨려 놔라 하고 언짢은 말도 해 주고 싶었지만 꾹 참았다. 덕혼들 자기 마누라가 얼마나 미울 것인가? 죽이고 싶도록 미울 것이다. 그러나 마누라를 죽이지도 또 내쫓을 수도 없는 덕호다.

우선 가난했다. 가난하기 때문에 마누라를 내쫓으면 두 번 장가들기가 힘들다. 둘째는 용기가 없는 성격이다. 용기가 없기 때문에 최기화와 맞싸울 생각을 못한다. 마누라를 때리지도 못한다. 끝으로 그는 이북에 끌려갔었던 일에 대한 열등의식을 갖고 있다.

그런 덕호에게 마누라를 우선 처리하라는 말이 통하지 않을 것이다. 공연히 덕호를 괴롭히는 결과밖에 안 된다. 그런 만큼 덕호에게 그 이상 다른 말을 못하고 돌려 보낸 뒤, 논둔덕을 걸어 오이를 재배하고 있는 비닐하우스로 갔다.

하우스에 들어서자 남포등불을 켜고 실내 온도를 체온으로 가늠했다. 하우스 안에는 물론 온도계가 있다. 그러나 온도계를 볼 것 없이도 하우스 안의 온도를 충분히 아는 그였다. 이삼 년 동안이나 하우스 안에서 살아온 체험 때문이었다. 밤에 자다가도 몸이 써늘해서 눈을 뜨면 우선 온도계부터 보아 온 체험이었다. 그 체험을 통해 이제는 온도계를 보지 않고도 온도를 알아낼 수가 있다.

"십팔 도로군. 밤새 기온이 내려두 팔 도 이하는 안 된다."

그는 안심하고 거적 위에 앉았다. 그리고 남폿불 근처의 줄기에 매달려 있는 오이들을 보았다. 어제 따서 서울로 출하한 만큼 그리 큰 것은 없었지만, 이삼 일 뒤 딸 수 있는 십 센티미터 정도의 오이들이 심심치 않게 매달려 있다. 이번에는 삼사십 상자를 딸 수 있다면……. 그렇다면 아직 한 상자에 육칠천 원은 받을 수 있을 테니, 삼십 상자 치고 이십일만 원이다. 이십만 원만 쳐도 하루에 오만 원 수입이다. 앞으로 가격이 뚝 떨어질 테니까 하루에 이만 원만 잡아도 유월 초까지 두 달 동안 백이십만 원 수입이 된다. 물론 이것은 백 평에 대한 수입이다. 그런데 그는 이백 평을 갖고 있다. 그러니까 이백사십만 원의 수입을 얻는 셈이 된다. 그 동안 고생은 많이 했지만 가슴이 흐뭇했다. 그 밖에 벼농사와 밭농사가 있다. 그것 전부를 합치면 삼백만 원 수입은 되겠지. 그중 여러 가지 비용을 뺀다 해도 백삼십만 원은 순 이익금이 된다. 그렇게 매해 계속하면 애들 공부를 시키고도 저축을 할 수 있다. 금년 초급대학을 졸업한 맏아들을 빼고, 나머지 다섯 애들도 충분히 공부시킬 것이다. 그리고 남부럽지 않게 살 수 있을 것이다.

그는 남폿불 밑에서 책을 펼쳐 들었다. 시간만 있으면 들여다보는 농사 전문잡지였다. 그는 잡지 말고도 농업에 대한 서적을 많이 읽는다. 그래서 그는 고급채소를 재배하는데, 남들보다 많은 수익을 올리고 있다. 남들이라야 동네에서 비닐하우스를 하는 이가 자기를 합쳐 두 사람이다. 그러니까 동네서 비닐하우스를 하는 사람은 갑수와 백만규뿐이다. 경쟁자라고 할 수 있는 백만규는 갑수보다 나이가 많아서 그런지 서적을 덜 읽는다. 그래서 그만큼 갑수보다 수익을 덜 올리고 있다. 채소 재배도 하나의 기술인만큼,

기술을 향상시키려면 끊임없는 연구가 필요하다. 그 연구란 결국 책을 읽으며 실험하는 것이다. 그렇기 때문에 갑수는 국내서적과 아울러 일본서적을 늘 사서 틈틈이 읽는다. 밤에 난로를 피워야 할 일도 없을 것 같아 책이나 읽다가 자려고 했지만, 책을 드니 오늘 따라 자식들 생각이 자꾸만 머리에 떠올랐다. 맏아들은 교육대학을 졸업하고 지금 순천 시내에서 국민학교 교사 노릇을 하고 있지만, 그 밑으로 다섯이나 되는 애들도 대학까지 진학시켜야 한다. 그러려면 돈도 꽤 많이 들겠지만, 지금 국민학교 이학년짜리 막내둥이를 대학까지 졸업시키려면 십오륙 년이 걸릴 것이다. 막내둥이가 대학을 졸업할 때쯤이면 자기는 환갑이 훨씬 넘는다. 그 십오륙 년이 까마득하게 생각되었다. 그 동안 과거에 겪은 것 같은 고생은 없을 것 같지만 그래도 죽을 때까지 고생할 것을 생각하니 가슴이 답답해 왔다.

부모란 결국 자식들 공부시키기 위해 사는 것일까?

나의 아버지는 하나뿐인 나를 보통학교밖에 졸업을 시키지 않았는데……. 갑수는 보통학교 육학년 때 월사금을 내지 못해, 학교 변소를 청소하고 운동장 풀을 뽑던 일이 생각났다. 그런데 나는 자식 여섯을 전부 대학까지 졸업시켜야 한다. 요즘은 농촌 사람들도 자식들을 될 수 있는 한 대학까지 졸업시키고 싶어들한다. 물론 돈이 없어서 고등학교에도 못 보내는 사람이 대부분이지만 마음만은 그렇다. 그러니 나로서 자식들을 대학에 안 보낼달 수가 있겠는가?

갑수는 오랫동안 생각해 오던 것을 다시 생각하고 있었다. 자식들을 반드시 대학까지 보내야 할 필요가 무엇인가? 대학을 졸업하면 모두가 농촌을 떠나려 한다. 자식들을 전부 도회지로 나가도록 대학을 졸업시키지 말고, 그 중 머리가 좋은 놈만을 대학에 보내지. 그렇지 않은 놈은 나와 함께 농사를 짓게 하자. 농사짓는 자식도 있어야 하지 않는가?

예까지 생각하자 그는 문득 대학에 보낸 자식들이 도회지에서 서양풍으로 놀아나기나 하면 어떻게 할까 하고 걱정했다. 자기 자식이라고 그러지 말라는 법이 없다. 머리를 길게 기르고 다방에 나다니며 여학생 노릴 것만 생각한다면, 그런 자식이 무슨 소용이 있겠는가? 그리고 대학을 졸업한 뒤 취직이 안 되어 빈들거리며 시골서 돈 가져갈 생각만 한다면 어떻게 할 것인가? 그러면서도 시골에는 죽어도 내려오지 않을 것이다.

그래서 큰아들을 교육대학엘 보냈다. 그리고 졸업을 하자, 집에서 가까운 학교에 취직을 시켜 한 주일에 한 번씩은 집에 오게 했고, 집에 와서는 반드시 농사일을 거들게 하고 있다. 밑의 애들이 교육대학을 싫어하는 눈치지만, 절대로 교육대학 이상의 대학에는 보내서 안 된다. 내년 봄에 고등학교를 졸업하는 둘째가 서울에 있는 대학교에 간다고 지금 열심히 공부를 하고 있지만 순천에 있는 교육대학에 보내야 한다. 교육계에 종사하면 최소한도 인간적으로 틀림없는 인격을 갖게 된다. 대성할 장래성은 없다고 해도 틀림없는 인간이 된다면 인간으로서 걱정할 일이 없게 될 것이다. 사회는 평화를 이룰 것이고 사람은 자유를 누릴 것이다.

이런 생각을 하고 있는 갑수는, 자기가 덕호의 문제를 떠나 자기 개인의 문제만 생각하고 있음을 깨달았다. 가장 시급한 문제가 덕호의 일이 아닌가? 덕호에게는 신중히 처리해야 할 문제니까 이삼 일 여유를 달라고 했고, 자기는 동네 사람들을 모아 의논하리라 마음먹었었다. 그러면 동네 사람들을 모아 놓고 이야기를 어떻게 진행시켜야 할 것인가? 최기화와 덕호의 처를 동네에서 내쫓도록 할까? 그렇지 않으면 동네 사람 전부가 모인 자리에 불러다가 그들의 죄상을 폭로함으로써 다시는 그런 일이 없도록 할까?

갑수는 그렇게 하는 방법이 가장 좋으리라 생각됐으나, 과연 그렇게 할 수가 있을까가 문제였다. 지금은 민주주의 시대다. 법률 이외에 사람을 처벌할 권리가 아무에게도 없다. 옛날 같으면 몰라도, 지금 세상에서는 살인죄를 범했다 해도 마을에서 내쫓을 수가 없다. 그러면 법에다 고소를 해서 징역을 살게 할까? 쌍벌죄라는 것이 있으니 그것은 가능하다. 그러나 쌍벌죄로 고소하려면 물적 증거가 있어야 한다. 그 물적 증거가 문제다. 현장을 붙잡지 못했으니 본인들이 부정만 하면 그만이다.

그렇다면? 그렇다면 본인들을 처벌할 수가 없단 말인가? 그들을 처벌하지 못한다면 그들의 사건으로 동네에 경종을 울릴 수가 없다. 갑수는 덕호에게 분풀이도 시켜줄 수 없는 것을 생각했다. 미안한 마음이 들었다. 내일에라도 덕호를 만나면 무엇이라 말할 것인가?

갑수는 약간 답답했다. 후덥지근한 하우스 안 공기가 찐덕찐덕한 것 같았다. 바람이라도 쐬고 싶었다. 그래서 하우스를 나와 논둔덕을 걸어 신작로 있는 데로 걸었다. 사방은 먹칠을 한 것처럼 어두웠다. 동네에서 삼백 미터쯤 떨어져 있는 들이라 무덤처럼 조용했다. 갑수는 갈 곳도 없고 해서 길가에 한참 서 있다가 다시 비닐하우스로 돌아가려 했다. 그때 얼마 멀지 않은 곳에서 사람소리가 들려 왔다. 지나가는 사람들의 이야기 소리가 아니었다. 어른들의 목소리도 아니었다. 젊은 남자와 여자의 목소리 같았다.

갑수는 잠시 귀를 기울이다가 그쪽으로 걷기 시작했다. 절대로 호기심에서가 아니었다. 혹시 동네 젊은 애들이 아닌가 하는 마음에서였다. 어떻게 하겠단 생각도 없이, 그저 어떤 애들일까 하는 마음에 조금씩 접근했다. 목소리가 똑똑히 들릴 만큼 가까운 곳까지 갔지만, 어둠 때문에 그들의 얼굴을 물론 옷의 빛깔도 알아볼 수가 없었다.

"이젠 잘 못 만날 거야."

"내가 싫어졌어?"

"그런 게 아냐. 아버지가 집에서 자게 될 테니까 말이지."

"아버지가 집에서 잔다구 나오지 못할 건 뭐야?"

"아버지가 얼마나 무서운데……."

그런데 여자의 목소리가 매우 귀에 익다. 갑수는 길가에 앉아서 이야기하고 있는 그들 앞까지 가서 무조건 처녀애의 팔을 잡았다. 도망치지 못하게 하기 위함이었다. 그리고는 누구냐고 물었다. 처녀는 대답을 안 했다. 그러나 갑수는 처녀가 자기 딸 숙미라는 것을 알았다. 어둠에 뚜렷한 윤곽이 드러나지 않기는 했으나 그래도 능히 알 수 있었다. 숙미라는 것을 알자, 그는 사내애의 팔도 잡고 도망치지를 못하게 하고, 그들을 비닐하우스까지 끌고 갔다. 끌고 오는 동안 그는 두 애를 맞부딪쳐 으깨 주고 싶은 충동을 느꼈다. 고얀 놈들이라고 소리를 지르고 싶기도 했다. 그러나 밤 말은 쥐가 듣는단 말을 생각해서 아무 말 않고 하우스까지 끌고 갔다. 불빛이 있는 하우스에 들어가자, 바들바들 떨고 있는 두 애를 번갈아 가며 따귀를 때렸다. 아무 말 없이 우선 때리기만 했다.

동네 차성오의 아들 차균표는 얼굴이 파랗게 질려 매를 맞고 있을 뿐이지만, 숙미는 한 번만 용서해 달라고 하며 울고 있었다. 그러나 손바닥이 얼얼하도록 때려 직성이 풀릴 때까지 계속 때렸다. 그러고 나서야,

"뒤통수에 피두 마르지 않은 것들이…… 다시 또 만나겠니? 다시 한 번만 그랬다가는 정말 다리를 분질러 놀 테다."

한 뒤, 그들을 거적 위에 앉게 했다. 그리고는 언제부터 만나기 시작했으며, 몇 번이나 만났느냐고 물었다. 겁에 질려 오돌오돌 떨고 있던 두 애들은 순순히 대답을 했다. 절대로 다시는 만나지 않겠다는 말도 몇 번이나 했다.

갑수는 사내 애를 먼저 돌려 보냈다. 동네에 소문이 퍼지면 우선 자기 망신이다. 다시 만나지 못하게나 한 뒤, 없었던 일처럼 묻어 버리는 것이 좋을 것 같았다. 그러나 숙미만은 그냥 둘 수가 없어서 붙잡아 놓고는,

"이제 중학교 삼학년에 벌써 연애를 해? 앞으루 뭐가 되려는 거니? 색주가의 갈보가 될래, 응? 이 못된 놈의 계집애야!"

그는 앉아 있는 숙미의 넓적다리를 주먹으로 한 대 쳤다.

"내일부터 학교에 못 간다. 연애하라구 학교에 보낸 줄 아니? 집에서 일이나 해."

그래도 성이 차지 않아,

"그래 너 몇 살이지? 몇 살이냐?"

하고 대답을 독촉했다. 울기만 하며 대답이 없는 숙미에게,

"네 반에서 연애하는 계집애가 또 있냐? 응?"

윽박지르듯 말하자

"일학년 애들두 하는데요."

숙미가 실낱 같은 소리로 말했다. 그것은 마치 일학년 애들도 하는데 삼학년인 자기가 하는 것쯤 아무것도 아니라 말처럼 들렸다.

"뭐라구? 이 개 같은 년아. 그래 중학교 일학년 애들이 무슨 연앨 한단 말야?"

갑수는 또 한 번 숙미의 무릎을 주먹으로 때렸다. 그리고는 자기의 가슴

을 두들기면서 넋두리했다.

"이년아! 벌써부터 애비의 속을 썩게 해? 고약한 년 같으니라구……."
정말 한심하고 속이 아팠다.

갑수는 숙미를 데리고 집으로 가서 아내만을 불러 간단히 숙미 이야기를
한 뒤, 내일 아침 학교에 못 가도록 하라구 당부했다. 아내는 천지개벽이 난
듯 얼굴이 질려 가지고 어쩔 줄을 몰라 했으나, 그는 아랑곳없이 다시 비닐
하우스로 돌아왔다.

어처구니없고 한심스럽기만 한 심정이었다. 울고 싶기까지 했다. 그래 열
여섯밖에 안 된 계집애가 벌써 연애를 하다니? 그러면서 열네댓 살 난 계집
애들까지 연애를 한다구?

갑수는 모두가 텔레비전이나 라디오를 통해 서양 풍조를 받아들였기 때
문이라고 생각했다. 텔레비전과 라디오가 애들을 조숙하게 만들고 있다. 서
양에서는 고등학교 여학생 가운데 숫처녀가 반도 안 된다고 한다. 장차 한
국도 그렇게 될 것이 아닌가? 그렇게 되면 여자의 순결성이란 어떻게 될 것
인가? 여자뿐 아니라 남자도 순결성이란 것을 잃게 될 것이다. 인간이 순결
성을 잃게 되면, 아름답고 깨끗한 것은 없어지고 만다. 그 대신 위선밖에 남
을 것이 없게 될 것이고, 인간의 가치란 땅에 떨어지고 말 것이다. 인간은
마치 물체처럼, 효용가치 이외에 무슨 쓸모가 있겠는가? 생명의 존엄성, 정
신의 존귀성은 찾아볼 수가 없게 될 것이다.

갑수는 다음날 아침, 집으로 가서 조반을 먹은 뒤 숙미를 학교에 가지 못
하게 못을 박아 놓고는 이장을 찾아갔다. 그리고 덕호의 이야기를 한 뒤 저
녁때 동네 몇몇 사람을 모아 달라고 부탁했다. 젊은 이장은 사람을 모아서
어떻게 하겠느냐고 물었지만 갑수는 그때 자기가 이야기할 테니 좌우간 모
아 주기만 해 달라고 말했다. 젊은 이장은 수긍이 안 된다는 태도였지만, 갑
수의 말을 거역할 수가 없는 터라 사람을 모아 놓겠다고 승낙을 했다. 갑수
는 이장을 비롯해 동네 사람들에게 영향력을 가지고 있다. 그것은 그가 동
네 사람들에게 비난받을 일을 하지 않았고, 또 자기 생활에 성실함을 보여
주고 있기 때문이었다. 재산에 있어서도 그를 따를 사람이 없었다. 그런 만

큼 이장이 따로 있다 해도 실제적인 마을 지도자이기도 했다.

이장 집에 들렀다가 비닐하우스로 나가 얼마 있는 동안에 아내와 일꾼이 나왔다. 밤새 덮어 주었던 비닐하우스의 섬거적을 걷어 내리기 위함이었다. 한 사람은 비닐하우스 위에 올라가 섬거적을 말아 밑으로 떨어뜨린다. 한 사람은 그것을 받아 땅 위에 내려놓는다.

섬거적을 다 걷은 뒤에는 비닐하우스로 물을 대어 밭고랑에 괸 물을 오이가 자라고 있는 데로 퍼붓는다. 물을 줌과 동시에 소독약도 뿌려야 한다. 이백 평에 물을 주고 소독약을 뿌리려면 한나절이 걸린다. 비닐을 통해 들어오는 태양볕이 온몸에 땀을 흘리게 한다.

갑수는 물을 주고 소독약을 뿌리면서도 덕호의 일을 생각했다. 덕호의 처와 최기화를 단단히 혼내 주어 다시는 동네에 그런 일이 없도록 해야 한다. 뿐 아니라 그것을 계기로, 젊은 애들에게도 경종을 주어 풍기를 문란케 하는 일이 없도록 해야 한다. 그러기 위해서는 덕호의 처를 동네 이름으로 내쫓아야 한다. 최기화는 타동네 사람이니까 내쫓을 수는 없지만, 면장을 통해 이장직을 내놓게 한다. 그렇게만 하면 앞으로도 그런 일은 나지 않을 것이다. 그리고 젊은 애들의 풍기문란을 방지하기 위해서는, 남녀별 학생회를 조직하여 풍기 문란한 행동을 하는 학생을 자율적으로 처벌하게 한다. 그것만을 목적으로 학생회를 조직할 수가 없으니까 집안 농사 돕기, 공동작업 등을 앞장세운다. 그리고 그런 학생운동을 자기의 맏아들에게 맡긴다. 토요일과 일요일엔 집에 와서 지내고 있는 맏아들에게 학생들을 지도케 하면 일석이조의 효과를 거둘 것이다.

이런 생각을 하며 점심때까지 일을 했다. 시장기를 느끼며 집으로 갔을 때 갑수는 마루에 힘없이 웅크리고 앉아 있는 숙미를 보았다. 측은한 마음이 들기도 했지만 태도를 누그러뜨리면 그 애가 자기의 잘못을 용서받은 줄로 생각할 것 같다.

"내일부터 하우스에 나가 일을 해."

하고 앞으로 영 학교에 안 보낼 것처럼 말했다.

갑수는 정말 숙미를 학교에 보내지 않을 생각이었다. 계속 진학시킨대야 여자 애니까 고등학교까지만 보낼 생각이었지만, 고등학교를 졸업하거나 중학교를 졸업하거나 거의 비슷하다. 지금 삼학년이니까 중학교를 졸업한 것이나 다를 바 없다. 중학교를 졸업시킨 셈치고 농사를 시키는 것이 도리어 본인을 위해서도 좋을 것 같았다.

여자란 공부를 많이 할수록 눈만 높아진다. 중학교를 졸업하면 그만큼 눈이 높아지고, 고등학교를 졸업하면 그만큼 눈이 더 높아진다. 중학교를 졸업하면 반드시 그렇지만도 않지만 고등학교를 졸업하면 농사를 지으려 하지 않는다. 결혼해도 도회지 사람과 해서 험한 일을 안 하려 한다. 그는 딸들을 고등학교까지 졸업시킨다 해도 몇 해 동안은 집에서 농사를 시키다가 시집을 보낼 작정이었지만, 숙미 같은 애를 구태여 고등학교까지 졸업시킬 필요는 없다고 생각했다. 당장 내일부터 농사일을 시키려 했던 것이다.

아버지의 추상같은 말을 듣자, 숙미는 건넌방으로 뛰어들어갔다. 또 울겠지, 그리고 아비를 원망하겠지. 그러나 갑수는 본 척도 안 했다. 어떤 일이 있어도 자기의 마음은 변하지 않으리라 생각했다.

점심을 먹자, 그는 며칠 전 서울에 있는 위탁상에게 보낸 오이에 대한 대금을 받으러 농협에 갈 채비를 했다. 외출용 잠바를 입고 양말을 갈아 신고 있을 때, 영애가 뛰어왔다. 그리고는 빨리 가서 자기 아버지를 좀 봐 달라고 했다. 갑수는 오래 전부터 배가 아프다면서 누워 있는 영애의 아버지 백만규가 죽은 것이나 아닌가 생각하고 허겁지겁 그 집으로 달려갔다. 그러나 죽은 것은 아니었다. 통증을 참지 못하고 몸을 뒤틀고 있었다. 어디가 어떻게 아프냐고 물어도 그저 죽겠다는 말뿐이었다. 예사가 아니었다. 누워 앓은 지 벌써 열흘이 지났고, 그새 한약도 사 먹였다는데 병이 낫지 않고 악화돼 가고 있음은 보통 체증이나 소화불량증이 아니다. 환자가 참을 수 없는 통증을 느끼는 것으로 보아서도 시급히 진찰을 받아야 할 병 같았다. 아프다는 위치로 보아 그렇지는 않을 것 같지만, 혹시 시급한 수술을 요하는 맹장염이 아닐지도 모른다. 얼굴이 파랗게 질려 가지고 어쩔 줄을 몰라 하는 만규의 처에게 말했다.

"빨리 순천 병원으루 갑시다. 누굴 시켜 택시를 불러와야겠는데……."

만규 처는 대답도 못하고 문 밖으로 뛰어나가 일꾼을 불러왔다.

"뛰어가서 택시를 불러 타구 오너라."

갑수는 집 주인처럼 말을 하며 일꾼을 순천으로 보낸 뒤,

"좀 일찍 병원엘 갈 것 아닙니까?"

하고 만규 처를 나무랐다. 그리고 배를 앓는다는 말을 대단치 않게 생각하고 며칠 동안 찾아보지 못했던 자기를 후회했다. 그래도 동네서 그 중 가깝게 지내는 사람이다. 비닐하우스를 짓고 채소를 재배하는 유일한 동업자이기도 했다. 동네에서 그중 절친한 친구라고 말할 수가 있다. 그런데도 중환으로 고통 받고 있는 것을 모르고 지내다니? 자기의 일인데도 갑수는 인정이란 것이 점점 엷어지고 있음을 스스로 개탄했다.

도시의 인정이 야박한 것은 누구나 다 아는 일이다. 그러나 도시와 농촌이 다른 것은, 그래도 농촌에는 인정이 남아 있기 때문이 아니겠는가? 농촌에마저 인정이 없어진다면 그것은 한국 사람 전체가 인정을 잃게 된다는 것을 뜻한다. 한국 민족에게서 인정을 뺀다면 남는 것이 무엇일까?

갑수는 이제부터라도 만규에 대해 좀더 관심을 기울여야 한다고 생각했다.

"이 사람아, 어떡허다가 그런 병에 걸렸는가? 응!"

술을 과음했다거나 음식을 잘못 먹었다거나, 어쨌든 병의 원인이 있을 것 같았다. 그래서 병의 원인이 알고 싶었던 것이지만, 만규는 통증이 조금 멎었는지,

"병원엘 데리고 가 줘! 난 정말 못 살겠어……."

묻는 말에는 대답 안 하고 병의 고통을 호소했다.

"택시를 잡으러 사람을 보냈네. 조금만 기다려."

그 뒤 만규는 더 보채지 않았지만 죽겠다는 소리를 연발했다. 그의 아내는 돌아앉아 눈물만 흘리고. 다만 영애만이 정신을 잃지 않고 창문 쪽을 바라보며 '왜 빨리 오지 않을까!'를 거듭하며 택시를 기다렸다. 그러다가 갑자기 생각났는지,

"아저씨!"

하고 갑수를 불러 논 뒤,

"돈이 없는데 어떡허지요?"

갑수의 얼굴을 빤히 쳐다봤다. 그미의 얼굴과 달리 굉장히 냉정성을 가진 처녀라고 생각되었다. 고등학교 일학년 학생인데도, 나이가 좀 많아서 그런지 어딘가 어른 같은 데가 있어 보였다. 나이가 위지만 숙미처럼 남자를 생각하는 처녀 같지 않게 어딘가 깨끗한 데가 있어 보이기도 했다.

"걱정 말어라."

갑수는 우선 안심시켰다. 돈이 가장 귀한 때이기도 했지만, 영애 아버지는 채소농사를 짓느라고 빚까지 지고 있다. 게다가 병이 들어 그새 돈을 썼을 터이니 영애가 걱정할 것도 무리는 아니다. 갑수는 곧 집에 가서 돈 만 원을 가지고 와서는 영애에게 주었다. 영애에게보다는 그미 어머니에게 주어야 할 것이었다. 그러나 큰일을 당할수록 냉정해야 할 그미 어머니는 정신을 잃고 일 처리에 대해 갈피를 잡지 못하고 있었다. 차라리 영애가 어머니를 대신해야 할 것 같았다.

돈을 받자 영애는 고맙다는 인사를 한 뒤, 그것을 손수건에 싸서 손에 꼭 쥐었다. 어떤 일이 있어도 돈을 잃지 않고 서두름 없이 쓸 것 같은 냉정한 태도였다.

택시를 잡으러 갔던 일꾼이 돌아와서 만규를 업고 신작로까지 갈 때도, 만규에게 덮어 줄 담요라든가 병원에 가서 신을 신발을 영애는 모두 챙겼다. 자동차에 오를 때도 자기가 맨 먼저 올라 아버지를 끌어올리고 어머니는 그 옆에 앉도록 지휘를 했다. 그리고는 일꾼에게 집을 보도록 남겨 두고 갑수를 운전사 옆자리에 앉게 했다.

갑수는 영애의 행동을 바라보며 기특하게 생각했다. 집안에 남자라곤 아버지밖에 없다. 오빠가 있지만 몇 달 전 군에 입대하고 집에 없다. 밑으로 동생이 있지만 그 애도 처녀 애다. 그러니 영애가 아들 노릇을 하지 않을 수 없는 처지지만 기특하기 짝이 없었다. 그러나 순천서 제일 큰 병원으로 가서 의사로부터 아버지가 위암 같으니 광주나 서울로 가라는 말을 들었을 때, 그러한 영애도 눈물을 흘리며 어찌할 줄을 몰라 했다. 자기 어머니 어깨를 부여안고 어떻게 하면 좋으냐고 계속 울었다. 역시 여자는 여자라는 생각이 들었지만, 갑수도 한참 어리둥절했다. 암이라면 불치의 병이다. 사형선고나 거의 마찬가지다. 백만규가 죽다니…… 만규는 자기와 같이 아직 오십도 못 된 사람이다. 한참 일할 수 있는 나이다.

갑수는 너무나 허무하다는 생각이 들었다. 그래서 의사의 말이 곧이들리지 않았다. 곧이들리지 않은 것은, 한 번 진찰로 암이라 확정지을 수가 없는 일이라 생각했기 때문이었다. 갑수는 의사의 말이 믿어지지 않을 뿐더러 가족과 환자를 실망시키지 않기 위해,

"광주 도립병원엘 가서 자세한 진찰을 받아 보지요."

하고 제의했다. 그러자 영애가,

"그러야겠어요."

선뜻 대답했다. 영애도 의사의 말이 믿어지지 않는 모양이었다. 영애 어머니는 눈만 멀뚱멀뚱 어리둥절해 있었다.

"그게 좋겠다. 빨리 가 봐라."

갑수가 말하자 영애가,

"엄마 그렇게 해. 그게 좋을 것 같아요."

하며 어머니의 동의를 구했다. 그래서 백만규는 영애 모녀의 부축을 받으며 병원을 나섰다.

갑수는 광주까지 갈 수가 없어서, 영애네 집안일을 맡을 테니 안심하라고 그들을 안심시킨 뒤 마을로 돌아왔다.

마을로 돌아오며 갑수는 암담함을 느꼈다. 만규의 병이 암일지도 모른다는 생각에서였다. 병세가 그런 것 같기도 했기 때문이었다. 만약 만규가 암으로 죽는다면 그의 집안은 어떻게 될 것인가? 남자가 하나도 없는데다가 만규 처는 활동적이 못 되고 또 주변성도 없다. 주장해서 농사를 지을 만한 여자가 못 된다. 그런데다가 식구라야 열여덟 살 영애와 열댓 살 난 영애의 동생뿐이다. 다 지어 놓은 비닐하우스의 오이도 관리할 사람이 없다. 앉아서 굶어 죽는 수밖에 없을 것이다.

갑수는 동네 사람들 전체를 생각했다. 집안의 기둥인 남자가 없어도 버티

고 살아갈 집안이 몇 집이나 될까? 모두가 가난하게 살고 있다. 저축을 해 가며 사는 사람이 하나도 없다. 얼마 안 되는 땅을 팔 것이며, 나중에는 거지 같은 생활을 할 것이다.

갑수는 동네 사람들이 모두 굶어 죽는다 해도 자기로서 어찌할 수 없는 일이지만, 그래도 어깨가 무거워짐을 느꼈다. 막연한 느낌이었다. 그렇기 때문에 그는 동네 전체에 대한 생각을 오래 계속하지 않았다. 그 대신 집에 가서 숙미를 데리고 영애의 집엘 가서 저녁밥을 짓게 하고, 학교에서 돌아와 혼자 걱정에 싸여 있는 영애 동생에게 어머니와 언니가 아버지 병 때문에 광주엘 갔으니까 혼자서 하룻밤을 자라고 말했다. 그리고 일꾼에게는 혼자서라도 비닐하우스의 섬거적을 덮으라고 말했다.

벌써 다섯 시가 다 되었다. 그는 아내를 데리고 비닐하우스로 나가 섬거적을 덮기 시작했다. 보통 때보다 몸을 빨리 움직이며 일을 했다. 그것은 일을 빨리 끝내고 만규네 비닐하우스로 가서 혼자 일하고 있을 일꾼을 도와주기 위해서였다.

갑수는 서둘러 일을 끝내고 아내를 집으로 보낸 뒤 만규네 비닐하우스로 갔다. 그리고는 혼자서 섬거적을 덮고 있는 만규네 일꾼을 도와주었다. 그래서 어둡기 전에 만규네 비닐하우스도 섬거적을 다 덮을 수 있었지만, 갑수는 언제까지 자기가 도와줘야 할까를 생각했다. 만약 만규가 오래 입원해 있게 되면 그 동안 불가불 도와줘야 한다. 만규가 병들어 누워 있을 때부터 일꾼을 사 쓰고 있다. 일꾼의 품값만 해도 한 달에 최소한 이만 원은 될 것이다. 만규가 병들지 않았다면 필요치 않을 비용이다. 그런데다가 다시 또 일꾼을 산다면 예산 이외의 비용이 너무 많이 나간다. 그렇지 않아도 병 치료 때문에 돈을 많이 쓸 텐데, 농사에 쓰는 비용이라도 적게 쓰도록 해 줘야 할 것이 아닌가? 갑수는 자기가 조금만 더 일하면 능히 도와줄 수 있는 일이라고 생각했다.

만규네 비닐하우스의 섬거적을 다 덮어 주자 갑수는 걸음을 빨리해서 집으로 갔다. 빨리 밥을 먹고 마을 사람들 모임에 나가야 했기 때문이었다. 그러나 그는 자기 집으로 가기 전에 만규의 집에 먼저 갔다. 숙미가 정말 그

집 밥을 지었나 확인하기 위해서였다. 그런데 숙미가 보이지 않았다. 혼자 있는 영애 동생에게 물어 보니 밥을 지어 놓고 갔다는 것이었다. 그는 안심을 하고 일꾼에게 말했다.

"집을 잘 지키게. 그리구 힘든 일이 있거든 내게 와서 의논을 해."

그는 집으로 가자 우선 숙미의 동정을 살폈다. 때리고 또 학교엘 못 가게 했지만 숙미가 혹시 거기에 반발이나 하지 않을까 하는 걱정이 없지 않았기 때문이었다. 요즘 애들은 자기 위주다. 자기 마음에 맞지 않으면 부모나 선생이나 누구 할 것 없이 반발을 잘 한다. 반발을 해도 스스로 만족할 수 없을 때는 집을 뛰쳐 나가거나 심지어 자살하는 경우까지 있다. 그런데 숙미는 부엌에서 자기 엄마와 함께 저녁을 짓고 있었다. 일단 안심이었다. 만약 숙미가 반발을 하게 되면 내면적으로 서로 싸우게 된다. 일단 싸움이 시작되면 서로 지려 하지 않을 것이다. 아비는 아비의 권위를 위해서, 그리고 딸은 딸의 고집을 위해서. 비록 그것이 외면적으로 나타나지 않는다 해도 서로 반목할 것은 사실이다. 그렇게 되면 둘 사이에는 애정이 없어지고 만다. 반목과 반목이 있을 뿐이다. 반목이 계속되면 서로 빗나가게 되고, 빗나가게 되면 감정적으로 예민한 젊은 애가 지성을 잃게 된다. 일부러라도 지성을 포기하게도 된다. 그렇게 되면 정신적으로 타락하고 위험한 구렁텅이에 빠진다.

갑수는 숙미에게 감사하고 싶은 심정이었다. 그는 부엌을 향해 빨리 저녁상을 차리라고 크게 소리치고 방 안으로 들어갈 때,

"네! 다 됐어요."

하는 대답 소리가 들렸다. 그것은 아내의 목소리가 아니었다. 분명 숙미의 목소리였다. 어젯밤 매맞은 일을 벌써 잊어버리고 있는 모양 같았다. 아직 나이가 어리니까 그럴 수도 있겠지. 그러나 갑수는 그렇게만 생각지 않았다. 부모와 자식 사이가 좋다는 것이 그런 것이라고 생각한 것이다. 딴 사람에 그렇게 맞았다면 평생 원수가 될지도 모른다. 그러나 아비에게 맞은 매는 아프게도 생각되지 않고 또 금시에 잊을 수가 있다. 그것은 서로가 서로의 애정을 믿기 때문이다.

그런데 잠시 후 밥상을 들고 들어온 아내가 밥상 옆에 앉아 숙미의 이야기를 꺼냈다.

"숙미가 진심으루 잘못했다구 생각하니까 한 번만 용서해 주세요. 학교엘 안 보내면 도리어 동네에 소문이 퍼질지두 모르잖아요? 그렇게 되면 집안 망신두 되구……."

아내의 말이 옳았다. 그러나 어찌 호락호락 용서를 할 수가 있는가? 그렇게 되면 숙미가 아비를 만만하게 볼지도 모른다. 아비를 만만하게 보면 다시 나쁜 짓을 할지도 모르고.

"당신이 용서해 주구료!"

마치 자기는 용서할 수 없다는 듯이 말했다. 그러나 아내는,

"그럴 수야 있어요? 당신이 직접 뭐라구 말씀하셔야지."

하고 숙미가 나쁜 애는 아니라면서 숙미 편을 들었다.

갑수도 마음이 변하고 있던 때인 만큼 고집을 부리지 않고,

"제가 잘못했다구 와서 사괄 하래. 타일러서 용서를 할게."

이렇게 말하자, 아내는 당장 일어나 부엌으로 나갔다. 그리고 얼마 안 있어 고개를 푹 숙인 숙미를 데리고 들어왔다.

숙미는 들어오자, 밥상 옆에 꿇어앉으며 허리를 굽혀 절을 했다. 절을 하면서,

"아버지, 잘못했어요. 한 번만 용서해 주십시오."

하고 사과를 했다.

갑수는 그 애를 끌어안고, 다시는 그러지 말라고 말하고 싶었으나,

"조그만 계집애가 연애가 뭐야? 응!"

하고 위엄을 보인 뒤,

"그래 언제부터 사귔니?"

딱딱하게 물었다.

"한 보름쯤 됐어요."

숙미는 기피함이 없이 대답했다.

"누가 먼저 좋아하자구 그랬니?"

이 말에만은 숙미가 대답을 못했다.

"네가 먼저 그랬구나?"

"아아니요."

"그럼, 그 자식이?"

뻔한 일인데도 숙미는 대답을 못했다. 책임을 상대방에게 씌우는 것이 마음에 걸리는 모양이었다. 그런 줄 알면서도 갑수는,

"그럼, 너지 뭐냐?"

짓궂게 물었다. 그때 옆에 있던 아내가 대변인 노릇을 했다.

"왜 말을 분명히 못하니? 그 애가 먼저 그랬다면서……."

그래서 갑수는,

"그게 정말이냐?"

그 이상 더 공세를 취하지 않을 듯이 물었다. 그러자 숙미는 대답 대신 고개만 끄덕이었다.

갑수는 숙미가 무던하다고 생각했다. 이런 경우 공범자이면서도 그 책임을 상대방에게 씌우려는 것이 보통일 것이다. 그래야만 자기 죄가 경해질 것이다. 그런데도 숙미는 자기가 비겁하지 않으려고 한다. 그러나 갑수는,

"그 말 하기가 뭐 힘드니?"

하고 일단 숙미를 꾸짖은 뒤,

"다시는 안 그러지?"

어조를 높이며 다져서 물었다.

"네, 죽어두 안 그러겠어요."

숙미가 자기의 마음을 강조하자 아내가,

"정말 안 그럴 거예요."

보충 설명을 하듯이 말했다.

"정 그렇다면 내일부터 학교엘 가라."

할 수 없다는 듯이 갑수가 말하자, 숙미는 갑자기 눈물을 터뜨렸다. 고마움에 감격한 모양이었다.

"울 것 없어. 다시 안 그러면 되는 거니까……."

갑수는 아내와 숙미를 내 보내고 먹던 밥을 마저 먹었다. 속이 후련했다. 잃을 뻔했던 자식에 대한 애정을 도로 찾은 기쁨이었다.

밥상을 물린 뒤 이장 집으로 갔다. 아무도 오지 않았다. 날이 어두운 지 꽤 오랬건만 왜들 모이지 않을까? 비닐하우스를 하지 않는 사람이면 그리 바쁘지 않을 때다. 아직 저녁을 안 먹었을 리가 없다. 게으른 탓이다. 게으르면 바쁜 일이 하나도 없다.

갑수는 농민들이 정말 게으르다고 생각했다. 논농사나 밭농사를 짓고 나면 일은 그것으로 끝난 줄 안다. 토박한 고장에서 소출이 적을 것은 분명한 일이지만 그래도 다른 일을 하려고 하지 않는다. 백만규와 자기가 비닐하우스를 해서 수입을 올리고 있음을 눈으로 뻔히 보면서도 그것을 하려는 사람이 없다. 같은 땅에서도 연구만 하면 수확을 올릴 방법이 있는데 그런 연구를 하려는 이가 없다. 모두 게으른 탓이다. 그것은 자기 체험에서 얻은 생각이다.

갑수가 동네에서 그중 잘 사는 것은 자기가 부지런했기 때문이라고 생각한다. 부모에게서 물려받은 유산이 많은 것도 아니었다. 젊어서부터 그는 농사를 짓는 한편 죽세공(竹細工)을 했다. 죽세공 하는 마을에 가서 약간 기술을 배워 가지고는 소쿠리 같은 것을 만들어 팔았다. 죽세공을 하기 위해 대나무를 심었다. 대나무를 심다 보니 재래종보다 빨리 그치고 굵게 자라나는 맹종죽(孟宗竹)을 알게 되어 그것을 심었다. 맹종죽은 대나무로도 수익이 높지만 죽순(竹筍)이 적지 않은 재미를 보게 한다. 그 죽순을 크게 하려면 매해 흙을 덮어 주어[改土], 뿌리와 지면(地面)과의 거리를 멀리해 줘야 한다. 그 개토를 하면서 느낀 바 있어 논에도 매해 개토를 해서 남보다 많은 수확을 올렸다. 동시에 토박한 땅인 만큼 무엇보다도 퇴비가 필요함을 깨닫고, 여름에는 새벽 댓 시쯤 일어나 동네 바로 뒤에 있는 산에 가서 풀을 베다가 퇴비를 만들었다. 겨울에는 가마니를 짰다. 틈만 있으면 개똥과 쇠똥을 주우러 동네로 들로 헤맸다. 광양(光陽)에서 비닐하우스를 짓고 고등채소를 재배한다는 말을 듣고 거길 가서 재배법을 보고 듣고 한 결과 재작년부터 비닐하우스 작업을 시작했다. 남들은 농한기라 하여 놀기를 시작하는 십일월부터 쉴 새 없이 일을 했다. 말하자면 게으르지 않게 일한 것이다. 그 결과 아들을 초급대학이나마 졸업시켰고, 동네서 그 중 걱정 없는 생활을 하고 있다.

금년부터는 밭농사도 개량하려고 계획 세우고 있다. 감자와 고구마를 터널(밭에 터널처럼 비닐을 덮고 육묘하는 것)서 육묘(育苗)하는 일이다. 감자를 알로 심지 않고 육묘로 뿌리를 길러 가지고 이식하면 반드시 수확이 많을 것이다. 고구마도 마찬가지다. 감자와 고구마 수확을 높이면 사람도 먹지만 가축 사료로도 쓸 수 있다. 가축에서 오는 수입도 무시할 수 없을 것이다.

늘 생각을 않고 부지런히 일하겠다는 생각만 가지면 일은 얼마든지 있다. 손이 모자랄 만큼 많다. 그런데도 놀 때는 노는 것이 전부처럼 생각들을 하고 있다. 놀다 보면 몸을 움직이기 싫게 된다. 몸을 움직이기가 싫으니까 회합 같은 것이 있어도 제 시간에 모이지 않는다.

게으름을 어떻게 퇴치할까?

갑수는 그것이 자기가 해야 할 가장 큰 과업이라고 생각했다. 혼자만 잘 살면서 동네 사람들의 가난을 모른 체할 수는 없다. 혼자 잘 사는 것이 절대로 마음 편한 일도 아니다.

그러나 게으름 퇴치가 하루 이틀에 될 일은 아니다. 두고두고 연구하면서 지도해야 할 것이다.

사람이 한 명도 오지 않았지만, 이장은 별로 신경을 쓰지 않는 태도로 이야기를 꺼냈다.

"장본인인 덕호 씨가 안 오겠다던데요."

마치 그가 안 오면 이야기가 안 되지 않겠느냐는 투였다.

"이 사람아, 자기 이야기를 하는데 그 사람이 어떻게 오겠는가? 우리끼리 이야길 해야지."

"남의 일을 가지구 왈가왈부할 수 있을까요?"

"그게 어떻게 남의 일인가? 동네일이지. 그런 문제를 우리가 처리하지 않으면 그런 일이 자꾸만 일어날지 모르지 않나……."

"그렇기는 하지만……."

이장은 별로 자신이 없는 태도였다.

그러나 여러 사람 앞에서 할 이야기를 이장에게 모두 해 버리기도 무엇해서 갑수는 그 이상 더 말하지 않기로 했다. 그럴 즈음 한 명씩 모이기 시작했다. 삼사 명이 모였을 때는 사담이 시작되었다. 물론 덕호에 대한 이야기였다. 대부분 덕호를 동정하는 태도를 보였다. 그러나 덕호가 칠칠치 못해서 여편네 하나 제대로 다스리지 못한다는 사람도 있었다.

"나 같으면 그런 예펜네 다리를 분질러 놓겠네."

하며 홍분을 하는 사람도 있었다. 그러나 여남은 사람이 모여 정식으로 이야기를 꺼냈을 때는 만의 일에 무슨 말을 하겠느냐면서 꽁무니를 빼는 사람이 대부분이었다. 그래서 갑수는 절대로 남의 일이 아니란 것을 강조했다. 이 문제를 방치해 두면 제 이 제 삼의 현덕호 사건이 일어날지도 모른다는 이야기를 하면서, 시범을 보여야 한다고 했다. 그런데도,

"본인이 해결짓지 못하는 일을 우리가 뭐라고 말합니까?"

"순전히 부부간의 일인데, 말하자면 사적 일에 제삼자가 개입할 수는 없습니다. 민주주의 시댄데……."

자꾸만 꽁무니를 빼려고들 했다.

갑수는 민주주의란 말이 귀에 거슬렸다. 민주주의에서는 처녀가 놀아나도 괜찮고, 유부녀가 놀아나도 괜찮으냐? 도덕이 땅에 떨어져도 못 본 체해야 하느냐고 공박해 주고 싶었지만, 농촌에까지 민주주의 물결이 흘러와 농민들 입에서까지 말끝마다 민주주의 민주주의 하고 있는 세상이라, 섣불리 민주주의를 비방하다가는 자기를 시대에 뒤떨어진 사람이라고 두 번 더 이야기도 안 하려고 할 것이 근심스러워 그 말은 그냥 흘려 보냈다. 그 대신 문제의 핵심만 가지고 이야기를 했다.

"농업전문학교 학생들의 태도를 여러분도 보았을 것입니다. 동네 어린애들까지 보았을 것입니다. 철없는 애들이 그런 꼴을 보고 어떻게 생각할 것입니까? 기분 좋게 생각할 겁니다. 자기들도 그렇게 놀고 싶을 겁니다. 그런

데다가 덕호의 처와 같은 여자가 있습니다. 이런 것들을 그냥 내버려 두면 우리 동네는 무법천지가 될 것입니다. 옳지 못한 일을 막을 사람이 하나두 없게 될 것입니다. 어떻게 남의 일이라 말할 수 있겠습니까? 애들의 교육을 위해서라두 철저하게 처리해야 합니다."

갑수의 이야기에 반대하는 사람은 하나도 없었다. 모두가 말없이 고개를 끄덕이는 태도였다. 그런데 그 중 나이가 가장 적은 삼십 대의 청년이,

"옳은 말씀이라 생각합니다. 그렇지만 남의 개인적인 일에 우리가 관여할 수가 있습니까? 문제는 거기 있다고 생각합니다."

이 말에도 모두 찬성인 모양이었다. 고개를 끄덕이는 시늉들을 했다. 그러나 갑수는 여전히 강경한 태도였다.

"옛날에는 부정한 여자에게는 동네 사람들이 똥물을 먹였습니다. 지금은 그럴 수가 없다 해두 여자를 동네서 내쫓을 수가 있다구 생각합니다. 남자는 뼈가 느슨하게 때려줄 수두 있구요. 하려면 못할 일이 뭡니까?"

그러자 육십이 지난 노인 한 분이,

"내쫓으려면 덕호하구 같이 내쫓아야지. 덕호가 그냥 데리구 살려구 한다면 계집만 쫓아낼 수가 있나……."

하고 자기 의견을 말했다. 이어서 젊은 사람이 다시 발언했다.

"작당해서 때리는 건 사형(私刑)입니다. 법적으로 금지되어 있는 일입니다. 그리고 여자를 내쫓는 일두 개인의 권리를 침해하는 일입니다. 그러니까 제 생각으룬 덕호 아저씨가 쌍벌죄루 고소를 해서 법적으루 처리하는 길밖에 없다구 생각합니다."

모두가 찬성이었다. 표정으로만이 아니었다.

"요즘 세상에 법을 무시하구 살 수 있나……."

"법두 법이지만, 남하구 원수 짓구 살 수가 있나……."

"쌍벌죄루 고소하면 둘이 다 감옥살이를 하는데, 그만했으면 됐지……."

젊은 사람의 의견에 찬동하는 말을 한 마디씩 했다.

갑수는 할 수 없다고 생각했다. 아무리 혼자 강경하게 나가도 전체가 동의하지 않는다면 어떻게 할 도리가 없다. 그렇다고 해서 모든 사람들의 의

견에 추종할 수도 없었다. 그것은 갑수가 그 문제를 개인의 일이라고만 보지 않고 마을 전체 일로 생각하기 때문이었다.

"고소를 하려면 우선 돈이 있어야 합니다. 덕호에게 무슨 돈이 있어서 합니까? 그러구 고소를 하려면 확실한 증거가 있어야 합니다. 동네 사람들이 전부 알구 있다는 것만 가지고는 고소가 성립되지 않으니까요."

이렇게 말했지만, 갑수를 따라오는 사람이 없었다.

"본인이 고소를 못 하면 할 수 없는 일이죠."

"본인들이 간통 안 했다구는 말 못할 텐데 왜 고소가 안 됩니까?"

"돈이 없으면 빚을 내서라두 해야지요. 재판에 이기면 위자료라든가 손해배상을 받을 수 있잖습니까?"

모두가 고소만을 생각하고 있었다. 말하자면 덕호 개인의 일이니까 덕호에게 맡길 수밖에 없다는 태도였다. 말하자면 남의 일에 관여하기 싫어하는 태도였다.

갑수는 섭섭하기도 하고 불만스럽기도 했다. 남의 일에 관여하지 않는다는 것은 일견 좋은 일이기도 하다. 남의 일에 말이 많은 한국 사람들이 배워야 할 일일는지 모른다. 그러나 남의 일에 무관심하게 되면 이웃 사람이 죽어도 모른 체하게 된다. 개인주의의 극도라고 말할 수 있다. 무슨 맛으로 살 것인가? 한국 사람은 따뜻한 정으로 살고 있다. 거기서 사회를 느끼며 민족을 의식한다. 그것이 없다면 무엇을 믿고 살 것인가? 사람이란 남을 믿는 가운데 안심을 하고 살 수 있다. 만약 주위 사람이 자기를 해치려고만 하고 있다면, 그런 것을 생각할 때 마음이 불안해서 살 수가 없을 것이다. 관여 안 하는 것과 해치는 것이 똑같은 것은 아니지만, 모두가 남의 일에 관여치 않는 태도를 취한다면 고독해서 살 수가 없을 것이다.

갑수는 한국적인 사고방식이 서양적인 개인주의에 짓눌리고 있음을 또한 번 느꼈다. 그러나 개인의 힘으로는 어떻게도 할 수 없는 없었다.

"덕호는 돈두 없지만 위인이 고소를 할 만한 사람두 못됩니다. 그렇기 때문에 우리가 할 수 있는 일은 덕호에게 그가 자기 처를 내쫓두룩 하는 것이라 생각합니다. 그러니까 우리가 여기서 그렇게 결정하는 것이 어떻습니까.

수수방관하구만 있을 수는 없지 않습니까? 내가 이렇게 말하는 것은 우리 마을의 장래를 생각해서입니다. 그걸 여러분도 알아주시기 바랍니다.”

이 말에 반대하는 사람은 없었다. 덕호가 바보스럽다거나 덕호의 처가 나쁜 여자라는 말들은 했다. 어쨌든 갑수의 의견대로 하기로 하고 일단 덕호의 문제에 대한 이야기는 끝냈다. 그러고 난 뒤 갑수는 백만규가 광주 병원으로 갔다는 이야기를 했다. 순천 병원에서는 위암 같다면서 치료가 힘들다고 해서 할 수 없이 광주로 갔다는 말을 하자, 모두 놀라는 표정을 지었다.

“암이라면 고치지 못하는 병 아닌가요?”

“거 참 큰일났군…….”

모두가 걱정하는 말을 했다. 진심으로 걱정하는 것을 보자, 갑수는 그래도 인정이 살아 있다는 생각을 했다. 인정이 남아 있으면 희망이 있다는 생각도 했다.

제2장 가난의 물결

이장의 집에서 나오자 그는 바로 비닐하우스로 갔다. 남포에 불을 켜놓고 플래시 불을 비추며 비닐하우스를 한 바퀴 돌아 출입문 근처에 있는 거적자리로 가 앉았다. 잘 시간이 되었는데도 머리가 뒤숭숭해서 잠잘 생각을 않고 담배에 불을 붙였다.

우선 그는 백만규를 생각했다. 지금쯤 병명이 확실해졌을지도 모른다. 만약에 위암이라면? 위암이라면 사형선고나 마찬가지다. 만규가 죽다니…… 그렇게도 살려고 애써 온 사람이다. 누구나 다 살려고 애쓰고 있으면서도 가난에서 벗어나지를 못하고 있는데, 만규는 몇 해 안 있어 잘 살 수 있는 터전을 마련해 놓았다. 터전을 마련해 놓았을 뿐 잘 살아보지도 못하고 죽다니…… 만규가 불쌍하다.

이런 생각을 하고 있을 때 기침 소리를 하며 비닐하우스로 들어오는 사람이 있었다. 맏아들 경태였다. 경태를 보자, 갑수는 오늘이 토요일임을 알았다. 시내에서 하숙생활을 하고 있지만, 토요일만 되면 꼭 집으로 오는 경태다.

"그냥 자지 않구……."

집에 오면 왔다는 인사를 하는 것이 또한 경태지만, 밤이 늦었는데도 인사를 하려고 일부러 비닐하우스에까지 나온 경태가 대견스러웠다.

"이장 집에서 회의가 끝났다는 말을 들었는데도 오시지 않아 나왔습니다."

"네가 온 줄 알았더면 잠깐 들를 걸 그랬군. 그새 별일은 없었니?"

"네!"

"빨리 가서 자거라."

갑수는 경태를 빨리 돌려 보내려 했다.

일주일 동안 애들에게 시달려 피곤할 테니까, 편히 쉬게 하고 싶은 것이 갑수의 마음이었다. 그런데 전에 없이 경태가,

"오늘 밤은 제가 여기서 자지요. 기온의 변동두 없을 테니까요."

비닐하우스에서 자겠다고 자청했다.

갑수도 생각해 본 때가 있다. 주말에 돌아오면 경태에게 농사일을 시킨다. 그렇게 해서 농사를 배우게 하고, 나중에는 월급생활에서 발을 끊고 자기의 대를 이어 농사를 짓게 한다.

그런데 경태는 그렇지가 않았다. 아동교육에 사명감을 느끼며 교직생활을 천직으로 삼겠다는 것이었다.

갑수는 그러한 경태의 의사를 군이 꺾으려 하지 않았다. 교직생활이 절대로 나쁜 직업이 아니라 생각하는 동시, 맏아들까지 꼭 농사를 시켜야 할 필요를 느끼지 않았던 것이다. 지금 고등학교 이학년에 다니는 둘째아들을 농업전문학교나 농과대학에 보내 앞으로 농사에 종사시킬 계획을 가지고 있기 때문이었다.

경태를 교육초급대학에 입학시킬 때부터 그런 생각을 가지고 있었던 만큼 경태가 농사에 흥미가 없다고 해서 그것을 힐책할 필요가 없었다. 따라서 주말 휴가로 돌아올 때도 될수록 편히 쉬다가 돌아가게 했다. 가족들도

다 그렇게 생각하며 경태에게 일을 시키려 하지 않고 있다.

그런데 오늘은 웬일인지 경태가 자진해서 아버지 대신 자기가 비닐하우스에서 자겠다고 한다. 평소에 효심(孝心)이 있는 애니까, 기온이 높아 온도 조절의 기술이 필요 없는 때임을 알고 아버지의 잠자리를 하루라도 편케 해 주려는 마음이리라 생각했다. 고마운 일이다. 그리고 경태가 자기 대신 하룻밤을 잔다고 해도 오이에 별 지장이 없으리라고 생각했다. 그러나 갑수는,

"안 된다, 갑자기 기후가 변할지 누가 아니? 어서 들어가 자기나 해."

하고 거절했다.

"하룻밤 자 보면 어떻습니까? 매일 잘 것두 아닌데……."

"안 된다니까. 애비 걱정 말구 어서 가."

갑수는 고집스럽게 안 된다고 하였다. 다만 하룻밤이나마 경태를 고생시키고 싶지 않았던 것이다. 장차 농사를 지을 애라면 몰라도, 그렇지 않은 애를 일부러 고생시킬 필요가 없다고 생각한 것이다.

결국 경태가 갑수의 고집에 지고 집으로 돌아가려고 했다. 그때 갑수가 경태의 이름을 부르고 그를 돌려 세웠다.

"부탁이 하나 있다."

갑수는 자기가 하려는 말을 잠시 미루어 두고 우선 경태의 마음을 떠 보았다.

"너 요새 중고등학생의 풍기를 어떻게 생각하니?"

"한심하지요."

경태가 길게 말할 필요가 없다는 듯이 대답했다. 그러나 갑수는 자기 앞이라 일부러 그러는 것인지도 모를 일 같아

"세계 모든 나라가 다 그러니까 할 수 없는 일 아니겠니?"

하고 속마음을 떠 보았다.

"세계 모든 나라가 그렇다구 우리 나라가 그래서 되겠습니까? 국민학교 애들까지 어떻게 까먹었는지 기가 막힙니다. 얼마 전 제가 담임하구 있는 삼학년 학생 하나가 저에게, '선생님은 왜 결혼을 안 합니까? 혼자서 굉장히 외로우실 텐데요.' 하지 않겠어요. 욕을 할 수두 때릴 수두 없어서 그저

웃어 버리구 말았지만, 기가 막히는 일입니다.”

진심으로 한심스럽게 생각하는 태도였다. 갑수는 경태가 그래도 교육자니까 그렇게 생각할 법도 하다고 여기고 본론으로 들어가려고 했다. 그런데 경태가,

“갑자기 그런 말씀은 왜 하시지요?”

하고 의아한 눈으로 갑수를 바라보았다.

갑수는 경태가 잘 물어 주었다고 생각하며, 동네 위 농업전문학교 실습지에서 벌어지고 있는 광경에 대해 못마땅하게 이야기했다. 그리고 현덕호 처의 불륜을 이야기했다. 그러고 나서는 숙미에 대한 이야기까지 하려 했으나 그것만은 입 밖에 꺼내지 않았다. 아무리 집안일이라 해도 자식들에게까지 그런 이야기를 하면 결과가 좋지 않을 것이라고 생각했기 때문이었다. 물론 그것을 안다고 해도 경태가 숙미에게 아는 체하지는 않을 것이다. 그러나 어떤 일로 홍분했을 때는 자기도 모르게 숙미에게 상처를 건드리는 말을 하게 될지도 모른다. 차라리 알리지 않는 것이 집안 전체를 위해 현명한 일 같았던 것이다. 그래서 숙미의 이야기를 빼고,

“우리 동네에두 중고등학교 학생이 십여 명 있는데 나는 그 애들을 걱정하구 있다. 만약 그 애들이 잘못되면 동네 젊은 애들 전부가 영향을 받을 거 아니냐? 그래서 네가 책임을 맡구 그 애들을 지도해라. 학습지도나 친목을 도모해두 좋다. 어쨌든 무슨 명목으루든 그 애들을 모아 놓구 그 애들이 나빠지지 않두룩 지도해라. 한 번만 이야기해서는 안 될 것이니까 일주일에 한 번씩은 모이두룩 계획을 세우란 말이다. 알겠니?”

자기의 요망사항을 말했다. 경태는 즉답을 하지 않고 잠시 머리를 숙여 생각에 잠겨 있다가,

“계획을 세워보겠습니다.”

자신 있게 대답했다. 믿음직스러웠다. 갑수는 경태야말로 동네에서는 둘도 없는 적임자라 생각했다. 그리고 경태는 그 일을 능히 해 갈 수 있을 것이라고 생각했다. 그래서,

“잘 해 봐라. 정말 중요한 일이다.”

하고 경태를 집으로 돌려 보냈다.

갑수는 한 가지 일이 해결된 듯한 홀가분함을 느꼈다.

경태가 돌아간 뒤 잠을 자려고 했지만, 백만규와 현덕호의 얼굴이 번갈아 눈앞에 떠올라 잠을 이룰 수가 없었다. 그렇다고 해서 잠을 아주 못 잔 것은 아니었다. 자는 둥 깨는 둥 숙면을 못한 것이었다. 다음날 아침 눈을 떴을 때, 그는 잠을 잘못 잤다고 짜증스럽게 생각하지는 않았다. 머리가 찌뿌드드 하다거나 몸이 나른함을 느끼지 않았다. 이불을 개자 곧 집으로 돌아가 조 반을 먹었다.

조반을 먹자 이 날은 웬일인지 경태는 물론 숙미까지가 나서며, 오늘은 자기들이 섬거적을 내린다면서 갑수더러 쉬라는 것이었다. 경태는 일요일마 다 자진해서 갑수를 도와주고 해 왔지만, 숙미는 정말 처음이었다. 용서받은 기쁨 때문이리라.

"그래라. 난 좀 쉴게!"

갑수는 선심이라도 쓰듯 애들을 들로 내보냈다. 그러나 애들이 대신 일을 해 준다고 해서 쉴 수는 없었다. 아예 그런 생각은 하지도 않았다. 그는 우 선 이장에게 가서, 이장이 덕호의 처 문제를 빨리 해결하도록 부탁했다. 그 런데 의외에도 이장이 난색한 태도를 보였다. 동네 사람들이 결정지은 일이 라 해도 어떻게 자기가 그런 일을 처리할 수 있겠느냐는 것이었다.

"이장이 안 하면 누가 하는가?"

갑수는 이장에게 실망을 느꼈다는 듯이 말했다. 그래도 이장은,

"동네서 나가라는 말을 차마 할 수가 있습니까?"

발을 빼려 했다.

"말하기가 힘들다구 안 하면 어떡허나? 자네 개인의 일이 아니구 동네 전체의 일이 아닌가?"

"그런 줄은 알지만 입이 떨어지지 않을 것 같아서 하는 말입니다."

"하기 힘든 일이겠지만 이장이니까 직책상 할 수 없잖은가?"

"다른 일이라면 뭐나 하겠는데요."

이장이 끝까지 그런 태도를 보이자 갑수는 갑수대로 난처함을 느꼈다. 못

하겠다는 것을 강제로 시킬 수가 없기 때문이었다. 그것도 다른 이유라면 모르지만 인정상 못하겠다는 것을 꾸중할 수도 없었다. 그래서,

"힘들기는 하겠지만 가서 한 마디만 해 주게. 동네서 결정된 일이니까 알아서 하라구. 그 말이야 못할 거 있나?"

하고 그 뒤는 자기가 맡아서 처리할 뜻을 표했다. 그것은 처음부터 자기가 나설 수가 있기도 하지만 일에는 순서가 있다고 생각했기 때문이었다.

"그거쯤이야 할 수 있겠지요만……."

이장은 그 이상의 일은 못하겠다는 뜻의 말을 했다.

"뒷일은 내가 맡을 테니 걱정 말게……."

갑수는 쾌히 승낙했다. 자기가 들고 일어난 일이니 안 할 수도 없는 일이지만, 인정에 걸린 일을 자기 외에 달리 해낼 사람도 없을 것 같았다. 자기만은 개인적인 인정을 떠나 동네의 장래를 위해 냉정하게 일할 수 있다는 자신도 있었다. 그래서 이장에게 오늘 안으로 통고를 해 두라고 부탁을 한 뒤, 이장 집을 나왔다. 자기는 내일쯤 덕호네 집에 갈 생각을 하면서.

그는 얼마 전 위탁상을 통해 서울로 보낸 오이값을 찾으러 농협엘 갔다. 농협에서는 서울서 온 돈을 그대로 내주었다. 열 상자 값, 칠만 원이었다. 현금을 받아 쥔 갑수는 가슴이 두근거림을 느꼈다. 첫 수확이기도 했지만 많은 돈이 주머니 속에 들어왔다는 즐거움이었다. 갑수는 오랫동안 고생한 결과라는 것을 잊었다. 공돈이 하늘에서 떨어진 듯한 기분이었다. 그는 돈을 잠바 주머니에 넣었다. 그러나 주머니가 너무 얕았다. 떨어질 위험성이 있었다. 그래서 다시 양복바지 뒷주머니에 넣고 단추를 채웠다. 오백 원짜리로 칠만 원이, 부피가 크거나 무게가 있거나 한 것도 아니지만 갑자기 체중이 늘어나는 것 같았다.

갑수는 농협사무실을 나오다 말고 다시 들어가 백만규의 돈까지 탔다. 처음에는 본인이 와야 한다며 주지 않았지만, 그가 위암으로 광주 병원에 가 있다는 말을 하자 농협에서도 갑수의 대리 영수증으로 돈을 내주었다. 갑수보다 이만 원쯤 적은 오만 삼천 원이었다. 오이의 수량도 적지만 질도 떨어지는 모양이었다.

같은 면적의 땅을 똑같은 방법으로 재배했는데도 백만규의 분이 자기보다 훨씬 적은 것을 보고 갑수는 놀랐다. 물론 자기가 백만규보다 연구적이었다는 것은 사실이다. 오이를 재배하면서도 계속 연구를 했기 때문에 오이에 대한 손길이 달랐을 것이다. 비료를 적절하게 준다든가 온도 조절을 적당하게 한다든가 그런 것들이 약간 달랐을 것이다. 약간의 차이밖에 안 되는 것이라 해도, 오이의 성격을 알고 오이에 적절한 손길을 썼다는 것은 결국 오이에 대한 애정 표현이라고도 말할 수 있다. 작물에 대한 애정이 결국 수확을 높인 것이라 생각될 때 갑수는 앞으로도 연구에 연구를 거듭해야 한다고 생각했다.

그러나 백만규에 대해서는 미안하게 생각지 않을 수 없었다. 백만규도 마음으로는 자기에 못지않게 오이를 사랑했을 것이다. 그런데도 자기보다 수입이 적다는 것을 알 때 얼마나 섭섭하게 생각할 것인가? 무어라고 말로는 못할 것이지만 속으론 질투도 할 것이다. 마음이 조금 언짢았다. 그렇다고 해서 지금 어떻게도 할 수 없는 일이었다.

그는 집으로 가서 돈을 아내에게 맡긴 뒤 점심을 먹고 밭으로 나갔다. 고구마 육묘장(育苗場)을 만들기 위함이었다. 재래식의 고구마 재배는 오월이 지나서 싹을 키워 가지고 유월에 싹을 심는다. 그러나 갑수는 재래식보다 한 달이나 앞서, 그것도 밭에다가 터널 장치를 하고 그 안에서 육묘를 하려는 것이다. 이것도 책에서 읽어 배운 것이지만 재래식보다 육묘로 한 달 이상 기르면 그만큼 열매가 크게 그리고 많이 열릴 것이라 생각했기 때문이었다.

그는 갈아 놓은 밭에 널찍널찍한 이랑을 만들었다. 고랑의 흙을 파 올리면서 흙덩이를 때려 부수었다. 이런 일을 이른 저녁때까지 하고 있을 때, 자기 아버지 병 때문에 광주에 갔던 영애가 왔다. 갑수는 영애를 보자 삽을 놓고 영애에게로 가서 어떻게 되었느냐고 물었다.

"아무래두 위암 같아요."

영애가 비교적 냉정한 태도로 대답했지만, 갑수는 초조한 마음을 감추지 못하고 그 동안의 경과를 물었다. 영애는 광주 도립병원에서 진찰받은 일들

을 차근차근 설명했다. 그리고는,

"아무래도 사시기는 힘들 것 같아요."

하고 덧붙였다.

살기가 힘들다면 죽을 것이라고 단념하고 있다는 말인가? 그럴 수가 있을까? 더구나 영애의 입에서 그런 말이 나온 데 대해 그는 섭섭함을 느끼기도 했다.

"위암이라구 다 죽나? 수술을 잘 하기만 하면 사는 수두 있다던데……."

"그럴까요? 그랬으면 오죽이나 좋겠어요."

도리어 영애가 갑수의 말을 의심하려 했다. 그렇다고 해서 영애를 나무람할 수도 없었다.

"그래 입원을 시켰니?"

"네."

"어머니는 병원에 계시구?"

"네."

영애는 끝까지 냉정한 태도였다. 그런데 그 냉정한 태도가 갑수에게는 우수에 쌓인 태도보다 더 가슴을 울렸다. 그 냉정한 태도 밑에는 말할 수 없는 우수가 억제되어 있는 것처럼 보였기 때문이었다.

남이 감히 들여다볼 수 없는 억제된 우수의 소녀. 그 영애가 어쩌면 두려운 존재처럼 생각되기도 했다.

"참, 아침에 농협에 가서 오이 값을 받아 왔다. 나하구 가자."

"그렇지 않아두 내일 돈을 가지구 다시 가야 하는데요."

영애는 때마침 잘 되었다는 태도로 말했다.

"오만 삼천 원이드라."

그 돈이 얼마나 보탬이 될지 몰라 돈의 액수를 알려주고는 영애와 함께 집으로 걷기를 시작했다. 걷는 동안 두 사람은 말이 별로 없었다. 그러다가 동네 안 길로 들어섰을 때 영애가 먼저 입을 열었다.

"저 학교 그만두구 농사를 짓겠어요."

"네가?"

갑수는 영애의 말을 곧이듣지 않았다. 학교에만 다니고 있던 나이 어린 처녀로서 농사지을 힘이 없을 것이다. 그리고 부모 밑에서 시키는 일이나 한다면 모르지만, 혼자서 농사를 주장해 나간다는 것은 어림도 없는 일이라 생각되었기 때문이었다.

"네, 아버지 대신 일할래요."

뜻은 갸륵하다. 그러나 될 말이 아니다.

"네가 하면 뭘 한단 말이니?"

"뭐든지 다 해야지요. 그러니까 아저씨께서 많이 지도해 주세요."

"나야 문제될 것 없다만……."

자기가 어른이라고 뽐내는 어린애의 철없음이라 할까, 겁 없이 어른에게 주먹을 휘두르는 어린애의 당돌함이라 할까, 갑수는 그러한 영애를 어떻게 다루어야 할지 몰랐다.

"어머니한테두 허락을 받았어요. 그러니까 내일 광주엘 갔다 와서 모레 부터는 일을 시작하겠어요."

"글쎄다."

갑수는 가타부타 말할 수가 없어서 어물어물 넘겨버렸다.

집에 가서 영애에게 돈을 주고 다시 밭으로 나온 갑수는, 만약 자기가 백 만규라 해도 영애의 생각을 승낙해야 할 것인지 반대해야 할 것인지 망설일 것이라 생각했다. 노동력이라곤 그나마 하나밖에 없는 영애다. 그 애가 자진 해서 학업을 중단하고 농사를 짓겠다고 하니 망정이지, 그 애가 일할 생각 을 안 한다면 농사는 전폐되고 식구는 거리에 나서게 될 것이다. 그렇다고 해서 일을 해낼 수 없는 처녀애에게 농사 전부를 내맡긴다는 것은 대여섯 살 먹은 애에게 집을 맡기고 외출하는 것이나 다름없는 일이다.

그러나 갑수는 남의 집 살림에 이래라 저래라 관여할 수도 없는 처지였 다. 잘 되면 몰라도 잘못될 때는 어떻게 할 것인가? 걱정을 해 줘야 할 처지 지만 걱정만으로 일이 되는 것도 아니다.

그래서 책임 있는 말을 피하고 영애와 헤어져 밭으로 나갔다. 고구마 육 묘장을 고르고 있는데 이장이 밭으로 찾아왔다. 갑수는 이장이 덕호네 집에 갔다 와서 그 결과를 알리려고 오는 것이리라 생각하며, 일손을 멈추고 수고했다는 듯이 그를 바라봤다. 그러나 가까이까지 온 이장은 얼핏 입을 열지 못했다.

"어떻게 됐나?"

궁금하다는 듯 물었을 때에야 이장은 입을 열었다.

"큰일났습니다."

큰일났다는 말만을 하자 갑수는 덕호네 사건이 더 확대됐다는 것인 줄 알고,

"큰일이라니?"

당황하는 표정으로 물었다.

"천씨네가 우리 동네에 집을 짓는답니다."

너무나 엉뚱한 말이었다. 또 갑수로서 생각도 못해 본 일이었다.

"그게 무슨 말인가?"

"천성태 씨라구 있잖습니까? 뒷산 산주(山主) 말입니다."

"있지, 나두 알구 있어."

"그이가 우리 동네에 와서 살려는지 집을 짓는대요."

갑수는 천성태를 알고 있다. 물론 친하지는 않다. 이름과 얼굴을 아는 정도다. 해방 직후 세무서에 있었고, 지금은 시내에서 양조장을 경영하는 돈푼이나 가진 사람이다. 그런데 그 사람이 동네에 와서 살기 위해 집을 짓는다기로서니 큰일날 것이 무엇인가?

"자기 땅에 자기 집을 짓구 살겠다는데 큰일날 것이 무엇인가?"

갑수가 의아한 태도로 묻자,

"가난한 동네에 부자가 와서 살면 동네 사람들 전부가 기가 죽을 게 아닙니까?"

"기가 죽을 게 뭐 있나? 다들 그 사람처럼 잘 살두룩 노력하면 되잖아?"

"그게 그리 쉬운 일일까요?"

"쉽지 않으면 어떡허겠나? 자기 땅에 자기 집 짓구 살겠다는데 그걸 막을 사람이 누가 있나? 막을 법두 없구……."

갑수는 정말 그렇게 생각했다. 자기 땅에 자기 집을 짓고 살겠다는데 그
것을 누가 막을 수 있을 것인가? 갑수가 달리 생각할 수도 없는 일처럼 말
하자 이장은 더 할 말이 없다는 듯 풀이 죽어 돌아섰다. 갑수의 태도에 실망
을 느낀 것처럼 보였다. 의논차 왔던 이장을 섭섭하게 돌려 보내는 갑수의
마음이 또 좋을 리 없었다. 그래서 이장에게 가서 그의 어깨를 치며,

"자네 마음을 알겠네. 사실은 동네 사람들의 기가 죽을 것이 나두 걱정
안 되는 것이 아니야. 다만 그들을 막을 길이 없어서 한 말이지. 나두 생각
을 해 볼 테니 다시 또 의논하세."

과히 섭섭지 않게 말했다. 그런데도 이장은 날개를 다친 새처럼 어깨를
늘어뜨리고 발걸음을 옮겼다. 갑수는,

"내 말을 섭섭하게 들었나?"

뒤따르며 물었다.

"아닙니다. 동네가 걱정이 돼서 그러는 것뿐이지요."

사실 갑수에 대해서 섭섭히 생각할 것은 없었다. 갑수가 천씨네와 각별히
가까운 사이도 아니고, 또 동네를 걱정할 줄 모르는 사람도 아니다. 섭섭하
다면 동조를 안 해 주고 냉정한 위치에서만 말한 것이리라.

"내 오늘 저녁때 자네 집엘 갈 테니 그때 다시 의논하세!"

갑수는 이장을 돌려 보냈다. 이장이 기가 죽어 있기 때문에 덕호네 집에
갔었느냐는 말도 물어 보지 못했다.

이장을 보낸 뒤 다시 밭일을 계속했지만, 갑수는 천성태의 일을 생각지
않을 수 없었다. 이장이 심각하게 걱정할 만큼 천성태가 마을에 영향을 줄
것인가? 만약 그렇다면 마을에서는 어떤 대책을 세워야 할 것인가? 그런데
갑수는 천성태로 말미암아 동네 사람들이 기가 죽으리라고는 생각되지 않았
다. 설사 기가 죽는다고 해도 그것이 큰 문제가 될 것 같지 않았다. 어쩐지
그렇게 생각되었다. 그런데 그 사람들이 와 살면 무엇인가 문제는 생기고야
말 것 같은 마음이 들었다. 조용할 것 같지는 않았다. 고요한 물에 돌을 던
지듯 파문이 일어날 것 같았다. 그것만은 확실한 것 같았다.

그러나 아무리 생각해도 그 파문이 어떤 것일지는 머리에 떠오르지 않았

다. 돈 있는 사람들이 토박한 곳에 와서 살겠다는 데는 무엇인가 이유가 있을 것 같은데 그 이유도 알 수 없었다. 산은 삼사십만 평이나 가지고 있지만 논밭이라고 별로 가진 것이 없는 천씨네가 무엇 때문에 이곳에 살러 오는 것일까?

좌우간 일어나고야 말 것 같은 파문의 꼬투리를 잡으려고 이 생각 저 생각하던 끝에 갑수는 정말 큰일이 났다는 생각을 했다. 그는 삼십 년이 거의 되어 가는 일제시대를 생각했다. 그리고 일제시대에 이 마을에서 살던 일본인들을 생각했다. 그때 일본 사람 두 가구가 이 동네에 와서 농장을 경영했다. 산이란 산과 토지란 토지는 거의 다 사들였다. 그래서 동네 사람들은 거의가 일본인들의 소작인이거나 품팔이꾼이 되어 버렸다. 그래서 동네를 떠난 사람도 적지 않았지만 어쨌든 동네는 가난 속에 빠지고 말았다. 잘 사는 사람이 하나도 없었다. 그래서 동네는 거지동네란 이름이 붙었고, 거지동네란 이름이 붙자 타동네 사람들이 딸을 주려고 하지 않았다. 며느리를 보려면 다른 동네에 산다고 거짓말을 해야 할 정도였다. 그러다가 해방이 되어 토지개혁이 있은 뒤, 다시 땅을 분배받아 지금까지 명맥을 유지하고 있는 처지다.

갑수는 문득 그 일제시대를 생각하며, 천성태가 이 동네를 다시 일제시대처럼 만들지나 않을 것인가 하고 생각했다. 천성태는 세무서에 있는 동안 일본인이 가지고 있던 그 넓은 산을 샀다. 제값을 다 주고 샀으리라고 생각되지 않는다. 말하자면 수완이 있는 사람일 것이다. 그런 사람이 동네에 와서 살게 되면 야금야금 동네 땅을 사들일 것이다. 그렇게 되면 동네 사람들은 다시 소작인이나 품팔이꾼이 될 수밖에 없다.

이렇게 생각하자 갑수는 정말 큰일이라고 생각했다. 그렇다면 동네 사람들이 정신을 번쩍 차리고 어떤 일이 있어도 천성태에게는 땅을 한 평도 팔지 않게 해야 할 것이다. 딴 사람에게는 팔아도 천성태에게는 절대로 팔아서 안 된다.

이런 생각을 하자 갑수는 곧 이장 집으로 갔다. 그리고 이장에게 자기의 걱정을 이야기했다.

"저두 결국 그런 것을 걱정한 것입니다."

이장은 동네 사람들의 기가 죽을 이유가 바로 거기 있다는 것처럼 말했다. 그래서 이삼 일 내로 동네 전체회의를 열기로 했지만, 갑수는 머리가 어지러워 일손이 잡힐 것 같지 않아 밭에 나가지를 않고 집으로 돌아왔다.

조금 머리를 식히려고 하는데, 큰아들 경태가 볼일이 있기 때문에 일찍 가 봐야겠다면서 떠날 채비를 하고 있었다. 그래서,

"애비가 부탁한 거 잊지 않았지?"

경태에게 맡긴 일을 잊지 말아 주기 바랐다.

"조사는 끝냈습니다. 우리 집에 두 명, 그 밖에는 영애랑 열 명뿐이더군요. 육십여 호에 중고등학생이 열두 명뿐이니 조금 한심하던데요."

경태는 동네일에 대해 너무나 모르고 있었던 것을 한탄하듯 말했다.

"다 가난하기 때문이지. 게다가 영애는 학꼴 중퇴했다."

갑수가, 세상은 다 그런 것이니라는 식으로 말하자 경태는 약간 놀라는 듯이 물었다.

"영애가요? 그 애네두 그렇게 가난한가요?"

"아버지가 위암에 걸려 있으니까 농사지을 사람이 없어서 그런 거지."

"그 애 아버지가 위암이에요?"

"지금 광주에 가서 입원했다."

"그럼 위험하겠군요?"

"암이란 게 그런 거 아니냐?"

"큰일이네요."

"말할 것 있니?"

경태는 한참 동안 무엇인가를 생각하다가

"오는 토요일에 와서는 애들을 모아 가지구 이야길 해 보겠습니다."

하고는 일어섰다. 경태가 갔다 오겠다는 인사를 하고 나갈 때, 갑수는 내다보지도 않고 잘 가라는 말만을 했다.

아들의 발소리가 대문 쪽으로 뚜벅뚜벅 이동되고 있었다. 믿음직스러운 발소리라 생각되었다. 동시에 경태가 농촌으로 돌아와 주었으면 얼마나 좋

을까 하는 생각을 했다. 아무래도 동네에 일이 많아질 것 같았기 때문이었다. 동네에 일이 많아지면 자기 혼자보다 경태와 힘을 모으는 것이 훨씬 편할 것이다. 효성이 있는 애니까 아무때라도 집에 와서 농사를 지으라고 하면 거역치 않고 순종하겠지. 필요할 때는 불러야겠다.

한편 갑수는 경태의 결혼을 생각했다. 지금 나이 스물다섯이니 지금 시켜도 그리 이른 편은 아니다. 서두를 필요까진 없어도 천천히 신붓감을 골라야 할 것 같았다. 그런데 그 애가 혹시 연애나 하지 않고 있는지? 혹시 연앨 하고 있다면 미리 알고 뒷조사를 해야지. 경망스럽게 집안도 알아보지 않고 연애하는 기분으로 결혼을 하겠다면 그건 용서할 수가 없다.

갑수는 경태의 결혼은 조금도 급한 일이 아니라고 생각했다. 천천히 생각할 수 있는 일이다. 그 대신 천성태의 일이 급했다. 그 일을 생각해야 했다.

천성태. 그의 일을 생각하자 또 일제시대가 머리에 떠올랐다. 왜 그런지 몰랐다. 그는 동족이다. 그런 만큼 일본인들처럼 악독하지는 못할 것이다. 일본인들처럼 악독하지는 않으리라고 생각하면서도, 동네가 허허벌판이 될 것처럼 생각되었다.

그때 동네 사람들은 대부분 일본인에게 빚을 얻어 썼다. 그 빚을 기한 내에 갚지 못하면 영락없이 불려 간다. 불려 가면 그 자리에서 땅을 빼앗긴다. 아무리 사정을 해도 소용이 없다. 담보로 저당했던 땅문서를 자기 소유로 하는 것이었다. 그때 땅값은 물론 일본인이 정하는 헐값이다. 그가 정하는 것이 땅값이 된다. 거의 거저 빼앗기다시피 하는 것이다. 그렇게 해서 동네는 전부가 일본 사람의 것이 되고 말았다. 갑수의 아버지도 그렇게 땅의 일부를 빼앗겼던 것이지만, 다시 또 그런 일이 동네에 있어서는 안 될 것이다. 절대로 안 될 것이다.

그러기 위해서는 어떻게 해야 할 것인가? 갑수는 생각하고 또 생각했다. 아무리 생각해도 시원한 대답이 나오지 않았다. 골치가 아팠다. 골치가 아플 정도로 생각했으나 시원한 대답이 나오지 않을 때 갑수는 당하고 마는 것이라 생각했다. 대책 없이 무방비 상태로 있으면 결국 당하는 수밖에 없다. 그렇게 되면 이 동네는 일제시대의 별명처럼 거지부락이 될 것이다.

그래서야 될 것인가? 갑수는 차마 그럴 순 없다고 생각했다. 그래서 생각하고 또 생각했다. 생각한 것이 마을 사람들의 협동정신이었다. 살아도 같이 살고 죽어도 같이 죽는다는 협동정신을 가져야 한다. 그렇게 하면 어떤 무서운 존재가 나타나도 겁날 것이 없을 것이다.

그러나 협동정신 하지만, 무엇을 어떻게 협동할 것인가? 다시 막연해졌다. 어떤 대책을 세워 가지고 그것을 중심으로 협동해야겠는데 협동의 동력이 머리에 떠오르지 않았다. 천성태가 당장에 마을을 위협하는 일은 하지 않고 있다. 그가 아무런 일도 안 하고 있는데 지레 겁을 먹고 대책을 세운다는 것은 말이 안 된다.

"내가 신경과민인가?"

갑수는 자기가 신경과민 탓으로 겁먹을 필요가 없는 것까지 겁먹고 있는 것이라고 생각했다. 일이란 그때 닥쳐 봐야 한다. 일이 생긴 뒤 그 일의 성격을 보아 대책을 생각해야 한다. 그것이 또한 일의 순서다.

갑수는 저녁밥을 먹고 또 비닐하우스로 나갔다. 이제는 거기서 자지 않아도 좋을 기온이었다. 그러나 습관이랄까, 오이를 내버려두고 혼자 집에서 잘 수가 없었던 것이다. 어린애를 혼자 집에 두고 외출한 기분이었다.

비닐하우스에 들어설 때마다 그 훗훗하고 습기 찬 공기가 코를 찌르면 갑수는 무엇보다도 오이가 무사하다는 것을 느낀다. 그리고는 오이 이파리들을 살펴본다. 혹시 병에 걸리지 않았나 해서다. 병충은 있을 수 없지만, 간혹 가다 이파리가 누렇게 되거나 부분적으로 변색되는 수가 있다. 그럴 때면 빨리 약을 쳐줘야 한다. 갑수는 비닐하우스를 한 바퀴 돌며 이파리들을 살펴보았다. 다행히 이상은 없었다.

입구 옆 잠자는 곳으로 와서 남포에 불을 켜고 책을 꺼내 들었다. 살아 있는 오이 옆에서 책을 읽으면 머리가 맑개지는 것도 하나의 습관일까? 얼마 동안 책을 읽고 있을 때였다. 여자의 잔기침 소리가 가까이 오더니 출입문 앞에서 다시 큰기침 소리를 냈다. 그리고는 잠시 잠잠했다. 여자가 오기는 왔는데 들어오기를 망설이는 모양이었다. 누군지를 알 수 없었다. 어떤 여자가 무슨 일로 왔는지 알 수 없었으나, 그는 누구냐고 묻지도 않았고 출입문으로 가서 문을 열어 볼 생각도 안 했다. 여자가 들어오거나 말거나 마음대로 하라는 태도였다. 그런데 여자가 다시 한 번 기침 소리를 내고는,

"숙미 아버지 계신가요?"

들어올 태세를 취했다.

목소리만으로는 누구인지를 알 수 없었다. 그러나 앉은 채로,

"뉘시오?"

하고 문 쪽을 바라보고 있는데, 출입문을 살그머니 열고 들어오는 여자는 현덕호의 처였다. 정말 뜻밖이었다. 찾아온 이유가 무엇이든 조금도 반갑지 않은 여자였다. 그래서 어서 오라는 인사도 않고,

"어떻게 오셨지요?"

용건부터 물었다.

"댁엘 갔더니 여기 계시다구 해서……."

그녀는 가까이 와서 갑수 앞에 섰다.

이쯤 되면 비좁은 거적자리에라도 앉으라는 말을 해야 할 것이지만, 갑수는 앉으란 말도 가란 말도 하지 않았다. 어떻게 하나 보기만 하고 있을 때 여자가,

"조금 드릴 말씀이 있어서요."

하며 그의 옆에 앉았다.

갑수는 그미가 하려는 이야기가 무엇인지 짐작이 갔다. 짐작이 갔기 때문에 더욱 냉정해졌던 것이다. 그러나 어차피 찾아가서 만나야 할 여자다. 이런 기회에 자기가 해야 할 이야기를 하리라는 생각을 갖고,

"말씀해 보시지요."

이야기를 독촉했다.

"조금 전에 이장님이 집에 왔다 갔는데, 우리 집 일루 회의를 열었다구요?"

여자는 속으로 흥분하고 있으나 겉으로는 그것을 보이지 않으려고 애를 쓰고 있었다.

"네, 회의를 했습니다. 그 회의에 대해 불만이 있다는 말씀입니까?"

갑수는 도전적으로 나갔다.

"감히 불만을 말씀드리겠습니까? 제 사정을 말씀드리러 온 겁지요."

여자는 고개를 숙였다. 확실히 약점이 있는 태도 같았다.

"그런 일에 사정이구 뭐구 있소? 마을에서 결정한 대루 하는 거뿐이죠."

"아까 이장님에게는 야단만 쳐서 돌려 보냈지만, 억울하기 짝이 없습니다."

"억울할 것두 없죠. 자기가 한 일에 책임을 지는 것이니까! 댁에서는 개인적인 행동에 동네서 야단할 것이 뭐냐구 그럴지 모르지만, 비록 개인의 행동이라두 그것이 동네 전체에 영향을 끼칠 우려가 있을 때에는 동네루서 응당 처단을 내릴 수 있습니다. 그러니까 여러 말 말구 봉덕네가 빨리 동네를 떠나는 것이 피차를 위해 좋은 일입니다. 끌면 끌수록 봉덕네가 더 창피를 당하는 거죠."

"한 번 죄를 졌다구 언제까지나 죄인 취급을 하실 겁니까? 한 번 죄를 졌다구 해서 이십 년이나 지난 지금, 동네서 쫓겨나야 할 이유가 뭡니까? 그럼 이때까지는 왜 가만들 있었죠?"

"거 무슨 소리를 하는 거요? 누가 육이오 때의 일을 가지구 말하겠소? 요즘에 일어난 사건을 가지구 그러는 거지……."

"요새 제가 어떻게 했다는 겁니까?"

"그걸 내게 묻는 거요? 동네가 다 아는 일인데……."

"뭘 안다는 말씀입니까?"

"그건 당신 남편에게 가서 물어 보시오."

"지금 남편하구두 한바탕 하구 왔습니다. 무슨 물적 근거가 있어서 그런 말들을 하는 거죠?"

봉덕 엄마는 점점 더 흥분해 가고 있었다.

"내한테 그런 말 할 필요가 뭡니까? 동네 전체가 들구 일어난 일인데……."

"동네 사람 전체에게 말하겠습니다. 그렇지 않구는 억울해 살지 못하겠습니다."

그렇게까지 강하게 나올 때 갑수는 기가 꺾이지 않을 수 없었다. 사실은 소문과 현덕호의 이야기를 들었을 뿐, 자기로서 물적 증거를 포착치 못했기 때문이었다. 현덕호도 최기화가 자기 집에 왔다가 가는 것을 보았을 뿐 현장을 잡았다는 말을 안 했다. 물적 증거가 없을 때 간통한 본인들이 부정만 하면 그만인 것이다. 그렇다고 해서 만만히 꺾일 수도 없었다.

"그렇게 나오면 피차 좋을 게 없소. 다 알구 그러는 건데 잡아뗀다구 소용 있을 것 같소?"

"전 죽어두 그런 일 없어요. 그 사람을 몇 번 만난 일은 있습니다. 며칠 전 집에 온 일까지 있었습니다. 그러나 하늘을 대구 맹세합니다. 절대루 딴 일은 없습니다."

"그게 될 말이요? 전에 한 번 관계했던 사람을 다시 만날 때 아무 일두 없을 수가 있소? 생각을 좀 해 봐요."

"잘 했다는 건 아닙니다. 그렇지만 그 사람을 만나지 않을 수가 없었습니다. 우리 집 사정을 아시는지 모르지만, 우리는 요즘 끼니를 건늘 때가 많습니다. 창피하기두 하지만 어디 가서 돈을 빌려 달랄 데가 없습니다. 그러던 중 순천 시내에 갔다가 그 사람을 만났어요. 생각두 안 했던 일이지만, 그 사람을 우연히 만나자 불쑥 돈 이야기가 나오데요. 만만하게 봤던지 모르죠. 어쨌든 그 사람이 거절을 못했습니다. 얼마나 필요하냐고 묻기에 한 만 원쯤 빌려 주면 고맙겠다구 했더니, 당장 가진 것이 없으니까 다음 장날 다시 만나자고 했습니다. 다음 장날에 만났더니 오천 원만 주면서 나머지는 다음에 준다구 하기에 그러라구 했습니다. 다음 장날 시내에서 만나려니 하구 헤어졌는데 바루 며칠 전 집으로 찾아오지 않았겠습니까? 아무두 없을 때 찾아와서는 돈 오천 원을 주구 어쩌구저쩌구 했습니다. 저는 절대루 그럴 수가 없다구 말했습니다. 육이오 때는 남편이 없구 또 제 눈이 뒤집혀 그런 일을 저질렀지만, 남편이 눈을 뜨구 있는데 그게 될 말입니까? 그 사람도 알았다면서 순순히 돌아갔습니다. 그것뿐입니다. 죄가 있다면 가난이지요. 가난밖에 죄가 없습니다. 절대루 전 죄가 없습니다. 하늘을 향해 맹세합니다."

그것이 비록 꾸며 가지고 온 연극이라 해도 그럴 듯한 연극이었다. 연극을 꾸며 가지고 왔다는 사실에 더욱 분노를 느껴야 할 것이지만, 그 연극이 너무나 근사하게 꾸며졌기 때문에 갑수는 약간 기가 죽어,

"사람이 죽어도 양심을 속여서는 안 됩니다. 그런 말을 누가 곧이듣습니까?"

하고 타이르듯이 말했다.

"거짓말을 한다면 생벼락을 맞겠습니다. 정말 생벼락을 맞아요."

"내한테 이야기해야 소용이 없으니까 동네 어른들에게 가서 이야기해 보시오."

"숙미 아버지가 저를 믿어 주지 않으시면 누가 믿어 줍니까? 봉덕 애비가 감옥소에서 나왔을 때 숙미 아버지가 안 계셨더면 우리는 어떻게 됐겠습니까? 저는 그때의 은혜를 잠시두 잊지 않구 있습니다. 그런 은인에게 제가 어떻게 거짓말을 하겠습니까? 제발 제 말씀을 믿어 주십시오. 정말 전 아무 죄두 없습니다."

갑수는 육이오 때 괴뢰군 패잔병들에게 이북까지 끌려갔다가 간첩으로 남파되어 온 길로 경찰에 자수하고 교도소 생활을 하고 나왔을 때의 덕호를 생각했다. 아무리 자수를 하고 법의 처단을 받고 나왔다고는 해도 떳떳지가 못했다. 그리고 동네 사람들이 두려웠다. 어떻게 대해 줄지를 몰랐기 때문이었다. 그래서 맨 처음으로 찾아온 곳이 자기 집이었다. 그때 갑수는 덕호를 자기 집에 묵게 하면서 동네 사람들을 모아 놓고 덕호가 마음놓고 동네서 살 수 있도록 말했었다. 조금도 반목하지 말고 같이 살자고 역설했었다. 그것은 자기도 그 비슷한 경험을 가지고 있었기 때문이었다. 괴뢰군들이 국군에 밀려 북상할 때 그들은 농민들에게 짐을 지워 가지고 북상했다. 갑수도 역시 그들에게 끌려서 산 속으로 갔다. 그들은 거기 묵으면서 국군과 싸우려고 했으나 형편이 불리함을 알자 그대로 북상을 계속했다. 그때 갑수는 용기를 내어 숲에서 도망쳐 나왔다. 그런데 덕호에게는 그럴 용기가 없었을 것이다. 모진 데가 없고 약해 빠진 사람으로서는, 총 들고 있는 그들 속에서 도망친다는 것이 절대로 쉬운 일이 아니었다. 그래서 덕호는 끝까지 끌려가

그들이 시키는 대로 했을 것이다. 어쩔 수 없는 일이다. 그러나 남파되자 즉시 자수했다는 것이 얼마나 장한 일인가? 덕호가 공산당이 될 수 없다는 것을 증명해 주는 일이다. 그런 사람이 법대로 형까지 마치고 왔는데 백안시할 것이 무엇인가?

갑수의 덕으로 덕호는 안심하고 자기의 집에 돌아갔다. 그뿐인가? 덕호가 없는 동안 그의 처는 최기화와 놀아나고 있었다. 결국 그때도 가난 때문이었다. 먹을 것이 없는데다가 남편이 괴뢰군에게 끌려갔으니, 봉덕 엄마로서 마음이 약해질 수밖에 없었을 것이다. 그래서 타동네지만 이장으로 있는 최기화의 도움을 받으며 몸을 맡겼던 것이다.

아내의 그런 불륜을 안 덕호는 말할 수 없는 고민 속에서 울고 있었다. 자기가 떳떳하지 못하다는 생각에 동네를 떠들썩하게 할 수도 없고, 그렇다고 해서 아내와 그냥 살 수도 없었다. 그때 갑수가 한 번 실수는 병가지상사라며, 그냥 데리고 살라는 말을 했다. 하늘에 부끄러운 죄를 지은 사람은 아니지만, 그래도 사람들을 대하기 꺼림칙하게 생각하고 있는 덕호였다. 그러니 아내를 내보낸다고 해서 시원해질 것이 아니다. 도리어 하나의 고민이 더해질 뿐이라고 생각했다. 또 아내를 내보내고 혼자 산다는 것은 얼마나 불편할 것인가? 새 여자를 얻는다 해도 누가 시원스럽게 시집을 올 것인가. 이것저것을 생각한 끝에 갑수는 봉덕 엄마를 한 번 용서해 주라고 했다.

"결국은 전쟁이 그렇게 만든 거야. 죄가 있다면 전쟁에 죄가 있어. 생각해 보게. 만약 전쟁이 나지 않구 자네가 그놈들에게 끌려가지 않았다면 자네 처가 왜 그렇게 됐겠나? 큰마음을 먹구 한 번 용서해 주게."

진심에서 우러나온 말이었다. 동네 사람들은 의견이 달랐지만, 봉덕 엄마가 동네 부인들 앞에서 죽을죄로 잘못했다고 사과함으로써 동네 사람들도 재론을 안 했던 것이다.

이런 과거를 생각할 때, 봉덕 엄마가 다시 또 그런 일을 할 것 같지 않은 마음이 들었다. 동네 여자들 앞에서 죽었소 하고 사과를 한 여자로서 어찌 그런 짓을 두 번 다시 할 것인가? 그러나 갑수로서, 봉덕 엄마의 마음을 알겠다고 태도를 누그러뜨릴 수는 없었다. 그녀를 내쫓자고 앞장섰던 것이 자기다.

"가 보시오. 나는 알았으니까 다른 사람들에게 이야기하시오."

빨리 보내는 수밖에 없었다. 나중에야 어떻게 되든, 덕호 처와 같이 앉아 있는 것이 불편했던 것이다. 만약 그미의 말이 정말이라면 그미를 내쫓자고 홍분했던 자기는 무엇이 될 것인가? 도리어 그미 앞에 꿇어앉아 사과를 해야 할 것이다.

"가슴을 찢어 속을 보여드리구 싶습니다. 정말 억울한 죄를 씌우지 마십시오."

봉덕 엄마는 억울해 죽겠다는 모양이었다. 몸부림이라도 칠 것 같았다.

"알았다니까요. 빨리 가 보시오."

봉덕 엄마가 강하게 나올수록 갑수의 마음은 괴로웠다. 어떻게도 할 수가 없었던 것이다.

"저를 알아 주실 분이 누구보다두 숙미 아버지가 아닙니까? 저를 도와주십시오. 저를 살려 주십시오."

갑수의 태도가 달라진 것을 알았기 때문에, 봉덕 엄마는 그 이상 더 이야기를 안 하고 돌아갔다.

제3장 창의의 싹

오해라는 것은 언제나 가능성 위에서 생기는 법이다. 덕호 처와 최기화가 한 번 일을 저질렀기 때문에, 그들이 다시 만난다는 것은 죄를 되풀이할 가능성을 보여주는 일이다. 그런 만큼 그들이 만나는 것을 보고 무슨 일이 일어나고 있다는 속단을 내릴 수 있다. 가능성을 내포하고 있는 속단은 의심의 여지가 없다.

갑수는 세상사가 참으로 묘하게 움직인다고 생각하면서, 모두가 가난에서 오는 일이라고 단정했다. 가난만 아니라면 있을 수 없는 일들이다. 가난, 나라도 구할 수 없다는 가난이 왜 농촌에서 떠날 수 없을까? 갑수는 가난이라는 것을 생각하면서 천성태를 머리에 떠올렸다. 천성태로 말미암아 동네 전체가 쑥밭이 되면 어떻게 할까? 동네는 다시 거지동네가 되고, 지금 중고등학교에 다니는 학생들은 전부 퇴학을 하겠지. 어떤 동네에서는 전기를 끌어다 전등을 켜고 산다는데, 우리 동네서는 그런 꿈은 꿀 수도 없을 것이다.

다음날 새벽, 혼자서라도 비닐하우스의 섬거적을 내리려 할 때 둘째아들 경화가 나왔다. 혼자 하기 힘든 일을 도와주기 위함이었다. 저의 어머니가 내보내서 나왔는지 자진해서 나왔는지 어쨌든 고마웠다. 더구나,

"아버지가 일어나시기 전에 나오려구 했는데 벌써 일어나셨네요."

하고 말할 때, 갑수는 기특한 마음이 들었다. 마음이 착하다는 생각이 들었기 때문이었다. 맏아들 경태도 마음이 착한 아이다. 딸 숙미도 착한 편이다. 둘째아들 경화도 그러하니, 자식 전부가 착하다고 말할 수 있다. 마음이 흐뭇했다. 만약 하나만이라도 속을 썩인다면 얼마나 마음이 불편할까? 요즘 자식을 가진 부모들은 대부분 속을 썩이고 있다는 말을 듣고 있다. 사실 그렇다. 요즘 애들은 자기 권리만을 주장하려 하고 있다. 부모의 마음이나 경제적 사정을 고려하지 않고 자기 요구만을 주장한다. 그 요구가 이루어지지 않을 때는 반항을 한다. 반항이 하나의 권리인 것처럼. 그래서 부모와 자식 사이의 거리는 멀어지고 심지어는 자식이 부모를 이탈해 나간다. 가정이 파괴된다. 가정의 파괴는 아니라 해도, 소위 핵가족(核家族) 제도 때문에 가정의 단위가 축소된다. 부모를 모시려는 자식이 없다. 자식 모두가 부모를 모시려고 해도 곤란하지만, 부모 모시는 자식이 없게 되면 부모가 고독해진다. 마음보다도 생활의 불편에서 오는 고독이 클 것이다. 노후에 병이라도 들면 누가 간호해 줄 것인가?

그런 면에서 생각할 때, 갑수는 자기가 행복스런 사람이라고 자부하고 싶었다. 자기를 모시지 않겠다는 자식이 없을 것 같았기 때문이었다.

경화는 비닐하우스 지붕에 올라가 열심히 섬거적을 말아 아래로 떨어뜨렸다. 아래서 받아 놓기가 바쁘도록 빨리 빨리 했다. 믿음직스러웠다.

갑수는 경화가 댓 살 나던 때의 일이 문득 생각났다. 한여름이었다. 한창

바쁜 때 경화가 홍역을 했다. 홍역에는 가재를 삶아 국물을 먹이는 것이 좋다고 해서 개천의 돌을 전부 들췄으나 가재는 없었다. 그래서 이십 리나 걸어 깊은 산골짜기까지 가서 가재를 잡아 왔다. 활짝 나와야 할 꽃이 나오지 않아 어린애가 고통스러워하고 있는 것을 생각할 때 마음이 조급했다. 산을 마구 뛰어내렸다. 뛰어오다가 발이 돌에 걸려 나둥그러졌다. 어떻게 된 일인지, 일어나 보니 팔꿈치에서 피가 흐르고 있었다. 자세히 보니 살점이 한 점 떨어져나갔던 것이다. 아팠다. 상처가 꽤 큰 모양이었다. 그러나 흐르는 피를 막을 생각도 못하고 다시 뛰기 시작했다. 집에 이르러 가제를 아내에게 내주고 난 뒤에야 상처를 살펴보았다. 움푹 패 있는 데서 계속 피가 나오고 있었다. 담배를 붙이고 처맸다. 피는 멎었으나 통증은 점점 더 심했다. 하룻밤을 자자 팔이 부어올랐다. 한 열흘 동안 일을 못했다. 그러나 경화가 홍역을 무사히 끝낸 것만을 다행으로 생각했다.

그런데 지금 경화가 아비를 위해 열심히 일하고 있다. 만약 경화가 일을 하는 도중 잘못해서 갑수의 그때와 같은 부상을 당한다 해도 경화는 아비를 원망하거나 하지는 않을 것이다. 갑수는 그렇게 생각하는 것이다. 인정이 통할 때는 고통도 자기 것으로 느끼는 데 그친다. 고통의 원인을 규명하려 하지 않는다. 그리고 고통의 보상을 요구하지도 않는다.

그런데 요즘 세상에서는 털끝만한 고통도 그 고통의 원인을 밝히려 한다. 그리고 책임을 추궁하려 한다. 길을 가다가 지나가는 사람에게 발끝이 밟혔을 때도 그냥 지나치지 않고 상대방의 멱살을 잡고 책임을 추궁한다. 그래서 세상은 싸움투성이다. 뭐니뭐니 해도 인정이 없어지고 있기 때문이다. 인정! 인정보다도 인간에게 중요한 것이 무엇일까? 그 인정 가운데 가장 기초적인 것이 남녀간의 애정일 것이고, 그 다음이 부모와 자식간의 애정일 것이다. 그런데 요즘에 와서는 애정의 기초적인 것이라고 말할 수 있는 부모와 자식 사이의 애정마저 단절되어 가고 있다. 우울한 일이다. 인간을 위해 슬퍼해야 할 일이다.

갑수는 자식들을 소중히 다뤄야 하겠다고 생각했다. 그래서 부모와 자식간의 애정을 잃어버리지 않도록 해야 하겠다고 생각했다.

섬거적을 다 내리자, 갑수는 경화에게 말했다.

"빨리 가서 밥 먹구 학교 가라."

그러나 경화는,

"아직 시간이 있는데요."

하며 할 일이 있으면 더 하고 가겠다는 태도였다.

"할 일 없다, 빨리 가거라."

"그럼, 아버지두 같이 가시지요."

"나두 곧 가마. 먼저 가 봐. 수고했다."

갑수는 경화를 돌려 보냈다. 경화가, 수고는요 하며 집으로 돌아가는 뒷모습을 볼 때 갑수는 마음이 흡족함을 느꼈다. 경화가 대견스럽게 생각되기도 했지만, 자식에게나마 수고했다는 말을 한 자기 자신에 만족했기 때문이었다.

보통 때 아버지는 아들이 어떤 힘든 일을 했다 해도 수고했다는 말을 안하는 법이다. 안 해도 마음속으로는 서로의 마음을 이해하기 때문이다. 그러나 안 해도 무방한 말이지만 그것을 입으로 말할 때, 듣는 편이 즐거울 것은 사실이다. 수고했다는 말을 했을 때, 경화는 도리어 어색한 듯이, 수고는요 하며 약간 얼굴을 붉히기까지 했다. 부모에게서 별로 들어보지 못하던 말을 들었을 때 어색했을 것이 사실이다. 그러나 마음속으로 만족감 같은 것을 느꼈을 것이다. 조금만 신경을 쓰면 자식에게라도 기쁨을 줄 수 있다는 생각을 했다.

정말 조금만 신경을 쓰면 되는 일이다. 그것을 왜 안 할까?

갑수는 비닐하우스 안을 한 바퀴 돌아본 뒤 조반을 먹으러 집으로 돌아갔다. 세수를 하고 아내와 함께 밥상을 마주하고 앉아 있을 때다. 두 집 건너 있는 덕삼네 집에서 째지는 듯한 여자 목소리가 들려 왔다. 예삿일이 아닌 것 같았다. 악을 바락바락 쓰며 싸우는 목소리는 머리채를 서로 잡아당기며 싸우는 그런 목소리였다.

"누구들이 싸우는 걸까?"

갑수는 숟가락을 놓고 귀를 기울이며 말했다.

"하나는 덕삼 엄마 같은데 하나는 잘 모르겠는데요."

"좀 가 보구 오소. 보통 싸움이 아닌 것 같은데……."

갑수의 말이 떨어지기 전에 아내가 일어서서 종종걸음으로 나갔다.

무엇 때문에 아침부터 여자들끼리 싸움들일까?

갑수는 궁금했으나, 목소리가 똑똑히 들리지 않아 결국 아내가 돌아올 때까지 기다리지 않을 수 없었다. 그러나 아내는 좀처럼 돌아오지 않았다. 싸움이 그냥 계속되고 있었던 것이다.

갑수는 혹시 누구의 처가 누구의 남편과 간통이라도 했는가 하고 생각했다. 그렇지 않고서야 발악을 하며 싸울 리가 없을 것 같았다. 만약 그렇다면 정말 큰일이었다. 동네 꼴이 뭐가 된다는 말인가? 설사 오해였다 해도, 덕호네 사건이 있은 지 며칠도 안 되어 다시 그런 일이 생기다니…… 치사스런 동네라고 말하지 않을 수 없다. 그런 치사스런 동네에서 어떻게 머리를 들고 살 수 있담. 갑수는 입맛이 떨어지는 것 같아 숟가락을 아주 놓고 아내가 돌아오기를 기다렸다.

싸움이 끝났는지 덕삼네 집이 조용해졌고, 얼마 안 되어 아내가 돌아왔다.

"돈 오백 원을 가지구 그렇게들 싸우잖아요, 참."

아내가 어처구니없다는 듯 말했다.

"오백 원을 가지구 싸우다니?"

"덕삼 어머니가 완규 어머니에게 오백 원을 빌려 준 일이 있대요. 그런데 완규 어머니는 지난 장날 장에서 그 돈을 돌려 줬다지 않아요. 그런데 덕삼 어머니는 받은 일이 없다면서 빨리 돈을 돌려 달라구 그러지 뭐예요."

아내의 설명을 듣자, 갑수는 자기가 생각했던 것과 다르다는 점에서 안심을 했지만,

"여자들 싸움이로군."

어이없다는 듯 말하고 다시 밥숟가락을 들었다. 밥을 먹어 가면서,

"그래 어떻게 끝났어?"

하고 물었다.

"다들 말렸으니까 끝났지요."

아내도 밥을 씹으며 대답했다.

"돈은 어떡하기루 하구?"

"누가 양보하겠어요? 그러니 두구 두구 싸움을 계속할 겁니다."

"그럼 당신이 오백 원을 갖다 주구료."

"내가 왜 줘요? 우리 돈은 하늘에서 떨어진 건가요?"

"거 동네가 시끄러워 살겠나?"

"할 수 없죠. 난 숙미가 토끼를 기르겠다구 오백 원만 달라는 것두 아직 못 주구 있는데요."

갑수로서 처음 듣는 말이었다. 숙미가 토끼를 기르다니…….

"토끼를 길러?"

"숙미가 어딜 가서 토끼 기르는 걸 봤대요. 두 마리에 오백 원만 주구 사다가 기르면 넉 달에 육천 원짜리가 된다나요. 제 학비를 제가 벌어서 쓰겠다던데……."

"그런데 돈을 왜 안 줬수?"

"풀을 뜯어 온다 하면서 정신을 빼앗기면 공부를 못 할 것 같아서요."

"토끼 두 마리 풀 뜯는 시간이 얼마나 걸릴라구. 돈보다두 자립해 보려는 마음이 기특하지 않수? 빨리 돈을 줘요."

"줄까요?"

갑수는 숙미가 신용을 회복하려고 그러는 것이리라 생각했다. 어쨌든 좋은 일은 권장해야 했다.

그러나 갑수는 숙미의 일을 오래 생각지 않았다. 덕삼네와 완규네의 싸움이 문제였다. 여자들 싸움에 남자가 개입할 수는 없다. 여자들은, 자기의 아내를 비롯해 오백 원을 큰돈으로 생각한다. 그러니 가난한 덕삼네와 완규네의 싸움은 중단되기 힘들 것이다. 생각나면 싸움이 벌어질 테니 동네가 얼마나 소란할 것인가? 어떻게든 싸움을 말려야 할 텐데 그 방법이 없을까?

갑수는 조반상을 물리자 완규네 집으로 갔다. 그리고 완규 아버지에게 안 사람들의 싸움 이야기를 들었다.

"그럴 수가 있겠소? 돈을 받구두 안 받았다니? 정신 나간 여자지, 참."

완규 아버지는 역시 자기 처를 두둔하며 덕삼네를 비난했다. 그런 기세로 나가다가는 남자들 싸움으로 번질 것 같은 위험성이 보였다.

"세상에는 그런 일두 있을 수 있지 않소? 건망증이라든가 착각이라는 것이 있으니까……."

갑수는 남자들을 통해 부인들끼리의 싸움을 말리려 했다. 그럴 경우 어떤 사람에게 편을 들 수는 없다. 잘잘못을 가리지 않고 서로 양보를 시켜야 했다. 그래서 우선 돈을 빌려 쓰고 갚아 주지 않았다는 데 대한 완규네의 감정을 무마시키려 했던 것이다. 그것은 완규 아버지에게 돈 오백 원을 주려고 준비해 가지고 갔기 때문이기도 했다. 그러나 완규 아버지는,

"건망증두 분수가 있지, 그럴 법이 있소? 정말 때려눕혀야 정신을 차릴 겁니다."

더욱 기승을 부렸다.

"동네를 생각해서 참으시오. 동네가 소란하지 않소? 그까짓 돈 오백 원을 가지구 그럴 것이 뭡니까? 뭣하면 그 오백 원을 내가 드리지요."

"돈이 문젭니까? 절대루 돈이 문제 아닙니다. 버릇을 고쳐 줘야지."

"잘 알겠지만, 동네를 생각해서 양보할 수두 있잖습니까? 자 이걸 받아 가지구 해결지으십시오."

갑수는 오백 원 짜리 한 장을 내놓았다. 그러나 완규 아버지는 절대 그것을 받으려 하지 않았다. 버릇을 고쳐줘야 한다면서 어디까지나 싸울 태도였다. 갑수는 여러 가지로 말해 보았지만 소용없었다.

생각해 보니 그의 자존심으로 돈을 받으려 하지 않을 것 같기도 했다. 굶어 죽게 된 때라도 사람에게는 자존심이 있다. 특히 요새 사람들에게는 그것이 더욱 심하다. 겸손이라는 것을 찾아볼 수 없게 된 요새 사람들의 특징이라고도 할 수 있을 것이다.

갑수는 돈을 도로 주머니에 넣고,

"대단치 않은 일을 가지구 동네 소란을 피우지 말두룩 하십시오."

당부만 하고는 그 집을 나왔다. 그리고는 덕삼네 집을 찾아갔다. 도전자

라고 말할 수 있는 덕삼네를 무마시키는 것이 빠른 길이라 생각했기 때문이었다.

덕삼네 집에서도, 동네 소란을 피우지 말아달라는 말을 하고는,

"주지두 않고 주었다는 말을 할 때 기분이 나쁘겠지요. 그렇지만 잃어버린 셈치구 가만있으면 우선 동네가 조용하지 않겠소?"

덕삼네의 양보를 사주했다. 그러나 덕삼네는 덕삼네대로 완규네에 지지 않게 흥분하고 있었다.

"사람을 생도둑 취급하니 참을 수 있습니까? 죽어두 그 돈을 받아야겠어요. 돈이 없다구 사람을 무시하는 거예요. 받은 돈을 안 받았다 할 도둑놈이 어디 있겠습니까?"

"글쎄, 다 알아요. 그렇지만 동네가 조용하려면 서루 양보를 해야지 않겠소? 그 중에서두 돈을 빌려 준 사람이 양보해야지."

"도둑놈의 누명을 쓰구 양보를 해요? 죽어두 안 될 일이지요. 그놈의 집 기둥이라두 빼오구야 말 겁니다."

"내가 일부러 오지 않았수? 내 체면을 봐서라두 참아 주시오."

갑수는 사정사정했다. 완규네 대신 자기가 그 돈을 갚겠다고 오백 원짜리를 내놓았지만 막무가내였다. 돈 오백 원으로 시작된 싸움인데도 지금에 와서는 돈이 문제 아니었다. 자존심의 싸움이었다.

인정은 송두리째 사라지고 남은 것은 오직 자존심뿐이었다. 갑수는 결국 실패를 하고 집으로 돌아왔지만, 자기의 성의를 조금도 받아들이려 하지 않는 두 집에 대해 괘씸한 생각이 들었다. 진심으로 동네를 위해 그리고 양쪽 집을 위해 자기가 할 수 있는 말을 다했다. 돈까지 주려고 했다. 그런데도 그 성의를 무시하는 사람들.

갑수는 될 대로 되라는 생각을 가지지 않을 수 없었다. 싸워서 머리가 터진들 내 알 바 무엇인가 하고 생각했다.

그러나 이러다가 동네는 어떻게 될 것인가 하는 생각이 들었다. 양보하는 마음이 없는 사람들이 서로 반목하면서 살게 되면 동네는 지옥이나 마찬가지가 되고 말 것이다. 무슨 맛으로 살 것인가? 옛날부터 이웃사촌이란 말이

있다. 사실 농촌사람들은 이웃사촌처럼 다정하게 살아왔다. 가난 속에서도 그런 인정으로 서로 살맛을 느끼며 살아왔다. 그런데 지금은 이웃사촌이란 말은 생각할 수도 없다. 왜 그럴까? 가난하기는 옛날과 다를 것이 없다. 그 런데도 요즘 세상이 특별히 각박한 까닭이 무엇일까? 겸손을 빼앗아간 개인 주의 사상의 팽창이 아닐까?

서양사람들은 개인주의 사상으로 개인이 잘 살도록 노력하고 있다. 그러 나 한국사람들인 개인주의를 배우고도 개인적인 활동성을 배우지 않고 있 다. 개인의 발전을 꾀하지도 못하면서 마음으로만 개인주의를 부르짖고 있 다. 게다가 가난은 극복되지 않고 있다. 가난이 극복되어 있지 않기 때문에 개인주의 사상은 점점 왜곡되어 가고 있다.

가난이 싸움이라지. 아무리 금실이 좋은 부부라 해도 가난하면 싸우지 않 을 수 없다고 한다.

가난, 가난.

갑수는 현덕호를 생각했다. 그들도 결국 가난 때문이다. 싸움 정도가 아 니다. 아내의 타락까지 빚어냈다. 앞으로 천성태가 마을에 이사 오면 동네 사람들은 더욱 가난해질 것이다. 더 가난해지면 동네는 수라장이 되고 말 것이다.

가난의 추방. 이것만이 동네를 구원하는 길이 아닐까?

갑수는 결론을 내렸다. 이 동네서 자기가 할 일은 동네의 가난을 추방하 는 길뿐이라고.

무엇 때문에 이 동네를 떠나지 못하고 오늘까지 살아오고 있는지 모른다. 일찍 떠났다면 그런 생각을 할 필요가 없을 것이다. 그러나 어느새 오십이 다 되도록 살고 있는 동네다. 하나의 숙명일지도 모른다. 숙명이라는 것은 어떤 힘으로도 떼버릴 수가 없는 것이다. 그래서 오래도록 살면서 자기 고 장을 사랑하게 되기도 한다.

가난의 추방을 결심처럼 생각했지만 그 방법이 무엇일까? 갑수는 비닐하 우스로 비교적 재미를 본 자기 체험을 생각지 않을 수 없었다. 자기가 체험 한 것으로 동네 사람들을 잘 살게 하면 그 이상의 방법이 없을 것이다. 동네 사람들에게 전부 그것을 권장하면 모두들 잘 살 수가 있다. 그리고 모두들 부지런해질 수가 있다. 부지런히 일을 해서 수확을 올리면 생활의 보람을 느끼게 될 것이다.

그리고 비닐하우스 농사는 이때까지의 농사와 달리 공동구입·공동판매를 해야 한다. 농사를 짓는 동안 공동연구도 해야 한다. 그렇게 되면 협동정신도 늘어난다. 서로 협력을 안 할 수 없게 되니, 서로 반목하고 싸우는 일도 줄어든다. 동네는 웃음동산이 되고 평화스런 마을이 된다.

항산(恒産)이 있어야 항심(恒心)이 있다고 한다. 가난만 추방하면 도덕이 살게 되고, 자녀를 교육도 시키게 된다.

갑수는 몇 해 뒤, 이 마을에 전기가 오고 집집마다 텔레비전을 놓고 살 수 있으리라고 생각했다. 집집마다 깨끗하게 단장을 하고 정원에마다 화초를 심어 아름다움을 즐긴다.

꿈같은 일이지만 절대로 불가능한 일은 아니다. 능히 이룰 수 있는 꿈이다.

갑수는 자신을 가졌다. 있는 힘을 다해서 하면 안 될 일이 없다는 마음도 가졌다. 다만 두 가지 문제가 있다고 생각했다. 나는 다른 농사보다 자금이 많이 드는 만큼 영농자금을 어떻게 변통할 것인가 하는 문제와, 둘째는 고급채소에 필요한 물을 어떻게 끌어올 것인가 하는 문제다. 지금 백만규와 자기의 비닐하우스에는 우물을 파고 우물물을 쓰고 있지만, 밭마다 논마다 물이 나온다고 말할 수는 없다. 동네 오른쪽에 흐르고 있는 동천(東川)에 보를 막고, 그 물을 끌어 쓰면 충분할 것이지만 영농자금과 함께 큰돈이 드는 일이다.

이 돈 문제를 어떻게 해결할 것인가? 돈만 해결된다면 힘들 것이 별로 없을 것 같았다.

그러나 해 보자. 각 기관에 보조를 청해 보고, 그것이 뜻대로 안 된다면 사채를 얻어서라도 해 보자.

갑수는 비닐하우스로 동네 사람들이 전부 고급채소를 재배하면 동네가 발전할 것이 틀림없다고 생각했다. 그런데 이때까지 동네 사람들은 어째서 그것을 하려고 하지 않았을까? 백만규와 자기가 고급채소로 재미보고 있는 것을 눈으로 보면서도 왜 따라서 하려 하지 않았을까?

갑수는 한국의 농민이 잘 살아보겠다는 적극적 정신이 부족하지나 않은가 생각했다. 일제시대에는 일본인 지주 밑에서 착취를 당하면서도 정신적 자유를 잃고 있었다. 수많은 농민이 국내에서 살 수가 없어서, 만주 북간도로 쫓겨 가면서도 살아갈 방도를 연구하지 못했다.

그 당시 농민들이 살 수 있는 길은 일본인들에게서 빼앗겼던 땅을 도로 찾는 것과, 악독한 소작제도의 개혁뿐이었다. 그러나 그럴 힘이 없었다. 총칼을 가진 그들에게 굴복당한 채 체념 속에서 살 수밖에 없었다.

일제가 물러간 8·15 뒤에는 땅을 도로 찾았고 소작제도에서 해방이 되었지만, 정국의 혼란으로 농민들은 방임상태에 놓여 정신적 자각의 기회를 놓쳤다.

그러다가 5·16 혁명 뒤, 정부의 중농정책으로 미아(迷兒)와 같던 농민들의 존재가 국가적으로 존중시(尊重視)되고 있다. 농민 자신들이 자각을 하고 노력만 한다면 얼마든지 잘 살 수가 있게 된 것이다.

다시 말해서 정신적인 자각을 가지고 잘 살아보겠다는 결심만 한다면 얼마든지 잘 살 수 있다. 5·16 이전에 비해 잘 살게 된 농민이 전국적으로 얼마나 많아졌는가?

말하자면 몇 천 년 동안 내려오면서 굳어진 고정적 영농방식과 농사는 천하지대본(天下之大本)이란 고정관념에서 일보도 전진 못하는 고루한 정신에서 뛰어넘어야 할 것이다. 두뇌를 쓰는 과학적인 영농방법과 아울러 근로정신을 앙양해야 한다. 이것이 농민이 취해야 할 유일한 농민의식이다.

그러나 아무런 계획과 방법을 세우지 않고는 과학적인 영농방법과 근로정신을 고취한다 해도 그 성과를 기대하기는 힘들다. 구체적인 계획과 방법을 제시하자. 그러면 동네 사람은 반드시 따라올 것이다.

그러나 가장 난문제인 자금을 어떻게 해결할 것인가? 갑수는 우선 개천에 보를 막는 데 필요한 자금과 비닐하우스를 만드는 데 필요한 기본적 자금에 대한 명세서를 만들기로 했다. 그래야 필요한 자금의 액수를 알게 되고, 따라서 그 금액의 염출 방법을 강구할 수 있기 때문이었다.

갑수는 오늘 안으로 개천엘 나가 봐야겠다고 생각했다. 개천의 너비를 재고 보의 폭을 겨냥해야 한다. 보의 위치와, 그리고 보에서 논으로 끌어올 수로의 길이도 재야 한다.

이런 생각을 하고 있을 때 이장이 찾아왔다. 잘 왔다고 생각했다. 우선 이장의 동의를 구해야 하는 것이 순서라고 생각했기 때문이었다. 그리고 계획을 세우는 데도 그렇지만, 일의 진행에도 그를 뺄 수가 없는 노릇이다.

"잘 왔네, 어서 앉게!"

갑수는 부푼 가슴으로 이장을 반기었다. 그러나 이장은 무슨 근심이 있는지 얼굴을 찡그리고 축 처진 어깨를 쓸고 있었다. 무슨 이야기가 있어서 온 것이 분명한데, 갑수로서 자기 이야기를 먼저 꺼내기가 안되어,

"무슨 일이 있었나?"

하고 물었다.

"글쎄 말입니다. 어떡허면 좋지요?"

이장은 우선 난처한 자기 입장을 말하려 했다.

"무슨 일인가? 말해 봐."

"덕호 씨 부인이 찾아와서, 자기는 절대루 죄를 짓지 않았다면서 그간의 경위를 이야기하지 않습니까? 어제 저녁에 찾아가서 동네서 결정한 것을 이야기했을 때는 화를 내구 야단만 치더니, 오늘 아침에는 막 울면서 자기 결백을 호소하지 않습니까?"

"그래 자네는 뭐라구 했나?"

"제가 뭐랍니까? 동네서 결정진 일이니까 저는 모른다구 그랬지요."

"나두 들었네만, 자네는 어떻게 생각하나?"

"전 모르겠습니다. 어른들이 하시는 대루 따르지요. 덕호 씨 부인이 아저씨한테두 말씀드렸다던데, 아저씨는 어떻게 하실 작정이십니까?"

이장은 도리어 갑수의 의견을 들으려 했다. 이런 경우 갑수의 한 마디 말이 중요했다. 그렇다고 책임을 회피하는 태도를 보일 수도 없었다.

"나두 들었네만, 그 이야기를 믿을 수가 있는지 그게 문제지."

갑수는 우선 이장의 속을 알고 싶었다.

"글쎄 말입니다. 꾸며서 하는 말 같지는 않습니다만……."

"나두 그렇게는 생각하네. 그렇지만 본인의 말만 듣구 결정지을 수가 있어야지."

"그럼 덕호 씨 말을 들어보는 게 어떨까요? 덕호 씨가 그 말을 믿는다면 할 수 없는 일 아닙니까?"

"거야 그렇지. 그럼 자네가 만나 보게, 나는 좀 바쁜 일이 있어서."

갑수는 덕호 처의 말이 거짓이 아닐 것이라고 생각했다. 거짓이 아니라면 그 문제를 가지고 더 오래 끌 필요가 없는 일이라 생각했다. 그 정도만으로도 동네에 경종은 울린 셈이 되니까.

"가서 만나겠습니다. 사실 그런 문제야 제삼자가 개입할 성질이 아니잖습니까?"

이장도 동감인 것 같았다. 도리어 남의 일에 떠들 필요가 없다는 생각을 가진 것 같았다.

"수고하게. 그런데……."

덕호 문제는 일단 그것으로 끝내기로 하고, 갑수는 자기가 할 일의 이야기를 꺼내기 시작했다.

"자네, 천성태 씨가 우리 동네에다 집 짓는다는 말을 듣구 나한테 왔었지? 동네에 이변이 생길 것 같은 생각 때문이었을 거야. 이변이란 동네 사람들이 일제시대처럼 가난해질 것이란 거겠지. 안 그런가? 나두 그렇게 생각했네. 정말 정신을 채려서 동네가 이 이상 더 가난하지 않두룩 해야겠네. 덕삼네와 완규네가 돈 오백 원 가지구 싸운 걸 알지? 가난 때문이야. 그리고 덕호 처가 다시 의심을 받게 된 것두 결국 가난 때문이 아니겠는가? 나는 생각했네. 어떻게 해서든 이 동네에서 가난을 추방해야 한다구. 그것을 반대할 사람은 하나두 없을 걸세. 다만 문제는 어떻게 해서 가난을 추방하느냐 하는 것과, 누가 그 일을 밀구 나갈 것인가 하는 거라구 생각하네. 안 그런가?"

이렇게 전제를 한 다음, 갑수는 비닐하우스 이야기와 그것을 위해서는 보를 막아야 한다는 말을 했다.

"저두 고급채소를 재배하고 싶은 마음이 있지만, 무엇보다두 돈이 없어서 엄두를 못 내구 있습니다. 그러니 동네 사람들에게 무슨 돈이 있어서 그걸 시작할 수 있겠습니까?"

이장은 좋은 일인 줄 알면서도 엄두를 낼 수 없는 일이라고 말했다.

"물론 자금이 문제라구 생각해. 그렇지만 자네와 내가 각 기관을 찾아다니면서 자금 융자를 요청하면 될 수 있지 않을까?"

"그 융자가 몇 푼이나 되겠습니까? 농민들이 무슨 일을 하구 싶어두 그 융자 때문에 못 하는 게 아닙니까?"

"우리의 계획을 설명하구 간곡히 부탁하면 특별융자가 가능하지 않을까? 정부가 농민들을 위해 무언가 도와주려구 하구 있는 것만은 사실이니까…… 내가 알기룬 정부가 농민을 위해 무언가 해 주려구 하는 것은 요즘이 처음이 아닌가 생각하는데……."

"글쎄올시다."

이장은 회의적이었다. 갑수는 회의적인 이장을 이해할 수 있었다. 농민의 대부분이 정부에 대해 언제나 회의적이었던 것은 사실이니까.

"되든 안 되든 해 봐야 할 게 아닌가? 이익이 되는 일이라면 무어라두 해 봐야 한다구 생각하는데……."

"좋은 말씀입니다만……."

좋은 일이라고 생각하나 자기에게는 자신이 없다는 태도였다.

"좌우간 해 보세. 북은 내가 칠 테니까 자네는 장단만 맞춰 주게."

이장으로서 그것도 못 하겠다는 말은 할 수 없을 것이다.

"해 보십시다."

그는 드디어 승낙을 했다.

한 사람의 동조자를 얻는다는 것이 얼마나 중요한 일인가? 갑수는 동네 사람들 전체의 동의를 얻은 것 같은 만족감을 느꼈다. 이상한 일이었다. 자기 개인을 위한 일이 아니다. 동네를 위한다는 것도 결국 남을 위한 일이다. 남을 위한 일인데도 동조자를 얻었을 때 내 일처럼 기쁜 것은 무슨 까닭일까?

갑수는 이장의 마음이 변하기 전에 그를 사업의 진행 속으로 끌어넣어야겠다는 듯이,

"잠깐 개천엘 가 보세."

하고 들로 끌고 나갔다.

동네를 벗어나면 곧 들이 나서는데, 동네서 동천까지가 삼백 미터는 될까? 동천 가는 길을 가운데로 하고 그 길 아래위에 있는 들이 마을의 땅 전부다. 논밭 합해서 약 십이만 평밖에 안 되는 들이지만 그 중 논은 삼분의 이 정도뿐이다. 그 논도 전부가 천수답이어서 조금만 가물어도 벼가 말라버린다.

"보만 만들면 논농사에두 걱정이 없을 거 아니겠나?"

갑수는 보를 만드는 일을 생각했다는 것이 자랑스럽기나 한 듯 말했다.

"이를 말씀입니까? 물 때문에 제대루 농사를 져 본 일이 한 번두 없었는데요."

이장도 보만 있으면 논농사에 대한 걱정이 없어질 것을 생각하는 모양이었다.

갑수는 이장의 말을 들으며, 어떻게 해서라도 보는 만들어야 한다는 것을 생각하며 발걸음을 빨리 옮겼다.

"그런데 왜 동네 사람들은 보 만들 생각을 못하구 있을까요?"

이장이 이상스럽다는 듯이 물었다.

"생각을 못했겠나? 다 생각은 했겠지. 그렇지만 만들 엄두를 못했지. 만들 힘이 없으니까 그런 것 아니겠나?"

"돈을 모아서라두 해 볼 생각을 했어야 할 거 아닙니까?"

"다 같이 가난한데 모을 돈이 어디 있겠나?"

"앞으루두 마찬가지가 아니겠습니까?"

"그럴지두 모르지. 그렇지만 지금은 옛날과 달리, 우리가 일하려는 진심을 보이기만 하면 나라에서 도와준다는 걸 알아야 해. 물론 전부를 도와주지는 못할 거야. 그러니까 우리가 협심을 해서 일을 해나가면 성공할 가능

성이 있어. 이때까지 농민들의 결점이란 머리를 쓰지 못했다는 것, 그리구 혼자서 안 되는 일은 협심해서 해야 하는데 그걸 할 줄 몰랐던 거지. 좌우간 해 보세. 하면 된다구 생각해. 일이 제대루 되기만 하면 동네 사람들은 자연 합심하게 될 거구. 합심하는 버릇이 생기면 이웃사촌이란 말이 있지? 마을 사람 전부가 사촌으로 되는 거야."

그 말을 듣자, 이장이 빙긋이 웃었다. 아무렇기로서니 그렇게까지야 될 수 있겠느냐는 태도 같았다.

"웃기는…… 사춘이 따루 있겠나? 서루 생각하구 서루 도우면 사춘이지. 누구보다두 자네가 잘 알겠지만, 어떤 집에 대사가 있다구 해서 동네 사람 전체가 모여 본 일이 있는가? 사둔뻘이라두 되는 사람이나 가 보지 않아? 다들 가난하기 때문이기두 하지. 가난하니까 알구두 모른 체한단 말야. 그렇지만 우리 조상들이 언제 잘 살아본 때가 있나? 마찬가지루, 우리 조상들도 가난했지만 다들 사촌처럼 지냈던 거야. 좋은 것은 옛날 것이라두 이어받아야지. 안 그런가?"

갑수는 금시에 동네가 웃음의 마을이 되기나 할 것처럼 말했다.

어느새 개천 둑에 이르렀다. 개천의 지면이 동네 논보다 낮은 곳이었다.

"좀더 올라가 보세."

그들은 눈짐작으로 논보다 조금 높은 지대까지 걸었다.

"여기면 물이 내려갈 것 같은데요."

이장이 말했지만, 갑수는

"아랫논으룬 끌 수가 있지만 윗논에는 안 되겠는데……."

하고 더 위로 걸었다.

위쪽에 있는 논들보다 높은 지면까지 이르자

"여기가 좋을 것 같군. 보두 길게 막을 필요가 없을 거구."

갑수가 지적한 장소는 보를 이십 미터 정도로 막으면 될 곳이었다. 개천의 전체 너비는 삼십 미터쯤 되었다. 그러나 큰 장마가 지는 경우가 아니고는 이십 미터 어간도 물이 차지 않는다. 보통 때는 사오 미터밖에 물이 깔리지 않는다.

삼십 리 밖에 있는 계족산(鷄足山)과 오십 리 밖에 있는 백운산(白雲山)에서 흘러 내려오는 물은 웬만한 가뭄에도 끊이지 않고 일 년 내내 흐르고 있다. 땅바닥이 모래와 돌로 되어 있기 때문에 보를 막아 물을 끌어쓴다고 해도 얼마쯤 아래로 가면 다시 물이 흐른다.

"우선 여기에다 보를 막구, 저 아래다 한두 개 더 막으면 동네 논은 물 걱정이 없어질 것 같은데……."

갑수가 아래쪽을 보며 말했다. 그러자 이장도 완전 동감이라는 듯이 말했다.

"물론이죠. 물이 마르는 일 없는 개천이니까요."

이제 보의 필요성에 대해서는 더 말할 필요가 없었다. 몇 개를 만들 것이며 필요한 자재와 비용은 얼마나 들 것인가 하는 것이 문제였다. 그래서 갑수는,

"연차적으루 하나씩 만들까? 그렇지 않으면 한꺼번에 전부를 다 만들까?"

하고 이장의 의견을 물었다.

"글쎄요. 자금을 생각할 때는 연차적으루 만드는 것이 좋을 것 같지만, 하나만 만들면 혜택받지 못할 사람들이 불평을 말하지 않을까요?"

"보 하나만 가지구선 동네 전체가 쓸 수는 없을 테니까 한꺼번에 만들어야 할 것 같은데……."

"어쨌든 회의를 한 번 해야지 않겠습니까? 그때 의견을 종합하지요. 그리구 동네 사람 가운데는 보 막는 기술이 있는 사람두 있을지 모릅니다. 그러니까 그런 사람의 말을 들어 예산두 세우기루 하지요."

이장의 말이 옳았다. 갑수는 전적으로 이장에게 동의하고, 하루빨리 동네 회의를 소집하도록 부탁했다.

이장과 헤어지자 갑수는 비닐하우스로 갔다. 오이밭에 물을 주는 날이었던 것이다. 그는 비닐하우스 안으로 들어가 밭고랑에 깔아 놓은 비닐들을 바로잡는 일을 했다. 물이 중간에서 새면 안 되기 때문이었다. 밭고랑을 전부 살펴보며 비닐을 손질한 뒤, 밖으로 나와 펌프질을 하기 시작했다. 몇 시

간이나 계속해야 하는 펌프질이었다. 손잡이를 눌렀다가 올렸다 하면서, 그는 물 보를 만들면 우선 자기부터 편하리라는 생각을 했다. 사흘걸이로 하는 펌프질이지만 몇 시간을 하고 나면 팔 다리가 나른해진다. 힘이 드는 것은 둘째로 시간이 아깝다.

그런데 봇물을 쓰게 되면 봇물을 열었다 막았다 하면 그뿐이다. 펌프질을 하던 시간에 딴 일을 얼마든지 할 수 있다. 금년 안으로 보를 막아야 한다. 그렇게만 하면 내년부터 비닐하우스를 지금의 배로 늘릴 수가 있다.

이런 생각을 하고 있을 때 영애가 달려왔다. 갑수는 영애 아버지 만규의 병세가 궁금해서,

"아버지는 좀 어떻든?"

하고 물었다.

"통증은 좀 나신 것 같아요."

영애는 대답을 하면서도 수심에 잠겨 있었다.

"수술을 한다던?"

"모르겠어요. 수술을 해 달라구 부탁은 해 놓구 왔어요."

"참 큰일이로군."

갑수는 딱해서 더 물을 수도 없었다. 그런데 영애가,

"비닐하우스 때문에 서둘러서 왔어요. 그렇지만 무슨 일을 해야 할지 아득하네요. 아저씨가 좀 가르쳐 주세요. 제가 해야 할 일을 하나하나 알으켜 주세요."

하고 말했다.

"그래라. 매일 너의 비닐하우스에서 해야 할 일을 말해 주지. 우선 너희네두 물을 줘야 할 거다. 그러니까 가서 펌프질을 해라. 그 전에 밭고랑의 비닐들을 손질하구. 물을 퍼서 밭고랑에 괴면 그 물에 소독약을 풀어서 밭이랑에 끼얹어 줘라."

갑수가 말하자, 영애는 자기네 비닐하우스로 뛰어갔다. 그리고 갑수가 펌프질을 거의 끝내갈 쯤 해서 펌프 있는 데로 나와 펌프질하는 것이 보였다.

멀리서 보기에 펌프질하기가 힘들어 할딱거리는 것 같았다. 힘이 들 것이

다. 체통이 좀 큰 편이기는 하지만, 일 안 해 보던 처녀가 기운으로 하는 일을 쉽게 해낼 수는 없을 것이다. 손을 바꿔 가면서 펌프질을 하는 영애의 이마에서는 땀이 흐르고 있을 것이다. 팔이 아픈지 몸 전체에 힘을 주고 매달리다시피 펌프질을 하면서도 그래도 쉬지는 않았다. 며칠이나 계속할까? 갑수는 걱정을 아니할 수 없었다. 아버지만 건강하다면 학교에나 다니며 들에는 나오지 않아도 좋을 나이의 처녀다. 만약 저 애가 저렇게 일을 하다가 병이나 생기면 어떻게 하지? 내가 대신 해 줄 수도 없고.

갑수는 영애를 애처롭게 생각했다. 그러나 부모를 잃고 슬퍼하는 어린 고아를 대하는 그런 애처로움은 아니었다. 배가 고파 우는 어린애에 대한 측은한 그런 감정도 아니었다. 혼자서라도 일을 해서 집안을 지탱해 나가야겠다는 그 굳은 결심에 대한 감동적 애처로움이었다. 그 애처로운 마음으로 그는 영애 곁에까지 갔다.

"조금만 쉬어라. 내가 좀 해 줄게."

물론 끝까지 대신해 줄 수는 없었다. 잠시나마 도와주고 싶었던 것이다.

"괜찮아요."

영애는 사양했다. 그러나 힘에 겨웠던지 갑수에게 일을 내맡겼다. 그렇다고 멍청하니 쉬기만 하는 것은 아니었다. 오 분도 못 되어 빼앗다시피 펌프손잡이를 잡고 갑수를 내밀었다.

갑수는 자기 일 때문에 끝까지 도울 수가 없어서,

"좀 있다가 오이밭에 물을 줄 때는 '다이젠 M45'를 물에 타서 줘라. 그러구 좀 있다가 시내루 가서 오이상자용 나무를 사 오려는데 너희두 필요할 거다. 너의 몫까지 사 오마."

하고 말했다. 며칠 만에 한 번씩 오이를 따면 그것을 나무상자에 넣어 서울로 보내야 하는 것이다. 그 나무상자를 만들기 위해 갑수는 시내 어물시장에 가서 생선 담았던 빈 상자를 사다가 잘라서 채소상자의 규격에 맞도록 만들고 있다.

"전 돈이 없는데요."

영애는 돈걱정이 앞서는 모양이었다.

갑수는 앞으로 영애네가 돈 때문에 많이 걱정하리라고 생각했다. 오이밭에서 수입이 들어온다고 해도 그 돈을 가지고는 병원 입원비를 대는 데도 부족할 것이 뻔했기 때문이었다. 그렇다면 집에서 농사짓는 비용은 무엇으로 댈 것인가?

"걱정 말아. 우선 내가 사 올 테니."

갑수는 앞으로 영애네 영농에 필요한 돈을 전부 자기가 대 준다고 말할 수가 없었다. 아무리 백만규와 가깝게 지내고 있다 해도 그의 살림까지 걱정할 수는 없기 때문이었다. 그러나 이삼 일 내에 오이를 출하하게 되었고 오이를 출하하려면 당장 포장용 상자가 필요하다. 그런데 영애는 그것이 필요한 것인지도 모르고 있다. 그런 애에게 돈을 내야 너의 몫까지 사다 주겠다는 말을 할 수가 없었다. 돈은 다음에 어떻게 하기로 하고, 우선 필요한 물건을 같이 사다가 같이 써야만 했다.

"그래두 돈이 없어서 어떡해요?"

영애는 돈 문제에 걸려 딴 말이 나오지 않는 모양이었다.

"내 돈으루 사 온다니까…… 너 봤겠지만 내일이나 모레쯤이면 오이를 따게 됐을 거다. 포장상자가 없으면 어떻게 출하를 하니?"

영애는 말을 못했다. 그것은 일을 맡고 나서기는 했지만, 모르는 것이 너무 많기 때문에 아득하기만 했기 때문이었으리라.

"그럼 일해라."

갑수는 영애의 마음을 알기 때문에 그미 앞에 오래 있는 것이 그미를 더욱 거북하게 하는 일 같아 자기의 비닐하우스로 와 버렸다.

소독약을 타서 물을 오이밭에 줄 때, 갑수는 영애네가 소독약이나 있는지, 소독약이 있다 해도 영애가 어떤 소독약을 쓰는지, 사용방법을 알고 있을는지를 생각했다. 오늘 처음으로 쓰는 것이 아니니까 약은 가지고 있을지 모르나, 오이가 어렸을 때 주는 약과 성장했을 때 주는 약이 다르다. 그것을 영애가 구별해 쓸 줄 알는지? 모를 것이 분명했다. 갑수는 영애가 물을 다 푼 뒤 가서 약의 분량까지 가르쳐 줘야 한다고 생각했다. 소독약뿐이 아니었다. 앞으로 채소 재배법 전체에 대해서 일러 주고 가르쳐 줘야 한다고 생각했다.

갑수는 정말 그렇게 했다. 자기 밭에 물을 다 주자, 영애네 비닐하우스로 가서 소독약이 있는가 없는가를 알아보았다. 다행히 약은 있었다. 그래서 지금 필요한 약을 골라 물에 탈 분량을 가르쳐 주고는,

"나 이제 시내루 간다."

하고 비닐하우스를 나서려 했다. 그때 영애가,

"아저씨!"

하고 갑수를 불렀다. 그리고는,

"혼자서는 무거우실 텐데……."

하며 갑수를 쳐다봤다. 혼자서는 무거울 테니까 자기도 가서 도와주겠다는 말이리라.

"무겁기는…… 빈 상자들인데…… 걱정 말구 너는 네 일이나 해."

"그래두……."

영애는 미안해서 어쩔 줄을 모르는 듯 얼굴까지 약간 붉혔다.

갑수는 영애의 그런 마음을 알고 달리 더 말을 못하게 비닐하우스를 나와 버렸다. 그리고는 집에 가서 리어카를 끌고 나섰다.

집을 나오기 전에 아내를 불러 비닐하우스의 섬거적을 덮어 주라고 말하려는데 아내가 보이지 않았다. 부엌까지 기웃거렸으나 통 보이지가 않아 옆집에 가서 물었다. 그랬더니 고구마밭에 나갔다는 대답이었다. 자기가 시키지도 않았는데 혼자서 눈치를 채고 일하러 나간 아내에게 고마움을 느끼며, 갑수는 저녁때 들어오면 섬거적을 치도록 말해 달라고 부탁했다.

시오리 길이 넘는 순천까지 그는 혼자서 빈 리어카를 끌고 걷기 시작했다. 한 주일에도 몇 번씩 걸어야 하는 길이다. 그래서 지루하다거나 멀다거나 하는 생각은 없었지만, 이 날은 유달리 발걸음이 가벼움을 느꼈다. 그것은 자기 몸에 겨운 일을 겨운 줄도 모르고 해내려는 영애의 모습이 자꾸만 눈앞에 떠오르기 때문이었다. 나이가 열여덟 살이지만 만으로 치면 열여섯이다. 아직 미숙한 처녀로서 스무 살 지난 남자에게도 볼 수 없는 일에 대한 결의를 보여주고 있다. 신통하다 하지 않을 수 없을 것이다. 그런데다가 미

안해할 줄을 안다. 돈이 없어서 미안해했고, 갑수 혼자에게 영애 자기 일까지 맡기는 것을 미안해했다. 말로 미안해하는 것이 아니라 진심으로 미안해했다. 미안해서 얼굴까지 붉히지 않았는가?

그뿐만도 아니었다. 자기가 집안일을 맡아 나선 것은 부모에 대한 효성 때문이다. 병든 아버지를 생각하고, 아버지를 간호해야 하는 어머니를 생각하기 때문이다. 보통 애 같으면 아버지 병간호를 자기가 맡고 집과 농사일은 어머니에게 시킬 것이다. 그런데도 자기가 맡고 나선 것은 오직 어머니를 생각하는 마음에서일 것이다.

이런 생각을 할 때, 갑수는 영애가 앞으로 무슨 일이든 할 수 있을 것이고, 또 인간적으로도 나무랄 데 없는 여성이 될 것이라고 생각했다.

'아름다운 여성.'

한 마디로 해서 아름다운 여성이라고밖에 말할 수가 없었다.

시장에 가서 생선상자를 리어카에 실을 만큼 샀다. 부피에 비해 무거운 것은 아니지만 그래도 가벼운 것은 아니었다. 그러나 그리 힘든 줄을 몰랐다. 이마에서 땀이 흘렀지만 그것이 힘들어서 나오는 것이라 생각지 않았다. 힘든다는 생각을 안 했을 뿐 아니라, 상자를 가져다가 물로 씻고 톱으로 잘라 다시 못질을 해서 새 상자를 만들 일까지 생각하면서 마치 그런 일들이 즐거움처럼 생각됐다. 아름다운 처녀를 위해 일해 주는 즐거움.

날이 어두워서야 집에 왔지만 피곤한 줄도 몰랐다. 다행히 아내가 애들을 데리고 섬거적을 씌운 뒤 저녁밥까지 지어 놓았기 때문에 금시에 밥을 먹을 수 있었다.

가족들이 전부 모여 밥을 먹기 시작했을 때, 둘째아들 경화가 벙글거리며

"아버지, 우리 토끼 사 왔어요."

하고 말했다.

"아니, 숙미가 산다더니 너는 왜?"

숙미가 제 학비를 내려고 토끼를 기르겠다는 말을 했다는데 불쑥 경화가 토끼를 사 왔다니 어떻게 된 일인지 알 수가 없었다.

"숙미가 한 마리 산다는 말을 듣구 저두 투자해서 두 마리를 사 왔지요."

"그럼 앞으루 너희들 학비는 내가 안 줘두 된다는 거지?"

"암요, 오늘 사 온 호우프는 넉 달 만에 육천 원짜리가 된다니까요. 여섯 달 뒤부터는 학비를 안 주셔두 좋습니다."

"그새 새끼두 날 것 아니냐?"

"물론이죠. 그래서 암컷과 수컷을 한 마리씩 사 왔는걸요."

"어디다 기르니?"

"우선 소 외양간에 놔 뒀어요. 앞으루 집을 따루 질 생각입니다."

"풀은 숙미가 뜯어 오구, 돈은 네가 먹는 게 아니냐?"

갑수는 농담을 하며 껄껄 웃었다.

"그럼 제가 그냥 놔두나요?"

숙미가 웃으며 갑수를 쳐다봤다.

"암, 권리를 빼앗겨서야 쓰나."

그들은 즐겁게 저녁을 먹었다. 밥상을 물리자 갑수가,

"어디 사 온 토끼 구경을 하자."

하며 플래시를 들고 뜰로 나갔다. 플래시를 비추며 소가 누워 있는 외양간으로 가자, 갑수는 끈에 매달린 새까만 물건을 보았다. 주먹보다도 작은 것이 공중에 매달려 있는데 평생 처음 보는 것이었다. 만약 갑수가 여자였다면 깜짝 놀라 뒷걸음쳤을 것이다.

"저게 뭐니?"

플래시의 초점을 그 새까만 물건에 두고 갑수가 물었다.

"쥐를 태운 거예요."

경화가 대답했다.

"그건 뭣 때문에 매달아 놨지?"

"쥐가 토끼 똥구멍을 파 먹는다거든요. 그런데 쥐를 태워 매달아 놓으면 냄새를 맡구 쥐들이 못 온대요."

처음 듣는 말에 갑수는 웃지 않을 수 없었다. 웃으며 플래시 불빛으로 토끼를 찾았다. 소 궁둥이 뒤에 얌전하게 앉아 있는 두 마리의 토끼가 불빛에 놀라지도 않고 눈을 깜박거리고 있었다. 갑수는 토끼를 보며, 저것이 어떻게 육천 원짜리가 될 수 있을까 하고 생각했다.

세상에는 이상한 일도 많다. 아무것도 아닌데 알고 보면 값나가는 것이 있는가 하면, 값나가는 것을 몰라서 이용 못하는 것이 있다.

사료가 따로 필요한 것도 아니다. 가을까지는 들에서 풀을 뜯어다 주고 겨울에는 시래기를 말려 주면 된다.

"몇 마리 더 사다가 기르면 어떻겠니?"

갑수는 욕심을 부렸다. 허망된 욕심이라고는 생각지 않았다.

"두 마리 먹이나 열 마리 먹이나 마찬가진데요, 뭐."

경화는 빙그레 웃었다. 의욕적인 웃음이었다.

"그놈들 잘 생겼는데……."

갑수도 빙그레 웃으며 플래시를 거두었다. 방 안으로 들어오자,

"그놈들 쥐는 어떻게 잡았지?"

갑수가 아내에게 웃으며 물었다.

"그 애들이 쥐를 못 잡아요? 몽둥이루 때려잡습디다."

아내도 만족한 웃음을 웃었다. 아들과 딸의 의욕적인 행동에 만족하지 않을 부모가 어디 있겠는가?

"몇 마리 더 사겠다면 돈을 더 주구료."

애들의 일을 격려해 주고 싶은 갑수였다. 그것은 이익이 눈앞에 보이기 때문만은 아니었다. 석 달인가 넉 달만에 한 번씩 새끼를 낳는 토끼니까 열 마리만 기른다 해도 일 년에 수십 마리가 늘어날 것이니, 그 수입이 클 것이 사실이다. 그리고 가죽보다도 식용으로 쓰이는 토끼라니 판로도 문제없을 것이다. 그러나 이익보다도 애들이 자기 학비를 벌려고 하는 그 마음씨가 고마웠던 것이다. 그런 마음을 가지고 산다면 앞으로 그 애들이 자기들의 생활을 능히 개척해 나갈 것이다. 생활이란 결국 창의적으로 머리를 쓰는 가운데 발전이 있는 법이다.

우리 나라 농민의 결점은 창의력이 없다는 것이다. 창의력을 발휘하여 새로운 농사를 지으려는 노력이 없었기 때문에 언제나 제자리걸음을 했다.

그런데 요즘은 타의든 자의든 창의적인 농사를 짓기 시작하고 있다. 그런

만큼 앞으로는 농민도 희망이 있다고 볼 수 있다. 그런 희망을 갑수는 경화
와 숙미에게서 본 것이다.

　갑수는 흡족한 마음으로,

　"나는 비닐하우스루 간다."

하고 자리에서 일어섰다. 잠자러 가기는 조금 이르다고 생각했지만, 할 일
없이 집에 있고 싶지가 않았다. 그런데 경화가,

　"제가 아버지 대신 자면 안 될까요?"

하고 말했다. 아버지의 수고를 대신하겠다는 말이었다. 갸륵한 마음이라 아
니할 수 없었으나 갑수는 첫마디로 거절했다.

　"넌 공부나 해."

　그러자 아내가,

　"별일두 없을 텐데 하룻밤 재워 보시구료!"

　마치 경화 편을 들듯이 말했다. 갑수는 혼자서 빙그레 웃었다. 아내의 저
의를 짐작하기 때문이었다. 그러나 갑수는,

　"있을지 없을지 어떻게 아나?"

하고 더 말을 못하게 했다.

　경화를 대신 재우거나 아무도 자지 않거나 비닐하우스에 변화가 있으리
라고는 생각지 않았다. 경화가 하룻밤 공부를 안 한다고 해서 학업 성적이
아주 떨어질 것도 아니다. 그러나 공부하는 학생에게 자꾸 일을 시키면 공
부에 취미를 잃게 된다. 경화를 비닐하우스에 내보내어 재우지 않는 이유는
그것일 것이다. 그러나 갑수는 그것보다도 또 다른 이유를 가지고 있었다.
그것은 자신의 문제였다. 오이 옆에서 오이를 보며 오이와 대화를 해야만
하는 자신. 사실 그는 자기가 길러 논 오이를 보는 가운데서 자기를 발견하
는 것 같았다. 오이를 보는 데 살아가는 보람을 느끼기도 했다. 그 오이들과
이야기를 하는 가운데서 자기의 앞길이 내다뵈는 것 같기도 했다. 오이 옆
에서 자면 잠도 잘 오는 것 같았다.

　그는 고집을 부려 비닐하우스로 갔다. 습기에 찬 끈적끈적한 공기가 코를
찔렀으나 그는 끈적끈적한 공기가 오이들을 자라게 하고 있다는 생각에 그

리 싫지가 않았다.

그는 플래시로 오이들을 비쳐보았다. 문안 인사라도 하듯이 한 덩굴 한 덩굴을 비치고 있을 때, 아무 변화도 없는 그들에게 감사하는 마음을 보냈다. 노란 꽃들이 피어 있고, 몇 개의 오이가 매달려 있는 오이덩굴들도 어쩐지 자기를 반겨주는 것 같았다.

그는 자기가 잠자는 거적자리로 와, 옛날 같으면 씨도 뿌리지 않을 때 오이가 열려 있는 사실과 연결시켜 앞으로의 농촌을 생각했다. 앞으로 보를 막고 논의 가뭄을 방지하고, 또 고급채소를 재배하면, 동네는 옛날에 생각도 할 수 없던 변화를 일으킬 것이다. 그리고 창의적인 머리를 쓰면 겨울에도 벼농사를 짓지 않을까 생각했다. 상식적으로 있을 수 없는 일이다. 그러나 옛날 사오월에 오이를 따먹을 수 있다는 것을 생각했을 것인가? 기적이 따로 있는 것이 아니다. 창의적으로 생각해내면 기적은 생기는 법이다.

이런 생각을 하고 있을 때,

"형님 계십니까?"

하며 들어오는 사람이 있었다. 현덕호였다.

"어서 오게."

갑수는 그가 정말 반가웠다. 오래간만에 만나는 사람처럼 반가웠다. 그래서 거적자리나마 앉을 곳을 툭툭 치며 자리를 권했다.

덕호는 권하는 자리로 기어가듯 가서 앉고는 뒤통수를 긁기 시작했다. 갑수는 덕호가 뒤통수 긁는 이유를 알 수 있었다. 사실은 덕호가 그러기를 바랐고, 그러기를 바랐기 때문에 그를 반기었던 것이다. 그러나 갑수는 아무런 눈치도 채지 못한 듯 넌지시,

"그새 별일 없었지?"

하고 지나가는 인사말처럼 물었다.

덕호는 대답 대신 뒤통수를 긁다가 한참 만에야,

"형님 미안해서 어떡허지요?"

마치 죄를 지은 사람처럼 어물거렸다.

"사람두, 무슨 일인데 그런 말부터 하나?"

"다른 게 아니라 제 처 이야긴데, 제가 공연히 경솔하게 형님께 걱정을 끼쳐 드려서……."

"그게 무슨 소린가?"

"알구 보니까 제 처가 이번에는 불미한 행동을 안 한 것 같습니다."

갑수는 자기가 기대했던 것을 덕호가 시원히 말해 주는 데 고마움을 느끼며 자기의 생각을 솔직하게 말했다.

"그래? 사실은 나두 어젯밤 자네 처를 만나 이야기를 들었네. 변명을 하더군. 그렇지만 난 반신반의했지."

"그르셨을 겁니다. 저두 처음에 곧이듣질 않았으니까요."

"그럼, 이제는 의심을 안 한단 말인가?"

"네, 면목 없습니다."

"면목 없기는…… 사실이 아니라면 거기서 더 좋은 일이 어디 있겠나? 그리구 그런 문제는 누가 뭐라든 본인들끼리 합의만 하면 되는 거야. 자네가 자네 처를 의심 안 한다는데 누가 뭐라구 할 건가?"

갑수는 정말 가슴이 개운해짐을 느꼈다. 덕호의 말을 듣고 분개를 해서 동네 사람들을 모아 놓고 덕호 처를 동네서 쫓아내야 한다고 강경한 태도를 보였던 것이지만, 덕호 처가 결백함이 드러나고 동시에 동네가 조용해진다면 거기서 더 바랄 것이 무엇인가? 덕호 처가 미웠던 것도 아니었다. 최기화가 미웠던 것도 아니다. 그들의 행동이 동네의 물을 흐릴까 두려워했을 뿐이었다.

어젯밤 덕호 처가 찾아와서 이야기할 때부터 갑수는 덕호 처의 말이 거짓말이 아니기를 바랐다. 그리고 오늘 아침 이장이 찾아왔을 때도, 이장이 덕호 처의 일이 아무것도 아니라고 말해 주기를 속으로 바랐던 것이다.

그러나 덕호로서는 확실하지 않은 일을 가지고 동네를 떠들썩하게 했던 일에 체통 없는 인간이 되었다는 생각을 안 가질 수 없을 것이다.

"낯을 들구 다닐 수가 없게 됐습니다."

그러한 덕호를 갑수로서 이해해 주지 않을 수 없었다.

"낯을 들구 못 다닐 것두 없어. 사람이란 서루 오해를 하게 마련이야. 그렇지만 그 오해란 자연 풀리게 마련이구, 또 시간이 가면 그런 일을 잊어버리게 되지. 딴 생각 말구 열심히 일이나 하게."

갑수는 말로만 덕호를 덮어 주느니보다 진짜 행동으로 덮어 주는 것이 좋을 것 같아

"내 생각엔 결국 가난에서 온 오해야, 안 그런가? 그러니까 자네가 그 가난에서 빨리 빠져 나와야 해. 가난에서 빠져 나오면 가정불화두 있을 수 없구 오해받을 일두 안 할 거야, 알겠나? 그러니 당장에 내가 하라는 대루 농사법을 개량하게. 다른 것은 차차 이야기하겠지만 우선 고구마를 빨리 육묘하두룩 해. 거기 필요한 비닐은 내가 줄 테니까. 내 하라는 대루만 하면 고구마 수입이 많아질걸세……."

갑수는 작년에 쓰던 비닐을 주리라 생각하며, 고구마 조기재배의 이점을 설명해 주었다. 그리고 앞으로는 고구마뿐 아니라 여러 가지 농사를 새롭게 해 볼 테니까 늘 와서 의논을 하라고 말했다. 그런데도 덕호는,

"고맙기는 하지만 농사를 개량하는 데두 돈이 있어야만 하지 않습니까? 그놈의 돈이 있어야지요……."

그리 탐탁지 않게 말했다.

"돈 있는 사람이 어디 있나? 그래두 의욕만 있으면 일을 하는 거지. 의욕을 갖게. 의욕이 필요한 거야."

"그렁그렁 살다가 죽지요, 뭐."

"우리 나라 농민 대부분이 그런 생각을 갖구 있었기 때문에 계속해서 못 살구 있다구 생각해. 왜 그렁그렁 사나? 조금만 연구해서 농사를 지으면 잘 살 수 있는데……."

"뭐 재미있는 세상이라구요."

갑수는 덕호가 아직도 자기 처의 문제 때문에 가슴이 개운치 않은 것이 아닌가 하고 생각했다.

"자네 처 때문에 기분이 아직 언짢은 건가?"

"기분 나쁠 것 없습니다. 사실이야 예펜네가 오입을 하면 어떻습니까? 그까짓 거!"

말하는 투가 이상했다. 근본적으로 생각이 삐뚤어진 것 같았다.

"요새 무슨 일이 있었나?"

갑수는 무슨 일이 있지 않아 가지고는 그럴 수가 없다는 마음으로 물었다.

"일은 무슨 일이 있겠습니까?"

"아무 일두 없이 그럴 수가 있는가? 이상한데……."

"이상할 것두 없습니다. 그럭저럭 살다가 죽으면 되는 거죠."

말로는 아무 일이 없다고 하면서도 계속 수상한 태도를 보이는 것이 예삿일 같지 않아 갑수는,

"똑바루 말해 봐, 무슨 일인가?"

하고 물었다. 덕호에게 심각한 타격을 준 일이 있다면 6·25 때 이북으로 끌려갔던 그 일이라 생각되었으나 그것을 구체적으로 물어 보기가 힘들었다.

"정말 아무 일두 없습니다."

덕호는 끝내 이야기를 안 할 모양이었다. 도리어 돌아갈 몸짓을 했다.

갑수는 조금 답답했으나, 그냥 돌려 보낼 수는 없다고 생각하며

"어떤 일이 있어두 비관하지는 말게. 내 보기에 자네는 6·25 때 일을 아주 잊지 못하는 것 같은데 그럴 필요가 뭔가? 그 일루 자네한테 무슨 다른 일이 생길 것두 아니구, 또 자네가 살아가는 데 지장될 것두 없을 거야. 그러니까 요는 자네가 그 일을 잊어버리면 된단 말야. 누가 뭐라구 하든 개의치 말구 살란 말야, 알겠나?"

"나두 그렇게 살려구 하구 있습니다. 그렇지만 그걸 아주 잊을 수가 있어야지요. 조금만 이상한 소리를 들어두 내가 죄인 같은 마음이 들어 견딜 수가 있어야지요."

덕호는 결국 갑수의 말에 말려들어 자기의 본심을 털어놓기 시작했다.

"이북에 갔던 것두 강제루 끌려갔던 거구, 남파되어 왔을 때는 자수를 해서 무죄가 됐는데 겁날 것이 뭔가? 국가가 무죄를 인정해 줬는데 그것을 못 잊을 이유가 뭔가? 문제는 자네 마음일 거야. 지난 일을 과거루 돌려 버리구 잊어버리면 되는 거란 말야."

"개인적으루 잘못했던 일이라면 그럴 수가 있을 것 같아요. 그렇지만 국

민적으루 잘못했던 일인 만큼 세상 사람들이 이상한 눈으루 보는 것만 같은
데 잊어버릴 수가 있습니까?"

"이 사람아, 얼마를 이야기해야 알아듣겠나? 자네는 죄 되는 일을 안 했
단 말야. 죄 되는 일을 안 하구두 사람들이 이상한 눈으루 보는 것처럼 생각
하는 것은 자네가 옹졸하기 때문이야. 자네를 의심해야 이상한 눈으루 볼
게 아닌가? 의심하는 사람이 누굴 것 같은가?"

"의심하는 사람은 없지요. 그렇게는 생각하면서두 이상한 눈으루 보는
것 같음을 어떻게 하겠습니까? 아까만 해두 그렇습니다. 형님 댁을 찾아가
며 형팔네의 마당 앞을 지나는데 몇 사람이 웅크리구 앉아 이야기들을 하다
가 나를 보자 갑자기 이야기를 중단하지 않겠어요? 확실히 간첩 이야기를
하구 있었습니다. 간첩이 어떻구 어떻구 하는 말을 먼발치서 들었으니까요.
요 며칠 전 전국적으로 활동하던 간첩단 검거 사건이 있잖았습니까? 그 이
야기들을 하구 있는 모양이었습니다. 그런데 그런 이야기를 하다가 나를 보
구 뚝 끄치는 이유가 뭡니까? 참으루 기분 나빴습니다. 콱 죽어버리구 싶었
습니다."

갑수는 덕호의 마음을 알 수 있었다. 큰 죄가 없으면서도 언제나 불안한
마음을 갖고 사는 것이 덕호의 소극적 성격 때문만은 아니다. 다만 북괴가
아직도 간첩을 남파하면서 6·25와 같은 남침을 계획하고 있기 때문이다.
그 계획을 눈으로 보고 있기 때문에 언제나 불안한 것이다. 한국 안에 덕호
처럼 불안한 마음으로 사는 사람이 얼마나 많은가? 절대로 자기 의사가 아
니면서도 괴뢰군의 강제에 의해 협력했던 죄 없는 사람이 수없이 많을 것이
다. 그 사람들은 똑같이 북괴를 생각할 때마다 몸서리를 칠 것이다.

민족의 운명이라고 말할 수 있는 일이지만, 수많은 민족의 가슴에 못을
박은 북괴들이 남침의 야욕을 버리지 않는 한, 민족의 불안은 사라지지 않
을 것이다.

"덕호, 조금두 걱정하지 마. 동네 사람들이 자네를 보자 이야기를 중단한
것은 자네를 의심하거나 이상한 눈으루 보아서가 아니야. 간첩 이야기를 들
으면 자네가 기분 나빠 할 것 같기 때문이야. 다른 사람보다두 자네가 그런

일에 신경을 더 쓸 것만은 사실이 아니겠나? 그 이상 아무 이유두 없을 거야. 생각해 봐. 무엇을 가지구 자네를 의심하구 또 이상한 눈으루 보겠나? 안 그런가? 생각해 보게."

갑수는 덕호가 마음을 돌릴 수 있도록 충분한 이야기를 해 주었다. 그래도 고개를 숙이고 기운을 잃고 있는 덕호를 보자 그의 어깨를 치면서,

"우리 술이나 한잔 하세."

하고 그의 손목을 잡아끌었다.

덕호는 못 견디는 체하고 따라 일어섰다. 갑수의 말이 옳다고 받아들이는 모양이었다. 안 받아들일 수도 없는 일이었으리라.

갑수는 신작로 가에 있는 동네 유일의 술집으로 걸어가면서도 덕호의 사기를 올려 줄 방법을 생각하다가,

"자네, 틈내서 내 일 좀 도와주게. 시내에 가서 생선상자들을 사다가 오이 출하용 상자를 만드는 일일세. 생선상자가 하나에 백 이십 원인데 그걸 사다가 잘라서 오이상자를 만들어 주면 한 개에 이백 원씩 줌세. 백만규 씨 것하구 같이 쓸 것이니까 유월달까지 사오백 상자는 필요할 걸세. 틈틈이 할 수 있는 일이니까 농사에 지장이 있을 것두 아니구."

하고 말했다. 자기가 할 수도 있는 일이지만 자기는 바쁘다. 앞으로 보를 막는 일이 시작된다면 말할 것도 없지만, 그 일이 아니라도 할 일이 너무나 많다. 그래서 덕호에게 그 일을 맡기고 또 덕호에게 조금의 수입이나마 만들어 주고 싶었던 것이다.

"일부러 나를 생각해서 맡기는 일 아닙니까? 형님이 할 수 있는 일이라면 그냥 하십시오."

덕호는 사양하는 눈치다. 자기를 생각해 주는 것이 미안스러웠기 때문이었으리라.

"자네는 그게 나쁘단 말이야. 설사 자네를 생각해서 맡긴다구 하세. 사양할 필요가 뭔가? 한 개에 칠팔십 원이 남으면 사백 상자래두 삼사만 원 생기지 않나? 그걸루 추수 때까지 쌀이라두 사 먹으문 얼마나 좋은가?"

"고맙긴 합니다만……."

“고맙기는 하지만 어떻다는 말인가? 암말 말구 고맙습니다 그래. 그거면 그뿐이야. 사실은 내가 바빠서 그런 일을 할 수가 없으니까 자네한테 부탁하는 것이지만.”

“바빠두 그거야 못하겠습니까?”

“또 그런 소리. 차차 이야기하겠지만, 난 앞으루 더 바빠질 거야. 이건 정말야. 술 마시며 이야기할게.”

“고맙습니다. 시키는 대루 하겠습니다.”

처음으로 덕호가 솔직하게 대답했다.

“말 잘 했어. 그래서 자네 처가 최기화에게 다시는 돈 빌려 달라는 말을 안 하게 해야 하지 않겠나?”

갑수는 소리를 크게 하여 웃어 가며 말했다.

“잘 알았습니다.”

덕호는 절이라도 하는 태도로 대답했다.

“이 사람아, 농담이야. 설마 자네 처가 다시 그런 일을 하겠나?”

“누가 압니까?”

“아따 이 사람. 자네 처는 사람이 아닌가? 절대루 없네. 굶어 죽어두 다시는 그런 일 안 할 걸세.”

“나두 그렇게 생각하지만 사람의 일을 누가 압니까?”

“자네두 의심이 대단하구만. 자네 처가 지금 몇인가? 참.”

덕호는 대답을 안 했다.

“가난이 싸움이란 말 있잖은가? 가정문제가 가난에서 시작된다는 것은 숨길 수 없는 일야. 그러니까 가난하지 말두룩 해. 요는 가난하지 말아야 해.”

갑수는 술집에서 술을 마시면서도 이야기를 계속했다. 천성태네가 마을에 큰 집을 짓고 와서 살 모양이라는 말에서 시작하여, 그래서 마을사람들이 합심해서 가난 추방을 일으켜야 한다는 이야기를 했다. 그리고 보를 만들어 천수답이 가뭄에도 견딜 수 있게 하고, 한편으로는 동네 전체가 고급 채소를 재배하도록 해 보겠다는 이야기를 했다.

"자네두 협력해야겠네. 보를 막는다는 일이 절대루 쉽지 않으니까 동네 사람 전체가 합심해야 하네. 합심만 하문 각자 전부가 잘 살게 될 거 아닌가?"

덕호는 그 일을 언제부터 시작하느냐고 물었다.

"금년 여름부터 물을 쓰두룩 할 작정이야. 그러니까 내가 안 바쁘겠나?"

"금년부터 동네가 달라지겠군요?"

"그러기를 바라네만……."

"수고하십시오. 형님이 애쓰시면 되겠지요."

그들은 술잔을 주고받으며 담소를 계속했다.

제4장 가난 추방의 길

동네 전체회의가 열렸다. 이장네 안뜰에 멍석을 펴고 칠십여 명의 동네 사람들이 모여 앉았다. 석유등을 빨랫줄에 매달고, 희미한 그 불빛 아래 앉아 있는 사람들 중에는 무슨 일로 모인 줄도 모르고 멍하니 앉아 담배만 빠는 사람이 대부분이었다. 이장이 중요한 일이니까 절대로 빠지는 일이 없이 전부 모이라는 말만을 했으니, 모임의 이유를 아는 사람이 별로 없을 것만은 사실이었다.

회의의 내용을 모르면서도 궁금하지가 않은지, 옆 사람과 이야기를 하는 이도 별로 없었다. 나오라니까 나왔을 뿐 무슨 이야기를 해도 오불관언이란 태도 같았다. 그것도 그럴 만한 일이었다. 이때까지 회의가 없지 않았다. 그러나 농자금을 융자해 준다든가 비료를 배급해 준다는 꽤 중요한 이야기가 나와도 껑충 뛸 만큼 기뻐하지 않는 그들이었다. 탐탁스런 일이 있을 수 없다.

세상에 즐거운 일이 없고 즐거움 없이 살기만 하니 감정이 굳어져 버려 슬픈 일에도 슬퍼할 줄 모른다. 그러니 기대도 희망도 가질 수 없다. 자연 의욕이란 것도 없다.

회의를 하면 회의를 하나보다 하는 식으로 모여 앉은 동네 사람들 앞에 이장이 나섰다. 책상도 없이 동네 사람들 사이에서 불쑥 일어선 이장은 목청을 돋우고,

"여러분, 바쁘신데도 많이 와 주셔서 고맙습니다."

인사말을 한 뒤,

"오늘은 정말 중요한 일을 가지구 의논하려 합니다. 이제 장갑수 어른께서 자세한 말씀을 드리겠습니다만, 우리 동네의 운명을 좌우할 문제입니다. 깊이 생각하셔서 기탄없는 의견들을 말씀해 주시기 바랍니다. 그럼 장갑수 어른께서 구체적인 말씀이 있겠습니다."

하고는 갑수를 일어서게 했다.

모두들 갑수에게 시선을 보냈다. 동네의 운명이 좌우될 이야기라니 들어나 보자는 태도일 것이다.

갑수는 일어서자 청중을 한 번 둘러보았다. 모두가 낯익은 얼굴들이었다. 가난에 쪼들린 힘없는 얼굴들. 영양실조에 걸려 시들시들해진 얼굴 같기도 하다. 그러나 말라 꼬였던 벼 잎사귀가 비를 맞고 다시 성성해지듯, 시원한 비 한 줄기를 퍼부으면 활기를 되찾을 것 같은 얼굴들이었다.

"여러분! 우리 동네는 일제시대에 거지동네라는 말을 들어왔습니다. 나는 그것을 잊을 수가 없었습니다. 지금은 거지동네라고까지는 말할 수 없지만, 잘 사는 동네가 죽순처럼 여기저기서 솟아오르고 있는 이때, 아무 활동도 하지 않고 있으면 결국 다시 거지동네가 되지 않을까 생각했습니다.

일제시대에는 일본인들 때문에 우리가 거지처럼 되었던 것이지만, 지금은 우리를 거지로 만들려는 사람이 없습니다. 우리가 눈을 뜨고 합심해서 일을 하면 얼마든지 부자가 될 수 있습니다.

그러니까 나는 우리 동네가 전체적으로 잘 살도록 해 보자는 것입니다. 세상에 가난하게 살고 싶어할 사람이 어디 있겠습니까? 다만 가난을 뛰어넘을 힘이 부족하고, 환경이 불리해서 어쩔 수 없이 가난을 면치 못하고 있는 것입니다.

그런데 우리 동네로 보면 천수답이 매해다시피 가뭄의 피해를 받고 있습

니다. 이 가뭄의 피해를 막는 것이 가난을 몰아내는 방법이 아닌가 생각합니다. 물이 없는 것은 아닙니다. 바루 논 옆에 물이 흐르고 있습니다. 다만 그것을 끌어올리지를 못할 뿐입니다. 양수기를 사 오던가 무슨 수를 내야 할 것입니다. 그러나 양수기로는 우리 동네 논 전체를 적시기가 매우 힘들 것입니다. 그리고 사용할 때마다 적지 않은 비용이 들 것입니다.

그래서 나는 갯물을 막아 물이 저절로 논에 들어가도록 만들었으면 합니다. 처음에는 경비와 노력이 들 것입니다. 그렇지만 어떻게든 보를 만들어만 노면 평생 우리는 물 걱정을 안 할 것입니다.

그리고 보를 막아 노면 그 뒤에 할 일이 하나 있습니다. 논농사를 지으면서도 할 수 있는 일입니다.

여러분도 백만규와 내가 하고 있는 비닐하우스를 보셨을 것입니다. 일하기가 조금 힘들기는 하지만 채소를 조기재배하면 백 평에 십이삼만 원의 수입을 올릴 수 있습니다. 그것을 끝내고 그 자리에 벼를 심을 수 있으니 가외의 수입이 아니겠습니까? 보를 만들어 물을 끌어들이기만 하면 우리 동네 사람 전체가 예년에 비해 이삼십만 원의 수입을 올릴 수 있지 않겠습니까? 이건 내가 직접 해 본 일이니까 절대 거짓말이 아닙니다.

어떻습니까? 우리 동네를 가난에서 해방시켜 보실 생각이 없습니까? 좀 더 잘 살아보실 생각은 없으십니까? 만약 여러분들이 승낙해 주신다면 취진 위원회 같은 것을 만들어 적극적으로 일해 볼 생각입니다. 여러분들의 의견을 말씀해 주십시오.”

꽤 길게 이야기를 했지만 청중들은 끝까지 조용하게 듣고 있었다. 그리고 갑수가 자리에 앉자, 모든 사람들이 자기들 옆 사람과 열심히 무엇인가를 숙덕거렸다. 오불관언의 태도가 아님이 분명했다.

이장이 일어서서,

“자세한 말씀을 들으셨으니까 의견들을 말씀해 주십시오.”

하고 말할 때는 손을 드는 사람이 제법 많았다.

이장은 그 중 나이가 많은 사람을 골라 발언을 시켰다.

“옳은 말이라구 생각합니다. 우리 동네 사람이 어디 나쁜가요? 나쁜 사람은 .하나두 없습니다. 그러니까 마땅히 잘 살아야지요. 잘 살아보두룩 합시다. 나는 장갑수 선생의 말씀에 절대루 찬성합니다."

육십이 넘은 노인은 갑수의 말에 찬성한다는 말을 하고 자리에 앉았다.

이장이 두 번째로 지목한 사람은 말깨나 하는 김기웅이었다. 그는,

"장갑수 선생의 말씀에 감사를 드립니다. 우리두 잘 살아야 합니다. 그러기 위해 보를 막아야 한다는 데 반대할 사람은 하나도 없으리라 생각합니다. 다만 문제는 어떻게 해서 보를 만드느냐 하는 것입니다. 비용이 얼마나 들며 그 비용을 어떻게 만드느냐 하는 것을 구체적으로 말씀해 주시기 바랍니다."

중대한 발언을 한 것처럼 청중을 둘러보며 자리에 앉았다.

이 질문에 대한 대답을 해야 할 것 같아 이장이 갑수를 보며 일어서기를 요구하려 할 때였다. 어떤 젊은 사람이 손을 번쩍 들고는 불쑥 일어섰다.

"참 좋은 생각이라구 생각합니다. 취지에 전적으루 찬성합니다. 그러나 우리 동네의 역사가 생긴 후 이때까지 그 보를 막아야 한다구 생각해 보지 않은 사람이 없었을 겁니다. 생각은 하면서도 이때까지 보를 막지 못한 것은 그 사업이 우리 동네의 힘에 벅차기 때문이었습니다. 앞으루두 그럴 것입니다. 불가능한 일인 줄 알면서두 사업을 시작한다는 것은 공연히 동민의 재력과 인력을 소모하는 일이 됩니다. 일부 인사의 허영으루 사업을 취진시키다가 힘의 부족으루 중단시킬 때, 동네 사람들이 어떻게 될 것임을 생각해야 할 것입니다. 목적이 좋다고 경솔하게 찬동해서는 안 됩니다. 신중히 생각해서 결정하시기 바랍니다."

동네에 있는 기독교회의 장로인 황대우의 아들 황길하였다. 서울 가서 고등학교까지 졸업하고 내려온 이 젊은 사람의 말은 이론이 정연했다. 침착한 태도로 동네 전체를 걱정하는 그 발언에 청중은 갑수의 말 이상으로 숙연해지기도 했다. 모두가 조용하고 있을 때, 어떤 젊은 사람이 손을 들고 발언을 구한 뒤 일어섰다.

"길하의 말이 옳다구 생각합니다. 위험한 일을 하기보다는 현상 유지를 하는 것이 좋습니다. 만약 돈을 거두어 일을 시작했다가 실패한다면 우리

동네는 다시 거지 촌이 되구 말 것입니다. 현재 우리는 가난합니다. 그렇지만 굶지는 않구 있습니다. 굶지 않구 있다는 것만으루 만족해야 한다구 생각합니다. 뭣 때문에 우리가 굶어야 합니까?"

이 말을 듣자 갑수는 참을 수가 없었다. 발언하고 싶은 사람들에게 전부 발언하도록 한 뒤 일어서는 것이 순서일지 모르지만, 갑수는 그때까지 참고 있을 수가 없었다. 더구나 황길하가 일부 인사의 허영 운운한 말은 직접 자기를 두고 한 말이다. 모욕적인 말이라고 생각했다. 그리고 두 번째 청년이 마을을 거지 촌으로 만드는 일이라고 한 데 대해서도 분노 같은 것을 느꼈다.

거지동네가 안 되도록 가난을 추방하려고 생각해낸 계획을 가지고 거지촌을 만드는 일이라고 말하다니…….

갑수는 손을 번쩍 들고 일어섰다. 일어서서 청중을 한 바퀴 둘러보았다. 엇갈린 두 의견에 당황하고 있는 듯한 청중들이었다. 어떤 것이 과연 자기들의 이익이 될 것인지 망설이고 있는 것 같았다.

그러한 청중들에게 자기가 흥분을 보인다면 동네 사람을 두 파로 갈라놓을 위험성이 있다고 생각했다. 냉정하게 청중들을 납득시켜야 한다고 생각했다. 그래서,

"여러분!"

하고 침착한 태도로 청중을 내려다보며 말을 시작했다.

"지금 두 젊은이가 한 말 옳다구 생각합니다. 잘못하다가 일이 실패되어 우리 동네가 거지 촌이 될 수두 있습니다. 그러니까 거지 촌이 되기보다는 현상유지를 하는 것이 좋겠지요.

그런데 한 가지 생각할 것이 있습니다. 이때까지 필요루 느끼면서두 보를 막지 못한 이유입니다. 첫째는 동네의 재력이 부족했기 때문이었습니다. 둘째는 동네 사람들이 절대로 필요하다는 것을 느끼면서두 죽어두 해 보자는 의지가 부족했기 때문이었습니다.

지금두 우리 동네의 재력은 미약합니다. 그러나 옛날과 달리 정부에서 중농정책을 쓰구 있습니다. 노인의 절실한 요구에 지원을 해 주구 있습니다.

물론 지원을 해 준다구 해두 그냥 주는 것은 아닙니다. 그렇지만 보를 막음으로써 수입이 높아지면 그때 가서 갚을 수가 있다구 생각합니다.

그리구 결사적으루 해야 한다는 마음을 다 같이 가지구 나간다면 세상에 불가능한 일이 없을 것입니다. 예전에는 우리 동네사람들이 그런 결심을 가지지 못했던 것입니다. 그것은 우리 나라 농민의 전부가 그랬듯이, 가난한 대루 현상유지를 하려는 마음만 가지구 있었기 때문이었습니다.

지금 두 젊은이의 말이 옳다구 해두, 내가 섭섭하게 생각한 것은 늙은이가 아닌 젊은이가 옛날 늙은이들 같은 생각을 가지고 있다는 점입니다. 지금은 옛날과 달리 머리를 써 가며 과학적으루 농사를 져야 합니다. 한 번 실패를 하면 두 번 세 번 거듭해서라도 성공을 해야 합니다. 위험하다구 현상유지만 한다면 우리 농촌이 언제 발전하겠습니까?

나는 우리가 한 마음으루 단결하여 성공시켜야 한다는 의지만 가진다면 절대루 실패하지 않구 성공한다구 생각합니다. 보를 막는 데는 시멘트 같은 자재가 필요합니다. 그런 돈은 융통되리라구 생각합니다. 가장 중요한 것은 인력인데, 우리가 손수 나가서 다 같이 일을 한다면 인력 문제두 자연 해결되리라 생각합니다. 나는, 그런 일 할 수 없다면서 뒤로 빼는 사람이 많게 되면 이 일은 실패루 돌아갈 것이 뻔한 일입니다. 그렇지만 우리 일이니 우리가 해야 한다는 마음만 다 같이 먹는다면 절대루 실패하지 않으리라구 생각합니다.

천수답 전체에 봇물을 댈 수 있다는 것을 생각해 보십시오. 그리구 그 논에 고급채소를 심는다구 생각해 보십시오. 그렇게 되면 한 논에 이모작을 하게 되는 겁니다. 수입이 얼마나 증가될 것입니까? 하루빨리 수입을 올려 우리 동네에두 전깃불이 들어오두룩 하십시다. 라디오두 사구 텔레비전두 삽시다. 저는 그런 날이 멀지 않으리라 생각합니다."

갑수는 자기가 할 말을 다했다고 생각하며 자리에 앉았다. 동네 사람들의 마음도 자기 마음과 가까워졌으리라 생각했다. 그런데 황길하가 재빠르게 일어났다.

"전깃불을 싫어할 사람이 누구고 텔레비전 싫어할 사람이 누구겠습니까?

그렇지만 분수에 넘치는 걸 바라는 건 허영입니다. 고급채소를 재배하며 수입이 크다는 것두 다 알구 있는 일입니다. 그렇지만 그걸 할 돈이 어디 있습니까? 기술을 가진 사람이 누굽니까? 자기가 한다구 남을 끌어들이려는 것은 동업자를 만들어 자기가 이익을 더 보겠다는 마음입니다. 보를 만들어 물을 끌어댈 때 맨 먼저 이익을 볼 사람이 누구겠습니까? 자기의 이익을 위해 동네 사람의 희생을 요구하는 것은 있을 수 없는 일입니다.”

갑수는 치가 떨렸다. 자기가 자기의 이익을 위해 동네 사람들을 희생시키려고 한다니, 이건 사람을 모함해도 너무 심한 모함이다. 갑수는 참을 수가 없어서 다시 일어서려 했다. 그런데 갑수보다 먼저 덕호가 일어났다.

“길하는 갑수 형이 자기 이익을 위해 보를 만들려는 것처럼 말했지만, 그건 오해라구 생각합니다. 갑수 형은 현재 보가 없어두 고급채소를 재배하구 있습니다. 어떤 감정이 있어서 그런 말을 하는지 모르지만, 개인의 감정을 가지구 전체의 일을 망치게 해서는 안 된다구 생각합니다.”

덕호에 이어서 김기웅이 일어섰다.

“고급채소는 재배를 하든 말든 둘째 문젭니다. 동네 천수답에 봇물을 끌어대는 것은 절대 필요한 일이 아닙니까? 절대 필요한 일을 하면 됐지, 어떤 개인의 이익을 생각하며 반대할 필요는 조금두 없습니다. 하기 싫으면 가만있을 것이지 반대하고 나설 필요가 뭡니까? 빨리 추진위원회를 만들어 일을 진행합시다.”

기웅의 말이 끝나자 또 황길하가 일어섰다. 그러나 기웅이가,

“애! 넌 뭣 때문에 동네일에 방해를 놓니? 어디가 근지러워서 그러는 거야?”

하고 개인적인 공격을 했다.

“내가 동네일에 방해한다구요? 동네를 걱정해서 하는 말입니다. 절대루 오해 마십시오. 동네가 잘못될까 봐 가만히 있을 수가 없는 겁니다.”

“이 새끼, 까불지 마. 네가 언제부터 동네 걱정을 그렇게 했니?”

공기가 험악했다. 기웅이와 황길하는 주먹다짐이 나올 기세였다. 그때 이장이,

"조용들 하십시오. 다 동네를 위해서 하는 말이지만, 어떤 것이 정말 동네를 위하는 길인지는 각자가 생각해야 할 것입니다. 나는 갑수 아저씨가 절대루 자기 개인의 이익을 생각하여 보를 만들자구 한 것은 아니라구 생각합니다. 그러니까 잘 생각해서 결정지읍시다. 민주주의 시대니까 민주주의 방식대루 거수해서 결정하는 것이 좋을 것 같은데 어떻습니까?"
하고 제의했다.

갑수는 절대로 묵과할 수 없는 일이라 생각하고 일어섰다.

"민주주의 방식두 좋습니다. 그렇지만 동네 사람 전체가 손을 맞잡아야 할 일에 한 사람이라두 반대를 하구 나서면 일이 안 됩니다. 황길하가 어떤 근거에서 내가 내 개인의 이익을 위해 보 막는 일을 계획했다구 하는지는 모르지만, 동네에 길하처럼 나를 보는 사람이 또 있다면 나는 맨 처음 발언했던 내 말을 취소하겠습니다. 그리구 앞으루 보를 막자는 말을 다시는 꺼내지 않겠습니다."

그러나 기웅이가 일어서서, 한 사람이 그러한 말을 했다고 해서 일을 중단시킬 필요가 없다고 말했다. 덕호도 그런 말을 했다. 나이 든 사람들은 일어서지는 않았지만 앉은 채 황길하에게 불평의 말을 터뜨렸다.

마당 안이 소란했다.

갑수는 황길하가 자기에게 무슨 감정이 있을까를 생각했다. 서울서 내려와 하는 일 없이 빈둥거리고 있는 사람이다. 아버지가 다니는 교회에나 나가고, 농사일이라고는 손에도 대 보지 않고 있다. 자기 아버지도 그렇다. 땅을 좀 가지고 있는데다 교회 장로여서 동네 사람과 별로 접촉을 안 한다. 갑수하고도 아무런 이해관계가 없다. 말하자면 그 부자 두 사람이 갑수와 아무런 접촉 없이 지냈다. 그런데 감정이 있을 수가 있는가? 더구나 스물 두어서넛밖에 안 되는 길하가 동네 사람 전부가 모여 있는 자리에서 자기를 모함하다니…….

그런 인간이 하나만 있어도 일하는 데 거추장스러울 것이 사실이다. 더구나 젊은 패들을 충동질할지도 모른다.

갑수는 동네 사람들이 어떻게 결정짓든 자기는 손을 떼리라 생각했다. 자기가 없다고 해서 일을 못한다는 법도 없다.

흥미를 잃고 멍하니 앉아 있을 때 김기웅이,

"갑수 아저씨가 손을 떼시겠다구 하셨는데, 만약 그렇게 된다면 일은 허사가 됩니다. 무슨 일에든 앞장을 서구 또 책임을 맡는 분이 있어야 하는 겁니다. 만약 갑수 아저씨가 손을 뗀다면 그 일을 누가 맡아 하겠습니까? 그러니까 우선 갑수 아저씨가 마음을 돌려 주셔야 한다구 생각합니다."

하고 말했다. 그러자 여기저기서 똑같은 말들을 했다.

"젊은 사람의 말을 듣구 마음이 변해서 되나?"

"보만 만들면 나두 비닐하우스를 만들겠네."

이것은 육십이 넘은 노인들의 말이었다.

"갑수 형님, 아무 생각 말구 일해 주십시오. 만약 이번에 보를 막지 못한다면 우리 동네는 언제까지나 가난하게 살게 될 겁니다. 언제 다시 보를 막을 수 있겠습니까?"

덕호가 갑수를 보며 말했다. 그러자 이장도,

"갑수 아저씨가 손을 떼신다면 일은 안 됩니다. 이렇다 저렇다 말할 것두 없습니다. 그러니까 갑수 아저씨가 분명히 말씀하셔야 합니다. 안 그렇습니까?"

하고 갑수에게 말했다.

갑수는 난처했다. 한 번 손을 뗀다고 한 말을 그 자리에서 번복시키기가 힘들었던 것이다. 체면도 체면이지만 마음이 내키지 않았던 것이다. 그러나 자기가 생각했던 것이 자기 개인을 위해서가 아니라 어디까지나 동네를 위했던 것인 만큼, 젊은 애 하나로 그 뜻을 꺾는다는 것이 도리어 체통 없는 일이라 생각되었다. 설사 일이 실패하여 자기가 동네에서 쫓겨나는 한이 있다 해도 일을 해야지 않을까 하는 생각이었다. 그래서,

"내가 내 개인의 이익을 위해 보를 막자고 했다면 나는 성을 갈겠습니다. 이것만은 분명히 해 두겠습니다. 만약 여러분이 털끝만큼도 나를 그런 눈으로 보신다면 정말 나는 손을 뗄 수밖에 없습니다."

자기의 심정을 말했다.

“그렇게 생각할 사람이 어디 있겠소.”

“절대루 그렇게는 생각지 않을 겁니다.”

“그런 말 하는 사람이 있다면 우리가 다 같이 제재를 가합시다.”

이런 말들이 오고가고 하자 이장이,

“아까는 기분이 상하셔서 그런 말씀을 했을 겁니다. 앞으루 제가 갑수 아저씨에게 따루 간청하겠으니까 그 문제는 그쯤 해 두구 이젠 가결을 하십시다. 보를 막을 것인가 아닌가? 어떻습니까?”

하고 말했다.

모두 찬성이라고 했다. 그래서 거수로 결정짓기로 했다.

“보를 빨리 막자는 분 손들어 주십시오.”

그러자 모두들 손을 들기 시작했다. 전체가 손을 든 것 같았다. 그러나 형식상 이장은,

“이번에는 반대하는 분 손 드십시오.”

하고 말했다. 이때 손을 든 사람은 오직 황길하 하나뿐이었다. 벼포기 사이에 키 큰 피 한 포기가 유난히 눈에 띄는 것 같은 광경이었다.

일단 결정을 내리자 다음에는 추진위원을 뽑기 시작했다. 모두가, 그런 것은 이장이 지명하는 법이 아니냐면서 이장에게 일임했다. 이장은 갑수와 의논을 한 뒤, 추진위원 다섯 명의 명단을 발표했다. 갑수, 이장, 김기웅 그리고 동네 어른 두 명이었다. 이 명단을 발표하자 마당은 박수소리로 파묻혔다.

이렇게 일이 다 결정났지만 갑수는 역시 찜찜했다. 길을 걸을 때나 잠을 잘 때나 그 황길하의 얼굴이 자꾸만 눈앞에 떠올랐던 것이다. 고약한 놈, 아무런 감정이 없는데도 사람들 앞에서 나를 협잡꾼으로 몰다니…… 아무리 생각을 해도 분하고 어처구니가 없었다.

그놈을 어떻게 해야 시원할까? 아무래도 그냥 둘 수는 없을 것 같았다. 그 아버지를 찾아가 자식을 어떻게 교육시켰기에 그러냐고 야단을 쳐주고도 싶었다. 그러나 그럴수록 동네가 소란스러울 뿐 시원할 것이 없을 것 같았다.

요즘 젊은 사람은 반항하기를 좋아한다. 좋은 일에든 나쁜 일에든 반항을 해야만 생존 가치를 느낀다. 반항하는 것이 곧 젊은이의 특권으로 생각한다. 그러니까 반항적이라는 것은 황길하 하나만에 국한될 일이 아니다. 더구나 황길하는 아무 일도 하지 않고 있다. 아무도 자기를 인정해 주지 않는다. 그러니까 그런 데서라도 자기의 존재를 보이려고 했을 것이다.

말하자면 갑수는 황길하에 대해 그 이상 신경을 쓰지 않기로 했다.

다음날 이장이 찾아와, 그런 공사에 약간 경험이 있는 사람이 이동주란 말을 했다. 그래서 둘이서 이동주를 찾아갔지만 이동주는 일제시대에 공사판으로 다니며 노동을 했을 뿐 별다른 경험이 없다고 사양의 말을 했다. 그렇지만 공사하는 것을 많이 보았을 테니 별 기술이 필요치 않는 보 막는 일이야 못하겠느냐고 설득을 시켰다. 그래서 세 사람이 현장에 가서 보 막을 장소를 우선 결정했는데, 동주가 적당한 장소라고 말하는 곳이 전날 갑수와 이장이 눈어림으로 정한 곳과 거의 일치했다. 그 장소를 정하자, 자재비와 공사비에 대한 동주의 의견을 물었다. 그때 동주는 시멘트가 약 오륙백 포대가 필요할 것 같다고 했고, 노동력은 도합 천오백 명이 필요할 것 같다고 말했다. 그래서 갑수와 이장은 시멘트 값과 품값을 돈으로 계산해 보았다. 시멘트 한 포대 삼백 원을 잡는다면 십오만 원이다. 이것은 현금을 안 주면 안 될 것이다. 그러나 품값은 동네 사람들의 부역으로 충당하면 현금이 하나도 들지 않을 것이다. 그러나 천오백 명을 동원하려면 팔십 호 가구가 한 집에 이십 일씩 동원돼야 한다. 그것이 가능할까? 이제부터 농번기라고 말할 수 있는데 농사를 중단하고 공사에 나올 사람이 과연 있을까? 설사 농번기가 아니라 해도 개인의 일이 아닌 일에 이십 일씩이나 나와 줄 사람이 있을까?

갑수는 문득 황길하를 생각했다. 무리한 동원에 쌍심지를 켜고 나설 것이다. 그렇게 되면 동네가 이해관계를 가지고 분열될 것이 분명하다.

"의무적으루 나올 날을 정하구, 그 밖에 나오는 사람에게는 임금을 주기루 하지."

이장과 동주는 그것이 좋은 생각이라고 찬성했다. 그러나 의무적으로 나와야 할 날짜를 며칠로 해야 할 것이냐는 것과, 과외로 나오는 사람에 대한 일당 임금을 얼마로 하느냐에 대해서는 의견이 합치되지 않았다. 그래서 갑수는,

"그 문제는 추진위원회에서 우선 결정하구, 그 다음에 마을 전체회의를 열어 동네 사람들의 의견을 듣기루 하지."

하고 말했다. 그러는 것이 원칙이고, 그래야만 동네에 말썽이 일어나지 않을 것 같아 두 사람은 갑수의 말에 찬동했다.

그래서 세 사람은 그 날 밤으로 추진위원들을 소집하기로 하고 그때는 동주도 참석할 것으로 결정지은 뒤 헤어졌다.

갑수는 집에 돌아와 어제 사 온 생선상자를 톱으로 잘라 오이상자를 만들기 시작했다. 상자를 두 개쯤 만들었을 때 현덕호가 찾아왔다. 그가 와서 갑수를 보자, 상자 만드는 일을 자기가 하겠다고 말했다.

"아니야, 자네는 우리 밭에 가 봐. 거기서 아내가 지금 고구마를 심구 있을 테니까 잘 보란 말이야, 고구마를 다 심으면 비닐루 터널을 만들면 되니까 힘들 것 하나두 없어. 비닐은 작년에 쓰던 헌 것이 얼마든지 있으니까 가져다 쓰구."

그래도 덕호는 우선 상자를 만들고도 밭에 나갈 수 있다면서 갑수의 일을 도우려 했다.

"다음부터 만들 것은 자네가 책임지기루 했으니 그때나 만들어, 이건 내가 만들 테니까."

갑수는 덕호의 손 도움을 굳이 사양했다. 그것은 자기가 덕호에게 어떤 도움을 주고 그 대신 일을 시킨다는 것이 싫었기 때문이었다. 비록 덕호가 손이 비어서 잠시 도와주겠다는 순수한 마음에서라 해도 갑수는 그것을 받아들이기가 싫었다. 덕호가 일을 해 준다는 것은 고마움에 대한 보수라고 생각되기 때문이었다.

갑수는 영애를 돕는다든가 덕호를 돕는 것이 보수를 받기 위함이 아니라고 속으로 다짐했다. 만약 털끝만큼이라도 그런 생각을 가졌다면 앞으로 그들을 만나지도 말아야 한다고 생각했다. 더구나 동네를 위한 마음도 그렇다.

동네를 위해 일을 하고 그 뒤 어떤 보수를 바라는 마음이 있다면 아예 동네 운운의 말도 꺼내지 말아야 한다고 생각했다. 동네를 위한 체하고 속마음으로 보수를 계산하고 있다면 그것은 보수를 표면에 내세우고 일하는 것만 같지 못하다. 갑수는 정말 자기가 동네를 생각하면서 일하려고 하는 마음에 조금도 협잡도 끼어 있지 않다는 것을 자신했다. 그리고 동네가 잘 되는 경우에도 동네를 업고 어떤 소득을 바라서는 안 된다고 생각했다. 조금만이라도 불순한 마음이 생긴다면 자기는 동네를 위한 일에서도 손을 떼야 한다고 생각했다.

갑수가 굳이 사양을 하자 덕호는 도리어 무안한 듯, 그럼 밭에나 가겠다고 대문께로 나가려고 할 때, 갑수는 그를 도로 불러들였다.

"자네, 고구마밭을 일굴 때 한 이랑쯤 더 일구어 호박을 심어 보게. 그것 두 비닐을 씌워서 기르면 남보다 일찍 딸 수 있을 걸세. 팔기는 문제가 없을 테니까 한 번 해 봐."

갑수는 평소에 생각했던 것을 이야기해 주었다. 비닐하우스처럼 일찍 재배해서 일찍 수확을 하지 못한다 해도, 그래도 재래식보다는 일찍 수확할 수 있는 방법이다. 무엇이나 남보다 조금이라도 빨리 수확을 하면 그만큼 수입이 많아질 것이다.

"참, 그것두 좋겠군요."

덕호는 눈이 틔는 것처럼 말했다.

남들이 하는 것을 보고도 눈이 틔지 않아 못하는 경우가 많다. 조금만 부지런하고 조금만 돈을 들여 비닐을 사면 되는데도 못하는 것은 결국 농사에 눈이 틔지 않았기 때문이다.

"그거 할 비닐두 내가 줌세."

갑수는 청하지도 않은 것을 준다고 말했다. 비록 비닐하우스에서 일 년 쓴 것이라 해도 그중 상하지 않은 것은 얼마를 두어도 썩지가 않는다. 언제든지 사용할 수가 있는 것이다. 그러나 아무 값도 받지 않고 자진해서 주려는 것은, 오직 덕호가 조금이라도 살 수 있는 길을 만들어 주고 싶은 일념 때문이었다. 먹고사는 데 걱정이 없게 되면 집안이 평화스러울 것이 아니겠는가?

"신세를 자꾸 지면 어떡합니까?"

덕호는 덕호대로 미안할 것이다.

"신세라구 생각 말구 자네 살 길이나 생각해. 무어든지 자꾸 생각을 해서 돈 생길 일을 만들란 말야, 알겠나?"

"알겠습니다."

덕호는 할 말이 없을 것이었다 할 말이 없을 뿐 아니라 이때까지 정말 아무런 생각 없이 농사 지어 온 자기를 민망스레 생각했을 것이다. 조금만 머리를 써서 해 보겠다는 생각을 가졌다면 좀더 살 길이 있었을 것이 아니겠는가? 덕호는 진심으로 새로운 농사법을 배워야겠다고 생각했다. 그래서 약간 부푼 가슴을 안고 들로 나갔다.

덕호가 나간 지 얼마 안 있어서 영애가 찾아왔다.

"내일쯤 광주엘 갔다 올까 하는데 그래두 될까요?"

비닐하우스를 비우고 갔다 와도 괜찮겠느냐는 물음이었다.

"가야 할 일이 있니?"

갑수는 일손을 멈추고 물었다.

"돈이 왕창 든대요. 그래서 오늘 빚을 얻어가지구 가는 거예요."

"네가 빚을 얻었어?"

"그럼 어떡해요? 황 장로님한테 가서 빌렸어요."

"그 분이 빌려 주셨어?"

갑수는 황길하의 아버지가 어린 영애를 상대로 돈을 빌려 준 데 약간의 의심을 품으며 물었다.

"어머니가 같은 교회에 나가구 계시잖아요? 그리고 담보물을 맡겼는데요."

갑수는 황 장로가 어린 영애에게라도 돈을 빌려 줄 수 있었을 것이라고 생각했다.

"얼마나 빌렸는데?"

"십만 원에요."

"십만 원?"

"어머니가 그렇게 말씀하셨어요."

갑수가 남의 일에 무엇이라고 말하겠는가? 비록 병원에서 쓰는 돈이라 해도, 십만 원이란 너무나 큰돈이다. 며칠 전에도 영애가 돈을 가지고 가지 않았던가?

"내일은 오이를 따야 할 텐데 내일 중으로 올 수 있겠니?"

"와야지요."

"그럼 다녀오너라. 비닐하우스의 섬거적은 늬 일꾼 하구 내가 맡아서 해 줄게."

"미안해요, 아저씨. 정말 미안해요."

영애는 미안해서 어쩔 줄을 몰라 했다. 빨리 갔다 와야 할 텐데도 발이 떨어지지 않는지 머뭇거리기만 했다.

"걱정 말구 갔다 와."

그래서 영애를 보냈지만, 갑수는 영애가 불쌍하게 보여 한참 동안 멍하니 서 있었다. 어린 나이에 일 걱정, 게다가 돈걱정까지 해야 한다. 빚을 어떻게 갚을 것이며, 빚을 갚는다 해도 농사자금은 어떻게 마련할 것인가? 남의 일인데도 갑수는 남의 일 같지 않게 걱정을 했다.

걱정해야 소용없는 일인데도 걱정이 되는 것은 성격 탓일까? 갑수는 백만규가 입원하고 있는 광주 병원에도 한 번 가야 한다고 생각했다. 가깝게 지내던 친구가 죽음을 앞에 놓고 입원해 있는데, 바쁘다고 해서 문병 한 번 안 가서야 말이 되는가? 동네에 자기 말고 문병 갈 만한 사람도 없다. 자기처럼 가깝게 지내던 사람도 없지만, 여비를 쓰며 갈 만큼 여유 있는 사람도 없다.

갑수는 생각했다. 동네가 조금 넉넉해지면 동네 공동자금을 만들어, 이런 경우 그 자금 속에서 입원비를 약간이라도 보태 주면 얼마나 좋을까 하고. 가난하면 인정도 없어진다고 하지만 최소한도의 인정은 가지고 살아야 할 것이 아닌가?

농촌이 좋다는 것은 그래도 소박하나마 인정이 남아 있기 때문이다. 그

소박한 인정마저 가난에 쫓겨 자취를 감춘다면 무엇을 가지고 농촌이 좋다는 말을 할 수 있겠는가?

인정이 있는 농촌……

갑수는 문득 일제시대를 생각했다. 비교할 수 없을 만큼 가난한 그때에도 경사나 상가가 있을 때는 달걀 꾸러미나 깨 한 되라도 가지고 찾아가곤 했다. 없으면 없는 대로 인정을 나누었던 것이다.

그런데 그때보다는 여유 있게 산다고 할 수 있는 이때 인심이 왜 더 각박해졌을까?

인정이 없어진 것은 반드시 가난 때문만이 아니란 생각이 들었다. 그러면 무슨 이유로 일제시대보다도 인정이 야박해졌을까?

일제시대에는 왜적의 압박을 방어하기 위해서 인정으로 뭉쳤을는지 모른다. 인정 이외에 달리 믿을 것이 없었을 것이니까?

그러면 지금은 왜적이 물러가 인정으로 뭉칠 필요가 없기 때문이란 말인가?

왜적이 물러갔다 해도 인정으로 뭉치면 더욱 다정하게 살 수가 있을 텐데……

결국 갑수는 인정이 없어져 가고 있는 이유를 밝힐 수가 없다고 생각했다.

그런데 학교에 갔다가 온 경화와 숙미가 옷을 갈아입기가 바쁘게 뜰로 나와 집안에 있는 나무들을 여기저기서 주워 왔다. 통나무나 각목을 있는 대로 주워 오는 데 숙미가 경화에게 절대로 지지 않았다.

"뭘들 하는 거냐?"

갑수가 물었을 때, 두 애는 똑같이 토끼집을 짓는다고 대답했다. 학교에서 돌아오면서 의논을 했던 모양이었다. 그들은 갑수가 쓰는 톱을 가져다가 나무를 자르고 못질을 하여 저녁 전에 토끼가 두 마리씩 들어갈 수 있는 칸이 세 개 연결된 토끼집 두 채를 만들어 놓았다.

그것을 보자, 갑수는 협동이란 것을 생각했다. 숙미가 비록 여자라 해도 경화에게 협력을 했기 때문에 토끼장이 빨리 만들어진 것이다.

그래서 갑수는, 같은 목표를 가지고 일을 하면 자연 협동을 할 수 있고, 협동을 하면 일이 잘 될 뿐 아니라 같이 걱정하고 같이 즐길 수 있는 것이라 생각했다. 같이 걱정하고 같이 즐기게 되면 그것이 곧 인정의 발로가 아닐까?

지금 농촌에는 공동목표의 일이 없다. 그래서 각기 자기 개인만을 생각하게 되었다.

그런 만큼, 갑수는 동네의 공동목표가 생긴 이상 동네 사람들은 협동할 것이고, 협동을 하면 자연 인정도 되살아날 것이라 생각했다.

"너희들 비닐하우스에 가서 섬거적을 덮어라. 나는 딴 일이 좀 있다."

갑수가 말했을 때, 두 애가 또 똑같이,

"토끼풀을 뜯어 와야지요."

토끼에 넋을 읽은 것처럼 말했다.

"토끼풀은 혼자 뜯어두 되지 않니? 그러니까 경화가 고구마밭에 가서 어머니를 모시구 섬거적을 좀 덮어라."

일을 분담시킨 뒤 갑수는 영애네 비닐하우스로 나갔다. 영애네 일꾼이 자기를 기다리고 있는지, 비닐하우스 앞에서 담배를 피우고 있었다.

곧 섬거적을 덮기 시작했다. 갑수는 아래서 올려주고 영애네 일꾼은 위에서 받아 반대편 지붕까지 덮었다. 약 이십 미터나 되는 섬거적을 양쪽 지붕에 백 개 정도 덮는 동안 갑수는 영애를 생각했다.

세상에 딱한 사람이 많지만 그 중에서도 가장 딱한 사람이 영애가 아닐까 하는 생각이었다. 모르기는 하지만 백만규는 머지않아 죽을 것이다. 그렇게 되면 영애는 고아가 되고 말 것이다. 어머니는 힘든 일을 해내지 못할 만큼 몸이 약하다. 그런데다가 교회에 다니며 집사직을 맡고 있다. 교회 일엔 열심이지만 농사일에는 그리 열을 내지 않고 있다. 백만규가 일을 할 때도 힘들지 않은 일만 도와주었을 뿐이고, 도와줄 때도 시원시원 일을 못했다.

동생이라고 하나 있으나 이제 국민학교 사학년이니 밥 지을 줄도 모를 것이다. 오빠가 하나 있으나 군대에 간 지 몇 달도 안 되니 오빠가 제대하고 돌아올 때까지 삼 년 동안은 영애가 혼자서 집안일을 안팎으로 다해야 할 것이다.

아무 상관은 없지만, 그 애를 정신적으로나마 도와줄 사람은 결국 자기뿐이 아닌가 생각했다. 그러나 도와주면 어떻게 도와줄 것인가? 금전으로 도와줄 수는 없다. 그것은 영애도 바라지 않을 것이지만 자기로서도 가능하지가 못하다. 가능하다고 해도 명분이 서지 않는 일이다. 인력도 그렇다. 일할 수 있는 가족이 영애네보다는 많지만 가족을 남의 일에 무료로 내보낼 수는 없다. 무엇보다도 가족들이 반대하고 나설 것이다. 그렇다면 자기가 손수 도와줘야 할 것이지만 자기는 그렇게 한가한 사람이 아니다.

그러니까 할 수 있는 일이란, 마음으로 걱정해 주는 것과 농사의 기술을 지도해 주는 것뿐이다. 아무리 생각해도 그런 식으로밖에 달리 도와줄 길이 없었다. 영애가 딱하게 생각되었지만 어쩔 수 없는 일이었다. 남을 도와준다는 게 그런 것이 아니겠는가? 갑수는 섬거적을 다 덮은 뒤 영애네 일꾼에게 내일 아침에는 좀더 일찍 나오라고 말했다. 내일에는 오이를 따서 출하까지 해야 하기 때문에 바쁘다는 말을 덧붙였다.

저녁을 먹자 이장네 집으로 갔지만 웬 일인지 추진위원 전원이 벌써 와서 갑수를 기다리고 있었다. 회의를 할 때마다 시간을 지킬 줄 모르는 동네 사람들이다. 그런 동네사람들이 이 날만은 자기보다도 먼저 와 있다니……갑수는 서광이 비치는 듯한 예감을 느꼈다. 이런 식으로 시작을 하면 끝까지 동네 사람들이 협력할 것이고, 협력만 한다면 계획한 일은 성공하고야 말 것 같았다.

회의는 곧 시작되었다. 우선 이장이 짐작으로 세운 것이지만, 아침에 동주와 함께 짜본 예산을 설명했다. 그러자 김기웅이,

"그런 식으루 설계해서 되겠습니까? 면에나 군에 가서 기술자를 파견해 달라구 부탁을 해 봅시다."

하고 말했다. 그 말을 들으니 그것도 그럴 듯했다. 최소한 몇십만 원짜리 공사다. 그것도 개인의 일이 아니라 동네 전체의 일이다. 될 수 있는 한, 치밀한 계획 밑에서 누구나 납득할 수 있도록 일을 해야 할 것이다.

"거 참 좋은 생각이군요. 어차피 군과 면의 협력을 구해야 할 일이니까,

설계부터 협력을 구해 보지요."

갑수가 이렇게 말하자 모두가 찬성했다. 찬성할 뿐이 아니었다. 당장 내일로라도 면사무소와 군청에 가 보자고 했다.

갑수는 내일만은 곤란하다고 말했다. 오이를 따서 출하해야 하기 때문이었다. 그런데도 그건 하루쯤 늦춰도 무방할 테니까 급한 일부터 먼저 해야 한다고 의논이나 한 것처럼 말들을 했다.

그럼 내일만은 자기를 빼고 네 사람이 가 보라고 말했지만 그건 말도 안 될 말이라며 받아 주지를 않았다. 조금 딱했다. 오이를 조금 늦게 따면 빛깔이 나빠질 우려가 있다. 그렇게 되면 값이 떨어진다.

갑수는 자기 혼자 빠지는 것이 무슨 상관이냐고 말했다. 그랬더니 위원들이, 그럼 면사무소나 군청에 가는 것을 하루 연기하자고 말했다. 감정적으로 하는 말은 아니었다. 갑수의 사정이 그렇다면 할 수 없느냐는 말하자면 갑수의 사정을 무시할 수 없다는 태도였다.

일이 이렇게 되자 갑수는 자기 개인의 일로 전체의 일을 연기시키자는 말은 할 수가 없게 되었다. 자기만이 빠지겠다는 것은 그야말로 말도 안 된 말이고…….

"내일 갑시다, 내일 갈 수 있두룩 일을 해 놀 테니까요."

갑수는 밤을 새워서 오이를 따리라 생각했던 것이다.

"몇십 년 못 해 왔던 일인데 하루쯤 늦으면 어떻겠어요? 마음 놓구 일하십시오."

도리어 이장이 만류했다. 갑수는 자기의 입장이 더욱 군색해짐을 느꼈다. 그렇기 때문에 면사무소와 군청에 가는 일을 연기해서는 절대로 안 된다고 생각했다. 일을 시작할 때 자기 개인의 사정으로 전체의 일에 차질이 있게 한다면 동네 사람들에게 면목이 없을 뿐 아니라 자기도 두고두고 후회하게 될 것이다.

"내 걱정은 절대루 마십시오. 하룻밤 안 자면 어떻습니까? 밤을 새워서 일을 다 끝내 놀 테니까, 내일 아침 조반을 먹자 모입시다."

그래도 무리할 필요가 없다면서 모레 가자고들 했다. 갑수는,

“나 혼자라두 갈 테니까 그리 아십시오.”

고집을 부렸다. 고집을 부려서라도 내일 꼭 가야 한다고 생각했던 것이다.

갑수의 고집에 모두가 말을 못하고 있을 때,

“자세한 계획서가 작성되지는 않았지만, 공사에 필요한 노동력에 대해서만은 미리 생각해 줘야 할 것 같습니다. 아무래두 공사일을 동네 사람들이 맡아야 할 테니까요.”

갑수가 화제를 돌려 버렸다. 그러자 김기웅이 다른 사람들이 말할 새도 주지 않고 자기 의견을 말했다.

“동네일인데 동네 사람들이 하면 되지, 생각할 것이 뭡니까?”

노인들은 생각해 본 일이 없기 때문에 멍하니 있었다.

“그렇게 간단한 문제가 아닙니다. 논이 전혀 없는 사람두 있구 있어두 그 몽리 면적이 제각기 다를 텐데 일률적으루 나와 일하랄 수가 있습니까? 그리구 하루 이틀이라면 모르지만 몇십 일씩 나와서 일을 해 달라기는 실질적으루 힘든 일이라구 생각합니다. 안 그렇습니까?”

갑수가 자세한 설명을 했는데도 김기웅은,

“동네일인데 타동네 사람을 사서 할 수두 없는 일이구, 또 자기 동네일을 하면서 돈을 줘야 일하겠다는 사람두 없을 게 아닙니까? 몽리 면적에 따라 일하는 날짜에 가감은 있어야 하겠지만요.”

어디까지나 부역 원칙을 주장했다.

그것이 원칙일지도 모른다. 그러나 갑수는 현실적 문제를 무시하면 일에 강제성을 띠게 될 것을 두려워했다. 강제성에는 반드시 잡음과 아울러 마찰이 생기게 마련이다. 그렇게 되면 일을 추진해 나가는 데 지장이 생긴다.

“어른들께서두 말씀해 주십시오. 제가 계산하기에는 팔십 호에서 똑같이 나와 일을 할 때 이십여 일을 나와야 합니다. 그것을 전부 부역으루 할 수가 있겠습니까?”

갑수는 노인들의 의견을 물었다. 그러자 손 노인이,

“글쎄 그건 좀 힘들지 않을까 생각되는군요. 자기 농사두 해야 할 테니까.”

하고 말했다.

“한 열흘씩을 부역으루 하구 그 나머지는 임금을 주는 것이 어떨까?”

박 노인이 손 노인의 말을 구체적으로 설명했다.

“임금을 준다면 누구의 돈으루 줍니까? 결국 동네의 돈입니다. 동네 사람이 부담해야 하는 돈을 받는다는 것은 결국 자기가 낸 돈을 자기가 받는다는 것이 아닙니까?”

김기웅은 조금도 굽히지 않았다.

갑수는 기웅의 의견도 옳다고 생각했다. 동네일을 남의 일이 아니라 자기자신의 일로 생각하도록 해야 한다. 그러기 위해서는 동네일을 의무적으로 할 줄 알도록 만들어야 한다. 그래야만 협동정신이 생긴다. 협동정신을 기르지 않고는 공동사업을 할 수 없게 된다.

그러나 공동사업으로 처음 하는 일이다. 그것도 동네서 가장 큰 사업이다. 그런 일을 하면서 강제적으로 일을 시키다가는 불평분자가 생길지 모른다. 불평분자가 생겨 동네 사람들을 선동한다면 첫 공동사업이 실패하게 될 우려가 있다. 첫 사업이 실패하면 그 뒤의 사업은 생각하기조차 힘들게 된다. 문제는 거기 있는 것이다.

그렇다고 해서 기웅의 의견을 꺾어버리기도 힘들었다. 그는 사업에 대한 정열에서 그런 고집을 부리고 있음을 잘 알고 있기 때문이었다. 한 사람의 열성분자를 꺾는다면 동네 전체의 사기에 영향이 있을지도 모른다. 일을 하는 데 있어서 사기가 얼마나 중요한가?

“그럼 이 문제는 동네 전체회의에서 결정하두록 하지요. 그러는 것이 어떨까요?”

갑수는 원만하게 그리고 말썽이 없도록 하기 위해 이렇게 제의했다. 반대할 사람이 없을 것이다. 김기웅도 반대하지 않았다. 그것은 자기가 고집을 부리다가 나중에 무슨 일이라도 생기면 그 책임을 자기 혼자만이 져야 한다는 것을 알기 때문이었다.

“좋두록 하지요. 오늘루 결정져야 할 일두 아이니까…….”

김기웅이 태도를 누그러뜨리자, 이장도 두 노인도 만사는 튼튼히 하는 게 좋다고 동의들을 했다.

내일 아침 이장네 집에서 모이기로 한 뒤 갑수는 영애네 집으로 갔다. 그 집 일꾼을 데리고 가서 밤을 새우며 오이를 따기 위함이었다. 그런데 생각지 못했던 영애가 이미 돌아와 있었다.

"아버지 병이 좀 어떻든?"

"그저 그렇지요."

"조금두 차도가 없어?"

"없는가 봐요."

백만규에 대한 이야기를 하다가,

"내일 일찌감치 돌아올 줄 알았는데 일찍 왔구나?"

갑수는 영애가 빨리 돌아와 안심이 된다는 듯이 말했으나,

"사실은 내일 동네일루 군청엘 갔다 와야 할 일이 있어서 오이를 밤 안으루 따야겠는데 어떡허지?"

하고 미안한 뜻을 표했다.

"동네일이라니요?"

영애가 궁금하다는 듯이 묻자, 갑수는 그 동안 동네서 보를 막기로 한 일을 설명했다.

"보만 막으면 우리 동네 사람들이 다 잘 살 것 같다."

"그렇겠는데요. 언제쯤 막게 되나요?"

"내일 군청과 면사무소엘 가 봐야지. 관청에서 적극 협력해 준다면 금년 안으루 막을 수 있겠지."

"저두 힘자라는 대루 도와드리겠어요. 열심히 하세요."

"알았다, 열심히 해 보겠다."

갑수는 영애를 보며 말을 이었다.

"너의 일꾼하구 너의 오이와 우리 오이를 따려구 했는데, 네가 왔으니 너의 집 오이를 네가 따겠니?"

"그러지요, 뭐."

영애가 당연한 일이라는 듯 대답했다.

"피곤할 텐데 잠두 못 자게 해서 미안하다. 내일은 출하 하기루 한 날이니까 무리해서라두 해야 할 것 같아서……."

"하룻밤쯤 안 자면 어때요? 걱정 마세요."

영애는 갑수를 안심시키고 일꾼을 불러 비닐하우스에 나갈 준비를 했다.

"난 집에 들렀다가 나갈 테니 먼저 나가거라."

갑수는 집에 가서 아내를 데리고 비닐하우스로 나갔다.

제5장 영애의 결심

영애는 일꾼을 데리고 가서 오이를 따기 시작했다. 일이란 일이 모두 처음이기 때문에 영애는 오이를 따는 일도 일꾼에게 배워야 했다. 그래서 그미는 광주리를 들고 일꾼 뒤를 따라가며 일꾼이 딴 오이를 받아 넣기만 했다. 그러면서 일꾼이 오이 따는 것을 유심히 보았다. 얼마나 큰 것을 따는가? 또 오이를 딸 때, 꼭지를 비트는 법을 유심히 보다가 한 이랑을 다 끝냈을 때는 광주리를 일꾼에게 주고 자기가 따기 시작했다. 오이 덩굴을 다칠까 조심스럽기는 했으나 그래도 할 만했다.

얼마를 따다가 그미는,

"어때요? 따는 것이……."

하고 일꾼에게 물었다.

"곧잘 하는데……."

일꾼이 그미를 쳐다보며 칭찬 비슷이 말했다.

"뭐나 하문 되겠지요?"

영애가 자신을 얻었다는 듯이 말하자

"암, 해서 안 될 일이 있나……."

일꾼이 맞장구를 쳐주었다.

"비닐하우스를 하는 데 제일 힘든 일이 뭔가요?"

"글쎄, 갑자기 바람이 불고 비가 올 때랄까? 섬거적이 비를 맞으면 썩으니까 비를 맞지 않게 그야말루 번개처럼 섬거적을 비닐하우스 안에 챙겨 넣어야 하니까."

일꾼 태복은 작년부터 영애 아버지 밑에서 일을 해 왔다. 아무리 시키는 일만을 해 왔다 해도 비닐하우스 일에 모르는 것이 없을 것이다.

태복의 말을 듣자 영애는 약간 안심이 되었다. 가장 힘든 일이 그런 것이라면 자기로서 못할 일이 없을 것 같았기 때문이었다.

"그럼, 나 혼자서두 농살 질 수 있겠네요?"

영애는 태복이가 물론 할 수 있다고 대답해 줄 줄 알았다. 그러나 태복의 대답은 그렇지가 않았다.

"글쎄, 좀 힘들걸! 머리를 써야 하는 일인데다가 힘까지 써야 하는 일이거든. 여자의 힘으룬 좀 힘들 거야."

"태복오빠가 있잖수? 힘든 일은 태복오빠가 도와줄 테니까."

"내가 일을 안 하겠다는 건 아니지만, 농번기가 되면 나는 우리 집 농사를 져야 하지 않나?"

"참 그렇군요. 그럼 난 어떻게 하나……."

"넌 아직 어린 나이야, 너 같은 나이의 남자두 감당해 내기가 힘들 텐데……."

"그럼, 어떻게 했으면 좋을까요? 아버지는 희망이 없는데……."

"글쎄, 내가 알겠니?"

오이를 따던 영애는 손에서 힘이 폭삭 빠지는 것을 느꼈다. 자기 집 농사일을 해 왔고, 또 비닐하우스의 일도 해 본 태복이다. 그가 하는 말은 믿을 수가 있다고 생각했다. 그러한 태복의 말이 정말이라며 영애는 농사일을 단념해야 할 것 같았다. 만약 자기의 힘으로 농사를 지을 수가 없다면 집안은 어떻게 될 것인가? 이번 광주에 가서 어머니에게 들은 일이지만, 아버지의 빚이 사십만 원을 넘고 있다. 영애가 얻은 빚까지 합치면 오십만 원이 넘는다. 그 빚은 어떻게 갚는가? 빚은 고사하고 세 모녀가 무엇을 먹으며 살 것인가?

오이를 계속 따면서도 영애는 정신이 없었다.

오이를 다 땄을 때 갑수가 왔다. 태복이더러 같이 자기 집에 가서 오이상자를 가져오자는 것이었다. 그때 영애는 태복을 보내지 않고 자기가 가져오겠다고 나섰다. 갑수는 그럴 필요가 뭐냐고 말했지만, 영애는 무조건 자기가 갔다 오겠다고 했다. 그리 힘든 일이 아니기 때문에 하겠다는 대로 내버려 뒀지만 갑수로서는 그러는 영애의 마음을 이해하지 못했다.

영애는 갑수와 단 둘이서 동네로 걸어가기 시작할 때,

"아저씨, 나 혼자서는 정말 농사를 질 수 없을까요?"

하고 물었다. 그미는 누구보다도 갑수에게서 그 말의 대답을 듣고 싶었던 것이다.

"글쎄다……."

갑수의 입에서 태복의 말과 비슷한 말이 떨어질 때 영애는 가슴이 철렁했다. 만약 갑수마저 태복과 똑같은 말을 한다면, 자기가 혼자 농사를 짓겠다던 마음을 단념하지 않을 수 없을 것 같았던 것이다.

"똑바루 말씀해 주세요. 멋두 모르구 아버지가 하시던 일을 전부 맡아서 일하겠다는 제 생각이 옳은가 그른가를요. 아저씨가 불가능한 일이라구 말씀하시면 저는 단념하겠어요."

"나두 많이 생각했다. 세상에 너만큼 딱한 애가 없을 거라구. 그렇지만 네가 이제 와서 단념하겠다면 어떡하겠다는 거니? 그렇게 하면 너는 더욱 딱한 애가 될 텐데……."

"그래두 불가능한 일이라면 아예 단념하는 것이 낫지 않아요?"

"불가능이란 말이 있을까? 사람이 하는 일을 너라구 못할 까닭이 있나? 나는 그렇게 생각한다. 불가능하지는 않다구. 문제는 네 의지겠지. 그리고 네 체력이 감당해 줄지가 문제구."

"의지와 체력만으루두 불가능한 일이 있지 않을까요?"

"의지만 꺾이지 않는다면 불가능하지는 않다구 생각한다. 그리구 만약 네 의지가 꺾일 때 너의 집안은 어떻게 되지?"

갑수가 도리어 반문을 할 때, 영애는 불가능이란 말을 꺼냈던 자기가 부끄럽게 생각되었다. 불가능하면 단념하겠다는 말 자체가 자기의 마음이 약하다는 것을 뜻하는 것 같았기 때문이었다. 일을 한다든가 안 한다든가 하는 것은 자기가 결정할 문제다. 자기가 결정할 문제를 남에게 물어 본다는 것은 결국 자기의 의지가 약하기 때문이 아닐까?

"아무 생각 않구 일하겠어요."

영애는 자기를 반성하면서 말했다. 그리고 안 하면 안 될 일, 절대적으로 해야 할 일을 망설일 필요가 없다고 생각했다. 정말 자기가 일을 해야 한다는 것은 절대적 필요에 의한 것이다.

"사실은 힘들 거다. 옆에서 도와주는 사람이 필요하다. 내가 네 옆에 있어 주마. 도와주는 데두 한계가 있기는 하다. 그렇지만 마음으루 성의껏 너를 도와줄 테니까 마음 굳게 먹구 일해라."

갑수는 평소에 생각하던 대로 말해 주었다. 그것은 영애의 집안을 위해서였다. 만약 영애라도 농사일을 안 하면 그미의 집안은 그야말로 파괴되고 말 것이기 때문이었다.

"고맙습니다. 아저씨를 믿구 일하겠어요."

갑수는 영애의 어깨에 손을 올려놓았다. 그리고는 어깨를 톡톡 두들겨주었다.

"굳은 의지를 가지구 용감하게 사는 거야. 절대루 살아야 하는 거야."

갑수의 말이 그렇게까지 인자스럽게 들릴 수가 없었다. 어머니나 아버지에게서도 들어보지 못한 인자스런 목소리였다.

영애는 갑수의 품에 안겨 울고 싶었다. 울면서 매달리고 싶었다. 그러나 목구멍까지 올라온 울음을 억지로 막으며,

"알았어요."

하고 대답했다.

갑수의 집에서 그새 갑수가 만들어 논 상자를 리어카에 옮겨 싣고 다시 들로 나올 때 영애가,

"상자 값은 얼마죠?"

하고 물었다. 갑수 아저씨가 재료를 사다가 만든 상자를 모른 체하고 그냥

쓸 수는 없기 때문이었다.

"차차 계산하자. 그까짓 거 몇 푼 된다구."

갑수 아저씨는 돈을 받지 않을 작정인 것 같았다.

"그래서는 안 돼요. 당장에 돈을 드리지는 못해두 계산은 해 둬야 해요."

영애는 그런 돈을 계산하지 않으면 자기가 부담감을 느껴 앞으로는 갑수 아저씨에게 협력을 구하기가 힘들 것을 생각했다.

"그런 걱정은 천천히 하구, 우선 일에 대한 생각이나 해."

"알았어요. 그렇지만 돈이 생길 때 갚아 드릴 테니까 기록은 해 두세요."

"알았다."

그 뒤 얼맛동안 그들은 말없이 리어카를 끌고 밀면서 걸었다. 한참 가다가 갑자기 영애가 밀고 가던 리어카를 반대로 잡아끌었다. 그 바람에 리어카가 잠깐 뒤로 물러섰다.

"왜?"

영문을 몰라 갑수가 물었다.

"제가 이렇게 매달리면 앞으루 갈 수가 없지요?"

"그래서?"

"제가 아저씨에게 매달리면 아저씨가 귀찮아하실 것 같아서요."

"참, 너두. 넌 지금 그런 거 생각할 때가 아냐. 네가 할 일만 생각하면 되는 거야. 딴 생각은 아예 하지두 마."

"그래두……."

영애는 앞으로 농사를 짓는다면 아무래도 누구에게 매달려야 한다고 생각했다. 농사의 기초도 모르는 자기로서 어찌 혼자 지을 생각이나 할 것인가? 누군가 매달릴 사람이 있어야 한다고 생각했다. 그때 영애로서는 갑수밖에 없다. 친척도 아무것도 아니지만 아버지와 가장 가까운 사람이다. 그리고 요 며칠 새 대해 본 인상으로 성실하기 짝이 없는 사람이다. 귀찮다고 따돌릴 사람 같지도 않았다. 그러나 아무리 마음이 좋은 분이라 해도 밤낮 성화를 대면 귀찮아할 것이 틀림없다. 귀찮아하지 않을 사람이 어디 있겠는가?

"귀찮으셔두 끝까지 돌봐 주세요, 네!"

영애는 아버지에게 조르듯 졸랐다.

"얘두 몇 번 말해야 알겠니?"

"미안하니까 그러죠, 뭐……."

이런 이야기를 하며 그들은 리어카를 끌고 비닐하우스로 갔다. 먼저 영애
네 오이를 상자에 넣었다. 저울로 25킬로그램씩 달아 그것을 상자에 넣는
것인데, 그것은 그리 힘든 일이 아니었다. 그런데도 갑수는 영애에게 잘 봐
두라면서 오이를 고루고루 담는 것이었다. 영애는 그러는 갑수에게 믿음직
스러움을 느꼈다. 무엇이나 시키는 대로 하면 될 것 같은 마음이 들었다.

오이를 다 넣고 세어 보니 열두 상자였다. 그리고 삼십여 개가 남았다.

"남는 건 어떻게 할까요?"

영애가 물었다.

"집에서 먹으려마."

"아까워서 어떻게 먹어요?"

"이웃에 나눠 줘도 좋구……."

"그것두……."

영애는 그럴 수도 없다고 생각했다. 얼마나 고생하면서 만든 것인데 이
웃사람들에게 나눠 주다니, 시골사람들이 구태여 비싼 것을 먹을 필요가 없
을 것이다. 그러나 달리 어떻게 처분할 방법이 없다면 이웃사람들에게 선심
을 쓰는 수밖에 없다고 생각했다. 그리고 남는 것은 자기네가 먹어야 할 것
이다.

영애네 오이를 다 넣은 뒤에 갑수네 비닐하우스로 가서 갑수네 오이를
상자에 담기 시작했다. 다 담고 보니 자기네보다 네 상자나 더 많았다. 똑
같은 면적인데 갑수네가 네 상자나 더 많다는 것이 영애로서 알 수 없는 일
이었다.

"네 상자나 더 많네요."

영애가 의아한 눈으로 물었다.

"엄마 있는 애와 엄마 없는 애가 다르지 않겠니? 너의 아버지가 병으루

오이를 잘 보살펴 주지 못한 때문이겠지.”

영애는 정말 같기도 하고 정말 같지 않기도 한 갑수의 말을 듣고 눈을 껌벅거렸다.

“정말이다. 식물두 주인의 애정에 따라 잘 자라기두 하구, 자라지 못하기두 하는 법이다. 비료나 주구 내버려 두는 것과, 비료를 주구두 계속 손질해 주는 것과 어떤 것이 잘 자라겠니?”

갑수의 말을 듣자 영애는 과연 그럴 것이라고 생각했다. 그리고 새로운 것을 하나 배웠다고 생각했다.

일을 다 끝내고 집으로 돌아올 때 갑수가,

“조반을 먹구 농협으루 갔다 줘라. 태복이가 알구 있을 거다. 꼬리표를 붙이구……”

하고 말했다.

“네, 걱정 마세요.”

영애는 자신 있게 대답을 했다.

집에 돌아왔을 때는 새벽 세 시였다. 영애는 잠시 눈을 붙였다. 그러나 깊은 잠은 오지 않았다. 병원에 누워 계시는 아버지 얼굴이 보이는가 하면 덩굴에 매달려 있는 오이가 눈앞에 떠올랐다.

자는 둥 마는 둥 선잠을 깼을 때는 새벽 다섯 시였다. 나가서 조반을 지어야 할 때였다. 그래서 부엌으로 가 밥을 짓고 있는데 동생 영실이 푸시시한 얼굴로 나와 부엌일을 도우려 했다. 이제 국민학교 오학년밖에 안 됐지만, 언니가 혼자 밥을 짓는 데 부담감을 느끼는 모양이었다.

“들어가 너 할 일이나 해!”

영애가 들여보내려 해도 그 애는 들어가지를 않았다.

“밥만 지으면 되는데 뭣 하러 나왔니?”

그때에야 영실은 비실비실 부엌을 나갔다. 어쩐지 풀이 죽은 태도였다. 영애는 그 애도 아버지가 입원해 있고 집안이 형편없게 된 데 마음이 상해 있는 것이리라 생각했다. 그런데 밥상을 들고 방 안으로 들어갔을 때 책보를 싸고 있던 영실이,

"언니! 앞으루 밥은 내가 지을게!"

하고 어른스럽게 말했다.

"넌 딴 생각 말구 공부나 해."

어머니가 계실 때는 부엌에라고는 발도 들여 보지 못한 동생이다. 집안이 이렇게 됐다고 해서 영실에게 일을 시키기가 안되었던 것이다. 나중에 어머니가 와서 그 애가 일하는 것을 보았을 때 마음이 얼마나 언짢을 것인가?

"나 할 수 있어, 정말야."

영실은 마치 자기는 어린애가 아니라는 듯이 말했다.

"네가 안 해두 돼. 걱정 말어."

"오늘 저녁부터 밥을 지을 테니까 두구 봐."

"참 애두 말을 안 듣네!"

영애는 굳이 말렸다. 그러면서도 속으로는, 영실이 빨리 나이가 들어 자기를 도와주게 되었으면 하는 생각을 했다.

바깥일은 자기가 한대도 집안일을 맡아 주는 이가 있다면 얼마나 마음이 가벼울 것인가? 물론 어머니가 돌아오시면 안팎으로 도와주실 것이다. 그렇지만 어머니는 언제쯤 돌아오실지 모른다. 아버지의 병이 오래오래 끌 것만 같았기 때문이다.

어느새 영실이 밥을 다 먹고 학교 갈 채비를 했다. 전에도 밥을 많이 먹는 애가 아니었지만 이 날은 더욱 적게 먹는 것 같았다.

"왜 적게 먹니?"

"많이 먹었어."

영실이 어른스럽게 대답할 때 영애는 갑자기 설움 같은 감정이 폭발하는 것을 느꼈다. 어린애가 갑자기 의젓해진 데서 오는 측은함이랄까? 목이 막히는 것 같아 말을 못하고 있을 때 영실이,

"언니."

하고 불렀다.

"응?"

"나……."

영실이 말을 제대로 꺼내지 못했다.

"왜 그래?"

"나 오늘 책값 가지구 가야 하는데…….."

영실은 말을 하고도 영애의 눈치를 살폈다. 집안 사정을 알기 때문에 말하기 힘들어하는 태도였다.

"얼만데?"

"구백 원이야."

"그걸 왜 이제야 말하니?"

"말해두 소용없을 것 같아서…….."

영애는 영실의 마음을 알 수가 있을 것 같았다.

"오늘 꼭 가지구 가야 하니?"

"벌써 몇 번짼지 몰라. 오늘은 정말 마지막이래."

영애는 아무 말 않고 돈을 내주고 싶었다. 그러나 수중에 돈이라고 한 푼도 없었다.

"어떡허니? 돈이 없는데…….."

돈이 없다는 말을 듣자 영실은 갑자기 힘이 빠지는지 고개를 떨어뜨리고 울기 시작했다. 울고 있는 동생을 보자 영애도 갑자기 눈물이 나왔다. 부모 대신 자기에게 돈을 달라고 한 마디를 한 뒤, 돈 없다는 말을 듣고 울기만 하는 영실을 보자, 그새 쌓이고 쌓였던 감정이 폭발했던 것이다. 부모들이 집안에 있기만 하다면 자기가 겪지 않아도 될 일이다. 어째서 아버지는 병이 들어 집안일도 돌보지 못하며 입원하고 계실까? 자기는 어째서 부모들이 할 일까지 맡아 고생을 해야 하는가?

그러나 울고만 있을 수는 없었다.

"영실아, 그래두 학교엔 가야 하지 않니?"

"돈 안 가지구는 학교에 오지 말랬어."

"아버지가 입원하셨단 말을 하구 며칠만 참아달라구 하문 되지 않아?"

"그 말두 했단 말야."

"그럼, 오늘 내가 돈을 마련할 테니까 내일 꼭 가지구 간다구 선생님께 말씀드려."

영애는 정말 그럴 생각이었다. 동네 어른들을 찾아가 사정을 하면 돈 천 원쯤 빌 수도 있을 것 같았다.

그런데 영실이 잠시 동안 말이 없다가,

"언니! 나두 학꼴 그만둘까?"

하고 말했다. 언니가 학교를 그만두었다는데 저도 그만둘 수 있지 않느냐는 태도였다. 학교를 그만두어도 아무렇지 않다는 그런 태도를 보자 영애는,

"안 돼."

하고 잘라 말했다. 영실이 학교를 그만둔다고 해서 큰 도움이 될 것도 없겠지만, 그것보다도 부모가 없는 때 자기 혼자서 동생의 학교 중퇴를 결정지을 수 없다고 생각했기 때문이었다. 또 자기가 있으면서 동생을 학교에 가지 못하게 해서는 안 된다고 생각했던 것이다.

"언니두 학꼴 그만두구는……."

"나하구 너하구 같니?"

"다를 거 뭐야?"

"넌 아직 나이가 어려."

만약 부모가 계시다면, 영실이 어떤 경우에도 학교를 그만두겠다는 말을 하지 않을 것이라 생각했다. 그렇게 생각하니 자기 책임이 더 무거워짐을 느껴,

"잠깐만 기다려. 내 나가서 돈을 구해 가지구 올게."

하고 말했다.

"그만둬. 내일 가지구 갈래."

영실은 마치 내일까지 돈이 안 되어도 상관없다는 태도로 말했다.

"암말 말구 조금만 기다려!"

영애는 곧 집을 나섰다. 돈을 빌 수 있다는 자신이 생겼던 것이다. 그미의 머리에 떠오른 사람은 갑수였다. 갑수에게만은 그런 사정을 이야기해도 부끄럽지 않을 것 같았다.

영애는 갑수의 집으로 가는 도중 문득 생각했다. 아무리 갑수 아저씨에게

라고 해도 자기가 지켜야 할 것은 지켜야 한다. 비록 돈을 빌려 달라고 한다 해도 빨리 그것을 갚아야만 한다. 갚지는 않고 빌려 달라고만 하면 좋아할 사람이 어디 있을 것인가? 영애는 어젯밤 오이를 상자에 넣고 남은 것을 생각했다. 갑수 아저씨는 그것을 이웃에 나눠주라고 했지만, 그 비싼 것을 그대로 없이 할 수가 있는가? 시장에 가지고 가서 팔면 최소한도 네 개에 백 원은 받을 거시다. 몇 개만 더 따서 사오십 개 가져다 팔면 천 원이 된다. 그 돈으로 갑수 아저씨의 돈을 갚아 주면 갑수 아저씨가 좋아할 것이 분명하다.

영애는 갑수에게 가서 동생 이야기를 하고 돈 천 원만 빌려 달라고 했다. 그리고 빨리 갚겠다는 말만 했을 뿐 시장에 가서 오이를 팔겠다는 말은 하지 않았다. 그래도 갑수는 두말 않고 돈을 빌려 주었다.

돈을 빌려다 영실에게 주면서 영애는 말했다.

"다음에 학교에서 돈을 내라구 그러면 지체 없이 말하군 해. 이왕 낼 거 늦게 내서 뭣 하니……."

영애는 영실에게 돈걱정을 시키고 싶지 않았다. 부모가 없는 고아는 아니라고 해도 고아 같은 느낌을 주어서는 안 된다고 생각했기 때문이었다.

"언니, 미안해."

돈을 받은 영실이가 돈을 책갈피 속 깊숙이 놓으며 영애를 쳐다봤다.

"애두, 언닌데 뭐가 미안해!"

영애는, 영실의 등을 밀면서 대문께까지 나가 학교에 가자마자 선생님께 돈을 드리라고 말했다.

"응!"

영실이 정말 어머니에게나 하듯 고개를 까딱까딱할 때 영애는 또 눈물이 나오려는 것을 참았다.

"울어서는 안 돼. 어떤 일이 있어도 울어서는 안 돼."

영애는 동생에게 손을 흔들면서 잘 갔다 오라고 말했다. 동생을 보내자, 영실은 빨리 비닐하우스로 가 섬거적을 걷어야 한다고 생각했다. 그럴 때 태복이 왔다. 태복도 고마운 사람이었다. 어젯밤 그렇게 늦게까지 일을 하고

도 일찌감치 오는 태복에게,

"피곤하지요?"

하고 영애는 고맙다는 표정을 지으며 말했다.

"나야 뭐! 네가 곤하겠다."

태복이 자기는 아무렇지도 않다고 말할 때 영애는 태복이 정말 좋은 사람이라고 생각했다. 바쁠 때마다 와서 자기 일처럼 일을 해준다. 한 달에 겨우 이만 원꼴의 돈을 받으면서도 불평 한 번 없다.

세상에는 나쁜 사람이 많다고 하지만, 영애가 아는 사람은 모두가 좋은 것만 같았다. 태복을 좋은 사람이라고 생각해서 그런지, 영애는 비닐하우스로 걸어가는 동안 조금 전에 있었던 영실의 이야기를 했다.

"사람은 저축을 하며 살아야겠어요. 정말 급한 때가 있거든요."

그때 태복이 물었다.

"그래 어떻게 했어?"

"갑수 아저씨한테 빌려서 줘 보냈어요."

"내한테 오지 왜. 그만한 돈은 나두 있는데……."

말만이라도 고마웠다.

"다음에 그런 경우가 생기면 태복 오빠한테 갈게요."

"그래라."

그들은 비닐하우스의 섬거적을 걷기 시작했다. 그 일을 끝내자 오이상자에 꼬리표를 달고 리어카에 싣기 시작했다. 태복이 상자들을 리어카에 싣는 동안 영애는 오이밭에서 오이를 땄다. 어젯밤에 남은 것까지 합쳐 쉰 개를 채우자, 그것을 따로 새끼에 묶어 리어카에 실었다. 갑수네 오이상자까지 다 실은 뒤 태복이 앞에서 리어카를 끌었다. 영애는 뒤에서 밀고.

농협에서 오이를 내려놓고 수속을 마친 뒤 영애는 태복에게 먼저 돌아가라고 말했다. 자기는 순천 시장에 들렀다 갈 작정이니까. 그러나 태복이 그것을 알자 별 급한 일이 없으니까 자기도 따라간다고 말했다. 같이 갔으면 좋기는 하겠지만, 그런 일로 두 사람씩이나 갈 필요가 없어서 태복에게 먼저 돌아가라고 몇 번이나 말했지만 태복은, 말을 듣지 않았다. 할 수 없이 둘이서 순천에 갔다.

시내에 들어서려 할 때 영애는 멈칫 서서 자기 모습을 훑어보았다. 집에서 일할 때 입는 헌 바지와 남자 잠바 비슷한 웃저고리를 보고 그미는 얼굴을 붉혔다. 창피하다는 마음이 들었던 것이다. 시내에 들어가면 제가 다니던 학교 학생들을 만날지도 모른다. 며칠 전까지만 해도 여학생 제복을 입고 책가방을 들고 다니던 자기다. 만약 아는 학생이라도 만나 자기의 꼴을 본다면 얼마나 놀랄 것인가? 더구나 지금 리어카 뒤를 따라 걷고 있다.

"태복 오빠, 혼자 가서 오이를 팔구 올래요?"

하는 말이 목구멍까지 올라왔다. 그렇게 해 달라면 태복 오빠가 들어줄 것 같기도 했다. 그러나 그럴 수가 있는가? 자기 일에 자기는 빠지고 남보고만 해 달라는 그런 체면부지의 인간을 그미는 생각할 수가 없었다. 영애는 땅만을 보며 걸었다. 누가 보아도 알아보지 못하기를 바라는 마음이었다. 시장에 도착할 때까지 다행히도 누구 하나 자기를 아는 체해 주는 사람이 없었다. 고마운 일이었다. 세상에는 고마운 일도 많다. 고마워할 줄 아는 마음만 가지고 산다면 아무리 불행한 생활 가운데서도 고마움을 느끼며 살 수 있을 것 같았다.

오이는 쉽게 팔았다. 어떤 채소 가게에서 그것을 몽땅 사고 천 원을 주었다. 세상에 나와 돈을 받고 물건을 파는 일이 처음이라 영애는 조금 가슴이 떨렸다. 물건을 트집하며 안 산다고나 하지 않을까? 값이 비싸다고 딴 데가 보라지는 않을까 하고. 그러나 상점 주인 아저씨는 얼마나 받겠느냐고 물을 뿐 다른 말을 안 했다. 영애는 자기가 필요한 금액만을 생각하며 천 원을 불렀다. 그랬더니 그는 아무 말도 않고 천 원을 내주었다. 얼마나 고마운 사람인가? 영애는 고마운 사람도 세상에는 있다고 또다시 세상의 고마움을 느꼈다.

그러나 빈 리어카 뒤를 따라 걷고 있을 때, 그미는 천이백 원쯤 불렀어도 상점 아저씨는 돈을 주지 않았을까 생각했다. 그러면 자기는 이백 원을 손해 본 것이 아닌가? 그래서 태복에게 자기가 너무 싸게 판 것이 아니냐고 물었다.

"요즘 시세가 대강 그럴 거야."

만약 태복이 너무 싸게 팔았다는 말을 했다면 영애는 굉장히 후회했을 것이다. 그러나 태복의 그런 말을 듣자, 그미는 안심을 하고 걸었다. 그런데 얼마를 걷자 그미는 태복에게 미안함을 느꼈다. 비긴 했지만 그는 리어카를 끌고 간다. 그런데 자기는 뒤에서 따라가기만 한다. 마치 옛날의 종과 주인과 같은 풍경이었다. 그럴 수는 없다고 생각했다.

"내가 끌게요."

빈 리어카니 자기도 끌 수 있다는 투였다.

"뭐가 무겁다구……."

태복이 영애의 말을 들어줄 까닭이 없었다.

"무겁지 않으니까 내가 끌지요."

"그냥 가."

"싫어요, 내가 끌래요."

영애는 리어카를 붙잡고 놓아주지를 않았다. 태복은 할 수 없다는 듯이 리어카를 영애에게 내주며 그미의 어깨를 툭 쳤다.

"고집이 대단하구만."

영애는 웃기만 했다. 그리고는 날 봐란 듯이 고개를 쳐들고 리어카를 끌며 걸었다. 이상했다. 조금 전 오이를 팔러 갈 때는 혹 누가 보지나 않을까 하고 걱정을 했다. 그런데 지금은 누가 봐도 무방하다는 배짱이 생긴 것이다. 한 번 장사를 해 봤다고 해서 그런 배짱이 생긴 것일까?

어쨌든 영애는 창피할 것도 없고 부끄러워할 것도 없다고 생각했다. 그만큼 자기 일에 자신을 가진 것이다.

시장에서 돌아오자 영애는 자기네 땅을 한 바퀴 돌았다. 자기네 땅이 어디 있고 거기에 무엇을 심고 있다는 정도는 알고 있지만, 현재 어떻게 되고 있는지 살펴보기 위함이었다. 보리밭에는 보리가 꽤 자라고 있었다. 남의 보리 못지않게 자라고 있었다. 그런데 자기네 보리만큼 자란 딴 집 밭에서는 김들을 매주고 있는 것이 보였다. 그래서 그미는 자기네 보리밭을 유심히 들여다보았다. 풀이 그리 무성하지는 않았다. 그래도 김을 매줘야 하는 것인가?

남들이 김을 매는데 자기네만이 김을 안 매주면 수확이 적어지지 않을까 하고 생각했다. 그런데도 풀이 많지 않으니 어떻게 해야 한담.

이런 생각을 하면서 아무것도 심지 않고 있는 밭을 돌아봤다. 여기는 무엇을 심는 것일까? 아무것도 안 심은 밭이 상당히 많은 것을 보자, 영애는 자기가 농촌에 살면서도 너무나 모르는 것이 많다는 것을 생각했다. 동시에 저 빈 땅에 무엇을 다 심을까 생각하니 아득한 마음이 들었다.

땅을 돌아보고 집으로 돌아오는 길에 영애는 갑수네 밭 옆을 지나고 있었다. 때마침 갑수네 아주머니가 혼자서 비닐을 치고 있는 것이 보였다. 영애는 아주머니 옆으로 가서 무엇을 하고 있느냐 물었다.

"고구마를 심구 비닐을 치는 거야."

이 말을 듣자 영애는 자기네도 고구마를 심어야 할 것이라고 생각했다.

"우리두 심어야겠네요."

"빨리 심어서 비닐을 쳐 두면 좋지. 아직 고구마 심을 땐 아니지만, 일찍 심을수록 수확이 많대."

"남들은 아직 고구마를 심지 않는 것 같은데요."

"우리두 금년 처음 일찍 심어 보는 거야."

영애는 자기도 갑수 아저씨가 하는 대로 하리라 마음먹었다. 이왕이면 수확이 많아야 할 것 아닌가? 누구보다도 빚이 많다. 그리고 앞으로 써야 할 돈도 많다. 그러니 갑수 아저씨네보다도 자기네가 수확을 더 많이 해야 할 것이다.

"아주머니, 우리 밭에다 전부 고구마만 심을 수는 없지요?"

영애는 자기 집 농사에 대한 전체적인 것을 묻기 시작했다.

"어떻게 고구마만 심니? 감자두 심어야 하구 콩두 심어야지. 여름에 먹을 채소두 심어야 하지 않겠니?"

숙미 엄마는 네가 혼자서 어떻게 농사를 짓겠느냐 하며 영애 걱정을 했다.

"해야지요. 하는 데까지 해 볼 생각이에요."

　그래도 숙미 엄마는 농사일이 그리 쉬울 것이 아니라면서 걱정을 해 주었다.

　그런 말을 들을 때 영애의 가슴이 답답해졌다. 정말 할 수 없는 일을 해 보겠다고 나선 자기였다. 그렇지만 해서 안 될 일을 하겠다고 하다가 땅만 버리면 어떻게 할까?

　그러나 그런 걱정을 하며 시간을 보내고 있을 수는 없었다.

　"우리 보리밭엔 풀이 많지 않던데 그래두 김을 매줘야 하나요?"

　그미는 우선 궁금한 일을 물었다.

　"매야지, 풀이 없어두 이랑을 돋궈줘야 하니까……."

　"건 왜요?"

　"그래야 보릿대가 넘어지지 않지."

　영애는 곧 집으로 돌아갔다. 빨리 가서 보리밭에 김 매줘야겠다고 생각했기 때문이다. 그런데 집에서는 태복이 낮잠을 자고 있었다. 어젯밤 잠을 잘못 잤기 때문이라 생각하고 내버려 두려 했으나 급한 일을 두고 낮잠을 자게 할 수가 없어서 그를 깨웠다. 그리고 같이 나가서 보리밭 김을 매자고 했다.

　태복은 아무 말 않고 따라나섰다. 그러나 영애는 생각했다. 아무리 나쁘지 않은 사람이라 해도 남의 일을 자기 일처럼 해 주는 사람은 없을 것이라고. 만약 태복이 자기 집에 김 매주지 않은 보리밭이 있다면 영애네 보리밭도 걱정했을 것이다.

　"내가 알아야 남을 시켜먹을 수두 있겠지."

　영애는 하루빨리 농사를 배워야 한다고 생각했다.

　김을 매면서 영애는 태복에게 내일부터 밭을 갈아 달라고 했다. 밭 갈 때가 지났음을 알고 있기 때문에 태복은,

　"갈아야지."

하고 대답했다.

　그때 영애는 조금 전에 숙미 엄마에게서 그런 말을 들었기 때문에 이번에는 태복에게 일을 시킬 수 있다고 생각했다. 만약 자기가 그런 말을 안 했다

면 태복은 자진해서 밭을 갈아야 한다고 나서진 않을 것이다.

해가 서산에 기울어질 때까지 김을 매다가 저녁 지을 생각을 하며 집으로 돌아왔다. 그런데 영실이가 혼자 부엌에서 밥짓는 것이 보였다. 아침에 그런 말을 하기는 했지만 정말 밥을 지을 수 있을까 하고 의심했던 영애다. 그런데 영실은 이미 밥을 지어 놓고 그릇을 씻고 있었다.

솥뚜껑을 열어 본 영애는 영실이 기특해서,

"삼층밥을 만들어 놓지 않았니?"

하며 웃었다.

"먹어 봐."

영애는 손가락으로 밥알 몇 개를 집어 씹어 봤다. 밥이 제대로 되어 있었다.

"제법인데……."

농담으로 말하면서도, 평생 부엌에 나와 본 일이 없는 영실이가 밥을 곧잘 지었다는 데 속으로 경탄했다.

"이젠 내가 할게 넌 들어가 있어."

"피곤할 텐데 언니나 들어가 있어."

어린애도 곤경에 빠지면 어른이 된다고 생각하며

"나 오늘 천 원 벌어서, 아침에 너한테 준 꾼 돈 갚게 됐다."

영애는 영실을 안심시키기 위해 이런 말을 했다. 앞으로 동고동락할 동생이다. 될 수 있으면 동생을 안심하게 해 주고 싶었던 것이다.

"뭘루 그런 돈을 벌었어?"

"오이를 좀 가지고 시장에 갔다 팔았어."

"그래? 그럼 그 오이만 있으문 앞으루 걱정 없겠네?"

"그럼, 걱정 없어!"

영애는 마음이 기뻤다. 비록 철없는 애라고 해도, 한 사람을 안심시키고 걱정을 없게 한다는 것이 얼마나 즐거운 일이겠는가?

영애는 모든 걱정 다 잊고 영실과 함께 저녁을 먹었다. 비록 반찬이 없는 밥이라고 해도 영실과 같이 웃으며 먹는 밥이 맛있었다.

밥을 먹고 설거지를 하고 있을 때 웬일인지 황길하가 찾아왔다. 한 동네서 같이 살고 있을 뿐 아니라 교회에서 가끔 만나는 사람이다.

"아버지가 병원에 입원했다면서?"

그는 영애를 보자 아버지 병문안부터 했다. 병문안을 온 모양이었다.

"네!"

"무슨 병이라구?"

"위암이라나봐요."

"거 예삿병이 아니구만. 그래 차도는 어떠신가?"

"잘 모르겠어요."

묻는 말에 대답을 하면서도, 병문안 온 사람을 그냥 돌려 보내기가 안되어 방 안으로 인도했다.

방 안으로 들어가자 길하는 영애를 위로하며, 사 가지고 온 과자 봉지를 내놓았다. 과자를 먹으며 그들은 주로 영애 이야기를 했다. 학교를 그만두어서 어떻게 하느냐는 둥 여자의 몸으루 농사를 어떻게 짓느냐는 둥, 길하는 영애를 걱정해 주었다.

고마웠다. 자기를 위로해 주기 위해 찾아온 사람으로 맨 첫번째 사람이다. 그러나 동정을 받기가 싫어서,

"할 수 없죠, 뭐. 사정이 허락지 않으면 학교두 그만둘 수 있잖아요?"

"할 수 없죠, 뭐. 일 안 하면 당장에 죽게 됐는데……."

이렇게 자기 결심을 굳게 표시했다.

"할 수 없는 일이지만, 동네 사람들두 전부가 걱정하구 있어."

"걱정해 주는 건 고맙지만 걱정으루 밥을 먹나요? 내가 일을 해야지."

"옳은 생각이야. 끝까지 낙심 말구 굳세게 살어."

"고맙습니다."

"전보다 열심히 교회엘 나와. 그럼 마음의 위로를 받을 거야."

"네, 알았습니다."

"나두 종종 찾아올 테니까……."

길하가 돌아가자 영애는 곧 갑수를 찾아갔다. 우선 아침에 빈 돈을 갚아

야 했다. 그리고 앞으로 농사지을 일에 대한 지도를 받아야 했다. 그런데 갑수는 비닐하우스에 나가고 집에 없었다. 그 대신 경태가,

"영애로구나, 좀 들어오너라."

하며 반겨 주었다.

집안끼리 가깝게 지내는 사이면서도 얼맛동안 만나지 못한 경태다.

"오늘이 토요일인가요?"

학교에 다니지 않으니까 요일도 모르며 살고 있는 듯이 말하자 경태가,

"응! 토요일이 돼서 왔다. 그새 고생이 많다지?"

영애에게 위로를 해 주려고 말을 꺼냈다.

"그저 그렇지요."

영애는 대범하게 대답을 했는데도,

"참 큰일이다. 아버지가 왜 그런 병에 걸렸을까?"

경태는 마치 자기의 일처럼 한숨을 지어가며 말했다. 그래서 그런지 황길 하를 대했을 때처럼 마음이 독해지지가 않았다.

"글쎄, 왜 그런 병에 걸렸는지 모르겠어요."

"그런 것을 운명이라구 하는 거겠지, 하필 너의 아버지가 그런 병에 걸리 니?"

거의 같은 말인데도 경태의 말이 영애의 마음을 약하게 했다. 그래서 대답을 못하고 있을 때,

"별수 있니? 운명이라 생각하고 살아야지. 운명이라구 생각하면 체념하기 두 쉽구 또 운명을 뛰어넘을 용기두 생기는 법이지. 그런데 세상에는 좋은 운명을 타구 나온 사람보다 그렇지 못한 사람이 더 많을 거야. 그러니까 너 무 비관하지는 말어. 비관을 하기 시작하면 걷잡을 수가 없게 되는 법이다. 절대루 비관하지는 말어!"

경태가 격려의 말을 해 주었다. 그 부드러운 목소리가 가슴 속을 파고들 었다. 형식적인 위로나 격려가 아니라, 진심으로 자기를 걱정해 주는 말이기 때문이었으리라. 그미의 눈에서는 자기도 모르는 새 눈물이 쭈룩 홀러내렸 다. 동시에 경태의 무릎에 얼굴을 파묻고 소리를 내어 울고 싶었다.

‘오빠! 나는 어떡해야 해요?’

그미는 경태를 오빠라 부르며 자기의 운명을 호소하고 싶기도 했다. 경태가 오빠일 리 없지만 친오빠처럼 자기의 운명을 타개해 줄 것처럼 생각되었던 것이다.

“영애야, 용감해. 남자처럼 말야. 그래야만 불행을 극복할 수 있을 거야.”

경태가 다시 격려의 말을 할 때 영애는,

‘저는 여자예요. 어떻게 남자일 수 있어요?’

하고 응석 같은 반응을 하고 싶었다. 그러나 눈물을 꾹 참는 것과 함께 목구멍에서 나오려는 말을 모두 삼켜 버렸다.

“알았어요.”

영애는 눈물을 닦은 뒤

“전 아무래도 여자지요?”

하고 억지웃음을 웃었다.

“여자지 남잘라구. 그렇지만 마음만은 남자의 마음을 가지라는 거야.”

“이렇게 말이죠?”

영애는 주먹을 불끈 쥐고 경태의 무릎을 한 대 때리며 또 웃음을 지었다.

“조금도 아프지 않은데…… 아직 멀었어!”

경태도 웃으며 자기의 무릎을 때린 영애의 주먹을 잡고 자기 주먹으로 톡톡 때렸다.

“이제 남자 주먹처럼 만들어 보여 드릴게요.”

“그래, 그래.”

그들은 정말 활짝 핀 웃음을 서로 웃어 보였다.

웃고 나니 가슴이 후련해지는 것 같았다. 영애는 후련해진 마음으로 경태의 아버지를 만나러 갈까 했다. 그런데 웬일인지 동네 중고등학생 대여섯 명이 떼를 지어 들어왔다. 며칠 전까지 같이 학교에 다니던 애들이었다. 모두들 영애를 보고는 입이 막힌 애들처럼 말을 못하고 서로 구석 자리를 찾아가 앉았다. 같이 다니던 영애가 퇴학한 이유를 아는 그들인 만큼 뭐라고 말하기가 거북스러웠기 때문이었으리라.

그것을 안 영애는 일부러 명랑한 목소리로,

"학교에 별일 없지?"

하고 물었다.

"응!"

몇 학생이 간단한 대답을 하자 영애는

"오늘 무슨 일이 있어요?"

경태에게 물었다.

"중고등학생들만 모아서 클럽 같은 걸 만들려구. 대화를 통해 연구를 거듭하며, 앞으루 동네의 동량이 될 만한 학생들의 자질을 높이자는 거지."

"그래요?"

영애는 속으로 좋은 일이라 생각하면서도 좋다 나쁘다는 말을 않고 그냥 경태네 집을 나왔다. 오래 있으면 있을수록 학생들이 어색해할 것 같았기 때문이었다.

비닐하우스로 갑수를 찾아간 영애는 아침에 꾸었던 돈 천 원을 돌려 주고는 그것이 오이를 판 돈이라고 말했다.

갑수는 아무 말 않고 빙그레 웃기만 했다.

"왜 웃으세요?"

그 웃음이 수상한 것 같아 물었을 때 갑수는 대답했다.

"참 엔간하다. 그렇게 억척같으면 못할 것이 없을 거다."

"아저씨두, 해야 할 일을 한 것뿐인데요."

"잘 했다, 잘 했어. 그런 식으루 살면 되는 거야."

갑수가 만족스런 듯이 웃었다. 달리 걱정 안 해도 됐다는 듯한 웃음이었다. 영애는 그런 갑수에게서 경태를 느꼈다. 얼굴도 비슷하지만 마음도 비슷하다고 생각했던 것이다.

영애는 그런 사람들의 진실된 마음을 받을 수 있는 자기가 행복하다고 생각했다. 그리고 그들에게는 무슨 말이든 할 수 있다는 마음이 들어,

"아저씨! 저의 땅에 무엇을 심어야 할지 자세한 걸 가르쳐 주실 수 없어요?"

하고 말했다. 그러자 갑수는

"참 그걸 이때까지 말해 주지 않았구나. 그럴 틈이 없기두 했지만……
내일 널 데리구 너의 땅을 한 바퀴 돌자. 넌 너의 땅을 다 알구나 있니?"
하고 말했다.

"대강 짐작은 하구 있어요."

"아마 논이 천 평, 밭이 이천 평일 거다. 우리 동네선 적은 땅이 아니지.
그 땅만 놀리지 말구 잘 가꾸면 잘 살 수 있을 거야."

영애는 자기네 땅이 어디 있다는 정도밖에 모르는데 갑수는 그 면적까지
알고 있는데 감탄했다. 그러나 삼천 평이 마지기 수로 치면 열다섯 마지기
반밖에 안 되는 땅인데, 그것 가지고 잘 살 수 있다는 말이 이상스럽게 들
렸다.

"우리가 잘 살아온 것 같지 않은데요?"

"이때까지는 잘 살지 못했지. 그렇지만 앞으룬 잘 살 수 있어."

"어떻게 해서요?"

"보를 만들면 벼를 이때까지보다 배는 수확할 수 있다. 이때까지는 천수
답인데다가 언제나 물이 모자라 반 수확밖에 못했거든. 그런데 보만 막아
놓으면 사철 물이 흘러, 가뭄에도 물이 모자라는 법이 없을 거야. 그렇게 되
면 논농사두 그렇지만 비닐하우스를 많이 만들 수 있다. 동네 논 전체를 삼
모작 내지 사모작을 할 수 있게 되지. 그러면 옛날의 몇 배나 이익을 올리게
된다. 잘 살 수 있잖아……."

"그렇다면 이때까지 왜 보를 막지 않구들 있었지요?"

"필요한 줄 다 알면서두 못한 것이 한국적인 병폐야. 내가 어떤 동네를
가 봤는데, 그 동네는 홍수가 질 때마다 집이 반이나 침수를 했어. 동네 뒤
루 흐르는 개천에 둑을 조금만 높이 쌓으면 그런 일이 일어나지 않을 줄 알
면서두 둑을 쌓지 못했거든. 왜 그랬는지 알어? 결국 협동할 줄을 몰랐기 때
문이야. 동네 사람 전체가 힘을 모아 하면 얼마든지 할 수 있는 일인데, 그
힘을 모을 생각을 못했던 거야. 그것이 한국 농촌이었어. 우리 동네두 마찬
가지지. 막으면 좋은 줄 알지만 각자가 따루 따루 생각만 할 뿐, 힘을 모아

만들 생각을 못했던 거야. 엄두도 내지 못했던 거지."
"그러니까 동네 사람들이 협동하두룩 아저씨가 앞장을 서신 거군요?"
"그런 셈이지. 그렇지만 잘 될는지는 두구 봐야 할 거다."
"그걸 반대하는 사람이 있을라구요?"
"있지, 반드시 있다. 벌써 그런 사람이 있는걸!"
"누군데요?"
"그런 건 알 것 없다.
영애로서는 이해할 수 없는 일이었다. 동네 전체가 좋아진다는데 반대할
사람이 왜 있을까?
"그런 사람은 완력으루라두 제재를 하면 되잖아요?"
"안 된다. 그러다가는 전체 일이 깨지고 만다. 한 사람이라두 이탈하지
않게 해야만 일이 되는 법이야."
"오늘 군청에 가셨던 일은 어떻게 됐어요?"
"응, 잘 될 거야. 면사무소와 군청에서 모두들 좋은 일이라구 그랬으니
까."
갑수는 구체적인 말을 안 했다. 영애는 그런 말을 들을 만한 상대가 아니
라고 생각한 모양이었다. 영애도 꼭 들어야 한다고 생각지 않았다. 그래서
내일 만나기로 하고 비닐하우스를 나오려 할 때 갑수가,
"그건 그렇구, 금년부터 내가 계획한 농사 이야기를 들어봐라."
하고 딴 이야기를 꺼냈다.
"뭔데요?"
"이건 아직 딴 사람들에게는 이야기를 안 한 거다. 일 년 동안 내가 먼저
해 보구 내년쯤 이야기를 하려는 건데, 너만은 알아 두구 나와 함께 해 보는
게 좋을 것 같아 말하는 거다."
영애는 남들에게 이야기하지 않은 것을 자기에게만 알려준다는 것이 무
엇일까 하고 귀를 기울였다.
"금년에는 보리를 벤 뒤 거기다가 가을배추를 심는단 말야. 가을배추를
거두면 그 자리에다 또 겨울배추를 심거든. 이것만두 삼모작 아냐? 넉넉히

할 수 있어. 어떻게 하느냐 하면 모두 육묘를 해서 크게 자란 뒤 이식을 하거든. 특히 겨울배추는 비닐포트에다가 씨를 심는 거야. 길이 십오 센티미터쯤 되는 비닐봉지지. 거기다 씨를 심었다가 싹이 자란 뒤 그것을 그대루 옮겨 심으면 단 시일 내에 커질 수가 있단 말야. 내년 봄에 가서는 이른 봄에 봄배추를 심구 그것이 끝나면 참외를 심구, 또 그 다음에는 가을배추를 심구, 그 다음에 보리를 심어. 그러면 사모작이 되잖아? 고구마나 감자를 심는 땅두 마찬가지지. 이때까지는 감자를 심구 그 뒤 겨우 배추를 심구 있지만, 감자를 심기 전에 봄배추 같은 걸 한 번 더 심을 수 있어. 말하자면 무슨 땅에서나 삼모작 이상을 할 수 있다는 거지. 그것은 전부 일찍일찍 육묘를 해야 해. 육묘를 하구두 비닐을 이용해야지. 머리만 쓰면 수입을 배 이상 올릴 수 있어. 요는 땅을 잠시두 놀리지 않는 거야. 동시에 사람두 쉬어서는 안 되지. 겨울부터는 비닐하우스를 짓구 고급채소를 재배하거든. 그럼 사람은 하루두 쉴 수가 없게 될 거야. 농한기가 어디 있어? 그렇게 되면 겨울에 술이나 마시구 빈들빈들 놀 수가 없게 되구, 농민은 그야말로 진실한 생활을 하게 될 게 아니겠니?"

"너무 바빠 눈이 돌겠네요."

"그래야 돼. 먹을 것이 있어서 노는 건 좋지만, 먹을 것두 없이 논다는 것은 결국 집안 망하는 일이지. 한국 농민은 일하는 시간보다 노는 시간이 더 많았어. 그러니까 가난하게 살 수 밖에 없잖니?"

"알았어요. 저두 아저씨가 하는 대루 하겠어요. 매일처럼 일러 주세요."

"내 말대루 할 사람이 너 말구 또 한 사람 있다. 덕호, 알지. 우리 셋이서 금년부터 새 농사를 지어 보자. 그러면 동네 사람들이 하지 말래두 따라오게 될 거야."

영애는 자기가 과연 농사를 지을 수 있을까 하고 걱정해 오던 참에, 갑수의 말을 들으니 자기가 갑자기 동네를 이끌고 나갈 선도자가 된 듯한 느낌이었다.

나이가 어리고 또 처녀의 몸으로 동네의 선도자가 되다니? 그것이 허영 같은 것일지 모르지만 영애는 가슴이 부풀어 옴을 느꼈다. 일에 대한 자신이 생긴 것은 물론이다.

"참, 아저씨, 오늘 아주머니에게 이야기를 듣고 저두 고구마를 육묘루 심으려 해요."

영애는 자랑삼아 이야기했다.

"잘 했다. 고구마를 많이 캐면 식량에 보탬이 될 뿐 아니라 돼지 사료에두 쓸 수 있다. 돼지 사료가 부족할 때 얼마나 좋은 일이냐?"

"남으면 팔아두 되잖아요?"

"물론이지."

이야기는 끝이 없을 것 같았다. 밤이 깊어 가는데 이야기만 하고 있을 수가 있는가.

"내일 밤 또 이야기해 주세요."

영애는 일어섰다.

"그래, 가서 자거라."

영애가 비닐하우스를 나오는데 갑수가 뒤따라 나왔다. 플래시를 들고 영애의 길을 비춰 주는 것이었다. 영애는 한결 걷기가 편했지만, 어른에게 수고를 끼치는 것이 미안해 그만 돌아가라고 말했다. 그래도 갑수는 괜찮다면서 한길까지 따라왔다.

"고맙습니다."

영애는 허리를 굽혀 인사를 했다.

"고맙기는…… 생소한 사람처럼……."

갑수가 웃으면서 말할 때, 영애는 허리까지 굽혀 인사한 자기가 갑수를 정말 생소한 사람처럼 대한 것 같아 약간 무안함을 느꼈다. 그래서 얼핏

"아저씨는 왜 아직도 비닐하우스에서 주무시지요?"

하고 딴 이야기를 꺼냈다.

"오이와 함께 자는 게 마음 편하니까!"

"그래요? 그럼 오이들 하구 안녕히 주무세요."

영애는 고개를 끄떡하고 인사를 한 뒤 달음박질을 치기 시작했다.

영실은 잠이 들어 있었다. 그런데 자기 자리 옆에 영애의 이부자리를 바

싹 깔아 놓은 것을 보자, 영애는 가슴이 뭉클해짐을 느꼈다. 자기를 얼마나 기다리다가 잠이 들었을까? 젖 먹을 나이는 아니다. 그러나 엄마의 품을 그리워할 나이다. 그러한 애가 어른처럼 내 이부자리를 펴놓았다. 대단한 일은 아니지만, 영애는 영실의 그러한 정에 끌려들어 곤히 잠들고 있는 영실의 뺨에 자기 뺨을 비볐다. 뺨이 따뜻했다. 따뜻한 체온이 심장 속을 파고드는 것 같았다. 어쩐지 세상에 자기네 두 자매만이 살고 있는 듯한 느낌이 들었다. 고독한 마음이었다.

영애는 문득 오빠를 생각했다. 아버지가 입원한 뒤 한 번도 편지를 보내지 못했다. 군대생활을 하면서 집안 걱정을 하고 있을 것이다. 그미는 공책을 꺼냈다. 비어 있는 종이를 몇 장 뜯어 편지를 쓰기 시작했다.

"오빠! 군대생활이 고달프다는데 얼마나 고생을 하세요.

오빠! 편지가 늦어 죄송해요. 정말 편지 쓸 경황이 없었어요. 오빠는 아버지가 위암으로 광주 도립병원에 입원하고 계시다는 것을 모르실 거예요. 벌써 일주일이 지난 것 같아요. 어머니도 병을 간호하기 위해 광주에 가 계시고 여기는 영실과 저 둘뿐이에요.

오빠! 아버지는 희망이 없을 것 같아요. 다들 그렇게 말하고 있습니다. 큰일입니다. 하필 우리 아버지가 왜 그런 병에 걸렸을까요? 생각할수록 슬프기만 해요. 그렇지만 오빠! 슬퍼하고만 있을 수는 없다구 생각해요. 저는 아버지 대신 농사일을 하기루 결심했어요. 벌써 며칠째 비닐하우스 일을 시작했구, 내일부터는 고구마를 심기루 했어요. 집안을 살려야 하지 않겠어요? 영실이 공부를 시키구, 아버지의 빚을 갚아야 하구, 그리구 우리 집안이 살아야 하지 않겠어요? 저는 울고만 계시는 어머니가 불쌍해 못 견디겠어요. 그 불쌍한 어머니를 고생시키지 말아야 한다는 마음이 간절해요. 그리구 집안을 꾸려 가야 오빠두 걱정 않구 군대생활을 할 수 있잖아요? 오빠가 집안 걱정 때문에 마음이 불안해서 군대생활을 잘못하면 어떻게 해요. 다행히 갑수 아저씨가 아버지처럼 절 돌봐 주고 있어요. 새로운 농사법도 배워 주구요. 갑수 아저씨 말씀대루 농사를 개량해서 하면 전보다 몇 배의 이익을 올릴 것 같아요. 고구마를 남보다 일찍 심어 비닐로 터널을 만들어서 기르면 남보다 한 달쯤 오래 기르는 건데 그만큼 수확이 많을 거래요. 갑수아저씨는 그런 연구를 굉장히 많이 한 것 같아요. 그래서 금년부터 실험을 해서 동네 사람들에게 보급시킬 생각까지 가지구 있는 것 같아요. 그럼 우리 동네가 다 잘 살 수 있을 것 같아요.

오빠! 아버지가 병에 누워 계시지만 너무 걱정 마세요. 운명은 우리 힘으로 어떻게도 할 수 없잖아요. 이 동생이 오빠가 돌아오실 때까지 집안의 기둥이 되겠어요. 오빠두 제 말을 곧이듣지 않을지 모르겠어요. 아직 나이가 어리다고…… 또 여자라고. 저는 이래뵈두 열여덟 살이에요. 옛날 같으면 시집을 가서 애를 낳았을 거예요. 성숙할 대로 성숙했습니다. 못할 일이 없습니다. 그리고 여자라고 못할 일이 무엇입니까? 이때까지 여자들은 남자가 하는 일을 도울 생각밖에 못했습니다. 그래서 여자 혼자서 일한다는 것을 생각도 못했어요. 그런 습관이 남아서 제가 일을 한다는 데 모두들 의아한 눈으로 보고 있지요. 그것은 습관 때문이라고 생각해요. 농촌에는 없애야 할 습관이 많다고 생각해요.

오빠! 이 동생을 믿고 안심해 주세요. 아버지에게 무슨 일이 생긴다 해도 너무 놀라지 마시고요.

오빠! 오늘 저녁에는 영실이가 밥을 지었어요. 나는 오이를 팔아다가 그 애 공납금을 주었구요. 비닐하우스의 오이가 잘 되었어요. 오늘도 열두 상자를 농협에 출하했어요.

오빠! 보고 싶어요. 어떤 때보다도 보고 싶어요. 영실이도 그럴 거예요. 다시 또 쓰겠어요.”

편지를 다 쓰고 나니 큰일을 해치운 것처럼 가슴이 후련했다.

제6장 시련 속에서

두 번째로 열리는 동네 전체회의였다. 보를 축조하는 중대한 회의인 만큼, 정말 한 집에 한 사람씩 모두 참석했다. 영애도 참석하지 않을 수 없었다. 자기 집에서는 자기밖에 참석할 사람이 없으니까. 그런데 사방을 둘러봐도 여자라고는 자기 혼자뿐이었다. 우선 앉을 자리가 문제였다. 아무데나 남자들 틈새에 끼어 앉기가 어색했기 때문이었다. 그래서 얼핏 앉지를 못하고 있을 때 그런 눈치를 챘는지 옆에 앉아 있던 한 노인이,

"앉을 자리두 없는데 넌 가려무나."

하고 말했다. 그러자 옆 사람이 또,

"벌금을 내라지는 않을 거다. 안 참석하면 어떠니."

맞장구를 쳤다.

영애는 잠시 망설였다. 저 하나 참석지 않는다고 해서 회의에 지장이 있을 것은 아니다. 또 자기는 참석을 안 해도 동네 사람 전체가 이해를 해 줄 것이다. 자기가 참석한다고 해서 중대한 발언을 할 것도 아니다. 그러나 단 한 가지 자기가 여자라는 이유에서 회의에 불참하고 싶지가 않았다. 자기는 아버지 대신 집안 농사를 짓기로 했다. 남자가 하는 일 전부를 하려고 하고 있다. 그런데 참석해야만 할 의무가 있는 이런 회의에 여자라고 해서 불참할 까닭이 있는가? 집안일은 남자처럼 하고 동네일에는 참여도 못한다면 그것은 여자가 소나 말에 지나지 않는다는 것을 뜻한다. 소나 말은 사람보다 더 일을 많이 한다. 그러면서도 사람이 시키는 일 이외에는 생각을 못한다.

영애는 맨 앞자리로 걸어갔다. 그리고 갑수와 이장이 앉아 있는 옆자리에 앉았다. 비록 시선이 집중되는 자리지만 거기 앉으니 마음이 놓였다.

회의가 시작되었다. 이장이 일어나서, 어제 이장과 추진위원들이 면장과 군수를 만나고 온 데 대한 보고를 했다. 면장이나 군수 모두가 적극 찬성하더라는 말을 하고, 농협에서는 동네 전체가 책임을 지면 자금을 융자해 준다는 말을 했다고 보고하자 장내에는 박수소리가 터져 나왔다. 이장이 보고를 끝내자,

"그럼, 이제부터 사업 진행에 대한 구체적 방법을 토론하겠습니다."

하고는 맨 먼저 갑수에게 한 마디 해 달라고 부탁했다. 갑수가 일어섰다.

"군에서 이삼 일 내루 기술자를 보내 주겠다구 했습니다. 그러니까 일은 곧 착수하게 될 것입니다. 융자금은 이삼 년 뒤 상환하게 될 것이니까, 지금 걱정할 것은 없구 다만 노동력을 어떻게 차출하느냐 하는 것이 가장 급한 문제입니다. 일을 하려면 상당한 인원이 필요한데 그것을 동네 사람이 전적으루 책임을 질 것인지, 그렇지 않으면 며칠 동안만 책임을 지구 그 밖의 일을 할 때는 임금을 줘야 할는지 이것이 문제입니다. 가장 중요한 일이구 가장 힘든 문제라구 생각합니다. 그러니까 깊이 생각해서 말씀해 주십시오."

침착한 태도로 말을 한 뒤 자리에 앉자, 생각할 새도 없이 김기웅이 일어섰다.

"동네 전체의 일입니다. 그런 일을 하면서 돈을 받는다는 것은 제가 제 살을 뜯어먹는 거나 마찬가지 일입니다. 그래서 저는 원칙적으루 동네 사람이 전적으루 책임을 져야 한다구 생각합니다. 아들이 모를 심구 아버지에게 품값을 달랄 수 있습니까? 안 그렇습니까?"

김기웅이 자리에 앉자 박수소리가 터져 나왔다. 영애도 박수를 쳤다. 정말 그럴 것 같았던 것이다. 자기 동네일인데 어떻게 돈을 받고 일할 수 있을 것인가?

그런데 갑수가 다시 일어섰다.

"저두 찬성입니다. 그 원칙에 반대할 사람이 누구겠습니까? 그러나 사람이란 동네일보다 자기 개인 일이 더 급하구 바쁜 때가 있지 않겠습니까? 얼마 걸릴지 아직 자세한 것은 모르지만, 공사가 오래 걸릴 때 자기 개인의 일을 희생시키구 나오랄 수가 없지 않습니까? 그럴 경우를 생각해서 드리는 말입니다. 자기 일을 희생시키구 나와서 일을 하면 속으루 불평이 생길 겁니다. 우리 일이니까 우리가 하는 것은 당연합니다. 그러나 기술적으루 불평 없이 해나가야 할 것 같습니다."

갑수는 불평분자가 생길 것 같아서 그것을 걱정하는 모양이었다. 영애는 갑수의 말도 그럴듯하다고 생각했다. 만약 불평분자가 생기고 그런 사람이 공사에 반대하고 나서면 어떻게 하겠는가?

그런데 홍수 아버지가 손을 들고 일어섰다.

"불평을 말할 사람은 없으리라구 생각합니다. 생각해 보십시오. 우리 동네는 마을이 생긴 뒤 오늘날까지 물 때문에 고생을 하며 살아왔습니다. 천수답인데다가 자갈논입니다. 아무리 홍수가 진 뒤에두 며칠만 지나면 물이 딸립니다. 그래서 농사를 제대루 지어본 때가 한 번두 없습니다. 그런데 보를 막아서 천수답 신세를 면하자구 하는데 누가 감히 불평을 말합니까? 그런 사람이 생기면 그런 사람은 우리 동네서 내쫓기루 합시다. 그런 사람을 제재하기 위해 규율부 같은 것을 먼저 조직하구 일을 시작합시다."

이 말이 끝나자 또 박수소리가 터졌다. 영애는 홍수 아버지가 그렇게까지 격정적인 사람인 줄 몰랐었다. 비교적 여유 있게 살고는 있지만 말없이 농사나 짓는 사람으로 알고 있었던 것이다. 홍수 아버지 말에 터지는 듯 박수를 보내는 동네 사람들에게서도 영애는 새로운 인상을 받았다. 착하고 말없이 사는 줄만 알았던 동네 사람들 가슴 속에 그런 격정이 들어 있다니……착하고 순하다고만 볼 수 없는 일이었다.

갑수가 다시 일어섰다.

"감사합니다. 여러분의 의사가 그러시다면 거기 따르는 수밖에 없다구 생각합니다. 그러면 이런 문제는 어떻게 하는 것이 좋겠습니까. 몽리 면적에 따라 일하는 날짜가 결정되겠지만 바쁜 일이 있어서 나오지 못할 때 말입니다. 그리구 자기 책임을 다한 뒤에두 남의 몫까지 일하는 사람에게는 달리 생각해 줘야 하지 않겠습니까?"

영애가 보기에 갑수는 만사를 튼튼히 하려는 것 같았다. 그리고 중요한 일은 동네 전체의 책임 밑에서 실행하려는 것 같았다. 옳은 방법이라고 생각했다.

그런데 여기 대해서는 이의가 많았다. 논 한 마지기 당 차출되는 날짜를 열흘로 잡자는 사람이 있는가 하면, 우선 닷새로 했다가 모자랄 경우에 다시 늘이자는 사람, 그리고 자기 책임을 다하지 못할 때는 하루에 삼백 원씩 현금을 내서 대신 일하는 사람에게 주자는 사람, 또 삼백 원이 많으니 이백오십 원으로 하자는 사람들이 제각기 자기 말이 옳다고 주장하는 바람에 이야기가 쉽게 끝나지 않았다.

영애는 그런 이야기가 자기에게 그리 중요하지 않다고 생각하며 눈을 돌려 자기 손바닥을 들여다봤다. 그리고 물집이 새긴 손가락 밑을 만져 보았다. 물이 들어 통통하게 솟아오른 물집을 만지며 영애는 그 물집이 언제 굳어질까 하고 생각했다. 물집이 굳어지려면 며칠이 걸릴 것이다. 그 동안은 쓰라리겠지. 그렇지만 일단 굳어지면 물집이 다시 생기거나 아프지가 않을 것이다.

그러나 영애는 한편 자기가 한심스럽게 생각되었다. 고구마밭 이랑을 만드노라고 하루 동안 삽질을 했다. 겨우 하루를 일했을 뿐인데 손바닥에 물집이 생기다니…… 손바닥에 물집이 생긴 정도가 아니었다. 허리가 아프고 종아리가 켕겨 견딜 수가 없었다. 온몸이 피곤했다. 이런 몸을 가지고 농사를 지어? 낮에 밭을 일구고 있을 때, 경태가 와서 일을 할 만하냐고 물었다. 그때 영애는,

“왜 못해요?”

마치 그런 것을 묻는 것이 인식 부족이라는 듯 자신 있게 반문을 했었다. 그리고 잠깐 동안이라도 자기가 대신 해 주겠다며 경태가 삽을 빼앗을 때, 영애는 마치 무시나 당한 것 같아 끝까지 삽을 주지 않았다. 말하자면 육체적 노동에 굴하지 않는다는 의지를 보여 주었던 것이다. 그러나 실제는 어떠한가?

영애는 자꾸만 눈이 감기려는 것을 억지로 참았다. 여러 사람들에게 하루 일로 녹아떨어진 자기 몰골을 보여 주기가 싫었던 것이다.

다행히 얼마 안 있어서 회의가 끝났다. 그래서 집으로 돌아가려고 할 때였다. 이장이 잠깐만, 하고 해산하려고 술렁이는 동네 사람들을 불러 앉혔다.

“여러분이 모인 이 자리에서 인사를 드리겠다는 분이 있습니다.”

하고 어떤 젊은 사람을 일으켰다. 그 사람은 영애가 처음 보는 사람이었다. 그러나 다른 사람들은 소문으로 듣고 아는 사람이었다.

“저는 천강재라는 사람입니다. 앞으루 이 동네서 살며 여러분의 지도를

받겠습니다. 대학교를 갓 졸업한, 아무것두 모르는 사람입니다. 농과를 졸업했기 때문에 축산을 해 보려고 합니다. 그래서 산 밑에 집을 짓구 축산을 시작할 생각이니까 여러분의 많은 지도가 있어야 하겠습니다. 특히 요즘 마을에서는 이 동네로서 역사적인 공사를 시작한다고 하니 경사스런 일이라고 생각합니다. 저두 힘자라는 껏 도와드리겠습니다. 저는 논이 없습니다. 그렇지만 여러분과 똑같이 배당을 받아 일을 하겠습니다. 여러분과 함께 이 동네 부흥을 위해 일을 하겠습니다. 끝까지 지도해 주시기를 바랍니다.”

천강재가 이야기를 끝내자 모두가 수군거리기 시작했다. 소문은 듣고 있었지만 본인은 처음 보기 때문이다. 그리고 집을 짓는다는 말은 들었지만 무엇 때문에 집을 짓고 있는지 그것을 모르고 있었던 터라, 축산을 하겠다는 말에 모두가 놀랐던 것이다. 큰 부자가 동네로 이사 온다는 말에 모두 막연한 경계심을 가지고 있었던 것이지만, 그런 부자가 와서 축산을 한다니까 닭이나 돼지로 동네를 소란하게 할 것이라는 구체적이 공포심까지 가지게 되었을 것이다. 한편에서 수군거리는가 하면 한편에서는 천강재와 악수를 하는 사람도 있었다. 천강재가 돌아다니며 개인적으로 인사를 하며 악수를 청했기 때문이었다.

영애는 그 사람과 개인적으로 인사할 필요도 없어서 이장 집을 빠져나왔지만, 집으로 돌아오는 길에 천강재라는 사람을 혼자 생각했다. 대학을 졸업했다는 사람이 무엇 때문에 시골에 와 축산을 한다고 할까? 무슨 축산지는 모르나 어쨌든 농촌에서 살려면 불편한 것이 많을 것이다. 전깃불조차 없는 곳이다. 그것도 자기 동네라면 모른다. 생소한 남의 동네에 와서 살겠다는 이유가 무엇일까? 영애는 알 수 없는 일이라고 생각했다. 그러나 자기와 상관없는 일이라 더 오래 생각지를 않았다.

집에 들어가니 영실은 또 잠이 들어 있었다. 자기의 이부자리를 옆에 깔아 놓고……

영애는 몸을 가눌 수 없을 정도로 피곤을 느끼며 이불 속에 들어갔다. 우선 자야 할 것 같았다. 그러나 금시에 일어나 바느질 그릇을 찾았다. 바느질 그릇에서 바늘을 뽑아 손바닥의 물집을 터뜨렸다. 그래야 물집이 빨리 아물어 일할 수 있다고 생각했기 때문이다. 물집을 바늘로 쑤셔 터뜨리자 말간 물이 흘러나오며 그 안이 아렸다. 그러나 그미는 계속 물집을 터뜨리고 또 터뜨렸다. 오른손으로 왼손의 물집을 터뜨릴 때는 그래도 괜찮았다. 왼손으로 오른손의 물집을 터뜨릴 때는 바늘이 말을 들어주지 않았다. 말을 잘 듣지 않는 바늘을 가지고 살가죽을 퉁기려니 살이 더 아픈 것 같았다. 물이 겨우 나오도록 구멍을 작게 해서는 안 된다. 곧 살이 아물어 다시 물이 괴기 때문이다. 그래서 구멍을 크게 뚫으려니 그만큼 힘이 들었고 아픔도 컸다. 그러나 참아야 했다. 물집 때문에 일을 못 해서는 안 되기 때문이었다. 물을 다 뽑자 손바닥이 알알했다. 좀체로 멎지 않았다. 그래서 그런지 잠이 오지 않는데 오늘 낮에 갑수와 같이 돌아본 자기 밭들이 눈앞에 떠올랐다. 김을 매줘야 할 보리밭, 앞으로 콩과 깨, 옥수수를 심어야 할 밭들. 갑수아저씨는 보리밭 고랑에 콩이나 수박을 심으라 했다. 내년 이른 봄에는 봄배추를 두 번 심고, 그 뒤 고구마를 심을 수 있다고 했다. 고구마를 캔 뒤에는 겨울배추를 심는다. 그렇게 하면 밭에서 사모작 농사를 지을 수 있다면서, 부지런만 하면 그것을 넉넉히 할 수 있다고 했다. 그러면 보통 한 번만 농사짓는 땅에서 네 배의 수확을 올릴 수 있다.

영애는 그렇게 농사를 지으려면 우선 자기가 부지런해야 한다고 생각했다. 그야말로 한시도 쉴 새 없을 테니까. 그런데 겨우 하루를 일하고 손바닥이 부르트는 그런 손을 가지고 일을 해낼 수 있을까? 허리가 쑤시고 다리가 얼얼하다. 그런 몸으로 어떻게 그런 벅찬 일들을 해낼 수가 있을까?

이런 걱정을 하며 영애는 잠이 들었다

다음날 아침 눈을 떴을 때는 영실이 벌써 부엌에 나가고 없었다. 그미는 벌떡 일어났다. 영실을 보기가 부끄러워서 어떻게 하나 하는 생각을 하며 부엌으로 뛰어나갔다. 그리고는 영실이가 아무 말도 못하게 떠다밀어 방 안으로 들여보냈다. 영실이 괜찮다며 바둥바둥 부엌일을 하려 했으나 영애는 그것을 허락지 않았다. 저녁을 짓는 것은 할 수 없다. 그러나 어린것에게 조반까지 짓게 하는 것은 언니로서 도저히 용서할 수 없는 일이기 때문이었다. 영애는 영실이 하던 일을 끝내고 밥상을 챙겼다. 밥상에는 밥과 김치,

그리고 고추장과 오이장아찌뿐이었다. 당분간 그것만으로 밥을 먹어야 했지만, 영애는 반찬이 없다는 걱정은 안 했다. 영실이도 투정을 안 했다.

밥을 먹으면서 그미는 손바닥을 들여다보았다. 구멍 뚫린 자국만 남기고 살이 달라붙어 있었다. 손가락으로 눌러보았다. 약간 아팠다. 오늘 일을 다시 하면 붙었던 살이 떨어져 나가지 않을까 걱정했다. 그러나 그런 걱정만 하고 있을 수는 없었다. 빨리 밥을 먹고 영실을 학교에 보낸 뒤 비닐하우스로 나갔다. 태복이 먼저 나와 기다리고 있었다. 자기보다 먼저 나온 태복이 고마웠지만, 영애는 고맙다는 말을 하지 않고 비닐하우스 지붕을 쳐다보며 어서 지붕에나 올라가라는 눈짓을 했다.

태복이 위에서 섬거적을 걷어 내리는 것을 받아 땅바닥에 세울 때마다 볏짚이 손바닥에 닿아 물집자리가 아팠으나 영애는 얼굴을 찡그리면서도 일을 계속했다.

섬거적을 다 걷고 고구마밭으로 가서 삽질을 시작하려고 할 때였다. 태복이 옆으로 와서 양복주머니에 넣어 두었던 목장갑 한 켤레를 꺼내 주었다.

"손이 아프지 않아?"

영애는 자기도 생각지 못했던 것을 태복이 어떻게 생각했을까 하고 속으로 생각하면서도,

"건 왜 사 왔지?"

그리 고맙지 않은 것처럼 말했다.

"손이 부르튼 것을 보았으니까 사 왔지."

태복은 얼굴을 붉히며 대답했다.

"그래?"

영애는 태복이 얼굴을 붉히는 것을 보고 일부러 무감동한 태도를 취했다. 얼굴을 붉힌다는 것은 딴 마음이 있기 때문이라고 직감했던 것이다. 영애가 무표정한 얼굴로 장갑을 끼고 있을 때 태복이 다시 또 양복주머니에서 무엇을 꺼냈다. 고무장갑이었다.

"아직 물이 차가우니까 이걸 써!"

태복이 고무장갑을 내밀 때, 영애는 그가 너무나 친절하다고 생각했다. 그

리고 돈도 없으면서 지나친 친절을 베풀어주는 태복이 수상하다고 생각했다.

수상하다고 생각하니 고무장갑을 받기가 싫었다.

"그건 어머니에게 갖다 드리세요."

"늙은이가 뭐 그런 걸 써."

"나두 그런 거 안 써 봤어요."

"여자는 손이 고와야 하잖아?"

영애는 태복이 못하는 소리 없다고 생각했다. 어떻게 그런 것까지 생각했을까?

"손 곱지 않아두 좋아요."

"어젯밤 일부러 시내에까지 가서 사 온 거야. 받아 둬."

영애는 태복이 어젯밤 동네 회의가 있을 때 시내엘 갔다 왔을 것이라고 생각했다. 성의가 대단했다. 그 성의를 무시하기가 거북해서,

"돈두 없는데 그런 것까지……."

하며 고무장갑도 받았다. 영애는 밭 한가운데로 들어가 어제 일군 밭이랑에 고무장갑을 놓고 조그만 돌을 주워 그 위에 올려놓았다. 안전한 곳에 안전하게 숨기려는 것이었다. 사실은 고무장갑이 소중하게 생각되었던 것이다. 한 번도 끼워 보지 못한 것이었다. 빨래를 할 때 그것을 끼고 하면, 손이 거칠어지지 않을 것이 분명하다. 일을 하면서도 손이 거칠어지지 않으면 얼마나 좋을까?

영애는 목장갑을 끼고 삽을 들었다. 한결 손바닥이 덜 아팠다. 그러나 장갑이나 고무장갑에 대한 이야기는 그 이상 더 하지 않고 일만을 했다. 어제 밭을 다 간 태복도 삽을 들고는 영애와 같은 일을 했다. 그도 말이 없었다. 말없는 것이 다행하다고 생각하면서도 영애는 어쩐지 두려움 같은 것을 자꾸 느꼈다. 솔직히 말해서, 남자를 볼 때 가끔 이상한 마음이 안 든 것은 아니지만, 남자와 교제를 해 보고 싶다는 마음을 가져 본 일이 없는 영애다. 그런데 태복은 앞으로 무슨 일을 저질러 오고야 말 것 같았다. 그때 자기는 어떻게 해야 할 것이라는 것을 생각하기에 앞서 그미는 그냥 겁이 났던 것이다. 단순한 겁이었다. 그렇다고 해서 그런 것을 내색할 수도 없어서 아무

렇지도 않은 체 일만을 했다. 태복도 꿀 먹은 벙어리처럼 아무 말 않고 일만 했다.

저녁때까지 밭고랑을 다 만들고 고구마도 심은 뒤, 작년 비닐하우스에서 한 번 쓴 헌 비닐을 가져다가 덮으려고 할 때였다.

느닷없이 갑수가 와서 일하고 있는 영애를 보고 물었다.

"할 만하니?"

영애는 일하던 손을 멈추고 일어나서,

"네!"

웃음 띤 목소리로 대답했다.

"고구마를 얼마나 깊게 심었니?"

"이만큼요."

영애는 가운데 손가락을 내보였다.

"비닐을 치니까 너무 깊게 심을 필요가 없다. 잘 했다."

영애는 갑수에게 칭찬을 받자 마음이 흐뭇해짐을 느꼈다. 용기가 생기는 것 같기도 했다.

"아저씨, 이걸 끝내면 다음엔 뭘 할까요?"

"콩을 심어라. 보리밭 이랑에두 콩이나 수박을 심구, 이제는 땅이 얼지 않을 테니까 뭐든지 심어라. 남보다 일찍 심으면 뭐든지 좋다."

"그런데 남들은 왜들 심지 않구 있지요."

"머리가 미치지 못해서 그렇지. 밤낮 절기만 지키는 습성이 있거든. 으레 곡우(穀雨)가 지나야 씨를 뿌리는 줄 알구들 있단 말야. 곡식이란 뭐든지 땅 에서 오래 자라야 그만큼 수확이 많다는 걸 모르거든."

"아저씨두 전에는 남들과 같은 방식으루 농살 짓지 않았어요?"

"나두 그랬다. 그렇지만 책을 읽구 또 타동네에 다니며 구경을 했다. 조 기 촉성재배하는 데를 여러 군데 구경했어. 그래서 비닐하우스를 시작했구, 금년부터는 다른 농사두 개량해서 하려구 하는 거다. 결국 농사두 머리를 잘 써야 하는 거야. 그걸 소위 과학적 농사라구 하지 않니?"

영애는 과학적인 농사라는 말을 들은 일이 있지만, 과학이 결국 머리 쓰는 것임을 알았다. 머리를 어떻게 써야 하는지는 모르지만, 머리를 써야만 앞으로의 농사는 효과를 거둘 것이라고 막연한 생각을 했다.

"과학적인 농사를 많이 연구하셨어요?"

"좀 했지. 금년부터 내가 실험을 해서 동네 사람들에게두 장려를 할 생각이다. 요는 종자를 잘 택하구, 다음에는 그 종자가 잘 자라두룩 먹을 것을 잘 먹여 주어야 해. 그리구 땅에 힘이 없을 때는 땅에 기운을 넣어 주구."

"그런 걸 저두 할 수 있을까요?"

"마음에 딸린 거지. 못할 게 뭐니? 그러니까 넌 매일 밤 우리 집에 와서 내 이야기를 들어라. 한 번 들어가지구는 안 되는 일이니까……."

"아저씨가 귀찮아하실 거 아녜요?"

"내가 귀찮아하기 전에 네가 귀찮아지겠지."

"천만에요. 저는 어제 밤에두 아저씨 댁에 가려구 했는데 마침 회의라 못 갔던 거예요. 오늘 밤부터 하루두 결석하지 않겠어요."

"오늘 밤엔 내가 광주엘 가려구 한다."

영애는 갑수가 자기 아버지 병문안으로 가는 것이리라 짐작을 하면서도 물었다.

"뭣 하러요?"

"너의 아버지 병이 어떤가 해서……."

영애는 고마웠다. 그 먼 데를 일부러 병문안 가다니…… 그러나 고맙다는 말 대신,

"이제 갔다가 언제 오시게요?"

하고 물었다.

"밤 막차나 내일 새벽 첫차루 오지. 내일은 군에서 보를 설계하는 기술자가 올 테니까?"

갑수는 시계를 보며 늦었다는 듯이 떠나려 하다가,

"뭐 부탁할 일 없니?"

하고 물었다.

"없어요."

영애는 성큼 대답했다. 부탁할 아무것도 없다고 생각했던 것이다. 부모님에게 가장 필요한 것은 돈뿐인데 돈이 한 푼도 없기 때문이었다.

"네가 일을 잘 하구 있다구 말해 주지."

"그 이야기나 해 주세요."

영애는 떠나가는 갑수를 보자, 갑자기 미흡한 생각이 들었다. 일부러 자기 아버지를 찾아가는 갑수에게 부탁의 말 한 마디도 안 한 것이.

"잠깐, 아저씨!"

그미는 갑수를 불러 세우고 그에게로 달려갔다.

"왜?"

갑수가 뒤돌아서며 물었다.

"오이라두 몇 개 갖다 주세요."

영애는 문득 오이를 생각했던 것이다. 아버지가 잡수실 것은 보낼 수가 없다. 어머니라도 반찬을 만들어 잡수실 수 있는 것은 오이뿐이다.

"거 좋겠다."

그래서 영애는 집에 가서 책보를 가져다가 비닐하우스에서 오이를 따 쌌다. 그리고는 오이 보자기를 들고 동구 밖으로 걸어가는 갑수를 멀리 바라보았다.

갑자기 눈물이 나오려 했다. 정신없이 누워 계실 아버지의 얼굴이 눈앞에 떠올랐던 것이다. 걱정에 싸여 어쩔 줄 몰라하는 어머니의 얼굴도 떠올랐다. 어머니는 밤잠도 제대로 못 주무시며 아버지 옆을 한시도 떠나지 못한다. 그 어머니 대신 제가 아버지 병간호를 해 드려야 할 텐데…….

영애는 몸을 휙 돌렸다. 갑수의 뒷모습을 보며 그런 생각에 빠져 있기만 할 수가 없었던 것이다. 가서 일을 해야 한다. 일하는 것만이 아버지와 그리고 어머니를 생각하는 길이다.

영애는 정말 그렇게 생각했다. 눈앞에 보이도록 도와드리는 것이 효도일지 모른다. 남들도 눈에 보이도록 효도를 하려고 한다. 그런 면에서 생각할 때 자기는 아버지 곁에 있어야 한다. 그래서 아버지를 간호해 드리고 어머니의 수고를 적게 해야 한다.

그러나 집안의 중요한 일을 내버려 두고 부모님 옆에만 있다고 해서 부모님이 진심으로 기뻐하실 것인가? 결국 부모님의 걱정을 덜게 하는 것이 효도일 것이다.

사실은 효도라는 것을 생각할 계제가 아니었다. 절박한 가정 형편에서 어떻게 하는 것이 진실된 생활이냐 하는 것만이 문제였다. 집안 전체를 생각해서 가장 진실된 일을 한다면 그것이 곧 효도가 되는 것이 아니겠는가?

영애는 밭으로 돌아가 하던 일을 계속했다. 저녁 늦도록 일을 하고 땅거미가 질 때쯤 집에 돌아가니 영실이가 벌써 저녁밥을 지어 놓고 있었다. 저녁을 지어 놓고 행주로 그릇을 닦고 있는 뒷모습을 볼 때 영애는 또 눈물이 글썽했다. 시키지도 않은 일을 자진해서 하는 그 모습이 너무나 기특하고 너무나 얌전하게 보였던 것이다. 정말 안아 주고 싶었다. 그러나 영애는,

"들어가 숙제나 해……."

비교적 무뚝뚝하게 말했다.

"언니! 힘들지 않아?"

그래도 언니를 생각하며 영실은 계속해서 일을 한다.

"들어가라니까!"

영애는 동생을 밀어서 방 안에 들어가게 한 뒤 자기가 부엌일을 했다. 부엌일을 하며 그미는 영실은 고생을 시키지 말아야겠다고 생각하면서도 고생 안 시킬 수 없는 사정을 딱하게 여길 뿐이었다. 물론 학교는 계속해서 보낼 것이다. 그러나 학교서 돌아와서는 집안일을 돕지 못하게 할 수는 없다. 원체 일할 사람이 없는데 그냥 놀릴 수가 있겠는가?

영애는 동생 생각을 그만두고 갑수 생각을 했다. 지금 버스를 타고 어디쯤 갔을까? 아마 광주에 도착했을는지 모른다. 그렇다면 갑수는 지금쯤 병원에서 부모님과 이야기를 하고 있을지도 모른다. 아버지의 병세는 어떤가?

제발 병이 완쾌되어 주었으면…….

세상에는 기적이라는 것이 있다. 자기 아버지에게라고 그 기적이 나타나지 말라는 법은 없다. 그미는 눈을 감았다. 그 기적이 자기 아버지에게 나타나기를 바라는 것이었다.

예수는 문둥병자를 고쳐 주셨다. 앉은뱅이도 고치셨다. 영애는 자기가 예수님 시대에 태어났다면 아버지를 모시고 예수님께로 갔을 것이란 생각을 했다.

이런 생각을 하며 부엌일을 끝내고 저녁을 먹었다. 저녁을 먹고는 아버지가 읽던 책들을 꺼내 자기가 읽을 만한 것을 골랐다. 그 중에서 그미는 조기 촉성 재배법이란 책을 펼쳤다. 여러 가지 채소를 촉성 재배하는 방법이 들어 있었다. 그미는 자기가 앞으로 농사를 짓는 데 가장 필요한 책이라 생각하고 남폿불 밑으로 가지고 갔다.

그런데 몇 장 읽었을까 말까 했을 때 또 황길하가 찾아왔다. 뭣 때문에 자주 오는지 알 수 없었다. 그러나 찾아온 사람을 푸대접할 수는 없었다.

황길하는 우선 영애 아버지 병에 대해 걱정하는 말을 했다. 그래서 영애는 갑수가 광주로 병문안 갔다는 말을 했다. 그랬더니 길하는 갑수에 대해서 고맙다는 말은 안 하고,

"그 양반 큰일이더구만!"

하고 도리어 못마땅한 표정을 지었다.

영애는 깜짝 놀랐다. 갑수 아저씨가 무엇을 잘못했기에 황길하 입에서 그런 말이 나올까?

"왜요?"

영애로서 반문하지 않을 수 없었다.

"자기 개인의 이익을 위해 동네 전체를 끌구 가려니까 말야."

"무슨 말인지 잘 모르겠네요."

"영애네두 하구 있지만, 그 분이 비닐하우스에서 채소 재배를 하고 있잖아? 그 채소 재배에는 끊임없이 물을 써야 하거든. 그래서 동네 전체회의를 열구 보를 만들자구 선동하구 있거든. 동네로선 보가 필요하지. 그렇지만 보를 막자는 그이의 본심을 모르구 동네 사람들은 말려들어가구 있지. 자기 개인의 이익을 위해 일을 시작하는 그런 사람이 장차 무슨 일을 저지를지 누가 알아?"

황길하의 설명에 영애는 순간적으로 화를 냈다.

"그 분을 오해하구 계세요. 그 분은 절대루 그런 분이 아녜요. 그 분은 장차 이 동네를 위해 과학적인 영농 방법을 권장할 계획까지 세우고 있단 말예요."

"자기 개인의 이익을 은폐하기 위해 동네를 위하는 체하는 거지."

"남을 의심하지 마세요. 기독교 신자루 남을 의심하는 것두 죄 아녜요?"

"의심하는 게 아냐. 속이 들여다뵈니까 하는 말이지."

"그 분을 몰라서 그런 거예요. 나는 절대루 그 분이 그런 사람이 아니라구 생각해요."

영애는 정말 갑수를 믿고 있다. 어떤 면으로도 의심할 여지가 없는 사람이다. 그런데도 갑수를 의심한다는 것은 결국 의심하는 황길하가 나쁜 사람이라고 생각할 수밖에 없었다.

그렇다면 황길하는 무엇 때문에 갑수 아저씨를 의심하고 있을까? 아무리 생각해도 영애로서는 알 수 없는 일이었다. 동네에서 욕먹을 일이라고 해본 일이 없다. 부지런하기로 유명한 사람이다. 특히 인정이 있는 분이다. 황길하의 집과 무슨 일이 있었는지는 모르지만, 그렇다고 해도 황길하가 그렇게까지 나쁘게 이야기할 수는 없을 것 같았다.

"집안끼리 무슨 싸움이라두 했어요?"

그런데 황길하는 절대로 그런 일이 없다고 부정했다.

"만약 집안끼리 무슨 일이 있어서 내가 그런 말을 한다면 내가 나쁜 사람이게? 내가 그렇게 나쁜 사람인 것 같아."

이렇게까지 부정하는 데는 영애로서 더 할 말이 없었다. 오직,

"두구 보세요. 내가 말한 대루 그 분은 개인의 야심을 가지구 있는 분이 아녜요. 정말 두구 보세요."

하며 갑수를 신뢰하는 자기의 태도를 분명히 할 뿐이었다.

"글쎄, 두구 봐. 누구 말이 맞는가를 두구 봐야 알 거야."

황길하도 고집을 부렸다. 그러나 영애와 그런 문제로 다툴 필요가 없다고 생각했는지, 황길하는 화제를 돌려 버렸다.

"그래 농사일을 해 보니 어때? 힘들지 않아?"

"왜 힘들지 않아요? 힘들어도 하는 거지요."

"난 영애가 끝까지 감당해 낼 수 없다구 생각하는데……."

"걱정 마세요."

영애는 길하가 자기를 걱정하는 것 같은 그 태도가 싫었다.

"영애는 키만 좀 클 뿐 몸이 그리 건강하지는 못한 것 같아. 그러니까 아무리 결심이 굳다 해두 감내하기가 힘들 것 같아."

"걱정 마시라니까요."

영애는 쌀쌀한 태도를 보였다. 그런데도 길하는 태도를 달리하지 않고, 어디까지나 영애를 걱정하는 말을 했다.

"영애는 농촌에서 행복을 얻을 수 있다구 생각해? 언제든 도시루 나가야지."

"나는 그런 생각을 해 본 일이 없어요. 아직 그런 생각할 나이가 못 되지 않아요?"

"난 그렇게 생각지 않아. 조금씩 자기의 장래를 생각할 나이지. 왜 자기를 어리다구 생각해? 영애가 힘든 일을 하구 있다는 사실만으루두 영애가 여자루 성숙했다는 것을 뜻하는 거야. 안 그래?"

영애는 길하를 통 이해할 수 없었다. 자기를 어리지 않다니 성숙했다거니 하는 말을 자꾸 강조하는 이유를 알 수 없었다. 사실 영애도 자기를 어리다고는 생각지 않는다. 고등학교 일학년이라고 해도, 남보다 늦게 입학해서 그렇지 반에서는 최고연령이었다. 하지만 그것이 길하와 무슨 상관이람.

"좌우간 나는 아버지 병 하구 농사일 이외엔 아무것두 생각지 못하구 있어요."

영애는 어떤 이야기도 귀담아들을 여지가 없다는 자기 태도를 분명히 했다. 그런데도 길하는,

"인생이란 그런 것이 아냐. 먼 앞을 내다보며 살아야지. 젊은 사람에게는 현재보다두 미래가 중요하지 않아? 나는 영애가 농촌에서 고생을 하며 불행하게 살 수는 없다구 생각해. 농촌에서 백 년을 살아야 도시 사람 같은 문화생활을 할 수 있어? 언제나 시대에 뒤떨어진 생활만 하는 곳이 농촌이야.

난 금년 내루 서울엘 가겠어. 거기서 취직하구 살 거야. 영애두 서울에 가. 서울서 살 꿈을 키우란 말야.”

길하는 열 내서 이야기했다. 그러나 영애의 귀에는 잘 들어오지 않았다. 자기와 아무 상관없는 이야기처럼만 생각되었던 것이다.

“차차 생각해 보겠어요.”

영애는 긴 이야기를 하고 싶지 않았다. 그런데도 길하는 영애를 설득시키고 어떤 확답을 들으려 계속 이야기를 했다. 나중에는,

“내가 먼저 서울 가 있을게 아무때라두 와.”

하고 말했다. 서울 가면 먹여 주겠다는 말인가?

“돈 벌어 가지구 서울 구경 갈게요.”

영애는 동문서답 같은 대답을 했다. 그것은 길하의 이야기를 진지하게 듣지 않았기 때문이기도 했지만, 영애가 원체 이성 교제를 해 보지 않았기에 남자의 마음을 알지 못한 때문이었다. 그런데 밤이 늦어 길하가 돌아갈 때였다. 배웅도 배웅이려니와, 대문을 잠가야 하기 때문에 길하를 따라 대문까지 뒤따라갈 때였다. 앞서 걷던 길하가,

“영애!”

하고는 뒤돌아서며 영애의 손을 잡았다. 영애는 깜짝 놀랐다. 반사적으로 손을 뿌리치자 이번에는 와락 달려들어 영애를 껴안았다. 영애는 그를 밀어 던졌다. 몇 발 뒤로 물러섰던 길하가,

“또 놀러 올게.”

하고 대문 밖으로 나갔다. 무안해하거나 부끄러워하는 태도가 아니었다. 화를 내고 욕을 하는 것도 아니었다. 아무 일도 없었다는, 그리고 정말 다시 찾아오겠다는 그런 태도였다.

영애는 얼핏 대문을 잠그고 방 안으로 들어왔으나, 가슴이 떨려 어떻게 할지를 몰랐다. 가장 소중한 것을 빼앗긴 그런 기분이었다. 깨끗하던 몸이 더러운 손에 시꺼먼 때가 묻은 것 같기도 했다.

가슴이 떨리고 손가락이 떨리고 입술이 떨렸다. 생전 처음 그리고 꿈에도 생각지 못했던 일을 당했기 때문이었다.

"죽일 자식!"

떨리는 입술 속에서 저주의 말이 나왔다. 그리고 다시 찾아오거든 몽둥이로 후려쳐 쫓아보내리란 생각도 했다.

정말 분했다. 영실이가 잠들어 있었으니 다행이지 만약 그 애가 그 꼴을 보았다면 어찌 생각할 것인가? 아무도 본 사람이 없어서 다행이라고 생각하면서도, 영애는 그래도 창피하다는 생각에 머리를 들 수 없었다.

영애는 책 읽을 생각을 버렸다. 도저히 머릿속에 들어올 것 같지 않았기 때문이었다. 그 대신 자리 속에 들어갔다. 원체 피곤한 몸이라 잠은 올 것 같았다. 누워서 눈을 감은 채 손바닥을 만져 봤다. 물집이 생겼던 자리가 아직 아팠다. 빨리 굳은살이 박혀 주었으면 하고 생각했다.

다음날 아침까지 잠을 잘 잤다. 자고 일어나니 머리도 깨끗했다. 어제 밤의 흥분도 깨끗이 잊었다. 그 이상 별다른 일이 없었기 때문이리라.

조반을 지어먹고 영실을 학교에 보낸 뒤 섬거적을 거두려 비닐하우스로 나가려 할 때였다. 전 같으면 비닐하우스로 직접 나가던 태복이 집에 들렀다. 집에 들렀다고 해서 별달리 생각할 것은 하나도 없었다. 그런데 태복을 보자, 문득 태복이 어젯밤 일을 알지나 않을까 하고 겁이 났다. 집 앞을 지나다가 혹시 보지나 않았을까 하는 마음이었다. 만약 그것을 안다면 이 사람 저 사람에게 소문을 퍼뜨릴 것이다. 그렇게 되면 자기는? 자기에게 잘못이 없다고 해도 창피한 일이 아니겠는가? 변명을 하며 돌아다닐 수도 없는 일이고.

태복은 아무 말이 없었다. 같이 나가 섬거적을 걷을 때까지 이렇다 할 말 한 마디도 안 했다. 말 안 하는 것이 도리어 영애의 마음을 켕기게 했다. 어쩐지 모든 것을 알고 있기 때문에 말을 안 하는 것처럼 생각되었던 것이다.

섬거적을 다 걷자 태복이, 고구마밭 일은 일찌감치 끝낼 것인데 그 뒤에는 무슨 일을 할 것이냐고 물었다. 영애는 일을 찾아서 하려는 태복이 고맙게 생각되었다.

"보리밭에 콩을 심어야겠어."

그런데 태복이,

"건 좀 이르지 않아?"

하고 반문했다. 영애가 농사 계절을 모르고 하는 말이라 생각했기 때문이리라.

"이를수록 좋대."

영애는 자기가 좀더 안다는 식으로 말했다.

"차라리 논에 객토를 하는 것이 어때?"

태복은 영애네 농사에 책임을 가진 사람처럼 말했다. 영애는 객토(客土)라는 말을 듣기는 했으나, 언제 하는 것인지는 모르고 있다.

"건 요즘 해야 하나?"

"그럼, 모를 심기 전에 해야지. 한가한 때 해 두면 좋잖아?"

말이 나온 김에 영애는 객토에 대한 지식을 가져 두는 것이 좋을 것이라고 생각했다.

"객토는 왜 하는 거지?"

"우리 동네 논은 모두가 자갈땅이거든. 객토를 해야만 땅이 후덥지근해지는 거야."

"흙은 어디서 파 오나?"

"뒷산에서 파 오지."

태복의 말을 듣자 영애는 알았다고 한 뒤, 태복을 혼자 고구마밭에 보냈다. 객토에 대한 것은 갑수에게 물어 본 뒤 시작하리라 생각했던 것이다. 태복이 자진해서 일하려는 것은 고마우나 그의 말만 듣고 일을 하기가 조금 미심쩍기 때문이었다. 아무래도 갑수를 만나야 할 일이 있다. 지금쯤은 광주에서 돌아왔을 테니까 들러서 아버지의 병세도 알아봐야 했던 것이다.

영애가 갑수의 집에 갔을 때 갑수는 조반을 먹고 있었다.

"언제 오셨어요?"

와 있으리라고 짐작은 했었지만, 와 있는 그를 눈으로 보자 영애는 적이 놀랐다. 너무 빨리 온 것 같았다.

"조금 전에 왔다."

갑수는 영애가 묻기 전에 먼저 백만규의 병세에 대해 이야기를 해 주어야

만 했다. 그러나 영애가 묻는 말에 대답을 했을 뿐 다른 말을 못했다. 그것
은 영애를 기쁘게 해 줄 말이 한 마디도 없기 때문이었다.

"우리 아버지 좀 어때요?"

응당 물을 줄 알았던 영애의 물음이 나왔을 때야 겨우 입을 열어,

"그저 그렇더라."

억지대답을 했다.

"더 하시지는 않구요?"

"더 하시지는 않아."

그 말이 영애를 약간 안심시켰으면 하고 영애의 얼굴을 쳐다봤다.

영애도 그 이상의 기대를 가지고 있지 않았다는 듯,

"어머니는 건강하세요?"

하고 어머니에 대한 이야기를 꺼냈다.

"어머니는 잘 계시더라. 식사두 잘 하시구. 요새는 잠두 잘 주무신다더
라."

갑수는 영애 어머니 이야기가 나오자, 할 말이 얼마든지 있다는 듯 묻지
도 않는 것까지 설명했다.

"오이루 반찬해 잡수라구 그러셨어요?"

"암, 좋아하시더라. 네가 농사하는 이야기를 했더니 얼마나 기뻐하시는지.
무척 애처로워하시면서두 어떻게나 대견스럽게 생각하시는지. 나중에는 너
의 어머니가 막 우시더라."

"그래요?"

영애는 즐거운 울음이 나오려는지 말끝을 흐렸다.

"그래서 우실 것 없다구 말씀드렸다. 그런 효녀를 둔 것만 자랑스럽게 생
각하시라구 그랬지. 나는 정말 그렇게 생각한다. 네가 농사를 지으려구 굳은
결심을 한 것은 결국 부모에 대한 효심이 두텁기 때문이라고. 어떤 일을 자
기 힘의 최대한으루 해 보려는 데는 반드시 정신적 동력이 있어야 하는 거
야. 그 동력이 네게 있어서는 효심이다. 그 효심이 없었다면 너는 그런 결심
을 못했을 것이 아니겠니? 그리구 그 효심이란 가장 순수하며 가장 갸륵한

것이지. 끝까지 그 효심을 살려라."

이 말을 듣자 영애는 가슴이 부풀었다. 해야 한다고 생각했기 때문에 시작한 것뿐이다. 효성과 관련시켜 생각해 본 일은 한 번도 없었던 것이다. 그러던 것을, 갑수의 말로 자기가 보통사람과 조금 구별되고 있음을 알 때 영애는 어깨가 무거워지는 것까지 느꼈다. 만약 내가 효성으로 일을 시작했다면 그 효성을 헛되이 하지 않도록 끝까지 노력해야 한다. 그렇게 생각하면서도 영애는,

"제가 효녀 될 자격이 있나요? 그런 건 생각두 해 본 일이 없어요."

하고 자기와 효도와는 관계가 없는 일처럼 말했다.

"알면서 하는 것보다 모르구 하는 것이 진짜 효도다. 효도를 의식하면서 효도하는 것보다 얼마나 가치 있는 일인지 모르지."

갑수는 효도에 대해 좀더 이야기하고 싶었다. 최근 효도를 유교적 사상이라면서 낡은 시대의 도덕으로 무시 또는 경멸하는 경향이 있지만, 그것은 형식적인 효도에 대한 비판이다. 형식이 아니고 내용적인 면에서 효도를 하는 데는 시대의 한계가 없다. 특히 효도를 부모에게 걱정을 끼치지 않는다는 것으로 규정지을 때, 그것을 새로운 세대라고 해서 부정할 필요가 어디 있겠는가?

그런 면에서 볼 때, 효도란 결국 사양이요 양보며 희생이다. 그것은 권리만을 주장하지 않는 겸허라고도 할 수 있다. 부모에 대한 겸허가 무슨 잘못이겠는가? 자식들이 부모에게 겸허한 마음을 가진다면 그 가정은 평온할 것이며 웃음이 깃들일 것이다. 평온하고 웃음이 깃들이면 그 가정에는 발전이 따를 것이다.

사회도 마찬가지다. 한 사회가 발전하려면 개인주의 사상이 아니라 겸허한 마음이 무르익어야 한다. 겸허한 마음이 점점 자취를 감추기 때문에 사회는 냉담하고 웃음이 없는 것이 되고 있다. 날로 거짓과 기만이 늘어갈 뿐이다. 그런 만큼, 현대 사회에서 가장 필요한 것이 겸허라고 말할 수 있다.

사회가 요구하는 겸허는 곧 가정에서 길러져야 하고, 가정에서의 겸허는 효도에서 시작되어야 한다. 효도가 없는 가정에서는 겸허를 찾을 수 없고,

따라서 가정에서 볼 수 없는 겸허를 사회에서 찾는다는 것은 불가능에 가까운 일일 것이다.

그래서 갑수는 효도가 사회를 정화시키는 원동력의 시발이라고 생각하고 있다. 그러나 영애에게 그런 말까지 할 필요는 없다고 생각했다. 누가 가르친 것도 아닌데 스스로 깨닫고 효도를 실행하는 영애다.

"그런 말씀 마세요. 저는 제가 해야 할 일을 하는 것뿐인데……."

영애는 과분한 칭찬을 송구스럽게 생각하는 모양이다.

"그렇다, 네 말이 맞다."

송구스러워하는 이야기를 길게 할 수가 없어서 갑수는 말을 끊었다. 그러자 영애가,

"태복이 우리 논에 객토를 하자구 그러는데 지금 해야 할 땐가요?

하고 물었다.

"태복이 그런 소리를 해? 거 용쿠나. 객토는 논이 쉬구 있을 때 아무 때나 해두 좋지. 사람 손두 쉴 때 말이다. 나두 시작을 할까 하는데 일이 바빠서 어떻게 될지 모르겠다. 손이 빌 때 틈틈이 해 둬라. 너희두 산이 좀 있잖니? 거기서 파다가 하면 될 거다."

갑수의 마을 듣자, 영애는 마음속으로 태복을 고맙게 생각했다. 앞으로도 자기가 미처 생각지 못한 것을 계속 귀띔해 준다면 농사짓는 데 힘이 되리라는 생각도 했다.

"그럼 가 보겠어요."

영애가 일할 욕심에 갑수의 집을 떠나려고 할 때,

"영애야!"

갑수가 새삼스럽게 영애를 불렀다.

"네?"

"너의 어머니에게두 말씀드렸다만, 너의 아버지를 집으루 모시구 오는 게 좋을 것 같더라."

갑수로서 하기 힘든 말이었지만 영애네 집안을 생각해서는 안 할 수 없는 말이었다. 갑수는 광주 병원에서 의사를 찾아가 백만규의 병에 대한 자세한

이야기를 들었다. 희망이 없다는 것이었다. 그러니 희망 없는 사람을 입원시켜 비용만 쓸 필요가 없다. 벌써부터 빚을 쓰고 있는 집안 형편에 빚만 늘면 그 빚을 어떻게 갚을 것인가? 그래서 그는 병원에서 영애 어머니에게 퇴원시킬 것을 권유했다. 그러나 영애 어머니는 결단을 내리지 못했다. 퇴원을 해서 집에 가면 결정적으로 죽을 것이 분명하다고 생각했기 때문이었으리라. 실오라기 같은 희망마저 포기시킬 수가 없어서 갑수는 강경하게 권하지를 못하고 돌아왔지만, 아무리 생각해도 그러는 것이 현명한 일 같아 영애에게 말한 것이다.

"어머니는 뭐라구 하셨어요?"

영애는 갑수의 말이 옳다고 생각했다. 그것은 아버지에 대한 체념이 이미 서 있기 때문이었다. 이왕 돌아가실 분이라면 병원에서 비용만 쓰며 기다릴 것이 무어겠는가? 그러나 자기와 달리 체념을 하지 못하고 있는 어머니가 걱정이었다.

"늬 어머니는 확답을 안 하더라. 그렇지만 네가 가서 잘 말씀드리면 어머니두 듣지 않겠니?"

갑수는 영애가 용단을 내리는 수밖에 없다는 뜻으로 말했다.

"어머니가 정 반대하시면 제가 어떻게 말씀드려요?"

"네가 지난번에 빚을 얻어다 드린 돈두 벌써 다 쓴 것 같더라. 날이 갈수룩 빚을 얻어야겠는데 네가 그 빚을 얻어낼 수가 있겠니?"

빚을 얻어서 돈을 대야 하는 것은 영애다. 갑수는 영애가 그런 일을 해낼 것 같지 않은 것이 걱정이었다.

"힘들 것 같아요."

"땅이 있으니까 저당을 하구 얻으면 얻을 수두 있을지 몰라. 그렇지만 그 빚을 제때에 갚지 못해 전답을 처분하게 되면, 네가 아무리 일을 하구 싶어두 땅이 없어서 못할 게 아니겠니?"

갑수의 이 말을 듣자 영애는 머리가 아찔했다. 전답을 팔아서 농사지을 땅이 없게 되면 무엇을 붙잡고 기댈 것인가? 살아갈 희망이 아주 끊어지고 마는 것이다.

"그럼 제가 가 보겠어요."

영애는 고맙다는 말 대신 고개만 숙여 인사를 했다. 그리고는 밭에서 일하고 있는 태복에게 가서, 혼자라도 수고하라는 말을 한 뒤 급하게 시내로 향했다.

그러나 광주에 간 일은 실패했다. 어머니가 말을 듣지 않았던 것이다. 땅을 팔아서라도 병을 고쳐야 한다고 고집을 부렸다. 그리고 집으로 간다는 것은 산 사람을 죽으라고 하는 일이라고까지 말했다. 그렇게까지 말하는데 영애로서 어찌 어머니의 마음을 꺾을 수 있겠는가?

더구나 아버지가 퇴원을 반대했다. 죽으러 집에 갈 수는 없다는 것이었다.

영애는 그래도 희망을 가지고 있는 아버지와 어머니가 불쌍했다. 불쌍한 생각이 들 뿐 그들의 뜻에 거역할 수도 없었다. 돌아오는 버스 안에서 영애는 혼자 울기만 했다. 그러나 돌아와 갑수를 만났을 때,

"할 수 없어요. 땅을 전부 팔아두 어머니의 한이 없두룩 해야 할 것 같아요."

영애는 담담하게 말했다. 어쩔 수 없는 일이라고 생각했던 것이다. 어쩔 수 없는 일을 가지고 갑수 앞에서 눈물이나 짜면 무엇 하겠는가?

"그래?"

갑수도 알았다는 듯이 반문을 하고는 더 이상 말을 안 했다. 남의 일에 그 이상 더 개입할 수가 없다고 생각했기 때문이었다.

그러나 속으로는 답답했다. 이런 때 퇴원을 권유할 사람은 의사뿐인데, 의사는 환자에게 절망감을 줄 수 없는 입장이라 퇴원하라는 말을 못할 것이다. 그렇다면 만규의 퇴원을 권유할 사람은 이 세상에 한 사람도 없다는 것인가? 한 사람이 죽는 것도 중대한 일이다. 그러나 죽는 사람 때문에 살아 있는 온 식구가 불행하게 되어도 좋단 말인가?

해결할 수 없는 문제이기 때문에 두 사람은 벙어리 마냥 말없이 헤어지고 말았다.

제7장 지도자의 결심

영애를 돌려 보낸 뒤 갑수는 이장 집으로 갔다. 추진위원회를 소집해 놓았기 때문이었다. 김기웅과 이동주가 와 있을 뿐, 손, 박 두 노인이 아직 와 있지 않았다. 낮에 구에서 기술자가 와서 보에 대한 측량을 끝냈기 때문에, 모인 사람들끼리만도 보에 대한 이야기를 시작할 수 있었다. 그러나 급한 것이 없다는 듯 이장이 딴 이야기를 꺼냈다.

"오늘 이 주사네 딸과 고 생원의 딸이 집을 나갔다던데요."

"왜요?"

김기웅이 놀라는 듯이 물었다.

"농사짓기가 싫으니까 도망간 거겠지. 딴 이유가 있을라구……."

"어디루 갔대요?"

"시내에 갔던 덕삼 어머니가 봤는데, 어디 가느냐구 물어두 대답을 않더래요. 아마 서울루 갔겠지. 순천에 있다가야 곧 붙잡힐 테니까."

갑수는 아무 말 않고 듣기만 했다. 농촌에는 얼마든지 있는 일이요, 게다가 이 주사와 고 생원은 남달리 가난한 사람들이다. 보릿고개에 먹을 것도 없을 테니, 젊은 여자아이들이 집을 뛰쳐 도망갈 수도 있다. 있을 수 있는 일이지만, 갑수는 무엇인가 생각키우는 것이 있었다.

"잠깐만 갔다 올 테니 기다려 주게."

그는 곧바로 복실네 집엘 갔다. 쑤셔 논 벌집처럼 집안이 웅성거리고 있었다. 고 생원도 와 있었다.

"어떻게 하셨어요?"

혹시 손을 쓰고 있지 않을까 해서 갑수가 물었다.

"어떻게 하기는, 뭘 어떻게 합니까?"

그들은 속수무책인 모양이었다.

"경찰에 연락해서 한시빨리 붙들어 와야 하지 않습니까?"

"어디루 갔는지 알구 그런 부탁을 합니까?"

"분명하지요. 서울루 갔을 겁니다. 시골사람 가는 데가 서울밖에 더 있습니까?”

“서울두 넓은데, 부탁한다구 찾을 수 있나요?”

당사자들은 얼이 나갔는지, 어떻게 해 보겠다는 생각보다도 쏟아진 물을 보듯 한숨만 내쉬었다.

“다 큰 애들입니다. 늦으면 애들 몸을 버릴 겁니다. 빨리 지서에 가서 부탁하십시오.”

갑수는 무엇보다도 처녀들의 몸이 버려질 것을 걱정했다. 잘못되어 한 번 몸을 버리면 타락하게 된다. 한 번 타락하면 평생 불행 속에서 벗어날 수가 없게 된다.

“글쎄 말입니다. 그렇지만 붙잡지두 못할 걸 부탁이나 하면 뭘 합니까?”

부모된 사람의 마음이 갑수보다 더 다급할 것이다. 그런데도 움직여 볼 생각을 안 했다. 시골사람들은 우선 관청 출입하기를 싫어한다. 관청을 무서워하는 습관이 있다.

“그렇다구 가만 있을 수 있습니까?”

“참 어떻게 하면 좋나?”

갑수는 보고 있을 수가 없었다. 만약 자기네들의 딸이 어디서 죽었다는 소식이 와도, 여비가 없다고 한탄만 할 뿐 시체를 찾아갈 생각도 못할 사람들 같았다.

“갑시다. 나하구 같이 지서루 갑시다.”

갑수는 이 주사와 고 생원을 앞세우고 나왔다. 그리고 이장 집에 들러

“오늘은 우선 경작 면적을 조사해야 할 거야. 그걸 조사해야 내일부터라두 취역할 인원수를 배정할 수 있을 테니까.”

하고 이장에게 부탁했다.

“나는 잠깐 지서에 갔다가 올 테니까 그때까지 기다려. 이장은 그런 재료들을 가지구 있겠지?”

“면에 보고한 부본이 있을 겁니다.”

“그걸 보구 개인별 경작 면적부를 만들어!”

그러고 나서는 두 사람을 데리고 지서로 갔다. 지서라야 삼사십 분밖에 걸리지 않는 곳에 있었다.

"만약 돈이라두 내라면 어떡허지요?"

지서에 채 이르기 전에 복실의 아버지가 겁에 질린 목소리로 물었다.

"돈은 무슨 돈이요? 달라지두 않을 테지만 달란다구 줄 사람은 어디 있어요?"

갑수는 그들이 지나치게 겁을 먹고 있다고 생각했다.

"돈두 안 받구 귀찮은 일을 왜 하겠수?"

"쓸데없는 생각 말구 어서 가기나 합시다."

이렇게 말하면서도 갑수는 내심 그들의 말이 옳지나 않을까 생각했다. 귀찮은 일이니까 연락을 안 하고도 했다면 그뿐일 수 있는 일이다. 그렇다고 해서 부탁도 안 할 수는 없었다.

지서에 들어가 자세한 사정 이야기를 하고 서울에 연락해서 빨리 잡아 주기를 부탁했다.

그런데 경관의 이야기가 신통치 않았다.

"잡기 힘들걸요. 어떤 구석에 처박혀 있다구 찾습니까?"

갑수는, 실제로 잡기가 힘들다 해도 어디 애써보지요 하고 성의를 보여주면 어떨까 생각했다.

"힘든 일이라구는 생각합니다. 그렇지만 아는 사람 하나 없이 무턱대구 간 애들이니까 가 있을 데가 분명할 것 같은데요."

"그런 일이 한두 건이야지요. 좌우간 서울 남대문 경찰서에 연락하두룩 하겠습니다."

불친절이라기보다 사무적이었다. 특히 이런 일은 사무적인 태도로 해결될 문제가 아니었다. 갑수는 문득 어떤 생각이 떠올라 주임 앞으로 가까이 갔다.

"스무 살씩 난 처녀들입니다. 한 번 잘못되면 영영 불량해지구 말 것이 걱정입니다. 본인두 본인들이지만 우리 동네의 수치이기두 합니다. 혹시 그 애들을 보구 딴 처녀들까지 집을 뛰쳐 나가면 또 어떻게 합니까? 제발 좀 특별한 조처를 취해 주십시오."

갑수의 간청에 소장은,

"사정은 딱하지만 우리로서야 상부 경찰서에 연락해서 선처해 주기를 바라는 수밖에 없지 않습니까?"

역시 사무적인 대답을 했다.

사실 그럴 것 같기도 했다. 그러나 방법이 전혀 없을 것 같지는 않았다.

"저 이렇게 해 주실 수는 없을까요? 저희들이 출장비를 드릴 테니 한 분을 서울로 보내시어 직접 수사를 하두룩 말입니다. 저희들은 지금 동네 전체가 필요루 하는 보 막기 운동을 벌리구 있습니다. 그런데 이런 사건으루 동네 인심이 술렁이게 되면 사업이 제대루 되지 않을지두 모릅니다. 다음에 찾아뵙구 자세한 말씀을 드리겠습니다만, 가난하기만 하던 저의 동네가 잘 살아보자구 일어선 사업입니다. 제발 국가 시책과도 관계가 있는 우리 동네 사업에 협력해 주시는 의미에서 애써 주시면 고맙겠습니다."

갑수는 주머니에서 돈 만 원을 꺼냈다. 그것을 소장 앞에 내놓으며 또 한 번 간청했다. 그때 주임이 조금 미심쩍다는 듯이 물었다.

"당신은 집을 나간 애들과 무슨 관계가 있습니까?"

"네, 아무 관계가 없습니다. 다만 동네를 한 번 잘 사는 부락으루 만들어 보겠다는 생각을 가지구 있을 뿐입니다."

갑수는 자기 이름을 말하고 잘 부탁한다는 말을 또 한 번 했다.

"아! 그러세요. 말씀은 듣구 있습니다. 수고가 많으십니다."

주임의 태도는 아주 달라졌다. 그래서 부하직원들에게

"서울 출장갈 사람 없나?"

하고 물었다. 서울 출장이 그리 매력 없는 일은 아니었을 것이다. 모두들 수 군거리며 의논을 하다가 한 경관이 말했다.

"김 순경을 보내시지요. 그런 일은 잘 합니다."

이렇게 해서 갑수의 청탁이 받아들여졌다. 그래서 고맙다는 인사를 몇 번 이나 하고 나오려 할 때 한 순경이 처녀들의 인상, 착의를 물었다. 그때야 이 주사와 고 생원이 경관 가까이 가서 처녀들의 성명, 인상, 착의 등 자세한 것을 설명했다.

안심이 되었다. 경찰관이 직접 가서 몇 군데만 수색하면 곧 찾아낼 수 있을 것 같았기 때문이었다.

지서를 나와 돌아오는 길에서 고 생원이 물었다.

"돈을 얼마나 주었지요?"

돈걱정이 앞서는 모양이었다.

"그건 알아서 뭣 합니까? 아예 걱정들 마십시오."

그래도 그들은

"나중에라두 갚아드려야지요. 지금은 돈이 없지만……."

하고 따지려 했다.

"두 분과 의논두 없이 돈을 준 것으루 보아 내가 돈 받을 생각이 아니라는 것을 아실 텐데요? 내가 두 분보다는 좀 넉넉하니까 조금두 걱정 마십시오."

"그래두 그럴 수가 있습니까?"

그들은 그런 돈을 갚지 않을 수 없다면서 금액을 따져 물었지만, 갑수는 그런 말을 더하지 못하게 하고 동네까지 도착했다. 그리고는 바로 이장 집으로 갔다.

밤이 깊었는데도 추진위원들은 머리를 맞대고 이야기들을 하고 있었다.

"다 해서 몇 두락이나 됩니까?"

갑수는 궁금한 것부터 물었다.

"총계 삼백이십오 두락입니다."

이장이 대답했다.

"그럼, 한 두락에 닷새씩 취업을 하면 전부가 며칠이지?"

"천육백이십오 일됩니다."

이장이 구구를 해 가며 대답했다.

"그럼, 오늘 측량하던 사람의 말과 거의 들어맞는군. 그 사람은 천팔백 명쯤 필요할 거라던데……."

"그럼, 한 두락에 닷새씩 동원하두록 결정짓지요."

김기웅이 말했다.

"그러지, 부족하문 다시 배당한대두……."

손 영감과 박 영감도 동의했다.

한 가지는 결정이 선 셈이었다. 그래서 갑수는,

"만약 부득이한 사정으루 나오지 못할 때는 어떻게 해야 할까요?"

다음 문제를 제기했다.

"요즘 하루 품값이 이백오십 원이니까, 그 돈을 받아서 대신 나오는 사람에게 주면 되겠구만."

손 노인이 자기 의견을 말했다.

"자기 동네일인데, 한 이백 원으루 하면 어떨까요?"

김기웅은 본시부터 동네일에 동네 사람이 일을 하는데 돈을 주고받을 수가 있느냐던 사람이다.

"글쎄, 거야 결정하기에 달린 거지. 그걸 가지구 문제 삼을 사람이 있을라구."

박 노인의 말이었다. 동네일에 불만을 말할 사람이 어디 있겠느냐는 안이한 태도였다.

갑수는 이장에게 의견을 물었다.

"남의 일을 대신 해 주구 싶은 사람이 어디 있겠습니까? 그런데다가 임금까지 적게 주면 누가 일을 합니까? 최소한도 시세대루 줘야지요."

이장은 이장답게 현실적인 이야기를 했다.

갑수는 이장의 의견에 동의했다. 역시 자기가 나오지 못하는 대신 돈을 내겠다는 사람은 돈을 받고 남의 일까지 하려는 사람보다는 여유가 있는 사람일 것이다. 그러니까 그런 경우에는 생활에 여유가 없는 사람의 편을 들어주는 것이 당연할 것 같았다. 더구나 임금이 적다고 해서 대신 일하러 나오는 사람이 적다면 공사에 지장이 생길 것이다.

"나는 이장의 의견에 동의합니다. 그것은 우리가 공사를 해 나가는 데 있어서 동민의 불평을 조금이라두 사서는 안 된다구 생각하기 때문입니다. 만약 시세대루 임금을 이백오십 원을 준다면 불평을 말할 사람이 없을 것입니다. 어때? 기웅이.”

갑수는 강경한 태도를 보인 김기웅을 설득시켜야겠다고 생각했기 때문에 김기웅에게 의견을 물었다.

“글쎄요.”

기웅이가 고집부릴 필요가 없는 일이라고 생각했는지 엉거주춤한 태도를 보였다. 그래서 이번에는 박 노인과 손 노인에게 그렇게 하는 것이 어떻겠느냐고 물었다. 노인들은 처음부터 자기들의 의견을 내세우려고 하지 않았던 만큼 그래도 좋을 것이라고 대답했다. 그래서 갑수는 다시 김기웅에게,

“안 그런가? 지금은 전부 열이 있는 것처럼 보이지만 날이 갈수록 달라질 거거든. 그러니까 우리는 언제나 처지는 사람이 없두룩 신경을 써가며 일해야 한다구 생각해.”

그러자 김기웅도 좋도록 하자고 갑수의 의견에 동의해 주었다.

두 번째 문제도 결정이 났다. 그래서 이번에는,

“공사를 하려면 리어카가 몇 대 있어야겠는데, 개인 것을 빌려 쓸 수는 없지 않겠습니까?”

조그만 문제를 꺼냈다. 그런데 모두가 개인 것을 쓸 수가 없으니까 사야 한다고 똑같은 의견을 밝혔다.

“그러실 줄 알았습니다. 다만 예산을 편성해야 되겠기에 물어 본 것뿐입니다.”

이야기가 예까지 진척되자, 갑수는 가장 중요한 예산 문제를 의논하자고 말했다. 이때 손 노인이,

“밤두 깊었으니까 그건 갑수 씨와 이장이 의논해서 만들어보시지요.”
하고 그만 헤어졌으면 하는 의사를 표명했다.

“간단한 문제니까 오 분두 안 걸릴 겁니다. 예산이라야 다른 것이 있습니까? 오늘 측량사가 시멘트 천 포대쯤 소용될 것이라고 했으니까, 그 시멘트 값과 리어카 대금만 계산하면 될 겁니다. 그것을 결정지어야만 내일루라두 협동조합에 가서 대부를 받을 수 있습니다.”

갑수가 설명을 하자 김기웅이,

“정말 간단하군요. 시멘트 한 푸대에 삼백이십 원 하니까 천 푸대에 삼십이만 원, 리어카 한 대가 만 원 정도니까 열 대 잡아서 십만 원, 합계 사십만 원 아닙니까? 거기에 진행비랄까 예비비 같은 걸 팔만 원쯤 계산해서 오십만 원으루 하지요.”

간단히 처리했다.

“그렇구만요, 오십만 원 대부받두룩 하지요.”

박 노인이 찬성하자,

“일을 해 나가다가 부족하면 추가할 수두 있는 일이니까 그렇게 하지요.”

이장도 동의했다.

“좋습니다. 그러면 내일 다 같이 농협으루 가십시다. 그리구 이삼 일 내에 동회를 열어 오늘 밤 결정한 것을 보고하구 찬성을 구하십시다.”

다들 지루해 하는 것 같아 갑수는 이야기를 거기서 끝냈다.

다음날 추진위원이 농협으로 가서 마을 공동명의로 오십만 원의 대부 신청을 했다. 덧붙여 금년 논농사부터 봇물을 이용하려고 하니 대부금을 될수록 빨리 주어야겠다고 역설했다. 농협에서도 공사의 취지를 알고, 협력을 아끼지 않겠다고 대답했다. 그러나 갑수는 다음날도 농협을 찾아갔다. 돈이 빨리 나와야만 일을 시작할 수 있기 때문에 집에 앉아 기다리고만 있을 수가 없기 때문이었다.

농협에 다녀와서 비닐하우스의 오이를 따고 있을 때였다. 지서의 경찰관이 복실과 춘희를 데리고 왔다는 전갈이 왔다. 갑수는 일을 아내에게 맡기고 그들이 와 있다는 이장 집으로 갔다. 이장 집 대문 밖에는 동네 아낙네들이 모여 수군거리고 있었다.

이장 집 마루에는 김 순경이 걸터앉아 담배를 피우고 있었고, 그 옆에 두 처녀가 고개를 폭 숙이고 앉아 있었다. 복실의 아버지는 와 있었으나 춘희 아버지는 아직 보이지 않았다.

“수고했습니다. 정말 다행이군요.”

갑수는 진심으로 김 순경에게 감사를 했다. 그럴 때 춘희 아버지가 들어와 김 순경에게 허리를 굽혀 인사를 했다.

그러자 김 순경은 이 주사와 고 생원을 자기 앞에 불러 세우고 훈시를
했다.

"내가 하루만 늦게 갔어두 이 애들 똥갈보가 됐을 뻔했소. 직업소개소를
통해 어떤 포주에게 넘어가게 된 것을 붙잡아 왔으니까, 애들이 정신을 차
리게 야단을 쳐서 다시는 그런 짓 못 하두룩 하시오. 알겠소?"

"네, 다시는 절대루 그런 일이 없두룩 하겠습니다. 정말 이렇게 애써 주
셔서 고맙습니다."

두 사람은 똑같이 김 순경에게 허리를 굽실굽실했다.

"데리구들 가시오."

김 순경이 말할 때 그들은 정말 죄인처럼 고맙다는 말을 하며 자기 딸들
을 데리고 돌아가려 했다. 그 동안 고개를 폭 숙이고 앞도 못 보던 두 처녀
가 각기 자기들의 보따리를 들고 일어섰다. 이때 갑수가 두 처녀를 불러 세
우고,

"너희들 정말 김 순경님께 감사를 드려라. 김 순경이 아니었더면 너희들
어떻게 됐겠니? 너희들 아직 철이 없어서 모르겠지만, 인간이란 하늘에 부
끄럼 없이 살아야 하는 거야. 하늘에 부끄러운 생활을 할 바엔 차라리 죽는
게 낫다. 너희들 가난한데다가 일하기가 싫어 집을 도망쳐 갔던 것이겠지만,
너희들이 마음을 단단히 먹고 열심히 일해 봐라. 너희라구 언제까지나 못
살기만 할 것이냐? 두구 봐라. 우리 동네두 내년부터는 잘 살 수 있을 테니
까. 너희들 당분간 부끄러워서 잘 나다니지두 못할 것이다. 그렇지만 그럴
필요는 없다. 전보다 더 열심히 일을 해서 동네 사람들에게 새로운 면목을
보여라. 그러는 것만이 너희들의 새로운 삶이다. 아무 생각 말구 열심히 일
해라. 알겠니? 열심히 일해!"

하고 말했다. 갑수는 영애 이야기를 해 주려고 했다. 그러나 그 이야기는
차차 하기로 했다. 마음을 되찾고 일을 시작할 때 영애 이야기를 하고 영애
와 자주 만나도록 하면, 그 애들도 자기들 집에 없어선 안 될 존재가 될지
모른다.

아무 말도 못하고 듣기만 하고 있던 두 처녀가 자기들 아버지 뒤를 따라

나가고 있을 때, 갑수가 두 아버지 뒤로 가서 집에 갔다가 곧 좀 오라는 말을 했다. 경찰관에게 쓴술이라도 한 잔 대접해야 할 것 같았기 때문이었다.

두 아버지는 자기 딸들에게 꾸중도 제대로 못하고 왔다. 갑수는 이장도 같이 갔으면 했으나 면사무소에 가서 아직 안 왔다는 것이었다.

"가십시다. 막걸리라두 한 잔 하시지요."

갑수가 말하자, 김 순경이 바쁘다면서 사양했다.

"그럴 수 있나요. 내가 섭섭해서……."

갑수가 말하자 고 생원이,

"저희 마음을 알아주십시오. 잠깐만 가십시다."

두 손을 잡고 간청했다.

동네에 하나밖에 없는 신작로 가의 술집으로 갔다. 방이라고 두 개밖에 없는 조그마한 술집이었다. 거기서 그야말로 오징어다리를 뜯으며 막걸리를 마셨다. 거기서 오고 간 말은 큰일날 뻔했다는 것, 처녀를 가진 부모들은 각별히 주의를 해야 한다는 것들이었다.

그러나 갑수는 모두가 가난하기 때문이라고 말했다. 동민들이 잘 살게 되면, 철없는 애들이라 해도 의지할 곳 없는 서울로 갈 생각을 안 하게 될 것이라고 말했다. 그러니 두 분은 더욱 열심히 일을 해서 그런 일이 다시 일어나지 않도록 하라는 당부까지 했다.

술자리를 끝내고 김 순경이 돌아갔다. 김 순경을 배웅한 뒤 갑수는 술값을 계산하려 했다. 그러나 두 사람이 한사코 말렸다. 말도 되지 않는 말이라는 것이었다. 사실 술값은 그들이 지불해야 마땅할 것이다. 그래서 지는 체 내버려 두었더니 둘이서 추렴을 해 현금을 내주는 것이 아닌가?

갑수는 약간 놀랐다. 가난한 사람들은 동전 한 푼 만져 보지 못하는 것으로 생각하고 있었는데 그래도 비상금들은 가지고 있는 모양이었다.

갑수는 비닐하우스로 가서 그새 아내가 따 놓은 오이를 정리하기 시작했다. 큰 것과 작은 것을 가려 놓고 있을 때 덕호가 상자를 가지고 왔다.

"그렇지 않아두 자네한테 가려던 참인데, 잘 왔네."

"벌써 만들어놨는데 그새 몸이 좀 불편해서 갖다드리지 못했습니다."

“아프기는, 어디가?”

“골치가 아프구 열이 좀 났지만 대단치 않았습니다.”

“가난한 사람이 앓기는?”

“글쎄 말입니다.”

“몸이나 든든해야지. 가난한 사람이 의지할 것 있어?”

“옳은 말씀입니다.”

“영애네 상자두 갖다 줘야 할 텐데…….”

“오는 길에 먼저 주구 왔습니다. 그렇지 않아두 조금 전에 상자를 갖다 달라더군요.”

“영애두 오이를 따는 모양이군. 내가 미처 말을 못했는데두…….”

갑수는 자기 오이만 따고 영애를 잊고 있었던 것을 생각했다.

“아침에 그 애가 집에 들렀기에 제가 말했어요. 오늘 오이 따라구.”

아내가 옆에서 말할 때, 갑수는 영애는 자기 일을 자기가 해 낼 아이라고 생각했다. 미더운 마음이 더 커지는 것 같았다.

이 날 딴 오이는 지난번보다 훨씬 많았다. 오이값이 떨어지지만 않았다면 육칠만 원은 문제없을 것 같았다. 오이상자에 꼬리표를 붙여 리어카에 싣고 영애네 비닐하우스로 갔다. 영애는 벌써 꼬리표를 달고 기다리고 있었다. 그래서 오이를 그득 실은 리어카를 갑수가 끌고 영애가 밀며 농협까지 갔다. 농협 뜰 앞에는 다른 동네에서 온 채소상자가 한 트럭도 더 될 분량이 쌓여 있었다.

한 면에서만도 저만큼의 채소가 서울로 올라가니 채소값이 떨어지지 않을 수 없을 것이란 생각을 하며, 지난번에 출하한 오이값을 받으러 갔다. 과연 오이값이 반이나 떨어져 있었다. 그전보다 거의 배나 출하했는데도 대금은 만 원 정도 불었을 뿐이었다. 영애는 지난번과 거의 비슷할 정도였다.

어쨌든 주는 돈을 받아 가지고, 대부계 간부직원을 찾아다니며 대부금의 대출을 독촉했다.

“이삼 일 내에 현금을 드릴 테니 너무 독촉 안 하셔두 좋습니다.”

“오늘은 오이 출하 때문에 왔다가 형편을 알구 가려구 들렀습니다.”

“좌우간 걱정 말구 돌아가십시오.”

고마웠다. 농민을 위하는 마음을 보여주는 것만도 고마웠다. 며칠 전 군청에 갔을 때 거기서도 참 잘 생각한 일이라고 자기 일처럼 기뻐해 주었다. 농민을 위해 기뻐해 주거나 또는 걱정해 주는 사람이 과거에는 없었다. 그러기에 농민들은 잘 살거나 잘 못 살거나 혼자서 살아야 했던 것이다. 그래서 타협할 줄을 모르고 보수적인 태도로 살아왔다.

갑수는 영애를 데리고 마을로 향했다. 마을로 걸어오는 도중 영애가,

“물건을 많이 보냈는데 돈은 왜 전과 같지요?”

하고 물었다.

“그건 공급량이 늘어가기 때문이다. 물건이 귀할 때는 비싸구 물건이 흔할 때는 싸지는 것이 아니겠니? 그러니까 남보다 일찍 물건을 만들어다 팔아야 하는 거지. 앞으루 오이값이 점점 더 떨어져 나중에는 본전두 못 받게 된다.”

갑수의 말을 듣고 있던 영애가,

“좀더 일찍 심으면 좀더 일찍 열매가 열릴 거 아녜요? 그럼 비쌀 때 팔 수가 있구.”

하고 물었다.

“물론 그렇지. 모든 작물이 다 그런 거야. 그러니까 비닐하우스에서 촉성 재배를 하지 않니?”

“그럼 근년 겨울에는 좀더 일찍 심어 보지요.”

“글쎄, 나두 그럴 생각이다.”

“전 아저씨보다두 일찍 심을게요.”

“그래라. 내가 못하게 하지는 않을게!”

그들은 다 같이 웃었다. 웃으면서 갑수는 영애를 바라보았다.

“왜 보세요?”

영애가 웃으며 갑수를 쳐다봤다.

“네가 욕심쟁이 같아서…….”

“욕심쟁이가 돼서 미우세요?”

"천만에! 기특하게 생각하는 거야. 사람이란 일에 욕심을 가져야 하는 거다. 일에 욕심이 없기 때문에 모두가 가난하게 사는 거야."

영애의 칭찬이 나오자, 그런 것이 면구스러운지,

"아저씨, 지난번하구 이번에 쓴 상자 값이 얼마에요?"

영애가 딴 이야기를 꺼냈다.

"응! 이번 거는 덕호 아저씨가 만들었는데 하나에 이백 원씩 주기루 했다. 그 전번 것은 내가 만들었으니까 그 돈은 안 줘두 돼."

영애는 듣기만 하고 있다가 조금 전 오이값 받은 돈을 꺼내 육천 원을 세어 갑수에게 주었다.

"이거 얼마니?"

"육천 원이에요."

갑수는 사천 원만 세어 주머니에 넣고 나머지는 영애에게 돌려 주었다.

"싫어요."

영애는 갑수 옆에서 도망쳤다.

빈 것이나마 리어카를 끌고 있던 갑수이기 때문에, 댓 걸음쯤 도망간 영애를 바라보고만 있다가 다시 가까이로 올 때,

"어른이 하라는 대루 하는 거야."

하고 다시 돈을 주려고 했다.

"저두 어른이에요."

영애는 한 걸음 물러서며 말했다.

"못하는 소리가 없구나. 네가 무슨 어른이야? 어서 받어."

"어른하구 꼭같이 일을 하면 어른 아녜요?"

영애는 며칠 전 황길하가 자기를 껴안으려던 일을 말할까 했다. 이런 기회에 보고 삼아 이야기해 두는 것이 좋을 것 같았던 것이다. 그러나 그러는 것이 도리어 갑수 아저씨에게 걱정을 만들어 주는 것이 될 것 같아 입을 다물어 버렸다.

"건 그렇다만, 이건 받아."

막무가내였다. 자꾸 피해 가면서 안 받겠다는 것을 따라가서 붙잡고 쥐어

줄 수도 없는 일이었다. 갑수는 할 수 없이 돈을 주머니 속에 넣고 말았지만, 애는 된 애라고 생각했다. 남에게 폐를 끼치지 않으려는 마음 그것은 곧 자립정신이라고 생각되었기 때문이었다.

영애는 그 돈 이야기를 다시 꺼내지 못하게 하기나 하려는 듯 얼핏 딴 이야기를 꺼냈다.

"복실이하구 춘희가 도망간 것을 아저씨가 붙잡아 오게 하셨다문서요?"

"그랬다."

"참 잘 하셨어요. 보통 때두 일하기 싫어하던 애들예요. 공장에 가구 싶어서 떠났던 모양인데, 공장에 가면 뭐 돈 버나요? 허영만 커지지요."

"물론이지. 그 허영이 자기를 망치게 하는 줄두 모르구. 그런데 그 애들이 너하구 동갑 아니니?"

"맞아요. 몇 달씩 늦을지두 몰라요."

"맘 붙이구 살았으면 좋겠는데…… 만나는 기회가 있거든 네가 좀 타일러라."

"그런 애들이 내 말을 듣나요?"

"친한 친구 말은 듣는 거 아니니?"

"제가 뭐 친한가요? 그렇지만 기회가 있는 대루 이야긴 하겠어요. 그런 애들이 처녀 망신을 시키거든요. 처녀들 전부가 그렇다구 생각들을 할까 봐 걱정예요."

"사전에 잡혀 왔으니 다행이지, 만약 화류계에 팔려 갔더라면 어떻게 됐겠니? 동네에 똥칠을 하는 거지. 저희들은 아주 망하는 거구."

"화류계루 가려는 생각은 아니었을 거예요."

"물론 그랬겠지. 그렇지만 저두 모르구 직업소개소엘 갔다가 그렇게 된 애들이 얼마나 많니? 다들 그렇다더라. 좋은 데루 소개해 준다구 교묘하게 꼬여서 결국은 자기두 모르게 그런 데루 가게 된다구……."

이야기를 하는 도중 어느새 마을에 이르렀다. 그들은 각기 자기 집에 들어갔다가 다시 곧 들로 나왔다. 오이밭에 물을 줘야 했기 때문이다. 펌프가 있는 데까지 가서 펌프질을 시작하려고 할 때, 갑수는 영애가 벌써 나와 펌프질하고 있음을 멀리 보았다. 문득 웃음이 픽 나왔다. 어쩐지 영애가 자기와 경쟁을 하고 있는 듯한 느낌을 받았기 때문이었다. 농사에 있어서 영애는 정말 햇병아리의 햇병아리다. 그런 햇병아리가 자기와 경쟁을 하려고 하다니…… 그러나 영애가 깜찍스럽다거나 얄밉다고 생각되지는 않았다. 자기를 경쟁의 대상자로 생각하고 경쟁의식을 살려가려는 그미의 생각이 기특할 뿐이었다.

"나의 귀여운 경쟁자!"

이렇게 생각하며 그는 영애를 다시 한 번 멀리 바라보았다. 펌프질하는 몸 움직임이 서툴러 보이지가 않았다. 벌써 일에 몸이 익숙해진 모양이었다. 갑수는 영애가 정말 농사를 할 수 있는 여자란 생각을 하며 자기도 펌프질을 하기 시작했다.

똑같은 일을 수없이 반복한다는 건 절대로 재미있는 일이 아니다. 지루해서 금시에 싫증을 느낀다. 다른 일보다 빨리 피곤을 느끼기도 한다. 더구나 앞으로는 안 해도 되는 일이란 생각을 할 때 그것은 괴로움까지 준다.

갑수는 내년부터 펌프질을 안 해도 봇물로 오이밭을 해 나갈 수 있다는 것을 생각했던 것이다. 오이밭에뿐이 아니다. 논농사를 지을 때도 밤낮 펌프질하던 것을 금년부터는 그런 수고를 안 해도 좋게 된다. 그런 것을 생각할 때 지금 땀 흘리며 펌프질 하는 것이 공연한 헛수고만 같기도 했다. 허리가 아파 오기 시작했다.

"왜 좀더 일찍 보 막을 생각을 못했던가?"

갑수는 혼자 생각을 했다. 그 필요성을 금년 처음으로 느낀 것은 아니다. 그런데도 금년에야 그 생각을 하고 일을 시작한 것은, 결국 자기도 자기 개인만을 생각했을 뿐 동네 전체를 생각할 줄 몰랐다는 것을 의미하는 것 같았다. 그 결과 자기가 동네서 그중 잘 사는 사람이 되었지만, 동네는 타부락에 비해서 낙후되고 말았다.

"좀더 일찍 남을 생각하는 마음을 가졌더라면!"

갑수는 자기를 후회했다. 그러나 후회한들 소용 있는가? 늦게나마 각성한 것을 다행으로 생각할 수밖에 없었다.

허리가 아파 왔지만 그는 계속해서 펌프질을 했다. 싫증이 나고 몸이 아
프다고 해서 안 할 수 있는 일이 아니다. 이때까지 해 온 일을 오늘이라고
못할 것도 아니다. 계속 펌프질을 하고 있을 때 이장이 찾아왔다. 들에까지
찾아오는 것이 예삿일 같지 않았지만,

"웬일인가?"

펌프질을 그냥 하면서 물었다.

"아까 댁에 갔더니 아무두 안 계시더군요."

이장이 벌써부터 찾고 있었다는 말을 했다. 그래도 갑수는,

"응, 오이 출하를 하러 농협에 갔었지."

하며 자기 이야기를 할 뿐 용건을 다급하게 묻지 않았다.

"면사무소에서, 아저씨하구 같이 좀 오라구 그래서요."

이장이 용건을 말할 때에야 갑수는 일손을 멈추고,

"무슨 일루?"

구체적인 말을 듣고 싶어했다.

"새마을운동에 대한 건데, 어젠 전체 이장회의가 있었습니다. 전국적으루
실시하는 모양입니다."

"그런데 나는 왜 오라는 거지?"

"특히 협력을 구하려는 거겠지요. 아마 지도자가 돼 달라는 것 같아요."

"지도자는 뭘 하는 건데?"

"새마을운동을 책임지구 일하는 사람인 것 같아요."

갑수는 더 구체적인 이야기를 들으려 하지도 않고,

"난 안 하네, 다른 사람 시키게."

하고 말했다.

갑수는 새마을운동이란 것을 전혀 모르지 않는다. 정부가 농민들을 조금
이라도 잘 살게 해 보려는 운동이다. 어떻게 될지는 몰라도 우선 그 취지만
은 좋은 것이라고 말하지 않을 수 없었다. 그렇기 때문에 그는 새마을운동
을 반대하는 것은 아니었다. 다만 공직이 싫었던 것이다. 공직이란 언제나
명령에 따라야 한다. 그리고 나중에는 책임을 추궁 당한다. 언젠가는 면에서

이장을 하라고 한 일이 있었다. 그때도 갑수는 한사코 거절을 했다.

갑수는 지금 새마을운동과 같은 일을 하고 있다. 이것은 누가 시켜서 하는 일이 아니다. 필요성을 느껴서 하는 것뿐이다. 앞으로 보 공사가 완성되면 논농사가 잘 되어 수입이 많아질 것이다. 그리고 자기가 계획하고 있는 개량 농사법을 보급시키면 동네가 빈촌에서 부촌이 될 가능성이 있다. 나는 내가 맡은 바 내 사명을 다하면 되는 것이다.

"누구 할 사람이 있습니까? 지도자가 없어서 새마을운동을 못한대서야 되겠습니까?"

"자네가 하게. 자네가 하면 되지 않나? 다 같이 동네를 위하는 것인데 겸직이 안 될 수두 없잖나."

"원칙적으루 겸직은 안 되는가 붑디다."

갑수는 잠시 생각했다. 그러고 난 뒤,

"그럼 김기웅일 시켜. 추진력이 있는 사람 아닌가? 무슨 일이나 그렇지만, 관청일은 추진력 있는 사람이라야 되는 거데."

하고 말했다.

"김기웅이두 좋습니다. 할 수 있겠지요. 그렇지만 김기웅이 아저씨하구 같습니까? 마을 안팎의 농로 확장, 공동시설의 정비, 담장 개수 등, 힘든 일을 명령만으룬 해낼 수 없을 겁니다."

"난 그런 일 안 하네. 지금 우리 동네서 필요한 건 동네 사람들이 가난에서 벗어나는 일이야. 가난에서 벗어나기만 하면 그런 것 하나 문제될 것 없지."

"옳은 말씀입니다만, 그렇다구 남이 다 하는 일을 우리만 안 할 수 있습니까?"

"그러니까 그런 일은 기웅에게 맽기란 말야."

"그래두 아저씨가 계신 이상 그럴 수 있습니까?"

"그렇다구 하기 싫다는 사람을 억지루 시킬 수 있나?"

"오늘은 이왕 늦었으니까, 내일 아침까지 좀더 생각해 봐 주십시오."

"생각하나마나 나는 싫네."

이장에게는 더 말을 붙이지 못하도록 강경하게 거절했지만, 집에 돌아와 저녁을 먹은 뒤 혼자 있게 될 때부터는 번민하기를 시작했다. 오라 가라, 이것 해라 저것 해라 하는 명령에 따라 움직인다는 것은 아무래도 싫다. 그러나 관에서 임명해 주는 직책을 갖게 되면 동민들에게는 어느 정도 권위를 갖게 된다. 일을 해나가는 데 편리한 점이 있을 것이다. 그뿐도 아니다. 관청의 후원이 필요한 때는 관청 출입이 자유로우며, 관청이 대해 주는 태도도 다를 것이다.

이렇게 망설이고 있을 때 큰아들 경태가 왔다. 오늘이 토요일인 모양이었다. 갑수는 경태와 의논할까 했지만, 경태가 밥상을 내놓기도 전에 동네 중고등학교 학생들이 찾아왔다. 그리고는 그 학생들과 자기 방으로 가버렸다.

갑수는 자기 아내와 의논을 해 볼까도 생각했다. 그러나 금시에 그럴 필요가 없다고 생각했다. 사소한 살림 일이나 농사일이라면 모른다. 그런 일에는 아내가 충분한 조언자가 된다. 그러나 이런 중대한 문제에 대해 남편이 결심을 갖도록 영향력을 가지지 못한 아내다.

이상한 일이었다. 근 삼십 년을 같이 살아온 부부인데 어째서 중대한 문제에 한해서는 아내를 의논의 상대에서 제외하려는 것일까? 지능이 부족하다는 것일까? 그렇지 않으면 사회적 체험이 적기 때문일까? 설사 그렇다고 해도 우선 의논을 해 봐야 할 것이 아닌가? 갑수는 아내와 의논해 볼 생각도 갖고 있지 않는 자기가 나쁘다고 생각했다. 한국 사람들은, 특히 농촌에 사는 사람들은 옛날부터 여자를 중요한 일에 참여시키지 않았다. 도리어 암탉이 울면 집안이 망한다고들 했다. 그런 습관이 지금의 자기에게도 있는 것이다. 비록 소견이 좁다고 해도 자기를 가장 잘 아는 사람이 아내요, 또 자기를 가장 진심으로 생각하는 사람이 아내다. 설사 영향을 주지 못한다고 해도 한 번쯤 의논해 보는 것이 예의가 아니겠는가? 갑수는 부엌에 있는 아내를 불러들였다.

"왜 그러세요."

아내가 옆으로 와서 앉으려 할 때였다. 영애가 방문을 열고 들어왔다. 갑수는,

"너 잘 왔다."

하며 그미를 반기었다. 아내 혼자만이 아니라 영애도 끼워서 의논하면 좋은 의견이 나올 것 같았기 때문이었다.

갑수는 이야기를 시작했다.

"앞으루 새마을운동이 전국적으로 전개되는 모양인데, 면에서 나더러 그 지도자가 되래. 어떻게들 생각해?"

그들은 그 이상의 이야기를 듣지 않고도 똑같이 해야 된다고 했다.

"왜 해야 돼? 나는 내 일을 않구 동네일만 하라는 거야?"

갑수가 그런 거 할 의사가 없다는 태도를 보였을 때에 아내는 그렇기도 하다면서 망설이기 시작했다. 그러나 영애만은,

"동네를 위해 해야 할 일이라면 자기 일을 조금 희생시켜 가면서라두 해야지요."

자기 의견을 굽히지 않았다.

"봐라, 보 공사만 끝나고 나면 나는 본격적으루 농사법을 개량하려구 한다. 그래서 내년부터 우리 동네를 한 번 변혁시켜 보려구 하는데, 그런 일에 매달리면 어떻게 하겠니?"

"그 일이 곧 새마을운동 아녜요? 하시려는 일을 추진시키는 데에 도리어 도움이 될 것 같네요."

"넌 몰라서 그러는 거야. 새마을운동은 우선 외면적인 것부터 해야 하는 거야. 지붕을 개량한다든가, 농로를 확장한다든가 담장을 새루 쌓는다든가 하는 일 말이다. 우리 동네서 그런 일을 강제루 시켜선 따라올 사람이 얼마나 있겠니? 인심을 잃어 가며 그런 일부터 하다가는 내가 진짜 하려는 일은 못하게 될 게 아니니?"

"그럼, 아저씨가 하시려는 일을 먼저 하시구 관청에서 하라는 일을 나중에 하시면 되겠네요."

"누가 그러라는가?"

"고집을 부리구 하시면 되지요, 뭐. 다 같이 동네를 위하는 일인데 순서만 잠깐 바꾼다구 뭐랄라구요?"

"사실 그렇다. 동민들의 수익을 올려놓으면 지붕 개량을 누가 싫어하겠니? 다 돈이 없어서 못하는 거지. 돈만 있으면 마을회관두 만들 수 있구, 라디오, 텔레비전두 살 수 있어. 누가 시키지 않아두 척척 할 거야."

"그러니까 그렇게 하세요. 망설일 것이 뭐예요?"

영애의 말이 옳다고 생각했다. 옳다고 생각되면서도 갑수는 또 망설여졌다. 어차피 일을 하면서도 관의 지시를 따라 하는 것처럼 보일 것이 무엇인가? 관에서 시키는 대로 하지 않는다고 관에서 자꾸 간섭을 하면 하려는 일도 못할 것이 아닌가?

"당신 생각은 어떻소?"

갑수는 아내의 의견을 물었다. 최후로 듣는 결정적인 의견이라는 듯.

"당신 소견대루 하시구료!"

역시 아내다운 태도였다. 그것은 당사자가 깊이 생각해서 하라는 거겠지. 그리고 당사자가 어떻게 하든 자기로서는 관여하지 않겠다는 것이리라.

만약 영애가 자기의 아내라면 영애의 말에 추종하게 될지 모른다. 그럴 경우, 그것이 뜻대로 맞아들어가지 않을 경우에는 아내를 원망할 것이다.

갑수는 자기가 결심을 할 수 있도록 적극적인 조언을 안 해 주는 아내가 약간 답답하다고 생각했지만, 속으로는 그런 아내를 고맙게 생각했다. 그래서 삼십 년을 같이 살면서도 별로 싸움을 안 하며 살지 않았는가?

갑수는 일제 말엽 징용장을 받았었다. 끌려가면 일본 북해도에 있는 탄광으로 간다고 했다. 갑수가 갓 결혼한 때였다. 그는 부모에게도 말하지 않고 전라북도로 도망가서 어떤 집 머슴을 살았다. 집에는 편지도 할 수 없어서 무소식인 채 이 년을 지냈다. 이 년 뒤 해방이 되어 집으로 돌아왔을 때, 그동안 친정에도 안 가고 고스란히 자기만 기다리고 있던 아내가 원망의 말한 마디도 않고 그냥 울기만 했다. 밤 잠자리에서만,

"정말 돌아가신 줄 알았어요."

한 마디를 했다.

"죽은 줄 알았으면 딴 데루 시집을 갈 것이지!"

갑수가 한 번 이죽거려 보았을 때,

"그걸 말씀이라구 하세요?"

아내는 갑자기 얼굴을 떨어뜨렸다. 그리고는 울먹인 것이었다.

"나 오늘 밤 집에서 잘까?"

영애가 돌아간 뒤, 갑수가 아내에게 말했다.

"오이가 보구 싶어 어떡허죠?"

"오이보다 더 보구 싶은 사람이 있어."

정말 오래간만이었다. 비닐하우스에서 자기 시작한 지 넉 달 동안 한 번도 비닐하우스를 비우지 않았던 갑수였다.

다음날, 갑수는 새벽 다섯 시에 일어났다. 날이 많이 길어진 모양이었다. 다섯 신데도 훤히 밝아오고 있었다. 그는 지게에 삼태기를 올려놓고 집을 나섰다. 동네 안길과 들길로 나가 쇠똥과 개똥을 줍는 것이었다. 땅에는 무엇보다도 퇴비가 제일이다. 볏짚에다 쇠똥이나 개똥 또는 인분 같은 것을 섞어야 퇴비 가운데서도 좋은 퇴비가 된다. 그래서 갑수는 날이 좀 길어지기만 하면 남보다 일찍 들로 나가 쇠똥 또는 개똥을 줍는 일을 몇 해째 계속하고 있다.

첫날이 되어 그런지, 가까운 곳만 다녔는데도 한 삼태기가 넘게 주워 가지고 돌아왔다. 가슴이 흐뭇했다. 땅의 피가 되고 살이 될 똥을 한 길 이상 쌓여 있는 퇴비 더미에 쏟으며, 갑수는 금년도 작년보다 퇴비의 분량이 적지 않음에 적이 안심했다. 그리고 오늘은 퇴비를 한 번 뒤엎어야겠다고 생각했다. 그래야만 위에 있던 것이 아래로 내려가 골고루 썩는다.

그는 조반을 먹자 경태를 데리고 비닐하우스에 가서 섬거적을 걷은 뒤, 집으로 와서 삼지창을 가지고 퇴비 더미 위로 올라갔다. 혼자서 퇴비를 옆자리에 던지고 있을 때 경태가 바지가랑이를 걷고 맨발로 퇴비 더미에 올라왔다. 도와주면 좋기는 하지만, 냄새나고 지저분한 일을 경태에게 시키기가 안되어 갑수는 혼자서 하려던 참이었다.

"혼자 해두 넉넉하다."

갑수는 진심으로 경태가 그만두어 주기를 바랐다. 자기가 하기 때문에 하기 싫은 일을 억지로 한다면, 경태가 앞으로는 집에 오지 않으려고 할지 모른다. 그런 것이 걱정되었던 것이다.

"뭐 힘든 일이라구요."

경태는 갑수의 말을 들은 채도 않고 퇴비를 찍어 던졌다.

"몸에서 퇴비 냄새가 나면 어떡허니?"

"씻으면 되지요."

말하는 것과 일하는 것으로 보아 경태는 하기 싫은 것을 억지로 하는 것 같지가 않았다. 기특하다고 생각했다. 그래도 학교 선생이다. 학교 선생이 아니라도 젊은 사람은 대부분 도시생활을 갈망한다. 그런데 경태는 그런 생각을 가지고 있지 않을 뿐더러, 토요일마다 집에 와 농사일을 돕고 있다. 게다가 농사일 가운데서도 가장 더러운 일을 더럽다고 생각지 않는다. 일하는 솜씨도 그리 서투르지가 않았다.

갑수는 경태가 미더운 마음이 들어

"면에서 새마을 지도자가 되라는데 네 생각은 어떠냐? 나는 사양하고 있는 중이다만……."

마치 네 의사에 따르겠다는 투로 물었다.

"하시죠, 뭐. 새마을운동에 참여한다는 데만두 의의가 있지 않습니까?"

경태는 깊이 생각할 것도 없는 일이라는 듯 간단하게 대답했다.

"그게 그렇게 간단한 일인 줄 아니?"

갑수는 자기가 망설이고 있는 이유를 간단히 설명했다. 그랬더니 경태가 설교하는 식으로 자기의 의견을 말했다.

"아버지의 성격을 알기 때문에 이해를 할 수 있어요. 제 생각에는, 아버지가 관을 불신하구 계신 것 같아요. 그건 비단 아버지뿐이 아니라구 생각합니다. 한국 사람 대부분이 그렇지요. 사실 역사적으루 볼 때 우리 나라 사람들은 관을 불신해 왔습니다. 그럴 만한 이유가 있었다고 생각합니다. 어쨌든 관청과 국민은 불신 때문에 서루 거리가 멀어져 협조가 이루어지지 않았던 것입니다. 그것은 관청이 양반이라든가 특권계급의 손에 잡혀 있었기 때문이었습니다. 그래서 나라는 발전하지를 못했던 것입니다. 그렇지만 지금은 국가 발전을 전제루 하구 정부가 존재하는 것입니다. 국가 발전에 해가 되는 정부는 존재할 수가 없다구 생각합니다. 물론 아직두 관료주의의 옛 습성을 버리지 못하는 관리들이 없지 않지만, 대국적으루 볼 때 정부는 정말 국가와 민족을 위해 존재해 있다구 저는 봅니다. 모든 정책이 그렇게 흘러가구 있음이 눈에 보입니다. 그러니까 아버지두 그 관청에 대한 불신 사상을 버리시는 것이 좋을 것 같습니다. 정부가 시키는 일이 좋은 것이라면 받아들여야지요. 좋지 않다고 생각할 때는 자기 의사를 반영시켜 시정하두룩 하구요. 면에서 하라구 하면 시키는 대루 하세요. 아버지의 뜻을 살릴 수 있는 좋은 기회라구 생각합니다.”

경태의 말을 듣고 보니 그럴 듯도 했다. 사실 농민으로 경찰서나 기타 관청에 출입하기를 좋아하는 사람이 몇 명이나 되는가? 관청에 대한 공포증이나 불신임 때문이다. 우선 그런 공포증과 불신을 없애도록 해야 할 것이다. 거기에는 관청 자체가 능동적으로 깃발을 들어야 할 것이다. 동시에 국민들은 과거와 같은 경계심을 버리고 그 깃발 아래 모여들어야 할 것이다. 그것만은 당연한 일이다. 그리고 정부가 요즘처럼 국가 발전에 온 정력을 기울이고 있을 때, 무엇보다도 필요한 일이다. 정부와 국민이 서로 불신하는 가운데 무슨 발전을 기대할 수가 있겠는가?

“네 말이 옳기는 하다.”

갑수는 아들의 말에 동의를 하면서도 확실한 태도를 취하지 못했다. 관청에 대한 불신 사상이 순식간에 돌변하지 못하기 때문이랄까?

그때 이장이 찾아왔다. 이장은 퇴비 더미 밑에서 갑수를 올려다보며 말했다.

“기웅이한테두 이야기를 했는데, 아저씨가 계신데 자기가 어림이나 있는 일이냐면서 거절하던데요. 할 수 없는 일 같습니다.”

결국은 지도자 일을 맡아야겠다는 말이었다.

“이 사람아, 오늘은 일요일이야. 바쁠 것 없잖아?”

갑수가 화난 사람처럼 소리를 질렀다. 어차피 맡아야 하는 것 같았지만 호락호락 승낙하기가 싫었기 때문이었으리라.

“가부간 내일 아침 저하구 면까지 가셔야겠습니다.”

갑수의 신경을 건드리기가 두려웠는지, 이장은 한 마디를 남기고 돌아가 버렸다.

"아버지, 승낙하세요. 제가 불쾌한 말씀을 드렸는지 모르겠습니다만 이 동네를 위해 맡으시는 게 좋을 것 같습니다. 아버지가 정 바쁘시게 되면 제가 학교를 그만두구 와서 도와드리겠어요."

경태가 간곡히 부탁할 때 갑수는,

"알았다, 내 알아서 하마."

하고 이야기를 끊었다.

침울한 기분으로 일을 계속하고 있을 때 이번에는 영애가 왔다. 영애는 경태에게,

"오빠 오셨군요?"

인사를 하자 호들갑스럽게 웃기를 시작했다.

"왜 웃는 거지?"

경태가 물을 때, 영애는 웃음을 끊고,

"됐어요, 존경합니다."

정색해서 말했다.

"칭찬을 해 줘서 고맙다. 그렇지만 네가 그렇게까지 놀랄 만한 일은 아닌 데…… 농사를 하려는 사람으루 누구나 해야 할 일이 아니니?"

"그렇긴 하지요."

영애는 갑자기 갑수 있는 데로 가서,

"퇴비는 왜 내리지요?"

하고 물었다.

"그냥 내리는 게 아냐? 뒤섞어야 고루 썩기 때문에 뒤엎는 거지."

갑수가 대답하자 이번에는 경태가,

"너의 집에서 하는 걸 보지두 못했니?"

하고 영애에게 물었다.

"보기는 했어두 모르구 본 걸요, 뭐……."

"그렇지. 모르구 본 건 보나마나지. 그러니까 너는 정말 농사 초년병이구

나."

　"그래요."

　영내는 경태의 말을 솔직히 수긍하고 나가버렸다.

　영애가 가자, 이번에는 갑수 아내가 헐레벌떡 뛰어들어 왔다. 갑수와 경
태가 일손을 놓고 바라보고 있을 때,

　"여보! 빨리 가 보세요. 춘희가 죽게 됐어요."

　아내가 가쁜 목소리로 말했다.

　"죽게 되다니?"

　"그 애 아버지가 어떻게 때리는지 애가 사상이 다 됐어요."

　그제야 갑수는 퇴비 더미에서 뛰어내렸다. 그리고는 거름이 더덕더덕 붙
어 있는 발도 씻지 않고 그냥 춘희네 집으로 달려갔다. 춘희네 마당에는 여
러 사람이 둘러서 있었지만 누구 하나 말리려 들지 못했다. 땅바닥에 쓰러
져 있는 춘희는 정말 죽은 것처럼 사지가 늘어져 있었다. 그런데도 춘희 아
버지는 쉬지 않고 채찍을 휘둘렀다. 그 옆에서는 춘희 어머니가 소리를 내
어 울고 있었다.

　갑수는 춘희 아버지에게로 달려가 우선 채찍을 뺏었다. 그러고서,

　"사람을 이렇게까지 때릴 수가 있소?"

하고 나무랐다. 고 생원은 아무 말도 않고 뜰에 웅크리고 앉았다.

　갑수는 춘희를 안아 일으켰다. 죽지는 않고 있었다. 그래서 춘희 어머니
에게 빨리 방 안으로 데리고 들어가라고 했다. 춘희 어머니가 춘희를 부축
해 가지고 방 안으로 들어가려 할 때 모여 있던 여자들이 춘희 어머니에게
합세했다.

　제 정신이 아닌 듯, 멍하니 하늘만 바라보고 있는 춘희 아버지 곁으로 간
갑수는,

　"아무리 자기 딸이라구 해두 그렇게 때릴 수 있소? 그러다가 정말 죽으
면 어떡허게……."

하고 말했다. 그것은 훈계가 아니었다. 너무나 참혹한 일을 참혹한 일로 느
끼도록 하는 경고 비슷한 것이었다. 춘희 아버지는 대답할 생각도 안 했다.

갑수는 담배를 꺼내 한 대 권했다. 그가 담배를 받자 성냥을 켜서 대주었다. 푹푹 담배를 빨아 내뿜는 그의 모습은 마치 사형장에 나온 사형수 같았다.

"정말 큰일날 뻔했소."

갑수가 다시 한 번 참혹했던 일을 회상시키려는 듯 말했을 때,

"그깐 년 죽으면 어때요."

춘희 아버지가 후회하지 않고 있다는 식으로 대답했다.

"무슨 말씀을 그렇게 하십니까? 사람이란 누구나 한 번쯤 실수하는 겁니다. 특히 철없을 때의 한 번 실수는 용서해 주어야지요."

"오늘 아침까지두 난 때리질 않았습니다. 그런데 아침을 먹은 뒤 내가 신랑감을 골라 줄 테니 시집이나 가라구 했더니, 이 년이 화를 발칵 내며 시집은 죽어두 안 간다지 뭡니까? 시집을 안 간다는 건 똥갈보가 되겠다는 게 아니구 뭡니까? 참을 수가 있어야지요. 죽여 버리구 말겠다구 생각했습니다."

춘희 아버지는 약간 긴장이 풀렸는지 자기 심정을 토로했다.

갑수는 그가 흥분했던 이유를 알 수 있었다. 그러나 그것은 젊은 딸의 마음을 모르는 아버지의 잘못이라고 단정했다. 젊었을 때 처녀는 누구나 결혼을 안 한다고 한다. 그것은 자기 나름대로의 꿈을 가지고 있기 때문이다. 막연한 것일는지 모르지만 그 꿈 때문에 결혼을 부정한다. 그것을 가지고 똥갈보가 되려구 시집을 안 가려는 것이라 단정했다는 것을 젊은 처녀를 너무나 이해 못하는 처사다.

"그건 오해였습니다. 그만한 또래의 처녀를 붙잡구 물어 보십시오. 결혼하겠다구 선뜻 대답할 애가 한 명두 없을 겁니다. 그렇다구 똥갈보가 되겠다는 것은 절대 아니지요. 도리어 결혼 같은 것을 불결하게 생각하기 때문입니다."

갑수는 처녀들의 꿈을 이야기한댔자 그가 알아들을 것 같지 않아 그 정도로만 말을 했다.

"그래두 애비가 말하는데 그럴 수가 있습니까요?"

"요즘 애들은 자기 감정을 참지 못해서 그러는 겁니다. 가만만 있어두 좋

을 걸, 그걸 못 참지 않아요? 확실히 예의심이 약해진 건 사실입니다. 그렇다구 불효라구 말할 수는 없지요. 어떻게 하겠습니까? 어른이 애들을 이해해 줘야지요."

춘희 아버지는 한숨만 내쉴 뿐 대답을 안 했다. 갑수도 그 이상 더할 말이 없었다.

집으로 돌아오는 길에 갑수는 생각했다. 자식을 기르는 것이 참으로 힘든 일이라고. 춘희를 그렇게까지 때렸으니, 마을 처녀들에게 하나의 경종이 되었을지는 모르지만 춘희가 과연 개심을 하고 자기 아버지에게 복종할 것인지는 의문이었다.

갑수는, 부모들이 자녀를 억압으로가 아니라 교화로서 교육을 해야 한다고 생각했다. 그러나 교화로 교육을 시킬 만큼 지식과 교양을 갖춘 부모가 얼마나 될까 하고 의심했다.

돌아와 다시 퇴비 더미로 올라가 일을 계속하고 있을 때, 갑수는 외양간 옆 헛간(비를 맞지 않게 물건을 챙겨 두는 곳)에서 오물오물 풀을 먹고 있는 토끼들을 보았다. 귀여운 모습이었다. 그 토끼를 보며 갑수는, 저것들이 경화와 숙미에게 사는 보람을 주는 것이라고 생각했다. 보잘것없는 보람일지 모르지만 그 애들은 토끼를 기르면서 그래도 즐거움과 희망을 느낄 것이다. 그렇기 때문에 그 애들은 명랑할 수가 있다. 명랑한 기분으로 살 수 있다면, 복실이나 춘희처럼 집을 뛰쳐 나갈 생각을 안 해도 좋을 것이 아닌가?

갑수는 경태에게 말했다.

"너, 학생 애들을 모아 놓구 무슨 일을 하는지 모르지만, 우선 토끼들을 기르게 하는 것이 어떻겠니? 애들이 생활 속에서 보람을 느끼두룩 지도하는 것이 좋을 것 같다."

"사에이치(4H) 구락부를 만들기루 했습니다. 그걸 조직만 하면 우선 마을 청소와 각기 가정에 화단 만들기를 할 작정입니다. 토끼두 기르두룩 하지요."

갑수가 찬성해 주었다.

"나아가서는 공동작업을 시켜 눈에 보이는 성과를 올리두룩 해라. 그러면 자기들이 동네의 핵심이 되고 있다는 것을 느낄 것이다. 자기들의 존재를 높이 평가하게 되면 동네를 사랑하는 마음이 생기구, 아울러 동네에 대한 책임감이 생길 것이다. 그러면 도시루 나갈 생각을 않구 동네를 위해 일하겠다는 마음이 굳어지겠지.”

“알겠습니다. 우서 공동작업으루 공동수익을 올릴 수 있는 일을 해 보겠습니다.”

“잘 연구해서 해 봐라. 그리구 오늘의 춘희 사건을 교훈 삼아 정신적 교양을 높여라. 춘희두 나쁘지만 춘희 아버지두 좋지 않다. 그러니까 무지한 부모에 대한 정신적 교양두 필요한 거다.”

“알았습니다.”

이 날 저녁, 경태가 밥을 먹고 시내로 출발한 직후 동네는 다시 또 소란했다. 춘희가 자기 집 우물에 빠져 죽었다는 것이었다.

그 말을 들었을 때 갑수는 춘희네 집으로 가지 않았다. 허탈 상태에 빠져 넋을 잃고 있을 춘희 아버지를 볼 수가 없을 것 같았다. 남편과 딸 사이에 끼여 아무 말도 못하고 울기만 할 춘희 어머니의 슬픔을 차마 볼 수 없을 것 같았다.

다만 가난한 농촌의 비극을 실감할 뿐이었다. 그러나 이장을 찾아가 장례에 대한 것을 도와주라고 부탁해 두었다.

이장네 집에 갔다 돌아오니 영애가 와 있었다. 갑수는 영애를 보자,

“춘희와 같은 일이 다시 있지 않두록 해야겠다.”

하고 비통하게 말했다. 영애가 뭐라고 말할 수 있겠는가? 잠자코 있을 때

“경태가 사에이치(4H)구락부를 조직한다더라. 시집 안 간 처녀들 전부 가입하게 해라.”

영애는 그 말에만,

“그러겠어요.”

하고 대답했다. 영애도 자기 나름대로의 생각이 있는 모양 같았다.

그 뒤에는 누구 하나 말을 꺼내는 사람이 없었다. 상가와 같은 분위기였다. 얼마 동안을 침묵 속에 있을 때, 갑수 아내가 방 안 분위기를 돌리

려는 듯,

"오늘 영애두 퇴비를 뒤엎었대요."

하고 말했다. 그 말에 갑수는 놀라는 표정을 지으며,

"너 정말 나하구 경쟁을 하려니?"

하며 영애의 무릎을 탁 쳤다.

"그럼 안 되나요?"

영애가 방싯 웃으며 반문할 때,

"안 되기는…… 철저하게 경쟁을 해 봐라."

갑수는 웃음으로 응했다.

"정말 싫으시다면 안 하겠어요."

"싫긴? 그러는 너를 나는 존경한다. 이건 진심이야."

"저는 경쟁이 아니라 아저씨 하시는 대루 시늉을 해 보는 거예요. 제 선생님이라 생각하구요."

"아무래두 좋아. 부지런히 일만 해. 그런데 너 몰라서 못하는 거 하나 알으켜 줄까?"

"뭔데요?"

"나는 해가 길어지면 새벽에 똥을 주우러 다닌다. 퇴비에 좋은 거지. 그렇지만 넌 힘들어서 못할 거다."

영애는 잠시 생각하다가,

"그건 못하겠는데요. 조반을 지어야 하니까요."

하고 대답했다.

"극성스럽단 말을 들을 수두 있을 테니까, 여름에 풀이나 많이 베라."

"극성스럽다는 말을 들으면 어때요? 전 남의 말에 신경을 쓰지 않기루 했어요."

"거, 참 좋은 생각이다. 좋은 일에는 남의 눈치두 볼 필요가 없다."

일단 그 이야기를 끝내자 이번에는 영애가 딴 이야기를 꺼냈다.

"내년에는 오이 말구, 토마토와 가지 같은 것을 해 보구 싶은데요. 그새 책을 읽었더니 오이만은 못 해두 수익성이 높다구 그랬던데요. 힘두 덜 들구요.”

갑수는 영애가 정말 만만찮다고 생각했다. 어느새 그런 생각까지 했단 말인가?

“할 거야 많지. 국화나 카네이션 같은 꽃두 좋지. 참외, 수박두 좋구. 그렇지만 너무 여러 가지는 할 수 없지. 나두 내년부턴 가지와 토마토를 심어 볼까 하구 있다. 우리 연구해서 해 보두록 하자.”

이런 이야기를 하다가 갑수는 비닐하우스로 갔다. 다음날 새벽 날이 훤해지자 갑수는 또 똥을 주우러 들길로 나갔다. 삼십 분 이상을 들길로 돌아다니다가 동네 뒷길로 해서 마을 안 길을 더듬으며 오고 있을 때, 맞은편에서 이리로 오고 있는 영애를 보았다. 삼태기를 올려놓은 지게를 지고 오는 것이 꼭 머슴애 같았다. 거의 가까이까지 왔을 때,

“조반은 어떡하구 나왔니?”

하고 묻자, 영애는 호호 웃으며,

“지어 놓구 나왔어요.”

하고 대답했다.

갑수는 정말 개똥을 가지구두 경쟁이로구나 생각했지만 영애를 얄밉게 생각지 않았다. 성공할 수 있는 갸륵한 애라는 생각만을 했다. 그래서,

“많이 주워라.”

하고는 마을로 들어섰다. 그런데 마을 뒤 산 밑 땅에 집터가 닦이고 있음을 보았다. 천강재가 집을 짓는다고 하더니, 벌써 짓기를 시작했나 보다고 생각했다. 그런데 언제부터 시작했는지 기초공사가 다 끝나고 있었다. 그리고 기초공사 한 것으로 보아 한식 초가집이 아님을 알 수 있었다. 사방과 그리고 방의 구조에 따라 시멘트 콘크리트가 다 되어 있었다. 그것도 한 삼십 평 정도의 넓이였다.

갑수의 가슴이 뜨끔했다. 동네 제일 높은 곳에, 삼십 평짜리 문화주택이 서서 동네를 내려다보고 있으면 동네 초가집들은 어떤 표정들을 할까? 갑수는 천강재가 동네로 와서 살겠다는 말을 들었을 때의 공포심이 실감되는 것을 느꼈다. 그리고 조금 잘 살아 보려는 동네 사람들의 마음이 양옥집에

위압되어 위축되리라는 생각을 하고 가슴이 철렁 내려앉았다. 한숨이 나왔다. 그렇다고 해서 집을 짓지 못하게 할 수 있는 일도 못 된다. 답답할 뿐이었다.

갑수는 한참 동안 멍하니 서서 기초공사를 끝낸 집터를 바라보고 있었다. 집터 앞에는 향나무 같은 정원수도 벌써 심어 있었다. 뿐 아니라 빈 땅에는 일년생쯤 되어 보이는 몇 가지의 묘목도 심어 있었다. 가축을 기르겠다고 했는데 묘목도 심는 모양이었다.

묘목들을 보자, 갑수는 문득 묘목이 유리한 사업이라고 하던 말을 회상했다. 자금의 회전율이 느리다는 것이 결점일지 몰라도 이익이 확실한 사업이다. 한 번 심어만 놓으면 손질도 별로 안 간다. 정부에서 국토녹화를 계획하고 장려하니 팔리는 것도 문제없다.

심어서 묘목으로 팔아도 이익이지만, 묘목을 산에다 심고 삼사 년만 지나면 매년 수입을 올린다. 밤나무 같은 것이 그렇다. 요즘 밤나무는 이삼 년 뒤 열매가 열린다고 하지 않는가?

갑수는 금년 여름 보를 완공시키면 그 뒤에 할 일은 얼마든지 많다고 생각했다. 그 많은 일들을 효율적으로 지도해 나가면 마을 전체가 잘 살게 될 것이다. 다들 잘 살게 된다면 천강재가 설사 문화주택을 짓고 마을을 내려다보며 산다고 할지라도, 마을사람들이 정신적으로 위압을 당하지 않을 것이다. 빨리 마을을 일으키자. 부지런히 일으키자.

갑수는 이런 생각을 하며 집으로 걸어오고 있을 때, 자기 집 앞길을 비로 쓸고 있는 학생을 보았다. 그 학생은 지나가는 자기에게,

"안녕히 주무셨습니까?"

하고 인사를 했다.

갑수는 기특한 생각이 들어 수고한다는 말을 한 뒤 집을 향해 걷기 시작하는데 그 학생은,

"안녕히 가십시오."

하고 또 인사를 하는 것이 아닌가? 그런데 갑수는 집에 이르기 전 또 한 명의 그런 학생을 보았다. 갑수는 경태가 시킨 일이라고 생각했지만 어쨌든

가슴 흐뭇한 일이었다.

집에 와서 조반을 먹고 있을 때였다. 이번에는 책가방을 들고 학교로 가려던 숙미가 갑수 가까이 와서,

"아버지, 다녀오겠습니다."

하고 깍듯이 인사를 했다. 전에 없던 일이었다. 신기한 마음이 들어,

"웬일이냐?"

하고 물었더니,

"인사하기 운동을 벌이기루 했어요."

숙미가 대답했다. 그리고는 저의 어머니에게도 같은 인사를 한 뒤 학교에 갔다.

갑수는 경태가 참 잘 한 일이라고 생각했다. 젊은 애들이 어른들에게 인사하는 습관을 기르면, 애들의 어른들이나 자기 부모에 대한 존경심이 두터워질 것이다. 뿐 아니라 동네 분위기가 얼마나 부드러워질 것인가? 어른과 젊은이들 사이의 이해심이 두터워질 것이며, 어른들과 젊은이들의 협동심도 깊어질 것이다.

갑수는 마을에 서광이 비쳐 오고 있음을 느꼈다.

그래서 조반을 먹고 비닐하우스의 섬거적을 걷고 있을 때, 이장이 찾아오는 것을 보고,

"옷을 갈아입구 올 테니 잠깐만 기다리게."

갑수는 조금도 망설이는 일 없이 면사무소로 갈 자기 태도를 명백히 했다.

그러나 면장을 만났을 때, 자기는 실질적으로 일을 할 테니까 김기웅을 지도자로 정해달라고 일단 사양을 했다.

"일하는 분이 지도자가 되는 거지, 무슨 말씀입니까?"

면장은 일고할 여지도 없다는 태도로 말했다.

"각 기관에 왔다갔다 하려면 시간을 너무 뺏길 것이 더욱 걱정스럽습니다. 저는 제 농사를 지어야 합니다. 그래야만 동민을 끌구 가는 원동력이 생기는 것이라구 생각합니다."

"잘 알구 있습니다. 그렇지만 직책을 맡으셔야 합니다. 그래야 동민들이 잘 복종합니다."

"저는 그 반대라구 생각합니다. 실제루 일을 해서 보일 때 비로소 동민들은 저를 진심으루 신뢰해 줄 것입니다."

"어쨌든 이번 새마을운동은 봉화처럼 전국에 일어나고 있습니다. 유능한 분이 앞장서서 성과를 올려야 할 땝니다. 우선 시멘트 오백 포와 철근 한 톤을 무료로 드릴 테니 그것으루 새마을운동을 일으켜 주십시오."

갑수는 시멘트 오백 포라는 말에 귀가 솔깃했다. 그것만 그냥 준다면 동민의 부담이 얼마나 줄어들 것이며, 동민의 사기가 얼마나 오를 것인가? 갑수는 옆에 앉아 있는 이장을 쳐다봤다. 이장도 감격했는지, 잠시 말을 못하고 갑수를 쳐다봤다. 그러고 나서야,

"아저씨, 빨리 승낙하세요."

하고 말했다. 그때 갑수는 면장을 향해,

"그 시멘트를 보 공사에 써두 좋을까요?"

하고 물었다.

"마음대루 하십시오. 보 막는 것이 그 동네를 부활시키는 기초사업이라면 그것이 곧 새마을운동이 아니겠습니까?"

면장이 승낙을 하자, 갑수는 힘을 얻었다. 그래서,

"새마을정신을 어느 정도 알 만합니다. 한 마디로 해서 농민들에게 자립정신을 고취해서 잘 살게 하자는 것이 아니겠습니까? 저는 그렇게 할 자신이 있습니다. 이삼 년 안에 우리 동네를 그렇게 만들겠습니다. 그 대신 새마을운동의 순서를 조금 바꾸게 해 주시기 바랍니다. 우서 동민의 수익을 올리겠습니다. 그러면 지붕 개량이나 농로 확장 같은 것은 자연히 실시될 것입니다. 하지 말래도 자진해서 할 겁니다. 돈이 있는데 자기에게 유리한 걸 왜 안 합니까? 그리구 협동정신이 굳어질 때는 못할 일이 없습니다. 저는 이번 보 공사를 통해 동민의 협동정신을 높일 계획입니다. 벌써 그런 기운이 짙어가구 있습니다."

하고 자기 소견을 말했다.

"그건 차차 의논해서 합시다."

면장은 새마을 운동의 순서에 대해서는 분명한 말을 안 했다. 면장은 면장대로 상부의 지시를 받고 있으니 마음대로 할 수 없는 일일지 모른다. 그래서 갑수는 면장에게 점심이나 같이 하자고 말했다. 그랬더니 면장이 앞장을 서며,

"갑시다, 내가 사지요."

갑수의 팔을 잡아끌었다.

조그만 음식점이었다. 따로 된 방으로 들어가자, 갑수는 앞으로의 자기 계획을 설명하기 시작했다. 보가 완성되면 금년 가을부터 벼를 증수할 수 있을 것이며, 벼 타작이 끝나면 내년 봄을 목표로 고급채소를 대대적으로 장려하고, 나아가서는 봄배추, 시금치를 재배케 하여 논에서 삼모작 내지 사모작을 함으로써 예년의 삼사 배의 수익을 올리도록 하겠다는 것을 자상하게 설명했다. 논뿐 아니라 밭도 삼모작 내지 사모작을 실시하여, 수확을 올릴 수 있다는 것을 자신 있게 설명했다.

"두구 보십시오. 정부는 팔십년도에 일인당 천 불 소득을 목표하구 있지만, 저는 앞으루 사오 년 내에 그 목표를 달성시키겠습니다."

면장은 정열적이고 자신 있는 갑수의 말에 그저 좋소, 좋소를 연발할 뿐이었다. 갑수는 열을 죽이지 않고 이야기를 계속했다.

"땅을 최대한도루 이용하는 겁니다. 땅을 쉬지 못하게 하면 사람두 쉴 수가 없습니다. 근면해지지 않을 수가 없습니다. 근면하게 되면 근면의 대가를 올리려구 농사에 대한 새로운 방법을 연구하게 됩니다. 농민들은 희망을 가지지 못했기 때문에 새로운 것을 연구하려 하지 않았던 것입니다. 말하자면 과학적인 농사를 꿈에두 생각 못했던 것입니다."

"잘 알았습니다. 갑수 씨에게 기대를 걸겠습니다."

면장은 이야기를 듣기에 피로를 느낀 것 같았다. 그래서 갑수는,

"그러니까 한 이 년 동안 너무 간섭을 말아 주십시오. 이 년 뒤에는 면에서 하라는 것 무어든지 할 테니까요."

하고 자기가 하고 싶던 말의 결론을 내렸다.

"그건 우리 서루 이해하구 협력하는 가운데서 하면 되지 않겠습니까? 동네를 위하구 나라를 위하는 일인데 손잡구 하면 되겠지요?"

면장은 아무래도 책임질 말은 할 수가 없는 모양이었다.

갑수도 그랬다. 면장이 알고 이해만 한다면 그 이상 언질을 강요할 필요가 없을 것 같았다.

점심을 먹은 뒤, 갑수는 면장과 굳은 악수를 했다. 동지의 결합을 뜻하는 악수였다.

제8장 유치장에서

농협의 대부금이 나오는 날 밤 다시 동회가 열렸다. 이 날 밤, 갑수는 정식으로 지도자의 입장에서 회의를 사회했다. 그는 우선 지도자로서의 인사를 한 다음, 곧이어 면장이 시멘트 오백 부대를 거저 주었다는 것을 말했다.

박수소리가 요란하게 울렸다.

"이렇게 관청에서까지 우리의 일을 돕구 있습니다. 그런 만큼 우리는 일치단결하여 보 막을 일을 성공시켜야 하겠습니다. 그런 일이 없으리라 생각합니다만, 만약 이번 일이 실패하면 우리 동네는 영원히 부흥할 수가 없을 것입니다. 새마을운동에 있어서두 가장 뒤떨어지는 마을이 될 것입니다. 끝으루 한 가지 말씀드릴 것은, 새마을운동에 있어서 우리 동네가 필요로 하는 것을 순서대루 해 나갈 테니까, 새마을운동이 여러분에게 부담이 되지 않을 것입니다. 이것만은 잘 알아주시기 바랍니다."

이야기를 끝내자, 갑수는 지난 추진위원회에서 결정한 일들을 이장에게 보고하도록 했다.

이장이 일어서서 전번 추진위원회에서 결정한 예산과 각 호별 취업 배당 일수, 그리고 부득이 취업을 못할 사람에게는 일인당 이백 오십 원을 거두어 대신 일하는 사람에게 주기로 했다는 것을 보고했다. 그러고 나서 의견이 있으면 말하라고 했다. 그때 맨 먼저 일어난 사람이 김기웅이었다.

"시멘트를 천 포 사기루 하구 농협에서 대부금을 받았는데, 오백 포를 면장이 주게 되었다면 그 오백 포에 대한 대금은 어떻게 사용할 것입니까?"

이 말을 듣자, 갑수는 아차 했다. 만약 동회를 열기 전 추진위원회를 잠깐만이라도 열었다면 그런 질문이 나오지 않을 것이라 생각했던 것이다.

"오늘 대부금이 나왔기 때문에 추진회를 열지 못했던 것이 불찰이었습니다. 말하자면 추진위원회를 열지 못했기 때문에 그 돈에 관한 것을 의논하지 못했습니다. 그 대신 이 자리에서 의논해두 무방하다구 생각하는데, 여러분 의견은 어떠신지요?"

대단한 문제는 아니지만, 추진위원의 한 사람이 동민 앞에 타인처럼 질문한 데 대한 죄책감을 느끼며 동민들의 의견을 물었다. 그리고는 앞으로 어떤 일이든 추진위원회를 거치지 않고는 손톱만한 일도 혼자서 해서는 안 된다고 생각했다.

"오백 포 값만큼 먼저 갚지요."

"일을 하려면 뜻하지 않은 일이 생길 수두 있을 겁니다. 예비비루 보관해 두지요."

"보관했다가 갑자기 돈이 필요한 사람에게 농협 이자와 같은 이자루 빌려 주지요."

"왜 농협 이자를 받습니까? 보통 하는 대루 사 부를 받아 남는 걸 공사비에 보태 씁시다."

구구한 의견이 속출했다. 그리고 모두가 그럴듯한 이야기였다.

"그럼, 어떻게 할까요? 거수루 결정할까요?"

갑수가 묻자, 김기웅이 또 일어섰다.

"거 많지두 않은 돈인데 그냥 보관해 두지요. 어떤 회에도 예비비란 것이 있지 않습니까?"

김기웅이 강력하게 말하자, 여기저기서 옳소 하는 소리가 나왔다. 그래서 갑수가,

"그럼, 김기웅 씨 의견대루 할까요?"

하고 물었다. 즉각 박수소리가 터져 나왔다.

회의는 원만하게 끝났다. 그래서 내일부터 취역할 사람의 이름을 부르고, 어떤 일이 있어도 꼭 나와야 한다는 부탁을 한 뒤 폐회를 선언했다.

이장 집에서 비닐하우스로 걸어가고 있을 때 영애와 덕호가 가까이 왔다.

갑수의 지도자로서의 수고에 대해 치하를 하려 함이리라. 갑수도 그것을 미리 짐작하고,

"고생인 줄 알면서두 맡은 거야. 다 같이 협력해 줘."

하고 먼저 말했다. 그래도,

"정말 수고하시겠어요."

영애에 뒤이어,

"바빠서 어떻게 하지요?"

덕호가 진심으로 걱정을 해 주었다.

"각오하구 맡은 거야."

갑수가 태연하게 말하자,

"제가 비서 노릇 해 드릴까요?"

영애가 호호 웃었다.

"그래라, 우리 집에 와서 살면서."

"월급은 얼마 주시겠어요?"

"내 월급 통째루 주지."

"아저씨 월급이 얼만데요?"

"한 십만 원 될 거다."

"아저씨두, 플라이 치실 줄 아시네……."

"플라이는……."

그들은 웃었다. 웃으며 걷다가 영애 집 앞을 지날 때 갑수가 말했다.

"너는 사에이치(4H)구락부를 잘 끌구 나가는 것이 나를 도와주는 거다. 어서 들어가거라."

그는 영애의 등을 밀어 대문 안으로 밀었다.

"안녕히 주무세요."

영애가 자기 집 안으로 들어가자, 이번에는 덕호가,

"형님, 제가 힘이 되어 드리구 싶은데 할 일이 없을까요?"
하고 말했다.

"할 일 많지!"

갑수는 정말 덕호에게 맡길 일이 무엇일까 하고 생각했다. 이런 때 덕호가 동네를 위해 앞장서서 일을 하게 되면 이때까지의 소외감을 버릴 수 있게 될 것이다. 동시에 동네 사람들도 아무런 차별 의식 없이 그를 대하게 될 것이며, 그렇게 되면 덕호의 침울한 인생이 명랑하게 변할 것이다. 어떤 일을 맡길까? 그는 잠시 동안 생각을 하다가,

"공사를 끝내면 농사연구반을 만들려네. 그때 자네는 그걸 맡아 주게. 그 연구반이 우리 동네 부흥에 가장 큰 힘이 될 걸세."
하고 말했다.

"그런 일을 제가 할 수 있겠습니까?"

덕호는 자신이 없다는 듯이 말했다.

"자네 혼자서야 안 되지. 내가 다 할 테니까 앞장만 서."

갑수는 자기가 가장 힘을 넣어야 할 그 일에 발뺌할 생각이 아니었다. 명목상의 책임이라도 책임을 지우고 일을 시키면, 덕호가 동네 사람들과 자주 접촉하게 될 것이다. 자주 접촉을 하면 자연 서로 가까워지고 서로 협동하게 될 것이다. 그렇게 되면 덕호가 동네에서 없어선 안 될 존재가 될 것이며 덕호는 이때까지와 같은 소극적인 생활 태도를 버릴 것이다. 따라서 덕호는 농사에 있어서도 남보다 창의적인 노력을 해서 잘 살 수 있게도 될 것이다. 이런 생각을 하며 덕호에게 농사연구반을 맡기려 했던 것이다.

"시키는 대루 무어라 하겠습니다."

덕호는 갑수의 속마음을 모르면서도 갑수가 하라는 일은 무조건 하겠다는 태도를 보였다.

"좌우간 우리 손잡구 일하세!"

갑수는 덕호를 보내고 비닐하우스로 갔다. 피로한 것이 아닌데도 몸을 움직이고 싶지 않았다. 흥분에서 오는 나른함이었다. 그러기에 잠도 오지 않았다. 잠을 안 잘 필요가 없다고 생각했다. 시작이 절반이라고 한다. 내일 공

사가 시작되면, 나머지 일은 계획대로 추진해 가면 그뿐이었다. 그러니 마음 놓고 잘 수가 있다. 편히 잠을 잔 뒤 내일부터 일을 시작하자. 그러나 잠은 오지 않았다. 보에서 논으로 흘러가는 물이 눈앞에 보였다. 벼 포기가 왕성하게 자라서 들을 퍼렇게 덮고 있는 광경이 눈앞에 보였다. 동네 사람들이 논에 나와 박수를 치고 있다.

벼 타작을 끝낸 들에는 고급채소를 재배하기 위한 비닐하우스가 들 전체를 메우고 있다. 비닐하우스가 눈부시게 번쩍인다.

이런 것이 계속해서 눈앞에 어른거리기 때문에 그는 한잠도 잠을 자지 못했다.

동이 훤히 트기 시작하자, 그는 똥을 주우러 떠났다. 길바닥을 살피며 개똥을 줍고 있을 때, 어디선가 까치소리가 들렸다. 어디서 까치가 울고 있는가 하고 귀를 기울였다. 동네 한복판에 있는 자기 집 뒤뜰 참대밭에서였다. 갑수는 까치도 동네의 경사를 알고 새벽부터 짖고 있는 것이라 생각했다.

그는 일부러 동네가 내려다보이는 뒷산 중턱까지 올라갔다. 거기서 한눈에 보이는 동네를 내려다보며, 자기 집 하나만 빼놓고 전부가 초가인 그 집들의 지붕을 벗겨버린다. 그 대신 모든 집에 기와를 잇는다. 동구 앞에는 공회당을 세운다. 그리고 지붕마다 텔레비전 안테나를 세운다.

갑수는 골인을 시킨 축구선수가 두 손을 번쩍 들고 뛰는 것 같은 기분으로 동네를 내려왔다. 그리고는 조반을 먹기가 바쁘게 개천으로 나갔다. 물론 일착이었다. 그는 세 개의 보를 만들 지점을 한 바퀴 돌아봤다. 그때 이장과 추진위원들이 나왔고, 뒤이어 삽과 괭이를 멘 동민들이 나오기 시작했다.

갑수는 동민들이 나오는 것을 보자 일꾼들을 세 곳으로 나누어야 한다는 것을 생각했다. 동시에 세 개의 보에 책임자 한 사람씩 정해야겠다는 생각을 했다. 그래야 일이 분업적으로 잘 진행될 것 같았기 때문이었다. 그리고 서로 경쟁적으로 일을 시키면 능률도 높아질 것 같았다. 그래서 일을 하기전 갑수는 추진위원회를 열었다. 둑 위에 앉아서 임시회의를 시작한 것이다. 갑수는 각 보에 보장(洑長) 한 명씩을 뽑자고 말한 뒤, 그 필요성을 설명했다. 그러자 이장이,

"공사할 때뿐 아니라 공사가 끝난 뒤에두 보장은 있어야 할 것입니다. 보를 개수한다거나 관리하는 데 책임자가 없을 수 없으니까요."
하고 말했다. 그러자 박 영감이,

"그럴 것 같군요. 봇물을 논에 댈 때 보장이 있어서 공평하게 대줘야 쌈을 미연에 방지할 수 있죠. 두구 보슈. 봇물이 내려가기 시작하면 공연히 욕심을 내서 남의 논에는 물을 대지 못하게 하는 사람이 생기지 않나."
하고 말했다.

그러니까 보장이 필요하다는 데는 모두가 찬성이었다. 그래서 갑수는,

"그럼, 어떻게 보장을 뽑을까요?"
하고 제의했다. 그러자 이장이,

"지도자께서 지명하시지요. 누가 반대하겠습니까?"
하고 말했다. 그러나 갑수는 그럴 수 없다고 생각했다.

"그건 안 됩니다. 다소나마 보수를 줘야 할 텐데, 그런 사람을 제 개인이 결정할 수 있습니까? 이 자리에서 결정하거나 동회에서 결정하거나 해야 합니다."

이러한 갑수의 의견에 동의한 사람은 김기웅이었다.

"이러쿵저러쿵 갑수 아저씨가 말을 듣게 해서는 안 됩니다. 동회에서 뽑는 것이 제일 좋을 것 같습니다."

그러나 이장이 좀 다른 의견을 말했다.

"밤낮 동회만 엽니까? 동회 한 번 열기가 얼마나 힘들게요. 그러니까 이 자리에서 뽑읍시다."

모두가 그럴듯한 말인데, 어떤 의견에 따라야 할지 갑수로서는 망설이지 않을 수 없었다. 그래서 잠시 생각을 하고 있을 때 박 영감이 절충안을 제출했다.

"그럴 것 없이, 오늘 일하러 나온 사람들을 모아 놓구 임시동회를 열지요. 거기서 결정합시다."

그것이 가장 좋은 방법일 것 같았다. 그래서 갑수가 그렇게 하자고 제의하자, 모두 찬성을 했다.

삽과 곡괭이를 들고 나온 사람들을 모아 놓고 임시 동회를 열었다. 갑수가 보장 이야기를 하며 회의를 갑자기 연 이유를 말하자, 마을 사람들은 보장 뽑을 생각은 않고 보장의 대우 문제를 가지고 떠들썩했다.

갑수가 별로 중요하게 생각지 않았던 문제다. 자기가 아무 보수 없이 지도자직을 맡은 것처럼, 동네일을 하는 보장도 자기처럼 대우 문제에 별 관심을 가지지 않으리라 생각했기 때문이었다. 그러나 사람들의 의견을 종합하면, 귀찮은 일에 보수도 적으면 누가 그 일을 맡으려 할 것이냐 하는 것이었다. 상당히 이기적인 생각이라 여겨졌지만 그렇다고 그런 생각을 부정할 수도 없었다. 그래서 얼마쯤 주었으면 좋겠느냐고 물었더니 거기에 대한 의견도 백출이었다. 그러나 끝에 가서는 논 주인이 논 한 마지기에 쌀 한 되씩 모아 주는 데로 의견이 통일되었다. 그렇게 결정한 뒤 보장을 뽑기 시작했다.

그래서 갑수는 구두 호천으로 몇 명을 뽑아 그 중에서 세 사람을 결정짓자고 제의했다. 모두 찬성이었다. 그러나 정작 호천하는 사람은 없었다. 다들 찬성하고 나서도 일 년에 쌀 한 섬밖에 안 되는 보수로 누가 그 일을 맡겠느냐는 것이었다.

갑수는 그럴 수가 없다고 생각했다. 한 번 결정한 것을 무시해 버리면 회의의 질서가 문란해진다. 회의의 위신이 없어지고 만다. 그리고 책임자로서의 추진력이 약해진다. 그래서 그는 잠시 이장과 무엇을 이야기한 뒤 일어서서,

"보수만으루 일을 할 수 없습니다. 일할 만한 사람을 뽑아서 부탁을 해야지요. 그러니까 적당한 사람을 빨리 호천해 주십시오."

어조를 강하게 해서 말하고는 군중을 주시했다. 군중을 압도시키는 눈초리였다. 그러자 이장이 일어나서,

"호천은 몇 사람 할 수 있습니까?"

하고 물었다.

"세 명까지는 할 수 있겠지요."

갑수가 대답하자, 이장이 세 사람을 추천했다.

김기웅, 현덕호, 양준구.

모두가 사오십 대의 일꾼들이었다.

갑수는 더 추천해 주기를 바랐다. 그러나 손들고 일어서는 사람이 없었다. 그래서 이 세 사람을 가지고 거수로 결정하는 것이 어떻겠느냐고 물은 결과 좋다고들 해서 결국 세 사람을 거수로 결정지었다.

그리고는 모인 사람들을 세 반으로 나누어 일을 시작하게 했다. 맨 윗보는 길이 오십 미터, 둘째와 셋째 보는 각각 사십 미터로 하고, 우선 깊이 일 미터 오십 센티미터씩 파게 했다.

일을 시작하게 한 뒤 인원 점검을 한 결과 세 명이나 불참한 것을 알았다. 갑수는 불참자 세 명의 이름을 기록한 뒤, 추진위원인 손 영감과 박 영감에게, 시내로 가서 시멘트 오백 부대와 리어카 그리고 자갈 고르는 철망을 사 오도록 부탁했다. 나이가 든 사람들이니 그런 일을 잘 할 것 같았기 때문이었다. 그리고 이장에게는 면사무소로 가서 공사가 시작되었다는 것을 보고하고 시멘트를 찾아오게 했다.

그리고는 현장으로 돌아다니며 일하는 것을 감독했다. 사월 초순이라 아직도 물이 차가웠으나 모두 신발을 벗고 열심히 일들을 했다. 꾀를 부리는 사람이 별로 없었다. 열심히 일하는 그들을 보자, 갑수는 그들에게 하루 한 번씩 막걸리라도 대접해야겠다고 생각했다. 어떤 일을 할 때도 일꾼에게 점심과 곁두리를 먹이는 법이다. 점심은 먹일 수 없는 일이지만 곁두리를 먹여야만 저녁때까지 일을 할 수 있다.

갑수는 앞으로야 어쨌든 오늘만은 예산 속에서 쓸 생각을 했다.

갑수는 우선 동네로 들어갔다. 공사에 불참한 세 사람을 가정방문하기 위함이었다. 그런데 한 사람은 친척의 상갓집에 가고 부재중이었으며, 한 사람은 몸이 불편해 누워 있었다. 또 한 사람은 고사지낸다는 말이 없어서 일을 안 하는 줄 알고 나가지 않았다는 것이었다. 병에 누운 사람은 몸이 성할 때 하루 더 나가겠다고 해서 별문제가 없었다.

초상집에 가고 없는 사람에게는 나중에 돈을 받아야 하는 수밖에 없다고 생각되어 그 집에도 오래 머물러 있지 않다. 다만 고사를 안 지내 공사를 안 하는 줄 알고 안 나왔다는 사람이 문제였다.

"그럼, 조금 늦었지만 지금이라두 나가주시지요."

갑수는 그런 식으로 해결하려 했다.

"글쎄, 고사를 왜 안 지내지요? 그렇게 큰일을 하면서 고사를 안 지내는 법이 어디 있소. 신령님이 복을 주시려다가 화를 주실 거요."

그 사람은 공사에 나갈 생각은 않고 자기 이야기만 했다.

"요즘 제사두 변변히 치르지 못하는 세상에 고사를 지내서 뭣 합니까? 거 다 옛날얘깁니다. 신령님이 계시다면 우리 동네는 왜 못 살기만 합니까? 우리 동네 사람들이 무슨 죽을 죄라두 지었나요? 두구 보십시오. 고사를 안 지내두 우리 동네는 잘 될 겁니다. 두구 보시면 알 겁니다."

갑수는 그 사람을 설득시키는 수밖에 없었다. 그러나 그 사람은 고집불통이었다.

"아닙니다. 신령님을 노하시게 하구 잘 될 일이 뭡니까?"

시대에 너무나 뒤떨어진 사람이라고밖에 달리 말할 수 없었다. 그러나 그런 사람도 머지않아서 머리가 변할 것이라 생각했다. 세상이 다 변하는데 자기 혼자만이 고집을 피우고 살 수 있을 것인가? 그는 납득시킬 것을 단념하고

"고사를 지내구 싶어두 돈이 없습니다. 최소한도 돼지 한 마리와 술이 한 섬쯤은 있어야겠는데, 그런 돈이 어디 있습니까? 저희들이 하는 일을 이해해 주십시오."

현실적인 문제로 그의 이해를 구했다.

"그래두 그럴 수가 있나……."

그 사람이 끝까지 굽히지 않을 때,

"좌우간 내일부터라두 나와 주십시오. 동네 전체의 일이니까 안 나오시면 안 됩니다."

갑수가 최종적인 말을 했다. 그 사람도 공사에 대해 반대하는 것이 아니기 때문에 안 나가겠다는 말은 안 했다.

그 집을 나오면서, 갑수는 앞으로 가정방문을 하게 될 집이 얼마나 많을까 하고 생각했다. 각자의 사정이 있고 각자의 견해가 다를 테니까 고사에

못 나오는 사람이 비일비재할 것이다. 그때마다 자기는 개인방문을 해서 그들을 설득시켜야 한다. 필요 이외의 노력이다. 필요 이상의 신경을 쓰게 하는 일이다. 그러나 그는 모든 것을 이겨내야 한다고 생각했다. 그래야만 목표한 일이 성공할 수가 있다.

동네 사람들이 잘 협력해 주고 또 각 보장들이 책임감을 가지고 일을 하기 때문에 비교적 사고 없이 공사가 진행되었다. 더구나 일요일에는 사에이치구락부 회원들이 단체로 나와 일을 해 주었다. 물론 경태의 인솔이었지만, 젊은 학생들이 조금도 쉬지 않고 종일 일할 때 갑수는 감격했다. 갑수뿐 아니라 동네 사람 전체가 학생들을 기특하게 생각했다.

특히 고마운 것은 영애였다. 자기 집 배당일에는 영애가 직접 나와 일을 했다. 여자로서는 단 한 명이었다. 영애가 나와 공사일을 하자, 그 뒤부터 여자들이 한두 명씩 나왔다. 남편의 유고로 대신 나오는 것이었다. 물론 남자들만큼 능률이 오르지 않았다. 그러나 갑수는 좋은 일이라고 생각했다. 마을 전체 일에 여자도 참여하여, 그들이 마을을 위해 일한다는 생각을 갖게 하는 것이 얼마나 좋은 일인가? 앞으로 여자들만이 할 수 있는 일에 적극적이게 할 수 있는 준비활동이라고 생각했다.

그런데 공사를 계속하고 있는 어떤 날, 개천을 따라 삼사백 미터쯤 올라가 있는 곳에서 괴상한 노랫소리가 들려 왔다. 갑수는 얼핏 짐작이 가 눈을 그리로 돌렸다.

몇 학생이 통기타를 뜯고, 몇 학생은 둘러앉아 노래를 부르고 있었다. 또 몇 학생은 둘러앉은 학생 가운데 자리에서 몸을 비틀며 춤을 추고 있었다.

갑수는 언젠가도 그런 것을 보고 개탄한 적이 있다. 그런데 이번에는 전보다 더 흥분을 했다.

남들은 단체로 쉴 새도 없이 일하고 있는데, 사오백 미터도 떨어지지 않은 곳에서 춤을 추며 떠들고 있다니…… 그 춤이란 것도 몸을 함부로 흔들어대는 괴상한 것이었다. 갑수뿐 아니라 일하던 사람 전부가 허리를 펴고 그 쪽을 바라보는 것이었다.

갑수는 흥분한 태도로 농업전문학교 실습장으로 성급히 달려갔다. 그는 우선 지도교수를 찾았다. 사방을 둘러보아도 학생 이외에 달리 보이는 사람이 없었다. 갑수는 할 수 없이 학생과 직접 부닥치리라 생각하고 학생들이 춤추고 있는 쪽으로 걸어갔다. 그런데 학생들 옆에 조금 나이 들어 보이는 사람이 하나 앉아 있음을 보았다. 지도교수 같았다. 갑수는 한심한 생각이 들었다. 교수란 사람이, 그래 학생들과 같이 앉아 춤추는 것을 구경하고 있다니……. 그런 교수와 이야기한대도 소용이 없을 것 같은 생각이 들었다.

갑수는 흥분을 가라앉히지 못하고 교수 가까이까지 갔다. 그러나 누구 하나 거들떠보는 사람이 없었다.

"교수님이십니까?"

갑수가 말을 건넸는데도 학생들은 계속 춤을 추었고, 교수는 앉은 채,

"그렇습니다."

그러니 어떻게 하라는 것이냐는 태도로 바라보았다.

"잠깐 드릴 말씀이 있는데요."

갑수는 조용히 이야기하고 싶다는 뜻을 표시했다. 그러나 교수는,

"여기서 하세요."

여전히 앉은 채였다.

갑수는 허름한 옷을 입은 농부라고 해서 깔보는 것이 못마땅했으나, 학생들 앞이라 교수의 체면을 생각해서,

"좀 자리를 옮겨주셨으면 좋겠는데요."

말은 공손히, 그러나 표정은 심상치 않게 지어보였다. 그제야 교수는 할 수 없다는 듯 궁둥이를 툭툭 털며 일어섰다.

갑수는 상당한 거리까지 걸어가서, 자기 이름을 밝힌 뒤 이야기를 시작했다.

"간섭 같아서 미안합니다만, 우리 동네에서는 새마을사업으로 지금 저기서 보 막는 공사를 하구 있습니다. 그런데 학생들이 여기서 저렇게 놀구 있기 때문에 일에 지장을 가져오고 있습니다. 공부를 하는 것두 아닌데 무슨 지장이냐구 하실지 모르겠습니다만 육체노동 하는 사람들에게두 사기라는 것이 있습니다. 일밖에 모르는 농민들이 저런 것을 볼 때 정신적으루 어떤

영향을 받을 것인가 한 번 생각해 보십시오. 제가 부탁하는 것은 학교 당국에서 농민들을 좀 생각하구 학생들을 지도해 주셨으면 하는 것입니다."

조용히 알아듣도록 말을 했는데도, 교수라는 사람은,

"자기 학교 실습지에서, 실습을 하다가 쉬는 시간에 좀 노는 것두 잘못입니까?"

따지려고 대들 듯 말했다.

갑수는 참을 수가 없었다.

"저 학생들은 졸업을 하구 농촌의 지도자가 될 사람들이죠? 그런 학생들을 저렇게 교육시켜서 참다운 지도자가 될 것 같습니까? 나는 교수들의 지도방침이 옳지 않다구 생각합니다."

그러자 교수라는 사람이,

"그러지 말고 우리 학교 교장님으루 오시죠."
하고 비꼬았다.

"말씀 잘 하시는군요. 나는 교수님에게 협력을 구하러 온 것입니다. 그런데두 교수가 그렇게 나오신다면 더 말을 할 수 없습니다. 직접 교장을 찾아가서 이야기를 하겠습니다."

흥분을 도저히 가라앉힐 수가 없었다. 그는 그 자리에서 시내로 달려갔다. 교장을 만나자, 그는 자기 설명을 한 뒤, 방금 학교 실습지에서 벌어졌던 이야기를 했다. 그리고는,

"벌써부터 학생들의 그런 춤을 보구 저는 우리 동네 젊은 애들에게 끼칠 영향을 생각하구 걱정하던 참이었습니다. 그런데 요즘 우리 동네서 새마을 운동을 벌여 보 공사를 하고 있는 중인데, 일하는 사람들의 사기를 생각해서 학생들이 춤추는 현장엘 갔습니다. 때마침 지도교수가 있기에 만나 협력을 구했더니, 나더러 교장이 되라면서 말을 붙이지도 못하게 합니다. 어떻게 했으면 좋겠습니까?"
하고 교장의 태도를 탐색했다.

"아, 그렇습니까? 실습에서 돌아오면 불러서 주의를 시키겠습니다. 농촌 지구에 가서 실습을 하는 학생들이 고고 춤을 춘대서야 말이 됩니까? 앞으

루는 절대 못하두룩 하겠습니다.”

교장은 교장답게 말했다. 그러나 자기 부하 교수에 대해서는 한 마디의 언급도 없었다. 갑수는 교장이 부하 교수에게 책임이 가도록 하고 싶지 않을 것이라 생각하고,

“저는 요즘 젊은 사람들의 생활이 건전하지 못하다구 생각합니다. 그래서 우리 동네 청년들에게는 여간 신경을 쓰지 않지요. 농촌 청년들이 퇴폐풍조에 빠지면 농촌은 어떻게 되겠습니까?”

하고 청년 문제에 대한 이야기만 하고 교수에 대한 이야기를 뺐다.

“저두 동감입니다. 그렇지만 시대적 풍조가 그러니 막을 길이 없군요. 그렇지만 선생님 동네서는 그러지 못하두룩 철저한 감독을 하겠습니다.”

교장이 그렇게까지 말하는데 더 이야기를 할 수 없어서,

“저희들은 금년부터 소득증대를 위해 적극 노력할 생각입니다. 그러니까 실습지를 중심해서 저희 동네 사람들을 지도해 주셨으면 합니다.”

갑수는 농업전문학교 실습지의 대부분이 묘목재배로 쓰이고 있음을 알기 때문에 묘목에 대한 협조를 생각하며 말했다.

“지도랄 것은 없지만 힘자라는 껏 서루 협조하십시다.”

교장은 점잖은 사람이었다. 앞으로 접촉을 해도 좋을 것 같았다. 그래서 갑수는 실습지 안에서만은 학생들이 행동을 삼가도록 해 달라고 부탁을 한 뒤 동네로 돌아왔다.

그런데 다음 다음날, 교장이 실습지에 왔던 길이라면서 공사장에 들렀다. 그는 갑수를 보자, 지난번에는 일부러 학교에까지 찾아오게 해서 미안하다는 인사를 한 뒤 공사에 대한 이야기를 물었다.

갑수는 일제시대부터 가난하게만 살아온 동네 사람들이 한 번 잘 살아보자고 모두가 손을 잡고 일어난 것이 바로 보를 만드는 일이라고 설명했다. 그리고 동민들이 잘 협동할 뿐 아니라 면, 농협 등 기관에서도 적극 지원해 주고 있다는 말을 했다.

교장은 수고들 한다고 하며 성공을 진심으로 빈다는 말을 한 뒤 돌아갔다. 그런데 한 이틀 뒤, 이삼십 명의 학생들이 어떤 교수의 인솔로 와서는

근로봉사를 하겠다고 말했다. 그리고 처음 보는 인솔교사는, 지난번에 학생들이 불손한 행동을 뵈어드려 죄송하다는 사과를 했다. 갑수는 교장이 다 그렇게 시킨 일이라 생각하며 감동을 했다. 갑수뿐 아니라 동네 사람 전체가 가슴 흐뭇하게 생각했을 것이다. 그래서 논이 조금 많은 사람들이 돌아가며 내고 있는 곁두리가 이 날만은 막걸리에 감자가 하나 더 붙어 나왔다.

그런데 곁두리를 하고 있을 때, 동네 사람 하나가 학생들에게 말했다.

"학생들! 여기서 그 춤 한 번 춰 봐. 굉장히 신이 나 보이던데…….."

주착이었다. 갑수가 그렇게까지 싫어하는 것이다. 그리고 그 춤 때문에 사과하는 뜻으로 근로봉사를 나온 학생들이다. 그런데도 불구하고 그 춤을 한 번 추어보라니……

갑수는 소리를 질러 그런 말을 다시 못하도록 야단치고 싶었다. 그러나 그렇게 하면 말한 사람도 그럴 것이지만 학생들이 무안해할 것이다. 그래서,

"학생들! 그 춤 춰 보겠소?"

절대로 추지 않을 것을 생각하며 물었다.

"우리 그런 거 안 추기루 했습니다. 교장선생님 앞에서 서약했습니다."

"그래요?"

갑수는 안도의 한숨을 내쉬면서도 마치 섭섭하다는 듯이 말했다. 그러나 딴소리가 나오지 못하도록 얼른,

"그렇지만 이런 기회를 그냥 보낼 수가 있겠소? 학생들 특기를 살리며 한 번 흥겹게 놀아 봅시다."

하고 말했다. 그러자 동네 사람들이 박수를 치며 '거 좋소.' 하고 소리를 질렀다. 그러자, 학생들이 지도교수의 눈치를 살폈다. 그때를 놓치지 않고 갑수가 또 말했다.

"우리 농민이 여러분 학생들과 같이 놀아볼 기회가 어디 있겠소? 사양 마시구 한 번 놀아 봅시다."

그래서 모래사장 위에서 막걸리 잔을 돌려 가며 학생들이 노래를 부르기 시작했다.

흥겨운 한때였다. 동네 사람들 가운데는 학생들의 노래에 맞춰 덩실덩실

춤추는 이도 있었다.

유흥이 끝나자 학생들은 다시 일을 계속했다. 몸을 사리지 않고 열심히들 일을 했다. 갑수는 신명이 났다. 그리고 예정한 유월 초순까지는 넉넉히 일을 끝낼 것이란 자신도 생겼다.

그런데 오후 늦게 천강재가 공사장에 나타났다. 산 밑에 문화주택을 짓고 있는 천성태의 아들이다. 모두가 다 그랬지만, 갑수도 그 청년을 마치 무엇하러 왔느냐는 듯 불쾌한 눈초리로 보았다.

"저두 동민으루 취급해 주십시오. 공사장에 나와서 같이 일하겠습니다. 그리구 곁두리두 내겠습니다."

이 말을 할 때도 갑수는 그를 경계했다. 무슨 심산으로 자진해서 일을 하겠다는 것일까? 겉으로는,

"거 고맙군, 내일부터라두 나와 주시오."

천강재의 뜻을 받아들였지만 속으로는 찜찜한 생각이 들었다. 동네 사람들도 마찬가진 모양이었다. 고맙다면서도 강재를 기쁘게 대해 주는 사람이 하나도 없었다.

아무래도 물 위의 기름과 같은 존재처럼 생각되었다. 앞으로 동네 사람들과 불화를 일으켜 문제가 생길 것만 같은 불안이 들었다. 그렇다고 해서 지금 어떻게도 할 수 없는 일이었다. 나오겠다면 나오라고 할 수밖에 없었다.

즐거움과 걱정이 엇갈린 하루를 보내고 집에 돌아와 저녁을 먹자, 갑수는 영애를 불렀다. 오이가 따게 되었는데, 오늘 밤에 따 두었다가 내일 일찌감치 출하하자는 말을 하기 위함이었다. 하루쯤 자기가 없다고 해서 일이 안 될 것은 없지만, 우선 자기 마음이 놓이지 않아 그럴 수가 없었다.

영애가 왔길래 그런 이야기를 하고 수고스럽지만 밤에 오이를 따도록 부탁했다. 그런데 영애는,

"그러지요."

시무룩하게 대답을 하고는 자기 걱정을 꺼냈다.

"오늘 편지가 왔는데 아버지가 퇴원을 하시겠대요. 그런데 돈을 이십만 원만 가지구 오래요."

"병이 나아서 퇴원하시는 거냐?"

"아니래요. 아버지두 단념을 하시구 퇴원하시는 거래요."

갑수는 쓴 입맛을 다셨다. 뭐라구 말을 할 수가 없었기 때문이었다. 한참 동안 입맛만 다시다가

"돈은 있냐?"

하고 물었다.

"얼마 없어요. 요 전번 오이 값으루 태복이 월급을 주구 또 밀렸던 세금을 물구 나니 한 이만 원 있나요……."

"언제 가려는데?"

"한시가 급하시다니 될 수 있는 대루 빨리 가 봐야지요."

"돈을 빌어야겠구나? 누구한테 빌지?"

"모르겠어요."

영애는 정신이 없는 모양이었다.

갑수는 자기에게 돈이 있으면 빌려 줘야 할 것이다. 그런데 그만한 돈이 없었다.

"지난번엔 황길하네 집에서 빌었다지? 거기나 한 번 더 가 보나?"

"그때두 땅문서를 맽기구 빌려 왔는데요."

"퇴원하는 거니까 좀 늦어두 상관은 없겠지. 내일 나두 알아보마."

영애는 정말 어떻게 해야 할지를 모르는 것 같았다. 눈의 초점을 잃고 멍하니 앉아 있었다.

갑수는 보기가 딱했다.

"나한테 돈이 있으면 문제없겠는데……."

이런 말을 한들 무슨 소용이 있겠는가?

생각할수록 딱하기만 했다. 그런 돈을 영애만 믿고 기다릴 백만규 부부도 딱했다. 외지에 나가서 돈이 떨어졌으니, 의지할 데라고 딸밖에 없는 그들로서 어떻게 하겠는가? 그렇다고 그 많은 돈을 영애로서 또 어떻게 마련한담…….

"하루라두 늦으면 그만큼 비용이 나갈 텐데……."

갑수는 답답해서 혼자 중얼거렸다.

"이제라두 당신 병을 알구 퇴원하겠다니 다행이기는 하지만……."

이렇게 혼자 중얼거리고 있을 때, 영애가 갑자기 울음을 터뜨렸다. 설움이 북받쳐 우는 울음이었다. 울 만한 일이기도 했다. 갑수는 울고 있는 영애가 가엾어서,

"운다구 해결되니? 방법을 생각해야지."

하고 냉정을 되찾도록 말했으나 그것도 결국 혼자의 중얼거림이었다. 영애는 계속 울었다. 그리고 갑수로선 그 울음을 막을 수가 없었다. 그러나 그 울음을 막을 사람은 자기뿐이었다.

"영애야, 이렇게 하자."

갑수는 생각던 끝에 공사비 예산 가운데서 남는 십오만 원을 돌려주기로 했다.

"우선 그 돈을 쓰자. 이자를 농협이자보다 조금 많은 이 부루 하면 동네 사람들두 말을 안 할 거다. 그 돈하구 내일 농협에서 받을 오이값을 내가 미리 주마. 그걸 가지구 내일 일찍 떠나라. 그래야 내일 돌아올 수 있지."

이 말에 영애의 눈물이 일단 그쳤다. 영애는 그래도 좋으냐는 듯이 갑수를 쳐다보았다.

"이젠 가서 오이나 따라."

그래서 영애를 돌려 보낸 뒤, 갑수는 아내를 데리고 비닐하우스에 갔다.

다음날 아침, 갑수는 공사장에 가서 일 시작하는 것을 본 뒤, 일단 집으로 돌아와 집에서 기다리고 있는 태복을 데리고 비닐하우스로 나갔다. 그런데 집을 나서려 할 때, 아내가,

"시멘트 몇 부대만 사 오세요."

하고 말했다.

"뭘 하게?"

"우물을 좀 고쳐야겠어요. 둘레두 만들구요."

갑수는 자기도 생각하고 있던 일이라, 알았다는 말만 하고 집을 떠났다.

이 날은 젊은 태복이 앞에서 리어카를 끌고 갑수는 뒤에서 밀었다. 오이

가 많아 꽤 무거웠다.

　얼마를 가다가 리어카 뒤에서 갑수가 처음으로 입을 열었다.

　"영애가 언제쯤 온다든?"

　"저녁때 저더러 신작로까지 나와 있으라구 그러던데요. 아마 택시를 타구 오려는가 부지요."

　"그렇겠지."

　그런데 이번에는 태복이 물었다.

　"영애 아버지는 가망이 없는가 부지요? 영애가 울면서 떠나던데……."

　"가망이 없는가 부더라."

　"그럼 어떡허지요?"

　"무얼 말이냐?"

　"집안 살림 말입니다."

　"영애가 있잖니?"

　"영애 혼자서 농사를 지을 수 있을까요?"

　"걱정이 되지만 해낼 것 같더라."

　"빨리 결혼을 해서 부부가 함께 농사를 지었으면 좋을 것 같던데요."

　"지금이야 그럴 경황이 있겠니?"

　갑수는 대답을 하고 나서도, 태복이 엉뚱한 생각을 하고 있지 않나 하는 의심을 했다. 태복으로서도 생각할 수 있는 일이기는 하다. 그러나 영애 아버지가 아직 죽기도 전에 그런 생각을 하는 것은 너무 성급한 일이 아닐까?

　하여간 영애로서도 생각할 수 없는 일일 것이고 갑수로서는 관여할 일이 아니어서, 그 이상 들으려고도, 또 말하려고도 생각지 않았다.

　농협에 오이를 위탁하고 지난번 위탁했던 오이 값을 받은 뒤, 갑수는 시멘트 판매점으로 갔다. 시멘트 열 부대를 샀다. 그것은 아내 말대로 우물에 손질을 하기 위함이었다. 이때까지 마당 안에 있는 우물이 너무도 지저분했다. 우물 위에 시멘트 관을 하나 올려놓았을 뿐, 지붕도 없고 둘레의 배수 시설이 전혀 없었다. 말하자면 비위생적인 채였다. 비위생적인 줄 알면서도 오직 무관심 때문에 한 번도 손질을 못했던 것이다. 그러나 지도자라 해서 찾아올 손님도 있고 할 텐데, 우선 외관상으로나마 그냥 둘 수는 없었다. 갑수는 그런데 신경을 써 준 아내에게 고마움을 느끼며 시멘트를 사 가지고 왔다.

시멘트를 보 공사용 시멘트 옆에 싸 놓고는, 아내에게 미장이를 불러다가 일을 시키라고 한 뒤 보 공사장으로 나갔다.

그런데 공사장에 이르기가 바쁘게, 보장인 김기웅이,

"사고가 났습니다."

걱정이 가득 찬 얼굴로 말했다.

"무슨 사곤데?"

"아랫보에서 돌을 파내다가 최송우가 발을 다쳐 지금 병원엘 갔습니다."

아랫보라면 덕호가 책임지고 있는 곳이다.

"덕호는?"

갑수는 좀더 자세한 이야기를 듣기 위해 덕호를 찾아갔다.

"송우를 업구 병원엘 갔습니다."

"어느 병원으루 갔는지 모르지?"

갑수는 병원까지 가 봐야 한다고 생각했다. 가다가 가장 가까운 병원부터 찾아보면 찾을 수 있으리라 생각하며, 갔다 올 테니까 그냥 일들을 하라고 당부를 하자, 김기웅이,

"피가 많이 났는데, 뼈가 상하지 않았는지 모르겠습니다."

걱정의 말을 했다.

갑수는 뛰다시피 해서 시내로 갔다. 만약 뼈라도 상했다면, 하는 걱정 때문에 그의 발길은 더욱 조급했다. 만약 뼈라도 성해서 오래도록 누워 있게 된다면 일은 큰일이다. 치료비도 치료비려니와 사람들의 사기를 떨어뜨리게 된다. 초조한 마음으로 시내에 들어섰을 때였다. 혼자서 뛰어오고 있는 덕호를 만났다.

어떻게 됐느냐고 물었더니 다행히 뼈는 상하지 않았다면서, 지금 치료비를 가지러 동네로 돌아가는 길이라고 말했다.

"내게 돈이 있으니까 그냥 가세."

갑수는 덕호를 앞세우고 병원으로 갔다. 송우는 휴게실 긴 의자 위에 누워 있었다. 오른쪽 발에 붕대를 몇 겹이나 감았는데 피는 보이지 않았다.

"어떤가?"

갑수가 그의 손을 잡으며 물었다.

"아이우."

송우는 대답 대신 신음소리만 연발했다.

"뼈는 상하지 않았다지?"

"모르겠습니다."

송우는 뼈가 상하지 않았다는 말을 믿지 않고 있는 모양이었다.

"의사 선생님이 그랬다면 상하지 않은 거겠지."

그래도 그는 모르겠다고 말을 했다. 갑수는 불행 중 다행이라 생각하고 의사를 만나 뼈가 상하지 않았다는 것을 확인한 뒤 치료비를 지불하고 나갔다. 그리고는 택시를 부르러 병원을 나섰다. 그런데 덕호가 뒤따라 나오며,

"내가 업구 갈게요."

택시를 부르지 말라고 말했다.

"그래두 그럴 수가 있나?"

"올 때도 업구 왔는걸요. 이젠 급할 것 없으니까 천천히 업구 가십시다."

덕호는 택시비용을 생각하는 모양이었다. 사오백 원밖에 안 하는 돈이지만. 갑수는 덕호가 무던하다 생각했다. 그러나 시오 리나 되는 길을 올 때도 업고 왔는데 또 업고 가잘 수가 없었다. 송우한테도 그렇다. 돈을 아끼노라 택시를 안 태웠다가 두고두고 말을 들을지도 모른다. 그래서 갑수는 택시를 불러 왔다.

택시에 올라서야 갑수는 긴 한숨을 내쉬었다. 만약 송우가 입원을 할 만큼 크게 다쳤다면 어떻게 했을까? 그런 생각을 할 때마다 눈앞이 캄캄했던 것이다.

"많이 아프지?"

그는 송우에게 위로하는 말도 할 수 있는 여유를 가졌다.

"죽겠어요."

엄살은 아니겠지만, 송우가 죽어가는 소리를 했다. 죽어가는 소리라도 할 수 있다는 것이 도리어 안심되었다.

"좀 참게, 곧 낫겠지."

하고 위로의 말을 해 주었다.

차가 동네 앞에 이르자, 거기서부터 덕호가 송우를 업고 송우네 집까지 갔다. 뒤에서 송우를 업고 가는 덕호를 보면서, 갑수는 정말 덕호가 무던한 사람이라고 생각했다. 그 동안도 자기가 맡은 보에 불참자가 있거나 할 때면 열심히 뛰어다니며 불참자를 찾아가 설득을 시켰다. 불참하고도 돈을 내지 않는 사람에게는 몇 번씩이라도 찾아가서 돈을 받아 왔다.

시키기도 전에 자발적으로 자기 일을 성의껏 해 나가는 덕호는 장차 동네를 위해 일할 수 있는 일꾼이란 생각을 갖게 했다.

송우네 집에 이르자, 그의 노부모들이 마치 갑수가 자기 아들을 병신으로 만든 것처럼 역정을 냈다. 갑수는 노인들을 타이르고 설득시키기에 땀을 뺐다. 그리고 정말 죄인처럼 사과를 했다. 겨우 노인들을 진정시킨 뒤 집에 돌아왔을 때 아내가,

"영애 아버지가 왔어요."

시름없이 말했다.

갑수는 저녁을 먹자 백만규 집으로 갔다. 피골이 상접해서 힘없이 누워 있는 백만규를 가운데 놓고 그의 아내와 영애가 넋을 잃은 사람들처럼 앉아 있었다.

"어떡허다 이렇게 됐지?"

보기가 딱했지만 갑수는 달리 할 말이 없었다. 아무도 대답해 주는 이가 없었다. 여기서 그래도 말을 할 수 있는 사람이 갑수뿐이었다. 그래서 무슨 말이라도 하려 했지만 갑수는 할 말을 찾지 못했다. 담배를 꺼내 죄 없는 담배만 빨았다.

오직 죽음만을 기다리고 있는 만규 —— 죽어도 집에서 죽겠다는 생각으로 돌아왔을 만규.

갑수는 그러한 아버지를 옆에 두고 영애가 일을 못하게 되면 어떻게 할까

걱정을 했다. 그러한 아버지가 집안에 누워 있으니, 광주에서 입원하고 있을 때와 달리 일에 전념할 수 없을 것이 사실이다. 그렇다고 해서 영애가 일을 못하게 되면 어떻게 할까?

갑수는 남의 일이지만 걱정을 안 할 수 없었다.

"저녁은 먹었니?"

답답하고 침울한 공기를 조금만이라도 걷어볼까 하고 갑수가 말했다. 또 아무도 대답을 안 했다.

"내가 집에 가서 밥을 좀 가져오지."

갑수는 그들이 저녁을 먹지 못했으리라 생각하고 집으로 가려 했다.

"안 먹겠어요."

영애어머니가 대답했다.

"안 먹다니요?"

절대로 그래서는 안 된다는 뜻으로 말을 하고는, 다시 영애에게 말했다.

"아버지두 뭐 좀 끓여드려야 하지 않니?"

"죽을 끓여드리겠어요."

영애가 부엌으로 나갈 기미가 보일 때 갑수는 그녀를 유인하기라도 하듯 자리에서 일어섰다. 과연 영애가 따라나왔다. 뜰로 나왔을 때, 갑수가,

"영애야, 너까지 그러면 어머니는 어떻게 하지? 어머니를 생각해서라두 너만은 기운을 내야 하지 않겠니?"

진심으로 걱정하는 말을 했다. 그러나 영애는 그야말로 실심한 사람처럼 대답했다.

"모르겠어요."

"넌 아버지보다두 어머니를 생각해야 한다. 어머니가 불쌍하지 않니?"

갑수는 애원하듯 말하였다.

"죽구 싶기만 해요."

"너답지 않은 말을 하누나. 너까지 그러문 너의 집안은 어떻게 되지?"

영애는 입을 다물고 말이 없었다.

"너의 집은 네 손에 달렸다. 알겠니?"

그래도 영애가 대답을 안 할 때,

"알겠지, 응?"

갑수가 대답을 요구했다. 영애가 마지못해,

"네."

간신히 대답했다.

"정말이다. 네 손에 달렸단 말야."

갑수는 그만 하면 영애가 마음 돌리리라 생각하고,

"내 가서 밥 가지고 올게."

한 뒤 대문을 나서려 했다. 그러자 영애가,

"싫어요, 제가 밥을 지을래요."

생기 있는 목소리로 거절했다. 갑수는 생기가 돌기 시작한 영애를 보고
조금 안심이 되었다.

"정말 밥을 짓겠니?"

"걱정 마시구 어서 가시기나 하세요."

"정말이지?"

갑수는 다짐을 했다. 다짐을 하고야 집으로 돌아왔지만, 그래도 안심이
되지 않았다. 아버지 죽이나 끓여 주고는 그냥 잘 것만 같았다. 그래서 밥
두 그릇을 가지고는 다시 영애네 집으로 갔다.

부엌에 있던 영애에게 밥그릇을 내주었다.

"아무래도 굶어서 잘 것 같아 가져왔다."

"아저씨두!"

영애는 받지 않을 것처럼 하다가 받고는,

"고맙습니다."

한숨을 푹 내쉬며 인사를 했다.

"한술 먹구 자. 내일 새벽에 똥을 주우러 나가야지!"

이 말을 하고 나오려 할 때 영애가 대문께까지 따라나왔다. 갑수는,

"내일 새벽에 만나는 거다."

한 번 더 다짐을 한 뒤 대문을 나섰다.

아내가 미장이를 데려다가 우물을 고치고 부엌을 시멘트로 바르고 있었지만 그것도 돌봐 줄 새가 없었다. 바쁜 나날이 계속되었다. 이삼 일 동안은 최송우를 데리고 병원엘 다녀야 했고, 시내에 들어간 김에 농업전문학교 교장을 찾아가 고맙다는 인사도 해야 했다. 또 공사에 나오지 못한 사람들을 개인 방문하여 설득도 해야 했다. 그러는 가운데 세 개의 보는 호를 거의 다 팠다. 이제부터 자갈과 모래와 시멘트를 비벼 넣으면 끝나는 것이었다.

경험자라고 하는 이동주가 지도를 하면서, 시멘트 비비는 일도 동네 사람 자체가 해 나갔다.

갑수는 일이 다 된 것처럼 생각했다. 일 자체도 반 이상을 넘었지만 이제는 어떤 일이 있어도 공사가 중단되는 일이 없을 것이라 생각했기 때문이었다. 사실은 이때까지 일을 해 오면서도 약간은 불안을 품고 있었다. 뚜렷한 이유가 있는 것도 아닌데 공연히 겁을 먹고 있었기 때문이었다. 처음으로 큰일을 시작한 데서 오는 막연한 불안감이었으리라. 그런데 이제는 그런 불안감이 없어졌다. 일의 성과가 눈에 보이기 때문이었다. 장마가 시작하면 모른다. 그러나 장마철은 아직 멀었다. 최후의 열을 내면 그만이다.

그런데 난데없이 지서에서 호출장이 왔다. 갑수는 궁금하지 않을 수 없었다. 웬만한 일 같으면 사람을 보내서 좀 들르라고 말로 할 텐데, 이것은 서류로 호출장을 써 보낸 것이 아닌가?

그렇다고 겁날 일은 없었다. 그래서 보장들과 몇몇 사람에게 지서에 잠깐 다녀온다고 한 뒤 지서로 갔다. 지난번 춘희 사건으로 왔을 때 모두 인사를 했었기 때문에 그는 친숙한 인사를 하며 사무실 안에 들어섰다. 그런데 모두의 눈치가 이상했다. 반겨하기는커녕 외면만 했다.

심상치 않은 것 같아 어리둥절해 있을 때 주임이,

"좀 앉으시오."

무뚝뚝하게 말했다.

시키는 대로 앉았을 때, 주임이 흥분한 어조로 말을 했다.

"동네 보를 막는답시고 앞장서서 일하며 횡령을 해 먹었다지?"

정말 뜻밖이었다. 아무리 생각해도 알 수가 없는 말이었다.

"무슨 말씀인지 잘 모르겠습니다."

"그러지 말구 똑똑히 말하시오. 우리가 아무 근거두 없이 당신을 호출했겠소?"

"정말 모를 일입니다. 뭣을 횡령했다는 겁니까?"

"자기가 한 일을 자기가 모른다구요? 지도자까지 돼 가지구 부끄럽지두 않소?"

무슨 말을 해도 갑수는 알 수 없는 일이었다. 눈물이 나올 지경이었다.

"정말 모르겠습니다."

그때 주임은 책상을 한 번 치고 난 뒤,

"당신 집 우물을 고친 시멘트는 어디서 난 거요? 그리구 보의 예산을 어떤 개인에게 빌려 줬다면서?"

"네, 알겠습니다. 말씀드리겠습니다."

갑수는 도리어 안심이 되었다. 협잡이 아니란 것을 밝힐 자신이 있었기 때문이었다. 그러면서도 속마음은 쓰라렸다. 자기를 모함하려는 사람이 경찰에 무고했다고 생각되었기 때문이었다. 동네를 위해 고생을 하고 있는데 수고한다는 말 대신 무고를 하다니…….

갑수가 시멘트에 대한 자세한 내용을 설명했다. 그리고 영애에게 빌려 준 돈에 대해서도 나중에 추진위원들의 양해를 얻어 둔 일을 잘 한 일이라고 생각했다. 그래서,

"동네에 가서 알아보십시오. 추진위원들이나 보장들이 시멘트 몇 부대를 쓰고 몇 부대가 남아 있다는 것을 알구 있을 겁니다. 그리구 읍내 ○○상점에 가서 물어 보셔두 제가 시멘트 열 부대 사 온 것을 아실 겁니다."

그랬는데도 주임은 그의 말을 잘 믿으려 하지 않았다. 그러나 갑수가 강경한 태도로 경찰의 조사를 바라자 주임이,

"그럼, 당신과 사이가 좋지 않은 사람이 누구누구요?"

하고 물었다. 갑수는 망설였다. 자기를 무고할 만큼 자기와 사이가 나쁜 사람은 한 명도 없다. 마음에 걸리는 이는, 보 공사를 위해 첫번째 동회를 열었을 때 반대하던 황길하와 마음속으로 반목 비슷하게 지내오는 천강재다.

그러나 그들이 자기를 무고할 만큼 개인적 감정을 가지고 있지는 않다.

"그런 사람이 별루 없는데요."

"그러지 말구 똑똑히 말하세요. 그래야 우리가 사건의 내용을 파악할 수 있지 않겠소?"

주임의 말을 듣자 갑수는 더욱 말하기가 망설여졌다. 그것은 마음에 짚이는 사람이 황길한데, 공연히 이름을 댔다가 황길하에게 누를 끼치면 문제가 커질 것이 분명하기 때문이었다.

"정말 생각나는 사람이 없습니다."

"좋소, 그럼 우리가 조사해 낼 테니 그리 아시오."

그 대신 자기네들의 조사가 끝날 때까지 지서에 있어야 한다고 말했다. 말하자면 그 동안 유치장 신세를 져야 한다는 것이었다.

갑수는 자기가 도망갈 사람이 아니고 또 일이 바쁜 사람이니 돌려 달라고 사정했지만 받아들여지지 않았다.

"글쎄, 선생의 말을 의심해서가 아니라 사건으루 일단 취급을 했으니 조사를 해야 할 것이 아닙니까? 될 수 있는 대루 빨리 조사할 테니까 고생스러워두 좀 참아 주십시오."

주임의 태도가 상당히 부드러워졌다. 그러면서도 법 절차를 밟아야 한다는 것을 어떻게 할 것인가?

하루 밤 유치장에서 잘 각오를 했다. 그런데 한밤중 쯤 되어 갑수를 불러내는 것이었다. 사무실로 나가 보니 거기엔 이장과 세 보장이 와 있었다. 갑수는 반가웠다. 세상에서 사람이 그렇게까지 반가워 본 일이 언제 있었던가. 그런데다가 지서 주임이,

"우리두 조사를 했고 또 이 분들이 와서 보증을 하신다니 돌려보내 드립니다. 우리두 지도자께서 마을을 위해 수고하신다는 걸 알고 있지만 어쩔 수 없었습니다. 우리 입장두 이해하시구 너무 기분 나쁘게 생각지 말아 주십시오. 그 대신 투서한 놈을 잡아다가 무고죄루 기소를 하겠습니다."

하고 말할 때, 갑수는 눈물이 나도록 고마움을 느꼈다.

"늦었는데 어서들 가 보십시오. 그리구 새마을운동을 열심히 하십시오."

주임이 그들에게 돌아가기를 독촉했을 때, 갑수는 주임 앞으로 갔다.

"투서한 사람이 누군지 모르겠습니다만, 그 사람을 처벌하시는 일만은 조금 보류해 주십시오. 만약 그 사람을 처벌하시면 동네가 벌집 쑤신 것처럼 될 것입니다. 공사에 막대한 지장이 있을 것 같습니다. 그러니까 개인의 소행은 나쁘다 할지라두 동네 전체를 생각하시어 관대하게 처분해 주십시오."

갑수가 이렇게 말한 것은 그의 진심에서였다. 공사에 지장이 될 일이 있어서는 안 된다는 것이 그의 진심이었던 것이다. 그런데 김기웅이 나서서,

"공사에 지장될 게 뭡니까? 그 사람 이름을 말씀해 주십시오. 우리가 자체에서 처리하겠습니다."

갑수와 상반된 의견을 말했다.

"이 사람, 무슨 소리를 하나. 공사가 끝날 때까지는 아무런 문제두 생겨서는 안 되네."

갑수가 김기웅의 말을 막자,

"아저씨는 감정두 없습니까? 그런 놈을 어찌 그냥 둡니까? 그냥 두면 그놈은 어떤 짓을 또 할지 모릅니다."

김기웅이 흥분된 목소리로 말했다. 그래도 갑수는 기웅이가 문제라고 생각지 않았다. 그래서 주임에게,

"당사자는 접니다. 제 말씀을 들어 주십시오. 동민의 생명 같은 봅니다. 그것이 잘못되면 앞으루 새마을운동 전체가 실패로 돌아갈 것입니다. 제게도 왜 감정이 없겠습니까? 그러나 지금은 감정에 따를 때가 절대 아니라구 생각합니다. 정말 제 충정을 알아주시기 바랍니다."

하고 다시 부탁을 했다. 그러자 주임이,

"잘 알았습니다. 알아서 할 테니 맡기구 돌아가십시오."

갑수의 말을 들어줄 것처럼 말했다. 그래서 갑수는 거듭 부탁한다는 말을 하고,

"자, 어서들 갑시다."

네 사람을 밀다시피 해서 지서를 나왔다. 사실은 김기웅뿐 아니라 네 사람 전부가 투서한 사람을 알아야 한다고 말했다. 그러나 갑수는 처벌하지

않는 이상 그것을 알아서 무엇 하느냐? 제발 사정을 하니까 문제를 일으키지 말아달라고 신신부탁을 했다. 부탁 정도가 아니었다. 사정사정해서 그들을 만류했다.

그러나 집에 돌아와 혼자 누웠을 때 그는 치가 떨렸다. 너무나 억울하고 너무나 분했던 것이다. 생각할수록 통분했다. 앞으로 일을 더 하다가는 좀더 큰 봉변을 당할 것 같기도 했다.

아예 손을 떼 버릴까 하고 생각했다. 뭐 잘났다고, 고생과 망신을 당하면서까지 일을 할 것인가? 순전히 자기 일만을 하고 남의 일에 간섭을 안 한다면 이러쿵저러쿵 말할 사람이 없을 것이다.

"발칙한 놈 같으니라구."

갑수는 황길하라는 확증을 잡지 못했다. 그러나 그놈밖에 그런 짓을 할 사람이 없을 것 같았다. 그러니 마음에 떠오르는 것은 황길하뿐이었다.

"무슨 원수라구……."

그는 당장에 달려가 그놈을 붙잡고 운신할 수 없도록 패 주고 싶었다. 그래서 동네 사람들이 그놈이 나쁜 놈이란 것을 다 알도록 해 주고 싶었다.

그러나 그는 그래서는 안 된다고 생각했다. 운신을 못하도록 때려 주면 그 순간은 속이 후련할 것이다. 그러나 두고두고 후회할 일 같았다. 아직 젊은 사람이다. 사리가 분명치 않은 젊은 사람을 상대로 구타까지 한다면 자기도 그와 같은 인간이 된다. 자기를 비난할 사람은 없다 해도, 자기에게 대한 인상이 달라질 것만은 틀림없을 것이다. 사람을 때린다는 것은 어떤 경우에라도 좋지 못한 인상을 주는 법이다. 법보다도 주먹을, 지성보다도 감정을 행사하려는 사람이란 인상을 준다면 그는 한 점 깎이고 사는 사람이 된다.

더구나 이때까지 남을 때려 본 일이 한 번도 없는 갑수였다. 그러한 갑수로서 자기 인생에 오점을 찍을 수 있을 것인가?

황길하를 때려 주지 않기로 마음먹었지만 마음은 그래도 편치 않았다. 어떻게 하면 속이 시원할 수 있을지 알 수 없었다.

몸을 뒤치며 잠을 이루지 못한 채 밤을 새웠다. 그래도 창이 훤해지자 일어나 옷을 입었다. 몸이 찌뿌드드했지만 지게를 지고 들로 나갔다. 들에서 똥을 줍고 있을 때 지게를 진 영애가 동구를 나서는 것이 멀리 보였다. 영애를 보자 갑수는 갑자기 몸이 가벼워지는 것을 느꼈다. 그리고 영애가 가까이 오기를 기다렸다. 영애가 가까이까지 오자, 갑수는 반가운 마음을 감추지 못하고 말했다.

"나왔구나?"

그런데 영애는 갑수에게 대답하는 대신,

"언제 나오셨어요?"

하고 물었다. 영애도 무척 걱정을 하고 있었던 모양이다.

"어젯밤에 나왔다."

"무슨 일이었는데요?"

"아무것두 아냐."

"얼마나 걱정들 했는지 아세요? 저두 밤늦게까지 댁에 가 있었어요. 나중에는 눈물이 나오려구 해서 혼났어요."

"고맙군. 그렇지만 내 일보다두 네가 일을 다시 시작해서 고맙다."

갑수는 정말 자기 일보다도 영애의 일이 기뻤다. 자기 이야기보다도 영애에 대한 이야기를 하고 싶었다. 그러나 영애는 영애대로 갑수가 지서에서 있었던 일들을 자꾸만 물었다. 갑수는 이야기를 안 할 수 없었다.

이야기를 다 듣자 영애는,

"저 때문에 고생을 하셨네요? 전 어떻게 해야지요?"

하고 근심스런 표정을 지었다.

"너 때문이긴? 아무 잘못두 아닌 것이 밝혀졌는데……."

"그래두 제가 그 돈을 안 썼더면 그런 투서가 없었을 거 아녜요?"

"거야 그랬을지두 모르지. 그렇지만 그런 생각 말구, 앞으루 내 말이나 잘 들어라."

"언젠 제가 말 안 들었나요?"

"난 그저께 밤 정말 걱정했다. 네가 아주 상심해 버리면 어떡허나 허구."

"미안해요, 걱정을 시켜드려서. 그 날 밤은 정말 어떻게 할지를 몰랐어요. 만약 아저씨가 오시지 않았더면 어떻게 됐을지 몰라요.”

“어쨌든 앞으루두 절대 낙심하지 말아라, 알았지?”

그들은 길을 걸어가며 개똥과 쇠똥을 줍기 시작했다. 얼마를 걸어가다가 영애가 또 물었다.

“투서한 사람은 누구죠?”

“그건 나두 모르지. 알 수가 있나? 또 알구 싶지두 않다.”

“그럴 수 있어요? 알아내서 정신을 차리게 해야지요.”

“나두 많이 생각했다. 그러니까 너두 그 이야기는 더 하지 말아라.”

갑수는 그 문제에 대해서 영애가 자기 의견을 계속 이야기하면 어떻게 하나 하고 걱정했다. 여자 가운데서도 고집이 세다고 할 수 있는 영애를 설득시키려면 땀을 빼야 할 것 같았기 때문이었다. 그런데 기특하게도 영애는 갑수의 말을 잘 듣고 그 이야기를 더 하지 않았다.

제9장 3대 비결

그 뒤에는 별 사고 없이 공사가 진행됐다. 갑수는 동네 사람 가운데 불참하는 사람이 있을 때마다 그 집을 찾아가서 사정사정을 했지만, 그럴 때마다 무엇 때문에 거지 구걸하듯 해야 하나 하고 회의에 빠질 때가 있었다. 그럴 때마다 그는 영애를 생각하며 자기를 격려하곤 했다.

어쨌든 공사를 시작한 지 두 달이 채 되지 못해 공사를 무사히 끝냈다. 정말 다행이었다. 농번기가 채 되기 전, 그리고 장마철이 오기 전 공사는 예정한 대로 끝났던 것이다.

세 개의 보에서 물이 흘러 논으로 들어가는 것을 볼 때 동네 사람들은 전부가 춤을 추고 싶을 만큼 흥겨웠다. 그래서 시작할 때 지내지 않았던 고사 대신 준공식을 올렸다. 우선 각 기관장들을 초청하여 준공식을 올렸다. 군수 이하 면장, 경찰서장 그리고 농협 이사장, 농업전문학교 교장들이 모두 참석했다. 특히 갑수에게 고마운 사람은 지서주임이었다. 갑수는 누구에게보다도 지서주임과 뜨거운 악수를 나누었다. 말을 안 해도 두 사람은 서로의 마음을 알 수 있었을 것이다. 그들은 한참이나 손을 잡고 흔들었다.

그리고 갑수는 고맙다는 말을 연발했다. 그것은 지서주임이, 투서로 무고했던 그 사람을 끝까지 공표하지 않았다는 감사였다. 만약 주임이 자기 직책만 생각한 나머지 그 투서한 사람을 잡아 형사문제를 일으켰다면 공사에 큰 지장이 있었으리라 생각지 않을 수 없었기 때문이었다. 그러나 지서주임은 그러한 갑수의 마음을 아는지 모르는지 수고했다는 말만 할 뿐이었다.

어쨌든 갑수는 동네 사람은 물론, 여러 기관에서 협조해 준 것을 고맙게 생각하며 가슴이 뿌듯했다. 그래서 식이 거의 끝나 답사를 할 차례가 왔을 때 갑수는 말이 막혀

"고맙습니다. 오직 여러분의 협력으루 공사를 무사히 끝냈습니다. 그러나 일은 이제부터라 생각하구, 새마을운동을 계속해야겠습니다. 거듭 감사의 말씀을 드립니다."

간단하게 말을 끝냈다. 박수가 터져 나왔다. 그 박수소리가 그칠 줄 몰랐다. 누구 하나 꽃다발을 가져온 사람이 없었다. 누구 하나 사진을 찍어주는 사람이 없었다. 소박한 행사 그대로였다. 그러나 모인 사람 전부가 진심으로 감격한 행사였다. 그래서 식이 끝나자 미리 잡았던 돼지를 안주로 막걸리 파티가 벌어졌을 때 남녀노소 할 것 없이 모두 한 뭉치가 되어 흥겨운 노래와 춤을 즐겼다.

북과 꽹과리가 그들을 더욱 흥겹게 했다. 시간 가는 줄도 몰랐다. 해가 거의 질 때까지 그들은 술과 노래와 춤으로 즐거움을 만끽했다.

갑수도 동네 사람들과 하나가 되어 노래를 부르며 춤을 추었다. 그러나 춤추는 동네 사람 가운데서 영애의 모습을 찾을 수 없을 때, 그는 넋을 잃은 사람처럼 모래사장에 앉아버렸다.

준공식 때는 분명 나왔던 영애다. 그러나 노래하고 춤추는 데는 어울릴 수가 없어서 돌아갔겠지.

갑수는 영애가 그미 아버지의 죽음에 대한 상처를 언제쯤에나 씻을 수 있을까 하고 생각했다.

　열흘 전 영애 아버지의 장례식 날 갑수는 유족들 뒤를 따라 산소에까지 갔었다. 유족이라야 임시 휴가로 돌아온 아들과 영애, 그리고 영실, 셋뿐이었지만, 그 중 영애의 슬퍼하는 모습은 참으로 볼 수가 없었다. 소리를 내어 우는 것은 아니었다. 몸이 흐트러지지도 않았다. 허리를 펴고 똑바로 걸었건만 그 뒷모습이 어떻게나 슬퍼 보였는지 모른다. 앞도 옆도 보는 일이 없었다. 땅만을 보고 걸었다. 가끔 가다가 손수건으로 눈물을 닦을 뿐이었다. 감히 가까이 가서 위로의 말도 건넬 수가 없으리만큼 근엄하고 비통한 모습이었다.

　삼우제를 지낸 날 밤에야, 갑수는 영애네 집으로 가서,

　“너무 슬퍼하지 말아. 슬퍼만 하면 어떻게 하겠니?”

　처음으로 위로의 말을 했다. 그런데도 영애는 대답조차 안 했다. 자기의 슬픈 감정 때문에 보이는 것도 들리는 것도 없는 모양이었다.

　“너는 이제부터 어머니와 오빠를 생각하며 살아야 한다. 네가 슬픔에 빠져 있으면 어머니는 어떻게 되며, 오빠는 어떻게 군대생활을 할 수 있겠니?”

　그래도 영애는 대답이 없었다. 그런데 다음날 갑수는 못자리로 나가는 영애를 멀리서 보았다. 그래서 반가운 마음에 달려가서,

　“나왔구나……”

하고 말했다.

　“오빠가 마음놓구 군대루 가게 해야 할 것 같아요.”

　“잘 생각했다. 그래야지.”

　그래서 어느 정도 안심을 했던 것이지만, 오늘 영애가 남들보다 일찍 돌아간 것을 보자 갑수의 마음이 또 불안해졌던 것이다. 그렇다고 해서 혼자만이 빠져나갈 수도 없고 해서 여흥이 파막이 된 뒤에야 동네로 돌아오는 길에 영애의 집을 찾아갔다.

　영애는 어머니와 같이 저녁밥을 먹고 있었다.

　“저녁 잡숫구 있군요?”

　저녁 먹고 있는 것을 보자, 그래도 마음이 조금 놓였다. 그리고 저녁을 먹고 있는데 들어갈 수도 없어서 그냥 돌아오려고 하는데, 영애가 밥을 다 먹

었으니 들어오라고 했다. 꼭 해야 할 말도 없고 해서 그냥 돌아오려는데도 영애는 자꾸만 들어오라고 한다. 일부러 찾아온 사람을 그냥 돌려 보내기가 안돼서 그러는가 보다 하고 갑수는 못 이기는 체 방 안으로 들어갔다. 들어 가기는 했지만 특별한 일이 있어서 온 것이 아니라는 것을 먼저 밝혔다. 꼭 일이 있어야 찾아올 집이 아니지만, 그래도 궁금증을 없애 주기 위함이었다. 그런데 영애는 그런 것과 관계없이,

"오늘 기쁘시겠어요."

보에 대한 이야기를 꺼냈다.

"거야 나만 기쁘겠니?"

"그래두, 아저씨가 제일 기쁘시겠지요."

"전쟁에 이긴 것 같다."

"비석을 하나 세워드려야겠어요."

"네가 하나 세워다구."

"그러죠, 뭐!"

영애가 웃기까지 했다. 웃는 영애를 보자, 갑수는 이제 다시 자기가 걱정 할 일은 없을 것이라고 생각했다. 그래서 갑수는 가벼운 마음으로,

"일은 인제부터야. 논농사만 가지구 동네가 달라지겠니? 한 삼 년 뒤에나 비석을 세워다구. 내가 비석을 안구 죽게."

하고는 웃었다.

"돌아가시라구 누가 비석을 세워드릴라구요? 전 안 세우겠어요."

다 같이 웃었다. 그리고는 자기도 저녁을 먹으러 돌아가려 할 때, 영애가 갑자기 심각한 얼굴을 하고 딴 이야기를 꺼냈다.

"아버지의 빚이 팔십만 원이래요. 몇 해 동안이면 그 빚을 갚을 수 있을 까요?"

갑수는 놀랐다. 빚이 팔십만 원이라니…… 그리고 처녀의 몸으로 혼자서 그 빚을 갚으려 하다니…….

"그렇게 많아?"

"벌써부터 빚이 많았던가 봐요."

"거 큰일이구나. 농사나 지어서 그것을 어떻게 갚니?"

"달리 돈 벌 방법이 있나요?"

"그러기두 하지. 돈이 없으니 장사두 못하구……."

"봇물두 흐르구 하니까 비닐하우스 농사를 많이 하겠어요. 밭에두 아저씨 말씀대루 여러 가지 농사를 하구요."

"그래두 그렇지. 팔십만 원을 어떻게 버니? 그새 시집두 가야 할 텐데……."

"시집이 다 뭐예요? 빚 갚구 어머니가 사실 수 있두룩 땅을 사 놓구 난 담에야 시집갈래요."

영애의 결심은 장하나 그것이 이루어질지 갑수로선 의심스러웠다. 그렇다고 그미의 결심을 꺾을 수도 없었다.

"힘껏 해 보자. 해 보는 수밖에 없잖아?"

"아저씨 빚두 이십만 원이라던데, 그건 좀 참아 주세요. 맨 마지막에 갚아드릴래요."

"거야 물론이지."

이렇게 안심을 시킨 뒤 방을 나와 대문께까지 왔다. 그리고 대문 밖을 나서 얼마를 걸어오다가, 갑수는 발길을 돌려 영애네 집으로 가서 대문을 두들겼다.

영애가 나왔을 때,

"내 빚 가운데서 십만 원은 탕감해 주마."

하고 말했다.

"정말요?"

영애가 달려와 갑수의 품에 안겼다. 너무나 감격한 태도였다.

"기운 잃지 말구 일을 해."

"고마워요, 아저씨."

영애는 어쩔 줄을 몰라 했다. 그미는 대문 안으로 뛰어가면서,

"어머니! 어머니 좀 나오세요."

어머니를 불렀다. 혼자서는 그 기쁨을 처리하기가 힘든 것 같았다. 갑수

는 난처했다. 영애 어머니가 나올 때까지 기다리고 있을 수도 없고 그렇다
고 해서 도망갈 수도 없는 일이었다. 그래서 그는 대문 안을 향해,

　"나 간다."

하고는 도망치듯 뛰었다.

　집으로 돌아오자 갑수는 안도의 한숨을 내쉬었다. 보 공사를 준공한 것과
동시에, 조금이나마 영애를 기쁘게 해 준 자기가 이제 할 일을 다 했다는 느
낌이기도 했다.

　저녁밥을 먹고 있는데 현덕호가 찾아왔다. 그 동안 수고했다는 인사를 하
러 온 것이다. 갑수는 덕호의 인사를 받으면서 덕호야말로 수고했다고 생각
했다.

　수고한 결과 덕호가 동네 사람들과 가깝게 지내게 되었다는 것을 더 기쁘
게 생각했다. 그리고도 앞으로는 시키는 일을 무엇이나 잘 해 나갈 것이란
생각도 했다. 그래서 갑수는,

　"곧 농사연구반, 아니 면사무소에서는 농사개량회라구 그러더군. 어쨌든
그런 걸 만들어 앞으루 지을 농사에 대해 연구하두록 하세."

하고 말했다. 가장 힘들고 가장 중요한 일이지만 갑수는 자신을 가지고 있
었다. 그것도 얼마 전 볍씨를 뿌릴 때 최근 보급되고 있는 통일벼를 전부 쓰
도록 한 경험이 있기 때문이다. 반대하는 사람이 있기는 있었다. 해 보지 않
은 것을 한다는 것은 위험하기 짝이 없다는 것이었다. 그러나 갑수는 이때
까지의 종자로는 풍년 때도 석 섬밖에 수확을 못하지만 통일벼는 넉 섬 반
을 수확할 수 있다고 역설했다. 그리고 적당한 비료를 골라서 쓰고 물을 적
당히 대주면 실패할 우려가 없다는 것을 설명했다. 그리고 통일벼를 재배하
고 있는 데에 가서 직접 보고 또 재배법을 배웠다는 말을 했다. 그 결과 동
민들이 대부분 통일벼를 심었다. 그러니까 동민들은 자기들에게 이익이 된
다는 것을 믿기만 하면 따라오는 법이다. 그들이 자기를 믿도록 충분한 연
구를 하고 또 정확한 것을 보여준다.

　"그러십시다."

　갑수를 믿고 있는 덕호인 만큼 선선히 대답했다.

"촉성재배에는 농한기라는 게 하루두 없지만, 일반 농사만 짓던 사람에게
는 지금부터가 농번기이니까 그게 좀 걱정이다만, 가을부터 봄농사를 지어
야 할 테니까 무리를 해서라두 시작해야겠네."

덕호로서 반대할 이유가 없었다.

다음날, 갑수는 이장을 찾아가 동회를 열어 주도록 부탁했다. 토의내용은
첫째가 공사의 결산보고요. 둘째가 농사개량에 대한 토의라고 말했다. 모두
가 시급하고 중요한 문제니까 될 수 있는 대로 많이 나오도록 애써달라고
부탁했다.

동회를 여는 날 밤 동민은 예상보다 많이 참석했다. 보를 막고 봇물이 논
으로 들어가고 있음을 보는 그 감격이 그런 열성을 자아냈을 것이다. 모인
사람마다 웃음을 띠고 서로 담소하는 것만으로도 능히 짐작할 수 있었다.

갑수는 많은 사람이 모인 데 무엇보다도 기쁨을 느꼈다. 그리고 모든 사
람에게 이익을 주면 모두가 협력해 온다는 것을 절감했다.

그는 회의를 시작하겠다고 선언한 뒤,

"고맙습니다, 순전히 여러분의 협력으루 보가 준공이 되었습니다. 그래서
금년부터 물 걱정을 안 하고 지낼 수 있게 되었습니다. 정말 고맙습니다."
하고 감격어린 인사말을 했다. 그러자 어떤 노인 한 분이 손도 들지 않고 불
쑥 일어나서는,

"아닙니다, 우리야 시키는 대루 한 것뿐이지요. 지도자 어른이 아니면 될
법이나 한 일입니까? 안 그렇습니까?"

갑수에 대한 찬사를 말했다. 그러자 장내에 박수소리가 터졌다.

"아닙니다, 동네 여러분이 협력해 주시지 않았다면 절대루 성공할 수 없
을 겁니다. 그래서 저는 이번에 우리가 서루 협력만 하면 못할 일이 없다구
자신했습니다. 가장 필요한 것은 협력입니다. 앞으루두 우리 협력을 해서 우
리 동네를 잘 사는 마을로 만드십시다."

갑수는 답사 같은 말을 한 뒤, 보 축조에 대한 결산보고를 했다. 보고를
하면서도 그는 영애에게 빌려 준 돈이 문제되지 않을까 걱정되었다. 문제될
것까지는 없다 해도, 그래도 그 집에 돈을 빌려 주고 언제 받을 작정이냐?

받지 못할 때에는 당신이 책임을 지겠느냐고 물어 올 것 같았다. 그때 갑수는 자기가 책임지겠다는 말을 하리라 준비하고 있었지만. 그런데 거기 대해서 말하는 사람이 한 명도 없었다. 전체 보고에 대해서도 그랬다. 백 원 쓴 것까지 시시콜콜히 설명했고, 또 부당하게 쓰인 돈이 한 푼도 없는 이상 말할 사람이 어디 있겠는가? 다만 현재 잔고(殘高)가 오만여 원 모자란다는 말을 했을 때 모자라는 돈을 어떻게 충당했느냐고 묻는 사람이 있었다. 그때 갑수는 우선 자기 돈으로 충당했지만, 영애에게 준 돈을 받으면 그것으로 상쇄하겠다고 대답했다. 그것뿐 결산보고는 무사히 통과되고 박수소리가 나왔다.

결산보고를 끝내자 갑수는 새로운 몸자세를 취하고 이야기를 시작했다.

"보를 막았다구 해서 실제루 수익이 많이 늘어날 것은 없습니다. 이때까지 한 마지기에서 두 가마 정도밖에 못 빼내던 것을 세 가마쯤 빼낼 것입니다. 가뭄이 심할 때는 전멸하는 경우두 있었지만 이제 그럴 걱정이 없어졌다는 것이 안심되는 것이지요. 한 마지기에 한 섬 더 빼낸다구 해두 겨우 만 원 정도밖에 더 되겠습니까? 그 정도를 가지구 우리가 어떻게 잘 살 수 있겠습니까? 우리가 잘 살려면 두 배, 세 배 이상의 수입을 올려야 하겠습니다. 그래서 저는 오늘부터 농사개량회를 조직하여 금년부터 이 배, 삼 배 이상의 수익을 올리두룩 해볼 작정입니다.

그것은 첫째 땅을 놀리지 않아야 한다는 것입니다. 땅을 놀리지 않으려면 자연 사람이 부지런해야 하겠지요. 이때까지 농촌에는 농한기가 너무 길었습니다. 그 동안 땅은 잠을 자고 있었습니다. 땅을 상대루 사는 농민들이 땅을 잠자게 하구 어디서 돈을 벌겠습니까?

우선 한 가지만 말씀드리겠습니다. 이때까지 우리는 보리를 벤 다음 가을 배추를 심을 때까지 근 석 달 동안 땅을 놀렸습니다. 그런데 거기다가 옥수수를 심습니다. 열매가 맺지 않겠지요. 그러나 옥수수 대는 꽤 커질 겁니다. 그걸 가지구 소 사료를 할 수가 있지 않습니까? 그리 힘든 일두 아닙니다. 요즘 보리를 다 베었을 테니까 제 말씀대루 한 번 해 보십시오. 그럼 사료 때문에 소를 기르지 못하던 분도 소를 기를 수 있게 될 것입니다.

이렇게만 해두 삼모작이 되지 않습니까? 저는 밭이나 논을 전부 삼모작 내지 사모작을 할 수 있다구 생각합니다. 그것을 여러분과 함께 연구해서 금년부터 실시하려 합니다. 이렇게 하면 이모작밖에 안 하던 땅에서 전보다 이삼 배의 수익을 올릴 수 있는 것은 당연한 일입니다.

또 한 가지 말씀드리면, 고급채소 재배입니다. 여러분이 보서서 대개 아시리라 생각합니다만 저와 영애네가 이 년째 고급채소를 했습니다. 그 결과 일 년에 한 마지기에서 순이익금을 십이삼만 원 올렸습니다. 벼의 몇 배입니까? 오륙 배가 됩니다. 그것도 논농사를 지은 뒤 농한기를 이용해서 재배하는 것입니다. 우리 동네 사람 전부가 그것을 한다면 이삼 년이 되기 전에 모두가 잘 살게 될 것이 분명합니다. 그렇게 되면 우리 동네에두 전기가 들어올 수 있습니다. 텔레비전을 볼 수 있습니다. 그뿐입니까? 새마을운동으루 지붕을 개량하라, 담을 개수하라, 마을길을 확장하라 하는 것들이 누구의 명령에서가 아니라 자발적으루 이뤄지게 될 것입니다. 돈이 있는데두 초가집에서 살려구 할 사람이 어디 있겠습니까? 채소를 많이 재배하면 우리 동네까지 트럭이 들어와야 합니다. 저는 지금까지 농협으루 채소를 날라다가 출하하고 있지만, 그 수가 늘어날 때는 농협까지 갈 필요가 없습니다. 위탁업자들이 직접 마을로 와야 합니다. 그때는 자연 길도 확장하게 될 것이 아닙니까?

저는 면에서 권장하구 있는 새마을사업을 우리 동네선 이삼 년 미루기루 했습니다. 이삼 년만 지나면 시키지 않아두 새마을운동이 저절루 벌어질 것이니까요.

그래서 내일부터라두 우리 집에서 농사개량회를 열겠습니다. 희망하시는 분은 누구나 내일 저녁 우리 집으루 와 주십시오."

이야기를 끝내자 여기저기서 수군거리기 시작했다.

그런데 뜻밖에, 의장 하고 손을 번쩍 드는 사람이 있었다. 황길하였다. 길하는 일어서더니,

"대단히 좋은 말씀이라구 생각합니다. 그렇지만 정부에서 전국적으루 실시하고 있는 새마을운동을 역행한다는 것이 불만스럽습니다. 새마을운동을

하면서 농사개량을 하는 것이 순서가 아닐까 생각합니다.”

　이론 정연하게, 그리고 침착하게 말했다. 그러나 말이 옳지 않아서가 아니라 길하의 말하는 태도가 갑수의 머리를 어리둥절하게 했다. 지난번 투서 사건의 주인공이라 지목받고 있는 길하가 다시 공석상에 나타나 갑수를 비판할 수가 있을까? 용기가 대단하다고 생각하면서도 불손하기 짝이 없다고 생각했다. 그러나 갑수로서 감정적으로 대할 수는 없는 노릇이었다.

　“잘 알겠습니다. 정부에서 실시하는 새마을운동의 기본정신은 농민들을 잘 살게 하자는 것입니다. 그렇기 때문에 우리가 농사개량을 해서 잘 살아보자는 것이 어찌 새마을정신이 아니겠습니까? 내면적으루 잘 사는 운동을 하구, 그 뒤 외형적인 새마을운동을 하자는 것이 새마을운동에 위배되는 일은 아닙니다. 그리구 내용적 충실이 있기 전에 외형적인 새마을운동을 전개하면 도리어 부작용이 일어나지 않을까 걱정하는 것입니다. 제가 지도자로 임명될 때 면장님에게 제 생각을 말씀드리구 어느 정도의 양해를 구했으니까 안심해 주기 바랍니다.”

　갑수는 침착하게 자기 소신을 말했다. 그런데 또 한 청년이 손을 들고 일어섰다.

　“그 말씀두 알아듣겠습니다. 그렇지만 우리 마을을 겉으루 보는 사람들은 우리가 새마을운동을 전혀 하지 않구 있다구 할 것입니다. 남들에게 오해를 받으며 살 필요가 무엇입니까?”

　그 청년도 고등학교를 졸업한 뒤 집에서 빈들빈들 놀고 있는 사람이었다. 갑수는 기분이 나빴다. 열심히 일을 하는 사람이라면 몰라도, 그렇지 못한 사람이 그것도 젊은 사람이 비판적 태도로 나오는 데 마땅치가 않았다. 그러나 그들을 상대로 싸울 수는 없었다. 조용하게 회의를 끝내는 것이 좋을 것 같아 발언을 하려고 하는데 김기웅이 불쑥 일어섰다.

　“뭐 하는 놈들이야? 보 막는 데 한 번이나 나와 본 일두 없는 놈들이 잔소리가 무슨 잔소리야? 길을 확장한다구 나오라면 나오기나 할 놈들이야?”

　그의 말은 격해 있었다. 당장에 두 사람을 구타하기라도 할 것 같았다. 그러자 황길하가,

"욕설을 하시는군요? 우리가 새마을운동을 반대하는 것두 아닌데, 나이가 든 분이 점잖지 못하게 욕설이 무엇입니까?"

하고 세련된 태도로 냉정하게 응수했다. 그리고 또 한 청년도,

"민주주의 사회에서는 누구나 자기의 의견을 말할 수 있습니다. 잘못된 이야기라면 잘못된 것이라 지적할 것이지 욕설이 뭡니까? 욕설이……."

하고 또 한 마디를 했다.

"민주주의 좋아한다. 너희들 밥먹구 뭣들 하는 애들이냐? 동네일을 반대하기만 하려는 놈들한테 욕을 못해?"

김기웅이 가만있지를 못했다. 결국 싸움이 벌어질 것 같았다. 싸움이 벌어지면 잘잘못을 가리기 전에 동네 분위기가 서먹서먹하게 된다.

"잠깐들…… 잠깐만 조용하십시오."

갑수는 발언하려는 사람을 막았다. 그리고는,

"다들 동네를 생각해서 하는 말입니다. 그걸 가지구 감정적으루 생각하실 것은 없습니다."

한 뒤, 산회해 버렸다. 산회하면 다들 돌아갈 것이다. 흩어져 돌아가기만 하면 문제는 없어지고 말리라 생각했던 것이다.

그런데 사람들이 이장네 마당을 나서려고 할 때 김기웅이 어느새 황길하의 멱살을 잡고 한 대 후려갈겼다.

"이 새끼, 이때까지는 지도자가 쉬쉬 해서 참구 있었다만 오늘은 그냥 둘 수가 없다. 가자, 지서에 가서 담판을 내자."

그는 길하의 멱살을 잡은 채 끌고 가는 것이었다.

"가자? 내가 뭘 잘못했단 말이냐?"

길하가 질 수 없다는 듯이 소리를 질렀다.

"이 새끼, 잘못한 게 없어? 투서를 해서 지도자를 모함하구두 잘못이 없어? 넌, 새마을운동의 방해자야."

김기웅이 다시 한 번 길하의 얼굴을 쳤다.

"이놈이 사람을 치네. 죽여라 죽여!"

"네깐 놈 못 죽일 줄 아니?"

기웅이 이번에는 발로 길하를 걷어찼다. 길하가 꺼꾸러지며 죽는다고 소리를 쳤다.

"어림없다, 빨리 일어나. 지서에서는 네놈의 소행을 몰라 가만둔 줄 아냐?"

기웅이 길하의 손을 잡아 일으키고는 늘어지는 길하를 끌고 가기 시작했다. 그때야 길하가 기가 죽어,

"형님, 한 번만 용서하십시오."

하고 용서를 청했다.

"이 새끼, 너 같은 놈을 용서해? 너는 국가의 좀벌레란 말야."

기웅이 절대로 용서 못하겠다는 태도를 보였다. 그때 갑수가 가까이 가서 그들을 떼어 놓았다. 좀더 일찍 떼 놓으려고 했었지만 길하의 태도를 두고 보아야 할 것 같아 내버려 뒀던 것이다.

"다 지나간 일을 가지구 그럴 것 없네. 문제를 확대시키면 우리 동네가 손가락질을 받네. 동네 사람들인들 마음 편할 것 있나? 다 덮어두구 앞으루 할 일이나 하세."

갑수가 타이르자, 기웅이 길하에게 큰 소리로 말했다.

"너, 갑수 아저씨한테 사과하겠니? 그리구 동네일에 협력을 하겠니? 똑똑히 대답해 봐. 대답 안 하문 절대 그냥두지 않는다."

"네, 하라는 대루 하겠습니다. 한 번만 용서하십시오."

길하가 싹싹 빌었다. 그러자 기웅은,

"상환이란 놈은 어딜 갔니? 그놈두 혼을 내줘야 해."

하고 사방을 돌아보았다. 그때 갑수가,

"이 사람, 그만했으면 됐어. 동네가 시끄럽지 않은가? 자 그만 돌아가."

기웅의 손을 잡아끌었다. 그리고 기웅의 집에까지 같이 가면서

"그만했으면 됐지 않나? 다시는 그런 일 없을 테니까. 이제부턴 제발 가만 있어 주게, 응. 부탁하네. 우린 우리가 할 일만 생각하면 되는 거야."

진심으로 말썽을 부리지 말아 달라고 부탁했다.

"그런 놈은 혼을 내줘야 동네가 조용합니다. 그놈은 사에이치 구락부에

들라구 해두 듣지 않은 놈입니다.”

기웅은 갑수의 말을 어길 수가 없을 것이다. 그러나 자기가 옳다는 것을 한 번 더 주장했다.

“알았어. 그걸 누가 모르나, 길하가 사과하러 오면 내가 잘 말해 둘 테니 걱정 말구 이젠 가만있어 주게. 동네 사람이 정말 한 마음 한 뜻이 돼야 하네. 그걸 명심해 줘.”

“알았습니다, 저도 참고 있으려 했는데 참을 수가 있어야지요.”

기웅도 완전히 누그러졌다.

갑수는 안심을 하고, 그를 집안으로 들여보내고 집으로 돌아왔다. 돌아와 보니 영애가 기다리고 앉아 있었다.

“오늘 수고 하셨어요.”

영애가 인사말을 했지만 갑수는,

“수고랄 거 있니?”

덤덤하게 대답했다. 마음이 어수선해서 이야기할 흥미가 없었던 것이다. 그런데 영애가 대뜸,

“황길하, 그 사람 좀 이상해요.”

길하에 대한 이야기를 꺼냈다.

“좀 배웠다는 요새 젊은 사람들 다 그렇지.”

갑수는 길하에 대한 이야기도 별로 하고 싶지 않았다.

“저 보구두 자꾸 서울루 가자지 않아요? 서울 병에 걸렸나 봐요.”

“서울 가서는 어떡하자구?”

“누가 알아요? 고등학교밖에 나오지 않구서 무슨 취직을 하겠어요? 그런데두 부탁을 해 놨으니까 된다나요?”

“전 취직을 하구 너는? 너까지 취직시켜 준다든?”

“말루는 그러지만, 누가 그걸 믿어요. 전 상대두 안 했어요. 그러지 말구 농사나 하라구 그랬더니, 농촌에서 썩기가 싫다나요. 저두 썩지 말라는 거예요.”

“썩어?”

갑수는 썩는다는 말을 씹으며 생각했다. 이때까지는 농민들이 농촌에서 썩었다. 문화생활 하는 도시사람에 비해 정말 썩으며 살아왔던 것이다. 그렇기 때문에 좀더 배우고 또 문화라는 것을 조금 아는 지방 청년은 대부분이 도시로 나갔다. 부모들도 자식들을 농촌에서 썩히고 싶어하지 않았다. 그래서 전답을 팔아서라도 자식을 공부시키려 했고, 공부를 시켜 가지고는 월급쟁이로라도 도시에서 살아 주기를 바랐다.

그것이 한국의 현실이었다. 아무도 나무랄 수 없는 일이었다.

그러나 농촌이 언제까지나 청년들을 썩히는 곳이 될 것인가? 말하자면 도시와 농촌의 문화가 언제까지나 격차를 이룰 것인가? 농촌이 도시와 별로 다르지 않게 문화수준이 높아진다면 농촌이라고 해서 젊은 사람들을 썩히는 곳이란 말을 할 수 있을 것인가?

"그래 너는 농촌에서 썩어두 좋다구 그랬니?"

만약 영애도 농촌에서 사는 것을 썩는 일이라고 생각한다면, 그미도 결국은 농촌을 떠날 것이라 생각하며 물었다.

"전 썩는다구 생각지 않아요. 썩기는 왜 썩어요."

영애는 썩고 안 썩고 그런 생각을 할 만큼 마음의 여유가 없는 현실 속에 놓여 있다. 썩는다고 생각하며 하는 것보다는 좋은 일일지 모르나 갑수로서는 영애가 스스로 썩지 않고 있다는 의식과 사명감을 가져주었으면 하고 생각했다. 그러면 자기 집안일만이 아니라 농촌 전체를 위해서 일하고 싶은 마음이 생겨날 것이 아닌가?

갑수는 그 순간, 영애가 앞으로 농촌 전체를 위해 필요한 인물이 되어 주었으면 하는 생각을 해 보았다. 지나친 욕심일지 모른다. 그러나 남자나 여자 가운데 농촌을 위해 일할 사람이 점점 많이 생겨야 할 것은 사실이었다. 그래서 문득 길하를 농촌에서 일하는 사람으로 만들 수는 없을까 하고 생각했다. 만약 그가 농촌에서 사는 것을 썩는 것이라고 생각지 않게 되면 구태여 농촌을 떠나야 할 필요는 없게 되지 않을까?

그래서 다음날 아침 길하가 사과하러 왔을 때, 갑수는 그에 대한 설득 공작을 시작했다.

"자네의 마음을 알구 있네. 현재의 농촌이 지식을 가진 청년들을 만족시켜 주지 못하구 있는 것이 사실이니까. 그래서 자네 같은 젊은이들이 욕구 불만으루 무엇이나 비판만 하려구들 하지. 적극적인 참여보다 소극적인 비판을 말일세.

그런 태도두 마음가짐에 따라 달라질 수 있다구 생각해. 젊은 사람두 만족할 수 있는 농춘을 내 손으루 만들어 보겠다는 마음을 가진다면, 비판을 하기에 앞서 우선 일을 하게 되는 거지.

"자네는 서울루 간다구 한다지만 서울은 쉽게 갈 수 있나? 취직난이 심한 서울에서 취직이 쉽게 될 까닭도 없구, 설사 취직이 된댔자 잘 살 수가 있을 것 같은가? 대학을 졸업한 사람들두 박봉생활에 허덕인다는 말을 못 들었나? 서울 가서 잘 살 수 있다면 나두 서울 가는 걸 찬성하겠네. 요즘 농촌에서 서울루 가는 사람들은 땅 한 뙈기두 없어서 지게꾼이라두 될 각오루 떠나는 사람들이야."

예까지 이야기하고 갑수는 숨을 좀 돌리며 길하의 표정을 살폈다. 아무런 감동도 없는 표정이었다. 듣기 싫은 소리를 억지로 듣는 그런 표정이었다. 그러나 갑수는 단념하지 않았다.

"자네두 자네가 자란 이 동네가 잘 되기를 마음으루 바라구 있을 거야. 만약 우리 동네에 택시가 들어오구, 순천시와 전화 연락이 된다구 하세. 또 전기가 들어오구 텔레비전을 볼 수 있게 된다구 하세. 그때두 자네는 서울루 가야만 하겠나?

나는 우리 동네가 장차 그렇게 되리라 생각하네. 자신을 갖구 있네. 우리 동네 사람들이 부지런히 알만 하면 반드시 그렇게 될 걸세. 그런데 동네 사람들이 일을 열심히 하게 하는 데는 그들을 지도하는 사람이 있어야 하네. 우리 동네는 그런 사람을 필요루 하구 있단 말야. 만약 길하가 그 지도자가 된다면 우리 동네는 좀더 빨리 살기 좋은 고장이 되지. 자기 힘으루 동네가 잘 되어가구 있는 것을 눈으루 본다면 자네는 삶의 보람을 느낄 걸세. 안 그렇겠는가 생각을 해 봐. 서울루 가라구 떠다밀어두 가지 않을걸. 그러니 천천히 생각을 해 봐."

갑수는 길하가 하루 동안에 마음이 변하리라고는 생각지 않았다. 그래서 생각할 여유를 주기 위해,

"할 일은 많네. 우리 동네가 참대 고장이란 걸 자네두 알지. 현재 한 삼천 평이 될거야. 내가 계산해 보니까, 천 평에서 대나무와 죽순으루 연 오십만 원은 올리구 있어. 그런 걸 공동작업으루 천 평만 하면 일 년에 오십만 원을 마을 재산으루 만들 수 있잖아? 전기 공사니, 공회당 건축이니, 마을 공동으루 할 일이 얼만가? 자네가 선두에 나서서 사에이치 구락부 회원들을 동원해서 그런 일 한 번 해 볼 생각이 없나? 자네가 한다면 땅은 내가 구해 보겠네. 우리 동네 뒷산이 얼마나 큰가? 누구의 땅이라두 빌 수 있네. 잘 생각해서 알려주게."

하고는 말을 끝냈다.

길하는 생각해 보겠다는 말도 안 했다. 뒤가 무서워서 형식적인 사과만을 하러 왔던 것이 분명했다.

갑수도 별다른 기대는 가지지 않았다. 마음을 돌리면 고마운 일이고, 안 돌리면 그때는 할 수 없다는 일이라 생각했다. 그래서,

"가 보게. 다만 과거란 참다운 현재에 의해 망각되는 것이니까, 지난 일을 크게 생각하지 말라는 말만 해 두네."

하고 길하를 돌려 보냈다. 그리고는 논으로 나갔다. 며칠 전부터 논에 객토를 시작하고 있기 때문이었다. 갑수는 그런 시간이 없어서 자기가 직접 객토를 못하고 청부로 돈을 주고 남을 시키고 있던 것이다. 한 마지기에 오천 원씩이다. 열한 마지기가 거의 되는 땅이니 흙 값만 해도 상당한 액수였지만 그렇다고 안할 수가 없는 일이다. 전부가 자갈논이다. 그러니까 산화(酸化)가 빨리 된다. 더구나 금년 봄에는 고급채소를 재배해야 할 곳이다.

달구지에 싣고 온 흙을 퍼 내리고 다시 흙을 파러 떠나는 것을 보자, 갑수는 덕호네 집으로 갔다. 오늘 밤에 있을 농사연구회에 대한 의논을 하기 위함이었다. 그런데 덕호는 집에 없었다. 어디 갔느냐고 물었더니, 옥수수를 심으러 갔다고 그의 아내가 대답한다. 어젯밤 동회에서 말한 것을 벌써 실천하는 모양이었다. 기다리기가 지루한 마음이 들어 덕호네 밭에까지 갔다.

남의 소를 빌어 보리 벤 밭을 갈고 있었다.

"아니, 옥수수를 심는다구?"

덕호는 소고삐를 잡아당겨 서게 한 뒤,

"나두 소를 좀 길러보려구요."

하고 대답했다.

"잘 생각했어. 뭐든지 자꾸 해야겠네."

"어쩐지 송아지라두 한 마리 살 수 있을 것 같네요."

"사면 사는 거지. 못 살 게 어디 있나?"

갑수는 무엇보다도 의욕이 중요한 것이라고 생각했다. 이때까지의 덕호라면 백 년 가도 송아지를 사서 기를 생각을 못할 것이다.

"형님, 오늘 밤에 회의가 있지요? 저는 뭘 해야 합니까?"

덕호는 오늘 밤의 일도 잊지 않고 있었다.

"오늘 밤엔 전체적인 이야기를 하지, 자네는 사회나 하게."

사실 덕호로서 당분간 할 일은 없었다. 나중 실제로 농사를 지을 때 뛰어다니며 지도할 것이 덕호의 일이니까.

"아무리 생각해두 자신이 없는데요."

덕호로서 주저하지 않을 수 없을 것이다. 농사개량회의 책임자라면 이론적으로 회원들을 지도해야 할 것이다. 그런데 그에게는 그럴 실력이 전혀 없었다.

"자네보다 난 사람이 누군가? 다 마찬가지야. 그러니까 내가 하라는 대루만 하면 돼."

"시키시는 대룬 열심히 하겠습니다만……."

"좌우간 밤에 보세."

갑수는 그쯤 해 두고는 돌아왔다. 돌아오는 길에 보리 거둔 밭을 갈고 있는 사람 두셋을 보았다. 모두 옥수수를 심으려는 것이리라. 갑수는 마음이 흐뭇했다. 자기 말을 잘 들어준다고 해서가 아니라, 자기에게 이익이 되는 일이면 누구나 해 보겠다는 의욕을 가진다는 사실을 목격했기 때문이었다. 결국 농민들에게는 무엇이 자기들에게 이로운가를 가르쳐 주어야 한다. 가르쳐 주지도 않고 게으르다고 공격만 하면 그들은 더욱 위축되고 만다.

갑수는 사명감을 더욱 느꼈다. 그래서 오늘 밤 처음으로 열리는 회에서부터 동네 사람들이 의욕을 느끼도록 새로운 지식을 정확하게 전달해야 한다고 생각했다.

이런 생각을 하며 자기 논으로 가서 달구지가 부려 놓은 흙을 삽으로 논바닥에 골고루 뿌리기 시작했다.

빨리 객토를 끝내고 논을 갈아야 하기 때문에 갑수는 쉴 새 없이 손을 놀렸다. 몇 시간을 부지런히 일하다가 논두렁에 앉아 잠시 쉬며 담배를 피우기 시작했다. 그때 신작로에서 마을로 들어가는 좁은 길로 리어카를 밀고 가는 영애를 멀리 보았다. 앞에서는 태복이 끌고 있었다. 그들도 객토를 하고 있는 것이었다. 자기보다 훨씬 일찍부터 그 일을 시작했지만 그새 부친 상도 있었고, 또 리어카만으로 흙을 운반하자니 날짜가 많이 걸린 것이다. 그러나 리어카를 밀고 가는 영애를 보는 순간 새삼스럽게 감격했다. 얼마나 힘들 것인가? 그래도 꾀를 부리지 않고 쉼 없이 일을 하고 있다. 갑수는 영애를 개미와 비교해 보았다. 개미는 자기보다 큰 물건을 운반할 때 앞에서 끌다가 안 되면 뒤에서 밀며 목표한 곳까지 가고야 만다. 절대로 지치고 마는 일이 없다. 힘으로 하는 것이 아니다. 오직 불굴의 정신력이다.

영애에게 무슨 힘이 있겠는가? 그런데도 남자에게 지지 않을 만큼 일을 하고 있다.

갑수는 기쁘기만 했다. 그래서 일도 중단하고 집으로 돌아가 오늘 밤 이야기할 것을 준비했다.

책을 읽으면서 메모해 두었던 것들, 그리고 이름난 동네를 찾아다니며 보고 듣고 기록해 두었던 것들을 뒤적이며, 새로 노트를 만들기 시작한 것이다.

절반도 정리하기 전에 저녁상이 들어왔다. 하루 저녁에 전부를 이야기할 것이 아니기 때문에 우선 저녁을 먹기 시작했다. 그런데 저녁상을 채 물리기 전에 동네 사람들이 모이기 시작했다. 그 중에서도 덕호가 맨 먼저 왔다. 덕호는 갑수가 나가기도 전에 혼자서 자리를 준비했다.

갑수가 저녁밥을 다 먹고 남폿불을 켜 가지고 나갔을 때는 이미 사십여 명이 모여 있었다. 좀더 모일지 모르나 갑수는,

"지금 오신 분은 전부가 농사개량회의 회원 되기를 희망하시는 분들일 테니, 우선 이름을 적지요. 그럼 덕호, 종이에다 오신 분들 이름을 적게."

우선 회원 명단을 만들기 시작했다. 그리고는,

"참, 농사개량회의 일을 황덕호 씨에게 수고해 주두룩 부탁하구 싶습니다. 여러분의 심부름을 하실 분입니다. 여러분 의향은 어떻습니까?"

회장 임명에 대한 의견을 물었다.

반대할 사람이 있을 수 없다. 한 사람이 좋습니다 하고 말하자, 모두가 좋다고 찬성했다. 그래서 회원 명단을 만든 다음, 갑수가 이야기를 하기 시작했다.

"우선, 농사를 짓는 데에는 비결이 있어야 할 것입니다. 나는 그 비결을 세 가지루 세웠습니다.

하나는, 땅을 최고루 활용할 것.

둘째는, 밭을 논과 똑같이 활용할 것.

셋째는, 가장 이익성 있는 작물을 재배할 것입니다.

땅을 고도루 활용한다는 것은 땅을 한시도 놀리지 않아야 한다는 것입니다. 우리는 논에서 이모작밖에 안 했습니다. 어떤 이는 보리를 심지 않기 때문에 한 번밖에 쓰지를 않았습니다. 벼만을 심을 때는 사월에서 시월 경까지 대여섯 달밖에 논을 쓰지 않습니다. 그러니까 일 년의 절반은 놀리고 있는 것입니다. 땅을 이렇게 놀려가지구 어떻게 수입을 올리겠습니까? 그래서 나는 일 년 열두 달을 조금두 쉬지 않구 땅을 활용할 생각입니다.

둘째로는, 밭을 논과 똑같이 활용하려는 것입니다. 이때까지는 콩을 심으면 콩밖에 수확을 못했습니다. 보리를 심을 때는 가을 김장감을 심는 것이 고작이었습니다. 그래서 밭두 논과 똑같이 활용하여 사모작 이상의 농사를 짓두룩 하겠습니다.

셋째는, 같은 농사를 지으면서두 수익성 높은 것을 골라 심어 수익을 높이두룩 하겠습니다.

이렇게 농사를 짓는다면, 전에 비해서 삼사 배 내지 사오 배의 수익을 올릴 것이 분명합니다.

저는 무엇이나 하면 된다구 생각합니다. 이론에 맞두룩 해서 안 될 일이 무엇입니까?

물론 나두 해 보지 못한 것이 있습니다. 그러나 남들이 이미 연구한 것, 그리구 이미 해 본 것들을 가지구 하는데 안 될 까닭이 있겠습니까? 우리두 연구를 해야겠지요. 또 배우기두 해야 할 것입니다. 그렇지만 자신을 가지구 하면 반드시 성공하리라 생각합니다.”

그것은 갑수의 지론인 동시에 신념이었다. 농사를 하는 사람이 땅을 놀리고 어찌 농사를 한다고 말할 수 있을 것인가?

역사를 통해 볼 때, 농민은 언제나 가난했다. 가난한 원인의 가장 큰 것은 사회적 구조의 모순이었다. 권력 계층이 땅을 소유하고, 농민은 소작인으로 억압을 당했다. 농사를 짓고도 자기가 소유하는 것보다 소작료로 바치는 것이 더 많았었다. 일할 의욕이 상실될 수밖에 없었다.

그러나 현재는 그렇지 않다. 부지런한 사람의 대부분은 자기 토지를 소유하고 있다. 정부도 많은 힘을 기울여 농민을 도와주는 방향으로 나가고 있다. 그렇기 때문에 현재 농민의 문제는 농민 스스로가 자기를 개척해 나가는 데 있다. 자기를 개척하기만 하면 얼마든지 살 수 있다. 그 내신 자기를 개척하지 못하는 사람은 낙후를 하거나 농촌에서 탈락하는 사람이 된다.

농민으로서 자기를 개척한다는 것은, 결국 땅을 유효적절하게 활용하는 것이다. 그 밖에 다른 길이 없다. 특히 우리 나라처럼 경작 면적이 좁은 데서는 더하다.

만약 이런 때 농민들이 자기를 개척하지 않으면, 농민은 역사적으로 볼 때 사회적 대열에 참여할 기회가 영영 없어지고 말 것이다.

그런 만큼 그런 이야기를 할 때면 갑수는 언제나 열이 오른다. 공연히 흥분해지기도 한다. 웅변처럼 열띤 이야기를 하자, 그는 숨을 돌려 쉬고 준비했던 노트를 열었다. 그리고는 차분한 음성으로 이야기를 다시 계속했다.

“그럼, 이제부터 금년에 걸쳐 내년 봄까지의 농사계획을 말씀드리겠습니다. 이제 논에 모를 심게 되면 추수할 때까지 논농사는 예전처럼 해 나갈 겁니다. 다만 밭농사를 어떻게 해야 할 것인가가 문제입니다. 밭농사두 새로할 것은 없습니다. 다만 가을배추뿐입니다. 이때까지는 말복이 지나서 배추와 무씨를 뿌렸습니다. 재래식 방법으루 하면 손이 덜 가는 것 같아 편한 것같지만, 배추가 자랄수룩 자꾸 뽑아 줘야 하기 때문에 손이 안 가는 게 아닙니다. 지금 내가 말하려는 배추 재배법은 조금 수속이 필요합니다. 씨를 그냥 뿌리는 것이 아니라 육모를 하기 때문입니다. 팔월 보름께 배추씨를 비닐포트에 한두 알씩 심습니다. 비닐포트란 비닐봉지입니다. 십오 센티미터정도의 비닐봉지에 흙을 넣고 그 속에 씨를 심는 거죠. 그것을 구월 오일께,그러니까 심은 지 이십 일 만에 그것을 배추밭에 이식을 합니다. 한 자 반가령의 간격으로 줄에 맞춰 이식을 하면 성장이 굉장히 좋습니다. 작년에내가 한 것을 보신 분은 알겠지만, 한 마지기에 오만 원의 수익을 올렸습니다. 이렇게 하면 상인들이 와서 배추를 사 가기 때문에, 뽑구 운반하구 그럴필요두 없습니다."

예까지 말하자, 모두들 오만 원, 오만 원 하며 눈을 크게 떴다. 밭 한 마지기의 수입이 오만원이라는 데 모두 놀란 모양이었다.

갑수는 이야기를 이었다.

"그러려면 종자를 잘 선택해야 합니다. 그리구 종자를 공동구입하는 것이좋다구 생각합니다. 그러니까 그렇게 배추를 심으실 분에게서 신청을 받아미리 종자를 사 오두룩 하겠습니다. 그리구 무우두 심기는 해야겠지만, 그것은 보관 방법을 연구하지 않는 한, 배추보다 수익성이 좋지 못합니다. 그렇기 때문에 우선은 배추가 더 좋다구 생각합니다.

이 배추재배에 대해서는 각자가 나한테 와서 더 자세한 이야기를 들어두좋습니다."

이야기를 그치자 모두 침을 삼키는 시늉들을 했다. 밭 한 마지기에 오만원 수입이라니, 두 마지기에 십만 원이다. 별로 자금이 드는 것도 아니다.재배가 까다롭지도 않다.

갑수는 담배를 피우며 잠깐 쉬라고 했다. 자기도 담배를 한 대 피웠다. 한 오 분쯤 쉰 뒤, 갑수는 다시 이야기를 시작했다.

"이제부터는 가을 추수를 한 뒤 내년 봄까지의 농사에 대해 말씀을 드리겠습니다.

이때까지는 겨울철에 접어들면서부터 봄까지 농한기였습니다. 겨우 가마니를 짜는 부업을 할 정도였습니다. 그렇지만 제가 처음 말씀드린 것처럼, 겨울이라구 해서 땅을 놀릴 수는 없습니다. 땅을 놀리지 않기 위해 겨울에 두 농사를 지어야 한다는 것입니다

그 중 가장 중요한 것이 촉성재배입니다. 자연적인 기후를 억제하여, 다시 말해서 기후와 관계없이 채소를 재배하는 법입니다. 벼나 기타 곡식은 면적을 많이 차지하기 때문에 그것까지 촉성재배 할 수는 없습니다. 그렇기 때문에 촉성재배에는 고급채소가 가장 적당합니다. 조금 힘이 듭니다. 자금두 필요합니다. 그렇지만 하면 됩니다. 안 되는 일이 없습니다. 나와 저기에 와 있는 영애네가 한 것을 보면 알 수 있을 것입니다.

말하자면 비닐하우스를 만들구 오이를 심는 것입니다. 오이만 아니라, 가지나 토마토, 참외 등 그 종류는 얼마든지 있습니다. 그러나 판매에 안전한 것을 택해야 합니다. 참외나 수박 같은 것은 기호품이지 필수품은 아닙니다. 그래서 가격이 일정치 않아 실패할 우려성두 있습니다. 그 대신 오이 같은 것은 필수품이니까 언제나 수요량이 많아 가격의 변동이 없습니다.

어쨌든 비닐하우스에서 고급채소를 재배해야 하는데, 오이의 경우 내 경험으루 백 평에 대해 순이익이 십이삼만 원입니다. 그 대신에 힘이 좀 듭니다.

그런데 비닐하우스는 벼 타작이 끝난 뒤 십일월이나 십이월에 세웁니다. 비닐 값이, 오백 평 잡구 약 구천 원이 듭니다. 그리구 하우스에 필요한 목재와 참대, 보온용 난로, 밤이면 덮어 줘야 하는 섬거적 등 약 오만 원 듭니다. 그러니까 백 평에 약 육만 원의 돈이 필요합니다.

그 다음엔 일월 중에 오이 육묘를 합니다. 이것두 종자의 선택이 필요합니다. 오이가 많이 열리구 병에 걸리지 않는 종자를 골라야 합니다. 그런 종자가 불행하게두 한국에는 없습니다.

그래서 나는 매년 일본에서 주문해다가 심습니다. 이것두 미리 준비를 해야 되니까 희망자는 일찍 제게로 알려주셔야 공동구입을 할 수 있습니다.

그 뒤는 육묘한 것을 삼월에 이식합니다. 이식하기 전에두 늘 물을 줘야 하는데, 그 물이 차서는 안 되기 때문에 끓는 물을 타서 십오도 가량의 온도루 해서 줘야 합니다.

상당한 기술이 필요하구 또 자식처럼 사랑하는 마음이 필요합니다. 절대루 쉬운 일이 아닙니다. 겨우내 비닐하우스에서 자며 온도조절을 해 주구 손질을 해 줘야 합니다. 그렇지만 서너 달 고생을 하면 백 평에 십 이삼만 원이 생깁니다. 생산비 전부를 제하고 말입니다. 그 돈이 어딥니까?"

"오이 재배에 대해서는 다시 모임을 갖구 재배법·시비법·온도조절법 등 구체적으루 말씀드리겠습니다. 어쨌든 내가 이미 체험한 일이니까 여러분 가운데서 많이 지망해 주시기 바랍니다. 나는 우리 동네의 주농사가 이것이 되기를 바랍니다. 잘들 생각하셔서 덕호 회장에게 연락해 주십시오. 내일 밤엔 내년 봄농사에 대한 이야기를 하겠습니다."

일단 이야기를 끝내고 폐회를 했다. 그런데도 사람들은 곧 돌아가지 않았다. 우선 자금들이 문제인 것 같았다. 자금을 어떻게 구해야 하느냐는 질문을 먼저 했다.

"정 자금이 부족하면 농협에 부탁해서 그 돈만큼은 빌 수가 있잖습니까? 절대루 힘들지 않을 겁니다."

"자금만 되면 해 보구 싶은데……."

그 뒤는 기술문제였다.

"기술이 상당히 필요한 것 같은데, 한 번두 해 보지 못한 사람이 능히 할 수 있을까요?"

이런 질문이 나왔을 때, 갑수는 허허 웃으며 대답했다.

"저는 처음부터 기술이 있었나요? 특히 여러분은 재배를 하면서, 내가 하는 것을 직접 보구 또 이야기를 들으면 됩니다. 힘들 것이 뭐겠습니까?"

"그렇게 하면 할 수 있을 것 같은데……."

이렇게 회의를 끝내고도 갑수는 많은 사람이 지원하리라 생각되지 않았다. 생각이 있어도 엄두가 나지 않아 못할 사람이 많을 것 같았다. 그래서 덕호에게 가가호호 방문해서 좀더 설득공작을 하라고 했다.

그 결과는 기대보다 좋았다. 가을배추씨를 신청한 사람이 더 있으리라고 생각했다. 정말 자신이 없어서 못할 사람이 있을 테니까. 그만하면 성적이 좋은 셈이라 말할 수 있었다.

갑수는 용기백배, 다음날도 농사 개량에 대해 이야기했다. 모인 사람은 어제보다 더 많았다.

"오늘은 봄농사에 대한 이야기를 하겠습니다. 우선 고급채소를 재배하지 않는 논에 대해 말씀드리겠습니다. 그 논에는 일월 초에 봄배추를 심습니다. 여기에는 히바리라는 가장 빨리 크는 배추씨를 뿌리구 이중으루 비닐을 씌워 줍니다. 밤에는 섬거적을 덮어 줘야 합니다. 이렇게 보온을 잘 해 주면 삼월 초에 팔 수가 있을 만큼 자랍니다. 봄배추는 십사오 센티미터 정도 자라면 되니까요. 그것을 다 뽑은 뒤에는 이차루 또 배추를 심습니다. 이번에는 무쌍(無雙)이란 종자를 심습니다. 잎이 빳빳해지는 종류입니다. 물론 이것두 비닐을 씌워 줘야지요. 그러면 오월 초에 뽑을 수가 있습니다. 그것을 뽑은 뒤에는 참외나 수박을 심습니다. 이것은 심기 전에 육묘를 합니다. 육묘를 해서 이식을 하면 보통 참외나 수박과 같이 성장합니다. 참외와 수박을 다 거두면 가을배추 심을 때가 됩니다. 어제 말씀드린 대루 배추를 심습니다.

가을배추를 끝내면 거기에 보리를 심습니다. 보리씨 뿌리기가 늦은 것 같으면 보리를 육묘를 해서 그것을 벼 모내듯 이식합니다. 수고가 되지만 수확은 배 이상이 됩니다. 그러면 몇 모작이 됩니까? 오모작(五毛作)이 아니겠습니까? 이모작밖에 안 하던 땅에서 오모작을 하면 수입은 몇 배가 됩니다. 보리와 벼만 심는다면 일 년에 삼사만 원밖에 수입을 올리지 못하던 땅에서 한 마지기에 이십만 원 정도를 올리게 됩니다. 앞으루 오모작을 하는 계획표를 시기 별루 프린트를 해 드릴 테니까 그것을 보시며 농사를 짓두룩 해 주십시오.

다음에는 밭농사에 대해 말씀드리겠습니다. 밭에는 대개 보리를 심을 것입니다. 보리를 심지 않는 밭에는 감자나 고구마를 심게 되는데, 저는 감자나 고구마두 육묘하기를 권합니다.

감자는 이월 하순에 육묘해서 삼월 말에 이식을 합니다. 그러면 유월에 수확을 하게 되는데, 이렇게 하면 결국 석 달 동안 기르는 셈이 됩니다. 보통은 두 달밖에 걸리지 않는 것을 석 달 기르면 그만큼 수확이 많아집니다. 고구마두 마찬가집니다. 삼월 말에 육묘해서 사월 말에 이식을 합니다. 이렇게 하면 감자나 고구마를 배 이상 증수하게 됩니다. 그렇게 증수하면 물론 팔 수두 있습니다. 그렇지만 팔 수 없는 것들은 저장해 두었다가 돼지사료루 쓸 수가 있습니다. 양돈을 하구 싶어두 사료 때문에 할 수가 없는 형편인데, 얼마나 좋은 일입니까?

한 가지 빠진 것이 있습니다. 고구마 심을 밭에는 고구마 심기 전에 시금치를 심을 수 있습니다. 시금치를 심거나 육묘를 해서 가지를 심을 수두 있습니다. 가지나 시금치를 해 먹구 나서두 고구마를 심을 수 있으니까요.

좌우간 감자나 고구마를 거두면 가을배추를 시작합니다. 감자를 심었던 밭에는 여름배추를 심을 수두 있습니다. 여름배추두 가을배추만큼 시세가 좋습니다.

가을배추가 끝나면, 보리를 심지 않았던 땅에 보리를 심습니다. 아까 말씀드린 대루 육묘를 해서 이식하면 손이 많이 가두 배 이상의 증수를 할 수가 있습니다. 그런데 이식하기가 힘들면 광파(廣播)라두 하십시오. 밭이랑을 넓게 해 가지고 씨를 드문드문 뿌립니다. 이렇게만 해두 보리는 상당한 증수를 할 수 있습니다.

이렇게 하면 삼모작, 사모작이 됩니다.

이것두 프린트를 해서 노나 드리겠습니다만, 좌우간 땅을 놀리지 말구 일년 내내 활용하두룩 해 주십시오. 그렇게 하면 자연 농한기가 없어집니다. 일 년 내내 농번기가 됩니다. 몸이 고달플 겁니다. 그렇지만 부지런 안 하구 땅을 활용할 수가 있겠습니까? 땅을 놀리지 않게 부지런히 일을 하면 그만한 보수가 생깁니다. 우리 동네는 가난을 추방하구 잘 사는 동네가 됩니다. 거지 동네에서 완전 탈피할 수 있습니다.”

그 뒤 갑수는 농사계획표를 프린트해서 집집마다 돌렸다. 개량회에 가입

한 사람에게 국한하지 않고 누구에게나 다 돌렸다. 프린트와 아울러 갑수가 한 이야기가 전지전지 돌아 농사개량회에 추가 가입한 사람이 이십여 명이나 되었다.

그런데 며칠 뒤, 김기웅이 집으로 찾아왔다. 황길하가 찾아와서 사과를 했다는 것이었다. 찾아온 것이 기특해서, 기웅은 길하에게 자기가 지나치게 했지만 앞으로 잘 지내자는 말을 했다고 한 뒤,

"아저씨가 산을 빌려 줄 테니, 길하에게 참대밭 공동작업을 해 보라구 말씀하셨습니까?"

하고 물었다.

"했지 그런 거라두 하면서 마음을 잡으라구. 그래 뭐라고 그러던가?"

"그저 그런 말을 들었노라구만 하드만요."

기웅의 말을 듣자, 갑수는 길하의 마음이 조금 변한 것이라고 생각했다. 변하지 않고서는 기웅에게 사과하러 갔을 리도 없지만, 또 사과하러 갔다고 해도 자기가 한 말을 기웅이에게 전했을 리도 없다.

변했다는 심증이 생겼다 해도, 갑수는 길하에게 어떤 태도를 취해야 좋을지 단안이 내려지지 않았다. 기웅이가 한 번 찾아가야 하는 것도 좋을 것 같기는 했다. 찾아가서 같이 손잡고 일하자는 말을 솔직히 하면, 그러자고 선뜻 나설 것 같았던 것이다. 그러나 이때까지 빗나가기만 하던 사람이 기웅의 솔직한 말에 다시 빗나가기나 하면 어떻게 할까? 그럴 가능성도 없지 않다.

그렇다고 해서 자기가 체통 없이 찾아갈 수는 없는 일이었다. 갑수가 이렇게 생각을 하고 있을 때 기웅이가,

"제가 한 번 다시 만날까요?"

하고 물었다. 기웅이도 길하를 협력자로 만들고 싶은 모양이었다.

"조금 두고 보세. 그 애 마음이 얼마나 변했는지 먼저 그걸 알아봐야 하지 않겠나?"

갑수가 말하자,

"그렇기두 합니다."

기웅이가 동의했다. 기웅이도 길하의 마음이 변했다고 확신할 수는 없는 모양이었다.

기웅이가 돌아간 뒤에도, 갑수는 길하를 그냥 내버려둬서는 안 된다고 생각했다. 어느 정도 변했는지는 모르지만 변하고 있는 것만은 사실인데, 다투기가 힘들다고 내버려두거나 잘못 다루면 옛날로 돌아갈지도 모른다. 어떻게 해서든 잡아끌기는 해야겠는데, 어떤 방법을 쓸까?

그러나 아무리 생각을 해도 좋은 방법이 생각나지 않았다.

고민을 하고 있을 때, 웬일인지 천강재가 찾아왔다. 정말 뜻밖이었다. 가끔 동회에 참석했고, 또 보 공사를 할 때 협력해 준 일은 있지만, 집으로 찾아온 일은 한 번도 없는 사람이다. 짓기 시작한 집이 준공되어 가고 있다는 말은 듣고 있지만, 그가 찾아오리라고는 생각하지 못했던 일이다.

"그새 수고가 많으셨습니다."

천강재는 우선 인사를 깍듯이 하고는, 그새 집을 짓노라고 바빠 찾아도 뵙지 못했다는 예의적일 말까지 했다. 그런 인사를 들으면서도, 갑수는 무엇 때문에 그가 찾아왔을까만을 궁금히 생각했다. 그런데 강재는 이런 이야기 저런 이야기를 하다가, 자기가 이 동네에 온 목적이 양돈을 해 보겠다는 것인 만큼 동네 사람들에게도 양돈을 장려해 보겠다고 했다.

갑수는 우선 그가 찾아온 이유를 알고 일단 안심을 했다. 그가 동네에 나타난 뒤 동네에 해가 될 짓은 하나도 하지 않았다. 도리어 자진해서 보 공사 때 사람을 보내 일을 하게 했고, 또 곁두리도 푸짐하게 보내 주곤 했다. 그런데도 동네 사람들은 이상하게도 그를 경계했다. 조금도 곁을 주지 않고 있다. 노골적으로 적대시를 하지 않으면서도 가까이 하려는 사람이 하나도 없다. 그것은 갑수 자신도 마찬가지였다. 그러나 강재가 자진 찾아와서 동네에 협조하겠다는 말을 할 때 갑수는 우선 반가웠다. 그런 말을 하는 속셈은 모르지만, 우선 협조하겠다는 말을 거절할 수가 없었다.

"거 고마운 일이군요."

그러나 진심으로 고맙다는 마음의 표현은 아니었다.

"저는 앞으루 양돈만을 할 작정입니다. 그래서 돈사두 지어 놨습니다만,

이삼 일 내에 최신종 돼지가 열 마리 들어옵니다. 그러면 동네 사람들이 제게 와서 돼지 기르는 법두 배우구 전염병 예방법두 배우게 될 것이 아닙니까? 그래서 저는 농사개량회와 같은 가축개량회를 하나 만들었으면 합니다. 지도자 어른의 의향은 어떠신지요?"

좋은 의견이었다. 면사무소에서도 가축작목회(家畜作目會)를 조직해서 가축 증산을 하라고 장려하고 있다. 면사무소의 지시가 아니라도 농촌에서는 부업으로 가축을 길러야 하는 것이 원칙이다. 소, 돼지, 닭 할 것 없이 많이 기를수록 좋은 것이다.

갑수는 생각했다. 강재를 무조건 경계할 것만이 아니라, 이용할 것은 이용하는 것이 좋으리라고. 이용을 하다가도 저쪽에서 흑심을 보일 때는 손을 끊을 수가 있으니까. 더구나 강재는 축산과 졸업생이라고 했다. 가축에 대한 전문적 지식이 있을 것이다. 그리고 직접 양돈업을 하겠다니, 양돈에 대한 여러 가지 애로도 알고 있을 것이다.

"그럽시다. 가축작목회를 만들 테니 형이 책임 맡아 지도해 주시오."

갑수는 자기가 미처 생각지 못했던 일을 강재 때문에 실시하게 된 것을 다행하게 생각하며 말했다.

"힘자라는 껏 해 보겠습니다. 그렇지만 지도자님께서 많이 지도해 주셔야 할 겁니다."

"협력이구 뭐구 있소? 내가 해야 할 일인데…… 좌우간 양돈을 많이 할 수 있두룩 해 주시오. 돼지뿐 아니라 소, 닭두 많이 기루두룩……."

"가축은 농민의 유일한 동산이라구 할 수 있을 겁니다. 동산을 많이 가져야 부자가 되겠지요. 그래서 농민들이 동산을 많이 갖두룩 해 보겠습니다. 가장 중요한 사료 문제에 대해서두 연구를 해 보겠습니다."

강재는 동네일에 대해 의욕도 가지고 있는 것 같았다. 동네 사람들이 어떻게 호응할는지 모르나, 강재의 의욕적 호의를 거절할 필요는 없다고 생각했다. 동네 사람들도 자기들에게 유리한 일이라면 거부하는 태도를 끝까지 보일 이가 없을 것 같기도 했다.

"고맙소, 끝까지 동네를 위해 수고를 해 주시오."

이것은 갑수의 진심이었다. 강재건 누구건 동네를 위해 일하겠다는 사람에게 고마움을 느끼지 않을 수 있겠는가? 그런데 강재가,

"말씀 낮추세요. 제가 지도자님 대하기가 거북하지 않습니까?"

하고 친근감을 보이려 했다. 그러는 것으로 보아 갑수는 강재가 인간적으로도 상대할 만한 사람이란 생각이 들었다.

"차차 그렇게 하세."

갑수는 이때까지 생소하게 대해온 강재에게 갑자기 해라 할 수가 없었다. 요즘 젊은 사람은 상대하기가 곤란하다. 특히 교육을 받은 사람에게는 더욱 그렇다. 잘못 말을 했다가는 반발을 사기가 쉽기 때문이다.

그런데 강재는 친근한 태도를 보이며,

"저는 선생님을 진심으루 존경합니다. 농촌에 선생님 같으신 분이 계시리라고는 정말 생각지 못했습니다. 그래서 제가 이 동네에 온 것을 얼마나 다행하게 생각하는지 모릅니다. 힘이 된다면 선생님을 도와서 힘껏 일을 해보겠습니다."

지도자님 대신 선생님이란 말까지 썼다. 그것은 진심일지도 모른다. 기업적으로 사업을 하러 왔다 할지라도, 지성이 있는 청년이니까 마음의 감동을 받아 시야를 넓게 할 수 있는 일이다.

"고마워, 나두 진심으루 협력해 주기를 바래."

갑수의 마음을 어느 정도 알았는지, 강재는 새삼스럽게 태도를 고쳐,

"그런데 한 가지 말씀드릴 것이 있습니다."

하고 말했다.

"무슨 말인데……."

"동네 사람들이 저를 백안시하는 것 같은데, 그 이유가 무엇일까요?"

강재로서 응당 물을 말이었지만, 갑수로서는 대답하기 힘든 말이었다. 그렇다고 무책임한 대답은 할 수가 없었다. 차제에 솔직한 이야기를 해서, 그 타개 방법을 연구하는 것이 차라리 좋을 것 같기도 했다.

"개인적인 감정 문제는 아니야. 원체 가난하게 살아온 동네거든. 그리구 일제시대에 일본인 지주들에게 눌려서 뺏기구 만 산 사람들이거든. 그런데

난데없이 문화주택을 짓구 자네가 살러 온다는 말을 들을 때 동네 사람들이 경계 안 하겠나? 이유는 그런 것뿐이야. 그러니까 앞으루 동네 사람들과 협조해서 살아가면 그런 감정은 자연 소멸되겠지.

"그러면 상당한 시일이 필요하겠군요?"

"단시일 내에 해결될 문제는 아니지. 그러니까 나두 그 점 유의해서 동네 사람들을 설득시키겠지만, 자네두 동네 사람들과 친화하두룩 의식적인 노력이 필요할 걸세."

"알겠습니다. 하루 이틀 살 것이 아닌데 동네 사람들과 소원하게 지낼 수가 있겠습니까? 이번 가축작목회를 통해 열심히 해 보겠습니다."

전체 이야기를 통해 갑수는 강재가 올바른 생각을 가진 청년이라고 생각했다. 동네에 힘이 될 수 있는 사람이라고도 생각되었다. 그래서 말하기가 조금 이르다고 생각이 되었지만, 이런 기회에 자기의 부탁을 한 번 말해 보리라 마음먹었다.

"힘을 합해서 일을 해 보세. 그런데 나두 할 말이 있는데⋯⋯."

"무슨 말씀인데요?"

"자네 어른께 직접 말씀드려야 할 문제 같지만⋯⋯."

"말씀하십시오. 제가 아버지께 잘 전하겠습니다."

갑수는 길하 이야기를 빼고, 사에이치 구락부의 공동자업으로 대나무 재배를 생각하고 있다는 말과 아울러, 그 수익성에 대한 것을 이야기했다. 앞으로 마을을 발전시키려면 무엇보다도 마을을 발전시키려면 무엇보다도 마을의 공동자금이 필요하다는 말도 했다. 그래서 그 첫 사업으로 대나무를 심으려 하는데 심을 땅이 없다는 말까지 한 뒤,

"자네네 산이 사십여 만 평이라는 걸 알구 있네만, 산 밑의 땅 한 천 평만 빌려 줄 수 없겠나? 동네를 위하는 마음으루 부모님과 의논을 해 주었으면 하네."

하고 결론을 이야기했다.

"힘든 일두 아니군요. 어차피 놀리구 있는 땅인데요, 뭐."

강재는 간단하게 그리고 자신 있게 대답했다. 그러나 갑수로서는,

"무리한 부탁인 줄 아네. 동네일이라 나두 체면 없이 부탁하는 걸세. 부모님과 잘 의논해서 해 주게. 절대루 무리할 건 없네."

꼭 빌려 줘야겠다고 조를 수만은 없었다.

"알겠습니다, 부모님과 의논해서 곧 알려드리겠습니다."

강재가 돌아간 뒤, 갑수는 강재가 그 땅을 빌려 주면 정말 좋겠다고 생각했다. 땅만 빌면 공동자금을 만들 수 있다. 그리고 그것을 기화로 길하를 만나, 너를 위해서 땅을 빌어 놓았으니까 대나무밭의 책임을 맡으라고 말할 수 있다. 어느 정도 강권할 수가 있다. 아직 결심 단계에 있지 않다고 해도, 강권하면 끌려올 수가 있을 것이다.

그런데 또 하나의 희소식이 생겼다.

그 날 밤 저녁을 먹은 뒤, 아내가 부인회를 조직해서 공동작업을 해 보겠다는 말을 한 것이다. 춘희가 자살을 하고 백만규가 죽었을 때 동네 여자들이 공동으로 부의금을 모아 주었다면 동네 분위기가 얼마나 달라졌겠느냐? 앞으로나마 경사나 상사가 있을 때, 공동으로 돈을 가져다 주고 또 공동으로 일을 도와주고 싶다는 것이었다. 그러기 위해서는 돈을 만들어야겠는데, 돈을 만들려면 공동작업밖에 할 것이 없다면서, 공동작업 할 일거리를 만들어 달라고 했다.

그 말을 듣자, 갑수는 약간 불쾌한 태도로,

"당신이 발의한 거요?"

하고 물었다.

"네, 그랬어요."

"당신이 앞장을 서면 어떡허우? 내가 시킨 거루 생각할 거 아니냔 말야?"

"당신이 시켜서 했다면 어때요? 뭐 나쁜 일인가요?"

"나쁜 일은 아냐. 그렇지만 오해받으며 일을 하다가는 실패할 수가 있으니까 그러지."

부인회를 조직해서 활동하겠다는 말은 희소식이지만, 아내가 선두에 선다는 것이 마음 내키지 않았던 것이다.

"아직 정식으루 조직을 안 했으니까, 다음에 회장을 뽑을 때 다른 여자를 시키면 되잖아요? 회장감 될 만한 부인이 몇 명이나 있어요. 얼마나 열성들이게!"

"그렇게 해. 당신은 회장이 안 돼두 일할 수 있잖아?"

"알았어요, 그렇게 할게요. 내가 아니래두 일은 잘 될 것 같애요. 영애가 일하는 걸 보구 동네 여자들이 전부 감탄을 하구 모두 자각들을 했어요. 영애가 동네 보배가 됐지요."

"아주 좋은 일이야. 부인회는 만들지 않아두 부인들이 영애처럼 일만 한다면 더 바랄 것이 뭐야?"

"그래서 부지런히 일하려구 공동작업까지 하겠다는 거 아니겠어요? 밭 오백 평만 어떻게 빌면 당신이 시키는 대루 사모작 내지 오모작의 농사를 해 보겠다는 거예요. 될 수 있겠죠?"

"결국 나더러 땅을 구해 달라는 건가? 난 싫어. 당신이 없다면 내가 나설 수 있지만, 당신이 있어서 싫어. 그리구 소작료 주구 비는 건데 내 아니면 빌 수 없어? 여자들이 더 잘 빌 수 있을 거야."

"그럼, 공연히 당신하구 의논했게요?"

"나는 농사할 때나 지도해 줄게. 그게 제일 중요한 일 아냐?"

"좌우간 저희들끼리 해 보는 데까지 해 보겠어요."

"그 대신 당신이 회장은 되지 마, 알았지?"

"네."

이렇게 되면 필요한 조직은 거의 만든 셈이 된다. 한 가지 없는 것이 있다면 묘목작목회(苗木作目會) 뿐이다. 그러나 묘목 사업이란 시일이 걸리는 것이기 때문에, 기회를 보아 천천히 조직해도 된다고 생각했다.

갑수는 꿈같은 일이라고 생각했다. 한 가지 일을 하려고 오랜 시간이 걸리고 거기 따르는 애로가 생기는 법인데, 누에고치에서 실이 뽑히듯 여러 가지 일이 순조롭게 되어 나가는 것이 신기롭게 생각되었던 것이다. 동시에 모두가 동네 사람들의 뜻이 하나로 뭉쳤기 때문이란 생각을 했다. 동네 사람들의 마음이 하나로 뭉치지 않았다면 될 일이 무엇인가? 백의 한 가지도

하기 힘들 것이다.

다음날 아침 천강재가 또 찾아왔다. 그렇게까지 빨리 찾아오리라고는 생각지 못했던 만큼, 강재가 찾아온 데 갑수는 놀라지 않을 수 없었다.

강제는 집안에 들어서기가 바쁘게,

"아버지의 승낙을 얻었습니다.

결론부터 말했다. 갑수는 얼떨결에 강재의 손을 잡고,

"고맙네!"

감격스런 어조로 말했다.

"동네를 위해 조금이라두 도움이 됐으면 하는 마음뿐입니다.

"그 마음이 고맙다는 거지."

"저는, 선생님이나 이장이 저를 이 동네 사람으루 취급해 주시기만 바랍니다."

갑수와 천강재는 완전히 한 마음으로 굳어졌다. 그러나 동네 사람들의 마음이 변할지, 그것은 갑수로서 장담할 수 없는 일이었다. 아무래도 힘든 일이 아닐까 생각되었다. 그렇지만 시간이 흘러감에 따라 변해질 수 있는 문제라고 생각했다.

어쨌든 천강재가 왔다 가자, 갑수는 아내를 시켜 황길하를 데려오게 했다.

황길하가 오자, 갑수는 웃음까지 띤 부드러운 얼굴로 물었다.

"서울 가는 꿈은 아직 버리지 않았나?"

길하는 머리를 벅벅 긁으며,

"서울서 통 연락이 없습니다."

거북스런 대답을 했다.

"자리를 비워 놓구 자네가 오기를 기다리는 데가 있을 것 같나? 그러지 말구 요전에 내가 말한 것처럼 여기서 일을 하세. 우리 동네에 새로 온 천강재라구 있지? 그 사람한테서 산을 천 평 빌기루 결정했네. 그러니까 자네가 주동이 돼서 대나무를 심게. 대나무는 맹종죽(孟宗竹)으루 해야 하네. 그게 병충해가 없어. 또 죽순이 나오거든! 어때? 눈 꼭 감구 해 보란 말야. 허망

된 서울 꿈일랑 버리구 말일세. 그럼 동네에 지도자가 한 명 생기는 걸세. 생각해 보게. 앞으루 지도자가 될 만한 사람이 누군가? 내 말대루 해 봐.”
　갑수가 강력하게 말하자.
　“금년부터 심을 수 있을까요?”
　길하가 물었다.
　“물론이지. 우선 개간부터 해야겠지만, 가을 전에 심을 수 있지. 금년에 한 백 그루 심어 놓으면 내년 봄엔 대숲이 되구, 그 다음 해 봄부터는 돈이 들어오는 거지.”
　“아저씨 대밭두 맹종죽이지요?”
　“한 오백 평 되지. 금년 봄 죽순만 한 십만 원어치 팔았다. 가을에 가서 대를 잘라 어장(漁場)으루 팔면 십만 원 이상 수익을 올릴 수 있지.”
　갑수가 열을 올려 이야기했는데 길하는 대답을 않고 무표정을 지었다.
　“정말 잘 생각해 봐. 농촌이라구 절대 무시할 수 없어. 머리만 잘 쓰면 돈은 얼마든지 벌 수 있으니까.”
　그래도 길하는 대답을 안 했다.
　“아직 결심을 못 하겠나?”
　그때에야 길하는,
　“아버지하구 의논을 해서 하겠습니다.”
하고 대답했다.
　“그래! 아버지하구 상의해서 잘 결정해!”
　갑수는 이렇게 말했지만, 속으로는 다 된 일이라고 생각했다. 아버지와 의논하겠다는 것은 결국 자기는 싫어도 아버지의 의견을 따라야 하지 않겠느냐는 소극적인 태도다. 착실한 마음을 가지고 농촌에서 일해 보겠다는 아들을 반대할 아버지가 없을 것이니, 그런 말을 하는 길하는 결국 자진해서 적극적으로 나서기를 꺼려하는 것뿐이다.
　기웅이한테 터지도록 얻어맞았다는 것이 계기가 되어 마음을 돌렸다는 말을 듣기도 싫을 것이다.
　“아버지두 승낙하실 것 같기는 합니다.

길하는 갑수를 안심시키는 말을 하고 돌아갔다. 그것만으로 보아도 자기 결심은 되어 있는 것이라 생각되었다. 어쨌든 갑수로서는 반가운 일이었다. 길하가 마음을 돌려 동네일을 하게 되면, 길하의 친구들도 따라나올 것이다. 길하에게 물들고 있는 청년이 몇 명이나 되는지 모르지만 어쨌든 허망된 생각을 갖고 농촌을 기피하려던 청년이 모두 착실한 청년이 될 것이다.

그런데 이삼 일이 지난 뒤, 영애가 찾아와 눈물을 흘리며 길하 이야기를 했다.

갑수 아저씨가 서울엘 가지 말고 자기와 같이 농촌사업을 하자구 간곡하게 부탁을 하는 바람에 마음을 돌렸다고 하면서, 길하가 영애에게 약혼을 청했다는 것이다.

"사실은 저 때문에 농촌에서 살기루 했다면서, 결혼은 아무때 해두 좋으나 금년 안으루 약혼을 하자구 그러지 않아요?"

이런 말을 하면서 영애는 자꾸만 우는 것이었다.

갑수는 길하가 맹랑한 녀석이라고 생각했다. 단순하지도 않고 순수하지도 않은 인간이란 생각을 하면서, 그를 붙들어 놓은 자기를 후회했다. 물론 자기 말 때문에 그가 마음을 돌렸으리라는 생각도 들지 않았지만. 어쨌든 같이 일을 한다 해도 무슨 사고를 저지르고야 말 인간 같은 생각이 들었던 것이다.

그러나 어찌 하겠는가? 이제 와서 너는 나쁜 놈이니까 같이 일할 수 없다 하고 내버릴 수는 없다. 불쾌하기는 하다 해도, 총각이 처녀에게 결혼을 청한 일을 가지고 화를 낼 수가 있겠는가?

나이도 어리지만, 일밖에 아무것도 생각지 않는 영애의 마음을 산란케 했다는 점으로 괘씸하기 짝이 없었지만, 구혼 그 자체를 책망할 일은 못 된다. 더구나 결혼은 아무 때 해도 괜찮다는 말을 했다지 않는가?

"울기는…… 다 큰 처녀가 청혼을 받는 것이 당연한 일인데, 울 것이 뭐냐?"

갑수는 결국 영애의 마음을 냉정하게 돌이키는 수밖에 없다고 생각했다. 그래서 자기 의견을 구체적으로 이야기했다.

"정말 울 것 없다. 결혼이란 건 본인의 의사에 따라 결정짓는 거니까? 네가 정말 싫으면 싫다구 거절하면 되는 거야. 부모두 강제루는 결혼시키지 못하는 세상이니까. 그러니까 다시는 그런 말을 못하두룩 네가 냉정하게 거절하면 되는 거야. 네 말을 듣지 않을 때는 어머니를 시켜두 좋구. 그 녀석이 네가 무척 좋았던 모양이로구나. 좋아하는 것은 제 마음이니까 그걸 책할 수는 없지. 내 생각 같아서는 좋게 말해서 다시는 그러지 못하두룩 하는 것이 그중 상책일 것 같다.

"저 때문에 서울에 갈 생각을 버렸다구 하니 제가 어떻게 그 책임을 져요? 밤낮 찾아와서 그 말만 하면 저는 또 어떻게 합니까? 죽구만 싶어요."

갑수는 영애의 마음을 알 수 있었다. 결혼 생각을 할 나이도 아니지만 그런 것이 안중에도 없는 영애다. 도리어 그런 문제는 그미를 괴롭힐 따름일 것이다.

"너답지 않은 말이다. 그런 문제루 죽구 싶다면 어떻게 그 어려운 고비들을 뛰어넘었니? 네가 아버지를 광주 병원에 입원시켜 놓구 와서 결심하던 때를 생각해 봐라. 그 의지가 필요하다 길하가 서울에 가지 않는 것은 절대루 네 책임이 아니다. 책임을 강요할 사람두 없다. 그런 생각을 하는 것부터가 네 의지의 약함을 말하는 것이 아니겠니? 또 그가 백 번 찾아오면 어떠냐? 백 번 찍어두 넘어가지 않는 나무가 될 수 있잖니? 귀찮을 것은 사실이겠지. 그때는 어머니의 조력을 빌어라. 어머니가 나서면 해결될 수 있을 거다. 삼사 년 동안 내버려둬 달라구 진심으루 부탁하면 그도 인간인데 안 들어 주겠니?"

그 뒤에도 오랫동안 이야기를 하다가 영애는 돌아갔지만, 영애가 돌아간 뒤 혼자서 생각하는 동안 갑수는 길하가 괘씸한 놈이란 마음을 걷잡을 수 없었다. 그것은 오직 영애의 마음을 혼란케 하고 있다는 점에서였다. 딴 여자에게 그랬다면 아무것도 아닌 일일 것이다. 다만 영애 때문이었다. 영애에게 풍파를 일으킨다는 것은 사람으로 못할 짓 같았다.

"괘씸한 놈."

갑수는 달리 길하로 하여금 영애를 괴롭히지 못하게 하는 방법이 없을까 하고 생각했다. 지난번 김기웅이처럼 늘씬하게 때려서 꼼짝 못하게 만든 것처럼, 이번에도 누구를 시켜 때려 주도록 할까? 허세만 가지고 사는 사람에게는 육체적 타격이 효과를 올릴 수 있다.

그러나 자기로서 그런 폭행을 남에게 어찌 부탁하겠는가? 생각할 수도 없는 일이다.

갑수로서는 속수무책이었다. 다만 속으로 걱정만 할 뿐이었다. 그래서 그는 영애를 자주 찾아갔다. 격려를 해 주기 위함이었다. 찾아갈 때마다 영애가 마음의 흔들림을 별반 보여주지 않아 한편 안심을 했다. 그런데 며칠 뒤 어떤 날 밤, 영애의 집을 찾아갔을 때였다. 집안에서 왁자지껄 떠드는 소리가 들렸다.

"이 새끼, 너 왜 처녀의 집엘 밤낮 드나드니?"

"내 맘이지 웬 참견이냐?"

"웬 참견이냐구? 이 개새끼."

그러자 뺨을 후려치는 소리가 들렸다. 길하와 태복의 싸움이었다. 물론 길하가 맞고 있는 것이었다. 갑수는 삼각관계의 표면적 투쟁이라고 생각했다. 그리고 자기가 참여하기 가장 좋은 기회라 생각하고 집안으로 들어갔다.

그는 그들의 싸움을 일단 말려 논 뒤 이야기를 시작했다.

"자네들 왜 싸우구 있는지를 대강 짐작하네. 그렇지만 내가 한 마디 할 것은, 영애는 당분간 결혼문제를 생각할 만큼 정신적 여유가 없는 여자란 걸세. 영애는 지금 오직 집안을 위해 일해야 한다는 생각밖에 없는 여자야. 그래야만 빚투성이의 살림을 살려갈 수 있다는 말일세. 결혼이란 결국 사랑의 결정이라 볼 수 있는 건데. 영애는 사랑을 할 여유가 없어. 자네들이 영애를 사랑한다면 영애를 내버려둬. 그것만이 영애를 사랑하는 길이구 또 생각하는 일야.

영애를 보호하는 건 동네의 책임이라구 생각해. 나두 영애를 보호할 책임이 있어. 그러니까 내가 부탁하는 건 다시 영애를 괴롭히지 말아 달라는 거야. 알겠나? 다시 그런 일이 있다면 보호의 책임을 진 한 사람으루 가만 두지 않을 걸세. 이게 뭔가? 영애는 생각지두 않는 일을 가지구 동네를 소란케 하구…….

싸우던 두 사람이 똑같이 머쓱해졌다. 모두가 고개를 떨어뜨리고 힘이 없었다.

"그만 돌아들 가. 그리구 내 말을 명심해. 정말 영애의 마음이 헛갈리지 않두룩 하란 말야."

마지막으로 한 말이지만, 갑수는 그렇게만 해서 돌려 보내기가 안되어,

"자네들 나무라지는 않을 거야. 남자란 누구나 여자에게 마음을 줄 수 있는 것 아닌가? 그러니까 그런 것이 남자의 흠이 될 건 없어. 앞으루 남자답게 살아가면 되는 거야."

하고 두 사람의 어깨를 툭툭 쳤다.

제10장 전진 또 전진

탈곡까지 끝내어 농한기로 접어든 십이월 중순이었다. 옛날 같으면 볏짚이 드문드문 쌓여 있을 들에 사오십 개의 비닐하우스가 들을 덮고 있었다. 말하자면 이제부터 새로운 농번기가 시작된 것이다. 탈곡을 끝내자, 고급채소를 재배하기로 한 사람들이 그새 비닐하우스를 짓고 이제부터의 농사를 준비하는 채비였다.

정말 장관이었다. 삼백 마지기밖에 안 되는 들에 백 평 내지 이백 평짜리 비닐하우스가 오십여 개 서니, 들이 비닐하우스로 꽉 찬 듯 보였다. 그것은 전쟁 때 전투부대의 야영텐트가 즐비하게 서 있는 광경이기도 했다.

갑수는 동네 어귀에 서서 비닐하우스가 그뜩 차 있는 들을 바라보며, 긴 한숨을 내쉬었다. 그새 농사개량회를 몇 번이나 열었다. 사오십 명 회원이 열심히 이야기를 들었고, 또 열심히 질문도 했다. 그러나 갑수는 과연 저들이 전부 고급채소를 재배할 것인가 하고 의심해 왔다. 그것은 이야기를 들을수록 그 재배가 힘들다고 느낄 것 같았기 때문이었다. 이식을 한 뒤부터 오월 초까지는 매일 밤 비닐하우스에서 자야 한다. 자다가도 기온이 내린

것 같을 때는 일어나서 난로의 불을 조절해 줘야 한다. 그리고 사흘돌이로 물과 비료를 주어야 한다. 때로는 소독약도 뿌려 줘야 한다. 그런 일을 과연 몇 사람이나 해 낼 수 있을까?

그러나 비닐하우스가 저렇게 섰으니 그만한 투자를 하고 이제 그만두겠다는 사람은 없을 것이다. 사실 갑수가 계획하고 또 희망을 건 것은 고급채소 재배였다. 그런 만큼 자기가 희망하고 기대했던 만큼의 비닐하우스가 선 것을 볼 때, 안도의 한숨을 내쉬지 않을 수 없다. 이제부터 그는 언제보다도 바쁠 것이다. 자기 농사를 짓는 한편, 동네 사람들의 농사를 일일이 보고 지도해 줘야 한다. 만일에 첫 농사에 실패하는 경우, 우선 자기가 책임감을 느껴야 할 것은 물론, 다음 해부터 고급채소를 재배하지 않겠다고 할 것이다. 어깨가 무거우면서도 갑수는 이제야 말로 이 동네가 잘 살게 되었다는 안도감을 느꼈던 것이다.

시간 가는 줄 모르고 들판을 바라보고 있을 때, 노인 한 분이 지나가다가,

"뭘 하구 있소?"

아는 체를 했다. 갑수는 노인을 돌아보며 인사를 했다.

"어디 갔다 오시는 길입니까?"

"딸의 집에 좀 갔다 오누만요."

"멀리 갔다 오십니다. 힘드시지 않습니까?"

"천천히 갔다 오는데 힘들긴……."

"참으루 정정하십니다. 시오리 길이 넘지 않습니까?"

"그쯤 되겠지만, 그게 뭐 먼 길이요?"

그들은 같이 마을로 향해 걷기 시작했다. 걸으면서 노인이 물었다.

"금년엔 벼를 다 출하했다면서요?"

"네, 처음으루 출하를 했습니다. 보를 만든 덕택이라고 생각합니다."

"아무렴, 봇물이 아니면 어림이나 있는 일인가? 늘 식량두 모자라던 동넨데…… 그래 얼마나 출하했소?"

"오백 석 좀 넘습니다."

"장한 일이군."

"동네 사람들이 전부 협력한 결과입니다."

노인은 말을 끊고 잠시 걷다가

"내일은 뭐 경로회를 한다구요?"

하고 물었다.

"네, 젊은 사람들이 돼지를 잡은 것 같습니다."

"딸네 집에서 하룻밤 자구 오려다가 경로회에 참여하려구 이렇게 오는 게 아니겠소. 동네가 생긴 뒤 처음 있는 일이지. 참, 요즘 젊은 사람들두 기특한 데가 있어……."

"이때까지는 먹구 살기가 힘드니까 생각이 있어두 못했던 거겠지요."

"좌우간 장한 일이야. 동네가 잘 돼 가는 징조지."

"그렇습니다. 할 일을 다 해야 하는 것이 인간 아닙니까? 저는 우리 동네 사람들이 어린애나 어른 할 것 없이 제각기 자기가 해야 할 일을 할 줄 아는 사람이 돼야 한다구 생각합니다. 그 중에서두 예의가 가장 중요하다구 생각합니다. 그걸 모르면 인간이라 할 수가 없겠지요. 우리 동네 젊은이들이 예의를 알게 되었다는 것은 정말 우리 동네의 길조라고 생각합니다."

갑수는 노인이 알아듣지 못할지도 모를 말을 열심히 했다. 사에이치 구락부를 맡고 있는 아들 경태와 길하에게 경로회를 열라고 권할 때도 강조해서 한 말이었다. 몇 번을 했다고 해도 자꾸만 강조하고 싶은 말이기 때문이었다. 그는 한국 사람의 정신적인 지주는 무엇보다도 예의를 알고 어른을 존경할 줄 아는 마음이라 생각하고 있다. 그것이 효도와도 관계되는 일이지만, 그러한 정신적 지주가 없어질 때 한국 사회는 타락하는 것이라고도 믿고 있다. 그래서 금년 농사의 자축회도 열 생각을 않고, 경로회로서 모든 것을 대신하려고 한 것이었다.

경로회!

그것은 다음날 열두 시 경 큰 밭 하나를 뭉개서 거기다 깔개를 깔고 동네 사람 전체가 앉을 수 있도록 한 임시 놀이터에서 성대하게 시작되었다. 우선 육십오 세 이상 되는 노인들을 앞자리에 앉게 한 뒤, 어린애 어른 할 것 없이 합동으로 큰절을 했다. 그리고는 소리를 할 줄 아는 사람들이 부르는 권주가에 맞추어 노인들에게 술잔을 권했다. 그러고 나서는 흥겨운 춤이 시작되었다.

한편에서는 먹고 마시고, 한편에서는 노래하고 춤을 추었다. 마을이 떠나갈 것처럼 목청을 다해 노래를 부른 것이다. 그것이 끝난 뒤에는 사에이치 구락부에서 준비한 여흥 순서가 시작되었다. 학생들의 독창·합창 그리고 무용들이었다. 부인회의 합창도 있었고, 젊은 사람들의 노래자랑도 있었다. 나중에는 학생들의 짤막한 연극이 있었다. 날씨가 추운데도 일찍 돌아가는 사람이 없었다.

이 경로회는 노인들을 존경하는 뜻과 아울러, 지난 일 년 동안의 즐거움을 마음껏 발휘하는 가장 좋은 기회였다. 동시에 앞으로 계획하는 농사의 활력소가 되기도 했다.

다음날부터 실시한 도로 확장공사에 나온 동민들의 태도로 보아 경로회의 효과가 어떤 것인가를 알 수 있었다. 신작로에서 마을까지 이르는 이백 미터의 길을 삼 미터에서 오 미터로 확장하는 공사에 나온 사람은 삼십여 명이었다. 그런데 그 사람들이 똑같이 자기의 일처럼 열심히들 했다. 남의 일처럼 꾀를 부리는 사람이 하나도 없었다.

물론 도로 확장의 필요성을 잘 알고 나온 사람들이기는 하나, 내년 봄부터 고급채소를 수확하고 출하하려면 동네까지 트럭이 들어와야 한다. 그때를 대비해서 도로를 확장해야 하는 것은 필지의 사실이다. 새마을운동으로 하는 것이 아니라 동네 이익을 위한 자발적 공사다.

그런 공사라 할지라도 개인의 일이 아닌 만큼 꾀를 부리는 사람이 몇 명쯤은 있음직한데, 그런 이가 한 사람도 없다.

갑수는 어제의 경로회 덕분이라고 생각했다. 의식적이건 무의식적이건 한 마음 한 뜻으로 뭉칠 수 있었던 즐거운 경로회가 준 결과라고 생각했다.

도로 확장공사뿐이 아니었다. 가을배추를 팔려고 순천시로 나갈 때 동네에 이변이 생겼다. 동네 사람들은 가을배추를 도매로 팔 때, 얼마씩을 남겨 저장하고 있다. 그것을 겨우내 시장에 가서 팔면 값을 더 받을 수 있기 때문이다. 그래서 요즘은 매일 세 시쯤 일어나 각자 배추를 싣고 순천시로 나간다.

사오십 대의 리어카가 줄을 지어 아직 밝지도 않은 길을 갈 때 그것은 마치 군대의 행진 같았다. 그 행진 속에 천강재의 어머니가 끼어 있었다. 천강재는 동네를 위해 땅 천 평을 빌려 주었다. 그리고 동네 사람들을 청해 자기가 기르는 돼지를 구경시켰다. 뿐만 아니라 동네 돼지에게 무료로 콜레라 예방주사를 놓아주기도 했다. 가축작목회 회장으로 열성껏 일을 해 온 것이다. 그런데도 동네 사람들은 그와 친밀해지지 않았다. 역시 백안시를 하며 경계를 했다. 새로 지은 문화주택을 구경하러 그 집에 가 본 사람이 하나도 없다.

그런데 이 날 새벽, 강재 어머니가 자기 집에서 일하는 처녀와 둘이서 배추를 가뜩 실은 리어카를 끌고 있음을 본 동네 사람들의 눈이 모두 휘둥그레졌다. 못 볼 것을 본 것과 같은 표정들이었다. 그런데 그들이 조금 언덕진 길을 올라가다가 힘이 모자라 그만 서고 말았다. 그것을 보자, 언덕 밑에 있던 사람들이 대여섯 뛰어가 그들의 리어카를 밀어 언덕길 꼭대기까지 갔다. 그러나 그렇게 도와준 사람들을 이상한 눈으로 보는 사람이 없었다.

이상한 일이었다. 이때까지 근 일 년 동안 백안시해 오던 천강재 가족에게 삽시간에 태도를 달리하다니…… 처음으로 같은 농민이라는 의식이 움텄기 때문이라고 생각하나, 어쨌든 천강재에 대한 풀 수 없던 감정은 완전히 풀렸던 것이다.

이유야 어떻든, 경로회가 있은 뒤의 동네의 경사라고 하지 않을 수 없었다.

그 밖에도 모든 일이 계획대로 순조롭게 진행되었다. 동민들이 정말 잘 협조해 주었다.

도로 확장공사도 일주일 만에 완전히 끝났다. 도로에 들어가는 땅을 사는 데도 다른 동네처럼 말썽부리는 지주가 하나도 없었다.

아무래도 공동자금이 필요하기 때문에 논 한 마지기에 쌀 한 되, 밭 한 마지기에 보리쌀 한 되씩을 거두기로 했는데, 그것도 잘들 내 주어 경로회 비용과 도로 확장에 필요한 토지 매수비를 지출했다.

　그 중에서도 갑수에게 감격을 준 것은, 영애가 비닐하우스를 두 개나 세웠다는 것이다. 그것도 이백 평짜리 두 개였다. 말하자면 자기 아버지가 살아 있을 때의 배를 하려고 하니 우선 그 담에 놀라지 않을 수 없었다.
　“다 해 낼 수 있겠니?”
　갑수가 물었을 때,
　“반은 손이 덜 가는 토마토루 할래요.”
　영애가 대답했다. 자기대로의 계획이 서 있었다.
　“잘 해 봐라.”
　자기도 작년의 배로 늘렸지만, 영애의 용감한 계획이 과연 실현될 수 있을지 약간 의심이 갔다. 그렇다고 해서 그미의 용기를 꺾을 수가 없는 갑수였다.
　“전 삼 년 계획을 세웠어요. 그 안에 빚을 다 갚으려구요.”
　영애의 말에 갑수는,
　“용타, 잘 해 봐라.”
　격려하지 않을 수 없었다.
　그런데 영애는 오이와 토마토의 육묘를 이십 일이나 앞당겨 했다. 갑수가 자기의 비닐하우스와 동네 사람 전체의 육묘를 계획한 날짜보다 이십 일이나 일찍 씨를 심은 것이었다. 며칠이 지난 뒤에야 그것을 알고 영애에게 물었더니,
　“빨리 심을수록 빨리 수확을 한다구 그랬대요. 빨리 수확을 해야 비싼 값을 받잖아요.”
하고 대답을 했다. 갑수는 영애가 자기보다 훨씬 머리가 좋다고 생각했다.
　그래서 영애는 갑수보다 일찍 오이를 따기 시작했다. 한 상자에 만 이천 원이나 받고 팔았다. 만 이천 원이란, 갑수가 일찍이 받아 본 일이 없는 값이었다. 작년에 첫 출하했을 때 겨우 팔천 원밖에 받지 못했던 것을 생각할 때, 영애의 계획이 얼마나 정확했는가를 알게 해 주었다. 첫 오이 값을 받았을 때, 판매의 알선을 해준 갑수에게,
　“오이 값 다른 사람한테는 말하지 마세요.”

영애가 말할 때 갑수는 웃으며 그러겠다고 말은 했지만, 속으로는 영애가 정말 만만치 않은 처녀라고 생각했다.

다른 사람들도 고급채소에 실패하지는 않았다. 처음 재배한 것으로서는 성공이라고 말할 수 있었다. 모두가 만족했고 의욕적이었다. 모두들 내년에도 계속 재배하겠다고들 했다.

동네가 부촌이 되어 가고 있다는 소식이 전해지고 있었다. 그 소식이 어떻게 전해졌는지, 재일교포들로부터 기부금이 들어왔다. 군수가 직접 가지고 와서 전하며 필요한 데 쓰라고 했다. 갑수는 동회를 열고 의논한 끝에 공회당을 짓기로 했다. 밤낮 회의를 하면서도 회의할 장소가 없었기 때문이었다. 그래서 삼백만 원짜리 공회당을 지었다.

그리고 겨울철에 들어가서는 지붕 개량을 실시하기로 결정했다. 그것은 비닐하우스에 덮는 섬거적 때문에 볏짚이 부족했기 때문이었다. 지난해만 해도 타동네에서 볏짚을 사다가 썼다. 볏짚을 사다 써야 하는 마당에서 지붕 이을 짚까지 사 와야 할 것이 무엇이겠느냐는 것이 동네를 지배하는 여론이었다. 매해 남의 짚을 사다 쓰게 될 터이니, 차제에 지붕을 개량하자는 거론이 있어 그렇게 실시한 것이다.

필요에 의한 자발적 새마을운동이었다. 갑수는 자기의 의견이 들어맞아 감을 기뻐했다. 관청에서도 그것이 진짜 새마을운동이라고 칭찬했다.

이제 걱정될 것이 없었다. 내년쯤에 전기를 끌어올 작정이지만, 사에이치 구락부의 대나무밭 수입과 부인회의 공동작업 수입금만으로도 그것은 문제가 없을 것 같았다.

그 밖에도 할 일이 없지는 않지만 큰돈이 든다거나 많은 힘이 들 것은 없었다. 설사 있다고 해도, 하면 된다는 자신이 생겼다.

하루는 큰아들 경태가 말했다.

"동네 땅이 좀 넓었으면 좋겠네요."

"갑자기 건 무슨 말이냐?"

"있는 땅을 최대한 활용하구 있으니, 이 이상 발전할 희망이 없잖습니까?"

“네 말을 알겠다. 그렇지만 그렇다구 희망이 없을 수두 없다 도시의 땅값이 무한정 비싸기 때문에 도시는 옆으루 발전 못하구 위루 발전하잖니? 고층건물이 생기는 이유가 바루 그것이다. 우리 동네뿐 아니라 농촌 전체의 경작 면적이 너무나 제한되어 있다. 너무나 좁다. 그러니까 이제부터 우리나라 농촌은 제한된 면적에서 수익을 올릴 계획을 세워야 한다. 나는 땅을 최대한 활용하는 방법을 연구했다만, 너희 시대에서는 영농의 고성능화를 연구해야지. 그것이 너희들의 사명이라구 생각한다. 영농 방법의 고성능화! 그 뜻을 알겠니?”

갑수는 자기의 힘이 어떤 한계에 이르렀다고 생각하는 모양이었다. 그리고 영농 방법의 고성능화를 아들 세대의 유산으로 넘겨줄 생각인 모양이었다.

“아버지는 늙으셨다구 생각하시나요?”

경태는 의욕이 상실한 듯한 아버지에게서 노쇠했다는 것을 느꼈다.

“늙기는, 내가 왜 늙어?”

갑수는 늙었다는 말에 반발했다. 그런 말을 듣기에는 아직 젊다고 스스로 자부하고 싶었던 것이다.

“그럼, 아버지는 왜 고성능화를 저희들에게 양보하시려 하시지요?”

“그건 고도의 지식과 연구가 필요하기 때문에, 너희들만이 할 수 있을 것 같아서 그런 거다.”

“아버지는 자신이 없으세요?”

“글쎄.”

“그게 아버지가 늙으신 징줍니다. 왜 아버지는 못하십니까?”

“참 그렇군…….”

갑수는 늙었다는 말만은 듣기 싫은 모양이었다.

“전 아버지가 육십이 되구 칠십이 돼두 늙지 않으시길 바랍니다. 끝까지 젊은 의욕을 가졌으면 합니다. 아버지가 늙으시면 어떻게 해요?”

“네 말이 맞다. 끝까지 늙지 않으마!”

“저두 내년쯤 학교를 그만두겠습니다. 영농방법을 본격적이루 연구해야 될 테니까요."

"그건 마음대루 해라만, 결혼은 어떡하지?"

"그것은 그때 가서 말씀드리겠습니다."

"색시가 있니?"

"있겠지요, 뭐!"

경태는 희망적인 암시를 했으나 구체적인 말을 안 했다. 갑수는 따지고 물을 수가 없었다. 이때까지 그 문제에 대해 아버지로서 너무나 무관심했기 때문이었다. 경태의 결혼 문제에 대해서 뿐도 아니었다. 둘째아들 경화가 금년 봄 서울로 가서 A대학교 전기공학과에 입학했을 때도 갑수는 아무런 자기 의견을 말하지 않았다. 제가 하고 싶은 공부를 마음대로 하라고 내버려 두었던 것이다. 말하자면 자식들에게 너무나 무관심했던 것이다. 내버려 두어도 자기들의 앞길을 알아서 걸어가리라 믿었던 것이다.

갑수가 아들 경태와 이야기를 하고 있을 때, 밖에 나갔던 아내가 들어오며 헐레벌떡 말했다.

"복실이 아버지가 고소를 하고 말았대요."

갑수는, 황길하의 문제가 드디어 법적 문제로 번져 갔다는 말임을 알았다. 그새 얼맛동안 동네를 시끄럽게 하던 문제다. 갑수도 몇 번이나 길하와 길하 아버지, 그리고 복실이 아버지를 만나 화의를 붙이려고 했었다. 그런데도 결국은 법적으로 문제를 일으켰다니 간단한 일이 아니었다.

황길하는 처음부터 문제를 일으켰고, 오늘까지 갑수의 마음을 건드려 온 사람이다. 묘목작목회를 만들어 사에이치 구락부의 협력을 얻어 가면서 대나무 공동식수를 할 때는 마음을 가라앉히고 일하는 것이라고 생각했었다. 그러나 그 뒤에도 꽤 오랫동안 영애를 괴롭혔다. 영애의 굽힘 없는 태도로 영애에게서 물러서는 듯하더니, 그 뒤로는 복실이와 이러쿵저러쿵 말썽을 일으켰다. 드디어는 복실이가 임신을 하게까지 했다.

동네의 수치였다. 그래서 갑수는 두 사람의 결혼을 강요했다. 그것만이 유일한 해결 방법이라 생각했기 때문이었다. 그러나 길하는 갑수의 말을 듣지 않았다. 복실이 아버지도 자기 딸을 데려가라고 아귀다툼을 했지만, 길하는 끝내 그 말을 듣지 않았다.

그 뒤, 요 얼마 전 복실이가 해산을 했다. 이제는 할 수가 없지 않느냐고 결혼을 권했으나 그래도 길하는 갑수의 말을 듣지 않았다. 길하만 가지고 안 되기 때문에, 갑수는 길하의 아버지까지 만났다. 길하 아버지도 아들이 싫다는 것을 어떻게 강제로 시키느냐고 말했다. 그러면 아이라도 맡으라고 했다. 그런데 길하는 무슨 배짱인지 그것도 맡지 못하겠다는 것이었다.

갑수로서는 그 이상 더 어떻게 할 수 없었다.

그러던 중, 복실이 아버지가 정식으로 고소를 했다니 길하는 꼼짝할 수 없는 올가미에 걸리고 만 셈이다. 이제 법의 처단을 기다리는 수밖에 없었다.

갑수는 차라리 잘 되었다고 생각했다. 그냥 내버려 두면 언제 또 무슨 일을 저지를지 모른다. 차라리 몇 해 징역을 살든가, 정신을 차리도록 엄한 벌을 받으면 동네가 조용해질 것이다.

그런데 복실이 아버지가 고소했다는 말을 들은 바로 그 날 밤 길하의 아버지가 찾아왔다. 찾아온 일이 한 번도 없던 사람이다. 그만큼 그는 동네일에 참여를 안 한 사람이다. 남들은 대부분 고급채소를 재배하지만 유독 그만은 그것을 안 하고 있다. 땅이 없거나 재력이 없어서가 아니었다. 자기 사는 방법대로 살겠다는 고집 때문이었다.

그러던 그가 찾아와, 자기 아들의 문제를 해결해 달라고 부탁했다. 갑수는 이제 내가 어떻게 하겠느냐고 한 마디로 거절하고 싶었다. 정말 다시는 생각하기 싫은 일이었다. 그래서,

“내가 말할 때는 왜 듣질 않았지요?”

퉁명스럽게 쏘아붙였다. 그러나 길하 아버지는 손을 삭삭 비비며 자기 아들을 살려 달라고 했다.

“이제라두 결혼만 하면 문제는 해결되리라구 생각하는데요…….”

갑수는 길하에게 동정하고 싶은 마음이 생기지 않았다.

“죽어두 결혼은 할 수 없다니 어떻게 하겠습니까?”

“그런 말은 안 되지요. 죽어두 결혼을 못할 여자와 왜 정을 통한 겁니까?

정을 통했다면 그 책임을 져야 하지 않겠습니까?”

갑수는 길하가 복실이와 결혼하지 않으리라는 것을 알고 있다. 눈만은 높을 대로 높은 그가 국민학교도 졸업하지 않은 복실이와 결혼을 할 것인가? 그런 줄 알면서도 일단 책임을 져야 한다고 한 것은 그들이 자기의 잘못을 뉘우치게 함이었다.

“그건 저두 알구 있습니다만, 본인이 싫다니 아비가 어떻게 하겠습니까? 나두 죽구 싶은 심정입니다. 그래두 교회의 장로가 아닙니까? 아들 하나 잘못 둔 죄를 이렇게 져야 하는가 생각할 때 정말 살구 싶지가 않습니다.”

갑수는 길하의 아버지 마음을 충분히 이해할 수 있었다. 사실 아버지에게야 무슨 죄가 있겠는가?

“길하가 만약 복실이와 결혼을 안 한다면, 아마 이 동네서 살지 못할 것입니다. 복실네 집안은 둘째로, 동네 사람들 전체가 백안시를 할 테니까 어떻게 살 수 있겠습니까? 결혼하두룩 강권하십시오.”

“그렇지 않아두 사건이 해결나면 서울루 보내겠습니다. 저두 창피하구 부끄러워서 데리구 살 수가 없습니다.”

“그 애를 서울루 보낸다구 해서 장로님은 정신적인 책임감을 안 느끼실 것 같습니까?”

“그렇지는 않겠지요. 그래서 저두 앞으루 생활 태도를 좀 고치려 합니다. 제가 가정교육을 잘못시킨 책임두 느낍니다만, 제가 부락과 단절된 상태 속에서 유아독존적 태도를 취했던 것이 그 애를 나쁘게 만든 것이 아닌가 생각합니다. 제가 왜 동네 사람들과 친교를 맺지 않고 혼자 살아왔는지 모르겠습니다. 고급채소를 하면 이익이 있다는 걸 뻔히 알면서두 안 한 것은 동네 사람들과 유화하기가 싫었던 것입니다. 결국 내 손해지요. 내 손해라는 걸 지금에야 알았습니다. 그것은 제가 종교를 가졌다는 우월감 때문이었으리라 생각합니다. 가져서는 안 될 우월감이지요. 종교적 교리에도 어긋난 일입니다. 그런 분위기 속에서 자식을 길렀으니까 그 애가 잘 될 리 있겠습니까?”

말을 들어보니, 길하 아버지는 상당히 자기반성을 하고 있는 모양이었다.

"그럼, 장로님께서는 앞으루 동네 사람들과 친화를 이루구 협조하는 태도를 가지시겠다는 겁니까?"

"그럴 수밖에 없지 않겠습니까?"

"고맙습니다. 손잡구 같이 일해 보십시다."

이렇게까지 되자, 갑수는 길하의 문제를 나는 모른다고만 말할 수가 없었다. 그래서 길하 문제를 어떻게 해결했으면 좋겠느냐고 그의 의견을 물었다.

"저쪽 요구가, 애를 맡구 위자료를 백만 원 내라는 것인 모양인데, 애를 어떻게 맡을 수 있겠습니까? 위자료두 그렇지요. 저두 좋아서 그래 놓구 백만 원이 뭡니까? 한 이삼십만 원으로 해결하두룩 해 주었으면 합니다."

이 말을 듣자, 길하 아버지가 무책임한 요구를 하는 것 같아,

"애는 맡으셔야 합니다. 복실이는 앞으루 결혼을 해야 할 앤데 어떻게 애기를 맡습니까? 그러니까 애기를 맡으시기루 하구 위자료를 타협해 보두룩 하지요. 백만 원은 나두 많다구 생각하니까 반쯤으루 말해 보면 어떨까요?"

"애를 저쪽에서 맡는다면 돈은 그만큼 내겠습니다."

"애를 못 맡으신다면, 전 그 집에 가서 말두 꺼내지 않겠습니다."

길하 아버지는 곤란한 모양이었다. 한참 동안 곤란한 표정을 짓더니, 자기 아내와 의논을 하고 와서 다시 말하겠다고 했다. 갑수는 그러라고 했다. 그랬더니 집으로 갔던 그가 한두 시간 뒤에 와서, 애는 맡을 테니까 그 대신 위자료를 좀더 깎아 달라고 말했다.

갑수는 알았다고 대답한 뒤 복실네 집에 갔다. 가서는, 고소를 했다지만 결국 돈을 받아 내는 것이 목적인데, 그러려면 시간도 끌고 이쪽 돈도 적지 않게 써야 한다고 전제한 다음, 회의를 해서 고소를 취하하도록 하라고 권했다. 그리고는 애는 저쪽에서 맡도록 해 볼 테니, 위자료를 좀 감할 수 없느냐고 물었다.

복실네 집에서는 조금도 양보할 수가 없다고 버티었다. 그러나 갑수는, 복실이가 강간당했다고 말할 순 없는 일인 만큼, 책임이 남자에게만 있는 것이 아니라 여자에게도 있다는 말을 했다. 그런 만큼 가능한 범위 내에서 해결하는 것이 좋다고 말하자, 복실이 아버지가 그럼 얼마쯤 받으면 되겠느

냐고 물었다.

갑수는 길하 아버지가 오십만 원도 많다고 한 말을 그대로 전할 수가 없었다. 오십만 원 이하면 요구액과의 거리가 너무 멀다. 복실이 아버지가 펄쩍 뛸 것 같았다. 사실 오십만 원이란 말도 하기 힘들었다. 요구한 돈의 반만 받으라는 말은 곧 복실의 아버지가 요구한 돈이 너무 많다고 하는 말이 되기 때문이다. 그러나 일은 해결하도록 해야 했다. 하기 힘든 말이지만 오십만 원 이야기를 꺼냈다.

복실 아버지는 그럴 수가 없다고 말했다. 그러나 결국 갑수의 말에 설득당하고 말았다.

그 결과를 길하 아버지에게 전하자, 그는 억울하다고 했다. 돈 많은 사람이라면 모르지만 겨우 먹고 살기나 하는 처지에 그 돈을 어떻게 내겠느냐는 것이었다.

"저는 최선을 다해서 타협점을 발견하려 했습니다. 그렇지만 저쪽에서 그 이하루는 절대 타협할 수 없다는 걸 어떻게 합니까? 운이라구 생각하십시오. 운수불길해서 그런 일이 생겼다구 생각하시는 도리밖에 없다구 생각합니다."

갑수는 길하네가 오십만 원을 낸다고 해서 재산에 축이 날 것은 아니라 생각하며 말했다.

"그런 돈을 어떻게 갑자기 마련합니까?"

"만약 내시겠다는 약속만 하시면 지불 일자는 조금 연기하두룩 해 보지요."

이렇게 해서 그 문제는 일단 해결이 됐다. 그러나 최종 대답을 들었을 때 갑수는,

"이 문제를 떠나서 우리 손잡구 일하두룩 하십시다."

하는 말을 잊지 않았다.

"그럼요, 잘 부탁합니다."

길하 아버지는 입맛이 씁쓸했으나, 갑수와 악수를 하고 돌아갔다.

갑수는 잘 된 일이라 생각했다. 복실이네도 오십만 원이면 만족하리라 생

각했고, 길하네도 오십만 원으로 시끄러운 문제가 해결될 것을 다행하게 여기리라 생각했다. 그리고 길하는 동네를 떠난다. 그것도 동네를 위해 잘 된 일이라 생각했다. 농촌에 맞지 않는 체질을 가진 사람이라면 농촌을 떠나는 것이 피차 좋은 일이다. 그리고 동네일에 외면만 하고 있던 길하 아버지가 동네일에 협조를 하겠다니, 이제 동네는 명실공히 전체가 하나로 뭉치게 된 것이 아닌가?

그런데, 이삼 일이 지난 뒤 현덕호가 찾아와서 불쑥 공회당으로 좀 가자고 말했다. 무슨 일이냐고 물어도 가 보면 안다고 할 뿐 그 이유를 말하지 않았다.

알고야 갈 것이 아니냐고 따질 때에야 농사개량회 회의가 있다고 대답했다. 덕호가 회장이기는 하지만, 이때까지 자기와 의논 없이 일한 때가 한 번도 없었다. 이상하다는 생각을 하며 따라갔더니 새로 지은 공회당이 초만원을 이루고 있었다. 그리고 갑수를 유독 단상에 혼자 앉게 했다. 정말 영문모를 일이었다. 그러나 곧 알았다. 자기를 데리고 온 이유를,

덕호가 앞으로 나와,

"이제부터 장갑수 선생에 대한 감사회를 열겠습니다."
하고 개회사를 했기 때문이었다. 자기에게는 감쪽같이 숨기고, 이런 모임을 갖은 동네 사람들의 성의가 가슴 한 가운데 와 박혔다. 가슴이 뜨거워졌다.

이어서 이장이 나와 갑수의 공적을 꽤 오랫동안 설명하고,

"우리 동네가 이만큼 잘 살게 된 것은 오직 장갑수 선생님의 덕택입니다. 때가 좀 늦은 감이 있지만, 우리의 성의를 모아 선생님이 그 동안 수고하신 노고를 위로하며 감사의 뜻을 표하는 것입니다."
하고 내려갔다.

그리고는 부인회 대표가 나와 기념품을 증정하며,

"양복감 한 벌입니다. 앞으루 출입하실 때 입으십시오."
하고 말했다. 그 뒤에는 사에이치 구락부 회원들이 축가를 불렀다. 노래는 '어머니 은혜'를 '부모님 은혜'로 가사를 약간 고친 것이었다.

기념품을 안고 노래를 듣고 있던 갑수는 그만 흑흑 울음을 터뜨렸다. 답

사 차례가 왔을 때도 갑수는 울음을 그치지 못했다. 답사를 하면서도 그는 흐느낌을 멈추지 못했다.

"고맙습니다."

그는 한참 동안 말을 끊었다가,

"제게 공이 있는 것이 아닙니다. 여러분이 협조해 주신 덕택입니다. 협동 정신이 승리를 한 것입니다. 한국의 농촌문제는 오직 협동정신과 자립정신의 문제라고 생각합니다. 앞으루두 이런 정신을 살리면 우리 동네뿐이 아니라 한국 농촌이 다 발전하리라고 생각합니다. 앞으루두 언제나 협동정신을 잃지 마십시다. 여러분이 주신 양복감을 해 입고 여러분께 다시 인사를 드리겠습니다. 고맙습니다, 정말 고맙습니다."

하고는 다시 복받치는 흐느낌 속에 빠져 자기 자리로 돌아왔다.

덕호가 나와 폐회를 선언하며 장갑수 선생 만세를 선창했다.

공회당이 터져 나가도록 만세 소리가 높았다.

(출)『지향』 을유문화사, 1974. 12. 10.

박영준 문학의 상상력과 향기

정현기(문학평론가, 연세대 교수)

1. 떠올림과 잊음의 높은 줄 이어 타기

나이가 들면 떠오르는 생각들의 저울은 아래로, 아래로 쳐진다는 말을 자주 들어왔다. 방금 들었거나 한 것, 본 것, 지껄인 말들, 겪었던 사건들은 깜빡이며 기억의 저편으로 물러서게 되고, 아주 먼 곳 먼 시간의 저편에 늘어서 있던 아득한 존재의 우물 깊은 곳에 숨어있던 일들은 뚜렷하게 떠올라 남에게 이야기하여 젊은이들을 놀라게 하곤 한다. 나이 든 사람들은 시제를 바꾸어 오늘과 어제 담날이 뒤섞인다. 이런 식으로 되기 때문에 나이 든 이들의 삶 꼴은 예전의 일들을 오늘에 되살리는 역할로 자리 잡는다. 한참 오늘의 일에 바쁜 젊은이들에게 그것은 귀찮거나 쓸모없는 일로 여겨지거나 잊고 버려야 할 어떤 것일 수도 있다. 그러나 아주 어린이들에게 그것은 다른 것이다. 새롭게 태어나 자라면서 듣는 나이 든 어른들의 이야기 내용들은 곧 그들에게 현재시제로 바뀌어 오늘을 사는 슬기로 삼을 수 있겠기 때문이다. 왜 이런 긴 사설이 필요한 것일까? 이제 나도 나이가 들어 나의 스승이 살았던 만년의 연배에 와 있기 때문이다.

만우 박영준 스승! 떠올리기에 죄스러운, 그래서 두려운 스승 박영준 선생을 이제 다시 생각한다. 1999년부터 작업을 시작하여 전집 발간이 이루어지기 시작한 지 꽉 찬 6년이 지난 2006년 초 드디어 만우 박영준 선생의 전집이 완간된다. 전집 발간 제1차본 6권, 단편만을 묶어 낸 것이 지난 2002년 1월이었다. 이제 그 전집 제1차본에 이어서 중·장편 소설집으로 제2차본 발간이 이루어지는 것이다. 든든한 후원자가 있었고 든든한 출판사가 있어서 일은 제대로 진행되었지만 실제로 그 일이 마무리되는 기간은 6년여의 세월이 쓰여진 것이다. 그것은 어떤 핑계도 댈 수 없이 오직 나의 제자 됨됨이 게으르고 못난 탓일 뿐이다.

1976년 7월 14일 만우 선생은 우리 곁을 떠나셨다. 2006년이면 바로 그이가 돌아가신 지 30주년이 되는 해이다. 전 13권, 이 전집은 순전히 선생의 아드님 승렬 형의 정성과 그 남매들이 지닌 애정의 결과물이다. 한 작가의 문학전집이 그가 돌아간 지 30여 년 만에 완간되는 것은 일반 독자들에게는 물론이고 한국소설 문단과 그의 제자들에게도 큰 경사가 아닐 수 없다. 문학작품집이 상품가치 쪽으로만 인식되기 시작한 근래의 경향으로 볼 때 이런 작업은 그리 흔한 일이 아니다. 뿐만 아니라 이 작업은 30년을 한 삶의 주기로 볼 때 한 세대를 지난 시기에 이루어진 것이다. 한 세대를 이루는 30년을 넘기면 기억의 창고는 비워지기 쉽다. 한 세대의 거리를 뛰어넘기 때문이다.

1970년대가 나에게는 생생한 내 생애의 기름진 도막이었다. 30대의 젊은 열기와 꿈꾸기로 볼 때 나는 그 시기가 그런 가장 왕성한 생애 집짓기를 꿈꾸며, 상상의 열정을 지녔던 30대였다. 그러나 그 시기 내 삶의 현장은 기름지기는커녕 온통 먹구름에 덮인 험악한 분위기였고 살아 숨쉬기조차 버거운 폭력의 시대였다.

만우 스승이 문학활동을 시작하였던 해는 1930년이다. 1935년도에 상공회의소 등이 주체가 되어 벌이던 산업박람회가 떠들썩하게 열려 사람들을 현혹시키면서 한 편으로는 식산계령을 공포하여 이른바 상·공업주의의 생산기틀을 다진다는 허풍이 온 나라에 퍼져 나아갔었다. 조선 마약취체령을 공표하면서 마치 건강한 조선 사회를 만든다는 인상을 심기에 바빴지만 자본주의를 등에 진 제국주의란 언제나 음지에서 착취와 폭력이 자행되는 법이다.

1970년대의 모습은 바로 그런 1930년대를 생애의 가장 기름진 도막으로 지녔던 스승 박영준 선생께서 일러주곤 하던 1930년대의 질곡내용과 크게 다르지 않았다. 일본 제국주의 어둠이 내려 덮었던 스승 삶의 현장 내용은, 1960년대 동족 전쟁의 후유증을 심하게 앓으면서 건너온, 70년대에도 견디기 힘겨운 폭력과 반 인문 정신이 휩쓰는 똑같은 포위관념으로 뒤덮여 있었다. 일본이라는 폭력의 주체가 그 몸통을 달리하면서 여전히 그 물신의 느물대는 악령은 우리 앞에 넘실넘실 펼쳐져 오고 있었다. 내가 그렇게 못 견뎌 하던 이런 시기에 스승은 나를 당신 옆에 바짝 당겨 '질곡 견디는 법'과 '살아남는 법' 그리고는 '사람에 대한 사랑 잃지 않는 법'을 가르치고 계셨다. 그러나 이 시기가 바로 당신 생의 막바지에 놓여 있었음을 나는 미처 알지 못한 채 먼 하늘만 바라보곤 하였다.

한 사람의 이승 생애가 기억의 저편으로 돌아선 지 30년 만에 다시 우리 앞에 선명하게 드러난다. 그가 살았던 당대 삶의 여러 모습들이 새롭게 밝혀져 해석될 계기를 만드는 일은 우리 살아 있는 후생들이 마땅히 수행해야 할 일 중의 하나이다. 이제 나는 『만우 박영준 전집』을 마무리하면서 그가 당대에 짊어졌던 시대적 아픔이나 어둠, 그 절망의 내용들을 다시 떠올린다. 그러면서도 나는 그 어른과 함께 하였던 생애의 중요한 시기에 만난 아픔이나 슬픔 말고도 즐겁고 아름다운 추억들도 간직하고 있다. 먼저 간 분들에 대한 기억은 그를 만난 모든 이들 두뇌의 저 깊은 창고 밑에 저장되어 보관된다. 그러므로 나 혼자만의 기억은 극히 좁고 한정되어 있을 수밖에 없다. 그를 만나 주고받은 말씀들과 눈빛, 함께 한 여행 등은 다른 이들의 몫이다. 당신 생전에 가깝게 만났던 분들을 나는 조금 기억한다. 박기동, 전인초, 정현종, 최인호, 민병삼, 유홍종, 박시정, 이순 등은 학자로 작가로 시인으로 많은 말의 탑을 쌓은 그분의 제자들이다. 학자로서 몸을 일으킨 제자들도 많다. 그들은 수시로 떠올라 지나간 시간에 살았었던 삶의 내용을 재생할 수 있다. 그러므로 내가 만우 스승을 떠올리는 것은 나 개인만의 대학시절 교정과 사랑으로 들떠 혼인, 삶의 집짓기 등의 문제로 바장이던 때의, 뒤 화면 재생을 뜻한다. 수많은 제자들이 있고 그들 사랑하였던 후생들이 있으니

나만의 기억 재생은 또한 특혜에 해당한다. 많은 그 어른의 제자들에게 미안하고 송구스러울 뿐이다. 하지만 이제 이 어른의 전집 출간의 마무리를 위한 한 흔적 남기기이니 부끄러움을 무릅쓰는 수박에 없다.

2. 상상력이 활동하는 시대의 이야기들

1) 작은 것들을 결코 작은 것으로 보지 않는 눈

상상력은 결핍상태서 드러나는 마음 활동이다. 박영준 스승이나 우리들은 모두 어둡고 칙칙한 시대를 살았다. 1930년대를 거쳐 1940년대, 1950∼60년대에 이르는 기간은 만우 선생이 겪어야 하였던 신산초고의 매운 삶 겪음이었고, 1960년대로부터 1970년대에 이르는 기간은 만우 선생과 내가 공유한 어둠의 시고 쓴 그리고 매운 시절이었다. 아마도 그 두 세기는 일제가 만들어 보여주었던 자본주의 끝 모습인 침략과 식민 활동에 피해를 입은 1930년대 세월을 난 사람들의 서러움이었을 터이며, 1970년대적인 것 또한 자본주의라는 필연적인 동격의 어둠이고 질곡이었을 것이다. 그렇게 1930년대적 질곡과 1970년대적 결핍의 성격은 비슷한 토대 위에서 만들어졌기에, 만우 선생은 이미 그것을 두 번째 겪음새로 직접 견뎌 오고 있던 사정이었다. 그가 읽은 세상살이는 가난이 불러오는 슬픔과 아픔, 절망을 딛고 서려는 이들이 지닌, 상처 다스리기가 핵심처럼 보였다. 그의 문학은 그렇게 가난 살이에 집중되어 있었다. 이 가난 살이의 뒤에는 언제나 폭력이 도사리고 있다. 이런 폭력에 대해서 그는 어떤 방식이든지 나타내 보이려고 하였다. 그러나 그는 그것을 뒤편에 쟁여두면서 그들에 의해 다른 이들이 겪는 가난 살이를 비교적 선명하게 드러내는 기법을 써왔다. 물론 이런 언급은 그의 초기작품 세계를 놓고 읽는 만우 박영준이다. 그는 그래도 만년에 해당하는 1970년대에 들어서면 문학교수로서의 안정된 직장생활로 어느 정도 삶의 윤기를 되찾아 작품세계도 밝고 맑은 삶의 이야기들로 채워지고 있음을 확인할 수 있다. 적어도 겉보기에는 그랬다. 우리의 눈으로 볼 때 그

분에게서 결핍은 없어 보였다.

그러나 그의 문학세계는 근본적으로 삶의 아프고 쓰라림을 읽는 눈길로 채워지고 있다. 그는 천성적으로 마음이 여리고 착한 피를 이어받은 것으로 내겐 읽힌다. 목사로서 3·1운동에 나섰다가 고문을 당해 돌아가신 아버지, 홀로 된 어머니와 견딘 가난 살이를 만우 선생은 평생 등에 지고 살아왔다. 당신은 평생 당신의 할아버지에 대해 말한 적이 없다. 아마도 무언가 옳지 못한 세상에 대한 저항 때문에 호된 아픔을 겪었을 개연성이 많다는 것을 나는 어렴풋이 짐작한다. 그의 작품세계를 이루는 것은 바로 대내린 그런 삶의 아픔을 읽는 눈길에서 벗어나지 않았다. '작가란 결코 가난을 두려워 해서는 안 된다는 것'이 그의 가르침이었다. 그렇게 그는 작가 됨의 가장 기본적인 정신과 교육철학뿐만 아니라 그 인자를 천성적으로 지니고 있었다. 분수에 맞지 않는 재부를 따른다든지, 명예에 휘둘림으로써 사람됨의 격조를 떨어뜨리는 그런 삶을 천성적으로 멀리하는 작가로, 교육자로서 그는 진정한 후생의 스승이었다. 당신의 스승이었던 최현배 선생과 김윤경 선생의 정신을 곧바로 제자들에게 전해주려는 정신으로 그는 평생 가르침에 임하였다.

그는 작은 일이나 평범해 보이는 사람들의 행동에서 깊은 삶의 뜻을 읽는 날카로운 감식력을 지닌 작가였다. 그래서 그는 대학교수 시절, 제자들에게 언제나 일상생활 문제에 각별하고도 깊은 관심으로 보살펴 주곤 하였다. 우리가 그에게 배우던 시절만 해도, 그가 이미 오래 전부터 겪어왔었던, 가난 살이가 일반적인 일상이었다. 각 가정에 전화기 있던 사람이 드물었고, 자가용 이야기는 그 스승을 만난 한참 후인 1970년대에나 등장하던 그런 시절이었다. 자가용을 타고 교정에 들어오는 대학교수는 특권층이라는 자의식 때문에 부끄러워하던 그런 때에 나는 그의 가르침을 받았다. '사소한 것의 사소하지 않음'을 그는 우리들에게 가르쳤고 또한 스스로 그것을 실천하는 전형적인 교육자였다.

2) 따뜻하고 자상한 아버지 같은 스승 만우

내 현대문학 스승 가운데 가장 직계 스승이 바로 만우 박영준 선생이다. 이 어른이 별안간 이생에서 돌아가는 바람에 나는 박사학위 받는 일을 고통스럽게 겪어야 하였다. 대학시절은 물론이고, 혼례 주례와 대학원시절 석사 논문도 모두 이 어른을 의지하여 마쳤다. 내 젊은 시절의 삶은 바로 이 어른을 믿고 따르는 일로 일관되었다. 물론 내게는 학문과 문학의 자양분을 위한 무수한 스승들이 있다. 한국 고전문학은 물론이고 각 외국문학 이론들을 나는 다른 여러 스승들에게서 배웠다. 하지만 이른바 대학원 지도교수로 모신 분은 바로 이 어른이다. 신동욱 선생께서 박사학위 내 논문을 지도하여 오늘날 나의 교수됨을 만들어 준 것 또한 잊지 않는다. 전규태 교수님의 자상한 격려 또한 나에게는 큰 버팀목이었음을 나는 잊지 않는다. 그러나 내가 공부하며 살아온 삶의 중심에는 언제나 만우 박영준 선생이 있다. 나는 박영준 선생을 평생 잊지 못하는 어리석고 부끄러운 제자이다. 잊을 수 없는 그분에 대한 기억을 여기 간략하게 적어 둔다.

작은 것의 작은 것 아닌 이야기는 김승옥이 그의 소설론으로 던진 화두였지만, 내게는 스승 박영준 선생에게서 직접 삶의 모든 문제로부터 그런 철학적 교훈을 얻고 있었다. 1960년대는 작가 김승옥이 아니어도 그와 동시대를 살던 우리들에게는 물질적으로 뿐만 아니라 정신적으로 힘겹고 견디기 벅찬 결핍의 연대였다. 한국 내에서 전쟁이 끝났나보다 하고 있던 시절에 서양에서는 반전운동이 벌어지면서 이른바 68년대적 반항운동이 유럽 전역에 퍼져 나아갔고, 우리의 우방인 미국이 월남을 신석기 이전으로 돌려놓겠다는 의욕으로 포탄을 퍼부어 대던 월남 전쟁이 진행되면서 한국의 젊은이들은 도대체 정신을 차릴 겨를이 없었다. 당대에 반독재 운동의 별로 떠오른 반항아 김지하를 숨겨주는 일로 나는 그나마 그 시대를 역겹게 여기는 사람으로 견디고 있었다. 담시 「오적」을 써서 내 집에 숨어 지내던 김승균이 편집하던 <사상계>에 실어 한국전역을 떠들썩하게 해놓고는 감옥을 제집처럼 드나들던 김지하! 그도 내게는 운명처럼 그 시대에 만난 인물이었다.

당대에 우리들 주리를 틀던 군사정권 담당자들이 양심 있는 지식인들의 말할 자유를 모두 박탈하여 박정희 주머니나, 그가 지시하여 만든, 혹독한 정보부나 감옥에 집어넣고 위협과 폭력을 마음놓고 쓰던 그런 시절을 나는 살았다. 만우 선생은 이렇게 생각의 자유를 억압당한 젊은이들의 절망과 그 아픔을 누구보다도 잘 알았다. 당신은 이미 어린 시절, 일본경찰에 잡혀 고문을 당하고 돌아간 아버지를 가슴 속에 어두운 그늘로 지닌 분이었고. 독선적 마음 약탈자들에게 저항하려고 할 때 반드시 돌아오는 폭력의 악행을 그는 언제나 꿰뚫어 읽고 있었다. 늘 저항적인 나를 한편으로 감싸면서 시린 눈길로 바라보던 그 분의 눈길을 나는 잊을 수가 없다. 어쩌면 이 어른은 당신 생애의 전반적인 기간 동안, 아니 평생 동안, 이런 폭력의 그림자에 절망하는 마음을 달래면서 자기가 가르치던 제자들을 바라봤던 것으로 보인다. 그래서 그는 비록 아주 작아 보이는 불행한 일들에 상처를 잘 받는 분처럼 내겐 보이기도 하였다. 큰 세상의 악행들은 우리를 덮어씌운 거대한 악행의 구름이고 그런 악행에는 대항하기 힘든 혼돈이 있어서 당시의 하늘과 땅, 사람은 그 어느 누구도 믿을 수 없는 늪으로밖에 볼 수 없었기 때문에, 그가 그런 눈길을 지녔다고 나는 오늘도 그렇게 믿는다. 그런 상처에 약하기는 오늘의 나도 그 분을 닮아 있음을 고백해야 하겠다.

만년 어느 날이었나! 당신은 아침에 출근하여 퍽 우울한 낯으로 조교였던 나를 대하였다. 당신이 아끼던 만년필을 어디선가 잃어버렸다는 것이었다. 강의를 하는 일 외에는 작품 쓰기에 필생의 시간을 바쳤던 작가로서 자신이 아끼던 만년필을 잃었다는 것은 우울할 일임에 틀림없다. 그런 우울한 날을 며칠 보낸 어느 날 한 학생이 선생 연구실에 찾아왔다. 마침 선생은 안 계시고 조교인 나만 연구실에 있었다. 이 학생은 부끄럽다는 듯이 만년필을 내 놓으면서 박영준 선생께서 출석을 부르고는 그것을 탁자에 두고 나가셨는데 좀 늦게야 이 사실을 알고 찾아왔다는 것이었다. 이름과 학과를 적고 이 만년필을 받아 놓고 나는 선생을 기다렸다. 아침 일찍 출근하면 제일 먼저 커피를 들도록 물을 끓여놓아야 하는 것이 조교의 첫째 일이었다. 나는 물을 끓여 놓고 당신을 기다렸다. 학교 버스를 타고 교정에 들어서는 교수들의 발자국 소리가 들리고 조금 있으면 연구실 문이 열린다. 따뜻한 마음을 속에 감춘 그 분은 만나 인사드리면 그냥 씨익 웃는 것이 전부다. 나는 당신의 얼굴만 조심스럽게 주시한다. 크게 떠들고 싶은 마음을 억제하면서 당신의 표정을 살피는 것이다. 당신 책상 위에 놓인 만년필을 유심히 보던 이 어른의 따뜻한 표정을 나는 지금도 잊을 수가 없다. '아니 이게 여기 있네!' 어제 오후 어떤 과 학생이 가져왔습니다. '그래?' 나는 그가 그렇게 행복해 하던 그 날의 그 아침을 잊을 수가 없다. '그래 맞아! 그래도 우리는 살 만한 가치는 있는 거지!' 그것이 그 날 내가 들은 한 마디였다. 그리고 얼마 후에 그 분은 수필로 이 사건을 써서 삶의 행복을 논하고 있었다. 이 땅에는 그래도 믿고 의지할 만한 가치가 있고 그런 영혼을 지닌 젊은이들이 도처에 있다고 그는 썼다. 그는 제자들에게 언제나 따뜻하고 자상한 아버지 같은 선생이었다. 그 어른을 모시고 다니던 등산 이야기는 다른 내 후배 제자들이 더 많은 내용들을 알고 있을 터이다.

3) 지금은 어딘가에 모습을 감춘 망둥이 그물

만우 박영준 선생, 당신의 취미생활은 퍽 다양하였다. 축구경기 관람, 등산하기, 가벼운 여행 등이 당신의 일상을 지탱하는 삶의 활력소였던 것으로 나는 기억한다. 그는 술을 입에도 대지 못하였기 때문에 직장이 끝나고 모인 술집에서의 저 떠들썩한 사람들의 고함소리나 술 취한 주정뱅이들의 열기를 모른다. 평생 그것이야말로 당신에게는 가장 큰 약점이라는 것이 당신의 고백이었다. 소화제로 나와 있던 활명수를 마셔도 주기가 도는 그런 분으로 그는 일체의 술을 몸이 받지 못하는 체질이었다. 그렇기 때문에 그가 제자들을 부르는 장소는 대개 이름 난 축구경기장이거나 아니면 등산 코스였다. 그러다가 가끔씩 그는 인천 앞 바다에 나아가 망둥이 낚시를 즐기는 경우가 있었다. 송어나 우럭 낚시가 아닌 망둥이 낚시!

인천 앞 바다에 물때가 오면 망둥이들이 풀쩍풀쩍 뛰어 오르는 광경을 볼 수가 있다. 선생은 생선 가운데서 이 비린내가 덜 나는 망둥이를 좋아하였다. 망둥이! 솔직히 말해서 이 망둥이란 생선 망신이나 시키는, 그야말로 고기 축에도 못 끼는, 못생긴 물고기로 정평이 난 물고기이다. 고급 생선을 아는 미식가들은 아예 이런 물고기는 입에도 올리지 않는다. 그것이야말로 물고기 망신을 시킨다는 별칭을 거느린 갯가 생물이다. 경기도 지방에서 민물고기 가운데 구구리(또는 구구락지)라고 불리는 물고기처럼 주둥이는 넓적하고 몸매는 메기 같기도 한 이 망둥이 낚시질은 깊고 먼바다에 나가지 못하는 아이들이 아무렇게나 생긴 대나무에다가 낚시를 달아 갯지렁이 미끼를 달면 잘 잡히는 그런 어리숙하고도 못난 물고기이다. 그걸 낚으러 가는 것을 당신은 가끔씩 제자들에게 제안하고는 하였다.

작가 박기동이나 최인호가 이 물고기 사냥에 늘 끼던 개구쟁이 제자들이었다. 나는 가끔씩 쫓아다녔지만 서너 번 정도는 함께 나들이했던 기억이 있다. 언제는 갔다가 고기를 잔뜩 잡아 의기양양하게 돌아온 때도 있었고 물때를 잘못 만나 허탕을 친 날도 있었다. 그러던 어느 날 우리는 망둥이 낚시 도구가 아니라 망둥이 그물을 하나 주었다. 이것만 가지면 아마 다음 물때에 맞추어, 하나씩 잡는 그런 낚시가 아니라, 한 번에 수십 마리를 낚는 그런 망둥이 어부가 된 기분으로, 나는 그 그물을 잘 간수하여 내 집에 가져다 놓았다. 그렇게 기다리던 망둥이 그물질은 이후 영영 한 번도 해보지 못한 채 선생을 떠나보내었다. 그리고 그 그물은 내 집 지하실 어디엔가 굴러다니다가 없어져 버렸다. 망둥이 사냥은 만우 박영준 스승이 있을 때에야 비로소 우리들, 지금은 이미 반백의 노년기를 맞는, 젊은 개구쟁이 제자들 어깨 위에 그 빛을 발하는 활기였기 때문에, 그가 우리들 옆에 없자 그 열기는 그물과 함께 슬그머니 사라져 버렸다.

3. 열세 권 분량의 만우 전집과 나

만우 선생이 돌아가신 이후 나는 그 어른의 맏아들 승렬 형으로부터 만우 선생이 생전에 가지고 계셨던 당신의 저작물들과 함께 그 어른이 간직하였던 사진과 노트들을 받았다. 스승을 잃은 이후 나는 대학교에서 쫓겨나 평론 글쓰기로 근근히 생계를 유지하던 때였다. 이 작품집들을 한 꿰미에 묶어 전집으로 출간하는 일은 내게는 큰 짐이었고, 반드시 해내야 할 필생의 일이었다. 그것을 시작한 지 벌써 6년여의 세월을 보내었다. 햇수로는 벌써 7년째 되는 것이다.

당신이 평생 쓴 소설작품들은 여기 전집에서 보이는 것 말고도 몇 편 더 있을 터이다. 만주에 거주하면서 <만선일보>에 실렸던 작품들은 여기에 완벽한 복원을 하지 못하는 셈이다. 허경진 교수께서 연변에 가 만우 선생의 만주에서 창작한 작품들을 채워 오리라는 제안을 받았으나 그 가운데 한두 편은 이미 이 전집에 들어 있고 해서 제안을 받아들이지 못하였다.

그리고 신문에 실렸던 원고 스크랩 본은 이미 글씨도 흐려지고 낡아서 알아보기 힘든 경우가 많았다. 이 작업을 위해 당신의 큰아들 승렬 형께서 보여준 묵묵하고도 꾸준한 열정에서 가히 내 스승을 꼭 닮았다는 느낌을 받는다. 이 형님이 없었더라도 내가 이걸 해낼 수 있었을까? 생각하면 마음이 무겁다. 그리고 이 전집을 출간한 동연 출판사 사장 백규서의 꼼꼼한 교정 작업과 완벽주의 정신에 나는 늘 감탄하고는 하였다. 낡은 원고 자료들을 읽어 그것을 채우려는 백 사장의 치열한 노력에 대해 감사한다. 7년여의 세월 동안 우리는 그렇게 끈끈한 인연으로 만났고 많은 우정을 나누었다. 만우 스승이 나에게 남긴 애정의 물줄기가 아니고 무엇이겠는가? 그저 고맙고 부끄러울 뿐이다.

이 전집을 마무리하면서 제자 되는 입장에서 생각하기로는 그의 작품세계에 대한 새로운 점검 작업이 남았다. 스승에 대한 사모의 정과 함께 객관적인 작품론 쓰기의 갈 길은 아직 먼 여정으로 남아 있다. 이 여정에서 내가 다시 만날 것은 아마도 무수한 인물들과 그들의 관계들 숨결 거리로 겪는 갈등과 방황, 아픔, 슬픔들일 터이다. 그리고 그가 베끼고 옮겨놓은 이 세상 물정과 사랑 법들에 대한 철학적 원리를 추출하는 일이 아마도 가장 큰 중요한 일이 될 것이다. 모든 작가는 그가 지닌 세계 읽기의 눈길을 지녔고 그 눈길은 사람과 삶을 읽는 철학적, 윤리적 원리가 바탕에 깔리지 않고는 글쓰기가 이루어지지 않는다. 열세 권 분량의 이 전집 속에는 무수한 말씀의 탑들이 쌓여 있고 그것들 가운데는 사람과 사람, 사람과 자연, 사람과 사회, 그리고 역사를 엮는 긴밀한 긴장과 은밀한 원리가 기초되어 있다고 나는 믿는다. 이제 우리는 그 원리를 찾아내야 하고 나는 서둘러 나서서 그것을 시작해야 할 일이라고 느낀다. 그래서 그가 남긴 상상력의 실상과 무엇보다도 그의 인간적 체취로 남긴 삶의 향기를 찾아내 남들에게 보여 주어야 한다. 그것이 후학이며 제자인 내가 해야 할 일이라고 나는 생각한다. 당신 면전에서 언제나 잘난 척만 꽤나 해 쌓던 어리석은 제자의 이런 느낌을 놓고 당신은 빙그레 웃으며 '잘 해 봐!' 하고는 말 것 같다. 이 어른에게 평생 진 빚을 예순 살을 반 더 넘기고 나서야, 그나마 겨우 이렇게 갚는다는 생각으로 나는 마음이 가볍다. 내 몸 가까이 지녔던 당신의 유품들은 다시 어떤 경로, 누구의 몸 가까이 있을, 그런 기억의 저편 보관창고에 잘 보관해야 할 것이다.

만감이 뒤섞이는 오늘, 이런 여정을 생각하면서 나는 이 전집 출간의 무거운 짐을 일단 내려놓는다. 이 전집은 아마도 후학들에 의해 서서히 다시 읽히는 그런 중요한 문학사 자료로 읽힐 것이고, 수많은 독자들에 의해 이것은 다시 시공을 뛰어넘는 감동으로 그런 부활이 이루어질 것이다. 그런 작품의 되삶을 통해 나의 스승이었던 작가 박영준 선생의 소설적 철학 정신이 후학들에게 귀감이 된다면 얼마나 좋을까? 그것을 나는 바라고 또 바란다.

2006년 2월 1일

고속도로, 지향 – 만우 박영준전집 13/중·장편

2006년 4월 25일 인쇄
2006년 4월 30일 발행

지은이 · 박영준
펴낸이 · 백규서
펴낸곳 · 도서출판 동연
출판등록 · 1992년 6월 12일 제2-1383호
주소 · 서울시 마포구 망원동 385-2 2층
전화 · 335-2630 / 팩스 · 335-2640

값 20,000원

ISBN 89-85467-52-2 04810
ISBN 89-85467-31-X (세트)